MIRA®

Der Preis dieses Bandes versteht sich einschließlich
der gesetzlichen Mehrwertsteuer.

Umwelthinweis:
Dieses Buch wurde auf chlor- und säurefreiem Papier gedruckt.

Liebesreise nach Hawaii

MIRA®

MIRA® TASCHENBUCH
Band 15030
1. Auflage: Februar 2009

MIRA® TASCHENBÜCHER
erscheinen in der Cora Verlag GmbH & Co. KG,
Valentinskamp 24, 20350 Hamburg
Deutsche Taschenbucherstausgabe

Titel der englischen Originalausgaben:
Eden Of Temptation

erschienen bei: Silhouette Books, Toronto

Lost Lagoon

erschienen bei: Mills & Boon Ltd., London

The Aloha Bride

erschienen bei: Mills & Boon Ltd., London

Published by arrangement with
HARLEQUIN ENTERPRISES II B.V./S.àr.l.

Konzeption/Reihengestaltung: fredebold&partner gmbh, Köln
Umschlaggestaltung: pecher und soiron, Köln
Redaktion: Ivonne Senn
Titelabbildung: Getty Images, München
Satz: Buch-Werkstatt GmbH, Bad Aibling
Druck und Bindearbeiten: CPI – Ebner & Spiegel, Ulm
Printed in Germany
ISBN 978-3-89941-571-1

www.mira-taschenbuch.de

Ruth Langan

Herzklopfen auf Kalai

Roman

Aus dem Amerikanischen von
Charlotte Corber

MIRA®

1. KAPITEL

Der Pilot des kleinen Flugzeugs zeigte stolz in die Tiefe, und Ann, sein einziger Fluggast, zwang sich, aus dem Fenster zu schauen: „Sehen Sie, Dr. Lowry, das ist der Kaulakali-Kanal." Unter ihnen breitete sich der Pazifik aus. Seine Wellen krönte weißer Schaum.

Verstohlen musterte der Pilot die junge Frau neben sich. Kaum zu glauben, dass diese mädchenhafte Person mit dem blonden Haar, das zu einem Knoten im Nacken zusammengesteckt war, und mit den großen braunen Augen eine tüchtige Botanikerin sein sollte.

„Sind Sie schon einmal in einem so kleinen Flugzeug geflogen, Miss Lowry?"

Sie nickte. Kurz vor dem Abflug hatte sie lähmende Angst befallen. Doch es war ihr gelungen, mit ihr fertig zu werden. Als die kleine Maschine startete, hatte Ann mit verkrampften Händen dagesessen und sich gezwungen, keinerlei Gefühlsregung zu zeigen.

Selbstkontrolle, das bedeutete für sie alles. Mit ihr hatte Ann sich aufrechterhalten, als sie nach dem plötzlichen Tod ihrer Eltern ganz allein dastand, und so hatte sie vor ihrem Onkel ihre Empfindungen verborgen, als der sie zurückwies. Beherrscht und distanziert hielt sie ihre Seminare an der Universität ab, was ihr nicht immer leichtfiel. Doch immer wieder schaffte sie es, sich den kritischen Studenten zu stellen. Was wirklich in ihr vorging, brauchte niemand zu wissen. So versicherte sie jetzt, und es klang überzeugend: „Ich komme mir vor wie ein Vogel. Das ist ein schönes Gefühl."

Es ist keine Lüge, dachte sie dabei. Es ist die Wahrheit. Ich bin frei, völlig frei.

Sie hatte ihrem Leben, das bisher so eng mit der Universität verbunden gewesen war, vorübergehend den Rücken gekehrt und war nun durch einen ganzen Kontinent auch von ihrem strengsten Kritiker, ihrem Onkel, getrennt. Für eine kleine Weile – mindestens einen Monat – würde sie einmal ganz etwas anderes machen.

Ich habe keine Angst, redete Ann sich Mut zu. Es wird eine wunderbare Erfahrung sein, und ich werde viel lernen.

In diesem Moment geriet das Flugzeit in ein Luftloch. Verstört sah Ann den Piloten an, der wenig beeindruckt schien. Er fing die Maschine ab und lächelte ihr beruhigend zu.

„Etwas Angst habe ich, aber es ist trotzdem ganz fantastisch", meinte sie verlegen.

Der Pilot nickte amüsiert und zog das Flugzeug hoch. Sie durchflogen dicke Wolken, und bald umgab sie strahlend blauer Himmel.

„Dort liegt Ihr Ziel, Miss Lowry. Das ist Kalai. Die ganze Insel gehört der Familie McFarland. Und da sehen Sie den Regenwald, dort, unter dem höchsten Berggipfel."

Sie flogen jetzt wieder niedriger. Ann konnte den Wald erkennen, der teilweise unter Nebelschleiern verborgen lag. Zwischen Felswänden öffneten sich tiefe Schluchten, und Wasserfälle glänzten wie Flüsse geschmolzenen Silbers im Licht der Nachmittagssonne.

Anns Herz klopfte schneller vor Aufregung. Jetzt begann ihr Abenteuer. Wovon jede Botanikerin träumte, das würde für sie bald Wirklichkeit werden. Sie würde die Gelegenheit haben, Pflanzen zu studieren, zu bestimmen und zu fotografieren, die noch kaum jemals ein Mensch gesehen hatte.

Inmitten der üppigen Vegetation entdeckte Ann hier und dort weidende Schaf- und Rinderherden und immer wieder einzelne Hütten.

„Wohnt Dr. McFarland auch in einer solchen Eingeborenenhütte?"

Der Pilot lachte. „Der Doktor und seine Familie leben in einem großen Haus. Aber die Eingeborenen haben sich ihre typisch hawaiische Lebensart bewahrt. Diese Insel ist tabu für alle, die nicht eingeladen sind."

„Ja, das weiß ich. Ich glaube, ich habe alles gelesen, was über die McFarlands geschrieben wurde. Ihre schottischen Vorfahren bekamen die Insel offenbar von einem hawaiischen König geschenkt, der sie hier ihre großen Viehherden züchten ließ. Das ist nun zweihundert Jahre her, und inzwischen hat sich natürlich so manches verändert. Damals lebten die Eingeborenen anscheinend noch wie in der Steinzeit. Aber das liegt ja schon eine ganze Weile zurück."

„Ja, es hat inzwischen viele Einflüsse anderer Kulturen in meinem Land gegeben.“ Der Pilot lächelte vielsagend. „Es kamen Japaner, Chinesen, Polynesier, Amerikaner, Filipinos und Koreaner.“

„Und wovon stammen Sie ab?“

Er lachte herzlich. „Von allen, Miss Lowry, von allen.“

Weil der Wind an dem Flugzeug rüttelte und es vom Kurs brachte, wurde er wieder ernst. Mit beiden Händen umfasste er den Steuerknüppel und brachte die Maschine wieder ins Gleichgewicht.

Auch Ann war ernst geworden. „Übrigens, es tut mir wirklich leid, dass Sie sich meinetwegen verspätet haben. Ich wäre natürlich auch erst einmal mit einem Gepäckstück ausgekommen und hätte darauf warten können, dass mir die Fluggesellschaft das andere nachliefert. Aber es widerstrebt mir nun einmal, die Dinge ungeklärt zu lassen. Ich bin daheim mit zwei Koffern abgeflogen, und da wollte ich gern mit beiden ankommen. Nun werden Sie wohl Mühe haben, die verlorene Zeit wieder aufzuholen?“

Der Pilot hob gleichmütig die Schultern und konzentrierte sich dann auf das Landemanöver. Sie flogen eine Kurve, dann näherten sie sich, die Sonne im Rücken, dem schmalen Landestreifen. Bald berührten die Räder mit quietschendem Geräusch den Boden.

Während die Maschine ausrollte, bemerkte Ann einen Mann, der neben einem Jeep stand und offenbar auf sie wartete.

Der Pilot lächelte ihm breit zu und streckte zur Begrüßung den Arm aus, dabei machte er das Siegeszeichen. Dann wandte er sich Ann zu und half ihr beim Aussteigen. An die Kühlerhaube seines Wagens gelehnt, beobachtete der Fremde sie dabei mit mäßigem Interesse.

Ann kletterte die Stufen hinunter. Sie trug ein streng geschnittenes Kostüm, eine hochgeschlossene Bluse und solide Schuhe. Über die Schulter gehängt trug sie eine Reisetasche, die viel zu schwer für die Trägerin wirkte. Welche Farbe ihr Haar hatte, das in einem Knoten zusammengebunden war, ließ sich nicht genau erkennen. Es mochte hellbraun oder dunkelblond sein. Ihre Augen waren hinter einer Sonnenbrille versteckt.

Trotz der festen Schuhe und der schweren Koffer bewegte sich die junge Frau mit Anmut. Sie wirkt auf mich ungeduldig, stellte der Mann am Jeep bei sich fest. Er hatte schon häufig Wissenschaftler hier am Flughafen in Empfang genommen, und fast alle hatten es kaum erwarten können, mit ihren Forschungen zu beginnen. Das galt auch für diese junge Frau. Sie schien sehr beherrscht und würde bestimmt alle ihre Energien auf eine einzige Aufgabe konzentrieren können.

Ann war inzwischen die Stufen hinuntergestiegen; sie ließ den schweren Koffer zu Boden gleiten und sah den Mann fragend an. Das veranlasste ihn dazu, tätig zu werden. Ann hatte das Gefühl, er wäre lieber einfach stehen geblieben, um ihr weiterhin zuzusehen. Das fand sie merkwürdig.

Er trat auf sie zu und streckte ihr die Hand entgegen. „Dr. Lowry?"

Ann nickte und nahm die Sonnenbrille ab. Jetzt konnte man ihre ausdrucksvollen bernsteinfarbenen Augen sehen. Sie wirkten in dem blassen Gesicht sehr groß.

„Nennen Sie mich lieber Ann." Sie schüttelte die dargebotene Hand. „Und Sie sind …?"

Ihre Stimme klang noch sehr jung und atemlos. Jay hatte Anns Brief und das Empfehlungsschreiben, das ihm beilag, nur oberflächlich gelesen. Die knappen Sätze hatten ihm kaum etwas über ihre Person verraten – nur über ihre beruflichen Qualifikationen, die allerdings erstaunlich waren.

„Ich bin Jay McFarland", stellte er sich endlich vor.

Merkwürdig, der Händedruck verursachte bei Ann ein prickelndes Gefühl im Arm. Schnell entzog sie ihm die Hand.

Jay erschien ihr geradezu riesig. Das Haar war etwas zu lang für ihren Geschmack, Wangen und Kinn bedeckte ein wild wuchernder rotbrauner Bart. So wie er hatten sicher seine Vorfahren aus dem schottischen Hochland ausgesehen, nur dass er statt eines Kilts ausgefranste kurze Hosen und ein Hawaiihemd mit Blumenmuster trug.

„Sie sind bestimmt der Sohn von Dr. Ian McFarland. Wie ich hörte, Doktor, praktizieren Sie als Tierarzt?"

Sie hatte sich auf ihren Besuch gut vorbereitet.

Er lächelte. „Sparen Sie sich den Doktortitel. Hier bin ich nur Jay McFarland, der Inselveterinär."

Der Pilot kam mit den Koffern, und Ann sagte schnell: „Ich muss mich für die Verspätung entschuldigen. Hoffentlich warten Sie hier nicht schon lange. Leider war einer meiner Koffer unauffindbar, den ich unbedingt brauche. Er enthält die Kleidung, die man mir für den Aufenthalt im Regenwald empfohlen hat. Vor allem aber sind meine ganzen Unterlagen darin."

„Und was haben Sie hier?" Jay zeigte auf Anns Tasche.

„Die Tasche enthält meine Kameraausrüstung. Ich möchte schließlich die Pflanzen fotografieren, die ich untersuchen will. Ohne diese Ausrüstung könnte ich meine Forschungen nicht durchführen."

„Und was ist das?" Jay zeigte neugierig auf einen Kleidersack, während er die Koffer und die Tasche mit der Fotoausrüstung im Wagen verstaute.

„Er enthält die Winterkleidung, die ich trug, als ich zu Hause abflog."

„Sie kommen aus Boston, habe ich recht?"

Ann nickte.

Jay wandte sich an den Piloten, der geduldig wartete.

„Willst du mit uns kommen und etwas essen, bevor du zurückfliegst, Moi? Es war auch für dich eine lange Reise."

Der Pilot schüttelte den Kopf. „Vielen Dank, aber diesmal nicht, Jay. Ich muss heute Abend gegen neun Uhr noch einen Passagier befördern. Vielleicht beim nächsten Mal."

Ann reichte ihm die Hand.

„Vielen Dank, Moi. Es tut mir leid, dass ich Sie so lange aufgehalten habe. Aber ich war sicher, dass das Flughafenpersonal meinen Koffer finden würde. Und ich hatte recht. Hoffentlich habe ich Ihre Pläne nicht zu sehr durcheinandergebracht."

„Machen Sie sich deswegen keine Sorgen", erwiderte der Pilot. „Hier auf den Inseln nehmen wir die Dinge nicht so ernst. Pläne machen wir höchstens mal aus Langeweile. Dann vergessen wir sie schnell wieder. Doch das werden Sie bald selbst herausfinden, Dr. Lowry. Viel Glück."

Als Jay und Ann kurz darauf mit dem Jeep auf einem schmalen Fahrweg die Insel durchquerten, war das Flugzeug nur noch als ein winziger Fleck am Himmel auszumachen.

Mit einem makellos reinen Taschentuch aus weißem Leinen wischte Ann sich die Stirn ab. Am liebsten hätte sie die Kostümjacke ausgezogen. Die Hitze war anstrengend. Aber sie wollte ganz kühl und geschäftsmäßig wirken, wenn sie dem alten Dr. McFarland begegnete. Schließlich war der erste Eindruck, den sie machte, sehr wichtig, und es lag ihr sehr daran, ihrem Gastgeber zu gefallen.

Sie schaute zur Seite und musterte Jay, der sich aufs Fahren konzentrierte. Er war ein kräftiger Mann, und sein rötliches Haar glänzte im hellen Sonnenschein. Der Teint war von der hawaiischen Sonne tief gebräunt. Neben ihm kam Ann sich ganz klein vor.

„Wohnen Sie bei ihrem Vater, oder haben Sie und Ihre Frau ein eigenes Haus?"

„Ich bin nicht verheiratet."

Ann versuchte, sein Alter zu erraten. Dreißig, vielleicht fünfunddreißig Jahre mochte er alt sein, es war schwer zu schätzen. Wie sein Gesicht wohl ohne den rotbraunen Bart aussah?

„Es war sehr nett von Ihrem Vater, mich einzuladen", versuchte sie das Gespräch fortzusetzen.

Jay schaute sie aufmerksam an, und Ann dachte, dass sie noch nie so blaue Augen gesehen hatte.

„Er lädt jedes Jahr einen Wissenschaftler für Forschungen in unserem Regenwald ein. Sie sind von der Universität sehr empfohlen worden."

„Dann will ich hoffen, dass ich diesen Empfehlungen gerecht werde. Ich weiß, wie sehr Ihr Vater sein Privatleben schätzt. Ich möchte ihn auf keinen Fall stören. Für die Wissenschaft bedeutet es sehr viel, Pflanzenarten studieren zu können, die fast ausgestorben sind. Ihr Regenwald ist geradezu eine Schatzkammer für uns Wissenschaftler."

Jay sah Ann ungläubig an und lachte. „Sagen Sie, reden Sie immer so?"

„Was meinen Sie damit?", irritiert erwiderte sie seinen Blick.

„Nun, wie ein Lehrbuch. Es klang gerade so, als hielten Sie eine Vorlesung an der Universität."

Ann wurde rot.

Da hatte er ihren wunden Punkt getroffen. Sie fragte sich manchmal, ob die Studenten heimlich über sie lachten, und wusste, dass sie auf Fremde steif und förmlich wirkte. Aber so hatte ihr Onkel sie nun einmal erzogen. In seinem Haus hatte es keine Lässigkeit gegeben.

In den Kursen an der Universität hatte sie immer älter gewirkt als ihre Mitstudenten, obwohl sie tatsächlich jünger war. Diese Förmlichkeit war wirklich gekünstelt, sie wusste sich einfach nicht anders zu benehmen.

„Ich werde versuchen, nicht zu oft Vorträge zu halten, Dr. McFarland."

„Dr. McFarland ist mein Vater. Ich bin Jay."

„Also, gut ... Jay." Verwirrt beschloss Ann, lieber auf eine Unterhaltung zu verzichten. In Jays Nähe fühlte sie sich äußerst unbehaglich. So blickte sie hinaus auf das tropische Paradies, das sie umgab. Doch das half nicht viel. Sie fühlte seine Gegenwart mit jeder Faser.

Er schien völlig entspannt, tat, als gebe es für ihn nichts Wichtigeres zu tun, als den Jeep zu lenken. Irgendwie wirkte er erdverbunden. Sie war an Männer gewöhnt, die gern über Kunst und Politik und wissenschaftliche Themen diskutierten.

In diesen Kreis passte er ganz und gar nicht hinein. Höchstens interessiert ihn das Balzverhalten der Auerhähne, dachte Ann bei sich und unterdrückte mühsam ein Lachen.

Staunend betrachtete sie das dichte Unterholz. Es war kaum zu glauben, dass sie noch vor wenig mehr als zwölf Stunden durch tiefen Schnee waten musste. Jetzt war selbst das Sommerkostüm viel zu schwer für das heiße Klima.

Während der vergangenen Stunden hatte sie voller Spannung nach dem Gipfel des Diamond Head bei Honolulu Ausschau gehalten, und die Kehle war ihr wie zugeschnürt gewesen, als sie über Pearl Harbour den Flughafen von Honolulu anflogen.

Sie war dort in das kleine Flugzeug umgestiegen, das zwischen den Inseln verkehrte. Bei einer Satellitenbeobachtungsstation auf einer einsamen Insel machten sie eine Zwischenlandung. Ann hatte diese Errungenschaft der Zivilisation mit Bedauern betrachtet. Der Fortschritt machte leider auch vor diesem abgelegenen Fleckchen Erde nicht halt.

Ann und Jay fuhren mit dem Jeep inzwischen auf einem schmalen Pfad, der durch den Dschungel geschlagen worden war. Manche Stellen erreichte die Sonne wegen der Schlinggewächse und des dichten Laubwerkes überhaupt nicht mehr.

Es rankte und wuchs in üppigem Grün und Gelb, dazwischen leuchteten rote und orangefarbene Flecken.

Im Nu erwachte in Ann die Wissenschaftlerin. Sie betrachtete voller Begeisterung die Pflanzenvielfalt und versuchte, die ihr bekannten Arten zu bestimmen. Für ihr geübtes Auge war dieses üppige tropische Paradies ein Garten voller Überraschungen.

„Frangipani! Paradiesvogel! Oh, Glory Bush", rief sie aufgeregt aus, als sie an einer Fülle leuchtender sternförmiger Blüten vorüberfuhren. „Passionsblumen, wie zauberhaft."

Jay verringerte das Tempo, um ihr Gelegenheit zum genaueren Schauen zu geben, und betrachtete sie verstohlen.

Ann seufzte tief auf. „Ich bin gestorben und im Himmel wieder aufgewacht", flüsterte sie und betrachtete glücklich das grüne Laubwerk der Kassia, deren gelbe Blüten prächtig leuchteten.

Als sie den Kopf wandte, fiel ein Sonnenstrahl geradewegs auf sie.

Was für ein weiches Blond, dachte Jay und betrachtete fasziniert ihr Haar. Sie wirkte sehr zart und zerbrechlich, wie sie da so saß und die Umgebung bewunderte. Ihre spontane Offenheit beim Anblick der tropischen Vegetation stand in krassem Gegensatz zu ihrem sonstigen Verhalten. Bisher hatte sie sich sehr verschlossen gezeigt.

Jay freute sich plötzlich auf den gemeinsamen Monat, der vor ihnen lag, wer weiß, wie sich ihre Beziehung noch entwickelte!

Ganz plötzlich erreichten sie das Ende des Dschungels und fuhren geradewegs in gleißend helles Sonnenlicht hinein. Vor ihnen breitete sich eine sanfte hügelige Landschaft mit vereinzelten Palmen aus. Überall wuchsen Blumen und andere Pflanzen. Auf einem der Hügel stand ein geräumiges, zweistöckiges Haus mit einem orangeroten Ziegeldach. Eine Veranda und Balkons auf jeder Etage umschlossen es.

Als sie näher kamen, konnte Ann auf der Veranda Korbmöbel erkennen. Sie waren mit bunt gemusterten Stoffen gepolstert.

„O Jay, dies Haus ist wunderschön."

Er lächelte, und Ann fand ihn sehr sympathisch.

„Ja, das ist es. Ich glaube, manchmal nehme ich das alles als zu selbstverständlich hin. Da ich hier geboren bin, vergesse ich leicht, wie es auf einen Malihini wirken muss."

Weil Ann fragend die Augenbrauen hob, setzte er hinzu: „Das bedeutet Fremder."

„Malihini." Ann probierte das neue Wort aus. Ihr gefiel, wie es ihr von der Zunge rollte. „Ich hoffe, dass ich nicht zu lange ein Malihini bleibe."

Jay blickte sie prüfend an, und Ann wurde es plötzlich noch heißer, ihre Wangen röteten sich. „Ganz bestimmt nicht", sagte er überzeugt. „Wir sind stolz darauf, besonders gute Gastgeber zu sein."

Ann war erleichtert, dass Jay in diesem Moment den Wagen anhielt, hinaussprang und nach ihrem Gepäck griff. Sie war es nicht gewohnt, dass Männer sie so ansahen, wie Jay das eben getan hatte. Es war ein eigenartiges Gefühl, das ihre Wangen zum Erröten brachte und ihr Herz schneller schlagen ließ. Ann hatte in ihrer Schulzeit immer als Klassenbeste gegolten und auch als ein bisschen exzentrisch, als ein Mädchen, das Pflanzen mehr liebte als Menschen. Die Erziehung, die ihr Onkel ihr hatte angedeihen lassen, hatte ein Übriges dazu getan, dass sie sich ganz auf ihre Studien konzentrierte und sich nur selten mit Freunden verabredete.

Ein hübsches junges Mädchen von vielleicht zwölf Jahren, mit hüftlangem schwarzem Haar und glänzenden mandelförmigen Augen, öffnete die Haustür und kam zu Jay und Ann herübergerannt.

„Lass mich auch etwas tragen, Jay. Ich möchte helfen", rief es begeistert.

„Gleich, kleine Krabbe. Zuerst will ich dich mit unserem Gast bekannt machen." Er wandte sich Ann zu. „Dies ist Laela, die Enkelin unserer Haushälterin, Ann."

Ann reichte ihr die Hand. „Hallo, Laela. Ich freue mich, dich kennenzulernen."

„Und ich freue mich, Sie kennenzulernen, Dr. Lowry." Das Mädchen drehte sich zu Jay um und sagte mit unverhohlener Belustigung: „Sie ist nicht größer als ich. Wie kann sie dann einen Doktortitel haben?“

Jay zauste ihr das Haar. „Weil sie tüchtig studiert hat – sie lernt wohl gern. Das unterscheidet sie von jemand, den ich kenne.“

„O Jay, fang nicht schon wieder mit den Ermahnungen an. Gib mir lieber etwas, das ich hineintragen kann.“

„Hier, Krabbe, probier es damit.“ Er drückte ihr die Tasche mit der Fotoausrüstung in die Arme und sah belustigt zu, wie Laela sich abmühte. Erstaunt sah sie die beiden Erwachsenen an.

„Was ist denn darin? Ein Anker?“

„Falsch geraten! Es ist die Fotoausrüstung von Miss Lowry. Gib sie mir wieder, du kannst den Kleidersack tragen.“

Laela ließ sich den Kleidersack geben, rannte damit zum Haus und hielt den anderen die Haustür auf.

Als Ann und er die Veranda überquert hatten und das kühle Innere des Hauses betraten, sagte Jay leise: „Willkommen bei uns, Ann.“

Sie bedankte sich und schaute sich um. Unter der Decke drehte sich ein Ventilator und verbreitete in dem hellen luftigen Raum eine angenehme Temperatur. Die Fliesen glänzten sauber. In dem großzügig angelegten Wohnzimmer standen Möbel aus altem Holz und interessante Stühle, die mit kariertem Stoff gepolstert waren. Eine altmodische Uhr schlug gerade die volle Stunde, als sie eintraten.

Ann betrachtete das Schnitzwerk an der Uhr. Das Haus und seine Einrichtung gefielen ihr auf Anhieb.

Jay stellte das Gepäck am Fuß der Treppe ab und führte Ann zu einer doppelflügeligen Tür am Ende des Korridors. „Mein Vater ist in seinem Arbeitszimmer.“ Er öffnete die Tür und ließ Ann eintreten.

Das Erste, was Ann wahrnahm, war eine dichte weiße Haarmähne. Jays Vater saß über ein geöffnetes Buch gebeugt und schien tief darin versunken zu sein. Dann aber hob er den Kopf und musterte Ann, die mit Jay nun mitten im Raum stand.

„Dad, dies ist Dr. Ann Lowry. Ann, das ist mein Vater, Dr. Ian McFarland.“

Ann trat näher und reichte Dr. McFarland die Hand. Der alte Herr erhob sich langsam von seinem Stuhl und stand einen Augenblick steif da, bevor er Anns Hand ergriff.

Seine gerade, ausgeprägte Nase, die blauen Augen und die hohe Stirn zeigten die Verwandtschaft mit dem Sohn. Einen Augenblick fragte Ann sich, ob Jay unter seinem Bart wohl ebenso aussah wie sein Vater.

„Also, das ist Dr. Lowry, nun ja. Wir sind sehr glücklich, dass Sie zu uns gekommen sind, um hier zu forschen. Sie haben ja sehr eindrucksvolle Empfehlungen." Er blickte Hilfe suchend zu seinem Sohn und dann wieder zu Ann. „Ich muss gestehen, ich hatte erwartet, dass Sie älter wirken würden. Sie haben in Ihren jungen Jahren schon viel erreicht."

Ann lächelte und sagte nichts. Wie oft hatte sie schon solche Worte gehört! Jedermann schien anzunehmen, dass man im Dienste der Wissenschaft vorzeitig alterte.

„Wenn ich es richtig gelesen habe, Dr. McFarland, dann waren Sie damals der jüngste Vogelkundler, der sich mit dem großen Kondor beschäftigt hat. Wenn es Ihre frühen Beiträge nicht gegeben hätte, wäre der Vogel vielleicht schon ausgestorben."

Er nickte anerkennend. „Sie haben es getroffen. Wie gut, dass es junge Wissenschaftler gibt. Sie gehen gern auch mal neue Wege." Er wies auf einen Sessel. „Bitte, setzen Sie sich, und machen Sie es sich bequem."

Ann nahm Platz. Jay hatte sich ans Fenster gestellt, von dort beobachtete er sie, ohne sich an dem Gespräch zu beteiligen. Sie hatte den Eindruck, dass er sie sorgfältig studierte. Es gelang ihr aber, nicht zu ihm hinüberzusehen. Nervös beugte sie sich vor und stellte ihren Aktenkoffer neben sich auf den Fußboden.

„Haben Sie sich bestimmte Aufgaben gestellt?"

„Ja, das habe ich. Es sind so viele, dass ich sie nur mit Mühe werde erledigen können. Ich habe gehört, dass es in Ihrem Regenwald ungefähr zwanzigtausend verschiedene Orchideenarten geben soll. Wenn ich nur eine oder zwei finde, die vorher noch niemand beschrieben hat, kann ich mich schon glücklich schätzen. Es geht wohl jedem Wissenschaftler so, dass er einmal etwas völlig Neues entdecken möchte."

Dankbar fügte sie hinzu: „Dr. McFarland, ich freue mich, hier sein zu dürfen. Um die Wahrheit zu sagen: Ich kann es kaum erwarten, mit der Arbeit zu beginnen. Einen ganzen Monat hier verbringen und mit Ihnen zusammenarbeiten zu können, das ist für mich ein außerordentliches Geschenk. Sie erforschen diesen Regenwald seit vielen Jahren und haben mit den besten Fachleuten der Welt zusammengearbeitet. Für mich wird es sehr viel bedeuten, von Ihnen zu lernen."

Jays Vater räusperte sich. Langsam erhob er sich, griff hinter den Stuhl und nahm einen Spazierstock in die Hand. Sofort war Jay neben ihm, um ihn zu stützen. Ann bemerkte erst jetzt, dass der Vater ebenso groß war wie der Sohn. Sie betrachteten beide Ann mit kaum verhohlener Belustigung. Die erkannte, wie es um Dr. McFarlands Gesundheitszustand bestellt war, und wurde vor Verlegenheit rot.

„Wie Sie sehen, kann ich leider keine Ausflüge in den Regenwald unternehmen."

Ann war verwirrt und wusste nicht, was sie sagen sollte.

„Es ist schon eine Reihe von Jahren her, dass ich zuletzt im Regenwald war."

„Es tut mir leid, Dr. McFarland. Ich wusste nicht ..."

„Machen Sie sich nichts daraus. So ist das nun einmal. Ich genieße es immer noch, mit den Kollegen aus meinem Fachgebiet zusammenzukommen und mit ihnen über unsere Lieblingsthemen zu diskutieren. Aber ich kann die Arbeit eines jungen Forschers leider nicht mehr leisten." Dr. McFarland lächelte seinen Sohn an. „Jay wird Sie durch den Regenwald begleiten. Ich bin ihm sehr dafür verbunden, dass er seine eigene Arbeit jedes Jahr für einen Monat unterbricht, damit ich dieses Forschungsprogramm am Leben halten kann."

Ann zwang sich zu einem Lächeln. „Ich verstehe. Nun, das ist sehr freundlich von Ihnen ... ja." Voller Unbehagen sah sie ihn an.

Jay beobachtete amüsiert, wie Ann Haltung zu bewahren versuchte. Er fand, dass ihr das recht gut gelang.

„Jay ist ein erstklassiger Führer. Er kennt jeden Winkel des Dschungels. Schon als kleiner Junge ist er mit mir dort gewesen. Sie werden bei ihm in guten Händen sein."

„Daran habe ich keinen Zweifel."

Der alte Herr schien zufrieden. „Gut. Ich nehme an, dass Sie sich vor dem Abendessen noch ein wenig erfrischen wollen. Von Boston hierher ist es eine weite Reise, Sie werden erschöpft sein." Mit einem Lächeln begrüßte er nun jemand hinter Ann.

Als sie sich umdrehte, sah sie eine rundliche Frau in einem weiten Muumuu, dem langen Kleid der eingeborenen Frauen auf Hawaii.

„Maria, dies ist Dr. Lowry, die Botanikerin, die unser Gast ist. Zeigen Sie ihr bitte ihre Zimmer."

Die Haushälterin lächelte und zeigte dabei ihre weißen ebenmäßigen Zähne. Mit auf die Hüften gestemmten Händen musterte sie Ann. „So klein ist sie, nicht größer als Laela! Wie kann dieses kleine Mädchen eine Wissenschaftlerin sein?"

Die beiden Männer lachten.

Jays Vater stützte sich schwer auf den Arm seines Sohnes. „Sie werden sich an Maria gewöhnen", meinte er gut gelaunt. „Sie bemuttert alle, auch mich."

Ann folgte der Haushälterin zur Treppe. Sie waren gerade die ersten Stufen hinaufgestiegen, als ihr einfiel, dass sie ihren Aktenkoffer hatte stehen lassen.

„O Maria, warten Sie bitte einen Augenblick. Ich komme gleich wieder."

Ann eilte zum Arbeitszimmer zurück. An der offenen Tür blieb sie stehen, weil sie ihren Namen fallen hörte. Sollte sie einfach trotzdem eintreten?

Oder sollte sie lieber anklopfen, um sich so bemerkbar zu machen? Gegen ihren Willen musste sie das Gespräch zwischen Jay und seinem Vater mit anhören.

„... von unserem Gast? Glaubst du, dass es Probleme geben wird?"

Ann hob schon die Hand, doch als sie dann Jays tiefe Stimme vernahm, hielt sie inne und klopfte nicht an die Tür.

„Sie sieht so aus, als könne ein kräftiger Wind sie wegblasen. Ich bin nicht sicher, ob sie die Strapazen der Wanderungen durch den Regenwald ertragen kann."

„Unsinn. Dr. Smythe-Fielding hat ihr die besten Empfehlungen gegeben. Natürlich ist sie noch ziemlich jung, aber sie ist aufgeweckt und hübsch, findest du nicht auch?“

Das hörte Ann natürlich gern. Doch die Freude schwand schnell, als sie Jays Antwort vernahm.

„Das ist mir gar nicht aufgefallen.“

„Aber Jay. Was ist denn mit dir los?“ Der alte Herr lachte erheitert.

„Sie ist so ordentlich und korrekt, Dad. Wenn ich einmal ein Bild aus meinem und deinem Fach als Vergleich heranziehen darf: Auf mich wirkt sie ein bisschen wie ein Spatz. Für meinen Geschmack ist sie zu grau.“

„Aber du weißt doch, was man sagt …“

Ann hatte genug gehört. Verletzt wandte sie sich ab und ging zur Treppe zurück. Bedrückt ließ sie sich von Maria die Zimmer zeigen, die für sie vorbereitet waren. Stolz wies diese auf den Balkon, auf dem ein weißer Korbsessel und eine mit Kissen in fröhlichen Blumenmustern gepolsterte Bank standen.

Im Schlafzimmer gab es ein großes Bett, auf dem eine ebenfalls bunt geblümte Überdecke lag. In einer Ecke des Raumes stand ein hoher viktorianischer Spiegel zwischen zwei Stühlen, deren Bezüge rosa gestreift waren. Ann warf auch einen Blick ins Bad. Es war mit weißem Marmor gekachelt und mit einem flauschigen Teppich ausgelegt. Zu beiden Seiten des Waschbeckens standen große Farne in weißen Marmortöpfen.

Alles verriet den Luxus, von dem Ann ihr ganzes Leben lang geträumt hatte. Aber nun stellte sie fest, dass er gar nicht zu ihrer gewohnten strengen Lebensweise passte. In solchen Räumen konnte man doch wohl nicht arbeiten?

Für eine Weile würde dies ihr Zuhause sein. Sie hätte daher glücklich sein sollen, doch als Maria gegangen war und sie sich selbst überlassen hatte, fielen Ann Jays Worte wieder ein. Betrübt ließ sie sich Wasser für ein Bad einlaufen.

Während Ann in der Badewanne saß, dachte sie unablässig über Jays Bemerkung nach. Sie war für ihn also ein grauer Spatz. Das war wirklich eine passende Beschreibung. Hatte ihr Onkel sie nicht ebenso eingeschätzt? Er hatte nur dann von ihr richtig Notiz genommen, wenn sie mit Zeugnissen nach Hause kam. Nur mit guten Noten konnte sie ihn beeindrucken. Sie hatte daher schon früh gelernt, dass man nur dann mit ihr zufrieden war, wenn sie sich den Klassenkameraden überlegen zeigte.

Ann sinnierte noch eine Weile, dann rief sie sich zur Ordnung. Sie wollte sich auf das Wesentliche konzentrieren. Dieser vierwöchige Aufenthalt bei Jay und seinem Vater stellte ja nur ein Zwischenspiel in ihrem Leben dar. Bald würde sie wieder in den Alltag an der Universität zurückkehren. Dort war ihr Zuhause, und das wollte sie nicht vergessen.

Nach kurzer Zeit stieg sie aus der Badewanne. Sie löste das Haarband und bürstete ihr weiches, schulterlanges Haar. Dabei kreisten ihre Gedanken wieder um Jay. Einen ganzen Monat sollte sie mit ihm verbringen, wobei sie wusste, dass er sie langweilig und grau fand. Das waren ja schöne Aussichten! Da war sie gerade ein paar Stunden im Paradies, und schon hatte sie eine Schlange entdeckt. Doch sie würde ihre Enttäuschung überwinden, harte Arbeit und Disziplin würden ihr dabei helfen. Das hatte bisher immer gewirkt.

2. KAPITEL

Laela verstaute einen Stapel sorgfältig zusammengefalteter Leinentücher in dem Schrank, der in der Diele stand.

Als Ann zu ihr trat, richtete sie sich auf und lächelte sie zuvorkommend an.

„Kann ich Ihnen helfen, Dr. Lowry?"

„Würdest du für einen Augenblick zu mir kommen?"

Das Mädchen folgte Ann in deren Raum und sah sich verlegen um. „Habe ich Sie aufgeweckt? Jay sagte, ich müsse ganz leise sein, damit Sie sich ausruhen können."

Ann winkte beruhigend ab. „Nein, Laela, du hast mich nicht geweckt. Ich habe ein wenig geschlafen, bin aber schon vor einer Weile wieder aufgewacht. Nun möchte ich deinen Rat in einer wichtigen Frage hören."

Laela wurde ganz aufgeregt. „Was kann ich für Sie tun, Dr. Lowry?"

„Zuerst einmal kannst du damit aufhören, mich Dr. Lowry zu nennen. Dann komme ich mir jedes Mal alt und würdig vor. Sag bitte lieber Ann zu mir."

„Oh, ich weiß nicht, ob Großmutter das erlauben wird."

„Mach dir keine Sorgen, ich werde es ihr erklären."

Laela und Ann standen nebeneinander, sie hatten tatsächlich ungefähr die gleiche Größe.

„Also gut, ich werde Sie Ann nennen – wenn Großmutter nichts dagegen hat."

„Fein." Ann setzte sich auf die Bettkante und zeigte neben sich. Laela nahm neben ihr Platz, und Ann fragte: „Laela, zieht man sich hier zum Abendessen extra an?"

Laela blieb ganz ernst und meinte: „O ja … Ann. Sie müssen etwas anziehen. Hier ist noch niemand unbekleidet zum Abendessen gekommen."

Ann hielt sich die Hand vor den Mund, doch dann lachten sie und Laela laut auf. „Vielen Dank für die Auskunft, Laela. Ich glaube, ich habe dich verstanden. Werde ich dich beim Essen sehen?"

„Ja. Ich habe zwar schon gegessen, aber ich werde meiner Großmutter in der Küche helfen, bevor ich mit den Schulaufgaben anfange.“

„Gibt es auch eine richtige Schule auf dieser Insel?“

„Ja, und sogar ein Gymnasium. Aber wenn wir die Universität besuchen wollen, müssen wir auf die Hauptinsel hinüber oder in die Vereinigten Staaten.“

„Wollen viele auf die Universität gehen?“

Das Mädchen nickte heftig.

„Ja. Wir gehen natürlich nicht gern hier weg, aber es bleibt uns ja nichts anderes übrig.“ Laela fügte stolz hinzu: „Ich werde übrigens Tierärztin, so wie Jay.“

Laela hatte das mit sehr viel Zuneigung gesagt, und Ann fragte sich, wie ein so großer, vierschrötiger Mann wie Jay solche Gefühle in einem zarten Mädchen erwecken konnte.

„Hast du schon einmal zugesehen, wenn er Tiere behandelt?“

„Wenn ich nicht zur Schule muss, nimmt er mich manchmal mit. Ich weiß schon eine ganze Menge über Tiere. Jay sagt übrigens, ein Botaniker sei eine Art Pflanzenarzt. Stimmt das?“

Ann lachte. Sie mochte das aufgeweckte Mädchen. „Ja, vielleicht kann man das sagen. Aber ich würde nur die Krankheiten der Pflanzen erkennen, gesund machen könnte ich sie nicht. Meine Aufgabe ist es, sie einzuordnen und herauszufinden, wie sie dem Menschen nützlich sein könnten.“

„Das verstehe ich nicht. Muss denn alles immer nützlich sein?“

Ann lächelte freundlich. „Wahrscheinlich kommt es dir eigenartig vor, dass man mit solchen Dingen seine Zeit verbringt, aber es ist eben so, dass auch Pflanzen das Geheimnis des Lebens bewahren. Wissenschaftler wie ich glauben, dass sich die Eigenschaften der Pflanzen verändern und sich welche züchten lassen, die so widerstandsfähig sind, dass sie auch unter den widrigsten Umständen überleben. Das würde helfen, den Hunger in der Welt zu bekämpfen. Zu viele Menschen sterben, weil sie nicht satt werden.“

Ann spürte, dass Laela dieses Thema beunruhigte. Vorsichtig fragte sie: „Mir ist aufgefallen, dass du bei deiner Großmutter lebst. Wohnen deine Eltern auch auf der Insel?“

Laela schüttelte den Kopf. „Sie sind beide tot. Sie sind bei einem Sturm ertrunken.“

Fürsorglich legte Ann den Arm um Laelas Schultern. „Wie lange ist das her?“

„Es geschah im letzten Sommer.“

„Wie alt bist du, Laela?“

„Zwölf.“

Eine ganze Weile streichelte Ann stumm Laelas Haar. Es fiel ihr, wie sie selbst erstaunt feststellte, gar nicht mal schwer, ihre Zurückhaltung aufzugeben und Zärtlichkeit zu zeigen. Laela tat ihr zutiefst leid. „Es wird noch lange schmerzen, aber schließlich wird auch diese Wunde heilen, wie alle“, tröstete sie sie.

„Natürlich bleiben Narben. Manchmal, wenn du es gar nicht erwartest, wirst du den Kummer wieder spüren. Du kannst dich glücklich schätzen, Laela, dass du in dieser Situation von Menschen umgeben bist, die dich lieben.“

Laela sah Ann überrascht an. „Wie können Sie wissen, was ich fühle? Niemand sonst versteht das.“

Ann erwiderte zögernd: „Ich habe meine Eltern ebenfalls bei einem Unfall verloren, als ich zwölf war.“

Laela sah sie ungläubig an. Ann erschien ihr plötzlich in einem ganz neuen Licht. „Hatten Sie auch eine Großmutter, die Sie liebte?“

Ann schüttelte den Kopf. „Nein, leider nicht. Aber ein Onkel nahm mich auf.“

„War er auch so spaßig wie Jay?“

Ann lächelte. Laela wirkte jedes Mal ganz hingerissen, wenn sie von Jay sprach. „Mein Onkel hat leider keinerlei Ähnlichkeit mit Jay.“

„Ich liebe Jay“, verriet Laela, und ihren leuchtenden Augen sah man an, dass es der Wahrheit entsprach.

Ann erhob sich. „So, junge Dame, nun werde ich mich also anziehen und dann zum Abendessen hinuntergehen.“

„Wir sehen uns bald wieder.“ Vergnügt lief Laela zur Zimmertür. Dort blieb sie noch einmal stehen und sagte: „Es gefällt mir, wenn Sie das Haar offen tragen, Ann. Es sieht so weich und golden aus.“

Ann ging zum Wandschrank und betrachtete kritisch ihr schlichtes blaues Leinenkleid mit der dazu passenden weißen Jacke. Als sie die Sachen in Boston gekauft hatte, waren sie ihr sehr auffallend erschienen. Doch in dieser Umgebung, auf einer farbenfrohen Südseeinsel, sahen sie genauso unauffällig und spatzengrau aus wie der Rest ihrer Garderobe.

Außer diesem Kleid hingen im Schrank nur noch mehrere Khakihosen und -hemden, die Ann speziell für die Arbeit im Regenwald gekauft hatte.

Eilig zog sie das Kleid an. Es besaß einen tiefen Rückenausschnitt und schmale Spaghettiträger. Unter dem dünnen Stoff zeichnete sich alles ab. Aber das machte nichts. Sie würde ja die Jacke darüberziehen.

Zu dem Kleid musste sie die soliden Pumps tragen, in denen sie hierhergekommen war. Denn zur Wahl standen sonst nur die hohen Armeestiefel, in denen sie den Dschungel erobern wollte, und zwei Paar Freizeitschuhe, die auch ganz und gar nicht zu dem Kleid passten. Es blieb ihr also keine Wahl.

Ob es Jay auffiel, dass die Pumps nicht zu dem Kleid gehörten?

Der Gedanke störte sie. Er hielt sie sowieso für eine graue Maus, und ihr Anblick würde ihn darin wahrscheinlich noch bestärken. Doch das stört mich nicht, dachte sie trotzig.

Laelas Bemerkung fiel ihr ein, und sie erwog, das Haar offen zu lassen. Aber ihr Anblick im Spiegel war ihr selbst so fremd, dass sie es lieber ließ. Ob tropische Insel oder nicht, es machte keinen Unterschied.

Sie war hier, um ihren Beruf auszuüben, und nicht, um Eroberungen zu machen.

Energisch frisierte sie sich das Haar zu dem gewohnten strengen Knoten. Es war ihr gleich, was Jay McFarland von ihr dachte. Er war schließlich nichts anderes als ihr Führer während der Forschungsarbeiten. Es kam nicht darauf an, ob sie sich miteinander unterhalten konnten. Sie brauchten sich nicht einmal zu mögen. Das Einzige, was sie von ihm erwartete, war die Fähigkeit, sie durch den Dschungel zu führen. Sie würde ihm schon zeigen, dass sie nicht so schwach war, wie er glaubte.

Ann legte etwas Lippenglanz auf und besah ihr Gesicht kritisch im Spiegel. Sie war zu blass, und ihre Wangen brauchten ein wenig Farbe. Nachdem sie dem Mangel abgeholfen hatte, schüttelte sie den Kopf. Nein, sie war ein hoffnungsloser Fall. Ihre Augen waren zu groß, die Nase zu klein, die Haut zu blass. Ihre hellen Augenbrauen und Wimpern entsprachen auch nicht gerade dem gängigen Schönheitsideal. Jay hatte recht, wenn er sie grau und uninteressant fand. Sie war außerdem so dünn, dass man die weiblichen Formen nur ahnte, und hatte zudem kein Stilgefühl. Nein, es war einfach aussichtslos. Kopfschüttelnd wandte sie sich vom Spiegel ab und ging zur Treppe.

Jay und sein Vater saßen auf der Terrasse des Hauses und genossen die letzten Strahlen der Nachmittagssonne. Die Terrasse lag auf der Rückseite des Hauses und war mit Ziegelsteinen ausgelegt. Über eine niedrige Mauer, die sie begrenzte, wucherte duftender Hibiskus. In der Ferne war der Ozean zu sehen. Die Wellen wirkten vor der orangeroten Sonne, die schon ziemlich tief stand, wie scharlachfarbene Bänder.

„Miss Lowry, da sind Sie ja. Kommen Sie zu uns und genießen Sie den Spätnachmittag mit uns. Was möchten Sie trinken?“ Ungeachtet seiner körperlichen Beschwerden erhob sich der alte Herr, um Ann zuvorkommend zu begrüßen.

Es machte Ann verlegen, dass er sich ihretwegen so viele Umstände machte.

„Trinken Sie auch Scotch mit Soda?“

Sie nickte, war zu schüchtern, um einen Sherry zu bitten.

Jay schenkte ihr ein und reichte Ann das Glas. Seine Worte waren nicht vergessen, also dankte sie ihm nur kurz.

Jay blieb neben ihr stehen, und voller Unbehagen spürte sie seine Nähe. Um ihm auszuweichen, setzte sie sich auf einen der Korbstühle und sah seinen Vater an.

„Ihr Haus gefällt mir, Dr. McFarland. Ich freue mich schon darauf, Ihre Insel zu erkunden. Vom Flugzeug aus konnte ich mir bereits einen Überblick verschaffen.“

„Hatten Sie einen guten Flug? Fliegen Sie gern?“

Ann senkte unsicher den Blick. Sie schämte sich ihrer Angst vorm

Fliegen und gab das nur ungern zu. „Bitte nennen Sie mich Ann, Dr. McFarland."

„Einverstanden, Ann. Also, wie war der Flug?"

„Nun ja, er war erträglich."

Jay bemerkte, dass Ann ihr Glas umklammerte, während sie das sagte.

„Wie gefällt Ihnen Ihr Zimmer?"

„Es ist reizend. Ich habe noch nie so elegant gewohnt. Wie gut, dass ich mich bald vorwiegend im Dschungel aufhalten werde. Sonst entwickle ich womöglich Wünsche, die ich mir dann gar nicht erfüllen kann. Ich weiß nicht, wie Sie es schaffen, in diesem Paradies zu arbeiten, Dr. McFarland."

Der alte Herr lächelte nachsichtig. „Vermutlich geht es uns mit solchen Dingen wie Kindern in einer Eiscremefabrik. Zuerst ist es aufregend, doch nach einer Weile nehmen wir alles als selbstverständlich hin, und dann können wir uns wieder der Arbeit widmen."

Er wies mit dem Glas auf seinen Sohn. „Schauen Sie sich nur einmal die hervorragenden Forschungsberichte an, die Jay schreibt, trotz seiner aufreibenden Arbeit."

Überrascht schaute Ann zu Jay, der lässig an der Mauer lehnte und sie nun mit vergnügtem Lächeln ansah.

„Ich hatte keine Ahnung, dass Sie auch wissenschaftlich tätig sind." Sie wandte sich wieder Jays Vater zu. „Ihr Sohn hat mir erzählt, er sei nur der örtliche Tierarzt."

Ian McFarland lachte. „Nanu, seit wann gibt sich mein Sohn so bescheiden? Das kenne ich ja gar nicht von ihm. Aber wahrscheinlich hat er sich einen Scherz mit Ihnen erlauben wollen, Ann. Das ist sein größter Fehler. Er neigt sehr dazu, mit anderen seine Späße zu treiben."

Er schwieg einen Augenblick, dann fügte er hinzu: „Das liegt allerdings in der Familie."

Maria zeigte sich an der Tür. Sie verkündete, dass das Essen bereit sei, woraufhin sich Ann, Jay und dessen Vater erhoben.

Ian McFarland stützte sich auf seinen Stock und bot Ann galant den Arm. Zusammen gingen sie in das Speisezimmer, Jay folgte ihnen.

Das geräumige Speisezimmer war mit dunklen Steinfliesen ausgestattet. Es gab einen Tisch mit einer Glasplatte, darauf prangte eine Vase mit duftendem Hibiskus und vielfarbigen wilden Orchideen. Rings um den Tisch standen weiße Korbstühle mit bunt bezogenen Kissen. Laela kam mit einem Tablett voller Salatschüsseln herein. Wie ihre Großmutter trug sie ein weites, malvenfarben gemustertes Kleid aus feinem Stoff. Es war aber nicht wie das traditionelle Kleid der Inselbewohnerinnen geschnitten, sondern besaß lange, am Handgelenk enge Ärmel und einen schmalen Stehkragen, der mit schwarzer Borte abgesetzt war. Das Oberteil war mit mehreren schwarzen geflochtenen Schnüren durchwirkt.

Dieses Kleid betonte Laelas glänzendes schwarzes Haar und ihre dunklen Augen vorteilhaft.

„Oh, Laela, du siehst wirklich schön aus!"

Laela freute sich sichtlich über das Kompliment. „Danke. Jay hat mir das Kleid zum Geburtstag geschenkt."

Ann sah Jay überrascht an. Er wirkte auf sie gar nicht wie jemand, der kleinen Mädchen großzügige Geschenke machte.

Verwirrt registrierte sie, dass er seinen Blick auf sie gerichtet hatte. Schnell sah sie wieder weg.

Als Ann gerade die Gabel zum Mund hob, verkündete Laela ohne Einleitung: „In Boston essen die Leute im Schlafanzug."

Ann ließ die Gabel sinken.

„Was sagst du da?", fragte Jay amüsiert.

„Ann – Dr. Lowry fragte mich, ob sie sich zum Abendessen extra anziehen solle. Gut, dass sie mich gefragt hat. Sie wäre sonst ziemlich verlegen gewesen, wenn sie im Nachthemd heruntergekommen wäre." Laela blickte die Erwachsenen mit wichtiger Miene an, dann erklärte sie in ernstem Ton: „Ich habe ihr gesagt, dass hier alle normale Kleidung tragen."

Ann und ihre Gastgeber verharrten in völligem Schweigen.

Erst als das Mädchen den Speiseraum verlassen hatte, brachen die beiden Männer in hemmungsloses Gelächter aus. Beschämt beobachtete Ann, dass sie sich sogar Tränen aus den Augen wischten. Feuerrot meinte sie: „Ich habe gleich gemerkt, dass Laela meine Frage falsch verstanden hatte. Aber ich hatte nicht den Mut, sie zu korrigieren. Nun tut mir das leid."

„Aber damit hätten Sie uns doch den Scherz des Tages ruiniert." Ian hob sein Weinglas. „Meine liebe Ann, ich bin sowas von froh, dass Sie Humor haben. Auch wenn dieses Gelächter auf Ihre Kosten ging."

Ann vermied es, Jay anzusehen. Sie lächelte seinem Vater zu und probierte den Wein. Er war leicht und fruchtig und schmeckte sehr gut zu dem Brathuhn und dem frischen Salat.

Obwohl Ann hungrig war, hatte sie Schwierigkeiten, in Jays Gegenwart zu essen. Jedes Mal, wenn sie aufblickte, schaute er sie gerade an. Das machte sie ganz unsicher. Sein Gesichtsausdruck verriet ihr, dass er sich immer noch über Laelas Bemerkung amüsierte.

Ann lehnte das Fruchteis ab und nahm als Nachtisch nur frische Ananas. Im Anschluss daran gab es heißen starken Kaffee.

Sie seufzte zufrieden.

„Wenn ich in Boston wäre, müsste ich wahrscheinlich gerade jetzt den Schnee auf meiner Garagenzufahrt räumen. Das kann man sich kaum vorstellen, ein eigenartiger Gedanke.

„Wohnen Sie allein?", fragte Jays Vater interessiert.

„Ja. Ich besitze ein kleines Haus in der Nähe der Universität."

„Würden Sie sich in einem Apartmenthaus, in dem auch andere wohnen, nicht sicherer fühlen?"

„Ich wollte etwas für mich allein haben."

„Aber wie können Sie ein Haus in Ordnung halten, wenn Sie arbeiten?", fragte Jays Vater skeptisch.

„Wenn ich nicht unterrichte oder in der Bibliothek arbeite, halte ich mich im Haus auf. Da bleibt mir noch eine Menge Zeit."

„So, so." Jays Vater erhob sich und langte nach seinem Stock. „Trinken wir noch etwas im Arbeitszimmer? Sie werden vielleicht meinen letzten Forschungsbericht sehen wollen, Ann."

Sie folgte ihm und war sich dabei sehr bewusst, dass Jay unmittelbar hinter ihr ging. Als sie das Arbeitszimmer erreicht hatten, kam Jay ihr zuvor und hielt ihr die Tür auf. Demonstrativ atmete er den zarten Duft ihres Parfüms ein, während sie an ihm vorbeiging.

Jay übernahm wieder das Mixen der Getränke. Ann machte es sich in einem gemütlichen Ledersessel bequem und setzte ihre Lesebrille mit den schmalen Metallbügeln auf. Der alte Herr schien auf ihre Reaktion sehr gespannt zu sein. Er sah aufmerksam zu, wie sie den Aufsatz durchlas, an dem er während der vergangenen Monate gearbeitet hatte.

Auch Jay blickte zu Ann, die in den Text vertieft war. Seine Gedanken gingen allerdings in eine andere Richtung als die seines Vaters. Fasziniert betrachtete er ihre Haltung und ihr Haar, das im Schein der Leselampe schimmerte.

Ann las schnell und konzentriert, bis sie den ganzen Aufsatz durchgesehen hatte.

„Das ist wunderbar, Dr. McFarland. Man hat doch bisher angenommen, dass dieser Vogel fast ausgestorben sei. Wenn es noch genügend Exemplare für Zuchtversuche gibt, könnte die Art vielleicht nach einiger Zeit auch in anderen tropischen Ländern wieder verbreitet werden. Das ist ja eine großartige Entdeckung."

Jays Vater strahlte. „Ja, das stimmt. Natürlich kann ich mir den Erfolg nicht allein zuschreiben. Dr. Coulter von der Universität in Los Angeles hat mir geholfen. Er war mehrere Monate auf der Suche nach dem Vogel und hatte zuletzt eine Gruppe von Studenten hier, die ihn unterstützten. Das ganze Projekt hat zwei Jahre in Anspruch genommen."

„Aber das alles war nur möglich, weil Sie Ihren Regenwald den Wissenschaftlern zugänglich gemacht haben."

„Übertreiben Sie nicht, Ann. Es bereitet mir schließlich Freude, meinen Kollegen einen solchen Schatz zur Verfügung stellen zu können."

Während Jays Vater von den Untersuchungen erzählte, die Fachleute vor Ann auf der Insel unternommen hatten, schlüpfte sie ganz zwanglos aus den Schuhen und zog die Füße hoch. Sie hörte Jays Vater gern zu und kam sich vor wie im Paradies. Als der alte Herr sich schließlich erhob, empfand sie Bedauern.

„Ich muss mich jetzt leider entschuldigen. Ann, es war mir ein Vergnügen, mich mit Ihnen zu unterhalten. Ich schätze junge Leute mit wachem Verstand sehr. Morgen werden wir unser Gespräch fortsetzen. Jay und ich sind beide der Ansicht, dass Sie noch einen Tag brauchen, um sich an das Klima hier zu gewöhnen, bevor Sie mit den anstrengenden Wanderungen durch den Regenwald beginnen können. Und Jay ist auch gerade erst von einer ausgedehnten Tour über die Insel zurückgekommen. Er hat noch eine Menge zu erledigen, um sich einen Monat für uns Zeit nehmen zu können.“ Er sah seinen Sohn liebevoll an.

„Wenn ein Mann sich um Tausende von Schafen und Rindern kümmern muss, hat er keine Zeit, sich zu rasieren oder die Haare zu schneiden.“ Jays Vater verbeugte sich leicht vor Ann.

„Gute Nacht, meine Liebe, es war ein sehr angenehmer Abend. Gute Nacht, mein Sohn.“

Es war plötzlich ganz still im Zimmer. Ann spürte, wie sie befangen wurde. Mit Jays Vater hatte sie so viel zu bereden gehabt. Doch für ein Gespräch mit Jay fiel ihr kein Thema ein, sie fühlte sich unbehaglich.

„Hätten Sie Lust zu einem Spaziergang durch den Garten?“, brach Jay das Schweigen.

Ann nickte erleichtert. Sie zog ihre Schuhe wieder an und stand schnell auf. In der Dunkelheit würde Jay ihre Verlegenheit nicht bemerken.

Zuvorkommend hielt Jay Ann die Tür zum Garten auf, und sie verließen das Haus.

Fasziniert schaute sie hinauf in den nächtlichen Himmel, an dem unzählige Sterne funkelten. Der Anblick verschlug ihr fast den Atem.

„Warten Sie ab, bis Sie den Morgennebel im Dschungel erleben. Das ist unglaublich schön“, meinte Jay stolz in Anns andächtiges Staunen hinein.

Da wandte sie sich zu Jay um. Er hatte mit leiser Stimme gesprochen, als wolle er den Frieden der Nacht nicht stören.

„Sie haben es fertiggebracht, dass mein Vater sich heute Abend sehr jung gefühlt hat, Ann.“

„Tatsächlich?“

„Ja.“ Jay steckte sich eine Zigarette an, und für einen Augenblick beleuchtete das brennende Streichholz sein Gesicht. „Sie haben ja förmlich an seinen Lippen gehangen. So was braucht er ab und an. Er vermisst das Zusammensein mit seinen Kollegen natürlich sehr.“

„Aber er hat doch Sie."

„Ich bin viel unterwegs. Wir haben zahlreiche Schaf- und Rinderfarmen auf der Insel. Obwohl mein Assistent mir eine große Hilfe ist, bin ich hier der einzige Tierarzt."

„Sie wirken ..." Es tat Ann sofort leid, dass sie dieses Thema angeschnitten hatte. Nun suchte sie nach einer höflichen Formulierung. „... so unbekümmert, als hätten Sie sich um nichts zu sorgen. Mein erster Eindruck war, dass Sie zu wenig zu tun haben."

Jay lachte leise. „Was Sie wirklich sagen wollen, ist wohl, dass Sie mich für einen Müßiggänger halten, der das Geld seines berühmten Vaters verschwendet."

Ann war froh, dass man im Dunkeln nicht so genau sehen konnte, wie rot sie geworden war. „Das habe ich nicht gesagt", verteidigte sie sich.

„Das war auch nicht nötig. Ihre Augen sind sehr ausdrucksvoll, wissen Sie das?"

Verlegen senkte Ann den Kopf und ging weiter. Jay folgte dicht hinter ihr. Der Motorenlärm eines tieffliegenden Flugzeugs war zu hören, und beide blickten nach oben.

„Kommt jemand hierher?", fragte Ann, froh, ein Thema gefunden zu haben, das unverfänglich schien.

Jay schüttelte den Kopf. „Wir bekommen nur selten ungeladene Gäste. Wahrscheinlich fliegt die Maschine zu einer der anderen Inseln. Sie werden noch häufig solche kleinen Flugzeuge sehen und hören. Sie sind in dieser verlassenen Gegend das wichtigste Verkehrsmittel."

Jay war dicht an Ann herangetreten. Der Ärmel seines bunten Hawaiihemdes streifte ihren Arm, das meinte sie durch die Jacke hindurch zu spüren.

Dann streckte er die Hand aus und ergriff eine Strähne ihres Haares. Er wickelte sie sich um den Finger und zog Ann näher zu sich. Aufmerksam sah er ihr in die Augen.

Anns Herz klopfte daraufhin noch schneller. Am liebsten hätte sie sich losgerissen, aber das wäre feige gewesen. So besann sie sich auf ihre beste Waffe – die kühle Beherrschtheit.

Doch das schien Jay nicht zu stören. Er beugte sich zu ihr hinunter und ließ keinen Zweifel an seinen Absichten. Ann wurde sich bewusst, dass sie sich von Jay gern küssen ließe.

Sie war zwar etwas ängstlich, aber vor allem neugierig. Jay war nicht wie die Männer, die sie kannte. Sie hätte nicht sagen können, woran genau das lag, es war aber die Wahrheit.

Mit den Fingerspitzen liebkoste er ihre Wangen. Dann hob er ihr Kinn an und küsste sie sanft auf die Lippen.

Jay roch ganz schwach nach Brandy und Tabak. Ann hätte nie geglaubt, dass das so angenehm sein könnte.

Sie wollte sich zurückziehen, doch da packte Jay sie an den Schultern und zog sie fest an sich. Voller Leidenschaft küsste er sie ein zweites Mal, und Ann meinte, vergehen zu müssen.

Jay fasste unter ihre Jacke und seine Hände zogen eine glühende Spur auf ihren nackten Rücken. Im ersten Moment erstarrte sie. Dann zog Jay sie dichter an sich, und sie gab sich willig seiner Umarmung hin. Er schien sehr erfahren zu sein, und während der ganzen Zeit hatte sie das Gefühl, dass das, was sich da abspielte, gut und richtig sei.

Als er seine Lippen von ihren löste, stand sie bewegungslos da und starrte ihn an. Er betrachtete sie mit einem Blick, den sie nicht deuten konnte.

Zart berührte er mit den Lippen noch einmal ihren Mund, und Ann verspürte den Wunsch, ihm über den Bart zu streichen. Jay ergriff sie an der Taille.

Sie wollte, dass dieser Kuss ewig dauerte, und zugleich wollte sie ihn beenden. Was war nur mit ihrem Verstand geschehen?

Jay schaute sie an, als wolle er sich ihr Gesicht genau einprägen. „Schöne kleine Annie."

„Schön?" Ann war überrascht, weil sie nur mit Mühe überhaupt einen Ton herausbekam.

„Ja." Jay lächelte.

„Dann musst du dich irren." Sie wollte sich von ihm lösen, aber er zwang sie, ihn anzusehen.

„Ich sagte schön, und das meine ich." Es klang sehr entschieden.

„Lass mich los, Jay."

Widerstrebend ließ er sie los.

Ann zog ihre Jacke zurecht. Sie sah, dass Jay spöttisch lächelte.

„Schöne Annie, ich glaube, du hast heute Abend ein bestimmtes Kleidungsstück anzuziehen vergessen."

Sprachlos starrte sie ihn an.

„Keine Angst, ich beschwere mich ja nicht. Du hast dich sehr gut angefühlt. Je weniger Panzer, desto besser, das ist meine Devise."

„Du erwartest doch wohl nicht, dass ich darauf antworte." Es wollte Ann nicht gelingen, empört zu tun. Heute wollte sie einmal nicht die Tugendhafte sein, sondern das Leben genießen.

„Willst du jetzt gehen?", erkundigte Jay sich vergnügt. „Bevor du in dein Zimmer flüchtest, vergiss nicht, deinen Aktenkoffer aus dem Arbeitszimmer zu holen. Sonst wirst du vielleicht wieder an der offenen Tür stehen und lauschen müssen."

Das brachte Ann fast um ihre Fassung. „Soll das heißen, du hast die ganze Zeit gewusst, dass ich draußen stand?"

Er nickte und lachte.

„Dann hast du diese scheußliche Bemerkung über mich absichtlich gemacht?"

Wieder lachte Jay. „Mein Vater hat dich ja gewarnt, wir beide nehmen andere gern auf den Arm."

„Woher wusstest du, dass ich dort stand?"

Jay nahm Ann noch einmal in die Arme und atmete tief ein. „Weil dein Parfüm unverkennbar ist, kleine Annie. Es ist reizvoll, blumig, wie die kleinen Passionsblumen, die du im Regenwald sehen wirst. Ich kann dich daran sogar im Dunkeln erkennen."

3. KAPITEL

Ann lag noch lange wach in ihrem Bett. Immer wieder musste sie an den Abend mit Jay denken.

Warum gefiel er ihr nur so gut? Irgendwie war er anders als all die Männer, die sie bisher kennengelernt hatte. Er besaß Humor und nahm seine Arbeit ernst – das versteckte er allerdings hinter dem Anschein sorgloser Gelassenheit.

Jedenfalls hatte das sein Vater behauptet. Ob ein Mann, der so unbekümmert wirkte, wirklich ehrgeizig war? Auf jeden Fall fand Ann ihn aufregend sinnlich, und der Gedanke, in seinen Armen zu liegen, ließ sie nicht mehr los.

Schließlich stand sie auf. Schlafen konnte sie doch nicht, da wollte sie sich lieber sinnvoll beschäftigen, um sich abzulenken. Sie versuchte, in einem wissenschaftlichen Buch zu lesen, aber immer wieder schweiften ihre Gedanken ab. Missmutig legte sie es beiseite und überließ sich ihren Grübeleien.

Vier Wochen würde sie tagein, tagaus mit ihm zusammen sein. Das waren ja schöne Aussichten! Hoffentlich schaffte sie es, ihre Gefühle in den Griff zu kriegen!

Irgendwann war Ann doch eingeschlafen. Maria kam am nächsten Vormittag, um nach ihr zu sehen.

„Da sind Sie ja endlich aufgewacht. Wie haben Sie geschlafen, Miss Lowry?“

Ann setzte sich auf, stopfte sich das Kopfkissen hinter den Rücken und sah hinaus auf die grünen Hügel. Die Landschaft war in helles Sonnenlicht getaucht.

Sie genoss den Luxus, im Bett zu liegen, heute keine dringenden Aufgaben vor sich zu haben und dabei die herrliche Umgebung bewundern zu können.

„Ich habe gut geschlafen, Maria“, meinte sie endlich. „Dies ist ein herrliches Zimmer.“

„Jay sagte, wir sollten Sie nicht stören. Er meinte, Sie müssten sich erst an das Klima bei uns gewöhnen.“

Während die Haushälterin das sagte, ging sie zum Badezimmer hinüber. Dort hantierte sie eine Weile, dann kam sie zurück und fragte: „Soll ich Ihren Toast und Kaffee in Ihr Zimmer bringen, oder wollen Sie lieber hinunterkommen?"

Im Bett zu frühstücken, war eine verlockende Aussicht, aber Ann widerstand ihrem Verlangen. Sie wollte gar nicht erst in Urlaubsstimmung geraten.

„Vielen Dank, Maria. Ich werde mich anziehen und unten frühstücken", ließ sie die Haushälterin wissen.

Die stützte die Hand auf die breiten Hüften und musterte Ann kritisch. „Wenn Sie meine Meinung hören wollen: Sie sind viel zu mager. Meiner Ansicht nach essen Sie zu wenig."

Sie verließ den Raum, Ann stieg aus dem Bett und widmete sich ihrer Morgentoilette. Gut, dass sie bald mit den Forschungen im Regenwald beginnen würde. So viel Luxus schadete dem Arbeitseifer, das ließ sich nicht leugnen.

Einen Monat würde sie mit Jay McFarland verbringen. Während Ann ihr nasses Haar trocknete, betrachtete sie kritisch ihr Spiegelbild.

Wie sah Jay sie wohl? Ob sie ihm gefiel? Ihre Augen waren wohl das Interessanteste in ihrem Gesicht. Sie waren braun und sehr ausdrucksvoll.

Ihre Lippen fand Ann für ihr schmales Gesicht zu voll, und die Wangen schienen ihr zu hohl. Ganz unrecht hatte Maria nicht, eigentlich war sie zu mager. Ja, ihr Gesicht war einfach zu knochig. Sie schnitt sich eine Grimasse.

Was mochte Jay nur am Abend zuvor an ihr gefunden haben?

Mit einem Seufzer wandte sie sich vom Spiegel ab. Wahrscheinlich war sie für ihn nichts als ein kleiner Flirt, eine nette Abwechslung im täglichen Einerlei.

Ann kämmte sich und bemühte sich dabei, ihre Gedanken auf etwas anderes als Jay zu konzentrieren. Sie freute sich schon darauf, ihn wiederzusehen, auch wenn sie sich gleichzeitig davor fürchtete. Bei Tageslicht würde er sich vielleicht fragen, was ihn nur dazu hatte bringen können, sie in den Arm zu nehmen.

Mit einiger Mühe band Ann ihr Haar zu einem Knoten, denn irgendwie stellte sie sich an diesem Morgen ungeschickt an. Sorgfältig legte sie anschließend Make-up auf.

Was ihre Kleidung betraf, blieb ihr die Qual der Wahl erspart. Sie musste den Rock ihres Reisekostüms anziehen und dazu eine schlichte Sommerbluse. Schade, dass sie nicht etwas Weiblicheres, vielleicht sogar Frivoles mitgenommen hatte!

Doch die Wahrheit war, dass sie sich mit solchen Dingen gar nicht auskannte. Ihr Kleiderschrank in Boston enthielt nur nüchterne, praktische Sachen.

Mit klopfendem Herzen machte Ann sich schließlich auf den Weg nach unten. Wie würde das Wiedersehen mit Jay wohl verlaufen?

Im Esszimmer wartete Jays Vater auf Ann.

„Guten Morgen, Ann. Wie haben Sie geschlafen?“ Höflich legte er seine Zeitung hin und erhob sich mühsam.

„Guten Morgen, Dr. McFarland. Bitte bleiben Sie sitzen. Ich habe gut geschlafen.“ Ann lächelte und bemühte sich, ihre Enttäuschung darüber zu verbergen, dass Jay nicht da war. „Ich habe tatsächlich verschlafen. Normalerweise wache ich morgens sehr früh auf.“

Maria kam mit einem Tablett herein. Sie stellte es auf dem Tisch ab und meinte: „Der arme Jay hatte kaum Zeit, etwas zu essen. Man hat ihn wegen irgendwelcher kranken Tiere angerufen. Dr. McFarland, Ihr Sohn arbeitet zu viel. Das kann auf die Dauer nicht gut gehen.“

Ann verschluckte sich fast. Der „arme Jay“ war das gesündeste Exemplar von Mann, das sie jemals gesehen hatte. Ihm konnte es kaum schaden, einmal früh aufzustehen.

Maria füllte Anns Teller unaufgefordert mit einem Berg Rührei, gebratenen Würstchen, frisch gebackenem Brot und einem kräftigen Schlag Marmelade aus Früchten der Insel.

Ann wollte protestieren, doch Maria kam ihr zuvor: „Essen Sie!“, meinte sie barsch, als habe sie ihre Enkelin vor sich sitzen.

Ann probierte und nickte anerkennend. Was Maria zubereitet hatte, schmeckte sehr gut. Ihr Frühstück in Boston war damit überhaupt nicht zu vergleichen.

Sie aß immer noch, als Jay hereingeschlendert kam. Er trug ausgefranste Shorts und ein verblichenes Sporthemd, das nur halb geschlossen war. Braun gebrannt und muskulös stand er da und strotzte vor Energie. Ann gab sich Mühe, ihm nicht auf die behaarten Beine zu starren. Dafür blieb ihr Blick aber an seiner Brust hängen.

Jay blickte ihr ins Gesicht und bedachte sie mit einem Lächeln, bevor er seinen Vater ansprach.

„Es tut mir leid, Dad. Wir werden keine Zeit für den Besuch haben, den wir heute Morgen vorhatten. Ich muss sofort zur westlichen Weide fahren. Es geht um etwas, womit Kai nicht allein fertig wird."

Der alte Herr nickte verständnisvoll.

„Schon gut, Jay, das verstehe ich. Man muss seine Pflichten ernst nehmen. Wir reden später miteinander."

Jay tätschelte seinem Vater die Schulter und sah dabei Ann tief in die Augen. Einen Moment stellte sich bei ihr wieder das gleiche Gefühl wie am Abend vorher ein, als Jay sie geküsst hatte.

Verlegen errötete sie. Jay verabschiedete sich mit einem kurzen Nicken und ging.

Ann sah zu, wie Dr. McFarland seinem Sohn nachschaute. In seinem Gesicht meinte sie eine Andeutung von Enttäuschung zu lesen. Doch als er sich ihr zuwandte, hatte er sich wieder in der Gewalt und lächelte.

„Dieser Bursche", sagte er kopfschüttelnd, „hat viel zu viele Pflichten. Es macht mir Sorgen. Er kommt nicht dazu, einmal richtig auszuspannen."

Ann behielt ihre Gedanken für sich. Ob Jay wirklich nicht mehr Zeit zu Hause verbringen konnte? Er war doch wohlhabend und hatte einen Assistenten. Da sollte es ihm möglich sein, mehr Zeit seinem Vater zu widmen, wenn der das wünschte.

Aber vielleicht sah er keinen Sinn darin, dem gebrechlichen Vater Gesellschaft zu leisten? Der Gedanke schmerzte Ann.

Dr. McFarland unterbrach ihre Überlegungen mit der Frage, ob sie an anderen Schriften von ihm interessiert sei. Er habe sie in seinem Arbeitszimmer.

„Ich würde nichts lieber lesen, Dr. McFarland", meinte Ann freundlich.

„Dann wollen wir mal.“ Er bot ihr seinen Arm und führte sie galant hinüber.

Ann saß mit gekreuzten Beinen auf den von der Sonne erwärmten Fliesen der Terrasse hinter dem Haus. Die Lesebrille auf der Nase, saß sie da, den Kopf über einen Bericht gebeugt, in dem die exotischen Vögel des Regenwaldes beschrieben waren.

Dr. McFarland hatte es sich auf einer Liege aus Korbgeflecht bequem gemacht. Sein Stock lag neben ihm auf dem Boden.

Sie hatten einige Stunden in seinem Arbeitszimmer verbracht, doch dann waren sie hierher auf die Terrasse umgezogen, wo Maria ihnen ein köstliches Mittagessen servierte. Es gab frisch gefangenen Fisch, gegrillt und pikant gewürzt, dazu Salat.

Ann trank einen Schluck Eistee und sah zu ihrem Gastgeber hinüber, der es sich gut gehen ließ und in das Sonnenlicht blinzelte. Er sah sehr zufrieden aus. Ann suchte nach Ähnlichkeiten mit seinem Sohn.

„Sie sind ein kluger Kopf, Ann.“ Der alte Herr hatte die Augen geschlossen. „Ich habe Spaß an der Diskussion mit Ihnen gehabt.“

Ann freute sich über das Lob. Sie spürte plötzlich seinen Blick auf sich gerichtet.

„Die Diskussion? Das ist eine höfliche Bezeichnung, Dr. McFarland. Schließlich haben wir uns beinahe gestritten.“

„Wenn Wissenschaftler verschiedener Meinung sind, nennt man das aber eine Diskussion. Auch wenn man dabei nicht ganz ruhig bleibt.“

Ann lachte. „Ich habe unser Gespräch genau wie Sie genossen, Dr. McFarland.“ Sie fand ihren Gastgeber sehr sympathisch. „Dieser Tag wird mir immer unvergesslich bleiben.“

„Sie ahnen nicht, was er für mich bedeutet hat. Ich vermisse solche Diskussionen sehr. Meine Kinder …“ Er verstummte, weil Maria an der Terrassentür erschien. „Ja, Maria?“

„Sie bekommen Besuch, Doktor.“

Aus dem Haus war Laelas aufgeregte Stimme zu hören. Kurz darauf betrat eine gut aussehende junge Dame die Terrasse. Überrascht setzte Dr. McFarland sich auf.

„Dad“, begrüßte ihn die junge Frau zärtlich und setzte sich zu ihm.

Er umarmte den Gast liebevoll und meinte: „Da haben wir ja die Janet. Was für eine Überraschung, meine Tochter besucht mich. Ist Colin bei dir?“

„Ja. Ganz plötzlich kam uns die Idee, dass wir diesen Abend zusammen verbringen könnten, da Jay dann ja für einen Monat unerreichbar ist.“

Sie strich ihrem Vater über den Kopf. „Wo steckt denn mein lieber Bruder?“

„Er kümmert sich um krankes Vieh.“ Sein Blick hing eine ganze Weile wohlwollend an der jungen Frau, dann erinnerte er sich daran, dass sie nicht allein waren. „Janet, dies ist unser Gast, Ann Lowry. Ann, das ist meine Tochter, Janet Wilcox.“

Ann stand auf, strich sich den Rock glatt und reichte Janet die Hand. Deren Augen waren blau wie die von Jay und seinem Vater. Sie hatte ihr dichtes kastanienbraunes Haar mit einem Kamm zurückgesteckt, der mit schimmernden Muscheln verziert war und trug ein blaues Seidenkleid von raffinierter Schlichtheit.

„Hallo, Mrs. Wilcox.“

„Sagen Sie Janet.“ Sie lächelte. „Und Sie sind Dads Gast in diesem Jahr?“

Ann nickte. „Bitte nennen Sie mich Ann.“ Sie kam sich klein und unscheinbar neben Jays eleganter Schwester vor. „Was machen Sie beruflich, Janet?“

„Ich bin Kinderärztin. Colin, mein Mann, und ich praktizieren auf der Hauptinsel.“ Sie drehte sich um und winkte dem Mann zu, der jetzt an der Terrassentür stand und wartete. „Colin, komm, begrüße Dads Gast.“

Mit einem herzlichen Lächeln schüttelte Colin die Hand seines Schwiegervaters. Dann wandte er sich zu Ann und reichte ihr die Hand. Mit großer Freundlichkeit sagte er: „Ich freue mich, Sie kennenzulernen, Ann. Wie ich hörte, sind Sie Botanikerin. Hat mein lieber Schwiegervater Sie mit seinen Dias von den exotischen Pflanzen des Regenwaldes gelangweilt?“

Ann fand Janet und Colin Wilcox sehr sympathisch. Beide sahen gut aus, waren groß und schlank und etwa Anfang dreißig. Janet hatte rotbraunes Haar und blaue Augen, Colin war blond und hatte dunkle Augen. Colin legte seiner Frau fürsorglich den Arm um die Schultern, während er mit Ann sprach.

„Im Gegenteil“, entgegnete sie. „Wir haben uns sehr angeregt unterhalten. Ich bin von seinem Wissen fasziniert. Um aufrichtig zu sein, ich habe jedem seiner Worte aufmerksam gelauscht.“ Dann wandte sie sich Dr. McFarland zu. „Sie haben mir bisher nichts von Ihren Dias erzählt. Die würde ich sehr gern sehen.“

„Das sollen Sie auch. Ich hatte vor, sie Ihnen noch heute zu zeigen.“

Mühsam erhob Jays Vater sich. Sofort war Janet an seiner Seite. „Jay wird sich sehr freuen, euch zu sehen“, meinte er. „Wir haben euch vermisst.“ Schwerfällig ging er zur Tür und fügte hinzu: „Ich hoffe, dass er zum Abendessen wieder hier ist. Ihr wisst ja, wie das mit seiner Arbeit ist.“

Janet und Colin tauschten ein Lächeln, dann nickte Janet. „Das wissen wir, Dad. Kannst du dir vorstellen, wie schwierig es für uns war, einige Tage freizunehmen? Wir sind darauf angewiesen, zwei Vertretungsärzte zu finden für Notfälle. Das ist auch nicht immer einfach.“ Sie verzog das Gesicht. „Wahrscheinlich werden alle Kinder unter fünfzehn, die durch uns versorgt werden, gerade jetzt irgendein geheimnisvolles Fieber bekommen. So ist es meistens.“

Während alle vier in das Wohnzimmer gingen, begann Colin eine Unterhaltung mit Ann. „Ist es eine aufregende Vorstellung für Sie, bald den Dschungel zu durchstreifen?“

Sie nickte. „Ich habe alles darüber gelesen, was ich in die Hände bekommen konnte. Ich will verschiedene Experimente machen. Außerdem habe ich eine umfangreiche Fotoausrüstung mitgebracht.“

„Das klingt so, als würden Sie in der Zeit sehr beschäftigt sein.“

„O ja. Eine solche Möglichkeit wird sich mir vielleicht nie wieder bieten. Ich muss dann jede Minute ausnutzten.“

Colin sah Ann amüsiert an. Ihre Begeisterung konnte er nachempfinden. Mit ähnlichem Enthusiasmus hatte er als junger Assistenzarzt in die Zukunft geblickt.

Dr. McFarland machte es sich auf der Couch bequem, seine Tochter Janet setzte sich neben ihn. Colin ging zur Bar und kümmerte sich um die Getränke.

„Was trinken Sie, Ann?"

„Scotch und Soda", antwortete Dr. McFarland für sie, als kenne er ihre Gewohnheiten wie seine eigenen.

Ann fand es angenehm, so selbstverständlich in dieses Familientreffen einbezogen zu werden. Sie saß schweigend da und hörte zu, wie Jays Vater, seine Tochter und ihr Mann allerlei Neuigkeiten austauschten. Wie es wohl wäre, selbst zu dieser Familie zu gehören? Aber das war ein unsinniger Gedanke.

Nach einiger Zeit wandte sich Ann zaghaft an Janet. „Das Kleid, das Sie tragen, Janet, haben Sie das auf Hawaii gekauft?"

Jays Schwester lächelte. Ihr war nicht entgangen, dass Ann nur einen einfachen dunklen Rock und eine schlichte Bluse trug. „Ja. Ich habe es in einer kleinen Boutique in Oahu gefunden. Vielleicht können wir beide auf Hawaii einmal gemeinsam einkaufen gehen."

„Das würde ich sehr gern tun. Allein würde ich wohl nicht gehen."

„Gut, dann ist das abgemacht, Ann. Es wäre unverzeihlich, die Inseln zu verlassen, ohne etwas mitzunehmen, das Sie später an Ihren Besuch erinnert."

Ann mochte Janet und Colin sehr. Obwohl beide als Kinderärzte arbeiteten und selbst Operationen im örtlichen Krankenhaus durchführten, nahmen sie sich, wie sich im Gespräch herausstellte, häufig ein paar Tage Zeit, um den Vater und Jay zu besuchen. Sie waren eine richtige Familie.

Schließlich wurde es Zeit, sich auf das Abendessen einzustellen. Jay war noch immer nicht zurückgekehrt, und Ann spürte, dass sein Vater fürchtete, er werde nicht rechtzeitig erscheinen, um seine Schwester zu sehen.

Bald aß man gemeinsam.

„Oh, Maria", seufzte Janet entzückt, „ich hatte ganz vergessen, welche Wunder du in der Küche vollbringen kannst. Das schmeckt wieder einmal fabelhaft."

Ann betrachtete verstohlen Jays Schwester. Janet hatte erzählt, dass sie zwei Jahre jünger als Jay sei. Sie war also einunddreißig. Im Spaß hatte sie behauptet, sie versuche schon seit einigen Jahren, Jay zu verheiraten, aber bisher sei ihr das nicht gelungen.

„Jay kommt, Jay kommt!", rief Laela plötzlich von draußen. Alle blickten daraufhin gespannt zur Tür. „Janet ist zu Besuch, sieh nur, was sie mir mitgebracht hat", hörte man Laela im nächsten Moment sagen.

„Sehr hübsch, kleine Krabbe." Das war Jays Stimme.

Gleich darauf betrat er in ausgefransten Shorts und schmutzigem Hemd das Esszimmer. Seine Miene erhellte sich im Nu, als sein Blick auf die Schwester und den Schwager fiel.

„Nanu, wen haben wir denn da?" Gelassen trat er näher, beugte sich zu seiner Schwester herunter, um ihr einen Kuss auf die Wange zu geben, und schüttelte dann Colins Hand.

„Wir fliegen den weiten Weg hierher, nur um mit dir eine Abschiedsparty zu feiern, bevor du dich in die Wildnis zurückziehst, und wie dankst du uns das? Du bleibst einfach den ganzen Tag fort!" Janet lachte. „Nur gut, dass Dad hier war, um uns zu begrüßen. Ich wäre sonst ziemlich beleidigt gewesen."

„Es tut mir leid, Janet." Jay strich sich über den Bart. Er blickte alle an, am längsten Ann, und sagte dann: „Lasst euch beim Essen nicht aufhalten. Ich habe schon bei den Calabash gegessen und will mich erst einmal umziehen."

Als er das Zimmer verließ, hängte Laela sich bei ihm ein und begann, auf ihn einzureden.

„Warte nur ab, bis du das Kleid siehst, das Janet mir auch noch mitgebracht hat. Es ist fast so schön wie das, welches du mir zum Geburtstag geschenkt hast."

Als die beiden gegangen waren, tauschte Janet mit ihrem Mann ein Lächeln. „Der arme Jay. Sie wird ihm keine Ruhe lassen, bis er die Zimmertür hinter sich geschlossen hat."

„Das macht ihm nichts aus. Dein Bruder mag dieses kleine Plappermaul ja."

Die anderen aßen weiter, aber Ann ließ die Gabel sinken. Sie hatte plötzlich keinen Appetit mehr, denn voller Aufregung dachte sie an die bevorstehende Reise.

Als Nachtisch gab es Früchte und Eiscreme. Bald verließen alle das Speisezimmer und gingen zur lang gestreckten Veranda an der Vorderseite des Hauses, von der aus man über die Hügel bis zum Meer schauen konnte. Maria hatte ein silbernes Kaffeeservice auf den Tisch gestellt, und alle machten es sich in den bequemen Korbsesseln gemütlich.

Obwohl Ann mit großer Aufmerksamkeit Dr. McFarland zuhörte, der einige Anekdoten zum Besten gab, entging es ihr nicht, dass Jay auf die Veranda kam. Offenbar hatten sich ihre Sinne auf ihn eingestellt. Sie wandte sich um und sah zu, wie Jay sich zu ihnen gesellte. Er trug eine dunkle Hose und ein helles Hemd. Sein dichtes Haar war noch nass vom Duschen.

Vertraulich nahm er seine Schwester in den Arm, und die lehnte sich an ihn. Es war unverkennbar, dass die beiden sich sehr gern hatten.

Colin reichte ihm ein Glas, das Jay dankbar entgegennahm, und meinte: „Es war wohl ein langer Tag für dich Jay? Du siehst müde aus."

Jay trank einen Schluck und erwiderte, ohne auf die Frage direkt einzugehen: „Er war etwas für Sonnenanbeter. Wer versorgt denn eure Praxis, während ihr hier faulenzt?"

Janet zog ihren Bruder keck am Bart. „Wir schulden zwei Kollegen sehr viel Dank. Es war diesmal nicht leicht, sie als Vertretung zu bekommen." Sie lachte, als Jay sich ihr entzog. „Du fängst an zu verwildern, mein lieber Jay. Ich wünschte, eine Frau bekäme dich in die Hände und holte dich zurück in die Zivilisation."

„Und die soll mich dann dazu bringen, meinen Lebensstil aufzugeben? Auf keinen Fall! Ich habe herausgefunden, dass es viel leichter ist, allein durch das Leben zu treiben."

„Du kleiner Faulpelz." Janet schüttelte den Kopf.

Ann hatte diesem Gespräch schweigend zugehört. Es war nicht zu übersehen, dass Jay das Inselleben liebte.

„Es ist eine angenehme Überraschung, dass Janet und Colin uns besuchen. Meinst du nicht auch, Jay?" Dr. McFarland musste seiner Freude immer wieder Ausdruck geben.

„Es ist eine großartige Idee von den beiden, Dad. Nur schade, dass ich nicht länger hier bleiben kann. Ihr beide habt euch für so kurze Zeit ganz schön viel Mühe gemacht."

„Wir haben vor, noch eine Woche zu bleiben und Dad Gesellschaft zu leisten", erwiderte Janet.

Jay blickte seine Schwester eine Weile an. „Das ist sehr gut. Dad hat euch vermisst", meinte er dann.

„Du hast dich inzwischen daran gewöhnt, deine Kinder nur selten zu sehen, nicht Dad?" Janet küsste ihren Vater zärtlich auf die Wange.

„So ist es. Ich werde es euch allerdings nie vergeben, dass ihr so beschäftigt und erfolgreich seid", gab er im Scherz zurück.

Während die anderen vertraulich miteinander plauderten, saß Ann still dabei und hörte zu. Es war offensichtlich, dass zwischen diesen Menschen große Zuneigung herrschte.

Allerdings fiel es Ann auf, dass Jay unkonzentriert wirkte. Er schien sich im Geiste mit etwas Wichtigem zu beschäftigen und musste sich offenbar zwingen, an der Unterhaltung teilzunehmen.

Zu Anns Überraschung nahm er schließlich einen Stuhl und setzte sich neben sie. „Kommst du mit meinem Vater gut zurecht?"

Ann hätte es lieber gesehen, wenn Jay ihr nicht so nahe gekommen wäre. „Ja, er fasziniert mich. Die Zeit ist wie im Flug vergangen, während wir über seine Forschungsprojekte und seine Ergebnisse gesprochen haben. Für mich war es ein sehr interessanter Tag. Du hättest auch hierbleiben sollen."

Jay sah Ann prüfend in die Augen. „Soll das ein Vorwurf sein?"

Sie wurde rot.

„Ich weiß nicht, was du meinst."

Jay sah Ann noch einen Moment eindringlich an, dann beteiligte er sich wieder an der allgemeinen Unterhaltung.

Dr. McFarland war der Erste, der sich zur Nachtruhe zurückzog. Mühsam erhob er sich, stützte sich auf seinen Stock und gab seiner Tochter einen zärtlichen Kuss, bevor er den anderen eine gute Nacht wünschte. Seinen Sohn lächelte er liebevoll an.

Nachdem er gegangen war, unterhielten sich Janet und Jay eine Weile über die Gesundheit ihres Vaters. Dem Gespräch entnahm Ann, dass Janet und Colin den Vater beobachten und dafür sorgen wollten, dass er eventuell ärztlich behandelt würde.

Es war fast Mitternacht, als Janet zu ihrem Mann sagte: „Dir fallen ja schon die Augen zu, Colin. Komm, es ist Zeit für uns zu gehen."

Colin wandte sich entschuldigend an Jay. „Janet hat recht. Es war ein langer Tag für uns. Falls wir euch morgen früh nicht mehr sehen, wünsche ich euch eine gute Reise." Die beiden Männer reichten sich die Hände. „Wir werden uns um deinen Vater kümmern, solange wir hier sind."

„Vielen Dank, Colin." Jay gab seiner Schwester einen Kuss. „Ich bin froh, dass ihr gekommen seid. Nur schade, dass wir uns nur so kurze Zeit sehen."

Janet umarmte ihren Bruder. „Das ist Pech für uns!" Dann sagte sie zu Ann: „Ich habe mich gefreut, Sie kennenzulernen, Ann, und wünsche Ihnen, dass die Expedition in den Regenwald ein Erfolg für Sie wird."

Ann erhob sich und stellte ihr Glas auf den Tisch. Sie wollte nicht mit Jay allein bleiben und deshalb Janet und Colin folgen. Aber Jay hielt sie zurück.

4. KAPITEL

Stille umgab Ann und Jay. Sie standen allein auf der Veranda.

„Bist du müde, Ann?"

„Ja."

„Wie seltsam. Vor wenigen Minuten schienst du noch recht munter zu sein."

Ann gefiel es nicht, wie Jay sie ansah. Sie kam sich vor wie ein Forschungsobjekt unter dem Mikroskop.

„Für manch einen war es eben ein langer, anstrengender Tag." Ann versuchte, sich zu befreien, aber Jay hielt sie fest.

„Mir ist es nicht entgangen, wie du mich schon den ganzen Abend ansiehst. Du wartest wohl schon auf eine Gelegenheit, dich mit mir anzulegen. Nun, dann heraus damit."

Ann wich noch weiter zurück, doch Jay ließ sie nicht los.

Sie hatte gelernt, sich zu beherrschen, denn Selbstkontrolle war für sie schon seit vielen Jahren wichtig. Aber Jays Nähe brachte sie aus dem Takt, und sie vergaß ihre Grundsätze. „Also gut", fuhr sie ihn ärgerlich an. „Zufällig denke ich, dass dein Vater ein sehr netter Mann ist."

Jay musterte ihr Gesicht eingehend. „Willst du mit dieser Bemerkung irgendetwas andeuten?"

Ann befreite sich nun endlich und wandte sich ab. „Ich will damit sagen, dass dein Vater es nicht verdient, so von dir behandelt zu werden. Du hattest nicht das Recht, ihn am letzten Tag vor deiner Abreise allein zu lassen. Er hatte sich so darauf gefreut, mit dir noch einmal zusammen zu sein. Ich war nur ein kümmerlicher Ersatz."

Kühl erwiderte Jay: „Ich hatte mich auch darauf gefreut, bei ihm zu sein. Was wirfst du mir vor?"

Ann schwieg. Nach einer Weile forderte Jay sie auf: „Los, sag es schon."

Ann sah ihm in die Augen. „Du kommst hier ganz gelassen hereingeschlendert, nachdem du einen Tag fort warst, angeblich bei irgendwelchen Rindern, und erzählst ihm, du hättest schon mit den … mit den Calabash gegessen. Und nun erwartest du, dass er das so einfach hinnimmt."

Jay warf den Kopf zurück und brach in lautes Lachen aus. Er fasste Ann bei den Schultern und zog sie an sich. Dann meinte er: „In der Sprache der Hawaiianer sind die Calabash die Personen, die deine Freuden und Leiden geteilt haben – wie in einer Familie. Das können Freunde oder Nachbarn sein. Nachdem ich meine Aufgaben im Westen der Insel erledigt hatte, war ich verpflichtet, mit meinen Freunden dort zu essen." Er sah belustigt zu, wie Ann leicht errötete.

„Und ich dachte, du hättest deinen Vater aus purer Vergnügungssucht allein gelassen."

„Ich fange an, dich zu verstehen. Mit deiner adretten Kleidung und dem strengen Haarknoten siehst du ja auch wirklich wie eine von den Missionarinnen aus, die hierherkamen, um die Heiden zu bekehren." Er lächelte spöttisch. „Du hast also beschlossen, mich sündigen, verworfenen Sohn zu bekehren, kleine Annie?"

Verlegen sah Ann auf ihre Hände, die sie ineinandergelegt hatte und die wie eine Barriere zwischen ihr und Jay wirkten.

Jay legte einen Finger unter ihr Kinn und hob es an. „Traust du dir denn tatsächlich zu, einen Sünder wie mich zu bekehren?"

Ann wurde ganz unruhig. Endlich brachte sie mühsam heraus. „Ist es denn nötig, dass du bekehrt wirst?"

Jays Mund war nur wenige Zentimeter von ihrem Gesicht entfernt, und ihr Blick blieb wie hypnotisiert daran hängen. Wie es wohl wäre, sich wieder von ihm küssen zu lassen? Ihr stockte der Atem.

„Vielleicht. Aber wie wäre es, wenn stattdessen der Sünder die Heilige bekehrte?" Jay lachte herausfordernd, und Ann lief ein Schauder über den Rücken.

„Wahrscheinlich hat das unbeschwerte Leben auf dieser paradiesischen Insel dich so sorglos gemacht, Jay. Du hältst offenbar nichts von festen Tagesplänen, und die Gefühle anderer Menschen scheinen dir gleich zu sein. Vielleicht kümmern dich nicht einmal einfache moralische Grundsätze?" Sie wandte mit Mühe den Blick von seinem Mund ab und schaute ihm in die Augen. „Dass ich mir aus alldem etwas mache, bedeutet aber noch lange nicht, dass ich eine Missionarin oder gar eine Heilige bin." Sie wäre gern einen Schritt zurückgetreten, brachte aber nicht die dafür erforderliche Energie auf. „Ich halte dich für einen Mann, der nur genau das tut, was ihm gefällt, ohne Rücksicht auf das, was andere Menschen darüber denken."

„Du hast völlig recht, kleine Annie, und was mir gefällt, das ist dies." Er zog Ann ganz dicht an sich heran, so dass sie schließlich fast auf den Zehenspitzen stand. Dann küsste er sie besitzergreifend.

Als Ann sich dagegen zu wehren versuchte, umarmte Jay sie und zog sie noch enger an sich. Glühendes Verlangen überfiel sie.

Endlich löste Jay sich von Ann. „Jetzt bist du an der Reihe, kleine Missionarin. Möchtest du mich nicht wiederküssen?"

„Sei nicht …" Ann verstummte, weil Jay seine Lippen wieder auf ihre legte, sie leicht und verführerisch berührte. Dann umfasste sie vorsichtig seine Taille. Die Beine schienen ihr nachgeben zu wollen, und sie spürte ein starkes Bedürfnis, sich an Jay festzuhalten.

„Jay, ich …"

„Ann, küss mich einfach."

Was sprach dagegen? Seufzend schmiegte sie sich an ihn und küsste ihn. Jay schloss sie daraufhin voller Leidenschaft in die Arme.

Ann verlor sich ganz in ihren Gefühlen. Nichts zählte mehr, außer Jays Nähe. Sie spürte seine Hände auf ihrem Rücken und genoss es, sich von ihm streicheln zu lassen. Spontan legte sie die Arme um seinen Hals und streichelte sein Haar. Daraufhin umfasste er ihre Brüste und liebkoste mit den Daumen deren Spitzen.

Ann erschrak. Sie wollte sich ihm entziehen, doch er ließ sie nicht los. Nie zuvor hatte sie es einem Mann gestattet, sie so zu berühren. Aber Jay McFarland war eben nicht wie die anderen, denen sie bisher begegnet war. Er brachte sie tatsächlich dazu, sich wieder an ihn zu lehnen.

„Kleine Annie", flüsterte Jay. „Es wird mir bestimmt gefallen, von dir bekehrt zu werden. Du zeigst einen solchen Eifer. Selbst wenn du dein Ziel nicht erreichst und ich dich stattdessen zu meinem sündigen, faulen Leben bekehre, wäre das nicht schlimm. Denk nur an den Spaß, den wir dabei haben werden."

Verführerisch küsste er sie wieder. Ann genoss die Berührung seiner Lippen und spürte seine Wärme. Ach, wenn sie doch ewig so in seinen Armen liegen könnte!

Schließlich hob Jay den Kopf, ohne Ann loszulassen. Er sah ihr in die Augen und meinte: „Der Regenwald ist wie eine andere Welt." Sachte drückte er seine Lippen auf Anns Schläfe. „Dort wird es nur uns beide geben. Unter den Nebelschleiern, in diesem Paradies, werde ich dich in die Geheimnisse der Liebe einweihen."

Er betrachtete aufmerksam ihr Gesicht, denn Anns Haut fühlte sich brennend heiß an.

Sie bemühte sich, ihre Selbstbeherrschung wiederzuerlangen. Langsam klärte sich ihr Verstand, die Vernunft kehrte zurück. Was sie da gerade erlebt hatte, war wohl eine Art Anfall von Verrücktheit? Es wurde höchste Zeit, dass sie Jays Weltbild wieder in Ordnung brachte.

„Moment mal eben!" Streng sah sie ihn an. „Ich brauche niemanden, der mich in die Geheimnisse der Liebe einweiht. Falls du es vergessen haben solltest: Ich bin Botanikerin. Für die Liebe sind die Psychologen zuständig. Merke dir das gut. Im Dschungel wirst du nichts anderes sein als mein Führer durch die Wildnis. Hast du das verstanden?"

Jay lächelte unbekümmert. Das wirkte auf Ann so arrogant, dass sie ihm am liebsten eine Ohrfeige verpasst hätte. Aber so etwas schickte sich natürlich nicht.

„Ich verstehe dich sehr gut, kleine Annie. Und ich bin ziemlich sicher, dass ich die Zeit mit dir genießen werde." Jay schwieg einen Augenblick und amüsierte sich über Anns Gesichtsausdruck. „Das wird ein unvergessliches Erlebnis", fügte er dann hinzu. „Eine Heilige und ein Sünder auf Entdeckungsreise." Mit dem Zeigefinger zog er die Linie ihrer Lippen nach, weshalb sich Ann versteifte. „Sehr interessant."

Da drehte sie sich um und eilte aus dem Zimmer. Sie floh geradezu die Treppe hinauf und wusste dabei, dass Jays Blick ihr folgte. Aber sie würde sich nicht umsehen, diese Genugtuung würde sie ihm nicht geben.

Als Ann erwachte, war die Sonne noch nicht aufgegangen, nur das fahle Grau der Morgendämmerung zeigte sich bereits am Himmel. Die Vögel schwiegen noch, nur das sanfte Rauschen der Palmen vor dem

Haus war wie immer zu hören.

Einen Moment kuschelte Ann sich noch in die Kissen. Sie erlaubte sich den Luxus, an Jay zu denken. Wie hatte er es nur geschafft, sich so mühelos in ihr ordentliches Leben zu drängen? Sie richtete inzwischen ihre Gedanken fast häufiger auf ihn als auf den eigentlichen Zweck ihrer Reise.

Sie musste sich zusammennehmen, die Entwicklung der Dinge war äußerst gefährlich. Müßiggang ist aller Laster Anfang, das sagte sie sich nicht zum ersten Mal. Von nun an würde sie sich so sehr ihrer Arbeit widmen, dass sie keine Zeit mehr hatte, an Jay McFarland zu denken.

Entschlossen stieg Ann aus dem Bett. Sie zog die Vorhänge zurück und schaute auf das Paradies, das sich vor ihr ausbreitete. Die sonst so kräftigen Grüntöne wirkten im Morgengrauen nur wie sanfte Schattierungen auf einem Aquarell. Die Wildnis schien zu schlafen.

Ann fühlte sich lebendig wie nie. An diesem Tag würde ein Abenteuer beginnen, das sie bestimmt so schnell nicht wieder vergessen würde. Die langweilige Routine des Universitätslebens lag hinter ihr, und sie würde sich nun vier Wochen lang dem widmen können, wovon jeder Botaniker träumte: dem Forschen in der freien Natur.

Voller Vorfreude duschte Ann und zog dann eine feste Khakihose und ein langärmliges Hemd an. Sorgfältig steckte sie die Hosenbeine in die hohen Wanderstiefel.

Das Haar hatte sie wie immer zu einem Knoten zusammengesteckt und darüber ein Baumwolltuch gebunden.

Mit größter Sorgfalt legte Ann die Ausrüstungsgegenstände zurecht, die sie mitnehmen wollte. Sie prüfte ihre Liste und packte dann alles in den Rucksack. Er sollte Kleidung und Unterwäsche zum Wechseln, Turnschuhe, die Kamera mit Zubehör, Notizbücher, Schreibstifte, einen tragbaren Kassettenrecorder und ein Einmannzelt sowie die notwendigen Toilettenartikel aufnehmen.

Nachdem alles verstaut war, hob Ann sich zur Probe den Rucksack auf die Schultern. Die Last war so schwer, dass sie prompt das Gleichgewicht verlor. Sie taumelte und fiel schwerfällig rücklings auf das Bett. Da lag sie, hilflos wie eine Schildkröte auf dem Panzer.

Verblüfft blieb sie einen Augenblick liegen, dann streifte sie verärgert den Rucksack ab und setzte sich auf. Wütend trat sie gegen das Bett. Was sollte sie nur tun? Sie würde das Gewicht verringern müssen. Aber andererseits brauchte sie, was sie eingepackt hatte.

Ann überlegte, was sie in dieser Situation tun konnte. Dann fiel ihr die Lösung ein. Jay musste helfen. Sie tat es zwar ungern, aber sie würde ihn bitten, einen Teil ihrer Sachen zu tragen. Schließlich war er groß und stark, da konnte er sich ruhig einmal nützlich machen.

Sie zog also den schweren Rucksack zur Tür und den Flur entlang bis zur Treppe, nahm noch einmal alle Kraft zusammen und schleppte ihn von Stufe zu Stufe hinunter.

Unten angekommen, zog sie aus einer der vielen Taschen ihres Khakihemds einen Plastikbeutel und eilte mit ihm in die Küche.

„Darf das wahr sein?"

Ann sah ungläubig Jay an, der in seinen ausgefransten Shorts und dem üblichen Hawaiihemd barfuß am Küchentisch saß und genüsslich eine riesige Portion Schokoladeneis vertilgte. Auf seinem Gesicht stand ein Ausdruck höchster Zufriedenheit.

„Möchtest du auch etwas?", fragte er Ann zuvorkommend.

„Mach dich doch nicht lächerlich." Ann trat an den Küchenschrank und begann nach einer Schale zu suchen.

Jay betrachtete sie interessiert. „Wie ich sehe, bist du bestens für einen Dschungelkrieg gerüstet. Na, da werde ich auf der Hut sein."

Ann beachtete ihn einfach nicht. Sein Spott verdiente nichts anderes. Sie fand endlich Schüssel und Löffel im Schrank, schüttete den Inhalt ihres Plastikbeutels hinein und goss Milch darüber, die sie aus dem Kühlschrank holte. Damit setzte sie sich Jay gegenüber an den Tisch und begann zu essen.

„Was ist das für ein Zeug?" Jay sah ihr entsetzt zu.

„Das ist eine Spezialmischung aus getrockneten Früchten, Samen, Nüssen und Vollkorn, vermischt mit Weizenkeimen und konzentriertem Protein. Bergsteiger und Wanderer essen das, es gibt Energie", belehrte sie ihn frostig.

„Das sieht aber eher aus wie Sägemehl mit Nägeln und Schrauben. Normale Menschen nehmen so etwas nicht in den Mund, glaube mir.

Warum isst du nicht Eier und Schinken?“

„Nur damit du es weißt: Es ist sehr nahrhaft und enthält mehr Eiweiß als ein Steak.“

„Aber ich wette, es schmeckt scheußlich. Annie, probiere etwas von meinem Eis.“

Ann sah ihn entrüstet an. „Ich hätte nie gedacht, dass ein erwachsener Mann Schokoladeneis zum Frühstück schleckt.“

„Gibt es eine Regel, nach der man Eis nur zu bestimmten Zeiten essen darf? Gehörst du etwa zu den Leuten, die so engstirnig sind?“ Jay schien sich zu amüsieren. „Wahrscheinlich glaubst du dann auch, man dürfe sich nur im Dunkeln lieben, wenn das Licht gelöscht ist und die Vorhänge zugezogen sind.“

„Musst du immer auf sexuelle Dinge zu sprechen kommen?“ Ann verzog missmutig das Gesicht und setzte ihr Mahl schweigend fort.

Jay nahm wieder einen Löffel voll Eis und seufzte. „Einen Monat lang werde ich keine Gelegenheit haben, so etwas zu essen! Das sind ja trübe Aussichten.“ Er sah plötzlich aus, als sei ihm eine gute Idee gekommen. „Iss du nur deine Sägespäne, kleine Annie“, fügte er dann hinzu, „damit du voller Energie bist.“ Er lachte leise, und Ann fand, dass das angenehm klang. Allerdings schien ihr seine Bemerkung etwas zweideutig. Deswegen erwiderte sie lieber nichts.

Sie schüttelte nur den Kopf über sein kindliches Benehmen und beendete schweigend ihr Frühstück.

Es hatte keinen Sinn, sich mit ihm zu streiten. Er würde sie doch nicht ernst nehmen.

Geduldig ertrug sie es, dass er sie eingehend musterte. „Warum trägst du eigentlich diese Armeekleidung, Ann? Verrätst du es mir?“

„Dr. Smythe-Fielding hat sie empfohlen.“

„Tatsächlich? Darf man auch wissen, warum?“

„Diese Kleidung schützt gegen Insektenstiche, extreme Feuchtigkeit und gegen alles, was mir sonst im Regenwald begegnen mag. Was für unsere Soldaten gut genug ist, kann mir nicht schaden, da gibst du mir wohl recht.“

Jay schien das über alle Maßen amüsant zu finden. „Dr. Smythe-Fielding ist vermutlich ein Experte?“, forschte er und fügte bescheiden hinzu: „Ich hingegen bin ja nur irgendein Naturbursche." Dann wurde er ernst. „Ann, diese ganze Ausstattung ist wirklich unnötig. Glaub mir."

Ann sah ihn trotzig an. „Du sagst es doch selbst: Dr. Smythe-Fielding ist ein Experte."

Nachdem Ann Schälchen und Löffel in die Geschirrspülmaschine gestellt hatte, fragte sie Jay: „Hast du schon deine Sachen zusammengepackt?"

Er leckte genüsslich seinen Löffel ab. „Welche Sachen? Ich bin nur der Führer, ich brauche nichts. Hast du das vergessen?"

Jay fand das Thema offenbar unerschöpflich.

„Aber du musst doch etwas mitnehmen?", meinte Ann besorgt. „Schließlich bleiben wir einen ganzen Monat fort."

„Nun ja."

Einen Moment fürchtete Ann, er würde auch die Eisschüssel auslecken, aber er besann sich auf seine gute Erziehung und stellte die Schüssel in den Geschirrspüler.

„Jay, nimmst du denn gar nichts mit in den Dschungel?", fragte sie ihn verwirrt.

„Nur ein paar Dinge", meinte er gelassen. „Ich reise lieber mit leichtem Gepäck, weißt du."

Ann lächelte zufrieden.

„Dann wird es dir wohl nichts ausmachen, einiges von meinen Sachen zu tragen."

Jay sah sie misstrauisch an. „Das kommt darauf an."

„Worauf?"

„Darauf, wie viel es ist."

Ann trocknete sich die Hände ab und ging in den Flur, wo ihr Rucksack stand. Er kam ihr jetzt noch größer vor als vorhin.

„Ich habe einige Schwierigkeiten, das alles zu tragen", erklärte sie Jay. „Wenn ich es auf zwei Rucksäcke verteile, könntest du einen tragen."

Jay stemmte die Hände auf die Hüften und sah Ann ungläubig an. „Das kann doch nicht dein Ernst sein. Warum willst du denn den ganzen Kram mit dir herumschleppen?"

„Ich habe meine Liste sehr sorgfältig überdacht. Alles, was in dem

Rucksack ist, brauche ich, Jay."

„Das werden wir ja sehen." Er kniete nieder und machte sich an dem Rucksack zu schaffen. Fassungslos sah Ann dabei zu, wie er unbekümmert in ihren Sachen wühlte.

Als er sogar wagte, ihre Unterwäsche in die Hand zu nehmen, erreichte ihre Empörung den Siedepunkt.

„Aber, meine liebe Miss Ann Lowry", seine Heiterkeit kannte keine Grenzen, „soll das bedeuten, dass du unter dem Kampfanzug so weiblich ausgerüstet bist?"

„Gib das sofort her!" Ann entriss ihm Höschen und Büstenhalter. Wütend drehte sie sich um und wäre fast mit Jays Vater zusammengestoßen.

Er betrachtete überrascht Anns „Beute", dann fiel ihm ihre finstere Miene auf, und er machte ein ernstes Gesicht. „Sie packen, Ann?"

Sie versteckte ihre Hand hinter dem Rücken und sagte, ohne Jays Vater in die Augen zu sehen: „Ja. Guten Morgen, Dr. McFarland."

„Eigentlich packen wir aus, Dad", mischte sich Jay unaufgefordert ein. „Ann will all diesen Zivilisationskram in den Dschungel hineinschleppen. Im Augenblick kontrolliere ich, ob sie auch noch ein Fernsehgerät eingesteckt hat."

Dr. McFarland wechselte diskret das Thema: „Ich bin sehr froh, dass ich euch vor eurer Abreise noch sehe. Wollt ihr mir nicht bei einer Tasse Kaffee Gesellschaft leisten?"

Jay richtete sich auf und sah seinen Vater verschmitzt an. „Das ist eine gute Idee, Dad. Ann, du leistest meinem Vater Gesellschaft, ja? Ich komme gleich nach."

„Aber meine ..."

„Ich werde mich schon um alles kümmern. Nun geht schon."

Bevor Ann protestieren konnte, hatte Dr. McFarland bereits nach ihrem Ellbogen gefasst und führte sie zum Speisezimmer. Schnell steckte sie, was sie in der Hand hielt, in eine der Taschen ihres Khakihemdes. Man hörte jetzt Schritte auf der Treppe. Als sie sich umdrehte, sah sie Janet und Colin herunterkommen.

„Das ist gut, wir haben es tatsächlich alle fertiggebracht, rechtzeitig zu eurer Abreise aufzustehen." Dr. McFarland freute sich wie ein

Kind. „Janet, Colin, leistet Ann und mir beim Frühstück Gesellschaft. Wie schön, dass ich euch gleich noch einmal alle beieinander habe."

Ann fieberte ihrem Abenteuer entgegen. Der Sinn stand ihr ganz und gar nicht nach einem fröhlichen Beisammensein. Doch sie wollte nicht unhöflich sein, so ließ sie sich nichts anmerken.

Janet umarmte ihren Vater und ging mit ihm voran ins Speisezimmer. Ann und Colin folgten ihnen.

Colin sah Ann aufmerksam an. Er spürte, wie angespannt sie war, und meinte verständnisvoll: „Es ist sicher nicht einfach für Sie, sich hier zurechtzufinden. An der Universität in Boston geht alles seinen geregelten Gang, aber auf diesem Fleckchen Erde laufen die Uhren anders. Wenn Sie erst einsehen, dass feste Zeitpläne in diesem Teil der Welt keinen Sinn haben, werden Sie sich allmählich entspannen und Ihre Experimente genießen können."

Ann lachte. „Ist meine Ungeduld so deutlich zu spüren?"

„Ihr Gesicht und vor allem Ihre großen Augen sind sehr ausdrucksvoll."

Ann errötete, Komplimente machten sie immer verlegen.

Colin fügte leise hinzu: „Wir leben hier im Abseits, daran muss man sich erst einmal gewöhnen. Das braucht seine Zeit. Sie sind innerlich noch abhängig von Weckern, festen Zeiten und all den Dingen, die zum Großstadtleben gehören. Wenn Sie lange genug hier sind, werden Sie ganz vergessen, was das ist."

„Ich kann mir tatsächlich nicht vorstellen, wie es ist, ohne Pläne zu leben. Sie gehören wie selbstverständlich zu meinem Leben. Ich bin ein Mensch, der ohne Pflichten nicht leben könnte. Meine Arbeit befriedigt mich umso mehr, je schwieriger sie ist."

Sie sah Colin an, der ihr einen Stuhl zurechtrückte. „Klingt das für Sie eigenartig, Colin?"

Er schüttelte vergnügt den Kopf. „Ganz und gar nicht, Ann. Ich kann mich sehr gut an einen gewissen Assistenzarzt erinnern, der genauso dachte wie sie. Damit meine ich mich selbst."

Seine Frau, die interessiert zugehört hatte, lachte und ergänzte: „Ann, mein Mann hatte ein Magengeschwür, als er nach Hawaii kam. Der gelassene Mann, den Sie jetzt vor sich sehen, unterscheidet sich sehr von dem übernervösen, den ich damals kennenlernte."

Auch Jay betrat nun das Zimmer. Er hatte die letzte Bemerkung mitbekommen und sagte, während er sich auf den Stuhl neben Ann setzte: „Wenn das so ist, besteht ja noch Grund zur Hoffnung."

„Hoffnung für wen?", fragte Ann und bedachte ihn mit einem kühlen Blick.

Jay hob gleichmütig die Schultern.

„Hast du meine Sachen wieder eingepackt, Jay?"

„Ja, wir werden jetzt zurechtkommen."

Maria betrat den Raum und stellte ein Tablett mit dem üblichen Rührei, fetten Würstchen, Bergen von Bratkartoffeln und Obst auf den Tisch.

„Wenn wir das alles essen sollen, werden wir nicht einmal eine halbe Meile gehen können."

Jay zwinkerte ihr zu, was Anns Herz sofort schneller klopfen ließ. „Mach dir keine Sorgen, kleine Annie. Die Welt wird nicht untergehen, wenn du dir einmal etwas Gutes gönnst. Genieße dieses letzte zivilisierte Mahl ruhig."

Zu ihrer Überraschung konnte Ann tatsächlich ein zweites Frühstück vertragen. Die McFarlands unterhielten sich angeregt miteinander, und Ann lehnte sich entspannt zurück. Sie trank ihren starken, heißen Kaffee und stellte, nicht ganz ohne Neid, wieder einmal fest, wie sehr diese Menschen aneinander hingen.

Doch schließlich endete auch dieses gemütliche Beisammensein. Jay gab das Zeichen zum Aufbruch, indem er seinen Stuhl zurückschob und sich erhob. Er half Ann beim Aufstehen, drückte seiner Schwester einen Kuss auf die Wange und meinte: „Halte die Stellung, Janet."

Janet umarmte ihren Bruder und wandte sich an Ann. „Passen Sie auf, dass er sich nicht zu sehr gehen lässt, Ann. Er ist schon jetzt ziemlich an der Grenze des Erträglichen! Viel Glück bei Ihrer Arbeit."

Ann bedankte sich und sah zu, wie Jay und sein Vater sich umarmten. Dann näherte sich Dr. McFarland ihr und küsste sie auf die Wange. „Seien Sie ganz unbesorgt, Ann, und machen Sie etwas Besonderes aus dieser Expedition. Ich weiß, dass Sie keine Gefahr laufen, wenn Jay bei Ihnen ist."

Ann fragte sich, ob Jays Vater wusste, was er da sagte. Die größte Gefahr für sie lag doch wohl darin, *dass* Jay bei ihr war.

Nachdem sie sich auch von Colin verabschiedet hatte, eilte Ann Jay nach. Er hatte ihre Rucksäcke bereits hinten im Jeep verstaut.

Ann zögerte einen Augenblick, dann sagte sie: „Ich bin gleich wieder da." Schnell lief sie in ihr Zimmer, zog die Unterwäsche aus der Tasche ihres Hemdes und stopfte sie in eine Schublade. Auf diese Dinge konnte sie wirklich verzichten.

Jay lenkte schon bald den Jeep in Richtung Inselmitte. Ann freute sich unbändig auf die Wochen, die vor ihr lagen. Endlich konnte sie die Alltagswelt hinter sich lassen und einmal etwas ganz Neues erleben.

5. KAPITEL

Während der langen Fahrt erzählte Jay Ann eine Menge über den Dschungel.

„Wir haben jetzt Winter auf Hawaii. Die Kona-Winde bringen viel Regen und damit Feuchtigkeit über den Pazifik heran. Wenn sie unsere Insel erreichen, treffen sie auf das Gebirge, das die Regenwolken wie ein Magnet anzieht. Wir haben im Wald schon über zwölf Meter Niederschlag im Jahr gemessen, damit ist unsere Insel einer der regenreichsten Flecken der Erde. Du wirst deshalb unterwegs einige sehr eindrucksvolle Wasserfälle sehen."

Ann beugte sich vor und sah erwartungsvoll durch die Windschutzscheibe. In der Ferne konnte sie bereits den Berg erkennen, dessen Gipfel von dichten Wolken umgeben war.

Als sie näher kamen, sagte Ann leise: „Ich bin so glücklich, dass ich diese Expedition unternehmen darf, Jay. Kannst du dir vorstellen, was sie für mich bedeutet?" Sie sah Jay an. „Das ist eine einmalige Chance für einen Botaniker."

„Dad sagt, du seist sehr begabt."

Ann wurde vor Freude rot. Das war ein großes Lob, denn Jays Vater wäre sich für eine alberne Schmeichelei zu schade.

Ernst fügte er hinzu: „Über eines muss zwischen uns übrigens Klarheit herrschen. Solange wir uns im Dschungel aufhalten, befolgst du meine Anweisungen."

Weil Ann protestieren wollte, schnitt er ihr das Wort ab. „Darüber diskutiere ich nicht mit dir, Ann. Ich bin nicht nur dein Führer durch die Wildnis, ich bin auch für dich verantwortlich. Es kann schließlich nur einen Boss geben, und der bin ich nun mal." Er sah sie eindringlich an. „Ich bin für deine Sicherheit verantwortlich, also bestimme ich auch, was passiert. Hast du verstanden?"

Ann schwieg verärgert. Das konnte ja noch heiter werden. Da standen ihr wohl schöne Wochen bevor.

Nachdem sie ein weiteres Stück gefahren waren, sah Ann einen feinen Nebelschleier vor sich, hinter ihm begann der Regenwald,

„Was machst du mit dem Jeep?"

„Den lasse ich mit Zündschlüssel am Waldrand stehen. Wenn ihn jemand braucht, kann er ihn benutzen und wieder zurückbringen."

Ann schüttelte verwundert den Kopf. „Das klingt merkwürdig für jemand, der nicht im Garten seines Hauses sein kann, ohne die Pforte zu verschließen. Ich würde nicht einmal im Traum daran denken, meinen Wagen vor dem Haus stehen zu lassen und den Schlüssel nicht abzuziehen. Er wäre nach einer Stunde nicht mehr da."

„Das ist der Vorteil, wenn man eine eigene Insel besitzt." Jay lachte. „Was sollte ein Dieb hier wohl mit einem gestohlenen Wagen machen?"

Ann stimmte in sein Lachen ein. „Das Argument überzeugt mich."

Jay hielt an, stellte den Motor ab und stieg aus. Ann tat es ihm nach. Sie nahm einen der Rucksäcke und war überrascht, wie leicht er sich heben ließ.

„Was hast du herausgenommen?"

Jay grinste. „Deine Fotoausrüstung habe ich in meinen Rucksack gepackt, das war der schwerste Teil."

Ann nahm ihren Rucksack auf die Schultern und machte einige Schritte. „Aber dieser ist sehr leicht. Hast du denn auch mein Zelt?"

Jay nickte und hob den größeren Rucksack auf. Er sah Ann an und merkte, wie aufgeregt sie war.

„Fertig, Ann?"

„O ja."

„Nun, dann kann es losgehen."

Nach wenigen Schritten standen Ann und Jay im kühlen Schatten des Regenwaldes. Der Boden unter ihren Füßen war mit dichtem Moos bedeckt, auf ihm ging es sich wie auf einem Teppich. Feiner Sprühregen netzte ihnen warm die Haut.

Ann blickte fasziniert zu dem üppigen Gewirr von Ranken über ihnen auf. Sie hatte einen düsteren Wald erwartet. Stattdessen schimmerte durch das grüne Blätterdach der Sonnenschein hindurch und tauchte alles in ein zauberhaftes Licht.

Als sei Ann in einer Kirche, sagte sie mit gedämpfter Stimme zu Jay: „Sieh nur dieses eigenartige Licht. Ist es immer so?"

Er drehte sich zu ihr um und erwiderte ebenso andächtig: „Ja, es ist märchenhaft schön." Sachte berührte er Anns Augenwimpern, in denen winzige Wassertropfen hingen. „Als ich ein kleiner Junge war, glaubte ich, der Wald sei verzaubert."

„So kommt es mir auch vor", flüsterte Ann wie gebannt.

Jay betrachtete sie liebevoll, dann drehte er sich um und übernahm wieder die Führung.

Bunt schillernde Vögel saßen auf den Zweigen der Bäume und gaben lautstark ihrem Ärger darüber Ausdruck, menschliche Eindringlinge in ihrem Revier dulden zu müssen.

Ann hielt Stift und Notizblock in der Hand und registrierte ihre Eindrücke. Dabei hielt sie vor allem Ausschau nach seltenen oder vielleicht sogar bisher unentdeckten Pflanzen.

„Werden wir ein Basislager einrichten?", fragte sie Jay fachmännisch, den sie in der letzten Stunde meistens von hinten gesehen hatte. Es war mühsam, mit ihm Schritt zu halten, und es gefiel ihr gar nicht, immer zu seinem Rücken sprechen zu müssen.

Jay drehte sich endlich einmal um und blieb sogar stehen, bis sie ihn eingeholt hatte.

„Nein. Wir können alles gut tragen. Wir nehmen unsere Ausrüstung jeden Tag mit. So können wir unser Lager immer dort aufschlagen, wo du etwas näher untersuchen möchtest."

„Oh, das ist wunderbar. Das kommt meinen Vorstellungen sehr entgegen. Ob wir es schaffen, den ganzen Wald in vier Wochen zu erforschen?"

„Warum nicht? Mit deinem Kampfanzug schaffst du das lässig. Es wäre für mich unerträglich, dich nach Boston zurückkehren zu lassen, ohne dass du hier alles gesehen hast."

Er setzte sich wieder in Bewegung, aber Ann merkte, dass er sich ihr anpasste und langsamer ging. So konnte sie ihm nun ohne Schwierigkeiten folgen.

„Ich kenne hier eine Stelle, die ich dir zeigen möchte, bevor es dunkel wird." Jay fasste nach Anns Hand, um ihr über einen Baumstamm zu helfen, der quer über dem Pfad lag.

Sie wollte gerade über den Baum hinübersteigen, als ihr etwas auffiel. Nachdenklich kniete sie auf dem weichen Moos nieder.

„Sieh nur, Jay."

Neugierig kam er zurück und sah sich suchend um. Dann nickte er: „Ja, die Sämlinge des toten Baumes wachsen nun auf dem vermodernden Holz. Das ist der Kreislauf der Natur. Das Tote dient als Nährboden für das Lebende. Wenn dieses Holz völlig zerfallen ist, wird ein anderer Baum seinen Platz einnehmen."

Ann starrte nachdenklich auf den Waldboden. „So bahnt das Alte den Weg für das Neue." Sie sah Jay ins Gesicht. „Meine Eltern waren beide Wissenschaftler. Das ist der Nährboden, aus dem ich stamme. Es ist wohl nur natürlich, dass ich ihren Weg fortsetze. Doch bis zu diesem Augenblick ist mir nicht klar gewesen, dass ich es vielleicht nur ihretwegen tue."

„Das ist verständlich", meinte Jay sachlich. „Aber es wäre sicher besser, wenn du auch noch ein paar andere Gründe dafür hättest, das zu tun, was du tust."

Er reichte Ann die Hand und half ihr auf.

„Hast du sie denn, Jay?"

Er legte den Zeigefinger leicht auf ihre Lippen und meinte geheimnisvoll: „Du stellst zu viele Fragen, Annie. Komm, lass uns weitergehen."

Ann und Jay zogen schon eine ganze Weile durch die Wildnis. Es war hier leicht, die Welt draußen zu vergessen. Jede Handbreit Boden war mit Ranken und Farnen, mit Blumen und seltenen Pflanzen bedeckt, und betäubender Duft erfüllte die feuchte Luft. Ann kam sich wie in eine Märchenwelt versetzt vor.

Immer wieder flogen Vögel mit leuchtend buntem Gefieder über ihren Weg. Sie unterschieden sich häufig so wenig von den farbenreichen Blüten, dass sie erst zu entdecken waren, wenn sie sich in die Luft erhoben.

Je tiefer Ann und Jay in den Wald eindrangen, desto stärker wurde Ann von seinem eigenartigen Zauber gefangen genommen. Sie hatte sogar vergessen, dass sie eigentlich Experimente geplant hatte und sich Notizen machen wollte. Es war einfach überwältigend, hier auf Kalai durch den Regenwald zu wandern. Ann empfand es fast als eine feierliche Handlung.

„Jay, ich glaube, ein Gewitter zieht auf." Ann war stehen geblieben und lauschte ängstlich.

Jay drehte sich um und meinte beruhigend: „Was du hörst, ist kein Gewitter. Schau dorthin."

Er schob einige von der Feuchtigkeit schwere Ranken zur Seite, und Ann schien es fast, als öffne er eine Tür. Wie gebannt blieb sie stehen.

In einiger Entfernung erblickte sie einen See mit blassgrünem Wasser. In ihn hinein ergoss sich dröhnend ein Wasserfall. Hier, im Schatten des Dschungels, sah das Wasser braungrün aus, doch weiter oben, oberhalb der Baumgrenze, glänzte es wie Gold im Sonnenlicht. Stumm betrachtete Ann das Naturschauspiel. Sie meinte, noch nie etwas so Schönes gesehen zu haben.

„O Jay, das ist ein überwältigender Anblick."

Jay schwieg einen Augenblick und schaute Ann zufrieden an. „Das finde ich auch. Dies ist einer meiner Lieblingsplätze. Ich wollte, dass du ihn kennenlernst." Er setzte den Rucksack ab und half Ann, auch ihre Last abzulegen.

„Was meinst du, wollen wir hier die Nacht verbringen?"

Ann nickte. Plötzlich war sie erleichtert, dass das Wandern zunächst einmal ein Ende hatte.

„Das ist eine gute Idee."

„Fein. Dann schlagen wir hier unser Lager auf. Ich glaube, für den ersten Tag bist du lange genug gelaufen." Er lächelte Ann wohlwollend an. „Hungrig?"

Sie nickte zustimmend, und Jay sah sie gerührt an, weil sie erschöpft aussah. „Ist das alles, woran du denken kannst, Jay?"

Er strich ihr zart über die Wange, und Ann lief ein Schauer über den Rücken. „Nein. Manchmal denke ich auch an andere, noch angenehmere Dinge."

Ann wurde rot und wandte sich ab.

„Nachdem wir uns also auf den Lagerplatz geeinigt haben, werde ich zunächst mal ein erfrischendes Bad nehmen." Jay setzte sich ohne Umschweife in das nasse Gras und zog seine Turnschuhe aus. Während er das Hemd aufknöpfte, fügte er hinzu: „Du solltest das auch tun, Ann. Wird es dir nicht zu warm in deinem Kampfanzug?“ Er blickte mitleidig auf ihre hohen Wanderstiefel. „Und wie müssen deine Füße sich anfühlen! Sicher sind sie schwer wie Blei, nachdem du in diesen Ungetümen so lange marschiert bist.“

„Nein, es ist alles in Ordnung.“

Jay blickte Ann ins Gesicht und bemerkte, dass sie sich unbehaglich fühlte. Sicher war ihr gerade bewusst geworden, dass sie mit ihm allein war. Er beschloss, so distanziert wie möglich zu bleiben.

Als Jay sich erhob, um sich seiner übrigen Kleidung zu entledigen, nahm Ann ihren Rucksack und ging zu einem Felsblock hinüber, wo sie Jay den Rücken zukehren und so tun konnte, als sei sie beschäftigt.

Dass er sich so ungeniert vor ihr auszog, schockierte sie, und sie wusste nicht, wie sie mit dieser Situation fertig werden sollte. Natürlich hatte Jay das Recht, schwimmen zu gehen, und dass er das hier in der Wildnis ohne Badehose tat, war nur natürlich. Aber für sie war das ganz ungewohnt. Sie wollte sich zwar wie eine Erwachsene benehmen, aber irgendwie gefiel ihr nicht, was geschah.

Sie wartete, bis sie Jay in den See springen hörte, dann erst drehte sie sich um.

Jay bewegte sich im Wasser sicher wie ein Seehund. Zuerst durchschwamm er den See der Länge nach, dann sah sie ihn hinter dem Wasserfall. Er rief und winkte. Wenig später war er verschwunden, gleich darauf tauchte er vor dem Wasserfall wieder auf.

Ann musste über sein lustiges Benehmen lachen. Sie sehnte sich danach, ebenso frei und ungezwungen zu sein wie er. Es schien großen Spaß zu machen. Aber sie konnte es nicht. Sie brachte es nicht fertig, ihre Rüstung abzulegen und einfach sorglos zu sein. Ein solches Verhalten war ihr fremd.

Eine ganze Zeit vergnügte sich Jay im Wasser. Inzwischen schrieb Ann in ihr Tagebuch. Als er schließlich an Land kam, war sie in ihre Notizen vertieft. So bemerkte sie ihn erst, als er vor ihr stand. Zu ihrer Erleichterung stellte sie fest, dass er inzwischen Shorts trug. Der Stoff klebte allerdings wie eine zweite Haut an seinen Hüften und

Oberschenkeln. Wassertropfen perlten an ihm ab und hingen in dem rotblonden Haar auf seiner Brust.

Ann gab sich Mühe, ihn nicht anzustarren. Allerdings beobachtete sie ihn dann verstohlen, als er sich ein frisches Hemd überzog. Dabei tat sie, als würde sie in ihrem Tagebuch lesen.

Jay sah sie an und meinte plötzlich erheitert. „So, Ann, nun bist du an der Reihe."

Als sie protestieren wollte, winkte er ab. „Schau auf deine Uhr. Ich gehe jetzt und lasse dich eine Stunde allein."

Verblüfft sah sie ihn an.

Jay nickte ihr zu. „Eine Stunde, das verspreche ich. In dieser Zeit kannst du schwimmen, dein Haar waschen, was auch immer du willst, ohne dass ich dich störe. Ich werde weit genug fortgehen, du bist also ungestört. Solltest du jedoch Hilfe brauchen, schrei nur: Dann komme ich sofort."

Ann sah ihn misstrauisch an. Ob er etwas im Schilde führte?

„Ich gebe dir mein Wort, Ann. Ich komme erst in einer Stunde zurück. Vertrau mir!"

Er zog seine Schuhe an und verschwand im Dschungel. Irritiert schaute Ann ihm nach. Eine ganze Zeit stand sie da und betrachtete das Laubwerk, das sie umgab. Dann fand sie Gefallen an der Situation. Sie lachte, steckte ihre Notizen in den Rucksack und begann sich auszuziehen.

Jay hörte Ann an seinem Platz im Regenwald lachen. Ihm wurde bewusst, dass er ihr Lachen liebte. Es klang für seine Ohren ausgesprochen reizvoll.

Er mochte Ann sehr. Sie war ernsthaft, hatte gute Manieren, war diszipliniert und, zu dieser Erkenntnis war er inzwischen gekommen, unschuldig. Aber das fand er eher störend. Müßig zog er sich die Schuhe aus und sah auf die Uhr.

Aus purer Langeweile steckte er sich eine Zigarette an, lehnte sich gegen einen Baum und entspannte sich. Mäßig interessiert sah er zu, wie der Rauch durch dic dunstige Luft nach oben stieg.

Ann hatte die schönsten Augen, die er jemals an einer Frau gesehen hatte. Sie wirkten sanft, verdunkelten sich aber jedes Mal, wenn sie böse wurde.

Jay fand Ann sehr verletzlich. Irgendwie weckte sie in ihm das Bedürfnis, sie zu beschützen, und das verwirrte ihn. So etwas kannte er gar nicht von sich. Aber Ann hatte etwas an sich, das alle seine männlichen Instinkte weckte. Er hörte ihr außerdem gern zu. Sie gab zwar nur selten etwas von sich preis, doch ab und zu fiel eine Bemerkung, die ihm ein wenig über sie verriet. Obwohl sie irgendwie traurig wirkte, schien sie im Grunde optimistisch veranlagt zu sein. Sie glaubte, davon war er überzeugt, an sich selbst.

Obwohl Jay Zeitpläne verabscheute, war er doch sehr diszipliniert. Er nahm seine Arbeit ernst, ohne darüber viel Worte zu verlieren. In der Hinsicht war Ann anders. Sie plante die vor ihr liegenden Aufgaben, die sie erledigen wollte, immer genau. Das fand er so komisch, dass er sich manchmal zwingen musste, sie nicht auszulachen. Ann schien zu glauben, dass es nichts Wichtigeres gäbe, als zu arbeiten und Wissen anzuhäufen. Die Arbeit war für sie offenbar ebenso notwendig wie das Atmen. Sie hatte sich völlig in der Gewalt.

Jay lächelte, sah dem Rauch nach und trat dann die Zigarette aus. Ann war so ungemein ordentlich und vernünftig. Das wirkte auf ihn wie eine große Herausforderung. Er hatte sich zum Beispiel vorgenommen, ihr einmal tüchtig das Haar zu zerzausen, das sie immer zu diesem strengen Knoten gebunden trug. Es würde auch eine Wonne sein, ihr das schwere Khakihemd aufzuknöpfen ... Als er Ann in den Armen gehalten hatte, hatte er nämlich gespürt, dass sie zwar zierlich, aber trotzdem eine richtige Frau war.

Sie wirkte sehr zerbrechlich, besaß aber innere Stärke. Das hatte er auch herausgefunden. Ihre Gefühle hielt sie so sehr unter Verschluss, dass es wohl einem Vulkanausbruch gleichkäme, wenn sie einmal die Kontrolle über sich verlor.

Vielleicht reizte es ihn deshalb so sehr, sie zu necken. Sie fiel immer wieder darauf herein. Wenn sie das dann merkte, war es aufregend, zu beobachten, wie sie sich zu beherrschen versuchte.

Jay lachte leise vor sich hin, weil seine Gedanken diesen Weg eingeschlagen hatten.

Eigentlich hatte er ja nur seinem Vater einen Gefallen tun wollen.

Aber als Ann dann aus dem Flugzeug geklettert war – erhitzt, müde und verunsichert –, hatte sie sein Interesse geweckt. Es reizte ihn, sie besser kennenzulernen.

Vielleicht hielt sie sich tatsächlich für kühl und zurückhaltend. Doch Jay wusste es besser. Er hatte erkannt, dass sich unter der stillen Oberfläche ein leidenschaftliches Wesen verbarg. Und das forderte ihn geradezu heraus.

Gedankenverloren nahm er einen Ast in die Hand und zerbrach ihn. Wenn er nicht aufpasste, würde er noch den Kopf verlieren. Ann ging ihm schon jetzt nicht mehr aus dem Sinn.

Er sah auf die Uhr. Die Stunde war vorüber, es wurde Zeit, zurückzukehren und das Zelt aufzuschlagen. Jay grinste. Der Abend versprach, interessant zu werden: Ann würde nämlich herausfinden, was Jay mit ihrem Zelt angestellt hatte.

Ann saß auf einem Felsen und fühlte sich rundum wohl. Sie hatte das mitgebrachte Khakihemd und die Ersatzhose angezogen. Die getragenen Sachen hatte sie gewaschen und über einen niedrigen Strauch zum Trocknen gehängt.

Das frisch gewaschene Haar hing ihr in nassen Locken auf die Schultern. Die schweren Wanderstiefel hatte sie mit der Sohle nach oben an einen Ast gehängt. Ihre einzige Konzession an das Klima im Dschungel bestand darin, dass sie die Ärmel des Hemdes aufgerollt hatte und mit bloßen Füßen dasaß. Ihr Gesicht bot sie der milden Feuchtigkeit des Nebels dar.

Eine Weile stand Jay am Rande der Lichtung und beobachtete Ann. Er sah sie zum ersten Mal mit offenem Haar. Das Haar war sehr lang, es reichte bis über die Schultern hinunter und lockte sich. Ohne den strengen Knoten wirkte Ann viel jünger und weicher.

Sie hob nun die Arme und streckte sie aus, als wolle sie die ganze Natur umarmen. Ihr Gesicht leuchtete dabei vor Freude.

Nur zögernd trat Jay näher. Er wollte sie nicht stören und auch nicht in Verlegenheit bringen.

Erst nach einem Moment sprach er sie an: „Eine Stunde, wie versprochen und ich bin wieder da.“

Ann drehte sich überrascht zu Jay um. „Da bist du ja. Es war herrlich hier am See.“

„Du siehst erfrischt aus.“ Sein Blick glitt bewundernd über sie.

Ann wurde rot. Ob Jay sehen konnte, dass sie keine Unterwäsche trug? Sie hatte sie gewaschen und diskret hinter einem Busch aufgehängt.

„Deine Sachen werden nie trocken, weißt du das?“

Ann folgte Jays Blick. Er zeigte auf die schwere Khakihose und das Hemd.

„Ja, das ist mir klar. Die ganze Zeit hat es feine Tropfen geregnet. Aber wenigstens sind sie sauber. Und sobald wir die Zelte aufgestellt haben, werde ich sie in meinem Zelt aufhängen, dort werden sie bestimmt trocknen.“

Jay ging auf das Thema „Zelt“ nicht ein. „Auch dort trocknen sie nicht, Ann. Die Luft ist zu feucht.“

„Dann werde ich sie eben nass anziehen müssen“, erwiderte Ann unbeeindruckt. „Wenigstens ist alles sauber.“

„Und was ist mit den Stiefeln?“

Ann warf einen Blick auf sie. „Wahrscheinlich werde ich mich an nasse Füße gewöhnen müssen.“

„Nein“, erwiderte Jay nun ungeduldig. „Turnschuhe sind wirklich viel praktischer, Ann. Sie erlauben es der Haut, zu atmen. Diese Stiefel sind unnütz. Du sparst dir weiteren Ärger, wenn du sie stehen lässt und Turnschuhe anziehst.“

„Aber Dr. Smythe-Fielding ...“

„Zum Teufel mit Dr. Smythe-Fielding!“ Jay wurde nun richtig zornig. „Hör auf mich, diese Stiefel sind nichts für dich.“

Ann war jetzt auch verärgert, doch sie schwieg.

Jay sah, dass sie uneinsichtig war, und gab seine Bemühungen auf. Dafür schnitt er ein anderes Thema an.

„Ich wette, du hast jetzt Hunger.“

Ann schluckte ihren Ärger hinunter.

„Ein wenig“, meinte sie höflich.

„Willst du mir beim Fischfang helfen, oder sorgst du lieber für den Nachtisch?“

Ann lachte. „Ich habe noch nie gefischt. Ich würde gern sehen, wie du das machst."

„Du hast noch nie gefischt? Das kann ich nicht glauben. Ich dachte, jedermann geht irgendwann in seinem Leben einmal fischen."

Verlegen bohrte Ann mit den nackten Zehen im Gras. „Nein, ich habe das noch nie getan. Es gibt vieles, was ich noch nicht getan habe." Dann hellte sich ihre Miene auf. „Aber ich will es gern versuchen. Bringst du es mir bei?"

Er wollte sie in die Arme schließen und ihr versprechen, dass er ihr alles beibringen würde, was sie nur wolle.

Doch stattdessen sagte er nur: „Okay, Dr. Lowry, gehen wir fischen."

Ann folgte ihm bis an den Rand des Sees und blieb dort stehen. „Ich werde nass werden."

Jay tat, als müsse er nachdenken. „Ich habe eine Idee! Kremple die Hosenbeine doch hoch", verkündete er triumphierend. Er hob spöttisch die Augenbrauen. „Du kannst dich natürlich auch entschließen, deine Hose auszuziehen."

„Aber Mr. McFarland." Ann ahmte seinen Blick nach und hob ebenfalls die Augenbrauen. „Sie sind ja vergnügungssüchtig."

Jay war über diese Anwandlung von Humor bei Ann so überrascht, dass er sie verdutzt ansah. Dann brach er in Gelächter aus. „Du machst dich ja. Wo bleibt denn die Moralpredigt? Aber nun komm. Du hältst einfach dieses Netz fest, und wenn ich es dir sage, lässt du es auf der Stelle fallen – verstanden?" Er schob ihr eine Haarlocke aus dem Gesicht. „Schaffst du das?"

„Ich werde mein Bestes geben", versprach Ann ihm.

6. KAPITEL

Ann und Jay verbrachten über eine Stunde damit, zu fischen. Jay trieb Fische gegen das Netz, und Ann fing sie darin auf sein Kommando. Als sie genügend Fische für eine Mahlzeit gefangen hatten, gingen sie zurück ans Ufer.

„Meine liebe Ann, das war sehr geschickt. Ich glaube, morgen darfst du die Fische jagen, dann übernehme ich die überaus komplizierte Tätigkeit des Netzauswerfens."

„Einverstanden, aber nur unter einer Bedingung." Ann machte eine bedeutungsvolle Pause. „Du musst das Netz sofort fallen lassen, wenn ich es sage. Wenn du das nicht schaffst, muss ich mir einen anderen Gehilfen suchen."

Jay schüttelte den Kopf. „So eine bist du also! Kaum überträgt man dir Verantwortung, schon steigt dir das zu Kopf. Ich muss mir überlegen, ob ich dich überhaupt noch mal zum Fischen mitnehme."

Nachdem Jay Feuer gemacht hatte und die Fische in der Pfanne brutzelten, fragte Ann ungläubig: „Ist das alles, was wir essen?"

Jay sah sie an, dann lachte er. „Kehrst du den Feinschmecker heraus? Aber das ist kein Problem für uns. Hier im Paradies wachsen mehr Früchte, als du dir vorstellen kannst. Was möchtest du denn? Papaya, Bananen, Ananas?"

„Wusstest du", belehrte Ann ihn, „dass die Ananas zur Familie der Zitronen gehört? Sie enthält Zitronensäure."

Jay schüttelte den Kopf und grinste. „Wussten Sie, Dr. Lowry, dass das hier kein Hörsaal ist?"

Ann wurde verlegen. Jay hatte recht. Das Belehren sollte sie sich besser für die Studenten zu Hause in Boston aufheben. Aber sie war eben mit Leib und Seele Botanikerin.

Jay tat es inzwischen leid, sie zurechtgewiesen zu haben, und er meinte versöhnlich. „Wollen wir Taro probieren? Hast du davon schon gehört?"

Ann nickte. „Pflanzenkunde ist mein Spezialgebiet, hast du das vergessen? Ich weiß alles über Taro, habe es aber noch nie gegessen."

„Taro gibt es hier überall auf der Insel. Man isst die fleischigen Wurzeln zu einem Brei zerdrückt, also sozusagen als Kartoffelbrei. Willst du es kosten?"

Sie nickte. „Natürlich."

Zusammen suchten sie im Dschungel nach Taro, und schon nach kurzer Zeit hatten sie einige Wurzeln ausgegraben. Jay zeigte Ann, wie die Eingeborenen sie mit Knochen oder Steinen zerschlugen und zerdrückten, bis sie ein festes Mus bildeten.

Eine Stunde später lehnten Ann und Jay zufrieden an einem Felsen. Sie hatten wie die Fürsten gespeist.

Ann seufzte. Dieser erste Tag im Regenwald war ein unvergessliches Erlebnis gewesen. Jay war ein angenehmer Begleiter, kannte sich gut aus und ging auf ihre Wünsche ein. Voller Behagen streckte sie sich.

„Es wird dunkel. Wir sollten jetzt das Zelt aufschlagen", sagte Jay in beiläufigem Ton.

Ann sprang unternehmungslustig auf. „Meinetwegen. Ich bin für die nächste Hausarbeit bereit."

Jay beugte sich stumm über seinen Rucksack und zog ein Bündel heraus.

Ann trat interessiert zu ihm. „Und wo ist mein Zelt, Jay?"

Er hielt das Bündel hoch. „Dies ist unser Zelt."

„Unser Zelt? Und was ist mit meinem geschehen?"

Jay gab sich große Mühe, ganz unbefangen zu sprechen. „Weißt du, Ann, dein Zelt war ziemlich schwer. So etwas ist, ehrlich gesagt, aus der Mode. Heute benutzt man für Zelte ein viel leichteres Material. Das kann man bequem in Taschen verstauen und in wenigen Minuten aufstellen."

Er blickte kurz auf, gerade lange genug, um Anns Reaktion zu prüfen, und sah dann vorsichtshalber wieder weg. Als sei es das Natürlichste von der Welt, begann er, das Zelt aufzustellen. „Es bietet Platz genug für uns beide und für unsere gesamte Ausrüstung, so dass sie über Nacht trocknen kann. Übrigens ist es durchsichtig. Wir können also hinausschauen und den Blick auf die Natur genießen. Du wirst bestimmt angenehm überrascht sein, welche Bequemlichkeit das Zelt bietet."

Ann konnte vor Empörung kaum sprechen. „Ich kann einfach nicht glauben, was ich da höre", fassungslos sah sie ihn an. „Du erwartest doch wohl nicht, dass ich mit dir in einem Zelt schlafe?"

Jay hatte das Zelt inzwischen aufgerichtet und drehte sich nun zu Ann um. „Ann, beruhige dich! Wir werden einen ganzen Monat zusammen sein. In dieser Zeit werden wir unablässig zu zweit sein, jede Minute werden wir zwei miteinander verbringen. Da kannst du doch nicht allen Ernstes von mir erwarten, dass ich zwei Zelte durch den Dschungel schleppe und sie jeden Abend aufstelle."

Ann bedachte ihn mit einem vernichtenden Blick, während sie die Hände auf die Hüften stützte. „Ich kann das sehr wohl erwarten! Ich habe doch gar nicht von dir verlangt, das Zelt aufzubauen. Das kann ich gut allein – Abend für Abend, den ganzen Monat lang."

„Nun gut. Aber du hast doch von mir verlangt, dass ich es trage, oder nicht?"

„Oh!" Ann drehte sich um. Sie war so wütend, dass ihr die Worte fehlten. Tränen stiegen ihr in die Augen. „Ich hätte wissen sollen, dass es keine gute Idee war, dich um Hilfe zu bitten. Hätte ich nur geschwiegen und meine Sachen selbst getragen, dann wäre das nicht passiert. Wie kannst du es wagen, für mich Entscheidungen zu treffen? Jay McFarland, ich habe nicht die geringste Absicht, mit dir in einem Zelt zu schlafen!"

Sie rannte blindlings über die Lichtung hinunter zum See. Dort lief sie aufgeregt auf und ab. Wie sie Jay hasste!

Inmitten einer fremden Welt war sie ganz und gar auf die Gnade eines Mannes angewiesen, der es offensichtlich darauf angelegt hatte, sie zu kränken.

Aber sie würde das nicht zulassen. Das konnte sie einfach nicht. Er hatte kein Recht, das von ihr zu verlangen. Und wenn sie die ganze Nacht hier draußen bleiben musste, um ihm das klarzumachen, dann würde sie das tun.

Wütend überlegte sie, wie sie auf diese Taktlosigkeit reagieren sollte. Jay hatte inzwischen im Zelt eine Lampe eingeschaltet, sie tauchte das Zelt und ihn in ein märchenhaftes grün-goldenes Licht.

Sie sah, dass er das Zelt verließ, und konnte seine Schritte gleich darauf im nassen Gras hören. Aber sie drehte sich nicht zu ihm um. Womöglich dachte er dann, dass sie hier auf ihn wartete. Dann war alles wieder still.

Ann überlegte, was Jay wohl vorhatte. Verstohlen schaute sie zum Zelt hinüber.

Im Licht der Lampe sah sie ihn wieder im Inneren des Zeltes stehen. Er zog sich gerade das Hemd über den Kopf. Dann bückte er sich und legte es über seinen Rucksack.

Er breitete eine Decke aus, machte es sich darunter bequem und schaltete die Lampe aus.

Ann konnte sich nur noch wundern. Jay schien nicht einen einzigen Gedanken an ihre Sicherheit zu verschwenden. Er übersah sie einfach. Hilflos ließ er sie im Dunkeln sitzen, obwohl es Schlangen und andere gefährliche Tiere im Regenwald gab und sie sich theoretisch ja auch hätte verlaufen haben können. Was machte das Jay McFarland aus? Überhaupt nichts. Er legte sich einfach schlafen. Während sie hier in ohnmächtigem Zorn stand, ließ er es sich wohl sein!

Ann hielt es noch über eine Stunde auf ihrem Platz nahe dem See aus. Inzwischen war Jay wohl eingeschlafen. Aus dem feinen Sprühregen war inzwischen ein kräftiger Niederschlag geworden. Zwar blieb es weiterhin warm, aber Ann war bis auf die Haut durchnässt.

So machte sie sich auf den Weg zu dem schützenden Zelt, schlich vorsichtig hinein und verharrte am Eingang. Einige Zeit lauschte sie Jays ruhigen gleichmäßigen Atemzügen, und als sie sich davon überzeugt hatte, dass er schlief, kroch sie behutsam ganz ins Innere. Dabei stieß sie gegen das Trockengestell, auf dem etwas ausgebreitet lag.

Es war ihre Kleidung! Lieb, dass Jay daran gedacht hatte, sie in das Zelt zu holen. Deshalb war er wohl vorhin noch einmal hinausgegangen.

Ihr fiel ein, dass ihre Unterwäsche noch draußen hing. Sie verließ noch einmal das Zelt, wrang die nassen Sachen aus und hängte sie dann im Zelt auf. Schließlich suchte sie, so gut das im Dunkeln ging, in ihrem Rucksack nach dem Nachthemd, das sie eingepackt hatte. Es war nicht da.

Warum hatte sie es Jay auch gestattet, ihren Rucksack umzupacken! Das hatte sie nun davon. Aber das sollte er ihr büßen. Kurz entschlossen nahm sie sich seinen Rucksack vor und fand auch bald, wonach sie suchte: eins seiner Hemden, oder war es sein einziges Ersatzhemd? In dieser Lage war es ihr gleichgültig.

Ob sie darin komisch aussah? Bestimmt war es eins dieser grellen Hawaiihemden, die er so leidenschaftlich gern trug. Sie fror und stand am Rand der Erschöpfung. Es wurde Zeit, zu schlafen.

So vorsichtig wie möglich zog sie Khakihose und -hemd aus und schlüpfte in Jays Hawaiihemd. Es war sehr angenehm, endlich wieder etwas Trockenes am Leibe zu haben. Sorgfältig hängte sie die nassen Kleidungsstücke über das Gestell zu den anderen, rieb sich das Haar mit einem Handtuch trocken und kroch nun endlich unter die Decke.

Doch an Schlaf war nicht zu denken. Mit hellwachen Sinnen lag sie da und versuchte, sich an die Situation zu gewöhnen. Worauf lag sie eigentlich? Es schienen Kissen zu sein. Das ganze Zelt war damit ausgelegt, wie sie nach einigem Herumtasten feststellte. Aber was es auch war, es war sehr bequem.

Um möglichst viel Abstand zu Jay zu halten, rutschte Ann an den äußersten Rand des Zeltes.

„Dann bist du also endlich vernünftig geworden und aus dem Regen ins Zelt gekommen." Schlief Jay doch nicht?

Ann erschrak, meinte dann aber kühl: „Ich hoffte, du seist schon eingeschlafen."

Man konnte hören, dass sie noch nicht versöhnt war.

„Wie, zum Teufel, könnte ich wohl schlafen, wenn ich weiß, dass du da draußen im strömenden Regen herumsitzt?"

Ann hörte, dass Jay sich zu ihr umdrehte. „Tatsächlich? Ich hätte nicht gedacht, dass dir das irgendetwas ausmachen würde." Ann missfiel selbst, was sie sagte. Es klang wie das Schmollen eines Kindes, aber sie konnte nicht anders. Jay sollte wissen, wie empört sie war.

„Aber selbstverständlich macht es mir etwas aus."

Ann meinte zu hören, dass Jay sich auf einen Ellbogen stützte. Sie sah zu ihm hinüber, konnte in der Dunkelheit aber nur vage seine Umrisse erkennen.

„Stimmt das, Jay?" Ihre Stimme klang leicht verlegen.

„Natürlich. Schließlich bin ich dein Führer."

Das war nicht gerade das, was Ann hören wollte. Bissig meinte sie: „Es wäre dir wohl peinlich, deinem Vater zu erklären, wieso ich verloren gehen konnte, während du in deinem bequemen Zelt schliefst."

„Genau."

Amüsierte er sich? Doch Ann war zu müde und zu verärgert, um sich daraus etwas zu machen.

Nach längerem Schweigen sagte Jay: „Ann?"

Mürrisch erwiderte sie: „Was ist nun schon wieder? Ich möchte schlafen."

„Was trägst du eigentlich?"

„Das geht dich überhaupt nichts an. Lass mich jetzt schlafen, Jay."

Er lachte leise. „Du bist doch wohl vernünftig genug gewesen, die nassen Sachen auszuziehen?"

„Willst du jetzt endlich Ruhe geben!" Ann setzte sich auf. „Du bist nicht mein Vormund, und ich sorge schon seit vielen Jahren selbst für mich. Natürlich habe ich meine nassen Sachen ausgezogen, bevor ich mich hinlegte. Und nun schlaf endlich."

Energisch zog sie die Decke über sich und streckte sich aus. Jay war offenbar näher gerückt, denn als er jetzt sprach, streifte sein Atem ihr Gesicht.

„Als ich dein Gepäck umsortierte, stieß ich auf ein ziemlich scheußliches Nachthemd. Es ..."

„Scheußlich? Wie kannst du es wagen ..."

„Ja, scheußlich. Es sah aus wie etwas, das man anzieht, wenn man eine Erkältung auskurieren will. Es war unförmig und altmodisch."

„Vielen Dank, aber das Nachthemd hätte ich jetzt gern getragen."

„Ich habe es zu Hause gelassen."

Ann hörte, dass Jay ein Lachen unterdrückte. „Dazu hattest du kein Recht", entgegnete sie empört.

„Das stimmt", meinte er genüsslich.

„Aber nun ist es zu spät."

Ann beschloss, ihn zu ignorieren. Aber das war gar nicht so leicht.

Jay setzte sich nämlich auf, und Ann spürte, dass er an ihrer Decke zog. „Ann, sag mir, was hast du jetzt an?"

Nach einer längeren Pause erklärte Ann mit gelinder Verzweiflung:

„Dein Hemd. Bist du nun zufrieden? Lass mich jetzt schlafen."

„Mein Hemd? Du trägst tatsächlich mein Hemd? Das muss ich sehen."

Er schaltete die Lampe an, und das Licht blendete Ann. Schnell zog sie sich die Decke bis ans Kinn.

„Zeig es mir."

Damit er endlich Ruhe gab, schob Ann die Decke etwas herunter, gerade genug, um ihm zu beweisen, dass sie tatsächlich sein Hemd trug. Es war, wie sie selbst jetzt feststellen konnte, wirklich eines der grellen Dinger.

Jay lachte. „Sieh da, nur ein kleiner Schritt für die Wissenschaft, aber ein gewaltiger für unsere Beziehung."

Ann schüttelte den Kopf. Endlich schaltete Jay die Lampe aus, sodass sie wieder Dunkelheit umgab.

Nach längerem Schweigen flüsterte Ann: „Jay?"

„Was ist?"

Sie erschrak, weil sie seine Stimme so dicht neben sich hörte.

„Diese Unterlage ist herrlich weich. Woraus ist sie gemacht?"

„Das ist ein Wunder des Weltraumzeitalters. Sie besteht aus einem dichten Material ähnlich dem, aus dem man Fallschirme anfertigt. Darin ist eine Luftblasenschicht. Man kann das Ganze also bequem in die Tasche stecken, bläst man diese Matratze aber auf, ist sie weich, wie ein Wasserbett." Er schwieg einen Augenblick. „Hast du jemals auf einem Wasserbett geschlafen?"

„Nein."

„Es ist außerordentlich elastisch." Wieder trat eine Pause ein. Dann fuhr Jay fort. „Für Flitterwöchner sollte es zwingend vorgeschrieben sein."

Sie fühlte seine Hand auf ihrem Haar. „Gute Nacht, kleine Annie. Hab angenehme Träume."

Ann erwachte im ersten Morgengrauen. Einen Moment musste sie überlegen, wo sie war. Dann kam die Erinnerung zurück.

Mit hinter dem Kopf verschränkten Armen lag sie da, und ihr war, als habe sie so ein Erwachen in einem Zelt schon einmal erlebt.

Dann fiel ihr ein, dass sie als sehr kleines Kind häufig mit den Eltern gereist war. Manches Mal hatten sie in verlassenen Gegenden zu Forschungszwecken gezeltet.

Einige Kinder verbinden mit der Kindheit den Duft frisch gebackener Plätzchen, die in der häuslichen Küche hergestellt wurden. Andere denken dann an überfüllte Schulbusse und belegte Brote. Doch bei Ann stellte sich dabei sofort die Erinnerung an Reisen in Länder mit unbekannten Namen, an ferne Kontinente ein. Ihre Eltern hatten mit ihr häufig im Licht von Laternen, von Kerzen und auch am offenen Feuer gesessen. Aber Ann war damals noch zu jung gewesen, um Einzelheiten zu behalten.

Es war schon lange her, dass sie das letzte Mal Naturstudien betrieben hatte. Aber die Jahre des Studiums und des Unterrichtens an der Universität hatten ihr die Freude an solchen Ausflügen nicht genommen. Stets hatte sie gehofft, eines Tages wieder Gelegenheit zu bekommen, so etwas zu unternehmen.

Sie betrachtete Jay, der dicht neben ihr lag. Er schlief so friedlich, und sie nutzte die Chance, sein Gesicht eingehend zu studieren. Er schien zu lächeln. Ob er etwas Angenehmes träumte? Seine Züge drückten Charakterstärke aus, obwohl das irgendwie nicht zu dem Bild passte, das sie sich von ihm machte. Er kam ihr zu unbekümmert vor. Dauernd hatte sie das Gefühl, dass ihm der Schalk im Nacken saß.

Jay war ihr ein Rätsel. Immer, wenn sie über ihn nachdachte, lagen ihre Gefühle im Widerstreit.

Sie riss sich von seinem Anblick los. Dies war schon ihr zweiter Tag im Dschungel. Es gab so viel zu sehen und zu tun, und sie wollte eine ganze Reihe von Experimenten durchführen. Die Zeit aber war knapp.

Ann schlug die Decke zurück. Die Unterwäsche war zum Glück über Nacht getrocknet. Gut, dass das Trocknen so schnell ging. Sie hatte dank Jay nichts zum Wechseln mit und würde jeden Abend waschen müssen. Die Khakihemden und -hosen waren leider noch feucht. Ann fasste in ihre hohen Stiefel und zog enttäuscht die Hand wieder heraus. Die Stiefel waren durch und durch nass.

„Solange du so gut darin aussiehst, kannst du von meinen Sachen anziehen, was du willst."

Ann fuhr bei dem Klang von Jays Stimme zusammen. „Du drehst dich sofort um, bis ich mich angezogen habe."

„Willst du mir die wunderbare Aussicht verderben? Du bist ja ein Spielverderber."

„Jay!" Ann besann sich jetzt auf den Ton, in dem sie mit ihren Studenten sprach, wenn alles andere nicht half. „Darüber lohnt sich die Diskussion nicht. Du drehst dich jetzt um!"

Lachend warf er sich die Decke über das Gesicht, nun waren von ihm nur noch die Arme zu sehen. „Warum lässt du nicht mein Hemd an? Schließlich ist es trocken. Und dazu trägst du Shorts", schlug er hilfsbereit vor.

„Aber ich habe keine Shorts eingepackt. Ich habe nur diese Khakihosen mit langen Beinen."

„Das ist kein Problem." Jay ließ die Decke wieder fallen und setzte sich neben Ann. „Gib sie mir, ich werde mit meinem Jagdmesser die Beine abschneiden, dann hast du Shorts."

Jay, der nur eine Turnhose trug, sah überwältigend gut aus. Er strahlte geradezu Männlichkeit aus.

Ann wurde vor Verlegenheit rot. In was für Situationen man kommen konnte! Jay war fröhlich wie immer und schien gar nicht zu merken, wie peinlich ihr alles war. Sie beneidete ihn um seine gesunden Nerven.

Jay holte sein Messer aus dem Rucksack und langte nach Anns Hose. „Ich werde die Beine abschneiden, und dann hast du hübsche bequeme Shorts."

Ann sah die Hose unentschlossen an. „Werde ich die lange Hose nicht als Schutz vor Insektenstichen brauchen?"

Jay hielt ein kleines Fläschchen hoch. „Hierin ist genug Insektenschutzmittel, um uns beide für Monate zu schützen. Es ist völlig geruch- und farblos und wird deiner zarten Haut bestimmt nicht schaden, Ann."

Ann wusste nicht so recht, was sich noch einwenden ließ. Außerdem war der Gedanke an bequeme Shorts verlockend. Am Tag zuvor hatte ihr der schwere, nasse Khakistoff wie ein Gewicht am Körper gehangen.

„Ich glaube, es schadet nichts, wenn du diese Hose kürzer schneidest. Ich habe noch eine zweite dabei, wenn mir die abgeschnittene nicht gefällt." Ann gab Jay also die Hose und vermied es dabei, ihn anzublicken. „Also gut, schneide sie kürzer." Sie zeigte ihm auch, wo er schneiden sollte, nämlich knapp oberhalb des Knies.

Während Jay mit der Hose beschäftigt war, nahm Ann rasch ihre Wäsche vom Trockengestell und stopfte sie in den Rucksack. Es war ihr peinlich, sie den Blicken Jays ausgesetzt zu wissen. Er hatte sich ja schon einmal über ihre Dessous lustig gemacht. Als Jay ihr die Hose zurückgab, stellte Ann fest, dass sie viel kürzer geschnitten war, als sie gezeigt hatte. Doch Jay schaute ganz unschuldig drein, sodass Ann zu dem Schluss kam, er habe sich nur geirrt. Ganz sicher war sie sich jedoch nicht.

„Du kannst mein Hemd heute anbehalten, bis morgen wird dein Khakihemd hoffentlich trocken", ließ er sie großmütig wissen.

„Nun, vielen Dank. Und dreh mir jetzt bitte für eine Minute den Rücken zu, damit ich mich anziehen kann."

Ann zog, so schnell es ging, die Shorts an. Jays Hemd reichte ihr fast bis zu den Knien, die kurzen Ärmel bis zu den Ellbogen. Sie stopfte das Hemd in die Shorts, aber da hing es leider unten heraus.

Als Jay sich umdrehte und ihre Schwierigkeiten sah, zeigte er sich erneut hilfsbereit. Er ergriff die Zipfel des Hemdes und meinte fachmännisch: „Hier, binde sie einfach so zusammen." Gekonnt knotete er das Hemd in ihrer Taille. Ann zuckte verwirrt zusammen, denn seine Berührung ließ ihre Haut prickeln. Als sie aufsah, bemerkte sie, dass Jay lächelte. Doch zu ihrer Erleichterung enthielt er sich jeden Kommentars. Wenn er jetzt anfing, sie zu necken, würde sie aus dem Zelt fliehen.

„Woher hast du diese Narbe?" Vorsichtig zog er die feine weiße Linie nach, die an Anns Taille begann und sich bis zu ihrem Rücken hin zog.

„Die ist schon alt. Sie stammt von einem Unfall."

„Das muss eine ziemlich böse Wunde gewesen sein. War es ein Autounfall?"

Jay merkte, dass Ann sehr still geworden war und verwünschte seine Neugier.

„Nein. Es war ein Unfall mit einem Flugzeug, als ich zwölf Jahre alt war. Meine Eltern kamen dabei um. Ich überlebte."

„Entschuldige, ich wollte keine alten Wunden aufreißen." Jay sah Ann besorgt an. „Wohin wolltet ihr?"

„Wir überquerten Ostafrika in einem kleinen Flugzeug. Es war die erste Etappe unserer Heimreise. Meine Eltern und ich hatten über ein Jahr in Kenia gelebt."

Jay erinnerte sich daran, wie angespannt Ann gewesen war, als sie am Tag ihrer Ankunft auf der Insel aus dem Flugzeug stieg. Es war sehr mutig von ihr, nach der Tragödie mit ihren Eltern wieder in eine so kleine Maschine zu steigen.

„Hast du Brüder oder Schwestern?", wollte er wissen.

„Nein. Der Bruder meines Vaters, mein Onkel Frank, hat mich in seinem Haus aufgenommen."

„Du hattest Glück, dass sich jemand um dich gekümmert hat."

„Ja." Das klang wenig überzeugend.

Jay fasste unter Anns Kinn und hob es, sodass sie ihm in die Augen schauen musste. „Ich mag es, wenn du dein Haar offen trägst." Sachte strich er ihr durch die goldblonden Locken, die ihr über die Schultern hingen.

Ann machte das Kompliment unsicher, aber sie war froh, dass Jay das Thema gewechselt hatte.

„Das beruhigt mich", tat sie ganz nüchtern. „Ich werde nämlich kaum in der Lage sein, es während der Zeit im Dschungel hochzustecken. Gestern habe ich meine Haarnadeln verloren, wahrscheinlich beim Schwimmen. Ich meinte, sie auf einen kleinen Felsen gelegt zu haben, aber als ich später nach ihnen suchte, waren sie verschwunden." Sie sah Jay an. „Ich würde ja einen gewissen Jemand beschuldigen, sie weggenommen zu haben, wenn der nicht im Wald gewesen wäre, während ich mir das Haar wusch. Und außerdem, was solltest du wohl mit meinen Haarnadeln?"

„Ich glaube, die Vögel hier im Wald haben nichts dagegen, wenn du das Haar offen trägst, und auch dein Führer wird sich nicht beschweren." Jay lächelte unbefangen. „Was hältst du davon, wenn ich jetzt Feuer mache und Kaffee koche?"

„Das ist eine gute Idee. Und ich bereite zwei Schüsseln mit hochwertiger, eiweißhaltiger Nahrung vor."

„Das klingt nicht gerade einladend", meinte Jay besorgt. Er hatte tatsächlich heimlich Anns Haarnadeln fortgenommen. Aber das brauchte sie ja nicht zu wissen.

Nach einer Stunde hatten sie das Frühstück beendet und ihre Sachen zusammengepackt.

Jay blickte auf die schweren Stiefel, die an Anns nackten Beinen unverhältnismäßig groß wirkten.

„Du solltest wirklich lieber Turnschuhe tragen, Ann. Sie sind viel leichter und für die Füße gesünder."

„Ich bleibe bei den Stiefeln. Dr. Smythe-Fielding sagt, man könne nie wissen, worauf man im Regenwald trifft."

Jay hob ergeben die Schultern. Für diesen Tag hatte er genügend Schlachten gewonnen. Da konnte er auch mal großmütig sein.

Nach einem letzten Blick auf den reizvollen See und den Wasserfall folgte Ann Jay tiefer in den Dschungel hinein.

Gegen Mittag fanden sie eine Stelle, die Ann näher untersuchen wollte. Während Jay das Zelt aufstellte, begann Ann mit den Vorbereitungen für ihre Forschungen. Sie sammelte Bodenproben und beschriftete sie sorgfältig. Dann machte sie eine Reihe von Fotos. Mit Speziallinsen konnte sie auch die kleinsten Pflanzen in allen Einzelheiten aufnehmen.

Noch lange nachdem Jay das Zelt aufgebaut und Früchte und Wurzeln für ihr Mittag- und Abendessen gesammelt hatte, arbeitete Ann sorgfältig an ihrem Projekt. Jay war von ihrem Eifer beeindruckt. Er suchte derweil nach einer trockenen Stelle unter einem Baum, lehnte sich gegen den Stamm, steckte sich eine Zigarette an und sah Ann schweigend zu. Schließlich versuchte er, mit ihr ins Gespräch zu kommen.

„Mein Vater sagt, deine Arbeit könnte für die Forschung bedeutsam sein.“

Ann hockte auf den Fersen und machte einige weitere Aufnahmen, bevor sie antwortete. „Vielleicht. Die Pflanzenwelt auf eurer einzigartigen Insel studieren zu können, wird meine weitere Arbeit ganz erheblich beeinflussen. Deshalb kann ich es mir nicht erlauben, auch nur einen einzigen der knappen und kostbaren Tage zu verschwenden. Ein Monat – das ist nur eine kurze Zeit.“

Anns Stimme verriet ihre Begeisterung, und das beeindruckte Jay.

Konzentriert arbeitete sie weiter, bis die Dämmerung hereinbrach.

7. KAPITEL

Gleich nach dem Abendessen trieb ein heftiger Regenguss Ann und Jay in den Schutz ihres Zeltes. Ann saß mit gekreuzten Beinen neben der batteriebetriebenen Lampe und schrieb in ihr Tagebuch. Wieder hatte sie ihre Lesebrille aufgesetzt.

Jay hockte in der anderen Ecke des Zeltes. Er rauchte und versuchte, einen mitgebrachten Aufsatz zu lesen. Aber es war ihm nicht möglich, sich zu konzentrieren. Immer wieder musste er zu Ann hinüberschauen. Nichts an ihr erinnerte mehr an die streng gekleidete junge Frau, die er auf dem Flughafen in Empfang genommen hatte.

Ihr blondes Haar fiel ihr nun weich auf die Schultern, und sie schob es von Zeit zu Zeit selbstvergessen hinter die Ohren, wo es nach kurzer Zeit doch wieder hinunterglitt und ihre Wangen berührte.

Sein Blick blieb an seinem bunten Hemd haften. Es gefiel ihm, es an ihr zu sehen. Wie hatte sie es nur fertiggebracht, ihn so zu beeindrucken? Ihre Haut war blass. Sie hatte die schweren Stiefel ausgezogen, und Jay betrachtete ihre Füße. Sie waren zart und sollten nicht in schweren Stiefeln stecken. Wenn sie nicht bald freiwillig Turnschuhe anzog, würde er die Dinge wieder in die Hand nehmen müssen.

Ann hatte sich, was das Zelt betraf, in ihr Schicksal gefügt. Sie versuchte ganz offensichtlich, das Beste aus der ihr unangenehmen Situation zu machen. Aber was war denn schon dabei, wenn sie in demselben Zelt schliefen? Schließlich konnte niemand von ihm verlangen, dass er mit unnützem Ballast durch den Dschungel wanderte.

In diesem Moment blickte Ann auf. Sie hatte wohl gespürt, dass Jay sie aufmerksam ansah.

„Sag mal, Jay, hast du es auch hell genug?"

„Ja danke, es reicht. Ich kann ohne Mühe lesen." Er hielt den Aufsatz hoch, als müsse er seine Worte belegen.

„Hier ist das Licht besser." Ann stand auf, und Jay vermied es, allzu ungeniert auf ihre Beine zu schauen. „Ich werde mich jetzt hinlegen. Setz dich doch an die Lampe zum Lesen."

Ann reichte ihm die Lampe und begann, in ihrem Rucksack nach dem Khakihemd zu suchen. Sie wollte es als Nachthemd tragen.

„Würdest du dich einen Moment umdrehen, bis ich mich ausgezogen habe?“

Jay seufzte und drehte sich um. Er hätte Ann gern seine Meinung über diese Anstandsregel gesagt, aber das würde wohl nicht viel helfen.

„So, ich bin fertig. Vielen Dank, Jay, und gute Nacht.“

Als er zu ihr hinübersah, lag sie da, die Decke bis zum Kinn hochgezogen, den Rücken ihm zugekehrt. „Du kannst das Licht brennen lassen, so lange du willst, Jay. Ich bin so müde, mich kann nichts stören. Schlaf gut.“

„Du auch.“

Jay saß neben der Lampe und hielt den Aufsatz, den er lesen wollte, in der Hand. Aber er konnte sich nicht konzentrieren, sondern beobachtete die schlafende Ann. Dann fasste er einen Entschluss. Er zog das Messer aus dem Rucksack und holte sich leise Anns Ersatzhose und das Ersatzhemd. Anns Kleidung war für das tropische Klima viel zu schwer. Doch sie würde das nie zugeben.

Es gab also nur eine Lösung: Er musste die Angelegenheit wieder selbst in die Hand nehmen.

Schließlich war die Arbeit getan. Er zog sich aus, schlüpfte in trockene Shorts und kroch unter die Decke. Ann neben ihm bewegte sich nicht. Aber er war sich ihrer Nähe mit jeder Faser bewusst. Er roch ihr Parfüm, hörte jeden ihrer Atemzüge. Nur mit großer Anstrengung widerstand er der Versuchung, sie zu berühren.

Auch an diesem Tag erwachte Ann schon im ersten Morgengrauen. Eine ganze Zeit lag sie still da und lauschte dem Vogelkonzert.

Sie merkte, dass sich Jay neben ihr plötzlich bewegte. Auch er war erwacht und drehte sich nun zu ihr um.

„Wie hast du geschlafen, Ann?“

Jays Stimme klang morgens immer heiser, das fand sie aufregend.

„Wie ein Stein. Ich glaube, ich habe mich die ganze Nacht nicht gerührt.“ Ann lachte. „Nichts hilft so gut wie ein Tag harter Arbeit, um nachts schlafen zu können.“

„Ich könnte mir etwas Besseres als Einschlafhilfe vorstellen.“

Anns gute Laune verflog im Nu. Musste er immer solche Anspielungen machen? Jedes Mittel war ihm recht, sie nicht vergessen zu lassen, dass er ein Mann war und sie vor ihm auf der Hut sein musste.

Verärgert warf sie die Decke zur Seite und griff nach ihrer Kleidung. Es war am besten, wenn sie sich gleich anzog und an die Arbeit machte.

Dann hielt sie verblüfft in der Bewegung inne. Ungläubig starrte sie auf Hose und Hemd.

„Was um alles in der Welt …?“

Jay schaute völlig unbeteiligt drein.

Zornig drehte Ann sich zu ihm um. „Du hast auch bei dieser Hose die Beine abgeschnitten, die Hemdsärmel fehlen auch. Warum?“

Jay tat gekränkt. „Wieso wirfst du das mir vor?“

„Jay, nur wir beide sind hier im Regenwald. Ich weiß zufällig ganz genau, dass ich nicht mitten in der Nacht aufgestanden bin, um meine Kleidung zu zerschneiden.“

„Dann müssen es die Menehunes gewesen sein.“

„Menehunes?“ Ann ließ die Hände sinken, in denen sie immer noch Hose und Hemd hielt. „Was ist das?“

„Ein kleines Waldvolk. Es sollen kräftige, ehrgeizige, höfliche Leute sein, die nur nachts aus ihren Verstecken kommen. Bis zum Morgengrauen vollenden sie ihr Werk und verschwinden dann im Nebel des Waldes.“ Jay verschränkte die Hände hinter dem Kopf und lächelte harmlos. „Du kannst dich glücklich schätzen, dass die Menehunes dich so sehr mögen, dass sie etwas für dich tun. Sie übernehmen nur ganz besondere Aufgaben, musst du wissen.“

„So, so.“ Ann stand mit in die Hüften gestemmten Händen, da und musterte Jay kühl.

„Da bin ich ja wohl ein kleiner Glückspilz!“ Verärgert warf sie mit der Hose nach Jay.

Der griff danach und warf sie zurück. Ann fing sie auf, aber bevor sie Jay erneut bewerfen konnte, war er aufgesprungen, hatte Ann umfasst und zog sie mit sich auf den Boden des Zeltes herunter.

Jay trug nichts außer seinen Shorts, und Ann spürte die Haare seiner Beine an ihren.

Es gelang ihr, eine Hand freizubekommen, und sie zog ihn heftig an den Haaren, bis er ihre Hand nahm und sie festhielt. Er lachte, weil es Ann nicht gelang, sich zu befreien.

Empört meinte sie: „Kleines Volk! Dass ich nicht lache. Einer von denen ist mindestens eins neunzig groß. Das nenne ich nicht klein."

„Gut, da es sinnlos ist zu leugnen, lege ich ein Geständnis ab. Ich war der Schuft. Ich habe die Beine deiner Hose und die Hemdsärmel abgeschnitten, nicht die Menehunes. Aber wenn ich es nicht getan hätte, hätten sie es bestimmt gemacht."

Ann war immer noch zornig. „Du hattest dazu kein Recht."

„Mag sein, ich habe aber die Verantwortung für dich. Du hättest nie zugegeben, dass du mit deiner Kleidung in diesem Klima falsch angezogen bist. Ich habe gesehen, wie dir in deinem Aufzug die Hitze zugesetzt hat. Du hast überflüssiges Gewicht mit dir herumgeschleppt, trotzdem hast du deinen Fehler nicht zugeben wollen. Jetzt hat es keinen Sinn mehr, darüber zu streiten. Es ist geschehen."

„Oh, Jay McFarland, ich möchte dir ..."

„Danken? Aber das ist doch nicht der Rede wert, liebe Ann. Es war mir ein Vergnügen."

Ann sah ihn ärgerlich an. „Jay, lass mich los."

„Noch nicht."

„Dann lass wenigstens meine Hände los."

„Damit du mir eine Ohrfeige geben kannst? So dumm bin ich nicht." Jays Gesicht war nur eine Handbreit über Anns, sein Körpergewicht drückte sie in die weiche Matratze. Alles hatte als ein kindischer Kampf begonnen, doch auf einmal sah Jay sehr zärtlich aus, und er lockerte seinen Griff. Sein Gesicht kam noch näher, bis er mit den Lippen fast ihren Mund berühren konnte.

„Du darfst dich jetzt bedanken", flüsterte er.

Anns Nerven waren aufs Äußerste gespannt, und sie flüsterte: „Ich denke nicht daran."

„O doch, du wirst mir jetzt danken." Verführerisch berührten seine Lippen ihren Mund.

„Jay, bitte ..."

„Annie." Ihr Name klang wie eine Liebkosung von seinen Lippen, dann küsste er sie.

Jays Kuss war so zärtlich, dass Ann sich völlig darin verlor. Sie lag in seinen Armen und fühlte sich geborgen. Seine Nähe erregte dabei ihre Sinne.

Jay rollte auf die Seite, um Ann von seinem Gewicht zu befreien, und zog sie mit sich. Seine Umarmung war kraftvoll und zärtlich zugleich. Er drückte sie fest an sich, küsste ihre Schläfen, ihre Augenlider, ihre Nasenspitze.

Ann erschrak, als sie seine Hand unter ihrem Hemd spürte. Doch er streichelte ihren Rücken, bis sie sich wieder entspannte. Dann fanden seine Lippen ihre, und sie vergaß alles um sich herum.

Ann legte die Arme um seinen Hals, strich ihm durch das zerzauste Haar, zog seinen Kopf näher zu sich.

Jay war nur einen Moment überrascht, dann rollte er sich auf den Rücken und zog Ann über sich.

Er spürte ihren Widerstand und strich ihr über den Rücken, bis sie schließlich willig sein Gesicht umfasste.

Jay lächelte zärtlich.

„Küss mich, schöne kleine Annie."

Das tat sie gern, und Jay umarmte sie voller Leidenschaft. Er streichelte sie überall, drückte sie an sich und presste ihre Hüften gegen seine.

Noch nie hatte Ann sich von einem Mann so küssen und berühren lassen, und sie glaubte fast, in einer Woge von Leidenschaft zu ertrinken. Heftige Gefühle erfassten sie, bis sie meinte, den Verstand zu verlieren.

„Jay, bitte hör auf." Sie sah ihn ängstlich an. „Lass das, Jay. Ich habe nämlich bisher ..."

Jay drehte sich zur Seite und ließ Anne los. Er atmete heftig, und sie wagte nicht, ihn anzusehen.

Ob er jetzt sehr böse mit ihr war?

Schließlich setzte Ann sich auf. Sie zog das Hemd zurecht und fuhr sich durch das wirre Haar.

Auch Jay setzte sich hin. Vorsichtig streckte sie eine Hand aus, um seine Schulter zu berühren.

„Lass das!", meinte er verärgert. „Berühr mich ja nicht, Ann!"

Mit leiser Stimme sagte sie: „Es tut mir sehr leid, Jay. Das hätte nicht geschehen dürfen. Ich wollte nicht, dass so etwas passiert. Aber warum hast du auch das zweite Zelt zu Hause gelassen?“

Mit zur Seite gelegtem Kopf schaute Jay Ann prüfend an. Spielte sie Katz und Maus mit ihm, oder meinte sie es ernst?

Nach einer ganzen Zeit stand er seufzend auf. „In der Nähe gibt es ein Wasserloch. Da werde ich jetzt mal eine Weile schwimmen gehen.“ Er versuchte zu lachen, aber es klang ziemlich missglückt. „Ich brauche nämlich Bewegung!“

Ann saß immer noch verstört da. Ihre Haare waren zerzaust, und sie hatte die Füße unter sich gezogen. So wirkte sie sehr hilflos. Krampfhaft hielt sie das Hemd fest, als wolle sie damit ihre Entschlossenheit demonstrieren.

Jay schüttelte den Kopf. So hatte er sich den Ausflug mit Ann eigentlich nicht vorgestellt. Da standen ihm ja harte Zeiten bevor. Er unterdrückte einen Fluch, drehte sich um und kroch aus dem Zelt.

In der Abenddämmerung beschloss Ann, mit der Arbeit aufzuhören. Sie verpackte letzte Pflanzenproben, machte noch einige Aufnahmen und beendete ihre Notizen.

Vom Lagerplatz kamen aufregende Gerüche herübergezogen. Jay bereitete irgendetwas Köstliches zum Essen vor. Er überraschte sie jeden Tag mit seinen abwechslungsreichen Mahlzeiten.

Die peinliche Szene im Zelt lag nun schon einige Tage zurück. Seither hatten beide sich voneinander ferngehalten, und Ann richtete nun ihre ganze Energie auf ihre Untersuchungen. Sie hatte sich voller Tatendurst in die Arbeit gestürzt.

Abends schrieb sie in ihr Tagebuch, bis die Erschöpfung sie schlafen ließ. Während des Tages arbeitete sie so eifrig, dass Jay sie schon ermahnen musste, auch mal eine Pause zu machen. Die Beziehung zwischen den beiden war so gespannt, dass es fast unerträglich schien. Ihr war, als braue sich über ihren Köpfen ein Gewitter zusammen.

Ann schloss das Notizbuch, steckte es in die Tasche und ging langsam zum Zelt hinüber, das auf einer kleinen Lichtung aufgestellt war.

Sie vermied Jays Blick. Das war nun schon zur Gewohnheit geworden. Stets sah er sie mit stillem Vorwurf an, und das war kein allzu erfreulicher Anblick.

Seufzend zog sie die nassen Stiefel aus und erschrak, denn sie verspürte plötzlich stechende Schmerzen in den Füßen. Vorsichtig zog sie die feuchten Socken aus und besah sich ihre geröteten, leicht geschwollenen Fußsohlen. Die Füße schienen zu brennen, und das tat auf einmal so weh, dass Ann die Zähne zusammenbeißen musste.

Sie blieb eine ganze Zeit sitzen und dachte über diese neue Schwierigkeit nach. Sie könnte natürlich Jay von den Schmerzen erzählen, er würde wahrscheinlich wissen, was sich dagegen tun ließ. Es hatte sich nämlich schon herausgestellt, dass er für alle Wehwehchen Medikamente bereithielt.

Aber in letzter Zeit war er ja ziemlich schlechter Laune gewesen. Er würde ihr bestimmt vorhalten, dass sie nicht seinem Rat gefolgt war, Turnschuhe zu tragen. Nein, es war leichter, den Schmerz zu ertragen als Jay Genugtuung zu verschaffen.

Ärgerlich schleuderte Ann einen Stiefel quer durch das Zelt. Warum musste dieser Mensch nur immer recht haben? Sie nahm ihre Toilettensachen und ein Handtuch und verließ barfuß das Zelt.

„Das Abendessen ist fertig.“ Jay nahm die heiße Pfanne vom Feuer.

„Ich bin gleich wieder zurück.“ Ann warf sich das Handtuch über die Schulter und bemühte sich, trotz der Schmerzen normal aufzutreten. „Ich möchte vor dem Essen baden.“

Erstaunt sah Jay ihr nach, dann wandte er sich seinem Becher mit heißem Kaffee zu.

Ann zog sich aus und sprang in das erfrischende Wasser. Solche felsigen Becken wie dieses konnte man überall im Regenwald finden. In ihnen sammelte sich das Wasser, das von den Berghängen herunter floss. Das durch das Laubwerk dringende Sonnenlicht färbte es, sodass es wie bernsteinfarbener Wein aussah.

Zuerst schüttelte Ann sich, denn das Wasser war kühler, als sie dachte. Aber für ihre heißen Füße war diese Temperatur eine Wohltat. Allmählich ließ das Brennen nach, und Ann entspannte sich.

Sie wusch sich das Haar und sah zu, wie der Seifenschaum zum Rand des Wasserloches trieb. Zum Schluss tauchte sie noch einmal unter und fühlte sich dann rundum herrlich erfrischt.

Nur zögernd stieg Ann wieder heraus aus dem Wasser. Sie trocknete sich ab und zog die abgeschnittene Hose und Jays Hawaiihemd an. Wie Jay es ihr gezeigt hatte, verknotete sie die Enden des Hemdes auf Taillenhöhe.

Einen Augenblick betrachtete Ann die Kleidungsstücke, die Jay mit dem Messer bearbeitet hatte, und musste lächeln. Natürlich hatte er wieder einmal recht gehabt.

Der feste Stoff war für das Klima der Insel gänzlich ungeeignet. Aber das würde sie niemals zugeben.

Wenn sie es sich so überlegte, dann hatte er ihr ganzes Leben auf den Kopf gestellt. Ohne dass sie es selbst recht gemerkt hatte, hatte sie sich ihm nach und nach angepasst. Ja, alles musste den Weg gehen, den er für richtig hielt. Genau genommen, war er ziemlich arrogant, überheblich und reichlich selbstgewiss.

Ann blieb am Rand der Lichtung stehen. Jay hatte sein Hemd ausgezogen und stand mit gespreizten Beinen da. In den erhobenen Händen hielt er eine Axt, offenbar hatte er nicht genügend Holzscheite für das Feuer vorrätig. Geschmeidig und scheinbar mühelos spaltete er den dicken Holzklotz, der vor ihm stand, und Ann sah ihm dabei bewundernd zu.

Er war schlank und athletisch gebaut, hatte breite Schultern und schmale Hüften.

Als er eins der Holzscheite auf das Feuer legte, zwang Ann sich, den Blick von ihm abzuwenden und zum Zelt zurückzugehen. Dort wollte sie ihre Toilettensachen und das Handtuch ablegen. Sie ließ sich nicht anmerken, wie es um ihre Füße stand, setzte sich barfuß mit gekreuzten Beinen an das Feuer und atmete den köstlichen Duft des Abendessens ein, das Jay vorbereitet hatte.

„Das riecht fabelhaft."

„Es freut mich, dass du zur Abwechslung einmal Hunger hast", meinte er spitz und legte ihr gegrillten Fisch und Taro auf den Teller.

Sie aßen in behaglichem Schweigen und sahen den bunten Vögeln zu, die in den Bäumen am Rande der Lichtung von Zweig zu Zweig flogen. Der Dschungel schien ein einziges Kaleidoskop von Farben zu sein.

Jay spürte, dass irgendetwas mit Ann nicht stimmte. Inzwischen reagierte er empfindsam auf jede ihrer Regungen. Sie tat so fröhlich, aber irgendetwas verbarg sie vor ihm, und er war entschlossen, das herauszufinden.

Während Jay das Feuer versorgte, zog Ann sich in das Zelt zurück, um sich für die Nacht umzuziehen und um in ihr Tagebuch zu schreiben. Als Jay ihr einige Zeit später folgte, saß Ann über ihr Buch gebeugt da und schrieb eifrig.

Er bewunderte ihren Arbeitseifer. Sie wirkte abends häufig sehr erschöpft, und er spürte, dass sie sich manchmal am liebsten sofort hingelegt hätte.

Doch beharrlich notierte sie alle ihre Experimente.

Schließlich klappte sie das Notizbuch zu und sah auf. „Willst du die Lampe haben?"

Jay nickte. „Ja, aber das hat keine Eile."

Ann verstaute Buch und Schreibstift im Rucksack und erhob sich. Ein stechender Schmerz durchfuhr ihre Füße, und spontan zuckte sie zusammen. Sie zwang sich sogleich, so normal wie immer zu „ihrer" Hälfte des Zeltes zu gehen, aber es war anstrengend, und Ann biss sich vor Schmerz auf die Unterlippe. Dann hatte sie es geschafft, sie sank auf ihre Decke. Hoffentlich besserte sich der Zustand ihrer Füße bis zum Morgen.

„Ann."

Sie wollte gerade unter die Decke schlüpfen, als Jay sie ansprach.

Er ließ sie nicht aus den Augen. „Etwas stimmt nicht mit dir."

„Ja. Ich bin sehr müde. Gute Nacht." Sie legte sich hin und deckte sich zu.

Mit wenigen Schritten war er da und stand herausfordernd vor ihr. Ann zog sich die Decke bis zum Kinn, hielt sie mit beiden Händen fest und drehte sich zur Seite.

„Zeig mir deine Füße."

„Jay, mach dich doch nicht lächerlich." Sie zog die Decke noch höher.

Jay kniete nieder und riss sie ihr wortlos fort.

„Das sieht ja schlimm aus!" Fassungslos schüttelte er den Kopf.

„Wie konntest du nur so sorglos sein?“

„Dr. Smythe-Fielding …“

„Ach ja, dieser großartige Dr. Smythe-Fielding. Sag mal, wann hat der eigentlich unseren Regenwald erkundet?“

Ann hob die Schultern. „Genau weiß ich es nicht. Aber er und dein Vater waren damals noch jung. Ich glaube, es war irgendwann in den späten Dreißiger- oder frühen Vierzigerjahren.“

„Mit anderen Worten, es ist schon vierzig bis fünfzig Jahre her, dass dein Ratgeber durch unseren Regenwald gezogen ist. Und seither gilt er als Experte?“ Mit zorniger Miene fuhr Jay fort: „Ich will nicht einmal mehr seinen Namen hören, niemals wieder, hörst du?“

Ann biss sich auf die Lippe und schwieg.

Behutsam strich Jay über Anns Fußsohlen. „Ich habe befürchtet, dass das geschehen würde. Warum habe ich mich nur nicht durchgesetzt?“

Ann wagte gar nicht, ihn anzusehen. Aber dann warf sie ihm doch verstohlen einen Blick zu. Er sah ziemlich verärgert aus.

„Jay, es ist ganz bestimmt nicht deine Schuld. Du hast versucht, mich zu warnen.“ Sanfter fügte sie hinzu: „Es tut nicht sehr weh. Morgen …“

„Morgen werden wir den Rückzug antreten.“

„Was sagst du?“ Ann wurde ganz blass. „Ich gehe nicht. Ich habe noch so viel zu untersuchen. Hörst du, ich …“

„Ich sage dir, wir brechen gleich morgen früh auf. Ich habe dich gewarnt, Ann. Ich bin als dein Führer für dich verantwortlich. Was ich sage, das gilt. Und ich beschließe, dass wir morgen nach Hause zurückkehren.“

Wortlos holte er eine Tube mit Salbe und Mullbinden aus dem Rucksack. Vorsichtig rieb er Anns Fußsohlen ein, dann umwickelte er ihre Füße mit den Binden. Zum Schluss zog er die Decke über sie, steckte die Tube zurück in den Rucksack und löschte das Licht.

Wie betäubt lauschte Ann, wie Jay im Dunkeln Hemd und Schuhe auszog, bevor er sich ebenfalls hinlegte.

Zurückgehen wollte er? Sie konnte das doch auf keinen Fall. Dafür hatte sie zu viel Zeit und Mühe aufgewandt, um sich auf diese Reise vorzubereiten. So viele Bücher und Aufsätze hatte sie als Vorbereitung gelesen!

„Jay." Flehend wandte sie sich an ihn.

„Bitte, ich kann diese Tour nicht abbrechen. Verstehst du denn gar nicht, was sie für mich bedeutet?"

Er hatte ihr den Rücken zugekehrt, und seine Stimme klang bedrückt. „Du ahnst nicht, was für Komplikationen entstehen können, wenn wir deine Entzündung nicht unter Kontrolle bekommen. Ich möchte nicht, dass du hier im Dschungel Fieber bekommst. Mein Entschluss steht deshalb fest, finde dich damit ab."

Sie setzte sich auf und zog die Decke um sich. „Ich werde noch viel mehr leiden, wenn ich meine Arbeit nicht fortsetzen kann. Ich werde eine solche Gelegenheit nie wieder haben. Bitte, Jay, ich flehe dich an. Zwing mich nicht, umzukehren."

Jay knipste das Licht an und drehte sich zu Ann um. Sie sah ihn bittend an.

„Nun gut, ich gebe es zu. Du hast in allem recht gehabt, mit dem Zelt, mit der Kleidung. Da konnte ich doch nicht auch noch zugeben, dass die Stiefel verkehrt waren. Je mehr du mich gedrängt hast, die Turnschuhe anzuziehen, desto ... dickköpfiger wurde ich." Seufzend setzte sie hinzu. „Also, lass uns bitte nicht zurückgehen."

Eine ganze Weile sah Jay sie an. Dann fragte er unvermittelt. „Weinst du eigentlich nie?"

Die Frage überraschte Ann so sehr, dass sie verwirrt den Kopf senkte. Kopfschüttelnd erwiderte sie: „Nein." Dann fügte sie flüsternd hinzu: „Mein Onkel hätte das nicht erlaubt. Er sagte immer, Weinen sei keine Lösung. Und er hatte recht. Er sagte, wenn ich weinte, würde er mich fortschicken."

Jay war fassungslos. Was gab es doch für merkwürdige Menschen! Zärtlich streckte er die Hand aus und fasste nach ihrem Haar. Am liebsten hätte er Ann in die Arme genommen, aber er wollte sie nicht drängen. Leise meinte er: „Schlaf jetzt gut, Ann. Ich will dich doch nicht ärgern. Aber das Risiko möchte ich nicht tragen. Es ist doch nicht meine Schuld, dass die Dinge sich so entwickelt haben."

Dann löschte er das Licht. Er bemerkte, dass auch Ann sich hinlegte und ihm den Rücken zukehrte. Er lauschte angestrengt, aber er hörte nichts. Sanft streichelte er ihre Wange, daraufhin setzte Ann sich trotzig auf.

„Ann“, meinte Jay freundlich. „Dein Onkel hatte nicht recht. Es ist völlig natürlich zu weinen. Manchmal hilft es, wenn man seinen Gefühlen freien Lauf lässt.“

Jay rückte näher und berührte Anns Schulter. Behutsam streichelte er ihren Arm und berührte ihren Kopf.

Jay spürte deutlich, dass Ann zitterte.

„Ann, kleine Annie“, redete er beruhigend auf sie ein und nahm sie in die Arme. „Ich möchte dir doch nicht wehtun. Glaub mir das. Ich habe Angst, dass du hier im Dschungel hohes Fieber bekommst.“

„O Jay.“ Ann seufzte. „Du verstehst mich einfach nicht. Diese Reise bedeutet für mich mehr als alles andere. Wir dürfen nicht umkehren.“

„Annie“, flüsterte er. „Ich will nur das Beste für dich. Verschieben wir die endgültige Entscheidung auf morgen, ja? Aber dann musst du vernünftig sein, wenn deine Füße noch genauso aussehen wie heute.“

Da begann Ann doch zu weinen. Es schien, als ob es all die Tränen waren, die sie ihr ganzes Leben lang unterdrückt hatte. Sie weinte und schluchzte, als sei ihr das Herz gebrochen. Und während der ganzen Zeit hielt Jay sie zärtlich fest, als sei sie ein kleines Kind. In seiner Berührung lag keine Leidenschaft, nur Väterlichkeit. Jay war selbst erschrocken über die Tiefe seiner Gefühle für Ann. So dickköpfig sie auch war, er hatte sie gern wie niemals zuvor eine Frau.

8. KAPITEL

Die aufgehende Sonne färbte den Himmel rosa und goldfarben. Ihr Licht fand seinen Weg trotz des Blätter- und Rankengewirrs auch in den Regenwald. Von der Wärme der Sonnenstrahlen erwachte Ann im Zelt.

Sie rührte sich nicht, lag mit geschlossenen Augen da, bis die Erinnerung wiederkehrte.

Als sie die Augen endlich öffnete, stellte sie fest, dass sie dicht an Jay geschmiegt dalag. Er hatte den Arm um sie gelegt und schlief fest.

So blieb Ann still liegen, denn sie wollte Jays Schlaf nicht stören.

Der vergangene Abend fiel ihr ein, und sie errötete vor Scham. Wie hatte sie sich nur in Jays Gegenwart so gehen lassen und weinen können? Weshalb hatte sie ihm nur ihre Gefühle gezeigt? Was er wohl jetzt von ihr dachte? Dieser Gefühlsausbruch hatte ihrem Ansehen als Wissenschaftlerin, die ganz in ihrem Beruf aufging, bestimmt geschadet. Später würde er sich an sie höchstwahrscheinlich als ein törichtes, überempfindsames Kind erinnern.

So hatte ihr Onkel sie damals genannt, als sie zu ihm in die unfreundliche, kühle Wohnung kam. Sie war sehr ängstlich gewesen, hatte gerade den langen Krankenhausaufenthalt nach dem Flugzeugunglück hinter sich, begriff noch kaum, dass ihre Eltern nicht mehr lebten. Nun sollte diese ungemütliche Wohnung ihr neues Heim und dieser fremde Mann ihre „Familie“ sein.

Ihr Onkel hatte sie zu einer Liege in der Bibliothek geführt und erklärt, das sei nun ihr Zimmer, bis er eine andere Unterbringung für sie gefunden hätte. Als er abends von der Universität zurückkam, fand er Ann zusammengekauert auf der Liege, wo sie ihr Unglück beweinte. Der streng erzogene Mann hatte völlig hilflos reagiert und ihr das Weinen verboten, wobei er ihr drohte, sie sonst fortzuschicken. Was er damit angerichtet hatte, begriff er nie.

Ann fröstelte bei diesen Erinnerungen. Jay neben ihr begann sich zu rühren. Als er sich umdrehte, kitzelte sein Haar Anns Wange. Trotz der Gefühle, die Ann bewegten, musste sie lächeln.

„Guten Morgen.“ Jay musterte Ann, als wollte er sich davon überzeugen, dass mit ihr alles in Ordnung war.

Ann erwiderte seinen Blick. „Guten Morgen, Jay. Ich … es tut mir leid wegen gestern Abend."

„Mir nicht." Er setzte sich auf und reckte sich genüsslich.

„Wie fühlst du dich, Ann?"

„Gut, ganz ausgezeichnet."

„Zeig mal deine Füße." Er schlug ihre Decke zurück.

„Hör mich vorher an", meinte Ann eilig. „Der Schmerz ist fort. Ich fühle mich sehr gut, und ich versichere dir, dass ich meine Arbeit ohne Probleme fortsetzen kann. Ich werde nicht in Ohnmacht fallen, kein Fieber bekommen und dir keine Schwierigkeiten machen. Ich bin zwar klein, aber ich bin völlig gesund und ziemlich kräftig. Bevor ich Boston verließ, habe ich mich gründlich untersuchen lassen. Der Arzt hat mir versichert …"

Jay legte ihr die Hand auf den Mund.

Er lachte. „Ann, ich bin davon überzeugt, dass du weder verweichlicht noch demoralisiert bist. Aber im Moment interessieren mich nur deine Füße."

Ann wurde jetzt ärgerlich. Unnachgiebig setzte sie hinzu: „Du kannst es nicht verhindern, dass ich meine Arbeit fortsetze."

„Darüber entscheide ich", ließ Jay sie ungerührt wissen und machte sich daran, den Verband abzunehmen.

Angespannt schaute Ann ihm zu. Was würde er sagen? „Nun?"

Jay hob überrascht die Augenbrauen: „Sie sehen heute Morgen tatsächlich besser aus."

Ann blickte Jay so eindringlich an, dass er lächeln musste.

„Bedeutet das, dass du es wagst, mit mir weiterzulaufen?"

„Nun gut, ich nehme das Risiko auf mich." Jay griff nach dem Rucksack, versorgte die Wunden und verband sie wieder. „Allerdings werden wir unsere Route ändern", ließ er sie wissen. „Wir sind jetzt in der nördlichsten Ecke des Dschungels. Nicht weit von hier endet die Insel. Dort ist es sehr heiß und trocken, das Klima ist ähnlich wie in einer Wüste, und es regnet kaum."

Er blickte sie an. „Ich mache dir also den Vorschlag, dass wir, statt die Reise ganz abzubrechen, für einige Tage dorthin gehen. Wenn wir dann feststellen, dass sich der Zustand deiner Füße entscheidend bessert, kehren wir hierher zurück und setzen dein Programm fort."

Ann war sehr erleichtert, sie hätte Jay vor Freude küssen können.

„O ja, Jay. Wann soll es losgehen?"

Er nickte. „Wir gehen gleich nach dem Frühstück. Unsere Sachen lassen wir zunächst hier, denn ich trage dich so lange, wie ich es kann. Dann gehe ich zurück und hole unsere Ausrüstung."

„Du willst mich tragen? Das kommt gar nicht infrage! Ich kann bestimmt ein paar Meilen gehen."

Jay stand auf. „Du hast in dieser Angelegenheit nichts zu sagen. Ich habe dir ja schon deutlich gemacht, dass ich für dich verantwortlich bin. Du hast also nur eine Wahl: Ich trage dich entweder zur Nordküste oder zurück zum Jeep."

Ann unterdrückte eine empörte Antwort, um den errungenen Sieg nicht zu gefährden.

Jay schaute sie eine ganze Weile an, dann verließ er das Zelt und begann, Frühstück zu bereiten. Dabei pfiff er fröhlich vor sich hin. Ann saß im Zelt und hörte ihm zu.

Wenigstens hatte sie sich teilweise durchgesetzt. Und wenn ihre Wunden heilten, würde sie sogar ihre Forschungsarbeit fortsetzen können.

Zudem freute sie sich über die Aussicht, noch eine Weile mit Jay allein sein zu können.

Ann streckte sich auf dem weißen Sandstrand am Meer aus und seufzte vor Wonne.

Der Weg vom Zeltplatz hierher war problemlos gewesen. Jay hatte sie, trotz ihres Protestes, einfach auf die Arme genommen und durch das dichte Unterholz getragen. Häufig hatten sie Pausen eingelegt, sodass er sich für einige Minuten im Schutz eines Baumes ausruhen konnte. Während der ganzen Zeit war feiner, weicher Regen gefallen, hatte ihnen die Kleidung durchfeuchtet und sich in winzigen Perlen niedergeschlagen.

Ann hatte sich, den Arm um Jays Nacken gelegt, von ihm tragen lassen und gelegentlich sein feuchtes Haar berührt, das ihm über den

Kragen des Hemdes hing. Es war zauberhaft, ihm so nahe zu sein. Sie spürte seinen Herzschlag und fühlte sich geborgen wie nie zuvor.

Jay hatte sie auf dem Sand abgesetzt, in der Nähe einer Felsgruppe, die ihr Schutz bieten konnte, und war dann in den Wald zurückgekehrt, um ihre Sachen zu holen.

Er hatte ihr das Versprechen abgenommen, dass sie nur im äußersten Notfall gehen würde, und sie hatte ihm zugesagt, im Schatten der Felsen sitzen zu bleiben und auf ihn zu warten.

Ann betrachtete müßig die Umgebung. Kaum zu glauben, dass sie bis vor Kurzem noch im Dschungel gewesen war. In der Ferne fielen steile Felswände ins Meer ab, und sie konnte die Nebelschleier sehen, hinter denen der Regenwald begann.

Am Strand gab es nur Felsen, weißen Sand und unbarmherzigen Sonnenschein. Pflanzen wuchsen hier kaum. Es gab auch keine Zeichen der Zivilisation. Die ungastliche Gegend lud nicht dazu ein, sich hier anzusiedeln. Deshalb lebten die Eingeborenen an der Südseite der Insel.

Die Insel der McFarlands war voller Gegensätze. Es musste faszinierend sein, hier zu leben, weit weg von der Hetze der Städte.

Jay kam zurück und stellte am frühen Nachmittag das Zelt auf, wechselte die Verbände an Anns Füßen und zog dann mit einer Angel über der Schulter davon, um etwas zum Abendessen zu fangen.

Als er zurückkehrte, hatte er außer Fischen noch etwas anderes mitgebracht.

„Was ist das?", fragte Ann, als er ihr ein Stück hell gemusterten Stoffs in den Schoß warf.

„Nicht weit von hier habe ich am Strand einen verlassenen Lagerplatz gefunden. Jemand hatte dies zum Trocknen in eine Palme gehängt und dort wohl vergessen."

„Und was soll ich damit?"

Jay grinste verschmitzt. „Du sollst es anziehen."

„Diesen Fetzen?" Ann hielt das Stoffstück verwundert hoch und überlegte, wie viel von ihr es wohl bedecken konnte.

„Ja. Du wickelst den Stoff um dich, wie einen Sarong." Jay sah sie hilfsbereit an. „Soll ich es dir zeigen?"

Als er sich unternehmungslustig hinunterbeugte, stieß sie ihn ärgerlich zurück. „Das kann ich auch allein ausprobieren. Trotzdem vielen Dank.“

„Schon gut, ich wollte ja nur behilflich sein.“ Er drehte sich um, und im Fortgehen sagte er über die Schulter: „Solange du hier am Strand bist, kannst du aber deine Militärkleidung ablegen und es dir bequem machen.“ Ann wusste, dass Jay recht hatte. Trotzdem fand sie die Vorstellung komisch, in einem Sarong träge auf dem Strand zu liegen. Das passte doch wohl gar nicht zu ihr.

Während Jay das Essen vorbereitete, zog Ann sich aus und wickelte sich in den Stoff ein. Es war Seide, die sich angenehm auf der Haut anfühlte. Nach zwei Wochen in grober Khakikleidung erschien es ihr geradezu als Luxus, so bekleidet zu sein. Das Tuch bedeckte sie von den Hüften bis über die Brust. Die Enden verknüpfte Ann über ihrem Busen.

Ohne dass es ihr selbst bewusst war, änderte Ann in dieser anmutigen Eingeborenentracht ihre Haltung. Sie gab sich lockerer, fühlte sich wie von einem Zwang befreit. Obwohl es ihr ja eigentlich verboten war, spazierte sie sogar damit vorsichtig am Strand auf und ab.

Jay unterbrach seine Tätigkeit und sah ihr zu. Anns Anblick gefiel ihm. Was ihn an ihr jedoch am meisten entzückte, war, dass sie sich ihrer Wirkung auf ihn überhaupt nicht bewusst zu sein schien.

„Irgendetwas riecht hier ganz fabelhaft“, sagte sie und lächelte ihn an. „Es überrascht mich immer wieder, dass du ein so guter Koch bist, Jay.“

„Ich habe auch einen sehr gesunden Appetit“, entgegnete er herausfordernd, „auf Essen, Wein und … Frauen.“

Ann überhörte diese Anspielung. „Kann ich dir helfen?“

„Beim Essen oder bei der Abhilfe meiner anderen Bedürfnisse?“

Ann wurde rot. „Fang nicht schon wieder damit an, Jay.“

„Es tut mir leid, dass du das so siehst. Ich würde es sehr gern wieder anfangen … aber lassen wir das. Komm zum Essen.“

Seine Bereitschaft zum Nachgeben verwirrte Ann. Normalerweise neckte er sie so lange, bis sie die Ruhe verlor. Welches neue Spiel spielte er jetzt wohl wieder?

Ann aß tüchtig. Jay sah ihr amüsiert zu. Er erinnerte sich daran, dass sie am ersten Tag auf der Insel so ungeduldig gewesen war, dass sie sich um Essen überhaupt nicht kümmern wollte.

„Es schmeckt wunderbar." Ann saß neben ihm, mit dem Rücken an einen sonnengewärmten Felsen gelehnt. „Es muss himmlisch sein, in einem solchen Paradies aufzuwachsen."

Jay nickte. „Ich hatte eine sehr vergnügte, sorgenfreie Jugend. Dass ich dann diese Insel verlassen musste, fiel mir sehr schwer."

„Warum musstest du fortgehen?"

„Nun, ich musste ja eine Ausbildung bekommen. Mein Vater befürchtete, dass hier nichts Rechtes aus mir würde. Wahrscheinlich hatte er damit recht. Ich lernte zwar sehr viele Wissenschaftler kennen, die uns besuchten, und mein Vater verfügte über eine umfangreiche Bibliothek. Aber mir fehlte die Disziplin, um das Wissen für mich nutzbar zu machen. Ich war dreizehn, als mein Vater beschloss, dass ich die Heimat meiner Vorfahren kennenlernen sollte."

„Was willst du damit sagen?"

„Meine Vorfahren kamen aus Schottland. Mein Vater wollte, dass ich ihre Heimat kennenlernte. Deshalb hat er mich mit dreizehn auf ein Internat in Schottland geschickt."

Jetzt verstand Ann, weshalb Jay manchmal in die breite Aussprache seiner schottischen Vorfahren verfiel. „Da warst du sehr jung. Was hat deine Mutter dazu gesagt?"

Jay blinzelte in die Sonne. „Sie hatte nichts dagegen. Ihre Gesundheit war ziemlich angegriffen, und es bekümmerte sie, dass sie nicht genug Zeit für meine Schwester und mich aufbringen konnte. Ich wuchs in der Überzeugung auf, dass die ganze Welt so sorgenfrei sei wie wir auf unserer Insel. Wahrscheinlich befürchteten meine Eltern, dass ich nicht genug Wirklichkeitssinn entwickeln würde. Deshalb haben sie mich so weit fort von zu Hause auf eine Schule geschickt. Es war zuerst sehr hart."

Er lehnte den Kopf zurück und schloss die Augen. „Der erste Winter in Schottland war der düsterste meines Lebens. Ich dachte, ich würde die Sonne niemals wiedersehen. Weißt du, wie verlassen die Moore aussehen können, wenn es kalt und regnerisch ist und Stürme über das Land fegen?“

Jay sah Ann an und lächelte, weil sie so mitfühlend aussah. „So tragisch war es nun auch wieder nicht. Zum Glück konnte ich die Ferien bei meiner Familie verbringen. Doch vom dreizehnten Lebensjahr an bis zum Ende meines Studiums an der Universität war ich die meiste Zeit nicht hier.“

„Bist du die ganze Zeit in Schottland gewesen?“

Jay schüttelte den Kopf. „Nach dem Abitur habe ich in den Vereinigten Staaten Tiermedizin studiert, an der Universität von Michigan. Das ist eine der besten Hochschulen für dieses Fach. Dort lernte ich eine ganze Menge, zum Beispiel auch, wie man seine Zeit am besten einteilt.“ Er verlor sich eine Weile in seinen Erinnerungen und meinte dann: „In Michigan begriff ich auch, was ein richtiger Schneesturm ist. Ich lernte sogar Skilaufen.“

„Warum bist du nicht Wissenschaftler wie dein Vater geworden?“

Jay verschränkte die Hände hinter dem Kopf. „Ich hab eine ganze Reihe von Jahren zugesehen, wie mein Vater Vögel erforschte. Eines stört mich an den Wissenschaftlern: Sie beobachten, machen Notizen und lernen, aber sie mischen sich nie in die Natur ein. Das ist nicht ihr Beruf. Wenn mein Vater einen kranken Vogel sah, wollte er wissen, was die Krankheit verursacht hatte. Aber ich wollte immer wissen, wie man die Tiere heilen könnte.“

Jay setzte eindringlich hinzu: „Ich habe es nie fertiggebracht, einfach abzuwarten, ob die Natur tötet oder heilt. Kannst du das verstehen?“

Ann fühlte sich zwar angegriffen, aber sie musste ihm recht geben. So fiel es ihr nicht schwer, ihm zuzustimmen. „Ja, das verstehe ich völlig. Ich bewundere es.“

Jay stand auf und räumte die Überreste des Abendessens fort. Als Ann sich auch erheben wollte, hielt Jay sie zurück. „Du hast mir versprochen, deine Füße möglichst zu schonen, hast du das vergessen?“

„Ich bekomme Schuldgefühle, wenn ich untätig dasitze, während du arbeitest.“

„Entspanne dich, und genieße das Leben, Ann. Es wird ja nicht mehr lange dauern. Sobald deine wunden Füße gesund sind, gehst du ja wieder an die Arbeit. Du holst bestimmt alles schnell wieder auf.“

Jay löschte das Feuer, und Ann sah zu, wie die orangerote Sonne scheinbar im Meer versank.

Sie saßen beide am Strand und sahen auf das Wasser hinaus. Gelegentlich flogen Möwen vorbei, deren heisere Schreie klangen, als fühlten sie sich einsam. Doch Ann schien diese entlegene Stelle der Insel alles andere als einsam. Zum ersten Mal fühlte sie sich in Jays Gegenwart richtig wohl. Er hatte sich ihr geöffnet und ihr etwas über sich erzählt. Wie unterschiedlich war ihre Jugend verlaufen, und doch hatten beide Zeiten der Einsamkeit und des Verlassenseins gekannt, jeder hatte sich früh auf seine eigene Kraft verlassen müssen.

Jay unterbrach Anns Träumerei. „Es wird Zeit, dass du dich umziehst, bevor wir schlafen. Komm, ich trage dich."

Bevor Ann protestieren konnte, hatte Jay sie hochgehoben und trug sie zum Zelt hinüber. Zufrieden lehnte sie die Wange gegen seine Schulter. Tag für Tag mochte sie ihn lieber. Ja, in gewisser Weise fühlte sie sich sogar von ihm abhängig. Das war eigenartig. Sie hatte immer gedacht, Jay McFarland sei als Führer womöglich unzuverlässig. Und jetzt kam es ihr völlig natürlich vor, dass sie ihm ganz und gar vertraute.

Behutsam setzte er sie auf der Matratze ab und versorgte noch einmal ihre Füße.

„Deine Füße sehen recht gut aus", lobte er. „Noch ein oder zwei Tage, dann kannst du, glaube ich, wieder an die Arbeit gehen." Aufmerksam betrachtete er Anns Gesicht, und sie senkte verlegen den Blick. „Kann ich noch etwas für dich tun?"

„Nein, vielen Dank."

Jay zog fürsorglich die Decke über sie und berührte dann ihre Wange mit der Fingerspitze. „Du bist eine prächtige Frau, Ann."

Seine Augen glänzten so merkwürdig, dass Ann erschauerte. Noch als sie das Licht gelöscht hatte, sah sie seinen Blick vor sich, und das hinderte sie lange am Einschlafen.

Als Jay zum Schlafen ins Zelt kam, erwachte Ann. Er entkleidete sich geräuschlos und glitt unter die Decke. Dass er so dicht neben ihr lag, dass sie seinen Atem spüren konnte, ließ ihr Herz schneller klopfen.

Inzwischen gefiel ihr sogar recht gut, dass sie so vertraut nebeneinander schliefen und zusammen aufwachten. Inzwischen vertraute sie ihm, als sei er ihr bester Freund. Für einen so zurückhaltenden Menschen wie Ann war es ein großer Fortschritt, so zu empfinden.

„Ann."

Sie drehte den Kopf und sah Jay an. Offenbar hatte er gespürt, dass sie wach dalag.

„Wie kam es eigentlich, dass du Wissenschaftlerin wurdest? Abgesehen davon, dass deine Eltern Wissenschaftler waren: Was hat dich dazu getrieben, einen so schwierigen Beruf zu wählen?"

„Ich glaube, die erste Voraussetzung für diesen Beruf ist, dass man einen wachen Verstand hat. Ich hatte so viele Fragen, und mein Onkel hatte keine Zeit, sie zu beantworten. Deshalb begann ich, mich in seine Bücher zu vertiefen."

Sie machte eine Pause und fuhr dann fort: „Du weißt doch, einige Jahre stand mein Bett in seiner Bibliothek. Und weil Onkel Frank es mir nie zugestanden hätte, nur des Vergnügens wegen zu lesen, musste ich es vor ihm rechtfertigen, wenn ich die Zeit mit Büchern verbrachte. Ich las deshalb schon früh schwierige Lehrbücher."

„Und das hat dich zur Wissenschaft gebracht?"

„Vermutlich. Ich wollte stets alles wissen – alles." Sie betonte das letzte Wort.

„Und bevor es dir richtig bewusst wurde, hast du deine ganze Zeit damit verbracht, zu lernen. Es blieb keine Zeit für die Freuden des Lebens, keine Zeit, um dich selbst kennenzulernen, Ann. Ist das nicht traurig?"

„Freude", erwiderte sie bitter. „Nein, für die Freude blieb keine Zeit."

„Hat es denn nie einen Mann in deinem Leben gegeben, Ann?"

Natürlich hatte sie gewusst, dass Jay dieses Thema ansteuern würde, und doch traf sie seine Bemerkung.

„Nun, obwohl ich mich so intensiv der Wissenschaft ergeben habe, muss ich doch kein Neutrum gewesen sein."

„Nein, kleine Annie, da hast du recht. Ich sehe dich auch ganz anders. Aber ich fürchte, dass du dich selbst so siehst. Vielleicht ist das nur eine Reaktion auf die Haltung deines Onkels. Doch allmählich wird es Zeit, dass du dich mit deiner Rolle als Frau beschäftigst. Wieso solltest du nicht Wissenschaftlerin und zugleich Frau sein?"

Ann war froh, dass die Dunkelheit ihr Gesicht verbarg. Es war ihr peinlich, dass Jay so ungeniert über ihre Probleme sprach. Wusste er, wie man sich fühlte, wenn man schüchtern war und sich unscheinbar vorkam? Er war bestimmt immer mit sich, mit seinem Aussehen, mit seinen Beziehungen zu anderen Menschen zufrieden gewesen.

Für ihn stellte sie nur eine Quelle der Belustigung dar. Was wusste Jay McFarland mit seiner spöttischen Art schon von ihrem Leben, von ihrer Einsamkeit, ihren Wünschen?

„Ann."

Sie fuhr zusammen. „Was ist?"

Jay erkannte, dass er sie verletzt hatte. Trotzdem konnte er nicht von dem Thema ablassen.

„Vergib mir meine Neugierde. Aber hast du jemals deine Gefühle ganz offen gezeigt?"

„O Jay." Bedrückt drehte sie ihm den Rücken zu. „Lass mich in Ruhe."

„Antworte mir, Ann. Ich möchte es zu gern wissen. Versuch doch mal auszudrücken, was du empfindest. Es wird bestimmt nicht so schlimm sein, wie du denkst."

Auf seine Worte folgte ein langes Schweigen.

„Komm, Ann, öffne dich."

Seufzend drehte sie sich zu ihm um. „Nun gut, damit du endlich Ruhe gibst. Erfahre also meine geheimsten Gedanken, die Bekenntnisse einer müden Frau." Das letzte Wort betonte sie. Sie machte eine bedeutungsvolle Pause und sagte in die Stille hinein: „Warum rasierst du nicht dieses lächerliche Gestrüpp von Bart ab?"

Ann war über sich selbst schockiert. Sie hatte soeben tatsächlich vorsätzlich jemanden beleidigt.

Ihr Onkel wäre entsetzt gewesen. Er hatte ihr mit so viel Sorgfalt beigebracht, wie man sich benahm.

„Du magst meinen Bart nicht?"

„Nein. Du siehst aus wie ein haariges Ungetüm."

Jay fragte noch einmal, diesmal lauter: „Du magst meinen Bart wirklich nicht?"

„Ich … ich weiß nicht. Ich habe ja keine Vergleichsmöglichkeiten. Ich würde dein Gesicht gern sehen. Ich möchte wissen, ob … du gut aussiehst."

Jay brach in lautes Gelächter aus. „Um dich zu beruhigen: Es gibt Frauen, die das behaupten."

Ann hätte ihm gern etwas an den Kopf geworfen. „Dein Vater sagte mir schon, du seist großspurig", ließ sie ihn wissen, aber er ging darauf nicht ein.

„Mein Bart gefällt dir also wirklich nicht?" Jay strich sich über die Barthaare. „Und ich dachte, er verleihe mir Charakter."

„Können wir diese Unterhaltung nicht beenden?"

Ann hörte, dass Jay sich hinsetzte. „Wir könnten ein Experiment machen, Ann."

Auch Ann setzte sich nun auf. Sie war froh, dass er das Thema wechselte, und Wissenschaftliches interessierte sie immer. „Was ist es?"

Zu spät begriff sie, dass er sie auf den Arm nehmen wollte. „Du könntest heute Abend mit mir schlafen, während ich den Bart noch trage. Dann würde ich ihn morgen abrasieren, und wir würden es noch einmal miteinander probieren. Dann haben wir eine solide wissenschaftliche Basis für die Entscheidung, wann ein Mann männlicher ist – mit oder ohne Bart."

„Oh." Ann drehte sich um. „Ich hätte mir denken können, dass du Unsinn vorschlägst."

Jay ergriff sie am Arm. „Gib zu, Ann, es hat dir gefallen, ehrlich zu sein, nicht?"

„Gute Nacht, Jay."

Ann legte sich hin. Nun wollte sie endlich schlafen. Ja, es hatte Spaß gebracht, ehrlich zu sein. Ganz besonders gefiel es ihr, sich dabei mit Jay anzulegen. Eigentlich hatte er es verdient, dass ihm jemand mal die Meinung sagte.

Aus einer plötzlichen Eingebung heraus fragte sie: „Jay?"

„Ja?"

„Warum hast du nie geheiratet?“

Jay schwieg eine ganze Zeit, und Ann bedauerte ihre Frage schon. Doch dann erinnerte sie sich daran, dass gerade ihm ja so viel an Ehrlichkeit lag. Das machte ihr neuen Mut.

„Du hast mir soeben einen Vortrag über Ehrlichkeit gehalten. Jetzt bist du an der Reihe. Du bist, meiner Ansicht nach, irgendwie sehr erdverbunden. Warum hast du nie geheiratet?“

„Ich glaube, wir waren an diesem Abend ehrlich genug“, wich Jay zu Anns Verblüffung aus. „Treib es nicht zu weit.“

„Komm, ich möchte eine aufrichtige Antwort“, sie ließ nicht locker.

Jay setzte sich wieder hin, ergriff ihren Arm und zog sie neben sich. „Du bist vorwitzig genug gewesen.“

Sie spürte seinen Atem an ihrer Wange.

„Aha, ich verstehe“, triumphierte Ann. „Du kannst zwar austeilen, aber nicht einstecken. Du hältst es für richtig, von mir Offenheit zu verlangen, aber du bist selbst nicht dazu bereit.“

Ann hörte, wie er resigniert seufzte.

„Vielleicht habe ich nicht geheiratet, weil ich mich nicht an eine Frau binden wollte, die Forderungen an mich stellt.“

Ann schwieg dazu.

„Vielleicht will ich auch ganz gern den schlimmen Jungen spielen? Hier auf der Insel gibt es Frauen über Frauen, mit denen ich meinen Spaß haben kann.“ Er lachte, aber Ann ließ sich nicht provozieren.

„Also gut“, Jay hatte offenbar beschlossen, ernst zu werden. „Dies ist eine sehr einsame Insel, Ann. Es gibt nicht viele Frauen, die bereit sind, ihr zivilisiertes Leben aufzugeben, um sich für immer mitten im Pazifik zu vergraben.“

Ann spürte, dass er schließlich doch die Wahrheit gesagt hatte. Sie war sicher, dass es ihn viel Überwindung gekostet hatte, ehrlich zu sein.

„Jay, es mag ja stimmen, dass nicht viele Frauen dazu bereit sind, aber einige wird es doch geben. Du musst nur nach ihnen suchen“, meinte sie ihn trösten zu müssen.

Daraufhin umfasste er ihren Arm fest und zog sie näher zu sich. Offenbar fühlte er sich ermutigt. Aber sie hatte nicht vergessen, wie ein ähnliches Zusammensein verlaufen war. Die Leidenschaft, die sie dabei empfunden hatte, erschreckte sie. Dem wollte sie sich lieber nicht noch einmal aussetzen.

„Jay."

„Still, sag jetzt nichts mehr. Ich habe genug von dieser Unterhaltung."

Jay legte die Hand hinter ihren Kopf, strich ihr mit den Lippen über den Mund. Dann küsste er sie fordernd. Er spürte, dass Ann sich ihm entgegendrängte. Mit jedem Nerv, jeder Faser ihres Körpers sehnte sich nach ihm.

„Jay." Ann versuchte, ihn von sich zu schieben. Sie wollte ihm erklären, was in ihr vorging, damit er für sie Verständnis hätte.

„Sag jetzt nichts, Ann. Lass es einfach geschehen."

Seine Lippen glitten verführerisch über Anns Mund, und sie wurde von einer gefährlichen Trägheit befallen. Sie hätte gern über diese Situation nachgedacht, aber in ihrem Kopf herrschte plötzlich eine merkwürdige Leere.

Sie bewegte sich in seinen Armen und zog ihn dichter an sich. Nur von ihm umarmt zu werden, schien ihr auf einmal nicht mehr genug. Sie wollte ihm noch näher sein.

Jay strich ihr über den Rücken, die Taille, die Hüften, die Oberschenkel und …

Ann erschrak und wehrte sich.

Jay stützte sich auf einen Ellbogen und seufzte. „Ich kann das nicht mehr aushalten, Ann. Weißt du eigentlich was du mir antust? Ich kann nicht Nacht für Nacht neben dir liegen, deine Nähe spüren, dich begehren und meine Gefühle unterdrücken. Das ist unmenschlich."

Ann verschloss ihm zart mit dem Finger den Mund. „Sag jetzt nichts mehr, Jay, ja?" Sie hätte nicht in Worte fassen können, was sie empfand. All diese Gefühle waren neu für sie, und sie hatte Angst. Deshalb zog sie sich von Jay zurück.

Sie spürte, wie viel Macht er über sie besaß. Noch nie hatte sie einem Mann gegenüber ähnlich empfunden. Wenn sie ihrer Leidenschaft nachgab und er ihre Liebe nicht erwiderte, dann war sie rettungslos verloren.

„Ich möchte nachdenken, Jay, und das geht so nicht."

Er zog sie an sich, streichelte ihr Haar und flüsterte zärtliche Worte an ihrem Ohr.

Sie ließ es voll innerer Abwehr über sich ergehen. „Fass mich nicht mehr an, Jay", bat sie ihn ruhig.

„Hör auf, dagegen anzukämpfen, Ann."

Aber es war Ann ernst. „Ich habe Nein gesagt, Jay."

Mit einem leisen Fluch drehte sich Jay zur Seite. Einen Moment später hörte Ann, dass er seine Decke zur Seite warf und aufstand.

„Was hast du vor, Jay?"

„Ich mache einen Spaziergang." Seine Stimme klang schroff.

„Es ist draußen stockfinster", meinte sie besorgt.

„Ich bin doch schon ein großer Junge, ich kann auf mich aufpassen", gab er bissig zurück und verließ das Zelt.

Ann blieb verwirrt zurück.

9. KAPITEL

Als Ann am nächsten Morgen erwachte, stellte sie fest, dass der Platz neben ihr leer war. Hatte Jay etwa die ganze Nacht damit verbracht, draußen spazieren zu gehen? Sie setzte sich auf und befühlte seine Decke. Da sie von innen warm war, musste er irgendwann in der Nacht, als sie schon eingeschlafen war, zurückgekommen sein.

Ann erhob sich und verließ das Zelt, um ihn zu suchen. Darüber vergaß sie ihre schmerzenden Füße sogar. Vor dem Zelt hob sie die Hand vor die Augen, um sich vor dem blendenden Sonnenlicht zu schützen, das von den Wellen des Meeres widergespiegelt wurde. In der schäumenden Brandung konnte sie Jay sehen.

Erleichtert ging sie den Strand hinunter bis dorthin, wo die Wellen auf dem Sand ausliefen. Als das Wasser ihre Füße bespülte, blieb sie stehen, erst nach einer Weile dachte sie an die Verbände.

Schnell sprang sie zur Seite, und als dann sogar eine riesige Welle angerollt kam, zog sie sich auf den trockenen Sand zurück. Gleich darauf hörte sie Jays Stimme. Ärgerlich meinte er: „Was machst du hier draußen?"

Jay trug dünne Shorts, Wasser glänzte in seinem Haar und rann in schmalen Bächen über seine Brust.

„Ich habe nach dir ausgeschaut. An meine Füße habe ich erst gedacht, als es zu spät war. Der Verband ist völlig durchnässt."

„Na, dann komm her, ich werde ihn wechseln."

Jay streckte die Arme aus, um sie zu tragen, doch Ann kehrte um und ging zum Zelt zurück. Dort setzte sie sich auf die Matratze und hob Jay wortlos die Füße entgegen.

Der nickte zufrieden. „Sehr gut. Alles scheint zu heilen. Wenn du heute mal schwimmen willst, kannst du das von mir aus tun. Aber davon abgesehen, musst du die Füße noch schonen. Ich glaube, dann können wir es wagen, morgen in den Regenwald zurückzukehren."

„Vielen Dank", sagte Ann steif. Sie versuchte, sich ebenso unverbindlich zu geben, wie Jay es tat. Sein Ton erinnerte sie nur zu gut an die gestrige Auseinandersetzung. Es fiel ihnen beiden immer schwerer, ihre Gefühle zu beherrschen, und dabei lag noch eine lange Zeit vor ihnen, die sie miteinander verbringen mussten.

Als Ann zurück zum Wasser ging, ließ Jay sich im Sand nieder und sah ihr gedankenverloren nach.

Sie vergnügte sich eine ganze Zeit in der Brandung. Es war gut, wieder einmal aktiv zu sein. Die körperliche Bewegung hatte ihr schon gefehlt.

Schließlich verließ sie das Wasser und setzte sich auf den Sand, um sich von der Sonne trocknen zu lassen. Jay saß in der Nähe auf einem Felsen und beobachtete sie. Der nasse Stoff klebte an ihrem Körper, und sie reckte und streckte sich wie eine Katze. Erstaunlich, wie Ann sich verändert hatte. So entspannt, wie sie da in der Sonne lag, hatte sie keinerlei Ähnlichkeit mehr mit der korrekten, übermäßig schüchternen Wissenschaftlerin, als die sie hierhergekommen war. Sie schien sich sehr wohl zu fühlen und bewegte sich mit viel Anmut, wirkte wie jemand, der im Einklang mit sich und seiner Umgebung stand.

Jay rutschte vom Felsen herunter und begann, am Strand spazieren zu gehen. Er war ganz stolz auf sich. Ohne seine Hilfe hätte Ann in diesen Tagen wohl nicht zu sich selbst gefunden.

Als Jay zum Zelt zurückkehrte, fand er Ann an der Feuerstelle beschäftigt.

„Ich wollte dich damit überraschen, dass ich einmal zur Abwechslung das Abendessen zubereite", meinte sie stolz.

Jay sah verwundert auf den Fisch, der in der Pfanne über dem Feuer briet, und auf den Tarobrei, den Ann in einer Schüssel zubereitet hatte. Erstaunt nahm er wahr, dass Ann sich eine Hibiskusblüte ins Haar gesteckt hatte.

„Woher hast du den Fisch?"

„Daher, wo du ihn auch immer holst: aus dem Wasser." Sie lächelte und blickte ihn vergnügt an.

„Ich meine, wie hast du ihn gefangen?"

„Mit einem Netz. Du hast es mir beigebracht."

„Ja, tatsächlich." Jay drehte sich um. „Ich gehe noch einmal ins

Wasser, um mich zu erfrischen."

„Ich komme mit."

Jay sah sie abweisend an. „Lass nur. Ich bin gleich wieder da. Es geht ganz schnell."

Damit ließ er Ann stehen, die ihm verwundert nachsah.

Während des Essens war Jay ungewöhnlich schweigsam. Anns Versuche, eine Unterhaltung mit ihm zu beginnen, schlugen alle fehl. Zu guter Letzt schwieg auch sie. Sie räumten nach dem Essen gemeinsam ab und zogen sich zur Nachtruhe in das Zelt zurück.

Jay vertiefte sich in ein Buch. Jedes Mal, wenn Ann zu ihm hinübersah, blickte er besonders angestrengt hinein. Enttäuscht stand Ann schließlich auf und tat so, als sei sie nun müde.

Ihre Füße waren inzwischen von den Verbänden befreit. Es war nicht mehr nötig, sie zu behandeln, und Ann fiel kein Grund ein, Jay in der Lektüre zu unterbrechen und seine Aufmerksamkeit auf sich zu ziehen.

„Ich glaube, ich gehe jetzt schlafen. Gute Nacht, Jay."

Er hielt den Kopf weiterhin über sein Buch gesenkt, aber er hätte nicht ein einziges Wort von dem wiederholen können, was dort stand. „Fein. Gute Nacht."

„Bist du nicht müde, Jay?"

„Nein."

Eine lange Zeit lag Ann schlaflos da und wechselte ruhelos die Lage. Von Zeit zu Zeit seufzte sie hörbar. Schließlich setzte sie sich hin.

„Jay, würde es dir etwas ausmachen, das Licht zu löschen? Ich kann sonst nicht einschlafen."

„Gut, wenn du es wünschst."

Ann lächelte in der Dunkelheit. Sie wartete darauf, dass Jay sich neben sie legte. Doch stattdessen ging er zum Ausgang des Zeltes.

„Willst du nicht auch schlafen?"

„Nein, ich mache noch einen Spaziergang."

Er war gegangen, bevor Ann etwas erwidern konnte. Enttäuscht schlug sie auf ihr Kopfkissen. Was war heute nur mit ihm los? Den ganzen Tag hatte sie versucht, seine Aufmerksamkeit auf sich zu ziehen. Sie freundete sich nämlich allmählich mit dem Gedanken an, dass sie es vielleicht doch einmal ausprobieren sollte, mit ihm zu schlafen. Und nun behandelte er sie plötzlich, als sei sie Luft für ihn.

Am nächsten Tag kehrten Ann und Jay in den Regenwald zurück und begannen wieder mit der gewohnten Routine. Jay war weiterhin dafür verantwortlich, das Lager aufzuschlagen und abzubrechen und für das Essen zu sorgen. Ann verbrachte den ganzen Tag mit intensiver Forschungsarbeit, und bis spät in die Nacht hinein schrieb sie an ihren Notizen.

Jay unternahm keine Annäherungsversuche mehr, und wenn sie ihn herausforderte, wies er sie höflich, aber bestimmt zurück. Gekränkt stürzte Ann sich in die Arbeit.

Der letzte Tag ihres Aufenthalts im Regenwald war gekommen. Ann arbeitete mit höchster Energie. Es war ihre letzte Chance, das Programm abzuwickeln, das sie sich vorgenommen hatte. Und zugleich war es die letzte Gelegenheit, den betäubenden Duft der exotischen Blumen einzuatmen, der die Luft erfüllte. Es waren die letzten Stunden in einem Paradies für Freunde der Natur.

Ann kniete in der Nähe eines kristallklaren Sees und sammelte Bodenproben. Sie dachte dabei an andere Wissenschaftler, die nach ihr in diesen Wald kommen würden. Im nächsten Jahr würde wieder jemand hier sein und an einem Projekt arbeiten, er würde dann in diesem klaren Wasser schwimmen – vielleicht war es auch wieder eine Frau? Der Gedanke machte Ann das Herz schwer.

Sie verschloss ihren Rucksack und ging weiter. Bis zum letztmöglichen Augenblick wollte sie ihre Forschungen fortsetzen. Weit hinter ihr brach Jay inzwischen das Lager ab und folgte dann ihrer Spur.

Ann war ungefähr eine Meile gegangen, als sie plötzlich stehen blieb. Sie hatte etwas Überraschendes entdeckt. Fast verborgen unter hohen Farnen, wuchs eine Orchidee, wie sie sie noch nie gesehen hatte.

Wie elektrisiert bückte Ann sich, um die blasse Blüte zu prüfen. Sie zog das Notizbuch heraus, schrieb Größe und Form auf, beschrieb die genauen Umrisse der Blätter und der Blüten. Dann fotografierte sie die

Orchidee aus jedem nur denkbaren Blickwinkel.

Als Jay sie einholte, saß sie auf dem moosbedeckten Waldboden und schrieb in ihr Tagebuch. Mit vor Erregung glänzenden Augen sah sie Jay an.

„Sieh nur, was ich entdeckt habe."

„Eine Orchidee. Ist sie etwas Besonderes?"

„Ich glaube schon. Sicher kann ich erst sein, wenn ich den Katalog der bereits entdeckten Arten durchgesehen habe. Aber es kann sein, dass ich eine neue Art entdeckt habe. O Jay, wäre es nicht wunderbar, wenn mir das tatsächlich gelungen sein sollte?"

„Ja. Ich will für dich hoffen, dass es so ist. Wirst du ihr dann einen Namen geben müssen?"

Daran hatte sie noch gar nicht gedacht. „Ja, natürlich. Würde das nicht Spaß machen?"

Jay kniete neben ihr nieder. „Für jemanden, der zu beschäftigt war, um viel Spaß zu haben, holst du jetzt allerlei nach."

Sie lachte. „Du hast recht. Oh, warum muss diese Expedition nur zu Ende gehen? Ich glaube, ich könnte mein ganzes Leben so weitermachen und mich in diesem Wald umsehen."

Jay betrachtete Anns Gesicht, dem man die freudige Erregung ansah. Das weiche Haar fiel ihr über die Wangen, und hinter dem Ohr trug sie auch heute eine rote Blüte. Mit glänzenden Augen hantierte sie mit ihrer Kameraausrüstung. Nichts an ihr erinnerte mehr an die spröde, kleine Wissenschaftlerin, die in Lehrbuchsätzen gesprochen hatte.

Jay setzte den schweren Rucksack ab, suchte sich ein bequemes Plätzchen und beobachtete Ann von dort, den Rücken gegen einen Baum gelehnt. Dabei rauchte er gemütlich eine Zigarette.

Sie arbeitete schnell und geschickt. Die Objektive an ihrer Kamera waren bald gewechselt, dann machte sie eine Nahaufnahme.

„Untersuchst du all die Proben in Boston selbst im Labor?"

Sie nickte. Der Aufnahmewinkel gefiel ihr noch nicht, so veränderte sie ihre Lage.

„Wo machst du das, Ann?"

Sie nahm die Orchidee von einer anderen Seite auf, dann wechselte sie erneut die Objektive und suchte sich eine neue Perspektive.

„Ich benutze das Labor der Universität. Es ist vorzüglich ausgestattet“, erklärte sie ihm zwischendurch.

Jay beobachtete sie schweigend. „Ich glaube, die Arbeit bedeutet dir sehr viel“, meinte er endlich.

Ann war damit beschäftigt, weitere Aufnahmen zu machen. „Mag sein.“ An sich fand sie die Arbeit im Labor langweilig. Was sie liebte, das war die Forschungsarbeit im Freien. Sie wollte eins mit der Natur sein, nicht in einer sterilen Umgebung arbeiten.

„Und ich vermute“, fuhr Jay fort und sah aus zusammengekniffenen Augen einer seiner Rauchwolken nach, die durch einen Sonnenstrahl davonschwebte, „dass es für einen Wissenschaftler ein großes Opfer wäre, wenn er ein vorzüglich ausgestattetes Labor aufgäbe, um für den Rest seines Lebens auf einer Pazifikinsel zu leben.“

Ann saß auf dem Moos, mit dem Rücken zu Jay, und notierte sich inzwischen eifrig allerlei über diese Orchidee.

Jetzt hörte sie irritiert auf zu schreiben. Meinte Jay das ernst? Den Rest ihres Lebens auf dieser Insel mit Jay zu verbringen, das wäre das Paradies. Sie könnte diese Expedition wiederholen und sich so lange im Dschungel aufhalten, wie sie es wollte. Das würde ihr Leben vollkommen machen.

Sie würde außerdem zu dieser liebevollen Familie gehören, die so fest zusammenhielt. Sie würde an den angeregten Gesprächen während des Essens teilnehmen, mit Jays Vater fachsimpeln und vor allem würde sie sich nicht mehr von Jay trennen müssen. Das war alles, was sie sich wünschte.

Langsam schloss sie das Notizbuch. Hatte Jay ihr einen Heiratsantrag gemacht, oder wollte er zunächst nur herausfinden, was sie davon hielt, hier zu leben?

Heiraten. Darunter stellte sie sich ein Leben voller Liebe vor. Wie konnte sie ihm sagen, was sie für ihn empfand? Mit klopfendem Herzen und erwartungsvollem Lächeln drehte sie sich um.

Doch Jay war gegangen. Zwischen den Bäumen sah sie ihn tiefer in den Wald hineinspazieren. Wie lange mochte sie hier gesessen und vor sich hin geträumt haben? Wie lange hatte er wohl auf ihre Antwort gewartet, bevor er gegangen war?

Hastig sammelte Ann ihre Ausrüstung zusammen und verstaute sie im Rucksack.

Vor lauter Nervosität stellte sie sich dabei sehr ungeschickt an. Doch schließlich hatte sie den Rucksack verschlossen und eilte Jay nach.

Das Abendessen nahmen sie in gespanntem Schweigen ein. Ann hatte alles Mögliche versucht, um mit Jay in ein Gespräch zu kommen. Aber er antwortete auf ihre Fragen nur knapp und unverbindlich.

Später am Abend, als sie die letzten Eintragungen in ihr Tagebuch machte, saß Jay in tiefem Schweigen da und las. Als er sich endlich schlafen legte, lag Ann still neben ihm und lauschte dem Regen. Sie suchte nach einem Weg, Jay zum Reden zu bringen. Aber ihr fiel nichts Gescheites ein.

Was war nur geschehen? Von einem sorglosen, zu Scherzen aufgelegten Fremden hatte er sich zu einem leidenschaftlichen Mann entwickelt, der sie erregte und erschreckte, und schließlich zu einem zärtlichen, fürsorglichen Freund.

Aber jetzt blieb da nichts von alldem mehr. Er war nur noch ein mürrischer, mundfauler Führer, der es eilig hatte, seinen Job und sie loszuwerden.

Als Jay schließlich das Licht löschte und sich hinlegte, rieb Ann sich die feuchten Hände an dem bunten Hemd ab, Jays Hemd, das sie voller Absicht angezogen hatte.

Sie wollte ihn nämlich in dieser Nacht verführen. Wie man so etwas machte, wusste sie nicht, aber sie wollte es wenigstens versuchen. Jay sollte wissen, was sie für ihn fühlte. Davon hing vielleicht ihre ganze Zukunft ab.

„Jay.“ Sie streckte eine Hand aus und berührte zögernd seine Schulter.

„Ja?“ Er rührte sich nicht, wandte Ann den Rücken zu.

„Ich möchte dir sagen, wie dankbar ich für alles bin, was du für mich getan hast. Es wird dir nicht leichtgefallen sein, deine eigene Arbeit liegen zu lassen, um für mich zu sorgen.“

„Ich habe es für meinen Vater getan, Ann. Es ist seit Jahren üblich, dass ich seine Gäste durch den Regenwald führe. Das hat nichts mit dir persönlich zu tun."

Ann befeuchtete sich die Lippen. „Aber du bist sehr geduldig gewesen. Ich … danke dir."

„Bitte. Und nun gute Nacht."

Jay rutschte zur Seite, offenbar störte es ihn, dass Ann seine Schulter berührte. Sie schmerzte sein Verhalten.

„Jay?"

„Ja?"

„Würdest du …", Ann holte tief Luft und redete dann sehr schnell, um den Mut nicht zu verlieren, „mich küssen?"

Ein schrecklich langes Schweigen trat ein. Nach einiger Zeit drehte Jay sich um und meinte herausfordernd: „Warum? Willst du noch mal testen, ob du es schaffst, dass ich wieder die Kontrolle über mich verliere?"

Grausam fügte er hinzu: „Hast du vor, mich zu verführen, Ann? Willst du doch mal mit einem Mann schlafen, bevor du in dein Labor zurückkehrst? Soll ich so eine Art Souvenir sein von der tropischen Insel?"

„Oh! Wie kannst du nur …"

Jay unterbrach sie zornig. „Nun gut, liebe Ann, du hast entdeckt, dass du eine Frau bist. Jetzt willst du auch mal die Freuden der Frauen kennenlernen. Das ist ja auch dein Recht. Aber deshalb musst du dich doch nicht wie ein Kind benehmen, das man in einer Spielzeugfabrik sich selbst überlässt." Gefährlich leise setzte er noch hinzu. „Ich bin keines von deinen Spielzeugen."

Er stützte sich auf einen Ellbogen und meinte herausfordernd. „Also dann, wenn du spielen willst, zahle auch dafür. Aber wundere dich nicht, wenn der Preis hoch ist. Wie ist es, meine neugierige Dame, willst du mich immer noch verführen?"

Ann schlug die Hände vor das Gesicht und warf sich herum. Sie fühlte sich zutiefst beschämt und brachte kein Wort hervor.

Ann folgte Jay schweigend durch den Wald. Auch beim Frühstück war zwischen ihnen kein Wort gefallen. Sie hatten mit dem langen

Rückweg zum Ausgangspunkt ihrer Wanderung begonnen. Jay hatte nur das Allernötigste gesagt. Nicht ein einziges Mal schaute er nach ihr, um sich zu überzeugen, ob sie ihm folgte. Aber das war ihr auch ganz recht. Nach der letzten Nacht empfand sie ihn nämlich als einen Fremden. Da gab es nichts Vertrautes mehr zwischen ihm und ihr.

10. KAPITEL

Als der Jeep sich dem Haus der McFarlands näherte, sagte Jay zu Ann: „Wir haben Besuch."

Er zeigte auf ein Auto, das vor dem Haus stand. „Wahrscheinlich sind Janet und Colin noch einmal gekommen. Sie wollten ja ein Auge auf Dad werfen während meiner Abwesenheit."

Kaum hatte er den Motor abgestellt, als Laelas schrille Stimme zu hören war. Sie verkündete lautstark, dass Jay zurück sei, dann kam sie aus dem Haus gerannt und stürzte sich in seine Arme.

„Ich habe dich sehr vermisst."

„Ich dich auch, kleine Krabbe. Das waren harte Zeiten. Hast du auch dein Studium fortgesetzt?"

Laela lachte über diesen Scherz. „Natürlich. Du hast ja gesagt, ich könne Tierärztin werden, wenn ich so viel lerne wie du." Sie legte die Arme um Jays Hals und schmiegte sich an ihn.

Gerade hatte er das Mädchen wieder abgesetzt, als seine Schwester mit ihrem Mann aus dem Haus kam. „Sieh ihn dir nur an", meinte Janet zu Colin. „Ich meine, er ist jetzt noch verwilderter als bei seiner Abreise. Ann, ich dachte, Sie würden aus diesem rohen Burschen einen zivilisierten Menschen machen."

Verblüfft sah Janet Ann an. Das war doch nicht die korrekte junge Frau, die sie vor einem Monat kennengelernt hatte? Sie sah blühend aus, trug ihr üppiges blondes Haar offen, hatte strahlende Augen und war von der Sonne tief gebräunt: eine wahre Schönheit.

Colin war genauso überrascht wie seine Frau. Er ergriff Anns Hand und meinte freundlich: „Wie ist die Expedition verlaufen?"

„Großartig, Colin. Ich glaube, es ist mir sogar gelungen, eine unbekannte Orchideenart zu entdecken. Wie geht es Dr. McFarland?"

„Gut." Colin nahm ihren Rucksack aus dem Jeep und schlug Jay auf die Schulter. „Komm, gib mir deine Sachen auch, und lauf hinein. Dein Dad wartet schon sehnsüchtig auf dich."

Jay nickte und ging neben Ann ins Haus. Janet blickte ihren Mann an und schüttelte fassungslos den Kopf.

„Hättest du das geglaubt?"

Colin grinste. „Es sieht ganz so aus, als habe unsere anerkannte Wissenschaftlerin sich entschlossen, sich dem alternativen Lebensstil deines Bruders anzupassen. Wenn du mich fragst, es steht ihr sehr gut."

Janet stieß ihn vor die Brust. „Solche Betrachtungen überlasse gefälligst Jay." Sie zog ihren Mann mit sich. „Komm, wir wollen jetzt alles über das Leben der beiden im Urwald hören."

Dr. McFarland freute sich sehr über die Rückkehr von Ann und Jay. Ob Anns verändertes Aussehen ihm auffiel, gab er durch nichts zu erkennen.

„Meine Liebe", sagte er zu ihr, „ich kann es kaum erwarten, alles über Ihre Expedition zu hören. Sind Sie mit dem Ergebnis zufrieden?"

Ann nickte. „Ihr Regenwald hat alle meine Hoffnungen und Erwartungen erfüllt, Dr. McFarland."

„Wie schön, ich freue mich für Sie." Er wandte sich seinem Sohn zu, der schweigend neben dem Schreibtisch stand. „Und du, mein Junge, gab es Probleme?"

Jay schüttelte den Kopf. „Nein, Dad, alles ging planmäßig." Er vermied es, Ann anzusehen, und wischte sich die Hände an den schmutzigen Shorts ab.

„Wenn du nichts dagegen hast, wollen wir jetzt duschen und uns vor dem Abendessen etwas ausruhen. Danach können wir dann erzählen."

„Natürlich. Das verstehe ich. Maria hat für heute Abend ein großes Essen vorbereitet. Als krönenden Abschluss gibt es übrigens deine Lieblingsspeise: Schokoladeneis."

Aber Jay zeigte nur wenig Begeisterung. „Eine gute Idee, Dad", meinte er höflich. „Wir sehen uns später." Dann verließ er ohne ein weiteres Wort das Zimmer. Ann folgte ihm, und Jays Vater sah ihnen verblüfft nach.

Laela hatte draußen gewartet und hängte sich nun bei Jay ein. Sie versuchte, ihm innerhalb weniger Minuten all das zu erzählen, was sich während des vergangenen Monats ereignet hatte.

Vor Anns Tür blieb Jay einen Augenblick stehen, als wolle er etwas sagen. Doch er schien es sich anders zu überlegen und ging weiter. Laela ließ auch nicht von ihm ab.

Ann betrat ihr Zimmer und betrachtete die luxuriöse Einrichtung. Doch statt sich darüber zu freuen, dass sie bald ein angenehmes heißes Bad nehmen und dann in einem gemütlichen Bett liegen würde, wünschte sie sich, sie könnte wieder mit Jay im Zelt sein.

Sie trat vor den Spiegel und war schockiert. Die Frau, deren Spiegelbild sie sah, war eine Fremde für sie. Ann berührte ungläubig ihre Haarmähne. Sie sah wild und zerzaust aus. Ihr Gesicht war gebräunt, die Wangen von der Sonne verbrannt.

So hatte sie noch nie ausgesehen. Die abgeschnittene Hose und das Hemd bedeckten nur das Nötigste. Hier in der „zivilisierten" Umgebung schämte Ann sich auf einmal ihres Aussehens.

Sie ließ Wasser in die Wanne laufen und zog sich aus. Eine ganze Weile lag sie still in dem heißen schaumigen Nass, bis ihre müden Muskeln sich entspannten. Schließlich wusch sie sich das Haar und verließ dann die Wanne.

Sie fühlte sich wohlig müde. Darum legte sie sich ins Bett und war sogleich eingeschlafen.

Ein leises Klopfen an der Tür weckte Ann.

„Ja? Herein."

Janet öffnete die Tür und steckte den Kopf herein. „Sind Sie wach, Ann?"

Ann hatte Mühe, sich zu besinnen. „Wie lange habe ich geschlafen?"

„Ungefähr zwei Stunden. Das Essen ist bald fertig. Ich wollte mit Ihnen sprechen, bevor Sie sich anziehen." Janet kam herein. Sie trug etwas hinter dem Rücken verborgen.

Ann setzte sich auf und warf ihr Haar über die Schultern zurück. „Was ist das?"

Janet lächelte verschmitzt. „Sie haben mein Kleid bewundert, und deshalb habe ich in Honolulu nach etwas Ähnlichem für Sie gesucht. Hier."

Sie reichte Ann eine Schachtel, darin lag auf Seidenpapier das schönste Kleid, das Ann jemals gesehen hatte. Sie sprang aus dem Bett und hielt es sich an.

„O Janet, Ich weiß gar nicht, was ich dazu sagen soll. Das ist fantastisch."

„Wie schön, dass es Ihnen gefällt. Hoffentlich passt es."

Ann vergaß jede Scham. Ohne Verlegenheit legte sie ihr Nachthemd ab und zog das Kleid über.

Janet schloss den Reißverschluss, dann trat sie zurück und begutachtete Ann.

Der Seidenstoff des Kleides war mit einem lavendel- und rosafarbenen Muster bedruckt. Es wurde von schmalen Bändern an den Schultern gehalten, besaß ein eng anliegendes Oberteil mit tiefem Ausschnitt und einen langen weiten Rock.

„Ann, das sitzt wie angegossen." Janet hob das Seidenpapier in der Schachtel an und enthüllte eine zweite Überraschung. „Ich hoffe, das ist Ihre Größe."

Sie hielt ein Paar Sandalen in ganz zartem Lavendelblau hoch, mit hohen spitzen Absätzen und Bändern, die man an den Fesseln befestigen musste.

Ann seufzte entzückt. Sie setzte sich auf die Bettkante und zog die Schuhe an. Es war genau die richtige Größe.

Dankbar umarmte sie Janet. „Ich komme mir vor wie Aschenputtel, nachdem der Baum sie mit einem Kleid beschenkt hat. O Janet, was für eine wunderbare Überraschung."

Sie drehte sich vor dem großen Spiegel und lachte entzückt. Janet musste an Laela denken. Ann konnte sich ebenso kindlich freuen wie sie.

„Wir sehen uns dann unten, Ann."

„Janet."

Jays Schwester blieb an der Tür stehen und drehte sich um.

„Vielen Dank."

Sie nickte und ging davon.

Ann folgte dem Klang der Stimmen. Auf dem gepflasterten Hof unterhielten sich Jay und sein Vater. An der Tür blieb sie stehen. Sofort blickte Jay völlig fasziniert zu ihr herüber, er musterte Ann erstaunt von oben bis unten.

„Ann, meine Liebe, kommen Sie“, lud sein Vater sie freundlich ein und erhob sich. Er stützte sich schwer auf seinen Stock und zeigte auf den Stuhl neben sich. „Jay, besorgst du Ann etwas zu trinken?“

Der schien ihn nicht gehört zu haben, er rührte sich nicht, sondern starrte Ann unentwegt an. Befangen setzte sie sich auf den angebotenen Platz.

„Jay hat mir gerade erzählt, dass er in seiner Post einen Brief gefunden hat, in dem es heißt, dass ein weiterer seiner Aufsätze über Tiermedizin veröffentlicht worden ist.“

Ann sah zu Jay hinüber, der an der Bar stand und ihr den Rücken zuwandte.

„Wie wunderbar. Worüber hast du geschrieben?“

Jay drehte sich um. „Ich beschäftige mich mit der Vorbeugung von tropischen Krankheiten, vor allem durch Zuchtwahl. Die großen Rinder- und Schafherden auf dieser Insel bieten eine gute Möglichkeit, meine Theorien zu erproben.“

„Das muss dich viel Zeit kosten.“

„Zeit habe ich im Überfluss.“ Er reichte Ann das Glas. „Das Kleid ist neu, nicht wahr?“

Ann wurde rot. „Ja, Janet hat es als Überraschung für mich gekauft.“

„Es steht dir sehr gut. Du siehst schön darin aus.“

Ann senkte den Blick. Sie konnte plötzlich kaum mehr sprechen. „Danke“, meinte sie verlegen.

Wenige Minuten später gesellten sich Janet und Colin zu ihnen. Das Gespräch kam auf Jays letzten Aufsatz und dann auf den Regenwald und Anns Forschungen.

Als Maria das Essen ankündigte, gingen alle in das Speisezimmer hinüber. Man konnte sehen, dass sie sich große Mühe gegeben hatte, zur Feier des Tages etwas Besonderes auf den Tisch zu bringen. Es gab einen vorzüglichen Rinderbraten und geräucherten Schellfisch – eine schottische Spezialität, von der Maria behauptete, sie sei Jays Lieblingsgericht. Dazu reichte sie Kartoffeln, Gemüse und Ananas. Ofenwarmes Brot lag in einem Korb bereit.

Alles schmeckte köstlich, und doch hatte Ann kaum Appetit.

Jay, dessen gesegneten Appetit Ann kannte, schien es ähnlich zu gehen. Nur weil Maria ihn mehrfach drängte, probierte er von allem. Als er am Ende der Mahlzeit eine zweite Portion Schokoladeneis ablehnte, sah Maria ihn besorgt an.

„Jay, wirst du etwa krank?"

Er schüttelte den Kopf und sah Maria abwehrend an. „Mir geht es gut, Maria, und dein Essen hat mir geschmeckt. Aber ich bin es nicht mehr gewohnt, so viel zu essen. Lass mir ein paar Tage Zeit."

Maria sah ihn missbilligend an und ging wortlos hinaus. Janet und Colin schauten ihr amüsiert nach.

Nach dem Essen unterhielten sich alle angeregt. Ann fiel es schwer, sich zu konzentrieren.

Verstohlen sah sie zu Jay hinüber. Er hatte den Blick auf sie gerichtet, wirkte düster und abweisend.

„Was halten Sie davon, Ann?"

Ann wandte sich den anderen zu und zwang sich, an der Unterhaltung teilzunehmen. Aber es war eine Qual für sie, mit Jay in einem Zimmer zu sein und ihm nicht sagen zu können, was sie ihm unbedingt sagen musste. Am nächsten Morgen würde sie die Insel verlassen, es blieb ihr also nur noch wenig Zeit.

Sie musste Jay aber auf jeden Fall sagen, dass sie hier bei ihm bleiben wollte. Wenn er sie doch nur noch einmal danach fragen würde. Wenn nur …

„… und wissen Sie, Ann, was er dann sagte?"

Sie lächelte übertrieben freundlich. „Nein, was denn?"

Die Unterhaltung ringsum ging weiter, aber Jay stand plötzlich auf, stellte sich neben seinen Vater, flüsterte ihm etwas ins Ohr und wünschte dann allen eine gute Nacht.

Ann blieb bekümmert zurück. Jay ging. Alles war ungesagt geblieben.

Ann erwachte zeitig. Es war der Tag ihrer Heimreise nach Boston. Sie packte ihre Sachen, duschte und zog das strenge blaue Kostüm an, in dem sie gekommen war. Kritisch schaute sie in den Spiegel. In der steifen Kleidung und den soliden Schuhen fühlte sie sich unbehaglich. Hatte sie sich tatsächlich einmal in einer solchen Aufmachung wohlgefühlt? Ann wurde jetzt erst richtig bewusst, wie sehr sie sich verändert hatte.

Sie bürstete sich das Haar und steckte es dann zu einem Knoten zusammen. Nein, das sah unmöglich aus. Ärgerlich löste sie das Band und ließ das Haar dann offen.

Noch einen letzten Blick warf sie auf die geschmackvolle Einrichtung des Zimmers, dann stieg sie die Treppe hinunter.

„Guten Morgen, meine Liebe." Dr. McFarland erhob sich. „Schon alles gepackt?"

Ann zwang sich zu einem freundlichen Lächeln, obwohl ihr danach gar nicht zumute war.

Janet und Colin waren ebenfalls bereits nach unten gekommen. Ihr Gepäck stand am Eingang.

„Wir fliegen mit Ihnen, Ann", sagte Janet. „Wenn dann noch Zeit ist, können wir zusammen einkaufen gehen oder mindestens zusammen essen, bevor Sie die Anschlussmaschine in die Vereinigten Staaten nehmen."

Ann nickte, aber ihre Gedanken waren bei Jay. Sie sah sich um, doch er war nirgends zu sehen.

Maria kam herein und brachte Toast und Eier. Sie stellte alles auf den Tisch und verkündete: „Jay hatte angeblich nicht einmal Zeit, etwas zu essen, er musste schon ganz früh hinaus, um nach einer Kuh zu sehen. Mir gefällt so etwas nicht, Dr. McFarland, sprechen Sie doch mal mit ihm."

Ann wurde das Herz schwer. Jay war also gegangen, ohne sich von ihr zu verabschieden.

„Ach, da fällt mir etwas ein", wandte Maria sich an Ann. „Jay hat mir aufgetragen, Sie zu grüßen. Er wünscht Ihnen viel Erfolg bei Ihren Forschungen, und er hofft, dass Sie einen guten Flug haben."

„Danke." Ann senkte den Kopf, sie musste gegen ihre Tränen kämpfen.

Janet tauschte mit ihrem Mann einen Blick. „Wissen Sie, Ann", sagte sie freundlich, „ich glaube, das Leben in der Wildnis bekommt Ihnen. Sie sind richtig aufgeblüht. Sind Sie eigentlich mit Jay zurechtgekommen, ohne dass es zu viel Streit gab?“

Ann schluckte. „Nun ja, es war nicht immer friedlich.“

Colin lachte. „Ich kenne Jay, nichts gefällt ihm mehr als eine richtige Auseinandersetzung.“

„Wenn Sie mich jetzt entschuldigen wollen.“ Ann schob ihren Stuhl zurück und stand schnell auf.

„Ich habe kaum Hunger, und ich möchte noch einmal nachsehen, ob ich auch nichts vergessen habe.“

Als sie aus dem Esszimmer eilte, sahen die drei Zurückgebliebenen ihr schweigend nach.

Auf dem Flugplatz begrüßte der Pilot Ann, Colin und Janet.

„Sie sitzen neben mir, Dr. Lowry. Sie können mein Kopilot sein“, begrüßte er Ann herzlich.

Janet und Colin saßen hinter ihnen in dem winzigen Flugzeug, mit dem Ann vor einem Monat auf der Insel angekommen war.

Als die Maschine von der Startbahn abhob, schaute Ann wehmütig aus dem Fenster.

Sie konnte den Blick einfach nicht von der lieblichen grünen Insel lösen, die sie nun überflogen.

„Ich hoffe, Sie haben sich in unserer Wildnis wohlgefühlt“, unterbrach Janet ihre Gedanken.

Ann nickte.

„Dies waren die aufregendsten Wochen meines Lebens. Ich werde sie immer in Erinnerung behalten.“

„Hoffentlich hat sich mein Bruder nicht allzu ungeschickt benommen?“

Ann wurde bei diesem Thema unruhig. Verlegen meinte sie: „Nein, das kann man eigentlich nicht sagen.“

Janet sah ihren Mann bekümmert an. Er hob die Schultern und drückte ihre Hand.

Ann drehte den Kopf wieder zum Fenster und schaute auf die kleine Insel, bis sie in der Ferne nicht mehr zu sehen war. Colin und Janet unterhielten sich angeregt mit dem Piloten. Doch Ann schwieg gedankenverloren.

Jay lehnte unterdessen am Zaun der Viehweide. Mit vorgehaltener Hand schützte er die Augen vor der Sonne und blickte dem silbernen Flugzeug nach, das die Insel umkreiste und dann davonflog. Nachträglich verwünschte er seinen Stolz. Nun hatte er sich nicht einmal von ihr verabschiedet!

„Sie haben noch zwei Stunden Zeit bis zu Ihrem Abflug, Ann. Was möchten Sie: einkaufen oder essen?"

Ann lächelte gerührt über Janets Versuch, sie aufzuheitern. „Zum Einkaufen hätte ich jetzt keine Ruhe. Wie wäre es mit einem Mittagessen?"

„Fein", mischte sich Colin ein. „Ihr beide vergnügt euch jetzt, und ich gehe telefonieren, um mich zu erkundigen, was inzwischen alles an Arbeit auf uns wartet."

Janet lachte und sah ihrem Mann nach. „Wir werden mindestens eine Woche brauchen, bis wir alles aufgearbeitet haben, was sich bei uns angehäuft hat. Aber Colin hat sehr viel Verständnis dafür, dass ich mir um die Gesundheit meines Vaters Sorgen mache."

Die beiden Frauen gingen in das Flughafenrestaurant und suchten sich dort einen Tisch. Nachdem sie ihre Bestellungen aufgegeben hatten, fragte Janet: „Freuen Sie sich, wieder nach Haus zu kommen?"

Ann schwieg. Endlich meinte sie nachdenklich. „Ich bin mir nicht sicher. Ich glaube, ich habe mich in Ihre kleine Insel verliebt, Janet."

Janet lächelte behutsam. „In die Insel – oder in meinen Bruder?"

Ann strich sich das Haar aus dem Gesicht und meinte: „Bin ich so leicht zu durchschauen?"

„Ja, aber Jay genauso."

Ann sah Janet überrascht an. „Jay?"

„O Ann, es ist doch so offensichtlich. Mein armer Bruder ist bis über beide Ohren verliebt, er ist todunglücklich. Was haben Sie nur mit ihm gemacht?"

„Sie sehen das falsch, Janet. Jay ist böse auf mich, mit Liebe hat das doch nichts zu tun. Ich glaube, er kann nicht einmal meinen Anblick ertragen."

Janet nippte an ihrem Eistee. Was mochte sich zwischen Jay und

Ann abgespielt haben? Da waren offensichtlich zwei Dickköpfe aneinandergeraten.

„Janet, woher wussten Sie, dass Sie Colin genug liebten, um ihn zu heiraten?"

Janet überlegte. Zögernd meinte sie dann: „Ich glaube, ich habe plötzlich erkannt, dass ich mich ohne ihn sehr einsam fühlen würde. Kein Erfolg, nichts hätte mir etwas bedeutet, wenn ich es nicht mit Colin hätte teilen können. Er war einfach ein Bestandteil meines Lebens geworden."

Ann schwieg nachdenklich, dann sah sie Janet an. „Würde es Sie stören, wenn ich Ihnen etwas erzähle?"

Janet schüttelte den Kopf. „Ich glaube, Sie müssen darüber reden, Ann."

Wo sollte sie nur beginnen? „Jay war nett zur mir", meinte sie zögernd. „Er brachte mir bei, über seine Späße zu lachen, und ich lernte bei ihm, meinen Gefühlen gegenüber ehrlich zu sein. Aber als ich versuchte ..." Sie wurde rot, als ihr bewusst wurde, wie viel sie von sich preisgab. „Als ich versuchte, ihm meine Gefühle zu zeigen, stieß er mich zurück. Das war sehr grausam. Jetzt sehe ich allerdings ein, dass er wenigstens immer ehrlich gewesen ist."

Ann schaute auf und bemerkte, dass Janet sie interessiert ansah. „Und dann, an unserem letzten Tag im Regenwald, fragte er mich, ob ich bereit wäre, meine Arbeit in Boston aufzugeben und auf seiner Insel zu bleiben."

Sie schwieg und fuhr dann verstört fort: „Janet, Jay hat mich nicht gebeten, alles aufzugeben, er wollte nur meine Einstellung dazu hören. Und bevor ich ihm antworten konnte, war er fortgegangen. Nun will er nicht einmal mehr mit mir reden. Ich habe ihn endgültig verloren."

Janet überlegte, ob es ihrem Bruder wohl recht sei, wenn Ann etwas über seine persönlichen Schwierigkeiten erfuhr, dann entschied sie, dass es dagegen nichts einzuwenden gab.

„Ann, vor einer Reihe von Jahren wollte mein Bruder eine meiner Freundinnen heiraten. Sie sollte mit ihm auf der Insel leben." Sie sah Ann in die Augen. „Er war noch jung und sehr verliebt, aber sie hat ihn abgewiesen. Sie hatte einige Jahre in ihr Medizinstudium investiert und das Angebot bekommen, in eine gut gehende Praxis in San Francisco einzusteigen. Das wollte sie nicht aufgeben." Janet hob die Schultern. „Vielleicht war ihre Liebe auch nicht stark genug. Jedenfalls hat sie Jay einen Korb gegeben."

„Und nun denkt er, ich hätte dasselbe mit ihm gemacht", stellte Ann ärgerlich fest. „Aber das ist nicht fair. Es ist schließlich nicht meine Schuld, dass er so etwas erlebt hat. Was hat das mit mir zu tun?"

„Sie dürfen nicht glauben, dass Sie die Einzige sind, die sich vor Zurückweisung fürchtet. Selbst sehr starke Männer wie mein Bruder haben davor Angst. Liebe kann eine sehr schmerzhafte Angelegenheit sein, wenn sie nicht erwidert wird." Janet überlegte einen Augenblick, dann hellte sich ihre Miene auf. „Sie haben ihn doch noch gar nicht verloren. Warum gehen Sie nicht zu ihm zurück? Erklären Sie ihm einfach Ihre Liebe, und sagen Sie ihm genau, was Sie empfinden."

Ann schüttelte traurig den Kopf. „Ich könnte die Demütigung nicht ertragen, von Jay zurückgewiesen zu werden." Gedankenverloren goss sie Sahne in ihren Kaffee und schaute zu, wie sich die Flüssigkeiten miteinander vermischten. „Ich fliege zurück nach Boston. Ich muss erst einmal Abstand von allem gewinnen."

Janet wollte gerade etwas erwidern, als über den Lautsprecher der Flug nach Boston aufgerufen wurde. Beide Frauen hatten von dem Essen nichts angerührt.

Bevor sie in das Flugzeug stieg, umarmte Ann Janet fest. „Bitte, Janet, sagen Sie Jay nicht, worüber wir gesprochen haben, ja? Es muss unter uns bleiben."

„Wie Sie wollen, Ann, aber ich halte es für falsch, dass Sie abfliegen. Sie sollten sich miteinander aussprechen, das ist meine Meinung." Janet drückte Ann die Hand. „Ich wünsche Ihnen trotzdem Glück, Ann. Hoffentlich wissen Sie, was Sie tun."

Bald saß Ann im Flugzeug. Während sie über den Pazifik flogen, versuchte sie, nicht an Jay zu denken. Aber das gelang ihr nicht. Immer wieder kreisten ihre Gedanken um ihn. In einer Hinsicht musste sie ihm nachträglich recht geben.

Es stimmte, dass sie, wenn sie Liebe erfahren wollte, auch in Kauf nehmen musste, ein Risiko einzugehen und eventuell mit Enttäuschung zu bezahlen.

Auch für Männer war es sicher schwierig, Zurückweisungen einzustecken. Wahrscheinlich kostete es sie sehr viel Überwindung, einer Frau zum Beispiel eine Verabredung vorzuschlagen. Sie setzten dabei ja jedes Mal ihre Gefühle aufs Spiel. Warum sollte sie sich dieser Gefahr also nicht auch einmal aussetzen? Warum sollte sie nicht alles für ihre Liebe riskieren?

Ann lehnte die Stirn gegen die Fensterscheibe des Flugzeugs und sah hinunter. Ihr Plan, der langsam Gestalt annahm, erschreckte sie. Wie wäre es, wenn sie Abschied von ihrer beruflichen Laufbahn und Boston nähme und ihrem Herzen folgte? Würde sie es denn ertragen können, wenn Jay sie zurückwies?

Als sie den schneebedeckten Flugplatz von Boston erreichten, hatte Ann ihre Entscheidung getroffen. Sie würde für ihre Liebe alles wagen. Ein Mal konnte sie sich der Gefahr ruhig aussetzen.

Im Radio hieß es, dies sei der schlimmste Schneesturm Bostons seit Jahren. Ann stellte eine Kiste mit Büchern in den Flur und beschloss, die Zufahrt zu ihrer Garage noch einmal freizuschaufeln.

Auf dem Küchentisch lag ihr Flugticket neben dem Telefon. Sie hatte gerade erfahren, dass alle Flüge wegen des schlechten Wetters für diesen Tag abgesagt worden seien.

Sie setzte ihre Wollmütze auf und schloss die Skijacke, streifte hellrote Fausthandschuhe über, ging nach draußen und nahm die Schneeschaufel zur Hand. Mit großem Eifer begann sie, die Auffahrt vom Schnee zu befreien.

Immer noch schneite es heftig. Der Schnee verschluckte jedes Geräusch, und sogar der Verkehrslärm war nur gedämpft zu hören.

Ann schüttelte über sich selbst den Kopf. Da hatte sie in den letzten Tagen so oft an Jay gedacht, dass sie ihn nun sogar schon hier in Boston, im dichten Schneetreiben zu sehen meinte. Auf der Straße näherte sich nämlich ein Fremder, dessen hochgewachsene Gestalt sie täuschend an ihn erinnerte. Doch es war töricht, jeden Unbekannten erwartungsvoll anzustarren.

Also drehte sie sich um und widmete sich wieder ihrer Arbeit.

„Jetzt fällt mir wieder ein, wie sehr ich Schnee schon immer verabscheut habe“, sagte auf einmal jemand hinter ihr, und Ann ließ erschrocken die Schaufel fallen. Das war doch Jays Stimme?

Sie fuhr herum und sah ihn vor sich stehen. Er hatte die Hände auf die Hüften gestemmt und blickte sie erwartungsvoll an.

„Jay!“

Der Ausdruck auf seinem Gesicht war undeutbar. Dann ergriff er ihre Hand unvermittelt und zog sie zwischen den Schneehaufen hindurch zur Haustür.

Ann empfand die Wärme des Hauses nach der Kälte draußen besonders deutlich. Ihr war heiß, und sie konnte nicht richtig atmen. Nur um irgendetwas zu tun, nahm sie ihre Mütze ab, und das Haar fiel ihr herunter auf die Schultern. Sie sah, wie Jays Augen sich verengten.

Eine lange Zeit schaute Jay sie wie gebannt an. Schließlich wandte er sich ab und sah sich um. Sein Blick fiel auf die Kisten, die im Flur standen.

„Ich komme gerade von der Universität, Ann. Man hat mir gesagt, du hättest dich beurlauben lassen.“

Sie nickte. Warum hatte sie nicht den Mut, die Hand auszustrecken und sein Gesicht zu berühren? „Du hast dir den Bart abrasiert?“

„Ja, das kam mir so in den Sinn.“

„Du siehst ... sehr nett aus, hast ein kräftiges Kinn wie dein Vater. Und dein Mund ...“, sie verstummte verlegen.

Jay entspannte sich sichtlich, und Anns Herzschlag beschleunigte sich. „Möchtest du sonst noch etwas begutachten? Ich habe allerlei zu bieten.“

Ann lachte, ihr Verstand begann allmählich wieder zu arbeiten. „Du sagst, du seist in der Universität gewesen. Was machst du hier in Boston?“

Jay knöpfte seinen Parka auf und warf ihn über einen Küchenstuhl.

„Ich könnte dir jetzt sagen, ich sei zufällig auf der Durchreise. Würdest du mir das glauben?"

Ann schüttelte den Kopf. Ihrer Stimme traute sie nicht. Er war noch größer, als sie ihn in Erinnerung hatte, und seine Schultern unter dem karierten Hemd schienen ihr noch breiter. Seine Augen sahen allerdings so aus, wie sie sie in Erinnerung hatte, genauso sein Lächeln.

„Warum hast du dich beurlauben lassen, Ann?"

„Ich muss mal für eine Weile ohne den Wissenschaftsbetrieb leben."

„Wohin gehst du?" Er zeigte auf die Bücherkisten.

„Ich habe beschlossen, ein neues Leben anzufangen." Ihr fehlte der Mut, ihm zu sagen, dass sie dafür seine Insel ins Auge gefasst hatte.

Jays Gesicht zeigte einen schmerzlichen Ausdruck. Er fing sich jedoch schnell wieder.

„Möchtest du eine Tasse Kaffee?", fragte Ann, weil das Schweigen unerträglich wurde und sie sich irgendwie betätigen wollte.

„Nein. Ich habe nicht die weite Reise hierher unternommen, um mit dir Kaffee zu trinken. Wir müssen miteinander reden."

„Einverstanden. Aber bevor du beginnst, habe ich dir einiges zu erklären."

„Nicht, bevor du mich angehört hast", widersprach Jay.

Sie sahen einander kampfbereit an. Keiner war willens, dem anderen nachzugeben.

„Du wirst mir zuhören, Ann! Keine Widerworte, bevor ich fertig bin!", fügte er voller Nachdruck hinzu.

Ann schwieg und sah ihn erwartungsvoll an. Jay zögerte und meinte dann leise: „Mein Vater vermisst dich. Er ist … sehr einsam."

Mit einer solchen Bemerkung hatte Ann nicht gerechnet. Verwundert wiederholte sie: „Dein Vater?"

„Ja." Jay räusperte sich. „Er spricht so gern über sein Lebenswerk, und du hast ihm so aufmerksam zugehört. Nun fehlst du ihm mit deinem hellen Verstand und deinen durchdachten Fragen. Seitdem du abgereist bist, fühlt er sich allein gelassen."

„Du hast den ganzen weiten Weg hierher wegen deines Vaters

zurückgelegt? Wie sehr musst du an ihm hängen“, meinte Ann erheitert.

Jay tat lässig, und sein Lächeln rührte Ann. „Ich bin eben immer schon ein liebevoller Sohn gewesen.“

„Ja, das habe ich gemerkt. Und nun zu dem Sohn. Vermisst er mich ebenfalls?“

„Pst.“ Jay legte einen Finger auf ihre Lippen und flüsterte: „Soll ich dir ein Geheimnis verraten? Seit du weg bist, scheint bei uns die Sonne nicht mehr. Bitte komm doch zurück, und bring das wieder in Ordnung.“

Ann umfasste Jays Hand und küsste sie.

„Jay, du hast es fertiggebracht, mein ganzes Denken zu verändern. Bei dir habe ich gelernt, meine Gefühle zu zeigen, fröhlich und gelöst zu sein.“

Jay streckte die Hand aus und berührte ihr Haar.

„Und nun habe ich beschlossen, mein solides, geordnetes Leben durcheinanderzubringen“, fügte sie hinzu. „Deshalb bin ich beim Packen. Ich werde gewisse Risiken auf mich nehmen. Der erste Schritt war, dass ich die Universität verlassen habe. Außerdem wird dieses Haus in die Hände einer Hausverwaltung gegeben. Doch am wichtigsten ist dies.“ Sie hielt ihm das Flugticket entgegen.

Jay las es schweigend durch, dann schaute er überrascht auf. „Nach Hawaii? Das verstehe ich nicht.“

„Heute Abend wollte ich nach San Francisco fliegen, und morgen wäre ich auf Kalai gewesen.“ Kopfschüttelnd fügte sie hinzu: „Beinahe hätten wir uns verfehlt, Jay. Aber das Schicksal wollte es wohl anders, denn der Flug fällt aus. Ich wollte nämlich zu dir kommen und dir sagen, dass ich ohne dich nicht leben kann. Mir geht es ähnlich wie dir, auch ich verabscheue Schnee.“

Jay rührte sich nicht vom Fleck. „Du wolltest wirklich zu mir kommen?“, meinte er verblüfft.

Ann nickte. „Du siehst, ich bin inzwischen sehr risikofreudig.“

Er packte sie bei den Schultern. „Ich bin aus dem gleichen Grund zu dir gekommen. Ich bin auch bereit gewesen, endlich mal meinen Stolz zu opfern.“

Er umfasste ihr Gesicht mit beiden Händen. „Annie, in meinem ganzen Leben habe ich mich noch nicht so elend und verlassen gefühlt. Ich habe dich schrecklich vermisst."

Ann stellte sich auf die Zehenspitzen und küsste ihn auf den Mund. Jay nahm sie in die Arme und zog sie fest an sich und sie legten beide all die Liebe und Leidenschaft in ihre Umarmung, die sie sich so lange nicht hatten eingestehen mögen.

Schließlich ließ Jay Ann los, hob sie hoch und trug sie ins Wohnzimmer. Er sah sich um, entdeckte aber nur einen einsamen Stuhl, sonst war der Raum leer. Also setzte er Ann auf dem Stuhl ab, beugte sich über sie und fragte: „Warum stehen hier keine Möbel?"

„Ich habe alles in ein Lager zur Aufbewahrung gegeben. Ich habe dir ja bereits gesagt, dass ich Boston eigentlich für immer verlassen wollte. Ich ging eigentlich nicht davon aus, zurückzukehren."

Jay schüttelte fassungslos den Kopf. „Hier gibt es keine Couch? Hast du etwa auch dein Bett schon fortgeschafft?"

Ann lachte über seine komische Verzweiflung und ließ ihn wissen: „Nein, das steht oben."

Erleichtert atmete Jay auf. „Wusstest du, dass die Eingeborenen auf meiner Insel nur dreimal zu sagen brauchen ‚Ich heirate dich', und schon gelten sie als gesetzlich getraut?"

Ann verschluckte sich fast. „Jay, schäm dich, das ist eine dicke Lüge!"

Jay hob ergeben die Schultern. „Nun ja, ich gebe es zu. Ich habe übersehen, dass ein wandelndes Lexikon wie du natürlich die Wahrheit kennt. Aber man kann es ja mal versuchen. Dann bedeutet das wohl, dass wir in der traditionellen Weise heiraten wollen, wie?"

„Aber ganz bestimmt. Darauf bestehe ich."

„Einverstanden." Jay ließ sich neben dem Stuhl auf dem Boden nieder und meinte: „Ann, mir ist es sehr ernst. Zuerst war tatsächlich alles nur ein Spiel für mich. Dann erwachte meine Leidenschaft, und ich wollte dich besitzen. Doch als mir klar wurde, wie viel du mir bedeutest, wollte ich alles haben: deine Freundschaft, deine Liebe und deine Leidenschaft. Bitte sag, dass du mich heiraten wirst."

Ann nickte. „Das will ich, Jay. Noch nie bin ich einer Sache so sicher gewesen wie meiner Liebe zu dir. Ich will gern alles aufgeben, um bei dir zu sein. Aber eines kannst du nicht von mir verlangen ..." Sie machte eine bedeutungsvolle Pause, und Jay sah sie erwartungsvoll an.

„Versprich mir, dass ich nicht Schokoladeneis zum Frühstück essen muss."

Er lachte und tat dann überrascht. „Auch dann nicht, wenn wir darüber deine Weizenkeime schütten?"

Ann dachte einen Augenblick nach, dann nickte sie. „Nun gut, das will ich in Erwägung ziehen. Obwohl ich nicht sicher bin, ob ein solches Frühstück Vergnügen bereitet."

„Wo du gerade von Vergnügen sprichst." Er schaute auf die zugefrorene Fensterscheibe. „Laut Wetterbericht kann dieser Schneesturm noch einige Tage dauern. Was machen wir, wenn wir hier einschneien?"

„Dann müssen wir überlegen, womit wir uns beschäftigen können." Ann strahlte. „Da fällt mir zufällig etwas ein. Ich denke an dieses Experiment, das ich unbedingt machen will."

Jay stöhnte. „Immer kehrst du die Wissenschaftlerin heraus. Kommst du denn gar nicht von der Forschung los?"

„Ich glaube, dieses Experiment wird dir gefallen, Jay. Irgendjemand hat es mir einmal vorgeschlagen. Ich soll nämlich herausfinden, welche Sorte Mann männlicher ist, die mit glatt rasiertem Kinn oder die mit struppigem Bart."

Jay warf den Kopf zurück und brach in lautes Gelächter aus. „Dr. Lowry, Sie sollen wissen, dass ich gern bereit bin, mich für Forschungszwecke zur Verfügung zu stellen."

„Aber dieses Experiment kann Tage und Wochen dauern. Wer weiß, vielleicht brauche ich sogar Jahre, um zu einem Ergebnis zu kommen."

„Ich lasse mich nicht abschrecken. Schließlich geschieht alles im Interesse der Wissenschaft."

Jay zog Ann vom Stuhl hoch und hob sie dann auf die Arme. „Was hältst du davon, wenn wir die Flitterwochen in einem tropischen Regenwald verbringen?“

Ann schmiegte sich in Jays Arme, als habe sie schon immer dorthin gehört. „Nun ja“, meinte sie. „Ich glaube, ich würde ganz in deinen Dschungel zurückkehren. Schließlich habe ich mich dort unsterblich verliebt. Ich habe außerdem da meine unentdeckte Orchidee gefunden.“

Jay lächelte. „Aber nicht nur du. Wir sind dort beide der Liebe begegnet, und diesen Schatz wollen wir uns bewahren.“

– ENDE –

Anne Weale

Das Glück wartet in Waikiki

Roman

Aus dem Amerikanischen von
Marlis Weber

MIRA®

1. KAPITEL

Alexandra Clifford war seit zwei Wochen in Vancouver, als sie Oliver Tait zum ersten Mal sah.

Der Herbst zeigte sich in diesem Jahr von seiner besten Seite. Ein warmer, sonniger Oktobertag folgte dem anderen. Nur morgens um sieben, wenn Alexandra zu ihrem Gang über den Seedeich aufbrach, war es ziemlich frisch.

Sie marschierte immer den Deich entlang bis zu der alten Schiffskanone, die man 1816 in England gegossen und Ende des neunzehnten Jahrhunderts in die kanadische Provinz British Columbia gebracht hatte.

Bei der Kanone machte Alexandra jedes Mal einen Augenblick Pause und schaute, die Augen mit der Hand gegen die aufgehende Sonne schützend, über den großen Hafen hinweg zur Second-Narrows-Brücke und danach zu den Bergen, die am jenseitigen Ufer aufragten.

Dann wanderte sie den Weg zurück, eine große, langbeinige junge Frau in weißen Shorts und T-Shirt, deren schulterlanges blondes Haar im Rhythmus ihrer Schritte hin und her schwang.

Die meisten anderen Menschen, die sich da am frühen Morgen über den Seedeich bewegten, waren Männer, die joggten. Alexandra stimmte mit Victoria Principal, der Dallas-Heldin, darin überein, dass Joggen nicht gut für den Busen sei. Sie hatte keine Lust, sich ihre wohlgeformten Brüste durch tägliches Joggen zu verderben, und ging daher einfach nur sehr schnell. Viele der älteren Männer, die ihr begegneten und kaum „Guten Morgen!“ keuchen konnten, wären gut beraten gewesen, ihrem Beispiel zu folgen.

Alexandra grüßte alle, die ihr entgegenkamen, da es ihr zu dieser frühen Stunde und in dieser Umgebung natürlich erschien, und fast alle erwiderten ihren Gruß. Eine der wenigen Ausnahmen bildete ein Japaner, der entsetzt zur Seite blickte, als sie ihm „Guten Morgen!“ zurief.

An dem Morgen, an dem sie den großen Mann zum ersten Mal sah, hatte sie gerade bei der Kanone kehrtgemacht und befand sich auf dem Rückweg. Plötzlich tauchte ein Schatten links von ihr auf, und sie erschrak.

Die meisten anderen Jogger hörte sie schon vorher keuchen oder trampeln. Doch der große schwarzhaarige Mann mit den ausgeprägten Muskeln an Schultern und Rücken, der sie jetzt überholte, lief so federnd und leise, dass sie sein Näherkommen nicht bemerkt hatte.

Während er sich schnell entfernte, wanderte Alexandras Blick von seinem kräftigen Rücken zu seinen schmalen Hüften und weiter hinab zu den langen Beinen, die sich so leicht, schnell und rhythmisch bewegten, dass es eine Freude war, diesem Mann nachzuschauen.

Es war alles viel zu schnell gegangen; sie hatte sein Gesicht nicht sehen können. Doch zumindest von hinten war er der am besten aussehende Mann, den sie seit langer Zeit oder vielleicht sogar überhaupt jemals zu Gesicht bekommen hatte. Die Natur hatte ihm offenbar einen perfekten Körper geschenkt, und anscheinend bemühte er sich, diese perfekte Form nicht zu verlieren. Weiße Tennissocken unterstrichen die Bräune seiner harten, muskulösen Beine. Sie waren nicht sehr behaart. Doch sein dichter, dunkler Schopf glänzte wie der Pelz der grauen Eichhörnchen, die hier im Stanley Park lebten.

Alexandra fragte sich, wie weit der Fremde wohl lief und warum sie ihn bisher noch nie gesehen hatte. War er nur vorübergehend in Vancouver und wohnte im teuren Hotel Westin Bayshore, gleich am Parkeingang? Oder handelte es sich um einen Einheimischen, der von Zeit zu Zeit herkam und danach zu seinem Büro im Geschäftszentrum der Stadt fuhr?

Lange bevor Alexandra das Gebäude des Vancouver-Ruderklubs erreicht hatte, das auch am Deich lag, war der hochgewachsene Läufer ihren Blicken entschwunden. Sie behielt ihren schnellen Schritt bei und überlegte, ob sie wohl von seinem Gesicht enttäuscht gewesen wäre.

Genau fünfundvierzig Minuten nachdem sie losgegangen war, stieg sie in den Fahrstuhl und fuhr zu ihrem Apartment im zehnten Stock eines Hotels in der Robson Street hinauf. Um zehn vor acht stand Alexandra unter der Dusche, wusch ihr dichtes blondes Haar und dachte an ihre Arbeit.

Am nächsten Morgen überholte der große attraktive Mann Alexandra wieder. Während er schnell weiterlief, fühlte sie sich ein wenig beleidigt darüber, dass er nicht einfach „Hallo“ gesagt hatte, wie es die meisten jüngeren Männer taten.

Wie alt mag er sein, überlegte sie. Das konnte sie von seinem Rücken natürlich nicht ablesen. Vielleicht war er sogar jünger als sie. Doch irgendwie hielt sie das nicht für möglich.

Dann fragte sie sich, ob er sie bemerkt hatte oder ob er zu sehr in Gedanken versunken gewesen war, um überhaupt jemanden wahrzunehmen.

Alexandra wusste, dass sie eine gute Figur besaß und ihre Beine stets die bewundernden Blicke des anderen Geschlechts auf sich zogen. Dass der Fremde sie nicht einmal angesehen hatte ... dafür konnte es nur drei Gründe geben: Er dachte während des Laufens konzentriert nach, wie sie es selbst auch häufig tat.

Er war verheiratet oder sonst wie engagiert und schaute sich nicht nach anderen Frauen um.

Er war homosexuell.

Gleich am Tag nach ihrer Ankunft in Vancouver hatte Alexandra sich als Mitglied der Stadtbibliothek im West End, dem Stadtteil zwischen der Unterstadt und dem Stanley Park, eingetragen. Das tat sie immer, wenn sie längere Zeit in einer Stadt arbeitete, damit sie sich Bücher für ihre Arbeit und auch private Lektüre ausleihen konnte.

In der Bibliothek im West End hatte eine Stadtteilzeitung ausgelegen, der „West Ender". Wenn man sich die Anzeigen auf der Seite „Persönliches" ansah, begriff man sofort, dass zumindest in jenem Stadtteil viele Homosexuelle lebten. Die meisten der Anzeigen waren nämlich von homosexuellen jungen Männern aufgegeben worden, die sich nach einem Partner sehnten. Doch hin und wieder standen auch Anzeigen von Männern und Frauen dazwischen, die einen Partner des anderen Geschlechts suchten. Bei einigen dieser Anzeigen hatte Alexandra verächtlich den Mund verzogen.

Nun überlegte sie, ob der unbekannte Läufer, der jetzt eben um eine Wegbiegung verschwand, wohl der Mann sein könnte, der geschrieben hatte: Neu in der Stadt, 1,86 m groß. Gut gebauter Karrieremann, attraktiv, intelligent, mit Sinn für Humor, sucht attraktive, sinnliche Geliebte (keine Professionelle) für gegenseitig befriedigende, aber unverbindliche Herzensbeziehung. Brief mit Foto an Chiffre 2500, „West Ender".

Das laute Schnattern einer kleinen Schar von Kanadagänsen, die von der Bucht her hereinflogen, riss Alexandra aus ihren Gedanken. Schon bei ihrem ersten Spaziergang im Park hatte sie überrascht festgestellt, wie zahm diese Tiere waren, wie nahe sie die Menschen an sich herankommen ließen. Die Schattierungen ihres Gefieders von Schwarz über Dunkelbeige zu Elfenbein trafen ziemlich genau Alexandras persönliche Farben. Sie besaß nur wenige, aber teure klassische Kleidungsstücke in neutralen Farben, die es ihr gestatteten, in einem einzigen Koffer Kleider für jede Gelegenheit und jedes Klima unterzubringen.

Was für eine Anzeige müsste ich wohl aufgeben, wenn ich einen Mann suchte, dachte sie, während sie an dem Steg vorbeieilte, der zu den Anlegeplätzen des Königlichen Yachtklubs Vancouver führte. Es müsste wohl heißen: Innenarchitektin, 27, 1,68 m, schlank, naturblond, graue Augen, weder hübsch noch hässlich, beruflich zu beschäftigt, um sich für Heirat/Kinder zu interessieren, sucht unabhängigen Karrieremann für Theater, Konzerte etc. und leidenschaftliche, aber unverbindliche Nächte. Muss Nichtraucher sein. Aussehen weniger wichtig als Verstand, Humor und gute Manieren.

Würde man eine Frau, die eine solche Anzeige aufgab, für unnatürlich oder gar unmoralisch halten? Wenn ja, dann wäre das in ihrem Falle völlig falsch. Ihr Leben verlief nämlich, gemessen an den Wertvorstellungen der heutigen Gesellschaft, beinahe puritanisch. Mit zweiundzwanzig war sie zum ersten Mal mit einem Mann ins Bett gegangen, danach hatte sie zwei Jahre mit diesem ersten Liebhaber zusammengelebt. Seitdem gab es niemanden mehr. Seit drei Jahren lebte sie keusch wie eine Nonne, weil die meisten Männer im richtigen Alter verheiratet waren und es gegen Alexandras Grundsätze verstieß, sich von einem verheirateten Mann auch nur zum Dinner einladen zu lassen.

Manchmal musste sie sich zwar aus beruflichen Gründen mit einem verheirateten Mann zu einem Geschäftsessen am Mittag treffen, aber sie hatte es sich zur Regel gemacht, niemals mit einem am Abend auszugehen, auch wenn feststand, dass er nichts weiter wollte als eine Tischgenossin, der er seine Familienfotos zeigen konnte.

Alexandra hatte noch andere Lebensregeln. So nahm sie zum Beispiel niemals Tabletten, es sei denn Vitamine. Ferner legte sie einen Teil ihres Einkommens an und überwies regelmäßig Beträge auf das Bankkonto ihrer Tante, bei der sie nach dem Tod ihrer Eltern aufgewachsen war.

Im Grunde waren diese Regeln ganz einfach eine Reaktion auf das Leben, das sie mit Tante Jo und ihrem Mann Ben Fisher geführt hatte. Die Fishers hatten bereits sechs eigene Kinder gehabt, als sie noch zwei adoptierten, ein schwarzes und ein asiatisches. Die Ankunft ihrer verwaisten Nichte Alexandra erhöhte dann die Kinderzahl endgültig auf neun.

Neun Kinder, drei Erwachsene – die Fishers und Bens alte, verwitwete Mutter – lebten zusammengedrängt in einem Haus mit nur fünf Schlafzimmern. Alexandra hatte niemals ein eigenes Zimmer oder Kleider besessen, die nicht vorher schon eine ihrer Kusinen getragen hatte.

Sie wurde gut ernährt und mit liebevoller Fürsorge umgeben, und dafür würde sie auch immer zutiefst dankbar sein. Aber sie konnte nie eine Minute allein sein, und das war ein schwerer Schock gewesen für das kleine Mädchen, das zuvor mit seinen Eltern ein riesiges Apartment bewohnt hatte.

Niemals hatte Alexandra sich an das Leben in dem überfüllten, unorganisierten Haushalt der Fishers gewöhnt. Laute Streitgespräche waren an der Tagesordnung. Ständig liefen der Fernseher und wenigstens ein Radio mit voller Lautstärke, und dauernd ratterte die alte Geschirrspülmaschine.

Nach neun Jahren in diesem Durcheinander fasste Alexandra den Entschluss, sich den Luxus von Ruhe und viel Platz zu erkämpfen. Und sie schaffte es. Ihr Leben verlief jetzt genau so, wie sie es sich immer gewünscht hatte.

Das Einzige, was ihr fehlte, war ein Mann, der völlig unverbindlich – da dachte sie genau wie der Mann in der Heiratsanzeige – seine starken Arme um sie legte und sie so lange küsste, bis sie sich nicht nur wie eine erfolgreiche Karrierefrau, sondern auch wie ein begehrenswertes weibliches Wesen fühlte.

Weshalb denke ich im Augenblick nur so viel an Sex?, grübelte Alexandra, während sie die Fußgängerpassage hinter sich ließ, die unter der Fernstraße 99 durchführte, die Vancouver-Nord und -West miteinander verband.

Die Antwort, sie wusste es, war denkbar einfach. Die Natur wollte sie zwingen, für das Überleben der Gattung Mensch zu sorgen. In der Natur dienten weibliche Wesen nämlich einem einzigen Zweck: Nachkommen zu gebären und sie aufzuziehen.

Jetzt endlich, nach Jahrhunderten der Unterwerfung unter dieses Naturgesetz, hatten die Frauen andere Möglichkeiten. Doch noch immer trieb ihr Körper sie dazu, sich einen Gefährten zu suchen, und die meisten taten das auch, leider fast immer viel zu früh.

Alexandra schwebte stets das warnende Beispiel ihrer Kusine Susan Fisher vor Augen. Die wurde schwanger vom Freund ihres ältesten Bruders, den sie schon von Kindesbeinen an kannte. Ihre Erziehung machte den Gedanken an eine Abtreibung unmöglich. Und obgleich ihre Eltern ihr anboten, das Kind doch unehelich zur Welt zu bringen und zu Hause wohnen zu bleiben, hatte Susan sich verpflichtet gefühlt, den Heiratsantrag des jungen Mannes anzunehmen. Beide waren viel zu jung und unreif für eine ständige Verbindung, und nach nicht allzu langer Zeit zerbrach die Ehe.

Dieses Beispiel hatte der damals sechzehnjährigen Alexandra gezeigt, was Liebe offenbar war: eine böse Falle für die Unachtsamen. Sie würde nicht in diese Falle tappen!

Als Frau musste man einfach der Tatsache ins Auge sehen, dass es keine Möglichkeit gab, Ehe und Beruf miteinander in Einklang zu bringen, besonders wenn es sich um einen Beruf handelte, der viele Reisen erforderlich machte. Die Frauen, die dennoch versuchten, gleichzeitig Ehefrau und berufstätige Frau zu sein, leisteten, soweit Alexandra hatte beobachten können, auf beiden Gebieten nichts Richtiges.

Man musste wählen. Sie, Alexandra, hatte sich für die finanzielle Unabhängigkeit und die Befriedigung entschieden, die ein ungeheuer interessanter Beruf ihr verschaffte, der sie jetzt nach Vancouver geführt hatte, eine der schönsten Städte der Welt mit moderner Architektur und in bezaubernder landschaftlicher Lage.

Drei Tage nacheinander überholte der Unbekannte morgens Alexandra. Am vierten Tag, einem Sonntag, wanderte sie etwas später los als sonst, da sie am Vorabend lange an dem Projekt gearbeitet hatte, dessentwegen sie sich in Vancouver aufhielt.

Die Kanone lag bereits weiter hinter ihr, und niemand hatte sie heute überholt. Vielleicht joggte der Fremde sonntags nicht, oder er war schon früher hier vorbeigekommen. Vielleicht war er auch nur geschäftlich in Vancouver gewesen und inzwischen zu Frau oder Freundin zurückgekehrt. Schade, dass sie nie sein Gesicht gesehen hatte.

Sei nicht albern, schalt Alexandra sich. Er hat herrliche Muskeln, läuft wunderbar, kann aber trotzdem ein absolutes Ekel sein. Denk jetzt endlich an etwas anderes!

Die Blätter der kleinen Zuckerahornbäume, die am Deich wuchsen, fingen allmählich an, sich zu verfärben. Sie würden allerdings nie so leuchtend rot werden wie die Ahornbäume an der Ostküste des Landes, hatte man ihr erklärt. Hier im Westen war das Klima nasser und milder. Die Ahornbäume jedoch brauchten Kälte, damit ihr Laub in leuchtenden Farben loderte.

Alexandra näherte sich dem Gebäude des Ruderklubs, das auf hohen Säulen im Wasser ruhte oder im Schlamm, je nach dem Stand der Gezeiten. Ein Mann erschien auf dem schmalen Holzsteg, der über den Deich hinweg vom Ruderklub zu einer höher gelegenen Straße führte. Obwohl er eine dunkle Hose und ein Tweedjackett trug, sein Haar ordentlich gebürstet und nicht zerzaust war wie morgens, wenn er über den Deich joggte, erkannte Alexandra ihn sofort.

Plötzlich wandte er sich um und blickte in ihre Richtung. Zum ersten Mal sah sie sein Gesicht, und unwillkürlich hielt sie den Atem an.

Er war ungefähr fünfunddreißig Jahre alt, nicht unbedingt hübsch, aber unwahrscheinlich attraktiv, hatte eine hohe Stirn, tiefschwarze Brauen und dunkelbraune Augen. Zwei tiefe Kerben hatten sich in seine Wangen eingegraben und zeigten, dass er gern und oft lächelte.

In diesem Augenblick lächelte er nicht. Forschend schaute er sie an. War er etwa genauso neugierig auf ihr Gesicht gewesen wie sie auf seins? Nein, in dem Fall hätte er sich beim Joggen an den Tagen zuvor zumindest einmal umgewandt. Wahrscheinlich hatte er sie noch nicht einmal bemerkt.

Ohne zu bemerken, dass ihr flotter Gang zu einem Schlendern geworden war, rief Alexandra: „Guten Morgen!“

Der Fremde neigte den Kopf. „Guten Morgen.“

Dann ging er weiter über den Steg. Sie beschleunigte ihren Schritt und ärgerte sich darüber, dass ihr Herz so heftig klopfte, als wäre sie sehr schnell einen steilen Hügel hinaufgelaufen.

Pünktlich um sieben machte Alexandra sich am Montag wieder auf den Weg. Ihr war klar, dass es ein harter Schlag für ihr Selbstbewusstsein sein würde, wenn der attraktive Fremde sie heute überholte, ohne etwas zu sagen. Während der letzten dreiundzwanzig Stunden hatte sie oft, viel zu oft überlegt, ob er wohl Kanadier war oder Ausländer.

Als sie die Kanone erreichte, fuhr gerade ein Wasserbus durch den Hafen. Sie blieb stehen, um ihn zu beobachten, schaute jedoch aus dem Augenwinkel in die Richtung, aus der der Fremde eigentlich kommen musste, und hoffte sehnlichst, dass die große, geschmeidige Gestalt auftauchen würde.

Der Bus verschwand, niemand tauchte auf, und sie ging ärgerlich auf sich selbst zurück.

Der Mann überholte Alexandra, als sie gerade an einer Gruppe bemalter indianischer Totempfähle vorbeimarschierte. Zuerst schien er wieder wortlos weiterlaufen zu wollen. Doch dann blieb er stehen und wandte sich zu ihr um.

Er lächelte, ein warmes, freundliches Lächeln, und außer den tiefen Kerben in seinen Wangen bildeten sich viele kleine Fältchen in seinen Augenwinkeln.

„Guten Morgen. Haben Sie etwas dagegen, wenn ich neben Ihnen hergehe?“

Alexandra schüttelte den Kopf. „Überhaupt nicht. Ist das Wetter nicht herrlich?“

Er nickte und wanderte im Gleichschritt mit ihr weiter. „Dies ist die schönste Jahreszeit hier. Ich heiße Oliver Tait … und Sie?“

„Alexandra Clifford.“

„Miss oder Mrs.?“

„Miss.“

„Machen Sie Urlaub hier, Miss Clifford, oder leben Sie in Vancouver?“

„Ich bin aus beruflichen Gründen für acht Wochen hier, von denen zwei bereits vorüber sind.“

„Sie sind Engländerin, stimmt’s?“

„Ja. Stammen Sie aus Vancouver?“

„Hm ... machen Sie sich selbst ein Bild. Meine Mutter war aus Quebec, also Französin. Die Vorfahren meines Vaters kamen aus Schottland nach Vancouver. Ich wurde in Paris geboren und arbeite auf Hawaii. Ich kenne Vancouver jedoch ziemlich gut, weil ich schon seit meinen Kindertagen regelmäßig herkomme. Ich wohne stets bei meiner Großmutter.“

Hawaii! Also deshalb ist er so braun, dachte Alexandra.

„Es muss herrlich sein, auf Hawaii zu leben“, sagte sie. „Was sind Sie von Beruf?“

„Ich bin Ozeanograph“, antwortete Oliver Tait. „Meeresgeologe, um es genau zu sagen.“

„Tatsächlich? Wie interessant. Ich bin bisher noch nie einem Ozeanographen begegnet.“

„Wenn man bedenkt, wie viel von der Erdoberfläche mit Wasser bedeckt ist, gibt es viel zu wenig Leute mit meinem Beruf. Es handelt sich um eine ziemlich neue Wissenschaft. Die moderne Ozeanographie begann erst im zwanzigsten Jahrhundert.“

„Wie kamen Sie auf die Idee, Meeresforscher zu werden?“

„Vermutlich durch mein Abenteurerblut. Jetzt, wo alle Landmassen erforscht sind, bleiben eben nur noch die Ozeane. Woran arbeiten Sie hier in Vancouver, Miss Clifford?“

„Ich entwerfe die Einrichtung der Penthouse-Suiten für das neue Connaught Towers Hotel.“

„Sie müssen eine erstklassige Innenarchitektin sein, sonst hätten Sie der örtlichen Konkurrenz einen solchen Auftrag nicht vor der Nase wegschnappen können“, meinte Oliver Tait.

„Noch bin ich nicht erstklassig. Aber es ist mein Ziel, es zu werden“, erklärte Alexandra.

„Sie sind also seit zwei Wochen hier. Hat Ihnen schon jemand den Blick über die Stadt von ‚Wolke Neun‘, dem Drehrestaurant auf dem Sheraton Hotel, gezeigt?“

„Nein.“

„Darf ich Sie dann heute Abend zu einem Drink dorthin einladen und anschließend zu einem Dinner in einem Feinschmeckerlokal?“

Normalerweise hätte sie daraufhin erwidert: „Leider bin ich heute Abend nicht frei.“ Und wenn er einen anderen Vorschlag gemacht hätte, hätte sie sich eine andere Entschuldigung einfallen lassen. Sie hatte weiß Gott genügend Übung im höflichen Ablehnen von Einladungen. Doch Alexandra überhörte alle Warnungen ihres Unterbewusstseins. „Sehr gern.“

„Gut. Wo wohnen Sie?“

Sie sagte es ihm.

„Ich hole Sie um sechs ab. Es dauert eine Stunde, bis die Bar sich einmal um sich selbst gedreht hat. Und zwischen sechs und sieben gehen zu dieser Jahreszeit in der Stadt die Lichter an. Dann ist der Blick am schönsten. Bis sechs also.“

Oliver Tait trabte los und ließ Alexandra voller Vorfreude auf diese Verabredung zurück. Gleichzeitig hegte sie aber auch Bedenken, etwas angefangen zu haben, was ihr ruhiges Leben in Unordnung bringen könnte …

In ein Badetuch gehüllt, stand Alexandra vor ihrem Kleiderschrank. Endlich entschied sie sich für eine schwarze Seidenbluse und einen leicht ausgestellten Rock, die zusammen wie ein Kleid aussahen. Dazu ein schwarzer Kaschmirblazer, ihre Chanel-Schuhe und die kleine Ledertasche … ja, so würde sie überall richtig angezogen sein.

Nachdem sie ihre Kleidung für den Abend ausgewählt hatte, kehrte sie ins Bad zurück, um Deodorant, Körperpuder und Eau de Toilette, alle aus derselben Kosmetikserie, aufzutragen. Sie war noch immer am ganzen Körper leicht gebräunt von den regelmäßigen Sonnenbädern, die sie während des vergangenen Sommers auf der kleinen Terrasse vor ihrer Londoner Wohnung genommen hatte. Ihren Urlaub verbrachte sie im Allgemeinen während der Vor- oder Nachsaison in Italien. Da wurde sie nicht sehr braun. In diesem Jahr hatte sie im Oktober nach Florenz fahren wollen. Doch dann war der Auftrag dazwischengekommen.

Zufällig hatte Alexandra den Aufsichtsratsvorsitzenden einer großen nordamerikanischen Hotelkette bei einer Party kennengelernt, die in einem Restaurant in London stattfand, das von ihr eingerichtet worden war. John Kassinopolis, offenbar aus Toronto und Boss der Connaught-Hotelgesellschaft, zeigte sich von ihrer Arbeit sehr beeindruckt und fragte sie sofort, ob sie die vier Penthouse-Suiten in seinem neuesten Hotel in Vancouver einrichten wolle. Natürlich hatte Alexandra die Gelegenheit beim Schopf ergriffen.

Wenn sie diesen Auftrag erfolgreich ausführte, würde sie bestimmt viele weitere Aufträge von kanadischen und amerikanischen Firmen bekommen. Mit fünfunddreißig, so hatte sie sich nämlich vorgenommen, wollte sie zur ersten Garnitur der international bekannten Innenarchitekten gehören. Der Auftrag von John Kassinopolis bildete einen Schritt in diese Richtung.

Alexandra war seit zehn Minuten fertig, als das Telefon läutete und der Portier ihr mitteilte, dass Mr. Tait in der Hotelhalle warte. Nach einem letzten prüfenden Blick in den Spiegel nahm sie ihren Schlüssel und machte sich auf, das Nachtleben von Vancouver kennenzulernen.

Oliver Tait stand vor dem Fahrstuhl. Er trug einen grauen Anzug, ein zartblaues Hemd und eine hell- und dunkelblau gestreifte Krawatte. Alexandra fand seine Art, sich zu kleiden, perfekt – konservativ, aber nicht langweilig. Mit sicherem Blick erkannte sie die hervorragende Qualität des Stoffes, den er für den maßgeschneiderten Anzug ausgewählt hatte. Nie wäre sie auf die Idee gekommen, dass ein Wissenschaftler sich von seinem Gehalt einen so teuren Anzug leisten konnte. Aber vielleicht verfügte er ja noch über Privatvermögen.

„Hallo“, sagte sie.

„Hallo!“ Oliver streckte ihr die Hand entgegen.

Prüfend musterte er Alexandras Gesicht, das glatt zurückgebürstete glänzende Haar und die goldenen Ohrringe, die zur Halskette passten.

Sie war sehr geschickt geschminkt. Ein Mann konnte durchaus meinen, sie trüge überhaupt kein Make-up. Tatsächlich hatte sie jedoch zwanzig Minuten gebraucht, um ihre rauchgrauen Augen zu betonen und an den richtigen Stellen sparsam und geschickt Puder und Rouge aufzutragen. Sie nahm sich zwar immer Zeit, das Beste aus sich zu machen. Heute Abend aber hatte mehr dahinter gesteckt als sonst. Sie wollte nicht nur gepflegt und erfolgreich wirken, sondern auch schön und auf unaufdringliche Weise sexy aussehen. Ganz gegen ihre sonstige Gewohnheit hatte sie auch einen Lippenstift benutzt, so dass ihre vollen Lippen mehr auffielen als gewöhnlich.

Oliver schaute jedoch nicht auf Alexandras Mund, sondern auf ihre Füße.

„Können Sie in diesen Schuhen bis zum Sheraton Hotel gehen? Es ist nur ein paar Häuserblocks entfernt."

„Das kann ich. Ich trage niemals Schuhe, in denen ich nicht richtig gehen kann." Sie hob einen Fuß, um ihm zu zeigen, dass die Absätze nur sechs Zentimeter hoch waren. Nichts war nämlich ihrer Meinung nach uneleganter, als wackelig auf zu hohen Absätzen einherzustaksen.

Oliver schritt voraus und hielt die Tür auf. Als sie auf die Robson Street hinaustraten, sagte er: „Ich möchte ungern meinen Führerschein verlieren und habe deshalb mein Auto zu Hause gelassen. Die Strafen bei Alkohol am Steuer sind hier sehr hoch. Es ist vernünftiger, bei besonderen Anlässen ein Taxi zu nehmen."

„Brauchten Sie viel Zeit bis zu meinem Hotel?"

„Nein, meine Großmutter wohnt ganz in der Nähe der Buslinie, die die Granville Street entlangführt."

Alexandra fiel es schwer, sich vorzustellen, dass dieser selbstsichere, teuer gekleidete Mann mit einem öffentlichen Verkehrsmittel fuhr.

Er missverstand ihren Blick. „Keine Angst, Sie müssen heute Abend nicht überall hinlaufen. Zum Restaurant nehmen wir ein Taxi."

Plötzlich kam Alexandra der Gedanke, er könne vielleicht gar keinen Führerschein mehr haben. Schließlich war er ein völlig Fremder. Sie wusste nichts von ihm, außer dass er viel Wert auf Fitness legte. „Ich laufe gern, falls es nicht gerade in Strömen regnet."

„Das habe ich gemerkt." Oliver nahm sie sanft beim Ellenbogen und geleitete sie über die Straße. „Welchen Sport treiben Sie, wenn Sie morgens nicht Ihren Gang machen können? Im Winter, zum Beispiel, oder bei strömendem Regen?“

„Dann wandere ich in der Mittagspause oder wenn es aufgehört hat zu regnen. Es regnet ja fast nie den ganzen Tag.“

„Hier in Vancouver schon. Sie haben ja keine Ahnung, wie es hier regnen kann.“

„Wie steht es mit Hawaii? Ist es dort zu heiß zum Laufen?“

„Es herrscht dort dafür kein ideales Klima, wegen der hohen Luftfeuchtigkeit. Aber morgens früh vor Sonnenaufgang geht's. Doch viel lieber surfe ich. Haben Sie es schon einmal versucht?“

Alexandra schüttelte den Kopf. „Ich kann mit Mühe und Not schwimmen.“

2. KAPITEL

In der Halle des Sheraton wimmelte es von Menschen – Anreisenden, Abreisenden, anderen, die einfach nur ausgehen wollten. In den wenigen Minuten, die Alexandra und Oliver auf den Fahrstuhl warten mussten, stellte Alexandra fest, dass andere Frauen ihren hochgewachsenen Begleiter interessiert anschauten.

Gut gebaute Männer über eins achtzig waren zwar nicht selten in Vancouver, doch Oliver Tait hatte eine besondere Ausstrahlung. Selbst wenn er im maßgeschneiderten Anzug reglos dastand, erweckte er den Eindruck körperlicher Stärke und perfekter Körperbeherrschung.

Alexandras Gedanken eilten voraus zum Ende dieses Abends. Hat er etwa sein Auto zu Hause gelassen, dachte sie voller Unbehagen, weil er beabsichtigte, die Nacht in der Stadt zu verbringen – bei ihr?

Bis zum dreißigsten Stockwerk war der Fahrstuhl sehr voll, und sie standen sehr dicht nebeneinander. Als dann einige Leute ausstiegen und es wieder mehr Platz gab, machte Alexandra schnell einen Schritt zur Seite.

Oliver beugte sich zu ihr und flüsterte ihr ins Ohr: „Sie duften herrlich."

„Danke." Sie errötete ein wenig.

Das ist lächerlich, dachte sie verwirrt. Ich benehme mich wie eine Siebzehnjährige. Reiß dich zusammen, Alexandra!

Den größten Teil von „Wolke Neun" nahm ein Restaurant ein. Doch in einem Abschnitt der ringförmigen Fläche, die sich um den Gebäudekern drehte, befand sich eine Bar, an der man Drinks bestellen konnte.

Alexandra und Oliver hatten Glück. Gerade als sie ankamen, wurde ein Tisch am Fenster frei.

„Was möchten Sie trinken, Alexandra?" Er wartete, bis sie sich gesetzt hatte, dann ließ er sich ihr gegenüber nieder. „Gin und Tonic? Einen Gespritzten?"

„Ich hätte gern ein Glas Rotwein."

„Gut, ich auch." Oliver gab die Bestellung bei dem Kellner auf, der die Gläser der vorherigen Gäste abräumte, dann betrachtete er die

Aussicht, und das hätte Alexandra auch tun sollen. Denn der Blick vom zweiundvierzigsten Stockwerk auf die Hochhäuser des West Ends, auf die Halbinsel mit dem Stanley Park und das Gebirge hinter der Stadt war atemberaubend.

Sie interessierte sich jedoch mehr für das bemerkenswerte Profil ihres Begleiters. Die kräftige Nase, die hohen Wangenknochen, das eigensinnige Kinn, das schwarze Haar und die tief gebräunte Haut ließen ihn so aussehen, wie sie sich früher immer einen Indianer vorgestellt hatte. Als sie dann nach Vancouver kam, musste sie zu ihrem großen Bedauern feststellen, dass die Abkömmlinge der Indianer, denen sie begegnete, ihren Vorstellungen überhaupt nicht entsprachen.

Der Kellner brachte den Wein und eine Schale mit kleinen Brezeln. Nachdem er wieder gegangen war, hob Oliver sein Glas. „Ich trinke auf den glücklichen Zufall, dass wir beide zur gleichen Zeit in Vancouver sind."

Alexandra lächelte höflich und hob ebenfalls ihr Glas. Der Trinkspruch machte ihr klar, dass sie eigentlich gar nicht hier sein durfte. Als sie die Einladung annahm, verstieß sie gegen ihren Vorsatz, sich nie wieder mit einem Mann einzulassen. Ihre Beziehung zu Peter war ein Fehler gewesen, aus dem sie gelernt hatte. Einen solchen Fehler wollte sie nicht noch einmal begehen.

Oliver fragte: „Wie kam es, dass Sie Innenarchitektin wurden, Alexandra?"

„Ich glaube, es fing mit dem Puppenhaus an, das meine Mutter mir zum achten Geburtstag schenkte. Meine Eltern sammelten gemeinsam Porzellan aus dem achtzehnten Jahrhundert. Ich begleitete die beiden oft auf ihren Streifzügen durch die Londoner Antiquitätengeschäfte. Eines Tages entdeckte ich eine Miniaturnähmaschine, die mir außerordentlich gefiel. Ich kaufte sie von meinem Taschengeld und hütete sie wie einen Schatz. Meine Eltern ermutigten mich zum Weitersammeln, und nachdem ich eine ganze Reihe anderer kleiner Dinge, meist Möbelstücke, erworben hatte, schenkte Mutter mir das Puppenhaus, damit ich alles unterbringen konnte."

„Wie sah das Puppenhaus aus?"

„Es war wie eine alte Vorstadtvilla mit einer großartigen Eingangstür. In der Alberni Street hier in Vancouver und auch anderswo in West End gibt es noch ein paar alte Häuser, die mich an mein Puppenhaus erinnern."

„Vor nicht allzu langer Zeit bestand das ganze West End noch aus solchen Häusern. Diese Hochhäuser", Oliver zeigte auf die Gebäude unter ihnen, „sind ziemlich neu. Ich erinnere mich noch deutlich an die Zeit, in der das Hotel Vancouver das höchste Gebäude in der Stadt war."

Alexandra nickte. „Ich kenne das Hotel, schöner Jugendstil. Ich habe die ganze Innenstadt zu Fuß durchstreift und Häuser in den verschiedensten Stilarten entdeckt."

Oliver biss mit bemerkenswert weißen Zähnen in eine Brezel. „Wenn man die Stadt heute sieht, kann man sich kaum vorstellen, dass dieser Teil des Landes vor zweihundert Jahren den Menschen an der Ostküste Kanadas so gut wie unbekannt war. Hier lebten lediglich ein paar Pelztierjäger in ihren Blockhütten. Außerdem gab es ein paar Holzfällerlager und Sägewerke."

„Wie kamen Ihre Vorfahren nach Kanada?", wollte sie wissen.

„Durch schlechtes Benehmen." Er lächelte spitzbübisch und zwinkerte ihr zu. „Mein Urgroßvater, der Schotte, wurde von seinem Vater davongejagt, weil er zu viele Dummheiten machte. Als junger Mann durchreiste er voller Abenteuerlust die kanadische Wildnis. Später wurde er ein sesshafter Bauer und Händler. Sein Sohn stieg ins Alkoholgeschäft ein, er brannte nämlich Whiskey. Es ist einmal gesagt worden, dass der Wohlstand dieser Stadt auf Whiskey und Abenteuerlust begründet ist."

„Und Ihr Vater?"

Eine kleine Falte erschien zwischen Olivers Augenbrauen. „Mein Vater erbte die Whiskeydestillerien und hätte es gern gesehen, wenn ich in seine Fußstapfen getreten wäre. Zum Glück habe ich zwei jüngere Halbbrüder, die sich viel mehr für Bilanzen und Management interessieren als ich. Sie führen das Geschäft weiter und lassen mich tun, was ich will. Haben Sie übrigens das Anthropologische Museum von British Columbia schon besucht?"

„Nein, noch nicht. Aber es steht auf der Liste der Dinge, die ich mir ansehen will."

„Ich würde Sie gern begleiten. Mit einem guten Führer, glaube ich, würden Sie es noch viel interessanter finden."

„Davon bin ich überzeugt. Aber als Gegenleistung darf ich Sie dann in den Fakultätsklub der Universität einladen, ja?", schlug sie vor. „Ich bin dort über meinen Klub in London Gastmitglied."

„Okay. Lassen Sie uns gleich den Tag festlegen. Wie wäre es mit morgen?"

„Ich weiß auswendig, dass ich morgen nicht kann. Leider weiß ich nicht auswendig, was an den folgenden Tagen los ist, und mein Terminkalender steckt in einer anderen Handtasche."

Beide Behauptungen waren Notlügen. Denn obgleich ihr bis jetzt alles an Oliver gefiel, war es doch möglich, dass er den Abend auf eine Art beenden wollte, die ihr missfiel. In dem Fall würde es besser sein, wenn dies ihr erstes und letztes Zusammentreffen blieb.

„Wir können uns ja noch später darüber einigen", meinte er jetzt.

Aus dieser Bemerkung schloss sie, dass er erwartete, später mit in ihr Hotelzimmer genommen zu werden. Dass es kein Zimmer, sondern ein Apartment mit Kochnische war, konnte er nicht wissen. Sie buchte in Hotels immer ein solches Apartment, da sie gern selbst kochte und den Wohnbereich des Apartments zum Arbeiten benötigte.

„Sie haben mir nicht zu Ende erzählt, wie Sie Innenarchitektin wurden", bemerkte Oliver nach einer Weile. „Wir sind vom Thema abgekommen."

Alexandra trank einen Schluck Wein. „Als ich zehn war, kamen meine Eltern bei einem Autounfall ums Leben. Eine Tante nahm mich in ihre Familie auf. Alle waren sehr lieb zu mir, doch mein Leben änderte sich von Grund auf. Meine einzige Verbindung zur Vergangenheit bildete mein Puppenhaus. Ich beschäftigte mich täglich stundenlang damit. Ich nähte winzige Vorhänge, Kissen und Teppiche. Einer meiner Vettern lieh mir seine Laubsäge, und ich machte aus Zigarrenkistchen kleine Möbelstücke. Mit sechzehn konnte ich alles, was es in einem Puppenhaus gibt, selbst machen. Ich hatte jede Menge verschiedene Ideen für die Einrichtung der Zimmer. Es gab eigentlich niemals einen Zweifel an meiner Berufswahl."

Sie schwieg einen Augenblick, dann fragte sie: „Was brachte Sie zur Meereskunde?"

„In gewisser Weise glich meine Kindheit der Ihren. Genauso wie Sie brauchte ich Ablenkung, und die fand ich in Museen. Wir lebten damals in Europa und manchmal in New York. Ich bekam also einige der besten naturwissenschaftlichen und wissenschaftlichen Museen der Welt zu Gesicht. Ich wusste daher, was es auf der Erde zu sehen gibt. Deshalb blieb mir nur noch das Meer, der Ozean, die Ozeanographie. Ferner überzeugten mich die Ferien, die ich immer in Vancouver verbrachte, davon, dass ich keinesfalls in einer so nassen Gegend wie Westkanada leben konnte. Ich laufe lieber in Shorts herum als im Regenmantel, den man hier fast das ganze Jahr über nicht beiseitelegen darf."

„Können Sie denn arbeiten, wo Sie wollen? Haben Sie keine Angehörigen, auf die Sie Rücksicht nehmen müssen?"

„Nein, ich habe weder Frau noch Kinder. Aber auch wenn ich Familie hätte, würde ich keine Bedenken haben, manchmal mit ihr umzuziehen. Ich glaube nicht, dass es Kindern schadet, wenn sie in der Welt herumkommen. Dann werden sie nicht so engstirnig wie die Menschen hier in Vancouver. Kinder brauchen nicht ständig dieselbe Umgebung, dafür aber Eltern, die sie lieben und die einander lieben. Meinen Sie nicht auch?"

Alexandra nickte und dachte an das Gefühl der Sicherheit, das sie gehabt hatte, bevor ihre Eltern starben. Sie hatte jedoch keine Lust, über eheliches Glück zu sprechen, und lenkte die Unterhaltung in eine andere Richtung.

„Sind die Menschen in Vancouver wirklich engstirnig? Bisher waren alle, denen ich begegnet bin, sehr freundlich, aufgeschlossen und entgegenkommend, obwohl ich ihnen doch in gewisser Weise Arbeit wegnehme. Ich hatte eher eine Art Feindschaft erwartet."

„Fast niemand bringt es übers Herz, unfreundlich zu einer attraktiven jungen Frau zu sein. Oder sind die Männer, denen Sie beruflich begegnen, nicht an Frauen interessiert?"

„Einige der Innenarchitekten und Antiquitätenhändler interessieren sich tatsächlich nicht für Frauen, dafür die Architekten und Bauherren umso mehr."

Ein kleines Lächeln spielte um seinen Mund. „Ich bin sicher, Sie haben viel Erfahrung darin, Männer zurechtzuweisen, die sich schlecht benehmen.“ Nach einem Blick auf ihre ringlose linke Hand fuhr Oliver fort: „Ich sehe, dass Sie nicht verlobt sind, und bestimmt gibt es im Augenblick auch keinen Mann in Ihrem Leben.“

„Wenn es einen gäbe, würde ich jetzt nicht mit Ihnen hier sitzen. Ich habe da sehr altmodische Ansichten.“

„Das hatte ich mir schon gedacht. Überhaupt glaube ich, dass wir in einigen wichtigen Punkten einer Meinung sind.“

„Wirklich? Woher wollen Sie das nach so kurzer Bekanntschaft wissen?“

„Ich achte auf Einzelheiten. Wenn ich Ihr Haar und Ihre Haut anschaue, weiß ich zum Beispiel, dass Sie nicht nur von Kaffee und Süßigkeiten leben. Sie lassen sich nicht beeinflussen. Ihr Haar ist nicht nach dem neuesten Trend geschnitten, und Ihre Kleidung entspricht nicht der neuesten Mode. Das ist ein Kompliment. Ich ziehe nämlich klassische Einfachheit den Launen der Modeschöpfer vor. Sie sehen großartig aus.“

Olivers Blick ruhte auf den Rundungen ihrer Brüste, die sich unter der schwarzen Seide abzeichneten.

Alexandra wurde ein bisschen verlegen. „Vielen Dank. Ich ziehe mich aus beruflichen Gründen so an. Die meisten meiner Privatkunden sind sehr reich, und ihre Frauen können es sich leisten, immer nach der allerneuesten Mode gekleidet zu sein. Ich kann das nicht und muss daher meine Garderobe so auswählen, dass sie mehrere Jahre lang tragbar ist. Kluge Männer tun übrigens dasselbe. Diesen hübschen grauen Anzug werden Sie bestimmt noch fünf, wenn nicht gar zehn Jahre lang …“

„Wahrscheinlich noch viel, viel länger“, unterbrach er sie. „Ich trage nämlich nicht oft Anzüge. Jeans sind eher mein Stil. Was tun Sie in Ihrer Freizeit, Alexandra, außer Laufen?“

„Ich lese. Ich lerne Stepptanz. In London gehe ich zwei- bis dreimal pro Woche ins Tanzstudio. Hier habe ich eine Tanzschule in der Burrard Street entdeckt, in der ich üben kann.“

Mittlerweile hatte „Wolke Neun“ sich so weit gedreht, dass sie über die Bucht zu blicken vermochten. Ihre Gläser waren leer.

„Möchten Sie noch ein Glas Wein?“, fragte Oliver.

„Ja, gern.“

Er schaute den Kellner an und bedeutete ihm, zu ihnen zu kommen. Alexandra hatte eine Reihe einflussreicher Männer kennengelernt und erkannte, dass Oliver die ruhige und bestimmte Art eines Mannes besaß, der es gewohnt ist, beachtet und schnell und gut bedient zu werden. Er mochte sich zwar nicht für das Unternehmen interessieren, das sein Großvater aufgebaut hatte, doch ganz offensichtlich hatte er einige Eigenschaften des alten Herrn geerbt.

Alexandra war ziemlich sicher, dass seine Großmutter im exklusiven Stadtteil Shaughnessy wohnte, wo die ersten Millionäre der Stadt zu Beginn des Jahrhunderts ihre eindrucksvollen Villen errichtet hatten. Auf einer ihrer Entdeckungsfahrten durch die Stadt war sie an diesen alten Häusern vorbeigekommen. Wenn wirklich eines davon seiner Familie gehörte, zählte er gewiss zu den begehrenswertesten Junggesellen der Stadt, und sie fragte sich, warum er noch ledig war.

Ich weiß wirklich kaum etwas über ihn, dachte Alexandra. Wie auch immer, jedenfalls ist er der attraktivste Mann, dem ich je begegnet bin. Aber vielleicht ist er ein ganz hartgesottener Verführer und seine sympathische Art nur Tarnung.

Je weiter der Abend fortschritt, desto mehr musste Alexandra sich eingestehen, dass Oliver Tait nicht nur sehr attraktiv aussah. Auch seine Art, ihr seine Gedanken darzulegen, und sein ausgeprägter Humor zogen sie an. Es war schon sehr lange her, dass sie so oft gelacht hatte.

Als sie vor dem Sheraton in ein Taxi stiegen, dachte sie zuerst, er wolle sie in eines der Lokale in der Innenstadt zwischen West End und Binnenhafen führen. Zu ihrer Überraschung fuhr das Taxi jedoch weiter bis zur Beach Avenue.

Dann durchquerten sie ein Stück des Stanley Parks, in das Alexandra bisher noch nicht vorgedrungen war. Wenn sie den Stadtplan richtig im Kopf hatte, dann näherten sie sich der Lions-Gate-Hängebrücke, die den Sund überspannte.

Alexandra hatte gehört, wie Oliver den Fahrer bat, sie zum Teahouse Restaurant zu bringen. Bestimmt handelte es sich um ein japanisches Restaurant. Sie überlegte gerade, ob Oliver wohl gerne Sushi aß, da hielt das Taxi vor einem niedrigen Gebäude, das wie ein altmodischer gläserner Wintergarten aussah.

„Wir sind hier am Ferguson Point, einer Landspitze am offenen Meer“, erklärte Oliver, nachdem das Taxi sie abgesetzt hatte und Alexandra stehen geblieben war, um die mondbeschienene Bucht zu bewundern.

Dann gingen sie in das Lokal, und Alexandra stellte fest, dass es sich nicht um ein japanisches Restaurant handelte. Sie brauchte also kein Sushi zu essen, das leider immer besser aussah, als es schmeckte.

„Ich hielt es für eine gute Idee, in einem Restaurant im Park zu dinieren, da wir uns ja schließlich auch im Park kennengelernt haben“, sagte Oliver, nachdem man sie zu einem Tisch mit Blick aufs Meer geleitet hatte. „Außerdem gibt es hier sowohl Fisch als auch französische Küche. Ich esse auch gern chinesisch, wusste aber leider nicht, ob Ihnen das schmecken würde.“

„Zufällig bin ich auch sehr für chinesische Spezialitäten. Gibt es viele chinesische Lokale in Vancouver?“

Oliver nickte. „Sind Sie schon im Chinesenviertel gewesen?“

„Ja, und ich fand es sehr aufregend. In den Geschäften gibt es Gemüsesorten, die ich überhaupt nicht kenne. Und wie viele Enten und Hühner da verkauft werden!“

Wenn Alexandra mit anderen Männern ausgegangen war, selbst mit Peter, mit dem sie immerhin zwei Jahre zusammengelebt hatte, war immer irgendwann der Punkt gekommen, an dem die Unterhaltung einfach versandete oder sie gelangweilt einem Vortrag über ein Thema lauschen musste, das sie nicht im Mindesten interessierte.

Mit Oliver verging der Abend wie im Flug. Sie hatten viele gemeinsame Interessen. Darüber hinaus interessierte er sich für ihre Arbeit und sie sich für seine.

Es war fast Mitternacht, als ein Taxi sie zu Alexandras Hotel brachte.

„Bitte warten Sie auf mich“, bat Oliver den Fahrer, ehe er ausstieg und Alexandra aus dem Wagen half. „Ich bringe Sie noch bis zum Aufzug“, sagte er zu ihr.

Sie gingen durch die Hotelhalle, und vor dem Fahrstuhl reichte sie ihm die Hand. „Es hat mir sehr gut gefallen, Oliver. Vielen Dank.“

„Wir müssen uns wiedersehen – bald." Er drückte auf den Knopf für den Fahrstuhl und hielt ihre Hand immer noch fest, als der Fahrstuhl kam und die Türen sich öffneten.

„Noch einmal vielen Dank. Gute Nacht." Alexandra versuchte, ihre Hand aus seinem Griff zu befreien, doch Oliver wollte sie noch nicht loslassen.

„Gehen Sie morgen zur gewohnten Zeit oder später?"

„Zur gewohnten Zeit. Es sei denn, das Wetter ändert sich."

„Dann sehen wir uns auf dem Deich. Gute Nacht, Alexandra." Endlich ließ er ihre Hand los.

Er blieb stehen, bis sich die Türen des Fahrstuhls schlossen.

Oben in ihrem Apartment dachte Alexandra darüber nach, wie merkwürdig es doch war, dass zwei ungebundene Menschen sich einfach so voneinander verabschiedeten. Durch den frühen Tod ihrer Eltern war ihr bewusst geworden, dass nicht alle Menschen lange lebten. Und selbst wenn eine unverheiratete Frau lange lebte, würde ihre Anziehungskraft doch im Laufe der Jahre nachlassen. Weshalb also verbrachte sie, Alexandra, nicht ein paar schöne Stunden mit einem Mann, an die sie mit Freude zurückdenken konnte, wenn einmal niemand mehr sie begehrte?

Während des ganzen Abends hatte unterschwellig eine starke erotische Spannung in der Luft gelegen. Wären sie Angehörige einer primitiveren Kultur, sie lägen jetzt längst als Liebespaar unter einer Palme oder in einer dunklen Hütte. Aber weil sie zivilisierte Menschen waren, die komplizierten gesellschaftlichen Spielregeln gehorchten, ging jeder von ihnen allein und unbefriedigt zu Bett.

Alexandra legte sich hin, löschte die Nachttischlampe und gab sich große Mühe, nicht mehr an Oliver zu denken. Vergebens. Um zwei Uhr stand sie, unfähig zu schlafen, auf dem Balkon ihres Apartments, nippte an einem Glas heißer Milch und schaute auf das nächtliche Vancouver hinab.

Nach einiger Zeit kehrte sie fröstelnd in ihr Zimmer zurück. Doch einschlafen konnte sie immer noch nicht. Oliver spukte weiter in ihren Gedanken herum.

Eigentlich sollte sie sich von ihm zurückziehen. Wenn sie ihn nämlich näher kennenlernte, bestand die gefährliche Möglichkeit, dass sie ihr Herz an ihn verlor. Und der Lohn der Liebe war nicht Glück, wie sie bereits erfahren hatte, sondern Kummer.

War eine kurze Herbstromanze wirklich einen solchen Aufruhr der Gefühle wert? Ihr Kopf sagte Nein, ihr Herz Ja. Oder war da vielleicht ein Urinstinkt in ihr am Werke, der sie nach den einsamen Nächten der letzten Jahre dazu trieb, ihrer Bestimmung als Frau nachzukommen?

Am folgenden Morgen ging Alexandra nicht über den Deich, sondern folgte dem Pfad, der um den See herumführte, der „Verlorene Lagune" genannt wurde. Sie hatte Oliver im Laufe des vergangenen Abends gefragt, warum das kleine Gewässer diesen Namen trug. Er hatte ihr erklärt, dass eine kanadische Dichterin, Pauline Johnson, die im Stanley Park beerdigt war, ihn in einem Gedicht so genannt hatte.

Während sie kräftig ausschritt, überlegte sie, ob Oliver annahm, sie hätte verschlafen, wenn er sie nicht auf dem gewohnten Weg traf. Sie fragte sich, ob er sie anrufen und wie schwer es ihr werden würde, ihn abblitzen zu lassen.

Denn sie musste ihn abblitzen lassen. Das war das Vernünftigste, was sie dann tun konnte. Es war sehr dumm von ihr gewesen, seine spontane Einladung anzunehmen. Es wäre indes Wahnsinn, diese Bekanntschaft auch noch fortzusetzen, und auch nicht sehr fair ihm gegenüber.

Nach der Rückkehr ins Hotel bereitete Alexandra sich ihr Frühstück zu. Sie zerkleinerte eine frische Pampelmuse und gab Nüsse, Blaubeeren und Jogurt hinzu.

Gerade als sie nach dem Frühstück unter die Dusche gehen wollte, läutete das Telefon. Das konnte nur Oliver sein! Jetzt musste sie die Nerven behalten.

Zögernd nahm sie den Hörer ab. Gleich darauf tönte ihr eine laute Stimme entgegen: „John Kassinopolis hier. Wie geht's, Alexandra? Wie kommen Sie voran?"

„Oh … Guten Morgen, Mr. Kassinopolis. Ich komme sehr gut voran. Ich bin weiter, als ich mir vorgenommen hatte."

„Wunderbar. Keine Probleme?"

Nicht bei der Arbeit, dachte Alexandra. „Nein, alles klappt wie am

Schnürchen. In den Grundzügen ist alles festgelegt. Jetzt arbeite ich die Einzelheiten aus."

„Dann müssen Sie ja richtig geschuftet haben. Hüten Sie sich davor, arbeitssüchtig zu werden. Haben Sie heute Abend schon etwas vor?"

„Nein, ich wollte nur arbeiten."

„Dann sollten wir ein Arbeitsessen veranstalten. Ich schicke Ihnen um sieben Uhr einen Wagen."

„Sind Sie denn in Vancouver?", fragte Alexandra überrascht.

„Nein, ich rufe aus Toronto an", antwortete John Kassinopolis. „Aber am späten Nachmittag werde ich in Vancouver landen. Also, was halten Sie davon?"

„Möchten Sie sich nicht vor dem Essen die Modelle ansehen? Sie sind hier in meinem Hotel. Ich arbeite hier lieber als in dem Büro, das der Architekt mir zur Verfügung gestellt hat."

„Gefällt Ihnen das Büro nicht? Dann soll man Ihnen ein neues geben."

„Nein, nein, es ist ein sehr hübsches Büro. Ich arbeite nur lieber zu Hause oder dort, wo ich gerade wohne. Da brauche ich keine langen Mittagspausen zu machen und kann mich abends ohne Umstände länger mit den Entwürfen oder Modellen beschäftigen."

„Das sind sichere Anzeichen für Arbeitssucht. Eine junge Frau in Ihrem Alter sollte nicht abends spät noch schuften."

„Das tue ich ja auch nicht immer. Gestern Abend zum Beispiel war ich aus."

„Das höre ich gerne. Ich selbst habe leider erst nach dem Tod meiner Frau begriffen, wie viel man versäumt, wenn man nur an seine Arbeit denkt. Um sieben bin ich da und sehe mir die Modelle an. Wiedersehen." John Kassinopolis legte auf.

Alexandra wusste, dass er Witwer war. Als sie sich zum ersten Mal auf jener Party in London begegnet waren, hatte er von seiner Frau gesprochen. Nachdem Alexandra sich umgesehen und gefragt hatte: „Wo ist denn Ihre Frau?", hatte er mit unendlich trauriger Miene geantwortet: „Mary ist vor acht Monaten gestorben."

Alexandra schätzte John Kassinopolis auf Anfang fünfzig. Sein Haar war grau, doch immer noch dicht, und obgleich man seiner Figur das gute Leben ansah, wirkte er dynamisch und würde sicherlich Frauen gut gefallen, die seinem Alter eher entsprachen als sie. Zu ihrer Überraschung hatte sie erfahren, dass er keine Kinder besaß, die einmal das Hotel- und Restaurantimperium übernehmen konnten.

Sie überlegte, ob er im Hotel Vancouver oder im moderneren Four Seasons absteigen würde und wie es ihm wohl gefiele, wenn sie ihm in ihrem Apartment ein einfaches kleines Abendessen kochte. Für Menschen, die ständig – wie er – in Restaurants von Luxushotels essen mussten, bildete Hausmannskost bestimmt eine willkommene Abwechslung. Bestimmt war es Ewigkeiten her, dass John Kassinopolis einen Maiskolben abgeknabbert hatte. So etwas wurde in Luxusrestaurants nicht serviert.

Alexandra beschloss, ihre Menschenkenntnis zu überprüfen, suchte die Nummer des Hotels Four Seasons aus dem Telefonbuch heraus, rief an und fragte, ob Mr. Kassinopolis heute erwartet würde. Das wurde bejaht, und sie bat die Empfangssekretärin, ihm gleich bei seiner Ankunft etwas auszurichten.

„Sagen Sie ihm bitte, dass Miss Clifford ihn zum Abendessen einlädt und dass er sich bitte ganz leger anziehen möchte“, sagte sie dem Mädchen.

Am späten Vormittag ging Alexandra aus und kaufte die notwendigen Zutaten für das Abendessen ein. Als sie zurückkam, fand sie ein wunderschönes weißes Alpenveilchen vor, das während ihrer Abwesenheit für sie gebracht worden war.

Eine Karte steckte zwischen den Blättern. „Vermutlich haben Sie doch verschlafen. Ich rufe später an. O.“

Alexandra schaute auf die zarten Blüten, die wie eine Wolke weißer Schmetterlinge über den herzförmigen graugrünen Blättern schwebten. Hatte Oliver nur zufällig ein weißes Alpenveilchen gewählt, oder liebte vielleicht auch er – genau wie sie – weiße Blumen?

Als sie noch ein kleines Mädchen war, hatte ihre Mutter sie nach jeder Geburtstagsparty, jeder Einladung und jedem Geschenk sofort einen Dankeschönbrief schreiben lassen. Alexandra hatte diese liebenswerte Angewohnheit seit Kindertagen beibehalten und hätte sich auch an diesem Morgen gleich schriftlich für die gestrige Einladung bei Oliver bedankt, wäre ihr seine Anschrift bekannt gewesen.

Jetzt, nachdem er ihr diese hübsche Pflanze geschenkt hatte, musste sie schnellstens versuchen, seine Adresse herauszufinden oder, besser noch, ihn anzurufen, anstatt auf seinen Anruf zu warten. Wenn er sie um eine Verabredung bitten sollte, würde sie einfach Arbeit vorschützen und sagen, ihr Chef verlange Überstunden von ihr.

Zum zweiten Mal an diesem Vormittag blätterte Alexandra im Telefonbuch. Es standen genau achtunddreißig Taits darin, von denen einige tatsächlich im Stadtteil Shaughnessy wohnten. Sie wählte die Erste von diesen Nummern, und es läutete eine ganze Weile. Sie wollte gerade auflegen, als sich eine ziemlich atemlose Frauenstimme meldete: „Hallo?"

„Guten Morgen. Ich bin nicht sicher, ob ich die richtige Nummer gewählt habe. Wohnt dort Mr. Oliver Tait?"

„Ja. Sind Sie Miss Clifford?"

Verwirrt antwortete Alexandra: „Ja, aber woher wissen Sie denn, dass ich ..."

„Weil Sie mit britischem Akzent sprechen. Oliver erwähnte sie heute Morgen beim Frühstück, Miss Clifford. Ich bin seine Großmutter, Barbara Tait. Leider ist er gerade nicht hier. Soll er Sie anrufen, wenn er zum Mittagessen nach Hause kommt, oder kann ich ihm etwas ausrichten?"

„Nein, vielen Dank, das ist nicht nötig. Ich habe sehr viel zu tun heute und bin auch heute Abend beschäftigt. Ich werde ihm einen Brief schreiben und mich darin für das Dinner gestern Abend und die Blume bedanken."

„Was für eine hübsche altmodische Angewohnheit, Miss Clifford. Nicht viele Angehörige Ihrer Generation geben sich noch solche Mühe. Aber mein Enkel sagte mir heute Morgen schon, dass Sie eine ungewöhnliche junge Frau sind. Ich hoffe, wir lernen uns bald kennen."

Zu ihrer Verblüffung hörte Alexandra sich sagen: „Vielen Dank, das hoffe ich auch." Um nicht in ein längeres Gespräch verwickelt zu werden, fügte sie schnell hinzu: „Auf Wiederhören, Mrs. Tait." Dann legte sie auf.

3. KAPITEL

Um zwei Minuten vor sieben rief der Empfangschef aus der Hotelhalle an. Mr. Kassinopolis war eingetroffen.

„Bitte schicken Sie ihn herauf", bat Alexandra.

Sie trug eine weiße Baumwollhose, eine weiße Baumwollbluse, dazu einen goldenen Gürtel und goldene Sandalen an den schlanken nackten Füßen.

John Kassinopolis strahlte sie an, als sie ihm die Tür öffnete. Obwohl er bestimmt sehr streng sein konnte, wenn es nötig wurde, war er bisher in ihrer Gegenwart immer sehr freundlich und entspannt gewesen.

„Wie geht es Ihnen, Alexandra? Wie gefällt Ihnen Kanada?" Mit beiden Händen ergriff er ihre rechte Hand.

„Mir geht es gut, und Vancouver finde ich großartig. Treten Sie ein, damit ich Ihnen den Blick aus meinem Fenster zeigen kann. Wie lange bleiben Sie hier?"

„Morgen Nachmittag habe ich Termine in San Francisco", antwortete John.

Er war Alexandras Bitte gefolgt und trug statt eines Anzuges einen hellen Blazer zur karierten Hose und keine Krawatte. Sein Hemdkragen stand offen.

Er kam übrigens gar nicht dazu, die Aussicht zu bewundern, da sein Blick sofort auf die Penthousemodelle fiel. Sie sahen aus wie Puppenstuben, nur ohne Dach. Zwei standen auf dem langen Tisch vor dem Sofa, zwei andere auf einem Klapptisch.

Während er sie aufmerksam betrachtete, fragte Alexandra: „Was möchten Sie trinken, Mr. Kassinopolis? Die Auswahl ist allerdings begrenzt. Ich habe nur Gin, Brandy, Wein und Bier."

„Ein Bier bitte. Und wir wollen doch nicht so förmlich sein. Nennen Sie mich John", erwiderte er, ohne von dem ersten Modell aufzuschauen.

Als sie ihm das Bier brachte, sah er sich gerade das zweite Modell an.

„Sie müssen seit Ihrer Ankunft wirklich angestrengt gearbeitet haben. Ich hatte nicht erwartet, dass Sie schon so weit sein würden."

„Ohne die Unterstützung durch Ihre Architekten wäre ich noch lange nicht so weit. Sie waren erstaunlich hilfsbereit. Schließlich bin ich doch Ausländerin, und in Vancouver gibt es bestimmt viele Innenarchitekten, die diesen Auftrag nur allzu gern ausgeführt hätten."

„Es gibt tatsächlich viele Innenarchitekten hier, und wenn ich Sie nicht zufällig in London kennengelernt hätte, wäre der Auftrag auch wahrscheinlich an einen Kanadier gegangen. Doch wie Sie wissen, sollen diese Penthouse-Suiten Gäste aus der obersten Gesellschaftsschicht beherbergen, die einen sehr anspruchsvollen Geschmack haben. Nachdem ich in London Beispiele Ihrer Arbeit gesehen hatte, wusste ich, dass Sie einen Rahmen schaffen können, der einem solchen Publikum gerecht wird. Diese Modelle hier bestätigen mich in meiner Auffassung."

„Nun, die entscheidenden Einzelheiten fehlen noch. Zum Glück hat mir ein Londoner Antiquitätenhändler ein Empfehlungsschreiben für einen Händler hier in Vancouver mitgegeben, von dem ich kostbare alte Möbelstücke bekommen kann."

„Wo haben Sie die Modelle eigentlich machen lassen?", erkundigte sich John.

„Ich habe sie selbst gemacht", antwortete Alexandra. „Es ist gar nicht schwer."

„Wollen Sie damit sagen, dass Sie sie selbst gezimmert haben?" Er klopfte leicht mit den Knöcheln gegen die Außenwände.

Sie nickte. „Richtig. Ich finde, es ist kein Vorrecht des männlichen Geschlechts, Säge und Schraubenzieher zu benutzen. Wenn eine Frau nähen kann, dann kann sie auch solche Modelle basteln. Aber darf ich Sie jetzt zu Tisch bitten? Unser Essen ist gleich fertig."

Eine Viertelstunde später wischte John sich die geschmolzene Butter vom Kinn. „Fantastisch! Als Kind habe ich schrecklich gern Mais gegessen. Inzwischen erinnere ich mich nicht einmal mehr daran, wann ich zuletzt welchen gekriegt habe. Das war eine gute Idee von Ihnen."

„Hier in Kanada muss man einfach Mais essen", meinte Alexandra. „Er ist so frisch und schmeckt so gut, genau wie alle anderen Gemüsesorten und das Obst. Nur vernünftiges Brot kann ich nicht finden."

„Sie sehen nicht so aus, als äßen Sie überhaupt jemals Brot." Er warf einen anerkennenden Blick auf ihre Figur. „Ich würde gern etwas weniger wiegen. Vielleicht sollte ich joggen."

„Lieber nicht, das belastet bei … ähm … nicht mehr ganz jungen Menschen zu sehr die Gelenke. Gehen ist besser, besonders für jemanden, der es nicht gewohnt ist, regelmäßig Sport zu treiben. Vielleicht sollten Sie weniger im Wagen herumfahren und mehr wandern. Sind Sie zu Fuß hergekommen oder gefahren?"

„Ich bin im Wagen gekommen", gab John zu. „Vermutlich haben Sie recht. Ich sollte mich mehr auf meine Füße verlassen."

„Haben Sie als junger Mann Sport getrieben?"

„Leider war ich immer viel zu sehr damit beschäftigt, Geld zu verdienen und mich in Abendkursen weiterzubilden, um Zeit für Sport zu haben. Meine Eltern waren griechische Einwanderer. Wir wohnten am unteren Ende der New Yorker East Side, und ich war wild entschlossen, es bis zum oberen Ende zu schaffen. Da wohnen nämlich die reichen Leute."

„Ich wusste gar nicht, dass Sie Amerikaner sind. Ich dachte, Sie seien aus Toronto, also Kanadier."

„Meine Frau stammte aus Toronto. Sie erbte das Haus ihrer Eltern, und wir zogen dorthin. Zu der Zeit konnte ich mir schon erlauben, dort zu wohnen, wo ich wollte. Mary war dort glücklicher als anderswo, und das war wichtig, weil ich oft verreiste. Ich verdiente immer mehr Geld, das wir gar nicht brauchten, und es konnte meine Frau auch nicht gesund machen, als sie krank wurde. Während der letzten Monate ihres Lebens waren wir ständig zusammen, und ich sah ein, wie viel ich durch meine besessene Arbeiterei verpasst hatte. Jetzt nehme ich mir Zeit für die Dinge, die Mary mich zu schätzen gelehrt hat: Musik hören, Gemälde anschauen, die Natur genießen. Aber es macht wenig Spaß, wenn man es allein tun muss. Waren Sie jemals verheiratet, Alexandra?"

Sie schüttelte den Kopf. „Ich habe knapp zwei Jahre mit einem Mann zusammengelebt. Als ich dann für kurze Zeit nach Florida musste, um eine Villa einzurichten, die ein Engländer sich dort gekauft hatte, fing mein Freund ein Verhältnis mit einer anderen an. Ich kann nicht behaupten, dass es mir das Herz gebrochen hat. Wir verstanden uns nämlich schon seit einiger Zeit nicht mehr gut. Wahrscheinlich bin ich von Natur aus ein Einzelgänger."

Alexandra stand auf, um das Hauptgericht zu holen, und John fragte: „Wer hat Sie gestern Abend eingeladen?"

„Ein Ozeanograph."

„Von der hiesigen Universität?"

„Nein, er arbeitet auf Hawaii."

„Hat er die Blume geschickt?" John zeigte auf das Alpenveilchen am anderen Ende des Tisches.

„Ja. Eine sehr schöne Pflanze, nicht wahr?"

„Ich glaube, er wollte damit ausdrücken, dass er Sie schön findet." Er sah ihr zu, wie sie eine Kasserolle aus dem Ofen nahm.

„Ich vermute eher, er hat es getan, um einem unpersönlichen Hotelapartment eine persönliche Note zu geben." Alexandra stellte die Kasserolle auf den Tisch und holte dann noch zwei Schüsseln mit dampfendem Inhalt.

„Offenbar sind Sie eine sehr gute Köchin." John kostete ein Stück von dem geschmorten Fleisch, zu dem Alexandra gebackene Kartoffeln und Broccoli serviert hatte. „Sind eigentlich Ehe und Kinder in Ihrem Lebensplan überhaupt nicht vorgesehen?"

Sie überlegte, ob sie eine ausweichende Antwort geben sollte, entschied sich dann jedoch für Ehrlichkeit. „Ich habe wirklich nicht vor, zu heiraten, denn es dürfte unmöglich sein, einen Beruf wie meinen und eine Ehe miteinander zu vereinbaren. Man hat sich für das zu entscheiden, was man sich am meisten wünscht. Und für mich ist es eben sehr wichtig, meine Freiheit zu haben und mich auf meine Arbeit konzentrieren zu können, ohne all die Unterbrechungen und Ablenkungen, mit denen eine verheiratete Frau nun einmal fertig werden muss."

„Mit einem muss sie nicht fertig werden", lautete Johns Kommentar. „Mit der Einsamkeit. Bevor meine Frau starb, wusste ich nicht, was es heißt, einsam zu sein. Jetzt weiß ich es."

„Wenn man lange mit einem Menschen zusammengelebt hat und ihn verliert, ist die Einsamkeit bestimmt entsetzlich", meinte Alexandra. „Was mich betrifft, lebe ich, abgesehen von der Zeit mit Peter, seit fast zehn Jahren allein. Ich bin daran gewöhnt und fühle mich wohl dabei."

Sie tranken Rotwein zum Hauptgang. John füllte die Gläser nach, ehe er antwortete. „Aber Sie gehen hin und wieder mit Männern aus."

„Nur rein freundschaftlich."

Er schaute sie nachdenklich an. Sie war überzeugt davon, dass er sich insgeheim fragte, ob freundschaftlich auch bedeutete, dass sie mit den Männern ins Bett ging. Hoffentlich hat er meine Einladung nicht falsch aufgefasst, dachte sie.

Und um jedem Missverständnis von vornherein entgegenzuwirken, brachte sie das Gespräch wieder auf die Penthousemodelle und sorgte dafür, dass es bis zum Nachtisch auch dabei blieb.

Nach dem Essen setzten sie sich auf das große Sofa, jeder artig an ein Ende. Während sie ihren Kaffee tranken, sprachen sie über alles Mögliche. John machte keinen Versuch mehr, das Gespräch auf persönliche Dinge zu bringen.

Er war ein interessanter Mann, dem sie normalerweise aufmerksam zugehört hätte. Da Alexandra in der vergangenen Nacht jedoch viel zu wenig geschlafen hatte, musste sie öfter ein Gähnen unterdrücken und wurde zunehmend schläfriger.

Plötzlich hörte sie John sagen: „Es ist Zeit, dass ich mich auf den Weg mache und Sie ins Bett gehen." Erst da merkte sie zu ihrem Entsetzen, dass sie eingenickt war. Vielleicht nur für wenige Augenblicke. Aber einzunicken, während er sprach – konnte es etwas Peinlicheres geben?

John schien nicht beleidigt zu sein. „Ich bitte um Entschuldigung. Ich habe nicht daran gedacht, dass Sie gestern Abend aus waren und Ihnen ein paar Stunden Schlaf fehlen."

Er erhob sich, und sie stand ebenfalls auf, während er fortfuhr: „Das war ein großartiges Essen, Alexandra. Ich hoffe, Sie werden noch öfter für mich kochen. Bis dahin vielen Dank für diesen angenehmen Abend."

„Auch für mich war es ein angenehmer Abend", sagte sie, noch immer erschrocken über ihr schlechtes Benehmen.

Sie brachte ihn zur Tür. John öffnete sie, wandte sich dann zu Alexandra um und schaute ihr in die Augen. Er war nur ein kleines Stück größer als sie, nicht so hoch gewachsen wie Oliver. „Wenn ich eine Tochter hätte, dann wäre sie jetzt wohl ungefähr in Ihrem Alter. Und nach diesem Abend in Ihrer Gesellschaft bedaure ich es mehr denn je, keine Tochter zu haben. Gute Nacht, Alexandra."

Zu ihrer Überraschung legte er die Hände auf ihre Schultern und küsste sie auf die Wange. Dann ging er zum Aufzug.

Am nächsten Morgen lieferte ein Bote ein Blumenarrangement aus rosa Nelken und Rosen. Auf dem Begleitkärtchen stand „Vielen Dank – J. K."

Alexandra freute sich über die Geste. Doch obwohl die Blumen mindestens fünfmal so teuer gewesen sein mussten wie das Alpenveilchen, gefielen sie ihr nicht halb so gut.

Wenige Minuten, nachdem die Blumen abgegeben worden waren, läutete das Telefon.

Sie nahm den Hörer ab. „Hallo?"

„Alexandra, wie geht es Ihnen?"

Ihr Herz machte einen kleinen Sprung. „Danke, Oliver, gut. Und wie geht es Ihnen?"

„Prima. Als Sie heute Morgen wieder nicht auftauchten, dachte ich schon, sie seien krank geworden."

Sie hatte sich ihre Worte genau zurechtgelegt. Mit freundlicher, geschäftsmäßiger Stimme erwiderte sie: „Ich gehe nicht immer dieselbe Strecke. Heute Morgen war ich auf der anderen Seite des Parks."

Nach einer winzigen Pause sagte Oliver: „Vielen Dank für Ihren Brief. Ich wollte Sie gestern gleich anrufen, hatte dann aber zu tun. Passen Sie auf, Alexandra, das schöne Wetter dauert nicht mehr lange an. Schon für morgen ist Regen angesagt. Einem meiner beiden Halbbrüder gehört eine kleine Insel draußen in der Bucht vor Vancouver. Mit einem Flugzeug ist man schnell da. Kann ich Sie überreden, heute eine lange Mittagspause zu machen und mit mir zu einem Picknick dorthin zu fliegen?"

Sie nahm ihre ganze Kraft zusammen. „Es ist sehr nett von Ihnen, mich einzuladen. Aber leider kann ich nicht annehmen. Ich habe einige Termine, die ich unmöglich verschieben kann."

„Oh … wie schade. Aber vielleicht können wir uns heute Abend zum Dinner sehen?“

Es war entsetzlich schwierig, jetzt nicht weich zu werden.

„Auch heute Abend habe ich zu tun. Der Mann, für den ich arbeite, kam gestern ziemlich spät noch in Vancouver an, und das bedeutet zusätzliche Besprechungen und vielleicht auch dringende Änderungen an meinen Entwürfen.“

„Ach so. Was für ein Jammer. Ich hatte mich sehr darauf gefreut, Ihnen ein wenig die Umgebung zu zeigen. Wie lange bleibt Ihr Auftraggeber in Vancouver?“

„Ich weiß es nicht. Aber meine Zeit hier ist ohnehin begrenzt, und mein Privatleben muss hinter meiner Arbeit zurückstehen. Ich habe mich völlig meiner Karriere verschrieben, wissen Sie. Meine Arbeit bedeutet mir alles.“

Am anderen Ende der Leitung trat jetzt ein längeres Schweigen ein, und Alexandra biss sich nervös auf die Lippen.

Endlich sagte Oliver: „Auch mir ist meine Arbeit wichtig, aber ich würde nie sagen, dass sie mir alles bedeutet. Es gibt andere Dinge, die mir genauso wichtig sind. Doch ich darf Sie nicht aufhalten, wenn Sie so viel zu tun haben. Alles Gute, Alexandra.“

Er legte auf, ohne ihre Antwort abzuwarten.

Anstatt an den Tisch zurückzukehren, an dem sie gearbeitet hatte, schob Alexandra die gläserne Schiebetür zu ihrem Balkon zurück und trat hinaus in die Morgensonne.

Keine Wolke weit und breit. Die Berggipfel zeichneten sich klar und scharf gegen den hellen Himmel ab. Über den Deich liefen Jogger. Ein Wasserflugzeug war gerade im Hafen gestartet und flog in westlicher Richtung davon. Dort lagen die Inseln, auf denen, so hatte sie gelesen, viele Familien aus Vancouver Sommerhäuser hatten.

Wie gern wäre sie mit einem Wasserflugzeug geflogen, hätte auf einer ruhigen, friedlichen Insel fern vom Lärm der Stadt gepicknickt. Allein auf einer Insel mit Oliver, wie das wohl sein mochte?

Zum ersten Mal seit Jahren traten Tränen in ihre Augen. Sie wusste, dass sie richtig und vernünftig gehandelt hatte. Aber es tat weh, es tat ganz höllisch weh.

An dem Tag, an dem Alexandra nachmittags zum Stepptanzunterricht ging, regnete es in Strömen.

In London nahm sie regelmäßig Unterricht, weil es ihr Spaß machte und die Bewegung ihr guttat. Sie hatte sich schon damit abgefunden, die Wochen in Vancouver ohne die geliebte Tanzerei zu verbringen, doch dann entdeckte sie in der Stadtbibliothek das Programm der Tanzschule. Es bot drei Stepptanzklassen, und sie hatte sich sofort für den Fortgeschrittenenkurs eingetragen.

Der Unterricht dauerte eine Stunde, und sie lernte zwei neue Schrittfolgen hinzu. Nach dem Unterricht zog sie einen Regenmantel über ihren schwarzen Gymnastikanzug und die schwarzen Strumpfhosen und vertauschte die schwarzen Lackschuhe mit Sportschuhen.

Es regnete noch immer. Alexandra verließ das Gebäude durch einen Seitenausgang. Während sie auf den Treppenstufen vor der Tür stand und ihren Schirm aufspannte, stieg ein Mann in einer gelben Öljacke aus einem am Bordstein geparkten Wagen.

Sie hatte gar nicht auf ihn geachtet und erschrak, als er sie ansprach.

„Soll ich Sie mitnehmen?"

Erst jetzt erkannte sie Oliver Tait.

„Oh … Hallo! Was machen Sie denn hier?", rief sie verblüfft.

„Ich habe auf Sie gewartet. Sicherlich schadet es Ihrer Karriere nicht, wenn ich Sie zum Hotel fahre. Den brauchen Sie nicht."

Oliver nahm ihr den Schirm ab, schloss ihn, packte sie beim Ellenbogen, zog sie die letzten Stufen hinab und bis zu seinem Wagen, einem zweisitzigen Sportflitzer.

Ehe sie sich von ihrer Überraschung erholen konnte, hatte er sie in den Beifahrersitz gedrückt.

Zu Fuß brauchte Alexandra vom Hotel bis zum Tanzstudio zwanzig Minuten. Im Auto legten sie die Strecke im Handumdrehen zurück. Keiner von beiden sprach ein Wort. Sie warf einen verstohlenen Blick auf Olivers Profil. Er hatte die Brauen zusammengezogen und sah finster aus, gar nicht mehr wie der nette Mensch, der sie vor ein paar Abenden zum Dinner ausgeführt hatte. Merkwürdigerweise gefiel es ihr, dass er böse auf sie war. Es musste ihm einiges an ihr liegen.

Oliver fuhr in die Tiefgarage des Hotels. „Da ich Sie vor einem

Gang durch regennasse Straßen bewahrt habe, müssen Sie mir wenigstens einen Kaffee anbieten", sagte er, während er den Motor abstellte.

„Ja – natürlich", murmelte Alexandra.

Im Fahrstuhl knöpfte sie ihren Regenmantel auf und streifte ihn ab. Eine Stunde Stepptanz war eine schweißtreibende Angelegenheit. Wenn sie sonst davon nach Hause kam, ging sie sofort unter die Dusche. Das konnte sie jetzt leider nicht tun, und sie fühlte sich heiß, klebrig und im Nachteil.

Als sie ihren Schlüssel aus der Tasche zog, nahm Oliver ihn ihr ab, schloss die Tür zu ihrem Apartment auf, trat dann zur Seite und ließ sie vor.

„Ich hoffe, Sie haben nichts gegen Pulverkaffee." Alexandra warf den Mantel über eine Stuhllehne und wandte sich der Kochnische zu. Sie setzte Wasser auf und kehrte dann zu Oliver zurück.

Inzwischen hatte er sein Ölzeug abgelegt. Er trug einen kirschroten Pullover, der ausgezeichnet zu seiner dunklen Haut und seinem schwarzen Haar passte.

„Bitte entschuldigen Sie mich. Ich möchte mich umziehen", sagte sie und wollte an ihm vorbeigehen.

„Einen Augenblick. Vorher hätte ich gern eine Antwort."

„Eine Antwort? Worauf?"

„Ich möchte wissen, weshalb Sie mich abblitzen ließen, nachdem Sie doch offensichtlich einen angenehmen Abend mit mir verbracht hatten. Ich bin nicht vernagelt genug, um eine Abfuhr, wie Sie sie mir neulich am Telefon erteilt haben, nicht zu durchschauen."

Was sollte sie darauf antworten? Dass sie Angst gehabt hatte, sich beim zweiten Treffen in ihn zu verlieben? Das ging nicht. Das konnte sie ihm nicht sagen.

„Wenigstens streiten Sie es nicht ab", fuhr Oliver fort, und in seiner Stimme klang ein wenig von dem Humor mit, den er bei ihrer letzten Begegnung an den Tag gelegt hatte. „Ich kann nämlich Frauen nicht ausstehen, die immer alles abstreiten."

„Nein, ich streite nichts ab. Aber das heißt noch lange nicht, dass ich Ihnen eine Erklärung schulde. Es tut mir zwar leid, wenn ich Ihre Gefühle verletzt …"

„Meine Gefühle können mehr vertragen, als Sie annehmen. Sie können zum Beispiel eher die Wahrheit vertragen als eine Menge dummer Ausreden. Ich glaube Ihnen ganz einfach nicht, dass Ihr Auftraggeber, selbst wenn er zufällig in Vancouver ist, von Ihnen erwartet, dass Sie Tag und Nacht zu seiner Verfügung stehen. Wenn Sie sich neulich abends mit mir gelangweilt haben sollten ..."

„Sie wissen genau, dass das nicht stimmt!", unterbrach Alexandra ihn. „Aber ich ..."

Diesmal fiel Oliver ihr ins Wort. „Ja, ich weiß es. Ich glaube, es war der schönste Abend, den wir beide seit langer Zeit verlebt haben. Deshalb hatte ich auch nicht damit gerechnet, dass Sie mich so abblitzen lassen würden, als ich Sie wieder einladen wollte. Sie haben doch nicht etwa gelogen, als Sie mir sagten, dass Sie frei sind, Alexandra?"

„Bestimmt nicht. Ich ... das Wasser kocht."

Sie strebte fort, doch Oliver packte sie bei den Schultern und hielt sie fest.

„Der Kaffee kann warten. Ich will jetzt endlich eine Erklärung, warum Sie mich nicht mehr sehen wollten."

„Sie mögen zwar eine Erklärung wollen, aber Sie kriegen keine. Bitte lassen Sie mich los."

Im nächsten Augenblick zog er sie in die Arme. Instinktiv schloss Alexandra die Augen – genau eine Sekunde, bevor sie mit ungläubigem Staunen etwas erlebte, das sie fast vergessen hatte. Der Mund eines Mannes presste sich auf ihren Mund. Der Kuss begann heftig, fast wild, doch als Oliver nicht länger seinem Ärger und seiner Ungeduld freien Lauf ließ, wurde es ein zärtlicher, sinnlicher Kuss.

Endlich löste Oliver sich langsam von Alexandra.

„Du hattest kein Recht, das zu tun", sagte sie mit leiser, zitternder Stimme.

„Vielleicht nicht, aber es hat uns beiden Spaß gemacht. Weshalb kämpfst du gegen die Kraft an, die uns zueinander zieht? Weshalb tust du so, als zögen wir einander nicht an, Alexandra?"

Ihr fiel darauf keine Antwort ein, und Oliver ging hinüber zu der kleinen Küche.

Alexandra sank auf einen Stuhl. Sie konnte sich nicht erinnern, jemals so durcheinander gewesen zu sein. Niemals hatte ein Mann sie so geküsst, selbst Peter nicht, wenn er sie liebte.

Nun hatte Oliver mit einem einzigen Kuss Empfindungen in ihr geweckt, die schockierend waren in ihrer Heftigkeit. Er war fast noch ein Fremder für sie, und trotzdem wünschte sie sich in diesem Augenblick nichts sehnlicher, als mit ihm ins Bett zu gehen und herauszufinden, ob es wirklich an ihr gelegen hatte, dass sie in ihrer einzigen engen Beziehung zu einem Mann keine rechte Befriedigung gefunden hatte.

Wie durch einen Schleier sah sie Oliver zu, der Kaffeepulver und Tassen zusammensuchte. Sie half ihm nicht. Sie war noch zu benommen, um normal zu reagieren.

Ein paar Minuten später setzte er zwei Tassen mit Kaffee auf den Tisch. „Hast du schon gegessen?"

Sie schüttelte den Kopf.

„Magst du Pizza?"

„Ja, nur ..."

„Wir müssen etwas essen, wir müssen aber auch reden. Wenn du nicht mehr ausgehen möchtest, fahre ich schnell in eine Pizzeria in der Denman Street und lasse mir etwas einpacken. Es dauert nicht lange."

Der Verstand sagte Alexandra, dass es sicherer sei, in einem Restaurant mit Oliver zu sitzen als hier in diesem Apartment, wo so schnell etwas schiefgehen konnte – wie eben.

„Ich möchte gern ausgehen, Oliver. Ich muss mich nur noch schnell umziehen."

„Nicht für eine Pizzeria. Du kannst so bleiben." Sein Blick glitt prüfend über ihre Figur und brachte Alexandra zu Bewusstsein, dass der enge Gymnastikanzug sehr viel mehr von ihrer Figur zeigte als das, was sie sonst trug.

4. KAPITEL

Eine halbe Stunde später saßen Alexandra und Oliver an einem Ecktisch in einem kleinen Familienlokal im italienischen Viertel von Vancouver. In der Mitte des Tisches stand eine zur Lampe umgebaute Chiantiflasche mit einem roten Schirm, in deren Licht Oliver mehr denn je wie ein schöner Indianerhäuptling in einem Hollywood-Film aussah.

Er schob die Lampe zur Seite, griff über den Tisch und nahm Alexandras linke Hand in beide Hände.

„Und jetzt sag mir endlich, warum du beschlossen hattest, unsere Freundschaft, die doch kaum begonnen hatte, schon wieder zu beenden."

„Ich bin mir nicht sicher, ob ich an Freundschaft zwischen den Geschlechtern glaube. Im Allgemeinen endet sie in ... Komplikationen, und dafür ist weder Zeit noch Platz in meinem Leben." Sie vermied es, ihn bei diesen Worten anzusehen.

„Schau mich an, Alexandra."

Widerstrebend hob sie die Lider mit den langen Wimpern.

„Ich hätte nie gedacht, dass du ein Feigling bist", sagte er leise. „Hat ein Mann dir wehgetan? Hast du deshalb Angst vor einer Beziehung zwischen uns?"

Sie schüttelte den Kopf. „Es wäre schön, wenn wir Freunde sein könnten. Doch die meisten Männer haben etwas anderes im Sinn, wenn sie mit einem Mädchen ausgehen."

„Das ist wahr, und ich will nicht bestreiten, dass du ein sehr hübsches und begehrenswertes Mädchen bist. Aber ich sehe in Frauen nicht nur Wesen, mit denen man schlafen kann. Das habe ich vor fünfzehn Jahren getan, in meiner wilden Jugendzeit. Heute bin ich ein erwachsener Mann und lege bei meinen Beziehungen zu Frauen dieselben Maßstäbe an wie bei Männerfreundschaften. Ich möchte mich mit Frauen über Dinge unterhalten, die mich interessieren, möchte eine intelligente Meinung hören, mit ihnen essen, trinken und fröhlich sein. Wenn daraus dann mehr wird – gut. Wenn nicht – auch gut."

Bevor sie etwas erwidern konnte, brachte der Besitzer den bestellten Wein, entkorkte die Flasche und füllte die Gläser.

„Was hat dich auf den Gedanken gebracht, ich wäre einer, der nur das Bett zum Ziel hat?“, fragte Oliver, als sie wieder allein waren.

„Das habe ich nicht gedacht. Wenn du so einer wärst, hättest du es schon neulich Abend versucht. Ich habe nur leider oft genug bei anderen Menschen beobachtet, dass es für eine Frau leichter gesagt als getan ist, mit einem Mann nur befreundet zu sein. Der heutige Abend ist ein Beweis dafür. Du hast mich gegen meinen Willen geküsst. Du könntest es wieder tun.“

„Ich habe die Beherrschung verloren. Deine ablehnende Haltung hat mich geärgert. Wenn du fair bist, musst du zugeben, dass man doch wenigstens um eine Erklärung bitten darf, wenn man eine solche Abfuhr erteilt bekommt. Als du mir keine Erklärung geben wolltest, wusste ich nicht mehr, was ich noch tun konnte. Und da ich Frauen nicht schlage, küsste ich dich – zu unserem beiderseitigen Vergnügen.“

„Es geht nicht ums Vergnügen. Es geht darum, dass ich nicht wollte.“

„Du wolltest nicht, dass es passierte. Aber als es passierte, gefiel es dir. Was würdest du davon halten, wenn ich dir verspreche, es nicht wieder zu tun, bis du mir zu verstehen gibst, dass du es möchtest? Was meinst du?“

Sie drehte ihr Glas und beobachtete, wie der rote Wein darin im Lampenschein funkelte.

„Du hast doch bestimmt genügend Freunde in Vancouver, Oliver. Weshalb musst du mich mit auf diese Liste setzen?“

Ein junges Mädchen brachte etwas Brot und ein Schälchen mit Oliven.

Nachdem es gegangen war, sagte Oliver: „In Wahrheit fühle ich mich in dieser Stadt wie ein fünftes Rad am Wagen. Fast alle meine Altersgenossen sind verheiratet oder geschieden. Es langweilt mich, wenn Leute nur über ihre Kinder sprechen, und ich habe keine Lust, der neue Mann einer geschiedenen Frau und der Stiefvater ihrer Kinder zu werden.“

Die Vorspeise wurde serviert, und Alexandra und Oliver waren für eine Weile mit dem Essen beschäftigt.

„Du sagtest, du müsstest eventuell die Entwürfe für die Hotelzimmer ändern.. Was gefällt denn deinem Auftraggeber nicht daran?", fragte Oliver schließlich und griff damit die Entschuldigung wieder auf, die sie neulich benutzt hatte.

„Oh …" Alexandra hob den Bück nicht vom Teller. „Glücklicherweise ist er doch mit ihnen einverstanden. Aber es sind jetzt viele zeitaufwendige Einzelheiten zu planen. So habe ich zum Beispiel die Idee, dass in den Zimmern nur erstklassige echte Gemälde hängen sollen. Morgen habe ich einen Termin mit dem Direktor der Kunstakademie. Ich möchte ihn überreden, dem Hotel Gemälde aus der Galerie zu vermieten. Das tun andere Galerien in anderen Ländern auch."

„Die Temperatur und die Beleuchtung in der Kunstgalerie sind meines Wissens aber so eingestellt, dass sie den Gemälden nicht schaden. Du wirst in einem Hotel kaum die gleichen Bedingungen schaffen können."

Alexandra freute sich, dass Oliver sofort erkannt hatte, wo bei ihrem Gespräch mit dem Direktor der Kunsthalle das Problem liegen würde. Ausführlich erklärte sie, wie sie diesem Argument begegnen wollte.

Sie vergaß völlig, wie der Abend begonnen hatte, und genoss es einfach, mit einem intelligenten Menschen über ihre Arbeit zu diskutieren.

Sie waren mittlerweile bei der Lasagne angelangt, und Oliver nickte zufrieden. Dann sagte er: „Ich war dabei, als die Kunsthalle im Herbst 1983 mit einem großen Festakt eröffnet wurde. Meine Großmutter begleitete mich damals und erzählt noch heute gern, dass sie von allen geladenen Damen das älteste Kleid trug. Sie hatte es gekauft, als sie vor dem Zweiten Weltkrieg mit meinem Großvater eine Reise nach Paris machte. Es stammt von einem berühmten Modeschöpfer der Dreißigerjahre und sieht noch immer sehr hübsch aus."

„Die Kleider wurden damals aus ungeheuer kostbaren Stoffen geschneidert. Ich besitze ein Abendkleid aus derselben Zeit, das ich einmal auf einer Auktion ersteigert habe. Eigentlich war ich hingegangen, um auf eine Halskette von Lalique zu bieten. Doch deren Preis wurde derart in die Höhe getrieben, dass ich stattdessen das Kleid kaufte."

„Sammelst du Schmuck von Lalique?"

Es überraschte Alexandra, dass Oliver den Namen Lalique überhaupt kannte. Denn obwohl René Lalique herrlichen Jugendstilschmuck und kostbare Glasgegenstände entworfen hatte, war er doch dem breiten Publikum kein Begriff. „Als ich noch die Kunsthochschule besuchte, hatte ich Glück und fand in einigen Antiquitätengeschäften ein paar signierte Stücke von ihm. Aber heute erkennt ihn auch der kleinste Antiquitätenhändler, und die Preise sind turmhoch gestiegen." Sie seufzte voller Bedauern. „Woher kennst du ihn denn?"

„Meine Großmutter hat eine Lalique-Uhr in ihrem Schlafzimmer. Außerdem besitzt sie verschiedene Vasen und kleine Gegenstände von ihm. Weshalb kommst du nicht morgen zum Dinner zu uns? Sie würde dir bestimmt gern ihre Sammlung zeigen. Auch unser Haus ist interessant. Es wurde von Maclure entworfen, dem berühmten Architekten, der Anfang des zwanzigsten Jahrhunderts in Victoria lebte und arbeitete."

Alexandra wusste, dass Victoria die Hauptstadt der kanadischen Provinz British Columbia ist. „Ich habe mir schon überlegt, ob ich nicht einmal nach Victoria fahren und es besichtigen sollte, wenn ich schon hier bin. Kennst du es?"

„Sicher, aber ich war schon lange nicht mehr dort. Es ist viel kleiner als Vancouver. Man kann sehr gut da leben, glaube ich, doch zu besichtigen gibt es nichts. Doch lass dich nicht von mir beeinflussen. Frag lieber meine Großmutter, wenn du morgen Abend zu uns zum Dinner kommst, was sie von Victoria hält. Sie war dort öfter als ich."

„Solltest du nicht lieber deine Großmutter fragen, ehe du mich zum Dinner einlädst?"

„Das habe ich doch schon längst getan", sagte Oliver mit unschuldigem Gesicht. „Schau nicht so entrüstet drein. Ich war natürlich nicht sicher, ob du mich überhaupt wiedersehen wolltest. Aber ich hoffte es zumindest. Ich bin einfach ein unverbesserlicher Optimist. Und du?"

Alexandra dachte einen Augenblick nach. „Ich glaube, ich bin eine Mischung. Ich bin allerdings sehr optimistisch, was meinen Beruf angeht. Denn jeder, der ein bisschen Talent hat, kann erfolgreich sein, wenn er fleißig ist."

Für den Rest des Abends unterhielten sie sich über ihren und über seinen Beruf. Als Oliver sie später vor ihrem Hotel abgesetzt hatte, war Alexandra sich gar nicht sicher, ob es nicht eine Dummheit war, morgen Abend bei seiner Großmutter zu dinieren und auf seinen Vorschlag einzugehen, die Bekanntschaft auf freundschaftlicher Basis fortzusetzen.

Sie zweifelte nicht daran, dass er sein Versprechen halten und sich ihr nicht nähern würde, wenn sie ihn nicht dazu ermutigte. Aber konnte sie sicher sein, dass sie ihn nicht ermutigte?

Es war genau so, wie Alexandra es sich gedacht hatte: Olivers Großmutter gehörte eines der größten Häuser im Vorort Shaughnessy.

Oliver geleitete Alexandra eine breite Steintreppe hinauf zur wuchtigen Haustür, schloss sie auf und ließ seine Begleiterin eintreten. Sie standen jetzt in einer kleinen Vorhalle mit bunten Glasfenstern an beiden Seiten und einer nicht verschlossenen Tür, durch die man in die Haupthalle gelangte. Über eine breite Holztreppe konnte man von dort aus den ersten Stock erreichen. Da noch nicht geheizt werden musste, stand im großen Kamin ein Weidenkorb mit getrockneten Blumen, und durch einen Korridor gelangte man zur Rückseite des Hauses.

Alexandra sah viel Holz: holzgetäfelte Wände, Parkettfußböden, solide Holztüren, ein hölzernes Treppengeländer, das glänzte wie poliert.

Mrs. Tait saß im Wintergarten an der Rückseite des Hauses, hörte Musik, stickte und hatte daher den Wagen nicht kommen hören. Als Alexandra und Oliver den Wintergarten betraten, schaltete sie die Musik ab, erhob sich und begrüßte ihren Gast lächelnd. Alexandra wurde sehr an ihre Mutter erinnert, die auch gern gestickt und dazu der Musik von Chopin und Mozart gelauscht hatte.

„Ich freue mich sehr, Sie kennenzulernen, Miss Clifford. Oliver sagte mir, dass auch Sie sich für Lalique-Glas interessieren.“ Mrs. Tait reichte Alexandra die Hand.

Die alte Dame war groß, sehr schlank, hatte dunkle Augenbrauen und weißes Haar. Überraschenderweise trug sie eine gut sitzende Hose zu einer fliederfarbenen Seidenbluse. Ihre Augen hatten dieselbe Farbe wie die lange doppelreihige Amethystkette, und sie war sehr geschickt und für ihr Alter genau richtig geschminkt. Sie gefiel Alexandra auf Anhieb.

Nach dem Dinner zeigte Barbara Tait ihrem Gast das Haus. Oliver begleitete die beiden. Alexandra fühlte, wie er sie beobachtete, während sie Gemälde und Sammlerstücke betrachtete.

Eines der schönsten Stücke der Lalique-Sammlung, die Mrs. Tait auf ihren Reisen durch Europa während der ersten Jahre ihrer Ehe zusammengetragen hatte, war eine schimmernde tiefe Glasschale mit sechs Nixen, die darin wie im Meer zu schwimmen schienen. Auf dem Treppenabsatz stand das Gegenstück dazu, eine Vase mit Nixenfiguren, deren Schwänze die Henkel der Vase bildeten.

„Die größeren Stücke sind Geschenke meines Mannes", erklärte Barbara Tait. „Das erste Stück meiner Sammlung war eine kleine Parfümflasche, die ich einmal ahnungslos irgendwo kaufte, ohne mir träumen zu lassen, dass ihr noch so viele folgen sollten."

Sie schaltete das Licht in einer Glasvitrine ein. Parfümflasche reihte sich darin an Parfümflasche, in allen Farben und Formen. Die alte Dame wies auf ein Fläschchen, dessen Stopfen die Form eines Maiglöckchenstraußes hatte.

„Dies hier hat Oliver in einem Trödelladen für mich erworben." Liebevoll lächelte sie ihren Enkel an.

Als Oliver Alexandra später zu ihrem Hotel zurückbrachte, sagte sie: „So einen interessanten Abend habe ich lange nicht mehr verbracht. Deine Großmutter ist eine faszinierende Frau."

„Sie gehört zu den Menschen, die ich am liebsten habe."

Alexandra überlegte, wer wohl die anderen Menschen sein mochten und wie viele junge Frauen darunter waren.

Vor dem Hotel nahm Oliver etwas vom Rücksitz und drückte es ihr in die Hand. Es handelte sich um einen Feldstecher. „Ich leihe ihn dir für eine Weile."

Seit ihrer Ankunft hatte Alexandra sich einen Feldstecher gewünscht, um damit von ihrem Balkon aus Teile ihrer neuen, aufregenden Umgebung näher betrachten zu können.

„Wie aufmerksam von dir. Den leihe ich mir gern aus."

Wie bei ihrer ersten Verabredung und wie auch am vergangenen Abend brachte er sie bis zum Fahrstuhl.

„Gute Nacht, Alexandra, bis morgen Früh."

Während der folgenden Zeit sahen Oliver und Alexandra sich jeden Morgen. Er holte sie immer an der alten Schiffskanone ein und ging dann bis zum Ruderclub neben ihr her.

Das Wetter hatte sich wieder gebessert, doch morgens war die Luft empfindlich kalt. Alexandra trug jetzt einen Jogginganzug und klagte auch schon mal über kalte Finger.

Eines Morgens überraschte Oliver sie mit einem Paar roter Wollhandschuhe. Sie war gerührt von diesem Beweis seiner Aufmerksamkeit und bedankte sich.

„Wem gehören sie?", fragte sie, weil sie annahm, er habe sie von seiner Großmutter oder einer seiner Schwägerinnen bekommen.

„Sie gehören dir. Ich habe sie gestern gekauft, weil ich dachte, dass du zu beschäftigt bist, daran zu denken."

„Wie nett von dir. Was schulde ich dir?"

„Nichts – oder doch", sagte Oliver nach ein paar Schritten, „du könntest mir doch etwas dafür geben. Lad mich zu dem versprochenen Mittagessen im Fakultätsclub ein und nimm dir anschließend den Nachmittag frei. Dann zeige ich dir das Museum für Anthropologie. Du kannst unmöglich nach Europa zurückkehren, ohne es gesehen zu haben. Wie wär's mit heute?"

Als er ihre Rückkehr nach Europa erwähnte, wurde Alexandra plötzlich klar, dass bereits die Hälfte ihrer Zeit in Kanada vorüber war. Bald würde sie wieder in London sein, und er auf Hawaii.

Die Freundschaft mit ihm würde ihr entsetzlich fehlen. Sie hatte es zu Anfang nicht für möglich gehalten, dass ein Mann seines Alters und eine Frau ihres Alters nur befreundet sein konnten. Doch Oliver hatte sein Versprechen gehalten. Sie waren einige Male ins Theater und ins Konzert gegangen, und jedes Mal hatte er sich perfekt benommen. Er war sogar damit einverstanden gewesen, dass sie ihre Eintrittskarten selbst bezahlte und sich an den Kosten für die anschließenden Abendessen beteiligte.

„In Ordnung. Warum auch nicht?", sagte sie jetzt. Wenigstens ein Mal wollte sie, ganz gegen ihre sonstige Überzeugung, das Vergnügen der Pflicht vorziehen.

Alexandra und Oliver verabredeten sich im Fakultätsclub. Alexandra war zuerst da, suchte sich einen Tisch am Fenster aus, bestellte einen Sherry und begann, in einer zwei Tage alten Ausgabe der Londoner „Times" zu lesen.

Sie war dann jedoch gezwungen, die Zeitung beiseitezulegen, da ein junger Professor hartnäckig versuchte, sich mit ihr zu unterhalten. Endlich erschien Oliver oben an der Treppe, die vom Eingang ins Restaurant hinabführte.

Wäre sie allein gewesen, hätte Alexandra gewartet, bis er sie entdeckte. So aber winkte und lächelte sie ihm zu. Ihr unerwünschter Verehrer begriff, dass er gegen den großen, blendend aussehenden Mann keine Chance hatte und zog sich zurück.

„Ich kann ihm nicht verübeln, dass er es versucht hat. Du siehst umwerfend aus", sagte Oliver, als er an den Tisch trat.

„Danke."

Nach ihrer morgendlichen Begegnung hatte sie ihr Haar gewaschen, geföhnt und sich geschminkt. Sie trug einen engen Pullover und eine enge Hose.

Nach dem Mittagessen spazierten sie zum Museum, einem ungewöhnlichen, imponierenden Gebäude, das in einem Flügel die turmhohen, wettergebleichten Totempfähle der Indianerstämme der kanadischen Nordwestküste beherbergte. Oliver fühlte sich sehr zu den in die riesigen hölzernen Pfähle geschnitzten Masken und Fratzen hingezogen. Alexandra begriff zwar, was ihn so sehr beeindruckte, ihr jedoch gefielen die in einem Schaukasten ausgestellten chinesischen Mandarinhüte viel besser.

Trotzdem – obwohl Oliver von indianischer Kunst angezogen wurde und Alexandra nicht – verbrachten sie zwei hochinteressante Stunden und lernten viel voneinander.

Anschließend kehrten sie noch einmal zum Nachmittagstee im Club ein.

Alexandra hatte kaum bestellt, da sagte Oliver: „Am nächsten Sonntag feiern wir das Erntedankfest, ein sehr wichtiges Fest in Nordamerika. Meine Großmutter wird an diesem Tag bei meinem Bruder Max und seiner Familie sein. Ich habe vor, das Wochenende auf einer der kleineren Inseln zu verbringen. Möchtest du mitkommen?"

Diese beiläufig gestellte Frage traf Alexandra völlig unvorbereitet, aber noch mehr überraschte sie Olivers Blick. Auf einmal sah er sie so an, wie ein Mann eine Frau anschaut, die er sehr begehrenswert findet, und sie reagierte wie eine Siebzehnjährige. Ihr Herz fing an zu hämmern, und ihre Kehle wurde so trocken, dass sie kein Wort herausbringen konnte. Sie hätte ohnehin nicht gewusst, was sie antworten sollte.

Oliver hob fragend eine Augenbraue. „Gefallen dir kleine Inseln nicht? Oder gefällt dir der Vorschlag nicht?"

Plötzlich wusste Alexandra die Antwort, es war ganz einfach. Blitzartig erkannte sie, dass sie sich nichts sehnlicher wünschte, als mit Oliver Tait ein Wochenende lang allein zu sein.

„Der Vorschlag gefällt mir gut. Doch würde deine Großmutter nicht sehr traurig sein, wenn du das Wochenende nicht mit ihr verbringst? Sie ist nicht mehr jung, und du bist ganz offensichtlich ihr Liebling."

Er schüttelte den Kopf. „Ich bin nur einer von vielen, sie wird mich nicht vermissen. Außerdem ist sie ohnehin überzeugt davon, dass wir beide das Erntedankwochenende miteinander verbringen."

„Den Erntedanktag vielleicht, aber doch nicht das ganze Wochenende. Wie willst du ihr das erklären?"

„Sie wird keine Erklärung verlangen, da sie wahrscheinlich annimmt, dass du nicht über Nacht bleibst. Ich möchte dich zu nichts überreden, wovon du nicht wirklich überzeugt bist. Du hast zwei Tage Zeit, über meinen Vorschlag nachzudenken. Ich habe dich rechtzeitig gefragt und versuche auch nicht, dich durch Berührungen oder Küsse zu beeinflussen."

„Ich bin mir auch nicht bewusst, dir gezeigt zu haben, dass ich das will."

„Das ist richtig", gab er zu. „Es besteht jedoch überhaupt kein Zweifel mehr daran, dass wir uns zueinander hingezogen fühlen."

Die Kellnerin brachte den Tee, und Alexandra unterzeichnete einen

Beleg, der zur Abrechnung an ihren Club in London geschickt werden würde.

Oliver beugte sich vor, die Tasse in beiden Händen. „Eigentlich ist nur noch die Frage offen, wie wir im Bett miteinander auskommen. Ich habe da überhaupt keine Zweifel. Du etwa?"

Er begleitete diese Frage wieder mit einem Blick, der sie durcheinanderbrachte. Nein, er fasste sie nicht an, und er küsste sie nicht, er beeinflusste sie auf eine andere Weise.

Sie schüttelte leicht den Kopf und hob die Teetasse an die Lippen. Dabei zitterte ihre Hand.

„Nun", meinte Oliver, „du kannst ja noch darüber nachdenken. Ich rufe dich Freitagabend an, und wenn du dann nicht willst, ist das dein gutes Recht. Ich werde enttäuscht sein, aber nicht beleidigt. Das verspreche ich dir."

Sie machten sich auf den Heimweg. Alexandra war sicher, dass er sie diesmal zum Abschied küssen würde, aber er reichte ihr nur die Hand.

„Ich rufe dich Freitagabend an. Vielen Dank für das Mittagessen."

Am folgenden Morgen kam mit der Post ein Brief von Oliver, in dem er sich noch einmal für die gestrige Einladung bedankte. Es war nur ein kurzes, höfliches Schreiben. Doch Alexandra las es wieder und wieder wie einen Liebesbrief.

Sie malte sogar die Buchstaben d, a und r aus der Anrede „Liebe Alexandra" nach, suchte sich dann noch l, i, n und g aus dem Brief heraus, nur um zu sehen, wie das Wort Darling in seiner Schrift aussehen würde. Danach konnte sie vor sich selbst nicht länger leugnen, dass sie in ihn verliebt war.

Der Donnerstag und der Freitag zogen sich endlos hin. Sie hatte gewusst, dass sie Oliver an den beiden Tagen nicht auf dem Deich treffen würde, da er mit einem seiner Halbbrüder zum Lachsfischen gefahren war. Sie hatte allerdings nicht erwartet, dass zwei Tage ohne ihn so lang sein würden.

Als am Freitagnachmittag um kurz nach vier das Telefon läutete, zwang sie sich, erst nach dem dritten Klingelzeichen abzunehmen. Leider war es nur John Kassinopolis, der aus Toronto anrief, um sie zum Erntedankfest einzuladen.

„Das ist sehr lieb von Ihnen, John, und ich wäre gern gekommen. Leider habe ich bereits eine Einladung für dieses Wochenende angenommen."

„Wie schade. Ich hätte eher anrufen sollen. Nun, die Hauptsache ist, dass Sie nicht allein sind." Er plauderte noch ein paar Minuten mit ihr, fragte, ob die Entwürfe für die Suiten Fortschritte machten, und verabschiedete sich dann. „Vielleicht bin ich Ende nächster Woche wieder in Vancouver. Genießen Sie Ihr Wochenende."

„Vielen Dank, Sie auch. Auf Wiedersehen, John."

Durch den Anruf in ihrer Konzentration gestört, beschloss Alexandra, für heute die Arbeit einzustellen. Sie hatte handgewebte Teppiche für alle Zimmer entworfen und war gerade dabei gewesen, die Modelle in Petit-Point-Stickerei auszuführen. Sie sahen so ähnlich aus wie der kleine Teppich, den Elena Clifford für das Puppenhaus ihrer Tochter gemacht hatte, kurz bevor sie ums Leben kam.

Was würde sie, eine humorvolle Ehefrau und Mutter, wohl von der Entscheidung ihrer Tochter, niemals zu heiraten, gehalten haben? Gewiss wäre sie stolz gewesen auf Alexandras beruflichen Erfolg. Doch was hätte sie von ihrem Privatleben gedacht?

Tante Jo zum Beispiel hatte das erste Liebeserlebnis ihrer Nichte sehr missbilligt. Allerdings hatte sie es Alexandra erst gesagt, nachdem sie sich von Peter getrennt hatte.

Gegen sechs läutete das Telefon wieder. Diesmal war es Oliver.

„Oh, hallo. Wir war's beim Angeln?" Alexandra hörte sich ruhiger an, als sie sich fühlte.

„Fantastisch. Wie geht's dir?"

„Gut." Sie überlegte, ob sie hinzufügen sollte: Ich freue mich auf unseren Ausflug zur Insel.

Doch ehe sie sich dazu entschließen konnte, sagte Oliver: „Ich habe in der vergangenen Nacht nicht viel geschlafen. Mein Bruder hat Probleme, über die er sprechen wollte. Ich esse gleich zu Abend und gehe dann zu Bett. Ist es dir zu früh, wenn ich dich morgen um neun abhole? Oder findet unser Ausflug nicht statt?"

„Neun Uhr ist in Ordnung. Wenn man der Wettervorhersage glauben darf, dann wird es ein warmes, trockenes Wochenende."

„Hoffentlich haben sie recht. Aber auch wenn es regnen sollte, finden wir bestimmt einen angenehmen Zeitvertreib. Gute Nacht, Alexandra."

Der zärtliche Klang seiner Stimme ließ sie den ganzen Abend nicht mehr los.

Alexandra hätte sich nicht gewundert, wenn sie in dieser Nacht kein Auge zugetan hätte. Doch sie schlief tief und traumlos und wachte mit der Überzeugung auf, dass sie das absolut Richtige tat. Dass es zwischen ihr und Oliver keine ernsthafte Bindung gab, änderte nichts an der Tatsache, dass es, zumindest für sie, weitaus mehr war als nur körperliches Begehren.

Sie liebte ihn.

Nach Oliver würde es keinen anderen Mann mehr für sie geben. Wenn es stimmte, dass die Qualität eines Menschenlebens wichtiger war als seine Dauer, dann war auch die Qualität einer Liebesbeziehung von größerer Bedeutung als ihre Dauer.

Alexandra duschte, kleidete sich an, packte einige Sachen in ihre Reisetasche und stellte dann das Alpenveilchen in eine Schale mit Wasser, damit es während ihrer Abwesenheit nicht verwelkte.

Unten in der Halle musste sie nur wenige Minuten auf Oliver warten.

„Guten Morgen." Er küsste sie nicht, aber sein Lächeln versprach ihr Küsse und noch vieles mehr.

„Guten Morgen." Alexandra bemühte sich nicht, das Leuchten in ihren Augen zu verbergen.

„Ist das alles, was du mitnimmst?", fragte Oliver und nahm ihr die Reisetasche ab.

„Ich glaube, mehr brauche ich nicht."

„Das ist richtig. Aber die meisten anderen Frauen hätten vermutlich ein Dutzend überflüssiger Kleider eingepackt, um für alle nicht eintretenden Fälle gerüstet zu sein", antwortete er schmunzelnd und öffnete die Lobbytür für sie.

Alexandra lachte. „Das mag für ältere Frauen zutreffen. Junge Frauen reisen heute mit einer Tasche rund um die Welt.“

„Du musst mit einer sehr großen Tasche nach Kanada gekommen sein“, sagte Oliver, während sie sich auf den Beifahrersitz gleiten ließ. „Du bist immer perfekt angezogen.“

Er ging um den Wagen herum und verstaute ihre Tasche hinter seinem Sitz. Dann schob er sich hinters Steuer. „Mit deiner Figur würdest du allerdings auch in einem Sack gut aussehen.“ Er wollte den Motor anlassen, hielt dann jedoch inne und wandte sich ihr zu. „Du bist schön, Alexandra, und du duftest besser als ein ganzer Rosengarten.“

Er beugte sich vor und drückte einen Kuss auf ihre Wange.

„Du stärkst mein Selbstbewusstsein“, konnte Alexandra gerade noch sagen, bevor sie seinen Mund auf ihrem spürte. Oliver küsste sie sanft, aber sehr sinnlich.

Danach grinste er sie unverschämt an. „Du stärkst mich auch. Wenn ich mit dir zusammen bin, komme ich mir vor wie ein Neunzehnjähriger – fast ständig erregt. Du hast keine Ahnung, wie schwer es mir gefallen ist, mein Versprechen zu halten.“

„Es schien dir so leicht zu fallen, dass ich schon anfing, mich zu fragen, ob du mich überhaupt jemals wieder küssen würdest.“

„Tatsächlich? Dann lass uns jetzt keine weitere Zeit vergeuden. Je eher wir da sind, desto eher kann ich dich lieben.“

Alexandra errötete wie ein Schulmädchen und schaute auf ihre Hände. „Ist es dafür nicht ein bisschen früh am Tag?“

„Morgen um diese Zeit will ich dich wenigstens zwei Mal geliebt haben. Hast du es noch nie vor dem Frühstück getan? Es ist die beste Art, den Tag zu beginnen.“

5. KAPITEL

Die Cessna, die Olivers Halbbruder gehörte, wasserte auf ihrem Anlegeplatz südlich der Stadt, nicht weit vom Internationalen Flughafen Vancouver entfernt, wo Alexandra vor einigen Wochen gelandet war, ohne zu ahnen, dass bei ihrem nächsten Flug die große Liebe ihres Lebens das Steuerruder in den Händen halten würde. „Ich fliege, seitdem ich sechzehn bin. Du brauchst also keine Angst zu haben", sagte Oliver und half Alexandra, sich in dem Sitz hinter dem Pilotensitz festzuschnallen.

„Ich habe keine Angst. Ich bin schon immer gern geflogen, und ich bin sicher, du fliegst genauso gut, wie du Auto fährst." Sie meinte es ehrlich.

Peter hatte sich in den zwei Jahren, die sie mit ihm zusammenlebte, einen Traum erfüllt und sich einen Ferrari angeschafft. Seine angeberische, aggressive Fahrweise hatte ihr viel Kummer bereitet. Obwohl er wusste, dass ihre Eltern bei einem Autounfall ums Leben gekommen waren, fuhr er immer zu schnell und sehr riskant. Außerdem gehörte er zu den Männern, die glauben, dass Frauen schlechter Auto fahren als Männer.

Jetzt, da sie zum ersten Mal in ihrem Leben richtig liebte, sah Alexandra ein, wie lau ihre Gefühle für Peter gewesen waren. Sie hielten keinem Vergleich mit dem stand, was sie für Oliver empfand.

Wie schön wäre es, wenn es diesmal für immer sein könnte und sie und Oliver ein ganzes gemeinsames Leben vor sich hätten!

Aber selbst wenn Oliver sie liebte, gab es keine Möglichkeit, ihre beiden Leben zu vereinen. Schon bei Ehepartnern, die einen ähnlichen Beruf ausübten, gab es unweigerlich Schwierigkeiten. Ozeanographie und Innenarchitektur jedoch waren völlig unvereinbar. Oliver und Alexandra flogen jetzt in knapp zweitausend Meter Höhe über die Meerenge von Georgia zwischen der Festlandküste und der großen Insel Vancouver und hatten einen herrlichen Blick auf das Gebirge und die vielen kleinen Inseln, die im Windschatten der großen lagen.

Die Insel, auf der sie ihr Wochenende verbringen würden, war weniger dicht bewaldet als die Nachbarinseln. Das Flugzeug setzte in einiger Entfernung vom Anlegesteg auf, und während sie sich langsam der Insel näherten, sah Alexandra, dass das Wohnhaus doch erheblich größer war, als sie aus der Luft hatte erkennen können.

Endlich schwieg der Motor, und Oliver nahm die Kopfhörer ab.

„Etliche Nadelbäume wurden gefällt, bevor wir das Haus bauten", erklärte er Alexandra. „Einige wurden später durch Laubbäume ersetzt, besonders durch Ahornbäume. Wir wollten mehr Sonne als Schatten auf unserer Insel, und wie du von deinen morgendlichen Gängen durch den Stanley Park weißt, sind Tannenwälder dunkel und kühl."

Er half ihr, aus dem Flugzeug auf den Anlegesteg zu klettern, und lud dann die Reisetaschen und mehrere große Kartons aus, die Lebensmittel und Getränke enthielten.

„Ich trage die Taschen", sagte Alexandra.

„Danke. Ich nehme zuerst die beiden Kartons mit den Flaschen und hole die anderen dann nach und nach ins Haus."

Es handelte sich um ein einstöckiges Haus mit Veranda, die von einem weit überhängenden grauen Schindeldach geschützt wurde.

„Es wird regelmäßig benutzt", erklärte Oliver. „Die Räume sind also nicht feucht und riechen nicht muffig. Noch am letzten Wochenende war jemand hier. Sogar im Winter ist es herrlich, mit einem großen Feuer aus Treibholz im Kamin."

Er hielt die Kartons fest an sich gedrückt und setzte sie auch vor der Haustür nicht ab. „Der Schlüssel ist in meiner linken Hosentasche. Würdest du bitte aufschließen?"

Alexandra stellte die Taschen neben die Tür, schob die Hand in seine Tasche und spürte die Wärme seines Körpers, während sie den Schlüssel herauszog. Es lag etwas besonders Intimes in dieser Handlung. Darüber hinaus wurde ihr klar, wie wenig körperlichen Kontakt sie bisher mit Oliver gehabt hatte.

Zwei feurige Küsse waren keine Garantie für ein erfolgreiches Liebesleben. Mit Peter hatte sie trotz intimster Berührungen die letzte große Seligkeit nie erlebt. Dummerweise hatte sie jedoch immer so getan, als sei sie genauso befriedigt wie er.

Das würde sie diesmal nicht tun. Falls sie mit Oliver nicht den Höhepunkt erreichte, würde sie ihm nichts vorspielen. Doch sie hoffte voll wilder Verzweiflung, mit ihm zum Gipfel der Erfüllung zu gelangen.

Denn dieses Zusammensein war ihre letzte Chance dazu. Aber was auch immer geschah, es würde an ihrer Liebe zu ihm nichts ändern.

Alexandra schloss die Tür auf und ließ Oliver zuerst ins Haus gehen. Dann folgte sie ihm mit den beiden Reisetaschen und stand gleich darauf mitten in einem großen, gemütlichen Wohnzimmer. Es wurde von einem riesigen Kamin beherrscht, dessen Sims aus roh behauenen Felsbrocken bestand.

Bequeme Sessel und Sofas luden zum Ausruhen ein, und ein hohes Bücherregal bedeckte eine ganze Wand. Wenig später stellte Alexandra fest, dass die Küche nur durch eine lange Frühstückstheke vom Wohnraum getrennt war.

Oliver setzte endlich seine Kartons ab und öffnete die Fenster und die Blenden davor. Jedes Fenster bot einen Blick auf das Meer und die anderen kleinen Inseln.

„Ich mache jetzt auch noch die Schlafzimmerfenster auf. Du kannst dann deine Sachen auspacken, während ich die restlichen Kartons hole", sagte er und öffnete eine Tür.

Alexandra schaute ihm nach und sah wenig später, dass sich in dem Schlafzimmer ein riesiges Doppelbett befand. Genau gegenüber hatte man durch eine gläserne Schiebetür einen atemberaubenden Ausblick.

Ein samtener grüner Rasen reichte bis ans Ufer. Über das glitzernde Wasser glitt ein Segelboot, und im Hintergrund zeichneten sich die bewaldeten Höhen einer sehr viel größeren Insel gegen den blauen Himmel ab.

Langsam trat Alexandra näher. „Was für eine hinreißende Aussicht!"

„Ja. Und an dieser Seite des Hauses gibt es kein überhängendes Dach, so dass die Morgensonne ungehindert hereinscheint. Und in klaren Nächten kann man im Bett liegen und die Sterne am Himmel zählen."

Sie biss sich auf die Lippe. Hatte Oliver schon mit anderen Frauen in diesem Bett gelegen? Alexandra konnte akzeptieren, dass andere vor ihr gewesen waren, doch irgendwie würde sie es nicht ertragen können, wenn diese Insel eine wundervolle Erfahrung wäre, die er nicht nur mit ihr teilte.

„Platz ist genug da." Oliver öffnete die Türen einiger Einbauschränke. „Meine lieben Anverwandten lassen immer Sachen hier. Doch für uns gibt es noch reichlich freie Kleiderbügel. Verschiedene Schubladen sind auch leer. Ich bin gleich zurück."

Nachdem Oliver gegangen war, verstaute Alexandra die wenigen Sachen, die sie mitgebracht hatte. Sie stellte gerade im angrenzenden Badezimmer ihre Toilettengegenstände auf, als sie ihn wieder ins Haus kommen hörte.

Plötzlich zitterten ihre Hände so sehr, dass sie beinahe die Flasche mit der Reinigungslotion fallen ließ.

„Möchtest du Kaffee?", rief Oliver.

„Ja, bitte!", rief Alexandra zurück.

Wie töricht, so nervös zu sein! Doch es ließ sich nicht ändern. Die Selbstbeherrschung, über die sie normalerweise verfügte, schien sie plötzlich verlassen zu haben. Sie war schüchtern und unsicher wie ein unerfahrenes junges Mädchen.

Endlich wagte sie sich in die Küche. Oliver füllte gerade den Kühlschrank auf. Trotz allem, was er gesagt hatte, bevor sie am Morgen losgefahren waren, sah er in diesem Augenblick so aus, als liege ihm nichts ferner als der Gedanke, mit ihr ins Bett zu gehen. Alexandras Nervosität ließ ein wenig nach, während sie zuschaute, wie er die Vorräte in dem großen grünen Kühlschrank verstaute.

In einer farblich dazu passenden Kaffeemaschine dampfte frisch durchgelaufener Kaffee.

„Becher stehen links oben im Schrank", sagte Oliver, ohne seine Tätigkeit zu unterbrechen.

Alexandra nahm zwei Becher heraus, füllte sie mit Kaffee und sah Oliver wieder zu. Er ging in die Hocke, um Staudensellerie im Gemüsefach unterzubringen. Seine Hose saß eng um seine muskulösen Schenkel. Ein kleines Zittern überlief Alexandra.

„Du hast genug Vorräte für eine Belagerung mitgebracht", bemerkte sie ein wenig heiser.

Er erhob sich mit der elastischen Bewegung des Sportlers. „Hier haben immer alle mehr Hunger als anderswo. Komm, lass uns den Kaffee mit nach draußen nehmen. Ich zeige dir alles."

Ein gewundener Pfad führte rings um das Inselchen. Es gab keine Blumenbeete oder Pflanzen, die an einen Stadtgarten erinnerten. Nur Büsche und Klettergewächse waren gepflanzt worden, um die natürliche Schönheit der Insel zu unterstreichen.

„Oh!", rief Alexandra plötzlich. „Da ist ja ein Baumhaus! Die Söhne meiner Tante haben sich immer ein Baumhaus gewünscht. Leider hatten wir nicht die richtigen Bäume dafür im Garten."

„Dieses Haus hat ein alter Mann für mich gebaut, der für meine Großeltern Gelegenheitsarbeiten verrichtet. Ich habe ihm beim Bau geholfen", erzählte Oliver, während sie an den breitblättrigen Baum herantraten. „Zuerst gab es die Strickleiter nicht. Die wurde erst später angebracht. Ich bin immer so hinaufgeklettert." Er reichte Alexandra seinen leeren Becher, packte ein dickes Seil, das von einem Ast über dem Baumhaus hing und an der offenen Plattform vor dem Haus vorbeiführte. Schnell zog er sich daran in die Höhe. Eine Hand griff über die andere, die Beine benutzte er überhaupt nicht.

Wenige Augenblicke später stand er oben vor dem Haus. „Ich bin ein Tarzan außer Übung", meinte er. „Früher schoss ich wie der Blitz hier hinauf."

„Du warst auch jetzt nicht langsam", erwiderte Alexandra bewundernd, stellte beide Becher an den Fuß des Baumes und kletterte die Strickleiter hinauf.

Kaum war Alexandra auf der Plattform angekommen, sagte Oliver: „Ich war eben ein richtiger Angeber, nicht wahr? Seit meiner Teenagerzeit habe ich nicht mehr so vor einem Mädchen angegeben. Es muss daran liegen, dass du mit offenem Haar und ohne Make-up so jung aussiehst."

In Wahrheit war sie geschminkt, doch so leicht, dass ein Mann es nicht merkte.

Oliver nahm ihre Hände und sah ihr tief in die Augen. „Für eine Siebenundzwanzigjährige siehst du erstaunlich … unberührt aus, Alexandra. Trotzdem kann dies doch nicht das erste Mal sein, dass du … na ja, einen solchen Ausflug unternimmst."

Sie wünschte sich von Herzen, es wäre das erste Mal, wünschte sich, die gescheiterte Beziehung mit Peter sei nie gewesen.

„Es gab mal jemanden … vor drei Jahren“, gestand sie. „Aber seitdem …“

„Seitdem?“, hakte Oliver nach.

„Nichts.“

„O Alexandra!“ Er hob ihre Hände an seine Lippen und küsste sie, dann schlang er die Arme um Alexandras Taille.

Lange blickten sie einander an.

„Ich begehre dich“, flüsterte Oliver schließlich mit vor Erregung heiserer Stimme. „Lass uns zurückgehen.“

Als sie wieder festen Boden unter den Füßen hatten, griff er nach ihrem Ellenbogen und ging mit langen, schnellen Schritten quer über die Insel, direkt auf das Haus zu. Sie musste laufen, um mitzukommen.

Kurz vor der Treppe, die zur Veranda führte, blieb Oliver stehen, hob Alexandra hoch, trug sie die Stufen hinauf und durchs Wohnzimmer. Im Schlafzimmer stellte er sie auf die Füße, schloss die Tür und zog bauschige weiße Gardinen vor die Fenster.

Dann führte er Alexandra zum Bett, setzte sich hin und nahm sie auf seinen Schoß. Er schlang die Arme um sie und vergrub sein Gesicht zwischen ihrem Hals und ihrer Schulter.

Sie spürte seinen Mund auf ihrer heißen Haut, hörte seine Stimme: „Du bist so schön …“

Alexandra wurde wach. Noch hatte sie kein Gefühl für Zeit und Raum, nur ein schläfriges Bewusstsein von Frieden und Wohlergehen. Zufrieden streckte sie sich und merkte, dass sie unter einer weichen, leichten Decke lag, aber kein Nachthemd anhatte. Sie war nackt!

Die Erinnerung durchzuckte sie wie ein Blitz. Sie wusste wieder, dass sie sich auf einer kleinen Insel befand und in Olivers Armen eingeschlafen war – nach dem längsten und schönsten Liebesspiel, das sie je erlebt hatte, und einem überwältigenden Höhepunkt der Lust. Es war eine Offenbarung gewesen.

Alexandra lächelte zärtlich vor sich hin, seufzte wohlig und erlebte den Gedanken noch einmal, mit welcher Sanftheit Oliver sie genommen hatte, seine eigene Begierde zügelnd, bis er sicher war, ihr nicht wehzutun.

Die Tür wurde geöffnet, und Alexandra wandte den Kopf. Langsam kam Oliver auf das Bett zu und setzte sich neben sie.

Er strich über ihr Haar. „Hallo!"

Statt einer Antwort streckte sie die Hand aus, griff nach seiner und drückte sie an ihre Wange.

„Hast du Hunger aufs Mittagessen?", fragte er.

„Ist es schon so spät? Warum hast du mich nicht geweckt, als du aufgestanden bist?"

„Auf dieser Insel gibt es keine Zeit. Wir können essen, wenn wir Appetit haben, schlafen, wenn wir müde sind, und uns lieben, wenn wir Lust dazu haben. Mach dich frisch und zieh dir deinen Morgenmantel über. Das Mittagessen ist fertig." Er küsste sie auf die Nasenspitze und ging ins Wohnzimmer zurück.

Da Oliver vorgeschlagen hatte, sie solle einfach im Morgenmantel essen, wollte sie es auch tun. Sie duschte rasch und schlüpfte in das seidene Gewand, das ganz streng geschnitten, jedoch pfirsich- und cremefarben gemustert war und bis zu den Knien reichte.

Oliver hatte den Tisch draußen auf der Veranda in der Sonne gedeckt und öffnete gerade eine Champagnerflasche, als Alexandra sich zu ihm gesellte. Er musterte sie kurz.

„Oh, das gefällt mir", sagte er beifällig. „Das hat Stil."

Alexandra schaute ebenso beifällig auf das Essen, das er angerichtet hatte. „Eigentlich esse ich mittags nie viel. Aber heute sterbe ich vor Hunger. Das muss an der Seeluft liegen."

Er grinste sie unverschämt an. „Oder an der ungewohnten Gymnastik."

Sie lachte. Aber plötzlich wurde sie ernst. „Du warst hinreißend zu mir. Vielen Dank."

Oliver hob fragend die Augenbrauen. „Hattest du es dir nicht so schön vorgestellt?"

„Ja … nein … jedenfalls nicht so wunderbar – gleich beim ersten Mal. So war es noch nie für mich. Ich fühle mich wie neugeboren."

Er goss den goldfarbenen Champagner in zwei langstielige Gläser und stellte die Flasche in einen Kübel mit Eis, der unter dem Tisch im Schatten stand. Dann nahm er beide Gläser und reichte Alexandra eins. „Als du weintest, dachte ich, ich hätte dir wehgetan."

„Ich habe vor Glück geweint."

„Darauf wollen wir trinken. Auf das Glück!"

Mit leisem Klingen stießen ihre Gläser aneinander.

„Auf das Glück!", wiederholte Alexandra. Der Trinkspruch gefiel ihr. Glück hatte keine Grenzen. Es konnte einen Augenblick dauern, eine Stunde, einen Tag, ein langes Wochenende oder ein Leben. Für sie war es ein Wochenende, ein einziges paradiesisches Wochenende. Sie wollte nicht an das denken, was nachher geschah. Sie wollte nur für die Gegenwart leben.

Die Stühle standen im rechten Winkel zueinander am Tisch, und Oliver rückte ihr einen davon zurecht.

„Der Salat sieht interessant aus", sagte sie und schaute in die große hölzerne Schüssel, die außer dem, was sonst einen Salat ausmacht, noch Avocados, Pfirsiche, Trauben und Nüsse enthielt.

„Das Rezept habe ich von meiner Schwägerin Louise. Sie ist eine fanatische Anhängerin von gesunder Kost, und ich muss sagen, ihrer Familie bekommt es sehr gut. Bei ihr gibt es kein fettes Fleisch, nur Steaks und Kalbsleber."

„Würdest du dich auch so ernähren lassen?"

„Wenn ich eine intelligente Frau hätte, die etwas von Ernährung versteht und mich lange am Leben erhalten möchte, würde ich alles essen, was sie auf den Tisch bringt. Louise, Max und ihre Kinder sind übrigens sehr viel gesünder und fitter als Marguerite und Ian, die öfter in Restaurants essen als zu Hause. Mit Marguerite würdest du dich nicht gut verstehen."

Alexandra nahm von der Leberpastete, die Oliver aus der Stadt mitgebracht hatte, und vom Salat.

„Weshalb meinst du, ich würde mich mit Marguerite nicht gut verstehen?"

„Sie verbringt den größten Teil ihrer Zeit in Schönheitssalons. Ich habe den Verdacht, dass sie sich schon ein paar Mal hat liften lassen. Ich habe sie auch noch niemals richtig lachen sehen. Und der arme Ian darf bestimmt ihr Haar nicht anfassen. Gott weiß, wie ihr Liebesleben aussieht." Oliver streckte die Hand aus und berührte Alexandras Haar. „Ich bin gegen komplizierte Frisuren. Ich liebe weiches Haar, das sich über das Kissen ausbreitet wie deins."

Sie streckte ebenfalls die Hand aus und strich ihm über den Kopf. „Und ich liebe dichtes, lockiges, beinahe schwarzes Haar."

Durch die Aufwärtsbewegung des Arms zeichneten sich ihre Brüste unter der dünnen Seide ab. Prompt schob Oliver seine Hand in das Oberteil des Morgenmantels.

„Du trägst nichts darunter."

„Sollte ich?"

Er antwortete nicht, sondern blickte auf ihre Lippen. Behutsam streichelte er Alexandras Brüste.

Sie war erstaunt über die Stärke des Verlangens, das sie durchflutete, und schloss sekundenlang die Augen. Mit schwankender Stimme sagte sie: „Wenn du so weitermachst, verliere ich den Appetit, und dies herrliche Mittagessen verkommt."

Einen Augenblick noch verweilte seine Hand auf ihrer weichen Haut, dann zog er sie zurück.

„Du hast recht. Wir sollten zuerst essen und uns danach lieben."

„Und ich dachte, wir wollten ein gesundes Wochenende verbringen und Sport an der frischen Luft treiben."

„Sport an der frischen Luft kommt später an die Reihe. An diesem Wochenende haben Zimmerspiele Vorrang. Trink noch ein wenig Champagner."

Zum Nachtisch teilten Alexandra und Oliver sich eine Melone, die sie mit Mandellikör übergossen, und zum Kaffee gab es köstliche dunkle, handgemachte Schokolade mit Mokkafüllung.

Schließlich zog Oliver Alexandra vom Stuhl hoch und mit sich ins Haus. „Zeit für die Siesta."

„Ich muss mir noch die Zähne putzen", sagte sie, als er die Schlafzimmertür hinter ihnen schloss.

„Bist du dabei lieber allein, oder können wir es gemeinsam tun?"

„Warum nicht?"

Im Bad angekommen, meinte er: „Du solltest dieses hübsche Kleidungsstück ablegen. Sonst machst du Zahnpastaflecken darauf."

Oliver stand hinter Alexandra, während er das sagte. Nun legte er die Arme um sie und löste den Gürtel des Morgenmantels. Gleich darauf glitt das Kleidungsstück zu Boden, und er streichelte ihren Bauch. Dabei betrachtete er über ihren Kopf hinweg ihre runden Brüste.

Seine Hände glitten höher. „Sie sind so weich und schön. Alles an dir ist schön, aber sie gefallen mir besonders gut."

Alexandra beobachtete im Spiegel, wie Oliver sie liebkoste. Ein Schauer überlief sie, und sie rieb ihre Schultern an ihm. Dann bog sie den Rücken durch, um ihre Brüste enger in seine warmen Hände zu pressen.

Oliver senkte den Kopf, küsste ihre Schultern, ihren Nacken und begann dann, sie sanft zu beißen. Alexandra stöhnte, nicht vor Schmerz, sondern vor Vergnügen. Sie hatte keine Ahnung gehabt, wie erregend solche zarten Bisse sein konnten. Im Spiegel sah sie eine Frau mit geröteten Wangen und vor Verlangen geweiteten Augen – eine Frau, die lieben und geliebt werden wollte.

Oliver lockerte seinen Griff. Sofort drehte Alexandra sich in seinen Armen um, so dass sie ihm gegenüberstand, und begann mit zitternden Fingern, sein Hemd aufzuknöpfen. Sie musste es erst aus dem Hosenbund zupfen, ehe sie es ihm abstreifen konnte.

Ihre Finger glitten über seine Brust, und mit den Fingerspitzen erforschte sie die unter der Haut liegenden Muskeln. Dabei verspürte sie das gleiche Vergnügen, das er empfunden hatte, als er ihre Brüste streichelte.

Oliver unterdrückte ein Stöhnen, zog Alexandra an sich und presste seinen Mund auf ihren.

Bald darauf hob er sie hoch, trug sie ins Schlafzimmer und legte sie aufs Bett. Rasch zog er seine restlichen Kleidungsstücke aus und legte sich neben sie. Alexandra schloss die Augen, seufzte wohlig und überließ sich seinen Zärtlichkeiten.

Irgendwann in der Nacht zum Sonntag wurde Alexandra wach. Der Mond schien ins Zimmer, und sie sah, dass Oliver sich über sie beugte.

„Oliver? Was ..."

„Ich will dich schon wieder, Alexandra."

„Ich dich auch", flüsterte sie, schlang die Arme um ihn, öffnete die Beine und wollte sofort von ihm genommen werden.

„Noch nicht." Er hauchte federleichte Küsse auf ihr Gesicht. Seine Lippen näherten sich ihren, glitten dann jedoch tiefer und tiefer, liebkosten ihren Körper.

Immer wieder, wenn Alexandra nahe daran war, die Beherrschung zu verlieren und sich der wilden Flut der Gefühle zu überlassen, hielt Oliver inne, seine eigene Leidenschaft zügelnd. Sie wand sich stöhnend und zitternd unter seinen Händen und Lippen, die sie Empfindungen lehrten, von denen sie keine Ahnung gehabt hatte.

„O Gott, ich kann nicht mehr!", rief sie schließlich.

Plötzlich rollte er sich auf den Rücken, zog sie mit sich und hielt sie auf sich fest, während er ihre Brüste küsste. Sie kniete über ihm, alle Hemmungen waren hinweggefegt. Der einzige Grund ihres Daseins, so schien ihr, war es, sich Oliver hinzugeben und seine Zärtlichkeiten zu empfangen.

Als Oliver und Alexandra erwachten, stand die Sonne so hoch, dass es viele Stunden später sein musste als die Stunde, da sie sich sonst auf dem Deich trafen.

„Vancouver scheint tausend Meilen entfernt zu sein." Alexandra reckte sich. „Mir geht es wunderbar", fügte sie hinzu, schob die Decken beiseite und sprang aus dem Bett.

„Mir geht es auch nicht schlecht." Oliver setzte sich auf und schwang seine langen Beine über den Bettrand.

Sein Haar war zerzaust, ein dunkler Stoppelbart zierte sein Kinn und umgab seinen Mund, mit dem er Alexandra noch wenige Stunden zuvor fast bis zum Wahnsinn getrieben hatte. Er sah verwegen aus und gefiel ihr noch besser als der gepflegte Oliver, den sie bisher gekannt hatte.

„Geh du unter die Dusche", sagte er. „Ich setze Kaffeewasser auf."

Alexandra massierte gerade eine Haarkur in ihr nasses Haar, als er Minuten später die gläserne Schiebetür zur Dusche öffnete.

„Darf ich hereinkommen?"

„Gern. Ich muss dies Zeug ohnehin zwei Minuten einwirken lassen."

Oliver stellte die Brause so ein, dass der Strahl Alexandra nicht treffen konnte, und drehte das Wasser auf. Sie stand an der Rückwand der geräumigen Duschkabine und sah zu, wie er sich einseifte.

„Kannst du dein Haar jetzt spülen?", fragte er und lud sie mit ausgestrecktem Arm ein, sich zu ihm unter das warme Wasser zu stellen.

Sie nickte und gesellte sich zu ihm. Er zog sie an sich, und sie küssten sich.

„Vergiss das Frühstück. Wir essen stattdessen früh zu Mittag", flüsterte Oliver dann und begann ein berauschendes Liebesspiel, während das Wasser sanft auf sie rieselte.

6. KAPITEL

Oliver zeigte Alexandra am Abend wie man Garnelen fängt. Da während des Nachmittags Wolken aufgezogen waren und der Mond nicht schien, bestand er darauf, dass sie eine Schwimmweste trug für den Fall, dass sie vom Anlegesteg stürzen sollte, wo sie ihr Unternehmen starteten. Zu Alexandras Überraschung hatten sie einen kleinen Campingkocher mitgenommen, um die Garnelen an Ort und Stelle zu garen.

Die selbst gemachte Falle zum Fang der kleinen Schalentiere war denkbar einfach: Sie bestand aus einem Metallreifen, an den ein altes Stück Sackleinen genäht war, das eine Art Sieb bildete. Am Rand des Siebs hatte man vier Drähte befestigt, die über seiner Mitte zusammengebunden und mit einer langen Leine versehen waren. Den Köder bildeten ein paar Sardinen.

„Der beste Köder wäre natürlich ein Fischkopf", erklärte Oliver, während er die Falle ins Wasser gleiten ließ und die Leine am Steg festband. „Aber hiermit müsste es auch klappen."

Er hatte auch Campinghocker mitgebracht, und sie saßen in der Dunkelheit und hörten dem Wasser zu, das um die Pfähle des Steges plätscherte.

Auf einmal griff Oliver nach Alexandras Hand und küsste ihre Fingerspitzen. „Es tut dir doch nicht etwa leid, den Abend hier draußen zu verbringen?"

„Was für eine seltsame Frage. Weshalb sollte es mir leidtun, hier draußen zu sitzen?"

„Nun, es gibt Menschen, die fürchten sich an einem einsamen Ort ohne andere Häuser in der Nähe. Man fühlt sich hier ein wenig wie am Rande der Welt."

Meinte er mit „Menschen" irgendein Mädchen, das einmal mit ihm hier gewesen war? Alexandra schob den Gedanken zur Seite.

„Allein wäre ich nicht gern hier", gab sie zu. „Aber solange du bei mir bist, gefällt es mir."

Er ließ ihre Hand los und leuchtete mit einer Taschenlampe ins schwarz glänzende Wasser.

„Noch rührt sich nichts. Manchmal, wenn die Garnelen anfangen zu beißen, kannst du in weniger als einer Stunde drei oder vier volle Netze hochziehen."

Alexandra starrte in die Dunkelheit und dachte über die ersten Siedler nach, die in die Einöde an der Nordwestküste des Pazifischen Ozeans gekommen waren. Besonders die Frauen hatten es damals schwer gehabt. Sie mussten unter primitiven Lebensbedingungen hart arbeiten. Doch in gewisser Weise war ihr Leben weniger kompliziert und schwierig gewesen als das der heutigen Frauen. Sie heirateten einfach und bekamen Kinder, etwas anderes gab es gar nicht für sie. Heute stand es den Frauen in der westlichen Welt frei, Kinder zu kriegen oder nicht. Doch das befreite sie nicht von dem Verdacht, das Wichtigste im Leben zu verpassen, falls sie keine Kinder wollten.

Hier auf der Insel drängte sich Alexandra dieser Gedanke förmlich auf. Das Haus hing voller Bilder von Eltern mit ihren Kindern, Bilder von Geburtstagsfeiern mit vielen Kindern, Bilder von Kindern, die paddelten und schwammen oder angelten. Alle waren Olivers Nichten und Neffen.

Doch Vernunft und Erfahrung sagten Alexandra, dass Familienleben nicht nur Freude und Erfüllung bedeutete. Wann hatte ihre Tante, eine begabte Künstlerin, jemals Zeit gehabt zu malen, ohne dabei gestört zu werden? Nie. Ständig musste sie für Mann und Kinder sorgen. Wenn eine Frau erst Kinder hatte, war sie vierundzwanzig Stunden pro Tag Mutter und gehörte nicht mehr sich selbst.

„Du bist sehr ruhig."

Sie wollte diese Gedanken nicht mit Oliver teilen. „Vertreibt Sprechen die Garnelen nicht?"

Statt einer Antwort knipste er die Taschenlampe an und bat Alexandra, sie zu halten, während er langsam das Sieb hochzog. Als es sich der Wasseroberfläche näherte, sah sie Dutzende kleiner leuchtender Perlen, die sich als die Augen der Garnelen herausstellten, die um den Köder herumhingen.

Oliver schüttete die Tiere in einen Eimer mit Salzwasser und senkte das Sieb wieder ins Wasser. „Es gibt Leute, die spülen sie in frischem Wasser ab, aber das verdirbt den Geschmack. Sie schmecken am besten, wenn man sie so kocht. Wir fangen jedoch erst mit dem Kochen an, wenn wir noch mehr gefangen haben."

Schon nach kurzer Zeit hatte Oliver eine weitere Portion Garnelen gefangen. Dann kochte er sie alle ein paar Minuten auf dem Campingherd, und sie verfärbten sich rosarot. Er ließ sie abtropfen und abkühlen, und als sie gegessen werden konnten, zeigte er Alexandra, wie man sie auseinanderbrach und das Fleisch aus der Schale holte.

Oliver hatte ein Glas mit einer besonderen Sauce mit auf die Insel gebracht. In diese Sauce tunkten sie die Garnelen, und es schmeckte köstlich. Sie tranken Weißwein aus der Flasche und aßen Knoblauchbrot dazu.

„Fantastisch", sagte Alexandra mit vollem Mund, „ein Fest für die Götter."

„Nun, vielleicht kein Fest, aber doch eine gute Vorspeise", meinte Oliver.

Sie saßen beim schwachen Schein der Taschenlampe nebeneinander. Er legte eine geschälte Garnele auf den Pappteller in ihrem Schoß. Er wurde viel schneller und besser mit den Tieren fertig als sie. Jedes zweite, das er schälte, gab er Alexandra.

Das hatte nicht viel zu bedeuten. Doch tief in ihrem Innern wusste sie, dass dieser Mann auch in Notfällen und Notzeiten sein Essen mit anderen teilen würde.

„Ich tue das absichtlich", verkündete er, nachdem sie protestiert und ihm gesagt hatte, er solle auch an sich selbst denken.

„Diese Dinger sind in gewisser Hinsicht nämlich sehr anregend ..." Oliver schmunzelte verschmitzt. „Verstehst du, was ich meine?"

„Ich weiß, dass Austern zur Liebe anregen sollen. Von Garnelen habe ich das noch nie gehört."

„Tiefgefrorene richten natürlich nichts aus. Aber frische Garnelen, direkt aus der See – o ja!" Er verdrehte die Augen.

Alexandra lachte. „Willst du damit andeuten, dass ich langweilig bin und diese Garnelen mich aufmöbeln sollen?"

Er wurde plötzlich ernst. „Bevor wir herkamen, war ich überhaupt nicht sicher, dass wir im Bett harmonieren würden. Ich begehrte dich sehr, doch deshalb musste es ja noch lange nicht klappen. Du hattest so etwas Zurückhaltendes an dir, eine Art Kälte, die mir Rätsel aufgab."

Nach kurzer Pause sprach er weiter. „Jetzt weiß ich, dass deine Zurückhaltung nur Fassade war. Die wahre Alexandra ist warm und sexy, und es ist eine Freude, mit dir zusammen zu sein, im Bett und auch sonst."

Olivers Worte überwältigten sie, und sie verspürte ein starkes Glücksgefühl. Nichts im Leben, so dachte sie in diesem Augenblick, zählt mehr als die Gegenwart dieses wunderbaren Mannes.

Worte der Liebe drängten sich ihr auf die Zunge, doch sie hielt sie gewaltsam zurück. Leichthin sagte sie: „Ich kann nur so sein, weil du ein hervorragender Liebhaber bist, Oliver. Es muss an deinem französischen Blut liegen."

Alexandra hatte eine Pizza in den Ofen geschoben, bevor sie auf Garnelenfang gingen, und im Kühlschrank wartete ein Salat auf sie. Doch nachdem sie ins Haus zurückgekehrt waren, sagte Oliver: „Wir essen später, oder?"

Die Pizza erkaltete auf der Arbeitsplatte, während er sie ins Schlafzimmer führte.

Am Montagmorgen, ihrem letzten Morgen auf der Insel, fragte Oliver Alexandra noch vor dem Aufstehen: „Hast du heute Termine, die du nicht absagen kannst? Könnten wir nicht noch vierundzwanzig Stunden länger zusammenbleiben?"

Augenblicklich war sie hellwach. „Eigentlich ..." Sie holte tief Luft. „Ach, was soll's? Okay."

„Gut. Wir fliegen – wie geplant – nach dem Frühstück von hier ab, allerdings nicht nach Vancouver, sondern nach Victoria. Dort übernachten wir. Wie gefällt dir das?"

Alexandra wäre lieber auf der Insel geblieben, spürte jedoch, dass Oliver ihr etwas Besonderes bieten wollte. „Werden wir denn jetzt, während der Erntedankwoche, ohne Weiteres ein Hotelzimmer finden?"

„Ich denke schon. Wenn wider Erwarten nicht, fliegen wir einfach hierhin zurück. Doch im berühmten Laurel Point Inn wird man uns bestimmt aufnehmen."

„In Ordnung, aber dann lass mich es bezahlen. Ich habe bisher zum

Wochenende noch nichts beigesteuert."

Oliver schüttelte den Kopf. „Ich habe dich eingeladen. Hast du das vergessen?"

„Nein, nur …"

„Nur?"

„Der Abstecher nach Victoria war schließlich nicht geplant. Es ist ungerecht, dass du alles allein bezahlen sollst."

„Es gefällt mir so."

„Lass dich wenigstens heute Abend von mir zum Dinner einladen."

„Auf gar keinen Fall", lehnte Oliver entschieden ab. „Das kannst du mit Kollegen machen, nicht mit mir. Unsere Beziehung ist anders, Alexandra."

War ihm klar, was sich ihr jetzt aufdrängte, nämlich die Frage: Wie ist unsere Beziehung denn?

Laut sagte Alexandra: „Aber wir sind gleichberechtigt."

„Sind wir nicht. Ich bin stärker als du."

Zum Beweis packte Oliver ihre Handgelenke und presste sie hinter ihrem Rücken zusammen.

Sie schaute in seine spöttischen dunklen Augen. „Du würdest diese Stärke nie gegen mich einsetzen."

„Bist du da so sicher?"

„Absolut sicher."

„Aber du kannst nicht fort, wenn ich dich nicht loslasse. Stört dich das nicht?"

„Es würde mich stören – wenn ich fortwollte", flüsterte Alexandra und schmiegte sich an ihn.

Als Oliver ihre Handgelenke losließ, um sie zu umarmen, rollte sie sich blitzschnell zur Seite, sprang aus dem Bett und spurtete davon.

Die Verfolgungsjagd, die nun begann, hätte sehr viel schneller beendet sein können. Doch es gefiel Oliver, Alexandra noch ein paar Minuten lang entkommen zu lassen.

Das Laurel Point Inn war ein modernes, niedrig gebautes Hotel auf einer Halbinsel zwischen dem inneren und dem äußeren Hafen von Victoria und lag inmitten eines Parks, der zum Wasser hin abfiel.

„Nach drei Tagen auf der Insel möchte ich mir gern die Beine auf dem Festland vertreten. Hast du Lust, spazieren zu gehen?“, fragte Oliver. Alexandra und er standen auf dem Balkon vor ihrem Zimmer und bewunderten die Aussicht.

„Ich habe Lust auf einen strammen Marsch. Bestimmt habe ich in den letzten Tagen einige Pfunde zugenommen“, erwiderte Alexandra.

Er legte den Arm um sie. Der Park unten war menschenleer.

Niemand konnte sehen, wie seine Hand zärtlich über ihre Brust und dann über ihre Hüfte glitt. „Falls du wirklich zugenommen hast, bist du dadurch nur noch schöner geworden. Du hast eine hinreißende Figur.“

„Vielen Dank. Aber wenn wir weiterhin so viel essen und trinken und faulenzen, verlieren wir beide unsere gute Figur. Du solltest endlich mal wieder joggen.“

„Später ... vielleicht. Im Augenblick habe ich eine bessere Idee.“

Oliver sagte Alexandra nicht, was für eine Idee es war. Doch sie konnte es ohne Mühe erraten. Es hatte ihn erregt, sie zu streicheln, und obwohl sie sich erst nach dem Frühstück geliebt hatten, verspürte auch sie schon wieder Verlangen.

Eine halbe Stunde später, als sie mit geschlossenen Augen in seinen Armen lag, dachte sie: Wie soll ich nur den Rest meines Lebens ohne seine Liebe auskommen, jetzt, da ich sie kennengelernt habe? Eigentlich war ich vorher viel besser dran. Da wusste ich nicht, wie es mit einem Mann wie ihm ist. Nicht mehr bei ihm zu sein, das wird sein wie nie mehr Musik hören, nie mehr Wein trinken, nie mehr in der Sonne liegen. Wenn er doch nur nicht nach Hawaii zurückmüsste und ich nicht nach London ...

Oliver, der glaubte, sie schlafe, löste sich vorsichtig von ihr und stand auf. Sie rührte sich nicht, weil sie fürchtete, er könne erkennen, wie traurig sie war.

Gleich darauf hörte sie, wie er ins Bad ging und die Tür leise hinter sich schloss. Alexandra rollte sich herum und vergrub den Kopf im Kissen. Doch sie durfte sich nicht der Verzweiflung überlassen, die sie zu übermannen drohte. Oliver war viel zu aufmerksam, um irgendwelche Anzeichen dafür zu übersehen, dass etwas nicht stimmte. Außerdem brachte es nichts, über die Zukunft nachzugrübeln. Sie wollte positiv denken und sich glücklich schätzen, dass sie einen Tag und eine Nacht länger mit ihm zusammen sein konnte. Und auch morgen musste ja noch nicht unbedingt alles zu Ende sein. Sie konnten sich treffen, vielleicht sogar in Vancouver noch einige Nächte miteinander verbringen. Mrs. Tait lag bestimmt nicht abends wach und wartete auf die Rückkehr ihres Enkels.

Ich will nicht über das Ende unserer Geschichte nachdenken, beschloss sie, setzte sich energisch auf und fuhr sich mit den Fingern durch das zerzauste Haar.

Als Oliver aus dem Bad kam, hatte sie das Radio angemacht und summte vor sich hin, während sie das Bett in Ordnung brachte.

Die Innenstadt von Victoria wurde beherrscht vom Parlamentsgebäude mit seinem gewölbten grünen Dach und vom efeubewachsenen, schlossähnlichen Empress Hotel im Westen. Der Stadt fehlten jedoch völlig das Leben und Treiben und die Eleganz von Vancouver. Sie erinnerte Alexandra an schläfrige Ferienstädte an der englischen Südküste.

Nach einem leichten Mittagessen im Hotel hatte sie mit Oliver nur ein paar Straßenzüge weit gehen müssen, um ans Meer zu gelangen.

„Dies ist die Juan-de-Fuca-Meerenge, die in den Pazifik einmündet. Das da drüben sind schon die Vereinigten Staaten.“ Oliver zeigte auf eine in der Ferne schemenhaft wahrnehmbare Bergkette.

Hand in Hand wanderten sie durch einen schönen öffentlichen Park in die Stadt zurück.

„Die Geschäfte hier werden dich bestimmt nicht in einen Begeisterungstaumel versetzen“, meinte Oliver. „Aber vielleicht gefällt dir die Emily-Carr-Galerie. Ich weiß, dass diese Frau dich interessiert.“

Emily Carr war eine der beiden Kanadierinnen, deren Leben Alexandra faszinierte. Sie hatte ihren Namen zum ersten Mal in der Kunstgalerie in Vancouver gehört. Von der zweiten Kanadierin, Pauline Johnson, deren Grab unter den Bäumen des Stanley-Parks in Vancouver lag, hatte Olivers Großmutter ihr an jenem Abend erzählt.

Beide Frauen, in der zweiten Hälfte des neunzehnten Jahrhunderts geboren, lebten zu einer Zeit, in der es besonders in Kanada für Frauen schwer war, unabhängig zu sein und ein eigenes Leben zu führen.

Obwohl es sich nur um eine kleine Galerie handelte, gab sie Alexandra einen guten Einblick in den Charakter von Emily Carr, deren Genius sie getrieben hatte, das heimische Victoria zu verlassen, um in San Francisco, England und Frankreich zu studieren. Nach ihrem Tode 1945 hinterließ sie der Stadt Victoria ihr Lebenswerk – viele starke, geheimnisvolle Gemälde.

Als Alexandra sich in das Besucherbuch der Galerie eintrug, überlegte sie, ob wohl auch Emily Carr hatte wählen müssen zwischen einem Mann, den sie liebte, und ihrer Arbeit.

Nach dem Galeriebesuch wanderten sie durch die Hauptgeschäftsstraßen zum Hotel zurück. Alexandra hielt Ausschau nach Geschenken für ihre Verwandten in England, fand jedoch nichts, das ihr gefiel.

Im Hotel gab es einen Swimming- und einen Whirlpool. Beide hatten Alexandra und Oliver ganz für sich allein. Sie saßen im warmen sprudelnden Wasser, die Sonne schien ihnen ins Gesicht, als Oliver fragte: „Kann ich dich nicht überreden, noch einen Tag mit mir zusammenzubleiben? Ich möchte dir das Comoxtal zeigen. Die Landschaft dort ist einmalig schön."

„Ich möchte es gern sehen, aber morgen muss ich wieder an die Arbeit. Zwar bin ich noch nicht im Rückstand, doch das kann sich schnell ändern, wenn unvorhergesehene Schwierigkeiten auftreten. Ich muss auch gleich, wenn wir wieder oben sind, mein Hotel in Vancouver anrufen und nachfragen, ob heute Anrufe für mich gekommen sind. Einer meiner Grundsätze ist es nämlich, immer am selben Tag zurückzurufen, wenn es machbar ist."

„In Ordnung, tu das. Wenn niemand für dich angerufen hat, solltest du ruhig noch bei mir bleiben. Die vierundzwanzig Stunden können doch keinen großen Unterschied machen. Du kannst nicht immer nur arbeiten und niemals ausspannen."

Wenn er wüsste, wie schwer es war, ihm zu widerstehen!

„Ich habe gerade erst drei wunderbare Tage lang ausgespannt, und außerdem gehöre ich, genau wie du, zu den Menschen, die ihre Arbeit lieben und gern arbeiten."

Oliver gab auf, drängte sie nicht weiter.

Abends speisten Alexandra und Oliver in einem Restaurant, das sich im Erdgeschoss eines Hauses befand, das im letzten Jahrhundert das Privathaus einer reichen Familie gewesen war. Holzgetäfelte Wände, Petroleumlampen, dunkelrote Samtvorhänge und Kellnerinnen mit schwarzen Kleidern, gestreiften Schürzchen und Spitzenhäubchen verliehen dem Lokal eine hinreißend altmodische Atmosphäre.

Kurz nach Olivers und Alexandras Ankunft wurde ein junges Paar an einen Tisch in ihrer Nähe geführt.

„Hochzeitsreisende, meinst du nicht auch?", flüsterte Oliver. Alexandra nickte. „Aus einer Kleinstadt, wo es nur einen Schnellimbiss gibt." Sie meinte dies kein bisschen herablassend. Im Gegenteil, die Freude des jungen Paares rührte sie.

„Natürlich haben sie viel zu jung geheiratet", fuhr sie fort. „Das Mädchen kann doch überhaupt nicht wissen, was das Leben ihr noch alles bieten würde, wenn sie nicht gleich den erstbesten Jüngling geheiratet hätte, den sie kennengelernt hat."

„Warst du nie versucht, ganz jung zu heiraten?"

„Nein, zum Glück nicht. Als ich noch ein Teenager war, heiratete eine meiner Kusinen Hals über Kopf. Die Ehe ging bald in die Brüche. Das war mir eine Lehre. So gelang es mir, unverheiratet die gefährlichste Zeit meines Lebens zu überstehen und erwachsen zu werden – was den beiden da drüben nicht vergönnt ist." Alexandra blickte zu dem jungen Paar hinüber.

„Manchmal klappt es trotzdem. Ich habe einen Freund, der heiratete, als er noch zur Uni ging. Er und seine Frau sind noch immer glücklich miteinander."

„Vielleicht wussten sie ziemlich früh im Leben, was sie wollten, wer sie sind. Manche Menschen werden schneller erwachsen als andere."

Da sie nicht länger über Ehe und Hochzeit sprechen mochte, lenkte Alexandra das Gespräch rasch in eine andere Bahn und fragte Oliver nach seiner Meinung zu einem großen Ölgemälde, das auf der anderen Seite des Restaurants hing.

Als sie später durch die Dunkelheit am Hafen entlang nach Hause gingen, waren die Umrisse des Parlamentsgebäudes von Hunderten von Glühbirnen erhellt, und die Fassade des Empress Hotels wurde von Scheinwerfern angestrahlt.

Kaum waren sie oben in ihrem Hotelzimmer allein, ergriff Oliver Alexandras Hände.

„Wenn man so alt ist wie ich, sagt man nicht mehr ‚Ich liebe dich', ohne sich seiner Gefühle ganz sicher zu sein. Dieses Wochenende hat mir jedoch endgültig klargemacht, dass ich mein Leben mit dir verbringen möchte. Ich glaube, du fühlst genau wie ich. Habe ich recht?"

Am liebsten hätte sie die Arme um seinen Nacken geschlungen und gerufen: „Ja, Darling, du weißt, dass du recht hast."

Stattdessen schaute sie ihn schweigend an. Ihre Kehle war wie zugeschnürt, ihr Mund trocken.

„Was ist los?", fragte Oliver. „Es kann doch keine große Überraschung für dich sein. Wir haben uns zwar an diesem Wochenende nicht gesagt, was wir füreinander empfinden. Aber auf jede nur erdenkliche andere Art und Weise haben wir es uns gezeigt." Bei diesen Worten lächelte er sie zärtlich und liebevoll an. Alexandra kam sich wie versteinert vor. Sie konnte sich nicht bewegen, nichts sagen. Sie hatte sich so sehr gezwungen, nicht an diese wunderbare und zugleich erschreckende Möglichkeit zu denken, dass sie jetzt, da Oliver ihr seine Liebe gestanden hatte, nicht wusste, wie sie sich verhalten sollte.

Erst als Oliver noch näher an sie herantrat, erwachte sie aus ihrer Starre und wich einen Schritt zurück. „Nein ... bitte ... warte einen Augenblick. Es ist eine Überraschung für mich ... ich kann mein Leben nicht mit dir verbringen."

„Warum nicht? Ich kann auf jeden Fall nicht mehr ohne dich sein." Wieder ergriff er ihre Hände. „Ich liebe dich, Alexandra. Ich hatte bereits die Hoffnung aufgegeben, eine Frau wie dich zu finden. Ich will nicht nur mein Bett, ich will auch mein Haus und mein Leben mit dir teilen. Ich wünsche mir Kinder von dir."

„Aber ich kann dir keine Kinder schenken!", brach es aus ihr hervor.

„Kannst du keine Kinder bekommen? War es das, was dich die ganze Zeit so bedrückt hat?"

Sie biss sich heftig auf die Lippen. „Ja, vielleicht ... in gewisser Weise. Aber ..."

„Meine arme kleine Alexandra. Bist du sehr unglücklich deswegen? Trotzdem können wir Eltern sein. Wir werden Kinder adoptieren."

Die Tatsache, dass Oliver besorgt war ihretwegen, und nicht etwa schockiert oder enttäuscht, machte es ihr nicht leichter, ihm alles zu erklären. „Du hast mich falsch verstanden. Es gibt keinen körperlichen Grund dafür, dass ich keine Kinder haben kann. Ich will keine Kinder haben. Das – das habe ich schon vor Jahren beschlossen."

Er war sichtlich verblüfft. „Warum? Das verstehe ich nicht, erklär es mir."

Alexandra nutzte die Gelegenheit, ihre Hände aus seinem Griff zu befreien, räusperte sich, atmete ganz tief durch und zwang sich zur Ruhe. Dann sagte sie mit fester Stimme: „Weil ich weiß, dass ich es nicht schaffen würde, gleichzeitig Innenarchitektin, Ehefrau und Mutter zu sein, und weil ich weiterhin Innenarchitektin bleiben möchte. Mein Beruf ist mir sehr wichtig – so wichtig wie dir deiner. Ich möchte all meine Zeit und Kraft in meine Karriere stecken, und das wäre unmöglich, wenn ich Mann und Kinder hätte."

Nach einem kurzen, gespannten Schweigen fragte Oliver: „Heißt das, dass du nicht heiraten möchtest?"

Sie nickte. „Ich kann nicht zwei Berufe gleichzeitig ausüben – Ehefrau ist nämlich ein Beruf, ein verdammt anstrengender dazu. Und wenn man Kinder hat, muss man ihnen auch Zeit widmen. Vielleicht ist mein mütterlicher Instinkt ja auch unterentwickelt. So, wie die Dinge liegen, bin ich jedenfalls lieber eine unverheiratete, kinderlose Innenarchitektin."

Langsam zogen sich Olivers schwarze Augenbrauen zusammen, und seine Augen begannen zornig zu funkeln.

„Weshalb, zum Teufel, verbringst du dann ein verlängertes Wochenende mit mir?"

Alexandra zuckte zusammen. „Ich ... ich konnte doch nicht ahnen, dass du mich bitten würdest, dich zu heiraten."

„Dachtest du, es handele sich lediglich um eine Drei-Nächte-Bumserei? Nein, meine Liebe!", sagte er wütend. „Das hast du nicht gedacht. Du bist im Gegenteil nur mitgekommen, weil du wusstest, dass ich es ernst meine." Oliver griff nach ihr, und seine Finger gruben sich in ihre Oberarme. „Oder etwa nicht?"

„Du tust mir weh", protestierte sie.

„Meinst du, es tut nicht weh, einer Frau zu sagen, dass man sie liebt, und dann zur Antwort zu bekommen, ihr Beruf sei wichtiger?"

Alexandra bemühte sich, leise und sanft zu sprechen. „Verlier jetzt nicht die Beherrschung, Oliver. Denk bitte eine Minute nach. Könntest du deine Meereskunde für mich aufgeben? Würdest du unser Haus in Ordnung halten und unsere Kinder erziehen? Würdest du deinen Beruf dafür opfern?"

Das brachte ihn sichtlich aus dem Konzept.

„Du würdest nicht im Traum daran denken", schloss sie ruhig.

Oliver ließ sie los. „Nein, aber ich würde mich nach Kräften bemühen, alle häuslichen Pflichten mit dir zu teilen. Du bräuchtest nicht für mich zu kochen und zu putzen. Wir hätten Angestellte, die sich um uns und unsere Kinder kümmerten."

„Das ist leichter gesagt als getan. Zuverlässige Haushälterinnen und Kindermädchen sind sehr schwer zu finden. Doch das ist nicht der Grund. Der Hauptgrund, weshalb ich nicht heiraten will, ist der, dass ich nicht in einer bestimmten Stadt, ja, nicht einmal in einem bestimmten Land arbeite. Mein Beruf führt mich um die ganze Welt. Manchmal bin ich wochenlang nicht zu Hause. Das würde dir garantiert nicht gefallen."

Oliver hatte Alexandra schweigend zugehört, aber noch niemals hatte sie ihn so zornig gesehen. Seine Lippen waren weiß, seine Augen schauten finster.

„Mein Gott!", fuhr er sie an. „Ihr befreiten Frauen beschuldigt uns Männern immer, dass wir uns schlecht benehmen. Doch ihr seid nicht besser als wir. Wenn ich dir all diese Dinge an den Kopf würfe, um dich davon abzuhalten, mich zu heiraten, wäre ich der Fiesling des Jahres. Aber wenn du so etwas sagst, ist es etwas anderes. Frauen darf man nicht wie einen Gegenstand sexueller Begierde ansehen. Aber wenn man einen Mann wie ein Sexobjekt behandelt, dann ist das völlig in Ordnung."

„Das ist nicht fair", protestierte Alexandra. „Als ich deine Einladung annahm, wusste ich nicht, dass du ernste Absichten hattest. Ich wusste nur, dass ich dich gern genug hatte, um alle meine Bedenken beiseitezuschieben."

„Ich dachte, du wärst eine Frau, die nur aus Liebe mit einem Mann ins Bett geht."

Sie zögerte, überlegte, ob es die Sache besser oder schlimmer machte, wenn sie ihm ihre wahren Gefühle gestand, und kam dann zu der Erkenntnis, dass sie ihm die Wahrheit schuldete. „Das ist richtig. Ich liebe dich, Oliver. Aber ich liebe dich nicht genug, um dafür meine Arbeit und meinen Erfolg zu opfern. Ich kann ebenso wenig alles aufgeben wie du. Und das kannst du auch nicht von mir verlangen."

„War es unter diesen Umständen fair, mir Gelegenheit zu geben, mich in dich zu verlieben?"

„Woher sollte ich wissen, dass so etwas passieren würde? Ein attraktiver Mann in deinem Alter, der noch nicht verheiratet ist, lässt sich normalerweise doch nicht so leicht beeindrucken."

Oliver hatte die Hände in die Taschen geschoben und starrte Alexandra schweigend an.

Sie sprach weiter. „Heute fahren Männer und Frauen dauernd miteinander weg. Im Allgemeinen hat es nichts zu bedeuten. Man tut es, weil es Spaß macht. Ich – ich liebte dich genug, um zu glauben, dass ein paar Tage mit dir jeden Kummer wert sein würden. Doch ich hatte keine Ahnung, dass es dir wehtun würde, wenn wir auseinandergehen. Du hast nie angedeutet, dass du es ernst meinst."

„Die Tatsache, dass ich nicht versucht habe, sofort mit dir ins Bett zu gehen, hätte doch zeigen müssen, dass mein Interesse mehr als nur vorübergehend war."

„Nicht unbedingt. Außerdem, was hätte ich tun sollen? Dir gleich zu Anfang erzählen, dass ich nicht heiraten will? Oliver, man kann doch nicht gleich zu Beginn einer Bekanntschaft alle seine Pläne und Absichten darlegen."

„Spätestens als ich dich bat, mit mir auf die Insel zu kommen, hättest du mir reinen Wein einschenken müssen. Ich hätte es dir jedenfalls zu verstehen gegeben, wenn ich nur Sex ohne jedes Gefühl gewollt hätte."

„Ich dachte, es wäre genau das, was du wolltest. Ich wusste, dass es mir wehtun würde. Aber ich wusste auch, dass es das wert war. Ich bedaure aufrichtig, dass ich deine Gefühle verletzt habe, denn du bist der Letzte, dem ich so etwas wissentlich antun würde. Ich hätte hart bleiben sollen und dich nach der ersten Dinnereinladung nicht mehr treffen dürfen. Da liegt mein Fehler. Mein Instinkt sagte mir damals, dass wir uns nicht mehr sehen dürften."

Olivers Mund war hart, sein Blick kalt und feindselig. „Das behauptest du jetzt. Aber vielleicht hat dein Instinkt dir auch nur gesagt, dass ich nicht gern zum Narren gehalten werde."

Er wandte sich um und ging zur Tür.

„Wohin gehst du?"

„Irgendwohin. Jedenfalls werde ich nicht hier schlafen. Wenn du heute Nacht einen Mann brauchst, musst du dir einen anderen suchen. Versuch's doch mal unten an der Bar."

Sekunden später fiel die Tür krachend hinter ihm ins Schloss.

Am ganzen Körper zitternd, sank Alexandra aufs Bett. In weniger als zehn Minuten waren sie von Liebenden zu Feinden geworden. Sie konnte Olivers Wut verstehen. Sie trug weitaus mehr Schuld daran als er, dass es so weit gekommen war.

7. KAPITEL

Gegen zwei Uhr morgens – Alexandra lag wach und mit vom Weinen geschwollenen Augenlidern in ihrem Bett – hörte sie, wie jemand die Zimmertür öffnete.

Hastig griff sie zum Lichtschalter. Als sie Oliver sah, fühlte sie sich ungeheuer erleichtert, nicht nur, weil es kein fremder Eindringling war, der da in ihr Zimmer kam, sondern auch, weil sie sich um Oliver gesorgt hatte. Sie hatte befürchtet, er könnte etwas Törichtes tun, zum Beispiel sich betrinken und dann versuchen, mit dem Wasserflugzeug zurück auf die Insel oder nach Vancouver zu fliegen.

Sie hätte ihn besser kennen, hätte wissen müssen, dass er nicht der Typ war, der sich nach einer Enttäuschung betrank. Er sah sehr müde, aber auch sehr nüchtern aus.

Oliver trat ans Fußende des Bettes und schaute Alexandra eine Weile schweigend an.

„Es tut mir leid“, sagte er endlich. „Ich hatte kein Recht, dich zu beleidigen. Ich habe die Beherrschung verloren. Bitte verzeih mir.“

„Oh, Oliver …“

Alexandra hatte gedacht, sie hätte keine Tränen mehr, doch jetzt verschwamm plötzlich alles vor ihren Augen, und ihre Lippen begannen zu zittern.

Mit zwei Schritten war er neben ihr, setzte sich aufs Bett und schloss sie in die Arme.

„Nicht weinen, um Himmels willen, nicht weinen! Ich habe die Scheußlichkeiten nicht ernst gemeint, die ich dir an den Kopf geworfen habe. Wir werden eine Lösung finden – wir müssen eine finden.“

Alexandra hatte nicht mehr die Kraft, ihm zu sagen, dass es keinen Weg gab, den Konflikt zwischen ihren Gefühlen und ihren Berufen zu lösen. Sie wusste, dass es Wahnsinn war, sich von ihm halten und trösten zu lassen. Dadurch wurde ihre Qual nur verlängert. Doch sie konnte es nicht ändern. Sie lehnte ihr Gesicht an seine Schulter und schluchzte hemmungslos. Ihr ganzer Körper bebte.

Oliver streichelte sie, strich über ihr Haar und sprach sanft auf sie ein. Endlich wurde sie ein wenig ruhiger, und er trocknete zärtlich ihre tränennassen Wangen.

„Du bist erschöpft, mein armer Liebling“, sagte er, als sie wieder gegen ihn sank, viel zu ausgelaugt, um sich Gedanken darüber zu machen, wie entsetzlich sie aussehen musste.

Oliver schüttelte die Kissen auf und drängte Alexandra, sich hinzulegen. „Versuch zu schlafen“, sagte er und strich ihr ein paar Haarsträhnen aus der Stirn.

Sie nickte und schloss die Augen, öffnete sie jedoch sofort wieder, als er sich auszuziehen begann. „Wo bist du gewesen?“

Er zuckte die Schultern. „Überall und nirgendwo. Ich bin herumgewandert. Schlaf jetzt, wir reden morgen weiter.“ Oliver schaltete das Licht im Bad ein, kam dann zurück und knipste die Nachttischlampe neben Alexandra aus.

Wieder schloss sie die Augen. Doch obwohl sie sich jetzt keine Sorgen mehr um Oliver zu machen brauchte, kam ihr Geist nicht zur Ruhe. Sie konnte nicht schlafen.

Es war schön, dass Oliver ihr nicht länger zürnte. So wurde wenigstens ihre kostbare Erinnerung an die Insel nicht durch einen Abschied im Streit getrübt. Gleichzeitig machte er es ihr damit schwerer, ihren Vorsätzen treu zu bleiben. Denn nicht nur gegen seine Argumente musste sie ankämpfen. Auch ihre eigene Natur war gegen sie. Die Sehnsucht nach Liebe und Gemeinsamkeit hatte schon Millionen Frauen dazu veranlasst, ihren Ehrgeiz aufzugeben …

Ganz leise, um sie nicht zu stören, verließ Oliver das Bad und bewegte sich geräuschlos bis zu seiner Seite des Bettes. Sie spürte nur eine leichte Bewegung der Matratze, als er sich neben ihr ausstreckte.

Beim Gedanken an seinen nackten Körper – sie selbst trug ein Nachthemd – überfiel sie ein unbändiges Verlangen nach Olivers Zärtlichkeiten. Morgen war alles vorbei, morgen mussten sie einander Lebewohl sagen. Aber heute Nacht, nach so viel Kummer und mit vielen Monaten mit noch mehr Kummer vor sich, heute Nacht konnte es doch nicht falsch sein, noch ein Mal, ein letztes Mal, die Seligkeiten der Liebe zu erleben.

Alexandra war klar, dass sie eine Abfuhr riskierte. Vielleicht hatte

Oliver nach dem Streit gar keine Lust auf Liebe. Trotzdem streckte sie die Hand aus.

Sekundenlang reagierte er nicht auf die Berührung ihrer Finger. Er war doch nicht etwa sofort eingeschlafen?

Erschrocken schnappte Alexandra nach Luft, als er sich plötzlich herumwarf, sie fast erdrückte und ihr Gesicht mit leidenschaftlichen Küssen bedeckte.

Bald war ihr Nachthemd im Wege, und sie setzte sich auf und streifte es über den Kopf. Olivers Hände umschlossen ihre Brüste, mit der Zunge liebkoste er ihre Schulter. Alexandra warf das Nachthemd auf den Boden und überließ sich Olivers Umarmung, leidenschaftlicher und sehnsüchtiger als je zuvor, weil sie wusste, dass es endgültig das letzte Mal war.

Am Morgen wachte Alexandra vor Oliver auf. Der Anblick ihres schlafenden Geliebten erfüllte sie mit Zärtlichkeit. Er war genau der Mann, den sich viele Frauen wünschten. Wie konnte sie ihn aufgeben? Ein solcher Mann, intelligent, gütig, amüsant und ein hinreißender Liebhaber, war so selten wie ein zehnkarätiger Diamant. Die meisten anderen Frauen würden sie für verrückt erklären, weil sie Oliver nicht heiraten wollte.

Doch trotz all dem Gerede über Gleichheit und gleiche Chancen für alle wussten die meisten anderen eben nicht, wie aufregend und befriedigend es sein konnte, Karriere zu machen und unabhängig zu sein. Die meisten anderen Frauen dachten noch immer wie ihre Mütter: Liebe ist der Sinn des Lebens, ihr muss man alles opfern.

Männer dachten da anders. Sie opferten nicht Karriere, Glück und Erfolg der Liebe und der Vaterschaft. Gut, einige wenige hatten es versucht. Aber es würde noch Jahre dauern, ehe bei verheirateten Paaren die Laufbahn der Frau genauso wichtig war wie die des Mannes.

Wenn ich mich schon jetzt, während ich nur darüber nachdenke, so sehr aufrege, wie viel schlimmer würde es dann erst werden, wenn ich gebunden wäre?, überlegte Alexandra. Sie stützte sich auf den Ellenbogen und betrachtete Olivers Gesicht, seine geschlossenen Lider mit den langen Wimpern und seinen sinnlichen Mund, mit dem er ihr so viel Freude bereitete.

Nach den leidenschaftlichen Nächten mit ihm werde ich mich in Zukunft in einem Einzelbett sehr einsam fühlen, grübelte sie weiter. Doch selbst wenn wir zusammenblieben – was natürlich nicht infrage kommt –, werden wir uns nicht mehr so begehren wie bisher.

Ja, ganz bestimmt würde auch in einer Ehe zwischen ihr und Oliver einmal der Zeitpunkt kommen, da sie beide lieber im Bett lesen oder schlafen würden, anstatt sich zu lieben. Und dann würde sich die Unvereinbarkeit ihrer beider Berufe erst recht störend, ja zerstörend bemerkbar machen.

Noch während sie dies dachte, sehnte sich ein Teil von ihr danach, Oliver zu streicheln und zu wecken. Aber hätten weitere Intimitäten nicht unweigerlich auch weitere Komplikationen zur Folge?

Alexandra kämpfte gegen ihr Verlangen an, das Betttuch von seinem gebräunten Körper zu ziehen. Plötzlich bewegte Oliver sich, kurz darauf öffnete er die Augen.

„Hallo", sagte er verschlafen und lächelte. „Bist du schon lange wach?"

„Nein, nicht sehr lange." Sie nahm sich zusammen. „Soll ich zuerst duschen?"

Er schlang den Arm um ihre Taille und zog sie an sich. „Wir duschen zusammen – aber nicht sofort. Wir haben uns ja noch gar nicht richtig einen guten Morgen gewünscht."

Oliver setzte sich aufrecht hin, zog sie auf seinen Schoß und küsste sie. Zuerst glaubte Alexandra, er würde sich mit einem flüchtigen Kuss begnügen und sie dann loslassen. Doch der Kuss dauerte recht lange, und ehe ihre Lippen sich voneinander lösten, hatte sie die Arme um seinen Nacken geschlungen, und seine Hände lagen auf ihren Brüsten.

„Oliver, wir haben keine Zeit …", protestierte sie schwach.

„Ich fliege dich bis zum Coal-Hafen. Von dort erreichen wir dein Hotel in fünf Minuten zu Fuß."

Er küsste sie auf den Hals, seine Fingerspitzen strichen leicht über ihren Bauch. Wenig später atmete sie heftig, ihre Arme schlossen sich noch enger um seinen Nacken, und ihr Körper wand sich unter Olivers Liebkosungen.

In ihrem Kopf gab es keinen Platz mehr für vernünftige Gedanken, sondern nur noch Freude darüber, dass Oliver so wunderbare Gefühle in ihr wecken konnte.

„Ich liebe dich, ich brauche dich, Alexandra“, hauchte er ihr ins Ohr. „Wir gehören zusammen.“

„Ich liebe dich auch“, flüsterte sie.

Und dann begann sie, ihn mit Händen und Lippen zu liebkosen, wie er es zuvor bei ihr getan hatte. Schließlich stöhnte er laut auf, drückte sie in die Kissen und schob sich über sie. Mit einer heftigen Bewegung drang er in sie ein.

Alexandra schlang die Beine um ihn und wünschte sich, dass diese Vereinigung niemals enden möge. Sie wünschte sich, in seinen Armen zu sterben.

Zwei Stunden später landeten Oliver und Alexandra in Vancouver. Oliver bestand darauf, Alexandras Reisetasche zum Hotel zu tragen.

Bisher hatte keiner von beiden den Streit vom vergangenen Abend auch nur mit einem Wort erwähnt. Sie hatten überhaupt nicht viel gesprochen.

Als sie sich jetzt dem Hotel näherten, fragte Oliver: „Wann sehe ich dich wieder?“

Während des ganzen Rückflugs hatte Alexandra sich den Kopf darüber zerbrochen, ob er wohl annahm, dass sie ihre Meinung geändert habe. Falls er es glaubte, musste sie ihm klarmachen, dass er sich täuschte. Aber nicht jetzt. Die Straße war nicht der richtige Ort für ein solches Gespräch.

„Treffen wir uns zum Mittagessen bei ‚O’Douls‘“, schlug sie vor.

In einem Restaurant mussten sie sich beherrschen, durften keine Szene machen.

„In Ordnung. Um eins bei ‚O’Douls‘“, stimmte Oliver zu.

Er brachte sie bis zum Aufzug, wo er ihr die Reisetasche gab.

„Vielen Dank für diese einmaligen Tage, Oliver. Ich werde sie nicht vergessen, solange ich lebe.“ Alexandra sprach diese Worte wie einen

Abschiedsgruß und hoffte, ihn dadurch ein wenig auf das vorzubereiten, was sie ihm beim Mittagessen sagen musste.

„Auch ich werde sie nie vergessen. Liebste“, sagte er leise und drückte einen Kuss auf ihre Wange, ehe er ging.

Obgleich Alexandra so darauf gedrängt hatte, zu ihrer Arbeit zurückzukehren, tat sie nichts an diesem Vormittag. Sie musste ständig über dieses dumme, entsetzliche, herzzerreißende Problem nachdenken, für das es keine Lösung gab. Doch, Halt, es gab eine: Sie musste alles aufgeben, wofür sie bisher gearbeitet und gelebt hatte.

Wenn sie jedoch andererseits an ihrem Beruf festhielt, der ihr so viel bedeutete, würde sie nie mehr die Freude und die Erfüllung finden, die Oliver ihr geschenkt hatte.

Wie auch immer sie sich entschied, die Wahl würde falsch sein und ihnen beiden wehtun.

Das Restaurant ‚O'Douls‘ war so etwas wie eine Sehenswürdigkeit in Vancouver und lag ganz in der Nähe des Hotels, in dem Alexandra wohnte. Oliver war vor ihr da und saß an einem Tisch am Fenster. Er erhob sich, als sie zur Tür hereinkam.

Beide hatten sich umgezogen. Er trug sportliche Kleidung, Alexandra hingegen hatte sich absichtlich wie eine Karrierefrau angezogen, die mit einem Geschäftsfreund zu Mittag isst. Ihr Haar war im Nacken zusammengefasst, und in schwarzer Seidenbluse mit Krawatte, grauem Kaschmirblazer und schwarzgrauem Faltenrock sah sie sehr streng aus. Während sie auf Oliver zuging, glitt sein Blick von ihrem glatten Haar zu ihren zinnfarbenen Strümpfen, und sie merkte, dass er diesmal nicht mit der Wahl ihrer Kleidung einverstanden war. Doch er lächelte sie zärtlich an, als sie den Zweiertisch am Fenster erreichte.

„War deine Großmutter mit ihrem Wochenende zufrieden?“, fragte sie, während er ihr den Stuhl zurechtrückte.

„Sie hat viel Spaß gehabt. Sie hofft übrigens, dass du heute Abend zum Dinner zu uns kommst. Ich habe allerdings noch nicht für dich zugesagt.“

„Das ist gut. Ich möchte heute Abend unbedingt arbeiten und nicht zu spät zu Bett gehen, um etwas Schlaf aufzuholen.“ Geschäftig griff sie zur Speisekarte, die auf dem Tisch lag. „Hast du schon gewählt?“

„Nein, ich habe uns jedoch Drinks bestellt, Champagner mit Orangensaft, Mimosa nennt man das hier. Ist das in Ordnung?"

„Eigentlich trinke ich ja mittags nichts Alkoholisches, wenn ich noch arbeiten muss. Aber ein Glas wird mir wohl nicht schaden. Ah, da kommen die Mimosas ja schon."

Die Kellnerin stellte zwei Gläser auf den Tisch, und Alexandra, die befürchtete, Oliver könne einen Trinkspruch ausbringen, der ihr nicht gefiel, griff sofort nach ihrem Glas.

„Habe ich dir eigentlich schon erzählt, dass ich auf dem Rückweg nach Europa ein paar Tage in Montreal Station machen möchte?" Hastig trank sie einen Schluck.

„Ich glaube, du erwähntest es einmal am Anfang unserer Bekanntschaft." Anstatt ebenfalls von seinem Mimosa zu trinken, schob Oliver die rechte Hand in die Jackentasche. „Weshalb fahren wir nicht zusammen hin – als Teil unserer Hochzeitsreise?"

Ehe Alexandra sich von ihrem Schrecken erholt hatte, zog er eine kleine lederbezogene Schachtel hervor, öffnete sie und nahm einen Smaragdring aus dem samtgefütterten Behälter.

„Diesen Ring habe ich vor einigen Jahren geerbt. Ich möchte, dass du ihn trägst, bis wir einen finden, der dir gefällt. Vielleicht willst du deinen Verlobungsring aber auch selbst entwerfen?"

Alexandra starrte den wunderschönen Ring an, den er ihr entgegenhielt. Der Smaragd war groß, rechteckig geschnitten und mit kleinen Diamanten eingefasst.

Alles hätte so einfach sein können. Sie brauchte nur die Hand auszustrecken, damit Oliver ihr den Ring anstecken konnte. Dieser Ring war ein Symbol für so vieles, was das Leben lebenswert machte: Zweisamkeit, Zärtlichkeit, Leidenschaft, gegenseitige Unterstützung. Doch dafür hätte sie ihre Freiheit aufgeben müssen, die Freiheit, zu arbeiten, wann sie wollte, die Freiheit, Aufträge in der ganzen Welt anzunehmen und so lange von zu Hause fortzubleiben, wie sie wollte.

Die Tatsache, dass Oliver ihr diesen Ring anbot, bewies, dass er dem, was sie ihm gestern Abend gesagt hatte, keine Bedeutung beimaß. Er nahm ihren Beruf nicht so ernst wie sie – und keinesfalls so ernst wie seinen eigenen.

Alexandra schluckte. „Er ist wunderschön, aber ich kann ihn nicht tragen … und dich nicht heiraten. Ich sagte es bereits: Unsere Leben lassen sich nicht miteinander vereinen."

„Sie müssen sich vereinen lassen. Wir sind füreinander geschaffen, und du weißt es."

„Oliver, sosehr wir einander auch lieben, die Schwierigkeiten sind zu groß, sie sind unüberwindlich. Ich bin kein junges Mädchen, das zum Zeitvertreib zwischen Schule und Ehe irgendeinen Job angenommen hat. Ich bin eine Frau, die Jahre ihres Lebens dafür gegeben hat, sich etwas aufzubauen. Ich kann es nicht aufgeben – nicht einmal für dich, Oliver."

Genau diesen Augenblick suchte sich die Kellnerin aus, um zu fragen, ob sie jetzt bestellen möchten.

„Nein, noch nicht, erst in ein paar Minuten", antwortete Oliver etwas barsch.

Er steckte den Ring in seine Jackentasche und schob das kleine Lederetui hinterher. „Dies ist nicht der geeignete Ort für Privatgespräche. Lass uns in dein Hotel gehen."

„Lieber nicht." Alexandra griff wieder zur Speisekarte, obwohl sie noch nie so wenig Lust zum Essen gehabt hatte wie in diesem Moment.

Oliver hatte recht, nichts eignete sich weniger für dieses Gespräch als ein Restaurant. Doch hier befanden sie sich wenigstens in der Öffentlichkeit, er konnte sie nicht in die Arme schließen und sie mit Küssen und Zärtlichkeiten umstimmen.

„Wie wäre es mit dem Avocadosalat?", schlug er vor.

„Ja, den möchte ich versuchen."

Oliver winkte der Kellnerin und bestellte die Salate.

„Ich glaube, du weißt nicht, wie es auf Hawaii ist", sagte er dann in leichtem Plauderton zu Alexandra. „Es gibt dort Arbeit für viele Innenarchitekten. Honolulu ist eine ständig wachsende Stadt, und auch am Strand von Waikiki werden immer noch neue Hotels, Eigentumswohnungen und Privathäuser gebaut. Dort würdest du niemals arbeitslos werden."

„Wahrscheinlich nicht", gab Alexandra zu. „Doch die Arbeit würde mich nicht befriedigen. Die amerikanischen Innenarchitekten sind zwar tüchtig, aber sie sind nicht brillant. Keiner von ihnen ist weltberühmt. Ich habe mich immer darum bemüht, an die Spitze zu gelangen. Vielleicht erreiche ich dieses Ziel nie, ich werde jedoch immer versuchen, es zu erreichen. Dazu muss ich in einer Hauptstadt leben, muss reisen können, Leute kennenlernen, die mich beschäftigen, mich weiterempfehlen. Auf einer abgelegenen Insel mitten im Pazifischen Ozean kann ich ebenso wenig erfolgreich arbeiten wie du in der Prärie."

Oliver antwortete nicht sofort, da die Kellnerin die Salate brachte. Als sie gegangen war, sagte er: „Wenn du berühmt bist, bist du noch lange nicht glücklich."

„Wenn der Ruhm mir Möglichkeiten und Gelegenheiten verschafft, aufregende Inneneinrichtungen zu schaffen, werde ich glücklich und zufrieden sein. Sicher brächte es mir viel Geld ein, wenn ich reihenweise Eigentumswohnungen für pensionierte Amerikaner einrichtete. Aber es ist hundert Mal interessanter, ein Penthouse hier und einen Palazzo dort auszustatten."

„Du sagst, Hawaii sei eine abgelegene Insel im Ozean. In Wahrheit aber ist es der Mittelpunkt für alle Länder rund um den Pazifik. Du könntest in Australien arbeiten, nach Hongkong fliegen und für die asiatischen Bankiers Aufträge ausführen oder dich um die Häuser reicher Mexikaner kümmern. Rund um den Pazifik gibt es genauso viel zu tun wie in Europa und an der amerikanischen Ostküste – und das Klima ist tausend Mal besser." Er nahm seine Gabel und begann zu essen.

Auch Alexandra griff zur Gabel, aß jedoch nicht. „Was du sagst, mag alles stimmen. Nur kenne ich keinen Menschen dort, und noch bin ich nicht bekannt genug, um ungestraft ans Ende der Welt zu ziehen. Der Auftrag von John ist ein großartiges Sprungbrett für mich, aber nur für Nordamerika und die Karibik. Weiter reicht auch sein Einfluss nicht."

„Langsam geht mir ein Licht auf", sagte Oliver ziemlich ärgerlich. „Dieser John ist dir wichtiger als meine Gefühle für dich."

Sein schmales Gesicht war angespannt und zornig, genau wie an dem Abend, als er von ihr hatte wissen wollen, warum sie nach seiner Dinnereinladung nicht mehr mit ihm ausgehen wollte. Nein, er sah sogar noch böser aus. Seine Augen funkelten feindselig.

„Das ist Unsinn", sagte Alexandra schnell. „Es ist nur sehr nützlich, ihn zu kennen, denn durch ihn werde ich andere Leute kennenlernen, die einmal meine Auftraggeber werden können. Du hast nicht den geringsten Grund, eifersüchtig auf John Kassinopolis zu sein", fügte sie, ein wenig unklug, hinzu.

Er trank einen Schluck und sah sie nachdenklich an. „Allmählich fange ich an, mich zu fragen, ob ich mich nicht geirrt habe. Man sagt ja, Liebe macht blind. Bis gestern Abend, als ich dich bat, mich zu heiraten, war ich überzeugt davon, dass du eine Frau bist, der Gefühle über alles gehen – die eigenen Gefühle und die anderer Menschen. Offensichtlich habe ich mich getäuscht. Nicht Gefühle sind wichtig für dich, sondern Dinge wie Erfolg und Ruhm und das Kennenlernen der richtigen Leute."

„Oh, Oliver, das ist nicht wahr! Es ist nicht wahr, dass ich gefühllos bin. Eben weil ich nicht gefühllos bin, sind wir beide doch in dieser schwierigen Situation. Ich habe meinen Gefühlen für dich erlaubt, meinen gesunden Menschenverstand zu vernebeln. Ich wusste, es würde wahrscheinlich schiefgehen, wenn ich mich verliebe, und ich habe versucht, es zu vermeiden. Ich wollte dir nicht wehtun. Siehst du das nicht ein?"

Als Oliver ihr trauriges Gesicht sah, wurde er etwas freundlicher. „Warum tust du mir denn dann weh? Um Gottes willen, Alexandra, wenn du erst älter bist und nicht mehr so schön wie jetzt, wenn sich niemand mehr für deine Probleme interessiert und niemand mehr mit dir ins Bett gehen will, wird dich auch die Tatsache nicht trösten, dass du eine berühmte Innenarchitektin bist. Hast du einmal darüber nachgedacht, wie einsam du dann in deiner Seifenblase, die sich Ruhm nennt, sein wirst?"

„Oliver, ich habe lange über die Zukunft nachgedacht. Und ich habe mich auch umgesehen und dabei viele Frauen entdeckt, die zu jung geheiratet haben und niemals ihre schöpferischen Möglichkeiten ausschöpfen konnten, die aus reiner Gewohnheit oder aus Pflichtgefühl bei ihren Männern blieben, nicht aus Liebe. Manchmal wird aus der ersten Verliebtheit ja eine große, dauerhafte Liebe, meistens aber nicht. Doch Menschen, die ihre Arbeit lieben, lieben sie ihr ganzes Leben lang. Die glücklichsten Menschen, die ich kenne, sind die, denen ihre Arbeit über alles geht, oder die ein interessantes Hobby haben."

Während sie dies sagte, fiel Alexandra ihre Tante Jo ein, die ihre zeichnerische Begabung geopfert hatte, um neun Kinder großzuziehen, und die trotzdem eine glückliche Frau war. Doch Tante Jo war eine mütterliche Frau – sie, Alexandra, leider nicht. Wenigstens hatte sie bisher geglaubt, sie hätte keine mütterlichen Empfindungen. Als sie jetzt zu Oliver hinüberschaute, der wütend seinen Salat auf dem Teller hin und her schob, durchzuckte sie ein scharfer Schmerz. Sie dachte an die Kinder, die sie haben könnten. Sie stellte sich sehr hübsche Kinder vor, denen der Vater Surfunterricht gab, während die Mutter in einem kühlen, luftigen Studio mit Blick auf den blauen Pazifik arbeitete.

Hätte Oliver in diesem Augenblick aufgeschaut und Alexandra versichert, sie in ihrer Kreativität nie einzuengen, sie hätte alle ihre Bedenken über Bord geworfen. Doch er stocherte weiter in seinem Salat, ohne den Blick zu heben, und gab ihr somit Zeit, sich zu fangen.

Nein, dachte sie, schön ist das Leben einer verheirateten berufstätigen Frau gewiss nicht. Alle Schwierigkeiten, alle Probleme würden letztendlich an mir hängen bleiben. In meinem Leben ist kein Raum für neue Pflichten. In meinem Beruf wird mein ganzes Können gefordert.

Nun, da es zu spät war, blickte Oliver auf. „Arbeit ist wichtig, das bestreite ich nicht. Wenn du Chirurg wärst oder Wissenschaftler, jemand, dessen Arbeit lebensnotwendig ist und der nur an einem bestimmten Ort arbeiten kann, könnte ich deine Haltung verstehen. Dann hättest du natürlich Probleme, deinen Beruf und deine Ehe in Einklang zu bringen. Aber du bist Innenarchitektin. Da ergeben sich solche Probleme nicht, soweit ich das erkenne."

„Du meinst, soweit du irgendwas erkennst, ist eine Innenarchitektin nicht wichtig?"

„Das habe ich nicht gesagt. Aber schätzt du wirklich deine Arbeit ebenso hoch ein wie die eines Chirurgen?"

„Ich halte sogar einen Müllmann für genauso wichtig wie einen Chirurgen. Jeder dient auf seine Art den Menschen. Was Innenarchitekten angeht, so glaube ich, dass sie Wichtiges für die Verbesserung der Lebensqualität leisten. Die geistige Gesundheit der Menschen wird sehr von ihrer Umgebung beeinflusst."

„Ich bezweifle, dass die Einrichtung teurer Restaurants oder Hotels irgendetwas zur geistigen Gesundheit beiträgt“, erwiderte Oliver trocken.

Alexandra war müde, und ihre Nerven waren überreizt.

Mit leiser, zorniger Stimme sagte sie: „Ganz gleich, was meine Arbeit nun wert ist oder nicht, ich würde niemand heiraten, der sie für unwichtig hält.“

„Und ich möchte keine Frau, die in der Ehe die Hosen anhaben will“, sagte er scharf.

„Und ich möchte keinen Mann, der wie ein Götze verehrt werden will“, gab sie wütend zurück. „Ich will überhaupt keinen Mann.“

Es war abzusehen, dass sie sich bald genauso heftig streiten würden wie am Abend zuvor.

Bald werden auch die anderen Gäste merken, dass wir uns zanken, falls sie es nicht schon längst bemerkt haben, dachte Alexandra. Sie riss sich deshalb zusammen und sprach mit eisiger Höflichkeit weiter. „Bitte, entschuldige mich. Ich habe keinen Hunger mehr und glaube außerdem nicht, dass es Sinn hat, dieses Gespräch fortzusetzen.“

Sie legte ihre Serviette auf den Tisch, schob den Stuhl zurück und erhob sich.

Für den wohlerzogenen Oliver war es selbstverständlich, ebenfalls aufzustehen, wenn die Dame in seiner Begleitung aufstand – auch wenn sie es tat, um ihn sitzen zu lassen.

Leider funktionierte Alexandras Sinn für Komik im Augenblick nicht. Sie wollte nur eines: den Ausgang des Lokals erreichen, ehe sie in Tränen ausbrach. Sie brauchte ihre ganze Selbstbeherrschung, um nicht zur Tür zu rennen.

Als sie endlich draußen auf der Straße war, gelang es ihr jedoch unter Aufbietung aller Kräfte, das Schluchzen, das sie zu schütteln begann, zu unterdrücken und nicht loszuheulen. Sie stolperte davon und hoffte nach jedem Schritt, starke Hände auf ihren Schultern zu spüren und herumgewirbelt zu werden. Aber Oliver folgte ihr nicht. Allein und verzweifelt schleppte sie sich ins Hotel zurück.

Als sie nach Vancouver gekommen war, tat sie zwar das Richtige für ihre Karriere, doch für ihr Leben war dieser Aufenthalt hier der Ruin. Sie würde niemals aufhören, diesen Mann zu lieben.

8. KAPITEL

Am folgenden Morgen rief die Empfangssekretärin Alexandra an. „Mrs. Tait ist in der Halle, Miss Clifford."

Einen Augenblick lang dachte Alexandra, ihr Herz bliebe stehen. Dann wurde ihr klar, dass die Sekretärin „Mrs. Tait" gesagt hatte. Oder hatte sie sich verhört?

„Mrs. Tait? Eine alte Dame mit weißem Haar?"

„Ja, Miss Clifford."

„Bitte sagen Sie ihr, dass ich sofort herunterkomme."

Im Aufzug überlegte Alexandra, weshalb Olivers Großmutter sie wohl besuche. Vielleicht wusste Barbara Tait noch gar nichts vom Ende ihrer Beziehung. Oliver war nicht der Typ, der anderen seine Sorgen anvertraute.

Als Alexandra aus dem Aufzug trat, erhob sich Barbara Tait von einem Stuhl in der Nähe des Empfangs. Während der wenigen Sekunden, in denen sie aufeinander zugingen, deutete nichts in Mrs. Taits Verhalten darauf hin, dass sie etwas von dem Streit zwischen ihrem Enkel und Alexandra wusste.

„Guten Morgen, Alexandra. Hoffentlich habe ich keinen ungeeigneten Moment gewählt, um Ihrer Einladung zu folgen, doch einmal die Modelle für Ihre Penthouse-Suiten anzuschauen. Ich hätte vorher anrufen sollen, ich weiß. Aber ich hatte meine Besorgungen in der Innenstadt schneller erledigt, als ich dachte, und da bin ich einfach vorbeigekommen. Wenn Sie aber zu beschäftigt sind, will ich nicht weiter stören."

Alexandra war versucht, viel Arbeit vorzuschützen, da es ihr schwerfallen würde, so zu tun, als sei nichts geschehen. Außerdem konnte sie sich nicht vorstellen, dass Mrs. Tait einer Augenblickseingebung gefolgt war. Bei einer Dame ihres Alters und ihrer Erziehung war das beinahe ausgeschlossen. Es musste also einen guten Grund für ihre Anwesenheit geben.

Alexandra entschloss sich jedoch, bei der Wahrheit zu bleiben.

„Sie stören mich nicht. Ich wollte ohnehin gerade eine Kaffeepause machen. Kommen Sie mit nach oben und bewundern Sie die Aussicht."

Ein paar Minuten später stand Mrs. Tait neben Alexandra am Fenster des Hotelzimmers.

„Was für ein wunderbarer Blick auf den Yachthafen", sagte die alte Dame.

„Da unten müssen Yachten und Kreuzer für mehr als eine Milliarde Dollar vor Anker liegen. Und dann wiederum habe ich Männer beobachtet, die in Mülltonnen von Hotels und Apartmenthäusern nach Essensresten suchten. Ich bin viel in der Welt herumgekommen, doch noch niemals sah ich Reichtum und Armut so dicht beieinander wie hier."

„Ihr Europäer denkt nie daran, was für eine junge Stadt Vancouver ist. 1986 ist sie erst hundert Jahre alt geworden, und hundert Jahre sind nicht viel im Leben einer Stadt. Sie können sich überhaupt nicht vorstellen, wie Vancouver aussah, als ich so alt war wie Sie. Bis vor zwanzig Jahren gab es all diese Wolkenkratzer noch nicht."

„Mir gefallen diese riesigen Gebäude mit ihren Glasfronten, in denen sich die anderen Hochhäuser spiegeln. Der Wolkenkratzer da drüben soll sogar erdbebensicher sein."

Während sie sich unterhielten, erschien ein Wasserflugzeug, verschwand für einen Augenblick hinter einem gläsern glitzernden Hochhaus und tauchte dann auf dessen anderen Seite wieder auf. Alexandra wurde ganz traurig.

Schnell ging sie vom Fenster weg und hinüber in die Kochnische, um Kaffeewasser aufzusetzen.

Auch Mrs. Tait wandte sich um. Ihr Blick fiel auf das weiße Alpenveilchen auf dem Tisch. Alle paar Tage schnitt Alexandra die Blüten ab, die zu welken begannen, damit neue nachwachsen konnten. Heute waren mehr als zwanzig Blüten weit geöffnet, und unzählige Knospen schauten unter den Blättern hervor.

„Was für eine hübsche Pflanze."

„Ja, Oliver hat sie mir geschenkt." Alexandra bemühte sich sehr um eine normale Stimmlage. „Leider habe ich kein Gebäck zum Kaffee. Ich esse immer nur einen Apfel zum zweiten Frühstück."

„Ich esse fast nie etwas zwischen den Mahlzeiten." Mrs. Tait warf einen Blick zu den Modellen, schien sich jedoch weiter nicht für sie zu interessieren. „Wie Sie sicher wissen, bin ich ein paar Tage allein, Oliver macht einen Jagdausflug."

Alexandra antwortete nicht, und auch Barbara Tait schwieg, bis Alexandra auf einem Tablett den Kaffee zur Sitzecke gebracht hatte.

Als sie beide saßen, fuhr Mrs. Tait fort: „Ich möchte mich nicht in Dinge einmischen, die mich nichts angehen. Aber ich kenne meinen Enkel gut genug, um zu wissen, dass er eigentlich gar nicht jagen, sondern nur allein sein will. Wenn ich mich nicht täusche, ist etwas zwischen euch beiden geschehen, das ihn aus dem Gleichgewicht geworfen hat. Auch Sie sehen ziemlich verstört aus. Darf ich Sie trotz unserer erst kurzen Bekanntschaft fragen, was passiert ist?"

Mit einer Mischung aus Erleichterung und Widerstreben antwortete Alexandra: „Oliver hat mich gebeten, ihn zu heiraten, und ich habe ihn abgewiesen."

Überraschung und Enttäuschung spiegelten sich auf Mrs. Taits Zügen. „O je, so schlimm ist es also. Ich hatte gehofft, es wäre nur eine kleine Meinungsverschiedenheit. Natürlich hatte ich gemerkt, dass er sich in Sie verliebt hat, und ich hoffte, Sie würden seine Gefühle erwidern. Aber anscheinend ist das nicht der Fall."

„O doch, deshalb sehe ich ja so verstört aus. Ich habe fast die ganze Nacht wach gelegen und mir gewünscht, ich könnte ihn heiraten."

„Das verstehe ich nicht. Wenn Sie ihn mögen, weshalb können Sie ihn denn dann nicht heiraten?"

Alexandra befürchtete, dass Mrs. Tait sie nicht verstehen würde. Sie verstand sich nämlich selbst nicht mehr. Als sie sich in der vergangenen Nacht ruhelos in ihrem Bett hin und her warf, da war sie beinahe zu der Überzeugung gelangt, dass sie alles falsch gemacht hatte, dass sie verrückt gewesen sein musste, als sie Olivers Antrag abgelehnt und sich im Streit von ihm getrennt hatte.

Sie begann, Mrs. Tait den Grund für ihre Entscheidung darzulegen. Die alte Dame hörte ihr schweigend zu. Man konnte ihr nicht ansehen, was sie dachte.

Als Alexandra geendet hatte, trat ein längeres Schweigen ein. Beide Frauen nippten an ihrem Kaffee.

Ganz unvermittelt fragte Mrs. Tait: „Hat Oliver Ihnen von seinen

Eltern und seiner Kindheit erzählt?"

„Nicht sehr viel. Ich weiß, dass seine Mutter aus Quebec stammte und er in Paris geboren wurde."

„Er wurde in Paris geboren, weil Catherine, meine erste Schwiegertochter, dort Musik studierte. Sie und mein Sohn Robert lebten damals in Europa. Sie mochte Kanada nicht, sagte, hier gebe es keine Kultur. Das traf zu der Zeit in gewisser Hinsicht sogar zu", räumte Mrs. Tait ein.

„Kaum war Oliver geboren", fuhr sie fort, „da überließ seine Mutter ihn einem Kindermädchen und widmete sich ihrer Karriere. Alles wurde ihrem Ehrgeiz geopfert, eine gefeierte Pianistin zu werden. Mein Sohn war völlig vernarrt in seine Frau und tat alles, was sie wollte. So willigte er auch ein, nicht der Nachfolger seines Vaters zu werden, sondern ihr Manager. Die fünf Jahre, die sie miteinander verheiratet waren, waren eine schlimme Zeit für meinen Mann und für mich."

„Wovon lebten die beiden in Paris?"

„Robert hatte etwas Geld geerbt, und Catherine wurde von ihrem Vater finanziell großzügig unterstützt. Sie hatten keine finanziellen Probleme. Aber mein Sohn fühlte sich dort drüben niemals zu Hause. Die französische Sprache fiel ihm nicht leicht, und er kam sich zwischen den Musikern und anderen Künstlern wie ein Fremder vor."

Mrs. Tait machte eine kurze Pause, bevor sie weitersprach: „Als Oliver ein Jahr alt war, habe ich sie besucht. Obwohl Robert seine Frau immer noch liebte, war er doch schon sehr unglücklich, und ich war unglücklich, weil mein Sohn unglücklich war. Im folgenden Jahr flog ich wieder nach Europa. Ich hatte den Eindruck, dass Robert zu viel trank. Im dritten Jahr gab es dann keinen Zweifel mehr daran, dass er Alkoholiker war."

Mrs. Tait seufzte. „Ich erzähle Ihnen dies alles nur, Alexandra, damit Sie wissen, woher Oliver kommt und welche Umstände seinen Charakter formten. Catherine weigerte sich übrigens beharrlich, vom Zustand ihres Mannes Kenntnis zu nehmen. Damals fing ich an, sie nicht mehr zu mögen. Ich konnte nicht verstehen, dass sie, die Robert doch angeblich so sehr liebte, seine Gesundheit und sein Wohlergehen ihrer Karriere unterordnete."

„Machte sie denn Karriere?"

„Ja. Sie bekam immer ausgezeichnete Kritiken für ihre Konzerte. Sie war nicht nur eine bekannte Pianistin, sondern auch sehr hübsch. Von ihr hat Oliver den dunklen Teint geerbt. In Größe und Figur hingegen kommt er ganz nach meinem Schwiegervater." Mrs. Tait schwieg und schaute Alexandra an, als erwarte sie eine Antwort von ihr.

Alexandra fand, dass Catherine keineswegs für Roberts schlimmen Zustand verantwortlich gewesen war. Wenn sich ein Mann in einer schwierigen Situation keinen anderen Rat weiß, als zur Flasche zu greifen, dann ist das seine Schuld, nicht die seiner Frau.

„Wie ging es weiter?"

„Mein Mann erlitt einen Herzanfall. Ich schickte Robert ein Telegramm, und er nahm das nächste Flugzeug nach Hause. Sobald er wieder in Vancouver war, schien er zu Verstand zu kommen. Er trank keinen Tropfen mehr. Als er einige Monate später, nach der Genesung seines Vaters, noch einmal nach Paris zurückkehrte, geschah das nur, um die Scheidung einzuleiten. Catherine stimmte zu unter der Bedingung, dass sie gemeinsam die Vormundschaft über Oliver bekämen. Infolgedessen war seine Kindheit ein einziges Hin und Her. Es scheint ihm jedoch nicht geschadet zu haben. Er ist nur fest entschlossen, den Fehler seines Vaters nicht zu wiederholen."

„Sein Vater hat wieder geheiratet. Und Catherine?"

„Sie hat lange Zeit unverheiratet mit einem Musiker zusammengelebt. Es interessierte mich nicht, was sie tat. Ich fühlte mich nur erleichtert, dass mein Sohn vom Alkoholismus geheilt war und ein Mädchen heiratete, das nichts weiter wollte, als ihm eine gute Ehefrau sein. Und Ehefrau und Mutter zu sein ist ein sehr ehrenwerter Beruf, der hundertprozentigen Einsatz verlangt."

„Die meisten Ehefrauen können es sich heutzutage aus wirtschaftlichen Gründen nicht erlauben, zu Hause zu bleiben und nicht zu arbeiten", sagte Alexandra. „Ein Gehalt reicht nicht mehr aus, eine Familie zu ernähren."

„Vielleicht trifft das für die niederen Einkommensstufen zu. Aber Oliver bezieht nicht nur ein sehr gutes Gehalt, er hat auch Vermögen. Er könnte seine Frau und seine Kinder in großem Stil unterhalten.

Meine Liebe, haben Sie schon einmal darüber nachgedacht, wie Ihr Leben verlaufen wird, wenn Sie vierzig, fünfzig oder sechzig Jahre alt sind? Einem Ehemann, der Sie liebt, werden die Veränderungen, die die Jahre mit sich bringen, nichts ausmachen. Für ihn werden Sie immer liebenswert sein. Sind Sie davon überzeugt, dass Sie ohne die Sicherheit und die Geborgenheit leben können, die eine glückliche Ehe einer Frau bietet?“

Alexandra zögerte und wählte ihre Worte dann sorgfältig. „Ich bin mir nur in einem sicher, Mrs. Tait. Ich kann nicht leben ohne die Herausforderungen, die mein Beruf an mich stellt, ohne die Befriedigung, die ich in meiner Arbeit finde. Es ist ... es ist so ungünstig, dass Oliver und ich Berufe haben, die sich nicht miteinander vereinbaren lassen. Ich kann nicht wahrhaft kreativ von einer Insel aus arbeiten, die weit draußen im Pazifischen Ozean liegt. Bestimmt gäbe es dort Arbeit für mich, aber keine, die mich wirklich befriedigt.“

„Sie sollten sich Hawaii ansehen, ehe Sie einen endgültigen Entschluss fassen“, schlug Mrs. Tait vor. „Vielleicht verlieben Sie sich in die Inselgruppe.“

„Ich bin davon überzeugt, dass es dort herrlich ist – für einen Urlaub. Ich will ganz ehrlich Ihnen gegenüber sein. Mittlerweile kommt mir auch Vancouver schon so vor, als läge es am Rande der Welt. Es ist zwar eine angenehme Stadt, aber sie ist nicht wie London, New York oder Paris. Ich halte mich lieber dort auf, wo Kultur und Zivilisation sind, wo ich schöpferisch tätig sein kann.“ Alexandra holte tief Luft. „Es lässt sich so schwer erklären. Wahrscheinlich verstehen Sie mich nicht.“

„Richtig, ich verstehe Sie nicht“, entgegnete Barbara Tait unumwunden. „Für mich gibt es nichts Wichtigeres als eine glückliche Ehe. Als ich Sie kennenlernte, glaubte ich auf Anhieb, Sie seien die Richtige für meinen Enkel. Und was ich jetzt sage, sage ich nicht nur, weil ich seine Großmutter bin, sondern auch, weil andere es mir bestätigt haben: Oliver ist etwas ganz Besonderes. Ich kenne keinen gütigeren, fürsorglicheren Mann als ihn. Und Güte ist eine sehr wichtige Eigenschaft bei einem Ehemann.“

„Ich weiß, dass er etwas Besonderes ist. Sie müssen mir seine Vorzüge nicht aufzählen." Alexandra wusste sogar etwas, was seine Großmutter nicht wissen konnte: dass er ein wunderbar einfühlsamer, fantasievoller Liebhaber war.

„Nun, wenn er es trotzdem nicht schaffte, ihre Meinung zu ändern, kann ich es ganz bestimmt nicht. Doch vielleicht werden Sie während seiner Abwesenheit feststellen, wie viel Sie aufgeben, wenn Sie an Ihrer Meinung festhalten. Sie stehen vor der wichtigsten Entscheidung Ihres Lebens, meine Liebe. Mit einem Gefährten durchs Leben zu gehen, ist unendlich viel schöner, als allein zu sein. Noch heute, so lange nach dem Tod meines Mannes, fehlt mir der Partner, mit dem ich lachen oder mich freuen kann."

Für einen Augenblick wurden Barbara Taits amethystfarbene Augen traurig. Dann lächelte sie. „Denken Sie jetzt bitte nicht, ich wolle mich einmischen. Das ist nicht meine Art. Ich habe gesagt, was ich zu sagen hatte, und werde das Thema nicht mehr anschneiden. Im Übrigen wollte ich nämlich wirklich Ihre Entwürfe sehen. Das war kein Vorwand."

Erst später, nachdem Alexandra Mrs. Tait die Miniatur-Suiten gezeigt und diese sie gebührend bewundert hatte, fiel der alten Dame ein, dass sie zwei Bücher mitgebracht hatte, von denen sie annahm, dass Alexandra sie gern lesen würde.

Bei dem ersten Band handelte es sich um eine Biografie von Pauline Johnson, der andere enthielt Gedichte von ihr.

Es war bereits halb eins, als Alexandra ihre Besucherin in die Halle hinunterbegleitete. Anschließend kehrte sie in ihr Apartment zurück, zog die Schuhe aus und kuschelte sich mit dem Gedichtband aufs Sofa.

Eine knappe halbe Stunde darauf bereitete sie sich ein leichtes Mittagessen zu. Während sie aß, blätterte sie in der Biografie von Pauline Johnson, die mit indianischem Namen Tekahionwake geheißen hatte. Sie war 1862 als Tochter einer vornehmen Engländerin und eines Häuptlings der Mohawk zur Welt gekommen.

Im Buch befand sich ein Foto der Dichterin. Aufmerksam betrachtete Alexandra die dunkelhaarige Erscheinung mit dem hübschen, intelligenten Gesicht. Pauline Johnson hatte niemals geheiratet. Doch als sie 1913 in Vancouver starb, trug sie ein Medaillon mit der Fotografie eines unbekannten Mannes. Vielleicht war er der Mann, dem sie ihre Gedichte gewidmet hatte? Der Mann, den sie nicht geheiratet hatte, damit sie ihre Gedichte in Ruhe schreiben konnte?

Da Alexandra nach dem Mittagessen nicht den geringsten Drang verspürte, sich ihrer Arbeit zu widmen, ging sie mit der Biografie Pauline Johnsons in den Park und setzte sich auf eine Bank in der Nähe des kleinen Sees. Sie versuchte zu lesen, vermochte sich jedoch nicht auf die Worte zu konzentrieren. Nach einer Weile gab sie es auf, lehnte sich zurück und schloss die Augen.

Der Gedanke an Oliver quälte sie. Wo mochte er jetzt sein? Ob er ihr wohl noch immer böse war? Wenn sie doch wenigstens ein Foto von ihm hätte! Doch nein! Es war viel besser, nichts zu besitzen, was sie an ihn und diesen Herbst in Kanada erinnern konnte. Vielleicht würde sie dann eines Tages vergessen lernen ...

Sie dachte an Pauline Johnson, die zu ihrer Zeit nicht nur in Kanada, sondern auch in Europa berühmt gewesen war. Doch ihre geistigen Gaben, ihr Ruhm, ihre ungewöhnliche halbindianische Schönheit hatten ihr kein dauerhaftes Glück beschert. Heute war sie fast vergessen.

Und wie berühmt und erfolgreich auch ich immer sein werde, in hundert Jahren bin ich ebenfalls tot und vergessen, ging es Alexandra durch den Kopf. Sie fröstelte in der Sonne.

Mrs. Taits Warnung dröhnte plötzlich wie ein Lautsprecher in ihren Ohren. „Sind Sie davon überzeugt, dass Sie ohne die Sicherheit und die Geborgenheit leben können, die eine glückliche Ehe einer Frau bietet?“

Alexandra war überhaupt nicht mehr überzeugt davon, und mit jeder Stunde, die verging, war sie es weniger.

Am Abend zwang Alexandra sich, alles aufzuarbeiten, was sie tagsüber hatte liegen lassen. Als gegen zehn Uhr das Telefon läutete, zuckte sie wie elektrisiert zusammen. Es gab nur einen Menschen, der sie so spät noch anrief! Voller Sehnsucht nach dem Klang seiner Stimme griff sie zum Hörer.

„Hallo!“

„Alexandra, ich bin gerade gelandet. Haben Sie morgen irgendetwas vor, das Sie nicht absagen können?"

„Oh ... John. Nein, ich glaube nicht. Weshalb?"

„Ich habe mir den morgigen Tag freigehalten und möchte ihn mit Ihnen verbringen. Wir müssen etwas besprechen. Ich hole Sie um zehn ab. Geht das?"

„Ja, das geht. Was unternehmen wir denn? Was soll ich anziehen?"

„Wir machen einen Ausflug. Mehr verrate ich noch nicht. Bis morgen." John Kassinopolis legte auf.

Früh am nächsten Morgen machte Alexandra ihren üblichen Gang. Als sie bei der großen Kanone umkehrte, überfiel die Erinnerung an Oliver sie mit Macht.

Wie immer, wenn sie sich nicht bewusst zwang, ihn aus ihren Gedanken zu verbannen, dachte sie an ihn, an das, was er gesagt, wie er sie geküsst und berührt hatte.

Sie hätte zu gern gewusst, ob es ihm auch so schlecht ging und ob auch er so schlecht schlief. Bevor sie mit ihm auf die Insel geflogen war, hatte sie geglaubt, dass ein paar Tage mit ihm ihr genügend Glück für ein ganzes Leben schenken würden. Sie hatte nicht mit seinem Heiratsantrag gerechnet und nicht ahnen können, wie selbstvergessen sie sich ihm hingeben würde. Er hatte ihre frühere Überzeugung, keinen Mann in ihrem Leben zu wollen und zu brauchen, zunichte gemacht. Was sollte sie jetzt tun?

Pünktlich um zehn Uhr war Alexandra für das Treffen mit John bereit. Vor dem Hotel wartete bereits eine schnittige schwarze Limousine auf sie. Der Fahrer in Uniform und mit Mütze stieg aus und öffnete den Wagenschlag für John, als sie vor das Hotel trat.

„Guten Morgen, Alexandra." Er streckte ihr die Hand entgegen und blickte beifällig auf ihre gepflegte Erscheinung. Sie trug eine beigefarbene Wildlederjacke über einem Kaschmirpullover und einer cremefarbenen Seidenbluse.

Wäre sie mit Oliver ausgegangen, hätte sie eine Flanellhose dazu gewählt. Doch für einen Tag mit John erschien ihr ein einfacher Tweedrock geeigneter. Ein um den Hals geknoteter Seidenschal, ein Paar englische Sportschuhe und eine ledergefasste Leinenschultertasche vervollständigten ihre klassisch-sportliche Kleidung.

„Guten Morgen. Es sieht so aus, als bekämen wir auch heute einen perfekten Herbsttag“, begrüßte sie John lächelnd.

Der riesige Wagen hatte samtweiche graue Polster, und noch nie hatte Alexandra in einem Auto so viel Platz für ihre Beine gehabt wie in diesem.

„Haben Sie schon Zeitung gelesen?“, fragte John, als er es sich auf der anderen Seite der breiten Armstütze bequem machte. Er reichte Alexandra die Tageszeitung „Globe and Mail“ und griff selbst zum „Wall Street Journal“.

Ehe Alexandra die Zeitung aufschlug, bemerkte sie neben sich eine Art Armaturenbrett mit Knöpfen, von dem aus man per Fingerdruck die Fenster öffnen, die Temperatur im Wagen regeln und verschiedene Sender im Autoradio wählen konnte.

Das ist das große Leben, dachte sie und musste lächeln. Und doch, überlegte sie, während sie an einer Bushaltestelle vorüberglitten, an der die Menschen warteten, wenn ich die Wahl hätte, mit Oliver im Bus irgendwohin zu fahren oder mit John in diesem Auto, ich würde mich immer für Oliver entscheiden.

„Möchten Sie wissen, wohin die Fahrt geht?“, fragte John.

„Natürlich.“

„Ich hatte Lust auf eine kleine Seefahrt. Da es aber keine direkte Fährverbindung zwischen Vancouver und Victoria gibt, müssen wir erst nach Tsawwassen fahren, ungefähr vierzig Meilen südlich von Vancouver.“

Sie bemühte sich, ihn nicht merken zu lassen, wie bestürzt sie war. Sie hatte sich vorgenommen, fröhlich zu sein, aber dieser Vorsatz geriet bei dem Gedanken an Victoria ins Wanken. Dort hatten sie und Oliver die letzten glücklichen Stunden miteinander verbracht, ehe er ihr den Heiratsantrag machte und sie sich anschließend so entsetzlich stritten.

Als sie am Fährhafen ankamen, setzten sich gerade die beiden langen Autoschlangen, die dort gewartet hatten, in Bewegung, und sie fuhren dank Johns perfekter Planung ohne Verzögerung auf das Autodeck der Fähre.

Vom Fahrzeugdeck stiegen sie dann bis zum Passagierdeck hinauf. Dort wehte eine ziemlich frische Brise, und Alexandra war froh über ihre winddichte Jacke. Johns Fahrer erschien und brachte zwei Liegestühle.

„Wo soll ich sie aufstellen, Sir?"

John entschied sich für einen windgeschützten sonnigen Platz mittschiffs. „Ich wusste, dass es nur wenige unbequeme Sitzgelegenheiten an Deck gibt", erklärte er Alexandra, „deshalb habe ich meine eigenen Stühle mitgebracht. Benton wird uns gleich auch noch Decken bringen, da es sehr kühl werden kann, wenn wir erst weiter draußen sind."

In der Tat dauerte es nicht lange, bis der Fahrer mit zwei Wolldecken und einem großen Picknickkorb zurückkam.

John bestand darauf, eine der Decken über Alexandras Beine zu breiten, und schien weder die versteckten Seitenblicke noch das offene Starren der anderen Passagiere wahrzunehmen. Sie fand es etwas merkwürdig, dass er sie wie ein zerbrechliches Wesen behandelte, das jeder Windstoß umwerfen konnte. Andererseits gefiel es ihr, auf einem bequemen Stuhl zu sitzen, anstatt auf einer harten Bank, und es war angenehm, dass ihre Beine durch eine warme Decke vor Zugluft geschützt wurden.

Ihr fiel ein, dass Johns Frau sehr lange krank gewesen war. Vermutlich hatte er während ihrer letzten Lebensmonate gelernt, so fürsorglich und aufmerksam zu sein.

Als die Fähre sich im offenen Meer befand, öffnete John den Picknickkorb.

„Haben Sie denn heute Morgen schon etwas gegessen?", fragte er Alexandra aufmerksam.

„Ich habe wie üblich gefrühstückt, hätte aber nichts gegen Kaffee oder Tee einzuwenden."

„Ich habe beides mit. Wie Sie habe auch ich im Hotel gefrühstückt. Aber Seeluft macht immer Appetit. Ich ließ einige Sandwiches einpacken und auch eine Flasche Champagner. Wie wäre es damit?"

„Ist es nicht ein wenig früh am Tag für Champagner?"

„Ganz im Gegenteil. Haben Sie noch nie zum Frühstück Champagner mit Orangensaft getrunken? Das ist ein wunderbarer Start in den Tag."

Plötzlich fiel ihr ein, wie sie mit Oliver Champagner getrunken hatte, nachdem sie zum ersten Mal miteinander geschlafen hatten. Sie hatte in seinen Armen gelegen, seine Hand lag leicht und warm auf ihrer Brust ... Augenblicke absoluter Seligkeit.

Als John und sie jetzt Champagner tranken, starrten noch mehr Passagiere zu ihnen hinüber. Alexandra biss herzhaft in ein Sandwich mit kaltem Roastbeef. Nicht weil sie Hunger hatte, sondern weil sie sich eine Grundlage für den Champagner schaffen wollte, der in einem Behälter kühl gehalten wurde.

Während der ersten halben Stunde war die Überfahrt nicht besonders interessant. Doch dann durchquerte die Fähre einen engen Meeresarm zwischen zwei pinienbestandenen Inseln, und von da an bewegte sie sich nur noch zwischen Inseln, großen und kleinen, bewohnten und unbewohnten. Zum Glück führte die Route nicht an der Insel der Taits vorüber. Alexandra hätte den Anblick des Hauses nicht ertragen. Es war schmerzhaft genug, die anderen Inseln zu sehen.

Um sich von ihren traurigen Gedanken abzulenken, sagte sie: „Haben Sie noch nie Lust gehabt, sich eine eigene Insel zu kaufen, John?"

„Nein, aber wenn ich eine kaufen würde, dann nicht hier. Das Wasser hier ist entsetzlich kalt, und das Klima ist auch nicht mein Fall. Meine Insel müsste in der Karibik liegen oder im Pazifischen Ozean."

„Was ist mit dem Mittelmeer? Mit Griechenland? Ihre Vorfahren waren Griechen."

Er schüttelte energisch den Kopf. „Ich bin mit Leib und Seele Nordamerikaner. Drüben in Europa wäre ich nie das geworden, was ich jetzt bin. Man hat dort gar nicht solche Möglichkeiten, erfolgreich zu sein."

„Es gibt Menschen, die haben überall Erfolg, egal wo sie sind, und längst nicht jeder, der hier sein Glück suchte, hat es auch gefunden."

„Für mich ist Nordamerika immer noch das Land der unbegrenzten Möglichkeiten."

„Aber nicht für die armen Chinesen, die zu Beginn des Jahrhunderts in Kanada beim Eisenbahnbau halfen und nicht einmal ihre Familien nachkommen lassen durften“, entgegnete Alexandra kampfeslustig.

Doch sie merkte, dass John ihr gar nicht mehr zuhörte, sondern nur ihr Gesicht prüfend und verblüfft betrachtete.

„Irgendetwas an Ihnen ist heute anders. Ich habe es gleich gemerkt, als ich Sie abholte.“

„Ich bin anders angezogen.“

„Das ist es nicht. Ich weiß nicht, was es ist. Vielleicht rede ich es mir auch nur ein.“ Völlig unerwartet fügte er dann hinzu: „Sie sind nicht nur talentiert, Sie sind auch schön.“

„Vielen Dank“, sagte sie ziemlich erschrocken.

War es möglich, dass das Glück, das sie in Olivers Armen empfunden hatte, eine Veränderung in ihrer Persönlichkeit hervorgerufen hatte, die Johns aufmerksame Augen jetzt entdeckten?

Sie wollte ihn ablenken. „Gestern Abend sagten Sie, Sie müssten etwas mit mir besprechen. Um was geht es?“

„Später, vielleicht beim Mittagessen. In wenigen Minuten legen wir an, und wenn ich über Geschäfte rede, werde ich nicht gern unterbrochen.“

Das klang so, als wolle er ihr einen weiteren Großauftrag erteilen. Und erst heute Morgen hatte sie mit der Post aus Europa einen Brief ihrer Assistentin erhalten, in dem ein Ausriss aus der britischen „Vogue“ lag. Es handelte sich um einen Bildbericht über ihre eigene Wohnung in London. Sie hätte sich eigentlich obenauf fühlen müssen, doch genau das Gegenteil war der Fall. Tief in ihrem Innern fühlte sie sich miserabel. Sie konnte den Streit mit Oliver nicht vergessen. Er überschattete alles.

9. KAPITEL

Alexandra und John kamen um die Mittagszeit in Victoria an. John gab dem Fahrer Anweisung, sie am Empress Hotel abzusetzen und um halb vier wieder dort abzuholen. „Nach dem Mittagessen machen wir einen Gang durch die Stadt, obwohl es eigentlich nicht viel zu sehen gibt. Ich habe diesen Ausflug wegen der hübschen Überfahrt gemacht und um Ihnen dieses berühmte alte Hotel zu zeigen“, erklärte John Alexandra, als sie das Gebäude betraten.

Sie war erleichtert, dass er sich nicht für das Laurel Point Inn entschieden hatte, und ließ sich gern von ihm die öffentlichen Räume des Hotels zeigen.

Für das anschließende Mittagessen hatte John den besten Tisch im Restaurant reservieren lassen.

Der erste Gang bestand aus Austern, der zweite aus zarten Kalbskoteletts mit verschiedenem Gemüse. Dazu wurde ein trockener Weißwein gereicht, der Alexandra sehr gut schmeckte. Voller Ungeduld wartete sie darauf, dass John endlich das Thema anschneiden möge, das auch sie betraf.

Als der Kellner den zweiten Gang serviert hatte, kam John dann zur Sache.

„Mein Unternehmen braucht jemanden, der die ganze Welt bereist und überall in den besten Hotels absteigt, um herauszufinden, was sie zu den besten Hotels der Welt gemacht hat. Wir brauchen ferner einen fest angestellten Innenarchitekten, der den Hotels meiner Hotelkette einen eigenen Stil verleiht, ohne dass sie deshalb alle gleich aussehen. Sie sollten jedoch alle gewisse Qualitätsmerkmale haben, die der Gast wiedererkennt, damit er sich bei uns rund um die Welt immer wie zu Hause fühlt. Ich glaube, diese beiden Aufgaben kann eine Person wahrnehmen, und ich möchte, dass Sie das sind.“

Noch ehe er Einzelheiten über Gehalt, Spesen und Pensionsberechtigung erwähnte, wusste Alexandra, dass es sich um ein fabelhaftes Angebot handelte, das die meisten Innenarchitekten sofort und mit Freude angenommen hätten.

„Natürlich würde das bedeuten, dass Sie ihr Studio in London aufgeben müssten“, fuhr er fort. „Aber Sie hätten einen sehr umfassenden Arbeitsbereich. Ein Hotel besteht ja nicht nur aus Schlafzimmern. Sie könnten Restaurants gestalten, Eingangshallen, Konferenzräume, Cafes, Büros, Schönheitssalons, Saunas, Büros. Ich weiß, dass Sie gern Aufträge annehmen, bei denen Sie weite Reisen unternehmen können. Wenn Sie auf meinen Vorschlag eingehen, sehen Sie die Welt schneller, als sie gedacht haben.“

„Ihr Angebot ist ungeheuer verführerisch, John. Aber ...“

„Aber nicht so verführerisch, dass Sie auf Anhieb Ja sagen?“

„Haben Sie jemals etwas Neues angefangen, ohne sorgfältig darüber nachzudenken?“

„Wenn mir jemals ein so gutes Angebot gemacht worden wäre, hätte ich sofort zugesagt. Was gefällt Ihnen nicht daran? Dass Sie Ihr Studio aufgeben müssen? Erzählen Sie mir nur nicht, dass Sie so viel Geld verdienen, wie ich Ihnen biete.“

„Nein, im Moment noch nicht. Aber auf lange Sicht werde ich vermutlich auch auf die Summe kommen. Mich stört eher, dass ich als Angestellte Ihres Unternehmens völlig anonym bliebe.“

„Sie würden keinesfalls anonym bleiben. Im Augenblick läuft eine Werbekampagne für meine Hotels in der Presse, in der ich alle meine Köche vorstelle. Im nächsten Jahr würde ich Sie als meine Innenarchitektin weltweit vorstellen.“

„Gut und schön. Aber der Übergang von der Selbstständigkeit zum Angestellten ist auch bei allerbesten Bedingungen ein schwerer Schritt. Ich bin bisher immer mein eigener Herr gewesen.“

„Ich habe Ihnen bei den Penthouse-Suiten völlig freie Hand gelassen, und so würde es auch weiterhin sein. Ich engagiere keine leitenden Angestellten, um ihnen später in ihre Arbeit dreinzureden.“

John beschwor Alexandra bis zum Ende der Mahlzeit, sich doch unbedingt sofort zu entscheiden. Sie jedoch bat sich Bedenkzeit aus, und er musste sich damit einverstanden erklären.

Am Spätnachmittag kehrten Alexandra und John nach Vancouver zurück, und er bat sie, ihm zu zeigen, wie weit sie mit ihrer Arbeit gekommen sei.

„Die Modelle sind fertig eingerichtet. Mit Ihrer Erlaubnis werde ich jetzt den zweiten Teil meiner Aufgabe angehen und alles bestellen, was in die Penthouse-Suiten hineingehört. Dann werde ich hier nicht mehr gebraucht, bis die Suiten gestrichen und tapeziert sind. Ihr Architekt hat mir gesagt, das könne noch etwa fünf Wochen dauern. Sie erreichen mich dann wieder in London", erklärte Alexandra ihm im Fahrstuhl.

Während John sich die Modelle genau ansah, kochte Alexandra Kaffee. John war so begeistert über ihre Einfälle bei der Einrichtung der Luxussuiten, dass er mit Händen und Füßen redete und dabei die volle Tasse Kaffee umstieß. Er fluchte, als sich die heiße Flüssigkeit über seinen Oberschenkel ergoss.

Alexandra handelte instinktiv. Sie packte ihn beim Arm, zog ihn ins Bad, griff zur Handbrause und spülte die vom Kaffee getroffenen Stelle mit eiskaltem Wasser ab. John wurde zwar pitschnass dabei, doch vielleicht verhinderte sie so eine Verbrühung. Vernünftigerweise zog er dann auch seine Hose aus, damit sie sein nacktes Bein abbrausen konnte.

Doch trotz der Blitzaktion war die Haut an einigen Stellen, wo der kaffeegetränkte Stoff wie ein Umschlag geklebt hatte, in Mitleidenschaft gezogen.

„Was Sie brauchen, ist so eine Lotion, die man heutzutage auf Verbrennungen und Verbrühungen gibt. Unten an der Straßenecke ist eine Apotheke. Ich laufe eben hin und kaufe dieses Mittel. Bis dahin sollten Sie Ihre Haut mit einem Eiswürfel abreiben", riet Alexandra.

Leider war sie dann nicht die einzige Kundin in der Apotheke, und das Ganze dauerte länger, als sie gedacht hatte. Während sie zurückeilte, fiel ihr ein, dass sie vermutlich nur am Hotelempfang hätte fragen müssen. Dort hatte man bestimmt etwas Geeignetes im Verbandskasten.

Als sie in ihr Apartment kam, trug John den hoteleigenen Bademantel, der in jedem Zimmer hing. Er war ihm ein wenig zu eng, und seine dicht behaarte Brust war zu sehen.

„Ich habe im Four Seasons angerufen", sagte er. „Man schickt mir trockene Kleidung aus meiner Suite herüber. Ich habe auch den Hotelempfang hier benachrichtigt. Gleich kommt ein Zimmermädchen und bringt das Bad wieder in Ordnung. Bin ich nicht tüchtig?"

„Toll! Und wie geht es Ihrem Bein?"

„Ach, das wird schon wieder. Machen Sie sich deswegen bitte keine Sorgen."

„Gut, aber tragen Sie die Lotion trotzdem auf."

Auch an diesem Abend konnte Alexandra nicht einschlafen. Sie kochte sich daher einen Pfefferminztee, setzte sich ans Fenster, schaute über den Hafen hinweg zu den Lichtern von North Vancouver und dachte über Johns Angebot nach.

Es war wirklich ein fantastisches Angebot, sie hätte überglücklich sein müssen. Doch es gab nur eins, das sie glücklich gemacht hätte, nämlich ein Anruf von Oliver, in dem er ihr sagte, dass er wieder in der Stadt sei und dass es ihm leidtue, dass sie sich so getrennt hatten.

Ich sollte wenigstens versuchen, das zu tun, was Oliver mir geraten hat, dachte Alexandra und nippte an dem heißen Tee. Ich sollte nach Hawaii fliegen, um zu sehen, wie es dort wirklich ist.

Ob Oliver schon wieder in der Stadt war? Die Versuchung, seine Großmutter anzurufen und sie zu fragen, wann er zurückkäme, wurde fast übermächtig.

Doch vielleicht war er heute schon zurückgekommen und ging selbst ans Telefon. Was würde sie dann sagen? Gar nichts würdest du sagen, schalt sie sich, weil du gar nicht anrufen wirst. Dazu ist es jetzt schon viel zu spät.

Es schien ihr besser, bis morgen zu warten und Mrs. Tait dann zu besuchen. Sie konnte ihr ihre Bücher und Olivers Fernglas zurückbringen. Diese Dinge hatte man ihr schließlich nur geliehen. Sollte Oliver da sein, würde sie ihm erklären, Johns Angebot und ihre mangelnde Begeisterung darüber hätten ihr endgültig klargemacht, dass ihre Karriere ihr nicht alles bedeutete. War er noch nicht zurück, würde sie es seiner Großmutter sagen.

Intuitiv wusste Alexandra gleich nach dem Erwachen am nächsten Morgen, dass Oliver sich wieder in der Stadt aufhielt. Sie machte ihren üblichen Morgenspaziergang in der Hoffnung, ihm zu begegnen. Doch sie begegnete ihm nicht und war enttäuscht darüber, rief sich dann aber ins Gedächtnis, dass nicht er ihr, sondern sie ihm den Laufpass gegeben hatte. Kein Wunder, dass er ihr aus dem Weg ging. Den ersten Schritt zur Versöhnung musste sie tun, sie musste die Initiative ergreifen.

Unterwegs, im Bus nach Shaughnessy, legte Alexandra sich ganz genau zurecht, was sie sagen würde, falls Oliver an die Tür kam. Das erwies sich als überflüssig, denn seine Großmutter öffnete ihr.

„Alexandra!“ Mrs. Tait schien äußerst überrascht zu sein.

„Guten Morgen, Mrs. Tait. Ich bringe Ihre Bücher und Olivers Fernglas zurück. Ist Oliver schon von seinem Ausflug nach Hause gekommen?“

Die alte Dame schaute sie recht merkwürdig an. „Kommen Sie herein.“ Sie führte Alexandra ins Wohnzimmer, bot ihr an, Platz zu nehmen, und fragte danach: „Möchten Sie einen Kaffee?“

Irgendetwas in ihrem Benehmen machte Alexandra stutzig. „Nein, vielen Dank, im Augenblick nicht. Stimmt etwas nicht?“

Barbara Tait setzte sich. Sie sah plötzlich sehr alt und besorgt aus. „Oliver kam gestern Abend zurück. Ich lag schon im Bett, las aber noch. Er hatte keine Lust, sich lange mit mir zu unterhalten; wir wechselten nur ein paar Worte, dann ging er in sein Zimmer. Heute Morgen erklärte er mir, er breche seinen Urlaub ab und kehre nach Hawaii zurück.“ Sie schaute auf die Uhr. „Sein Flugzeug ist vor einer halben Stunde gestartet. Er wollte nicht, dass ich ihn zum Flughafen bringe. Er hat sich hier von mir verabschiedet.“

Alexandra starrte die alte Dame entsetzt an. „Das … O nein!“

„Schlimm, nicht wahr?“

Stille.

„Hat er … hat er mich erwähnt?“, fragte Alexandra schließlich mit zitternder Stimme.

„Nein. Aber ich habe ihn gefragt, ob er sich bei Ihnen gemeldet hat.“

„Und wie hat er reagiert?“

„Zuerst sah er sehr wütend aus; ich dachte schon, er würde mir entgegenschleudern, ich solle mich um meine eigenen Angelegenheiten kümmern. Doch dann erklärte er, er hätte sich nicht bei Ihnen gemeldet, da ohnehin alles gesagt sei. Ich gab zu bedenken, Sie hätten es sich vielleicht anders überlegt. Daraufhin meinte Oliver, das hätte er mittlerweile auch. Er habe begriffen, dass sein Wunsch, eine Familie zu gründen, ihn die ganze Angelegenheit in einem völlig falschen Licht sehen ließ. Sie hätten von vornherein gewusst, was das zwischen Ihnen und ihm gewesen wäre – ein flüchtiges Abenteuer ohne Zukunft."

Alexandra konnte ein verzweifeltes Stöhnen nicht unterdrücken. „Mrs. Tait ..."

Die alte Dame winkte ab. „Schon gut, schon gut. Wahrscheinlich habe ich zu Anfang alles genauso optimistisch betrachtet wie Oliver, weil ich Sie auf Anhieb mochte. Ich wusste, mein Enkel braucht eine Frau, die ihr Leben ihm und den gemeinsamen Kindern widmet. Oft ist der Wunsch der Vater des Gedankens, nicht wahr? Wie auch immer, Sie haben sogleich erkannt, dass ... na ja, dass sich eure Wünsche nicht unter einen Hut bringen lassen. Inzwischen hat auch Oliver das eingesehen."

„Mrs. Tait ...", begann Alexandra erneut.

„Ich hätte Sie jedenfalls gern in unserer Familie gehabt."

„Danke", sagte Alexandra erschöpft. Sie vermochte nicht mehr klar zu denken. Es war endgültig vorbei.

Endgültig, endgültig, hämmerte es hinter ihrer Stirn.

„Alexandra?"

„Ja, was ..." Sie straffte die Schultern. „Ja, Mrs. Tait, Sie haben recht."

„Kind, Kind ..." Die alte Dame schüttelte den Kopf. „Es ist noch viel zu früh dafür", meinte sie dann, „aber ich glaube, jetzt brauchen wir beide einen Sherry."

Fast hätte Alexandra trotz aller Tragik gelacht. Denn gegen den Schock, den sie eben erlitten hatte, half bestimmt ein steifer Whiskey eher als ein damenhafter Sherry.

„Nein, vielen Dank. Ich muss schleunigst zurück, mich wieder an die Arbeit machen. Eigentlich wollte ich Ihnen ja nur die Bücher und das Fernglas bringen." Sie holte die Gegenstände aus ihrem Lederbeutel, legte sie auf den Tisch und erhob sich.

Schweigend begleitete Mrs. Tait sie durch die Eingangshalle bis zur

Haustür. Dort blieb Alexandra stehen und reichte der alten Dame die Hand.

„Ich glaube nicht, dass wir uns jemals wiedersehen. Vielen Dank für all ihre Güte. Leben Sie wohl."

„Leben Sie wohl, mein Kind. Es tut mir so leid ..."

Alexandra ging mit forschem Schritt die kurze Auffahrt hinunter. Doch sobald sie wusste, dass sie vom Haus aus nicht mehr gesehen werden konnte, ging sie langsamer, und ihre Schultern sanken nach vorn. Die Straße war menschenleer um diese Zeit; infolgedessen sah niemand, wie miserabel sie sich fühlte. Ihre Lippen zitterten, ihre Augen füllten sich mit Tränen, während sie mühsam durch das leise raschelnde Herbstlaub zur Bushaltestelle schritt. Oliver schwebte in diesem Moment hoch über dem Pazifik und verschwand für immer aus ihrem Leben, das ihr ohne ihn nicht mehr lebenswert zu sein schien.

Als sie im Hotel eintraf, sah sie John Kassinopolis, der in der Halle auf und ab wanderte.

„John?", rief sie leise.

Er kam auf sie zu. „Endlich, Alexandra! Wo waren Sie?"

„Ich hatte heute Morgen eine persönliche Angelegenheit zu erledigen."

„Sie hätten die Telefonnummer hinterlassen sollen, unter der man Sie erreichen konnte."

„Ja, das hätte ich. Tut mir leid, John. Steht etwas Wichtiges an?"

„Die Modelle werden heute Nachmittag abgeholt, stimmt's? Und danach sind Sie hier entbehrlich bis zum zweiten Teil Ihrer Aufgabe, richtig?"

Alexandra nickte. Gleich nach dem Mittagessen sollten die Modelle von einem Assistenten des Architekten abgeholt und ins Büro von Mr. Abels gebracht werden. „Meinen Rückflug nach Europa habe ich allerdings noch nicht gebucht."

„Gut. Ich möchte nämlich, dass Sie mich auf einer Reise begleiten. Sie sollen einen Einblick in das Leben bekommen, das Sie führen könnten, wenn Sie die Position annehmen, die ich Ihnen angeboten habe. Außerdem brauchen Sie offenbar einen kleinen Urlaub. Sie sehen sehr abgespannt aus."

„John, es …“

„Natürlich wird die Reise kein totaler Urlaub“, unterbrach er sie rasch. „Sie müssen mir dort einen Bericht über eines der besten Hotels der Welt geben. Ich will alles über das Hotel wissen, sogar welche Streichholzbriefchen es verteilt und welche Seifensorte auf den Toiletten benutzt wird.“

John bot ihr genau das, was sie brauchte, um über den Schock hinwegzukommen, dass es für sie und Oliver tatsächlich keine Zukunft gab! Alexandra lächelte leicht.

„Können Sie morgen Früh um sieben reisefertig sein?“, fragte John daraufhin prompt.

„Selbstverständlich, kein Problem. Wohin geht's denn?“

„Nach Hawaii, genauer gesagt, nach Waikiki. Sie brauchen also leichte Sommerkleidung und einen Badeanzug.“

Das verschlug Alexandra vorübergehend die Sprache. Hawaii … Oliver … Hatte sie eine zweite Chance, das Glück zu packen, das sie sich durch die Finger hatte gleiten lassen?

„Stimmt etwas nicht?“, wollte John wissen. „Bitte denken Sie nichts Falsches. Es handelt sich um eine Geschäftsreise, Alexandra. Ich wohne im Royal Hawaiian Hotel am Strand von Waikiki, Sie am anderen Ende der Bucht, im Kahala Hilton. Das ist das Hotel, über das ich alles erfahren möchte. Ich bin zwar kein Heiliger, aber ich weiß, dass Sie ein anständiges Mädchen sind, und werde mich gut benehmen.“

Hätte John das wohl auch gesagt, wäre ihm bekannt gewesen, dass sie das Erntedankfest in den Armen eines Mannes verbracht hatte, den sie nicht heiraten wollte? Hätte er sie dann immer noch für ein anständiges Mädchen gehalten, oder hätte er die moralischen Maßstäbe seiner Jugend angelegt, nach denen anständige Mädchen nicht mit Männern schliefen oder nur mit solchen, mit denen sie die Ehe einzugehen gedachten?

„Ich muss jetzt los“, sagte er. „In einer halben Stunde muss ich in einer Sitzung sein.“

„Wo ist Ihr Auto?“, fragte Alexandra. Sie hatte die riesige Limousine draußen nicht gesehen.

„Kurze Strecken lege ich jetzt zu Fuß zurück. Das ist Ihr guter Einfluss." John lächelte und tätschelte ihren Arm. „Bis morgen."

Knapp vierundzwanzig Stunden später landeten Alexandra und John auf dem Internationalen Flughafen Honolulu. Vor dem Flughafen wartete eine Limousine mit Fahrer. Bevor der Chauffeur das Auto in Bewegung setzte, reichte er John eine Schachtel, die auf dem freien Vordersitz gelegen hatte.

John öffnete die Schachtel und entnahm ihr eine Kette aus rosa und roten Blüten. „Die ist für Sie, Alexandra. Sie sollen nicht zum ersten Mal nach Hawaii kommen, ohne dass man Ihnen einen Lei schenkt." Er hängte ihr den Kranz um den Hals. „Es ist ebenfalls Sitte, den Neuankömmling mit Aloha zu begrüßen und zu küssen. Ich hoffe, Sie haben nichts dagegen, wenn ich Sie so willkommen heiße." Damit beugte er sich vor und küsste sie auf beide Wangen.

Ein zarter Duft stieg von dem dichten Blütenkranz auf.

„Er ist wunderschön." Alexandra war entzückt. „Vielen Dank. Aber Sie haben keinen Lei bekommen. Waren Sie schon öfter hier?"

„Ich habe Freunde, die hier ein Haus besitzen. Mary und ich waren ein paar Mal dort zu Gast. Und als sie krank war, haben meine Freunde uns das Haus für lange Zeit geliehen." John wandte den Kopf nach vorn und sagte dann zu dem Fahrer: „Bitte nehmen Sie nicht die Autobahn. Fahren Sie über die Kalakaua Avenue."

„Wie Sie wünschen, Sir."

„Die Kalakaua Avenue ist die Hauptstraße von Waikiki", erklärte John Alexandra. „Wir werden einiges vom berühmten Strand sehen können."

Der Wagen umfuhr Honolulu und näherte sich der Ansammlung von Wolkenkratzerhotels und Ferienapartments, die den Namen Waikiki trägt. Alexandra faszinierte die Stadt, deren Straßen von Palmen gesäumt waren, wo die Menschen, Touristen wie Einheimische, leichte Ferienkleidung trugen und sich viel gemächlicher bewegten als die Menschen in nördlichen Breiten. Dort stand jetzt der Winter vor der Tür, hier war immer Sommer.

Obwohl Alexandra wusste, dass die Chance, Oliver zu sehen, eins zu einer Million stand, da er um diese Tageszeit bestimmt arbeitete und nicht draußen herumspazierte, hielt sie eifrig nach ihm Ausschau.

Plötzlich verbreiterte sich die ohnehin schon breite Prachtstraße und gab den Blick auf einen gut besuchten Strand und das Meer dahinter frei, auf dem sich Surfer tummelten. Auch ein paar Segelboote waren zu sehen.

„Das da drüben ist der Diamond Head", sagte John und zeigte auf einen steilen Hügel. „Es handelt sich um einen erloschenen Vulkan. Auf der anderen Seite des Diamond Head liegt der Vorort Kahala, wo meine Freunde ihr Haus haben und wo sich auch Ihr Hotel befindet."

Alexandra fand, dass Vorort kaum die geeignete Bezeichnung für die elegante Wohngegend war, die von der Stadt durch den erkalteten Krater getrennt wurde. Durch schmiedeeiserne Gitter in hohen Hibiskushecken erhaschte sie flüchtige Blicke auf üppige Gärten und luxuriöse Häuser. Ein paar Jogger und ein oder zwei Gärtner mit schäbigen Strohhüten waren die einzigen Menschen, die zu sehen waren.

Als das Auto vor dem Eingang des Hotels hielt, das John für sie ausgesucht hatte, sagte er: „Ich hoffe, es macht Ihnen nichts aus, dass ich Sie nicht hineinbegleite. Ich habe einen Termin in der Stadt. Wir essen jedoch in meinem Hotel zu Abend. Um halb sieben hole ich Sie ab."

Alexandra hatte schon in teueren und teuersten Hotels gespeist, doch noch nie hatte sie in einem Hotel der allerhöchsten Luxusklasse gewohnt. Von dem Augenblick an, da sie das Kahala Hilton betrat, wusste sie, dass dies eines der luxuriösesten Hotels der Welt sein musste.

Am Empfang wurde sie von einer freundlich lächelnden Angestellten mit Namen begrüßt, noch ehe sie ihr Anmeldeformular ausgefüllt hatte. Die Empfangshalle ging auf einer Seite in einen großen luftigen Aufenthaltsraum über, wo riesige runde chinesische Teppiche auf dem polierten dunklen Parkettboden helle Inseln bildeten. Prachtvolle Kronleuchter hingen von den hohen Decken, und auf größeren und kleineren Tischen standen hinreißende Arrangements aus tropischen Blumen.

Auf der anderen Seite lagen Geschäfte mit verlockenden Schaufenstern, und direkt gegenüber dem Empfang führte eine gewundene

Treppe an einer mit purpurnen Orchideen bewachsenen Lavafelswand entlang in ein tiefer gelegenes Stockwerk.

Doch erst der Blick vom schmiedeeisern umfassten Balkon ihres Zimmers verschlug Alexandra endgültig den Atem. Unmittelbar unter ihr befand sich ein See, aus dem zu ihrem Entzücken plötzlich ein Delphin auftauchte. Sie entdeckte dann, dass sich unter der Wasseroberfläche noch zwei weitere dieser freundlichen Meeressäuger tummelten.

Nicht allzu weit entfernt von dem See, in dem die Delphine schwammen, lag ein großer ovaler Swimmingpool, um den herum Menschen in den verschiedensten Hautschattierungen, vom leichten Braun bis zum Sonnenbrand, in Liegestühlen in der Sonne lagen.

Gleich an das Hotelgrundstück schloss sich ein halbmondförmiger, von großen Palmen gesäumter Strand mit blassgelbem Sand an.

Das Meer lag leuchtend blau und völlig ruhig da. Nur weiter draußen markierten weiße Brecher das Riff, hinter dem der Ozean tiefer wurde.

Alexandras Gepäck wurde gebracht. Sie schloss die Tür hinter dem Pagen ab und konnte nun endlich das tun, was sie sich schon im Flugzeug vorgenommen hatte.

Sie griff zum Telefonbuch. Diesmal standen nicht viele Taits drin, und nur einer mit dem richtigen Vornamen. Möglicherweise war Oliver tagsüber nicht zu Hause. Vielleicht musste sie am Abend – unter Aufbietung all ihres Mutes – noch einmal versuchen, ihn anzurufen.

Mit wild pochendem Herzen wählte Alexandra seine Nummer. Mit der freien Hand zupfte sie nervös an ihrem Rock, während sie dem Läuten am anderen Ende der Leitung lauschte.

Es läutete eine ganze Weile. Als sie gerade auflegen wollte, sagte eine bekannte tiefe Stimme: „Hallo?“

„Oliver …“ Ihre Kehle war wie zugeschnürt. Sie konnte nicht weitersprechen.

„Am Apparat. Wer ist da?“

„Ich, Alexandra.“

Pause. Dann sagte er mit veränderter, beinahe barscher Stimme: „Was willst du?“

„Mit dir sprechen … dich sehen …“

Er unterbrach sie. „Es gibt nichts, worüber wir sprechen müssten.

Es hat Spaß gemacht, solange es dauerte. Jetzt ist es vorbei. Vergiss es."

Er klang so, als wolle er gleich auflegen.

„Warte ... bitte ... leg nicht auf!", flehte Alexandra. „Ich bin nicht in Vancouver. Ich bin hier, auf Hawaii. Ich muss dich sehen, Oliver."

„Du bist hier?"

„Ich bin vor knapp einer Stunde gelandet."

„Wo bist du? Am Flughafen?" Seine Stimme klang wieder normal. Er schien sogar angenehm überrascht.

„Nein, im Hotel, im Kahala Hilton. Ist das weit von dir? Ich kann mit einem Taxi kommen."

„Ist Kassanopolis auch hier?"

„Ja, aber nicht ..."

Oliver ließ sie ihren Satz nicht beenden. „Du bist also nicht meinetwegen gekommen. Dann will ich es kurz machen. Ich möchte dich nicht sehen."

Jetzt legte er tatsächlich auf.

Minutenlang saß Alexandra reglos neben dem Telefon, schockiert von der harten Zurückweisung. Hatte sie sich getäuscht, oder war seine Stimme tatsächlich wärmer geworden, als er glaubte, sie sei seinetwegen auf Hawaii? Vielleicht wären sie jetzt schon verabredet, wenn sie nicht zugegeben hätte, dass sie mit John hergekommen war. Aber wie hätte sie Oliver anlügen können?

Vielleicht würde er jetzt alles noch einmal überdenken und dann zurückrufen. Wenn er das nicht tat, musste sie zu ihm gehen. Es wäre überhaupt besser gewesen, ihn nicht anzurufen, sondern ihn gleich zu besuchen, dachte sie traurig. Es war viel leichter, einen Telefonhörer aufzulegen, als einem Menschen die Tür vor der Nase zuzuschlagen. Außerdem war Oliver viel zu wohlerzogen, um so etwas zu tun, und dass er gerade in so barschem Ton zu ihr gesprochen hatte, bewies nur, wie sehr sie ihn verletzt hatte, als sie seinen Heiratsantrag ablehnte.

Tränen traten in Alexandras Augen. Sie dachte daran, mit wie viel Zärtlichkeit er noch vor wenigen Tagen gesagt hatte: „Dieses Wochenende hat mir plötzlich klargemacht, dass ich mein Leben nur mit dir verbringen möchte."

Eine ganze Stunde saß Alexandra neben dem Telefon und hoffte und betete, dass es klingeln möge. Doch Oliver rief nicht an, und sie überlegte, ob sie ein Taxi nehmen und zu ihm fahren solle. Am Ende kam sie zu dem Schluss, dass es besser sei, noch ein wenig zu warten, ihm Zeit zu geben, sich an den Gedanken zu gewöhnen, dass sie hier war.

Schließlich zog sie sich einen Bikini an und ging hinunter an den Strand. Es war herrlich, in das warme blaugrüne Wasser zu waten. Erst heute Früh war sie bei kaltem Regen in Vancouver gestartet. Sie konnte sehr gut verstehen, warum Oliver lieber in diesem Klima lebte.

Um die schmerzhaften Gedanken an ihn zu vertreiben, warf sie sich ins Wasser und schwamm mit kräftigen Stößen zu dem Floß, das draußen in der Bucht verankert war. Als sie es erreicht hatte, kletterte sie hinauf, setzte sich so hin, dass sie zum Ufer blickte, ließ die Beine ins Wasser baumeln und betrachtete ihr Hotel von Weitem.

Das zwölfstöckige Hauptgebäude mit den komischen Querbalken und Verstrebungen auf dem Dach war ihrer Ansicht nach kein architektonisches Meisterwerk. Die Garten-Suiten, die an dem Delphinteich lagen, gefielen ihr da schon wesentlich besser. Doch um alle Zimmer zu ebener Erde unterzubringen, hätte man ein Grundstück von riesigen Ausmaßen haben müssen, und die Zimmer im Hochhaus hatten Balkons, von denen man einen einmalig schönen Ausblick genoss.

Dies wäre der ideale Ort für Flitterwochen, dachte Alexandra, und der Schmerz in ihr lebte wieder auf. Eins jedenfalls lernte sie an diesem Nachmittag: Für einen Menschen mit Liebeskummer gab es nichts Schlimmeres, als an einem romantischen Ort allein zu sein.

10. KAPITEL

Sind Sie gut untergebracht? Gefällt es Ihnen hier?", fragte John, als er Alexandra zum Abendessen abholte.

Sie nickte. „Das Hotel ist märchenhaft."

„Es wurde Mitte der Sechzigerjahre vom Architektenteam Killingsworth, Brady and Associates aus Long Beach in Kalifornien gebaut. Die Inneneinrichtung stammt vom New Yorker Innenarchitekten David Williams. Fast alle berühmten Leute, die nach Hawaii kommen, steigen hier ab. Damit Sie Vergleichsmöglichkeiten haben, zeige ich Ihnen vor dem Abendessen in meinem Hotel noch das Hyatt Regency, das ebenfalls atemberaubend ist."

„Haben Sie vor, hier ein Hotel zu bauen?", erkundigte sich Alexandra, als sie im Auto saßen.

„Nein, es gibt genug Hotels in Waikiki mit ungefähr zehntausend Zimmern der Luxuskategorie. Und das sind meiner Meinung nach schon zu viel."

Sie wollte John gerade fragen, was ihn denn dann nach Hawaii geführt habe, da kam ihr der Gedanke, dass er im Beisein des Fahrers vermutlich nicht gern seine Pläne darlegen mochte.

Die Nacht fiel früh und schnell herein auf diesen tropischen Inseln. Doch in und um Waikiki brannten nachts noch mehr Lichter als in Vancouver. Die breiten Gehsteige waren überfüllt mit flanierenden Menschen, die die milde Nachtluft genossen und sich nicht sattsehen konnten an den vom Mond silbern beschienenen Wogen, die aus der unvorstellbaren Weite des Ozeans heranrollten.

John bat den Fahrer, sie vor dem Hyatt Regency abzusetzen.

Vor dem Eingangsportal öffnete ein dunkelhaariger Portier in blauweißer Uniform den Wagenschlag.

„Dieses Hotel hat hundert Millionen Dollar gekostet", erklärte John. „Es ist eine Sehenswürdigkeit."

Doch Alexandra gefiel dann das Royal Hawaiian, in dem John abgestiegen war, weitaus besser. Die Gärten wurden bei Nacht von pinkfarbenen japanischen Laternen erhellt, die Korridore waren mit schallschluckenden, himbeerfarbenen Teppichen ausgelegt. Obwohl über sechzig Jahre alt und von den hohen modernen Gebäuden ringsum in den Schatten gestellt, besaß dieser „Rosa Palast von Waikiki", wie das Hotel genannt wurde, eine ganz besondere Atmosphäre.

Später saßen Alexandra und John im Restaurant dieses Hotelpalastes, und John beriet sich gerade mit dem Weinkellner, als drei neue Gäste das Restaurant betraten und vom Oberkellner begrüßt wurden. Alexandra fiel zuerst nur die wunderschöne Frau auf.

Sie war Eurasierin, also zur Hälfte orientalisch. Das schwarze Haar und die goldene Haut wurden durch ein einfaches apricotfarbenes Kleid wirkungsvoll unterstrichen. Einer der beiden Männer, der ebenfalls leicht asiatisch wirkte, schien zu ihr zu gehören. Erst dann sah Alexandra den zweiten Mann, und ihr Herz blieb beinahe stehen. Es war Oliver.

Der Oberkellner führte die drei jetzt den Gang entlang, an dem Alexandra mit John saß. Wie hypnotisiert starrte sie Oliver an und wartete ängstlich auf den Augenblick, in dem er sie bemerken würde. Vielleicht würde er sie aber auch gar nicht sehen und einfach an ihrem Tisch vorübergehen, ohne sie wahrzunehmen. Unter den gegebenen Umständen wäre es wohl das Beste. Denn in Gegenwart von John und den anderen konnte sie nur oberflächliche Höflichkeitsfloskeln mit ihm tauschen, die nichts mit dem zu tun hatten, was sie ihm wirklich sagen wollte: Ich liebe dich. Ich bin dumm gewesen. Bitte verzeih mir. Vergiss alles, was ich dir jemals gesagt habe. Ich bin zur Vernunft gekommen. Oh, mein Geliebter, gib mir noch eine Chance!

Mit langen Schritten folgte Oliver seinen kleingewachsenen Begleitern und hielt dabei den Blick zur Mitte des Restaurants gerichtet. Doch kurz bevor er an Johns Stuhl vorbeikam, blickte er nach rechts und entdeckte Alexandra.

Er erschrak genauso wie sie, als sie ihn vor wenigen Minuten gesehen hatte. Doch er hatte sich besser in der Gewalt. Gleichmäßig und locker ging er weiter. Nur in seinen dunklen Augen flackerte so etwas wie Zorn auf, während ihre Blicke sich trafen. Dann war er an ihr vorbei, ohne auch nur zu nicken.

„Stimmt etwas nicht, Alexandra?", fragte John.

„Es … es ist alles in Ordnung", antwortete sie schnell und zwang sich, zu lächeln. Um jedoch den merkwürdigen Gesichtsausdruck zu erklären, der ihn zu seiner Frage veranlasst hatte, erfand sie eine Entschuldigung. „Ich … ich hatte nur plötzlich das entsetzliche Gefühl, etwas Wichtiges in Vancouver vergessen zu haben. Aber eben fällt mir ein, dass ich es doch eingepackt habe."

Es folgte eine Mahlzeit, die Alexandra nie vergessen würde. Sie wusste, dass irgendwo hinter ihr Oliver saß, und dies Gefühl brachte sie beinahe um den Verstand. Sie schmeckte kaum, was sie aß, und weil sie vergaß, ihren Wein zu trinken, erkundigte sich John, ob er ihr nicht schmecke.

„Sie wirken ein wenig zerstreut heute Abend", sagte er, nachdem sie ihm versichert hatte, der Wein sei ausgezeichnet.

„Tatsächlich? Nun, es kann einen Menschen natürlich schon ein bisschen durcheinanderbringen, wenn er plötzlich vom regnerischen Vancouver in dieses wunderbare Sommerwetter kommt."

„Vielleicht regnet es morgen Früh auch hier. Um diese Jahreszeit geht oft ein Schauer zur Frühstückszeit nieder."

Zum ersten Mal, seit Alexandra Oliver entdeckt hatte, konzentrierte sie sich wieder auf den Mann, der ihr gegenübersaß.

„Diese Reise muss schmerzliche Erinnerungen in Ihnen wecken, John. Als sie das letzte Mal hier waren, war Ihre Frau noch bei Ihnen, nicht wahr?"

„Mittlerweile kann ich an Mary denken, ohne dass es allzu wehtut. Sie hätte auch nicht gewollt, dass ich für den Rest meines Lebens trauere. Nachdem sie erfahren hatte, dass sie nicht wieder gesund werden würde, sprach sie mit mir über meine Zukunft. Sie sagte, sie wünsche sich, dass ich nach ihrem Tod wieder heirate, ein neues Glück finde. Ich bin nicht traurig, wenn ich Orte besuche, die ich mit ihr gesehen habe. Ich fühle mich nur entsetzlich einsam ohne eine Frau an meiner Seite."

„Es dürfte Ihnen doch nicht schwer fallen, eine Partnerin zu finden", meinte Alexandra. „Sie sind eine sehr gute Partie."

John seufzte. „Mein Geld zieht doch nur die Frauen an, die ich nicht will."

„Sie haben sehr viel mehr zu bieten als Geld. Und selbst die richtige Frau, die Sie niemals Ihres Geldes wegen heiraten würde, hätte bestimmt nichts dagegen, im Luxus zu leben, wenn der nun einmal zu Ihrem Lebensstil gehört."

Er lachte. „Vermutlich nicht." Nach kurzer Pause sprach er weiter. „Sie haben mir einmal gesagt, Sie würden niemals heiraten. Halten Sie noch immer an diesem Entschluss fest?"

„Nein, was ich da gesagt habe, war sehr dumm, und ich habe meine Meinung mittlerweile geändert. Wenn jetzt der Richtige käme, würde ich heiraten und meinen Beruf an die zweite Stelle setzen."

Alexandras Herz krampfte sich zusammen bei der Erinnerung daran, dass der Richtige sie gefragt und sie ihn abgewiesen hatte. Seine Liebe hatte sich in bittere Verachtung verwandelt.

Ob Oliver sie wohl beobachtete? Oder saß er mit dem Rücken zu ihr? Sie hätte sich gern umgedreht, doch das ging nicht. Es würde John auffallen, er würde Fragen stellen. Wenn Oliver nur wüsste, wie leidenschaftlich sie sich danach sehnte, sich mit ihm auszusöhnen!

Zum Glück rief John den Kellner und bat um die Rechnung.

Als sie wenige Minuten später ihren Tisch verließen, wandte Alexandra sich so unauffällig wie möglich um. Oliver saß ganz in der Nähe und sah sie mit ausdruckslosem Gesicht an.

Sie gab sich die größte Mühe, ihm mit ihrem Blick ihr ganzes Unglück, ihre ganze Sehnsucht mitzuteilen. Er reagierte nicht darauf, sondern hob sein Glas und prostete seinen Begleitern zu.

Alexandra und John fuhren mit dem Wagen, der sie in die Stadt gebracht hatte, zum Kahala Hilton zurück.

Unterwegs fragte John: „Sind Sie sehr müde? Hätten Sie etwas dagegen, wenn wir in Ihrem Hotel noch einen Schlummertrunk nähmen?"

„Im Gegenteil, es ist mir sehr recht", stimmte Alexandra zu, denn sie wusste, dass sie allein keine Ruhe finden würde.

Nein, sie durfte sich jetzt nicht in ihrem Zimmer verkriechen und darüber nachgrübeln, wie sie Oliver dazu bringen konnte, sie anzuhören und ihr zu glauben. Heute Abend blieb er vermutlich mit seinen Freunden zusammen und kam erst spät nach Hause. Aber morgen würde sie zu ihm gehen und versuchen, ihn zurückzugewinnen. Sie vermochte den Gedanken nicht zu ertragen, dass nach den Tagen und

Nächten, die sie gemeinsam auf einer kleinen Insel verlebt hatten, ihr heißblütiger, zärtlicher Liebhaber sich auf dieser großen Insel in den kalten, abweisenden Menschen verwandelt hatte, der er heute Abend gewesen war.

Durch die hohen Fenster der Empfangshalle strahlte das Licht der Kronleuchter, als der Wagen sich dem Kahala Hilton näherte.

John bat den Fahrer, ihn in einer Stunde abzuholen, und sagte dann: „Wollen wir noch einen kleinen Strandbummel machen?"

Alexandra nickte, und wenig später schlenderten sie durch die Anlagen, die das Hotel umgaben, zum mondbeschienenen Strand. Eine kleine, palmenbestandene Landzunge ragte hinaus in die stille Bucht. Ein Pfad führte am Wasser entlang, und an seinem Ende stand eine Bank.

„Setzen wir uns", schlug John vor.

Alexandra nahm Platz und schaute hinüber zu den silbernen Schaumkronen am Riff. Über ihr rauschten die Palmwedel.

„Ich habe noch nie ein Hotel gesehen, das so schön gelegen ist wie dieses", sagte sie.

„Ja, so ein Hotel hätte ich gern. Es gehört der Trans World Corporation, die …" John verstummte, dann fragte er: „Alexandra, war es Ihnen eigentlich peinlich, heute Abend mit mir gesehen zu werden? Waren Sie deshalb so unsicher?"

„Nein, natürlich nicht", erwiderte sie. „Weshalb sollte mir Ihre Gesellschaft peinlich gewesen sein?"

„Ich habe nie viel von Männern gehalten, die Mädchen nachjagen, die ihre Töchter sein könnten. Wenn man einen Mann meines Alters mit einem Mädchen in Ihrem Alter sieht, dann spricht das für keinen von beiden. Für gewöhnlich ist er nur an ihrem Körper interessiert und sie nur an seinem Geld."

„Im Allgemeinen mag das zutreffen. Aber es gibt doch auch Ausnahmen. Eine gemeinsame Leidenschaft für Musik oder Kunst oder auch für andere Dinge kann einen beträchtlichen Altersunterschied überbrücken."

„Ja, richtig. Es gibt immer Ausnahmen. Ich glaube, Sie und ich gehören dazu. Ich fühle mich wohl in Ihrer Gesellschaft, und ich hoffe, dass Sie ebenso empfinden."

Bis vor wenigen Minuten hatte Alexandra sich wirklich wohl gefühlt in seiner Gesellschaft. Doch jetzt wurde ihr unbehaglich zumute. Worauf wollte John hinaus?

„Natürlich“, antwortete sie vorsichtig. „Übrigens sehe ich mich gar nicht mehr als junges Mädchen. Mein dreißigster Geburtstag ist nicht mehr allzu weit entfernt.“

„Sie sind immerhin ungefähr fünfundzwanzig Jahre jünger als ich. Die ideale Partnerin für mich wäre eine Frau Ende Vierzig. Leider sind Frauen in dem Alter nicht mehr gebärfähig, und ich wünsche mir noch Kinder. Mary konnte keine bekommen. Das hat mir damals nichts ausgemacht, da ich mich jahrelang für nichts anderes als meine Geschäfte interessiert habe. Heute tut es mir leid. Alexandra …“ John räusperte sich. „Wollen Sie mich heiraten, Alexandra? Wollen Sie die Mutter meiner Kinder werden?“

Ihr verschlug es die Sprache. An eine solche Wendung der Dinge hatte sie nicht gedacht.

Schließlich stotterte sie: „Ich … ich konnte nicht wissen …“

„Das ist mir klar. Es muss eine große Überraschung für Sie sein. Aber weisen Sie meinen Antrag nicht gleich von sich. Denken Sie darüber nach, Alexandra. Überlegen Sie sich alles in Ruhe, wie ich es auch getan habe.“

Sie brauchte über seinen Vorschlag nicht nachzudenken. Sie brauchte lediglich Zeit, sich ein paar Worte für eine liebenswürdige Ablehnung zurechtzulegen.

„Bestimmt haben Ihnen schon viele Männer Heiratsanträge gemacht“, sagte John nach einer Weile. „Ich weiß nicht, weshalb Sie sie abgelehnt haben, Alexandra, jedenfalls bin ich froh darüber. Viele talentierte Mädchen heiraten viel zu früh und schöpfen ihre Möglichkeiten nicht aus. Die meisten jungen Männer sind viel zu egoistisch und nehmen keine Rücksicht auf ihre Frauen. Auch ich habe von meiner Frau verlangt, mich in den Mittelpunkt ihres Lebens zu stellen.“

„Vermutlich war sie glücklich darüber, Sie in den Mittelpunkt ihres Lebens stellen zu können, John.“

„Vielleicht. Trotzdem hatte ich kein Recht dazu, es von ihr zu verlangen. Wenn es darauf ankommt, sind wir allein auf der Welt, Alexandra, und deshalb ist es sehr wichtig, dass die Menschen, auch Eheleute, nicht völlig voneinander abhängen. Wäre mir etwas zugestoßen, hätte Mary hilflos dagestanden, weil sie sich für nichts interessierte außer für mich. Ihnen wird so etwas niemals passieren. Keinesfalls würde ich versuchen, Sie dazu zu bewegen, Ihren Beruf für mich aufzugeben. Im Gegenteil, ich hoffe immer noch, dass Sie den Job annehmen, den ich Ihnen angeboten habe."

„John, ich fühle mich sehr geschmeichelt", begann Alexandra. „Es ..."

Er rückte näher an sie heran und ergriff ihre Hände. „Ich bin wohl zu voreilig gewesen. Ich habe Sie vor allem mit nach Hawaii genommen, um mit Ihnen ein paar Tage in romantischer Umgebung zu verbringen. Sie sollten erkennen, dass mein Interesse an Ihnen nicht nur beruflicher Natur ist – und auch nicht väterlich. Aber offensichtlich ist das Ganze ein arger Schock für Sie. Hatten Sie denn überhaupt keine Ahnung, was in mir vorging?"

„Nein, nicht die Geringste. Ich hätte nicht im Traum daran gedacht, dass Sie mir einen Heiratsantrag machen würden."

„Warum eigentlich nicht? Sie haben alle Eigenschaften, die eine Ehefrau haben sollte. Sie sind intelligent, gütig, außergewöhnlich attraktiv, mehr noch, Sie sind schön." Der Druck seiner Finger verstärkte sich. Dann beugte er sich zu ihr, und sie begriff, dass er sie küssen wollte.

Alexandra wich zurück. „Nein, John, hören Sie ... Es tut mir entsetzlich leid, aber ich kann Sie nicht heiraten, weil ich ... weil ich einen anderen Mann liebe."

Er richtete sich langsam auf und ließ ihre Hände los. „Ach so."

„Ich hätte es Ihnen schon eher gesagt, wenn es mir wichtig erschienen wäre."

„Es ist der große dunkelhaarige Mann, der heute Abend auch im Restaurant war, stimmt's?"

„Ja", bestätigte Alexandra. Dann fragte sie verblüfft: „Woher wissen Sie das? So kann ich mich doch nicht verraten haben!"

„Nein, Sie waren zwar verwirrt, als er an uns vorbeiging, doch daraus hätte ich noch keine Schlüsse ziehen können. Aber jedes Mal, wenn ich in seine Richtung blickte, beobachtete er sie oder starrte mich finster an. Würden Sie mir bitte verraten, weshalb Sie beide, wenn Sie sich lieben, nicht miteinander sprechen?"

„Ich glaube nicht, dass er mich noch liebt", erwiderte Alexandra kläglich. Und dann erzählte sie zu ihrer eigenen Überraschung dem armen John, dessen Heiratsantrag sie vor wenigen Minuten abgelehnt hatte, die ganze Geschichte. „Nein, er empfindet offenbar wirklich nichts mehr für mich", beendete sie schließlich ihren Bericht.

„Da habe ich einen ganz anderen Eindruck. Der Mann ist von Eifersucht geradezu zerfressen, und zwar ist er eifersüchtig auf mich."

„Ach, John ..."

„Alexandra, in Vancouver muss er gedacht haben, Sie hätten außer ihm noch einen Freund."

„Wie bitte?" Sie strich sich über die Stirn. „John, da komme ich nicht mit. Sie sprechen in Rätseln."

„Ich habe ihn heute Abend nicht zum ersten Mal gesehen", gestand er. „In Vancouver ... nun, ich öffnete auf ein Klopfen hin, stand im Bademantel da; Sie waren gerade zur Apotheke gelaufen, um die Lotion für mein Bein zu holen. Ich hatte die Tür nur aufgemacht, weil ich annahm, Sie wären es. Er starrte mich überrascht an, sagte aber nur: ‚Ich muss mich in der Zimmernummer geirrt haben. Bitte entschuldigen Sie die Störung.' Dann eilte er zum Fahrstuhl. Ich vergaß den Zwischenfall sofort wieder. Nun ist mir klar, dass ..." John verstummte.

Alexandra dachte unwillkürlich an ihr letztes Gespräch mit Mrs. Tait. Was hatte sie gesagt? Oliver kam gestern Abend zurück. Er hatte keine Lust, sich lange mit mir zu unterhalten ...

Offenbar war er gleich nach seiner Rückkehr zuerst zu ihr, Alexandra, ins Hotel geeilt und hatte dort John angetroffen, der so aussah, als habe er mit ihr im Bett gelegen. Darüber hatte Oliver dann nicht mit seiner Großmutter sprechen wollen.

„Wie konnte er nur so etwas von mir denken?", flüsterte sie erschüttert.

„Wenn ein Mann im Bademantel die Apartmenttür einer jungen Frau öffnet, ist das im Allgemeinen ein Beweis dafür, dass die beiden auf sehr vertrautem Fuß miteinander stehen. Sie können Ihrem ... Ihrem Geliebten keinen Vorwurf deswegen machen, dass er falsche Schlüsse zog. Was hätten Sie gedacht, wenn Sie in seiner Wohnung von einem Mädchen im Nachthemd begrüßt worden wären?"

„Vermutlich das Gleiche wie Oliver. Und die Tatsache, dass wir zusammen auf Hawaii sind …" Alexandra stöhnte. „Oh, mein Gott, jetzt kann ich ihn ganz gewiss nicht mehr davon überzeugen, dass er mir mehr als alles andere auf der Welt bedeutet."

„Sie nicht, aber ich", meinte John. „Ich werde zu ihm gehen und ihm erzählen, wie alles wirklich war. Ich werde ihm ebenfalls erzählen, dass auch ich Sie heiraten wollte, Sie mich seinetwegen jedoch abgewiesen haben. Keine Sorge, Alexandra. Er wird zur Vernunft kommen. Und jetzt sollten wir wirklich unseren Schlummertrunk zu uns nehmen."

Oben in ihrem Zimmer fand Alexandra ein Orchideensträußchen auf ihrem Kopfkissen und in einer Schale auf dem Tisch eine frische Ananas. Hawaiische Gastfreundschaft.

Sie nahm ein Glas aus dem Bad, füllte es mit Wasser und stellte die Blumen hinein. Während sie sich auszog, überlegte sie, ob es John wohl gelingen würde, Oliver davon zu überzeugen, dass nichts zwischen ihr und John war. Er hatte darauf bestanden, allein mit Oliver zu sprechen. Sie konnte nichts tun, nur warten, bis einer von beiden sie morgen Früh anrief.

Alexandra ging zum Kühlschrank, goss sich Obstsaft ein und trat dann aus dem kühlen klimatisierten Zimmer hinaus auf ihren Balkon. Die Liegestühle rund um den großen ovalen Swimmingpool standen für den kommenden Tag ordentlich aufgereiht.

Morgen … Was würde der morgige Tag ihr bringen? Freude oder Verzweiflung? Den Beginn eines Lebens voller Glück oder nur den Anfang langer, einsamer Jahre voller Bedauern?

Weit nach Mitternacht läutete das Telefon. Wer rief sie jetzt noch an? John bestimmt nicht. Und Oliver auch nicht, denn der glaubte doch, dass sie Johns Geliebte sei.

„Hallo?"

„Hier ist der Empfang, Miss Clifford. Ich störe Sie nur sehr ungern.

Aber hier ist ein Herr, der sie dringend sprechen will. Ein Mr. Oliver Tait."

Alexandra begann vor Aufregung zu zittern.

„Schicken ... schicken Sie den Herrn hinauf."

„Jawohl, Madam."

Sie eilte ins Bad, frisierte sich schnell und zog den zu ihrem Nachthemd passenden Morgenmantel aus Batist über.

Wenig später klopfte es an der Tür, und nachdem Alexandra geöffnet hatte, starrten sie und Oliver einander erst einen Augenblick an, ehe er förmlich sagte: „Es ist nett von dir, mich noch zu dieser späten Stunde zu empfangen. Hat der Portier dich geweckt?"

Alexandra gab ihm ein Zeichen, hereinzukommen, und antwortete nervös: „Ich war noch nicht einmal im Bett."

Mit der für ihn charakteristischen Direktheit begann er: „Als ich nach Hause kam, stand der Wagen von Kassinopolis vor der Tür. Er erzählte mir, dass er im Royal Hawaiian wohne und du allein hier seist. Ferner sagte er mir, dass ich die Situation in Vancouver, wo ich ihn in deinem Zimmer vorfand, völlig falsch eingeschätzt hätte. Er meinte sogar, du hättest ein sehr viel leichteres Leben, wenn du ihn heiratetest, anstatt mich. Leider habe er dich nicht davon überzeugen können. Schließlich befahl er mir, zu dir zu gehen und mich zu entschuldigen – auf Knien, falls nötig."

Oliver lächelte nicht bei diesen Worten, im Gegenteil, niemals war er so ernst gewesen.

„Es tut mir so leid, Alexandra", fuhr er fort, „und was ich jetzt zugeben muss, ist scheußlich. Eine Zeit lang wollte ich lieber glauben, dass du mit einem anderen Mann ins Bett gingst, als vor mir selbst zuzugeben, dass deine Arbeit dir wichtiger ist als ich. Aber tief in meinem Herzen habe ich eigentlich immer gewusst, dass es einen normalen Grund dafür geben musste, dass ein Mann in einem Bademantel in deinem Zimmer stand."

Er trat zögernd auf sie zu. „Ich bin keinen Tag mehr glücklich gewesen, und ich habe keine Nacht mehr richtig geschlafen, seit wir uns zuletzt gesehen haben. Ich glaubte, dass ich dich für immer verloren hätte. Es war die Hölle. War es bei dir genauso?"

„Ja. Während du deinen Jagdausflug machtest, kam ich zu der Erkenntnis, dass Arbeit nicht das Wichtigste in meinem Leben ist. Seit wir uns trennten, ist diese Erkenntnis zur absoluten Gewissheit geworden. Arbeit ist wichtig, sehr wichtig. Aber sie ist nicht so lebenswichtig wie die Liebe.“ Alexandras Stimme schwankte ein wenig, und in ihren Augen schimmerten Tränen der Erleichterung.

Plötzlich machte Oliver einen langen Schritt und zog Alexandra an sich. Er küsste sie nicht, hielt sie einfach fest an sich gedrückt, und sie schlang die Arme um ihn, lehnte ihr Gesicht an seine breite Schulter und versuchte, sich zu beherrschen. Doch es gelang ihr nicht. Es war alles zu viel für sie. All das unterdrückte Leid der langen, einsamen Tage und Nächte stieg in ihr auf und drohte sie zu ersticken. Heftige Schluchzer schüttelten ihre Gestalt. Tränenströme rannen über ihre Wangen und durchnässten sein Hemd.

„Meine Geliebte, meine Geliebte.“ Oliver strich ihr über das Haar und den Rücken, wiegte sie sanft hin und her, sprach beruhigend auf sie ein.

Endlich ließ der Ausbruch nach.

„Ich brauche ein Taschentuch“, murmelte sie.

Oliver zog ein blütenweißes Leinentaschentuch hervor, bog zärtlich ihren Kopf nach hinten und tupfte vorsichtig die Tränenspuren ab.

„Was war eigentlich mit uns beiden los? Weshalb konnten wir uns nicht einigen?“, fragte er leise.

Alexandra zuckte hilflos die Schultern. „Ich weiß es nicht. Ich muss verrückt gewesen sein, als ich glaubte, ich könnte ohne dich leben.“

„Wir waren beide verrückt. Ich hätte dir niemals vorschlagen dürfen, dich hier draußen im Pazifischen Ozean niederzulassen. Das weiß ich jetzt. Als ich nach Vancouver zurückkam, hatte ich einen Plan ausgearbeitet. Falls ich eine Stelle in Woods Hole bekomme, kannst du von New York aus arbeiten. Das wäre dir doch recht, oder?“

„Ich verstehe nicht. Was würdest du in Woods Hole machen? Wo ist Woods Hole?“

„Woods Hole ist eines der vier größten Meeresforschungsinstitute in Amerika und liegt am westlichen Ende von Cape Cod, einer Halbinsel in der Nähe von New York.“

„Aber ich darf dich nicht von Hawaii fortlocken. Es gefällt dir hier … das warme Klima … die See … das Surfen …“

Oliver drückte Alexandra fest an seine Brust. „Wenn du glaubst, Surfen sei auch nur halb so schön, wie dich zu lieben, dann unterschätzt du dich“, sagte er, bevor er sie küsste.

Alexandra wachte in Olivers Armen auf.

Der erste Morgen unseres gemeinsamen Lebens, dachte sie, schmiegte sich an ihn und lag in glücklichem Halbschlaf, bis Oliver sich bewegte, wach wurde und ihr einen Gutenmorgenkuss gab.

Sie frühstückten auf dem Balkon.

„Ich glaube, es wäre am einfachsten, nach Vancouver zu fliegen und dort zu heiraten“, sagte Oliver, als sie ihren Orangensaft tranken. „Ich hatte mich vor unserem Wochenende auf der Insel nach den genauen Formalitäten erkundigt, weil ich überzeugt war, dass wir sofort danach heiraten würden.“

„Gibt es eigentlich keine Schwierigkeiten, weil wir verschiedene Nationalitäten haben?“

„Anscheinend nicht. Wir müssen lediglich beim Standesamt eine Lizenz beantragen und zwei Tage warten. Danach darf ein Standesbeamter uns überall trauen. Im Haus meiner Großmutter, in einem Hotel, sogar auf einem Schiff, wenn wir wollen.“

„Möchtest du deine Großmutter nicht anrufen und ihr die Neuigkeit mitteilen? Sie schien ziemlich beunruhigt über unsere Trennung.“

„Gleich nach dem Frühstück rufe ich sie an.“

Doch noch ehe sie zu Ende gefrühstückt hatten, läutete das Telefon. Alexandra ging ins Zimmer und nahm ab. „Hallo?“

„Guten Morgen, Alexandra, hier ist John. Wie steht's?“

„Ganz wunderbar, und das habe ich Ihnen zu verdanken. Niemals werde ich Ihnen genug …“

„Großartig, freut mich zu hören“, unterbrach er sie schnell. „Ich habe gerade einen Anruf aus Los Angeles erhalten und fliege am späten Vormittag rüber. Bitte denken Sie daran, dass Sie noch für die Penthouse-Suiten verantwortlich sind.“

„Natürlich vergesse ich das nicht. John, es tut mir so leid, dass sich

Ihre Pläne nicht erfüllt haben."

„Es braucht Ihnen nicht leidzutun. Viel Glück. Wir hören voneinander."

Er legte auf, ohne Auf Wiedersehen zu sagen. Alexandra konnte nur hoffen, dass sich hinter seinem doch sehr nüchternen Heiratsantrag kein tiefes Gefühl für sie verborgen hatte.

„John muss nach Los Angeles fliegen", erklärte sie Oliver. „Musst du heute arbeiten, Darling? Könnten wir nicht einen Tag in diesem herrlichen Hotel verbringen?"

„Ich glaube, das lässt sich einrichten."

Oliver erhob sich und legte den Arm um sie. Sie standen an der Balkonbrüstung und schauten hinab auf die Palmen, deren Wedel sich im Wind bogen, und auf die glitzernde See, in deren blauen Tiefe sich schattenhaft Korallenbänke abzeichneten.

Dann drehte Oliver Alexandra zu sich um und nahm ihr Gesicht zwischen seine Hände. Sie schloss die Augen, öffnete die Lippen und vergaß John Kassinopolis und alle Probleme, denen sie und Oliver sich in Zukunft würden stellen müssen.

Heute zählte nur, dass sie wieder vereint waren.

– ENDE –

Emma Darcy

Happy End auf Maui

Roman

Aus dem Amerikanischen von
Eva von der Gönna

MIRA®

1. KAPITEL

Sie standen sich an der Gepäckausgabe am Flughafen von Maui gegenüber. Fiona konnte den Blick von dem Fremden nicht abwenden. Er fiel auf in der Menge der Touristen, die in Shorts, T-Shirts und geblümten Hemden auf ihr Gepäck warteten. Dieser Mann trug einen dunkelgrauen Anzug, offenbar maßgeschneidert und überragte die anderen um etliches.

Fiona konnte nur sein Profil sehen, aber das reichte aus, um festzustellen, dass er ebenmäßige und sehr attraktive Gesichtszüge hatte. Sie schätzte ihn auf Mitte bis Ende dreißig. Was führte ihn wohl auf diese Insel Hawaiis?

Fiona war sicher, dass er nicht zum Vergnügen, sondern geschäftlich hier war. In ihrem Beruf hatte sie gelernt, Menschen einzuschätzen. Sie hatte sieben Jahre in einem Reisebüro gearbeitet und sich dann als Veranstalterin von Individualreisen selbstständig gemacht. Die Umsätze bewiesen ihr, dass sie das Richtige getan hatte. Instinktiv erfasste sie, was ihre Kunden wünschten, selbst wenn diese es nicht in Worten ausdrücken konnten. Ein Blick auf den Mann im grauen Anzug genügte, um zu wissen, dass es ratsam war, ihm aus dem Weg zu gehen.

Er hielt eine Qantas-Reisetasche in der Hand, wie sie nur an Passagiere der ersten Klasse ausgegeben wurden. Zweifellos verlangte er stets Erstklassiges. Alles an ihm drückte Erfolg und Selbstsicherheit aus.

Fiona war so in den Anblick des Fremden vertieft, dass sie sekundenlang nicht merkte, wie sie selbst ebenfalls von ihm beobachtet wurde. Erst als sie den Blick wieder hob und ihm ins Gesicht sah, fiel es ihr auf. Vor Verlegenheit wurde sie rot, und das ärgerte sie.

Der Mann musterte sie ziemlich eingehend. Ungeniert ließ er den Blick über ihre Figur schweifen. Anscheinend gefiel ihm, was er sah, denn er lächelte. Trotzdem wurde Fiona immer wütender. Sie kannte solche Blicke. Bestimmt malte sich dieser Mann jetzt aus, was sich unter ihrem blau-weißen Sommerkleid verbarg. Und der nächste Schritt war dann, dass er sich ein intimes Zusammensein mit ihr vorstellte.

In diesem Augenblick setzte sich das Gepäckband in Bewegung.

Der Fremde wandte seine Aufmerksamkeit den heranrollenden Koffern zu.

Fiona zitterte am ganzen Leib. Sie war völlig durcheinander und fühlte sich gedemütigt. So etwas würde sich eine Frau kaum erlauben, dachte sie. Aber Männer nehmen sich das heraus. Eigentlich müsste man sie genauso behandeln, damit sie einmal merken, wie unverschämt und beleidigend ein solches Verhalten ist. Sie übersah dabei völlig, dass sie ihm das alles unterstellt hatte.

Ohne es zu wollen, musste Fiona an Larry denken. Eigentlich sollte er jetzt an ihrer Seite sein, aber Larry hatte es sich anders überlegt. Er hatte sie kurz vor der Hochzeit sitzen lassen.

Fiona hatte in ihrem Leben schon viele Enttäuschungen erlebt, aber Larrys Verrat war die bitterste von allen gewesen. Mit Männern will ich nichts mehr zu tun haben, schwor sie sich. Von nun an wollte sie sich voll auf ihren Beruf konzentrieren.

Wie leicht man sich doch täuschen kann. Fiona hatte Larry als verlässlich und treu eingeschätzt. Doch obwohl sie so lange befreundet waren, kannte sie ihn eigentlich überhaupt nicht. Als sie ihn dann mit einem anderen Mädchen sah, blieb ihr nichts anderes übrig, als ihn freizugeben.

Fiona gab sich einen Ruck. Sie wollte sich ihren Urlaub nicht durch düstere Gedanken verderben lassen. Ein Zimmer in einem der besten Hotels der Welt, gelegen auf einer der schönsten Inseln im Pazifik, war für sie reserviert, und sie hatte eine ganze Woche lang Zeit, um sich in luxuriöser Umgebung verwöhnen zu lassen. Was machte es schon aus, dass es eigentlich ihre Hochzeitsreise werden sollte? Sie hatte dafür bezahlt, und nun wollte sie die Annehmlichkeiten auch genießen.

Jetzt erschien endlich ihr Koffer auf dem Gepäckband. Sie hob ihn herunter und ging zum Ausgang.

Fiona zuckte zusammen, als sie den Mann im grauen Anzug vor sich entdeckte. Er stand an der Bordsteinkante und betrachtete die lange Reihe der Taxis auf der gegenüberliegenden Straßenseite. Rasch schaute sie weg. Auf keinen Fall wollte sie sich noch einmal dabei überraschen lassen, dass sie ihn musterte. Sie hielt den Kopf gesenkt, bis sie hinter ihm vorbeigegangen war. Als sie wieder aufsah, erschrak sie zu Tode.

Weder der Fahrer des mit Kisten hoch beladenen Gabelstaplers, der sich umgedreht hatte und mit einem Mann schwatzte, noch die kleine alte Dame, die mitten auf der Straße stand und versuchte, den Zugriemen ihres Koffers aus seiner Halterung zu lösen, achteten auf das, was um sie herum vorging. Ein Unfall erschien unvermeidlich. Fiona schrie dem Fahrer eine Warnung zu, ließ ihren Koffer fallen und rannte los. Durch Fionas Schrei war der alten Dame die Gefahr bewusst geworden, aber sie stand vor Schreck wie gelähmt da. Der Fahrer trat mit aller Kraft auf die Bremse und brüllte die Frau an, aus dem Weg zu gehen, doch diese war angesichts des Kistenturms, der jetzt dicht vor ihr war, zu keiner Bewegung fähig.

Wie ein Rugbyspieler stürzte sich Fiona auf die alte Dame, fasste sie am Arm und riss sie mit sich vorwärts, sie spürte, wie der Gabelstapler sehr dicht an ihr vorbeifuhr und sah, wie er den braunen Koffer der Frau noch ein Stück wegschob, ehe er endlich zum Stehen kam.

Der Fahrer sprang von seinem Sitz und redete wie ein Wasserfall, anscheinend war es eine Entschuldigung, doch die alte Dame war so benommen, dass sie gar nichts begriff. Fiona wies ihn an, den Koffer zu holen und festzustellen, ob er beschädigt war. Inzwischen führte sie die Frau über die Straße.

Erst vor dem Eingang des Flughafengebäudes hatte sich die alte Dame so weit gefangen, dass sie sprechen konnte. „Danke, ich habe nicht aufgepasst. Der Riemen hing fest, und ich konnte mich einfach nicht bewegen."

„Jetzt ist es ja vorbei", beruhigte Fiona die Frau.

Der Fahrer brachte den Koffer, stammelte noch eine Entschuldigung und stieg wieder auf sein Gefährt.

Die alte Dame schaute dankbar zu Fiona auf. Sie war klein und untersetzt. Plötzlich stiegen Tränen in ihre Augen.

„Oh ... solcher Schmerz", seufzte sie.

Aus Angst, der Schreck könnte einen Herzanfall ausgelöst haben, fasste Fiona die Frau fester, um sie notfalls vor dem Umfallen zu bewahren. Ob es hier einen Notarzt gab? Ein Flughafen musste doch zumindest eine Sanitätsstation haben.

„Wo tut es denn weh?", fragte sie besorgt.

„Mir doch nicht – Ihnen!" Mitleid malte sich auf ihrem Gesicht ab. „So viele Tränen. Es tut mir so leid für Sie, meine Liebe. Sie werden Schweres durchmachen."

„Ich?" Fiona verstand überhaupt nichts mehr. „Mir geht es doch gut. Der Gabelstapler hat mich nicht einmal gestreift."

„Davon spreche ich auch nicht, sondern von der Zukunft. Manchmal kann ich voraussehen, was passiert, wenn ich einen Menschen berühre. Ich fühle es ganz deutlich."

Fiona lachte nervös. „Hoffentlich irren Sie sich diesmal."

Die Frau schüttelte den Kopf. „Ich wünschte, es wäre so. Aber ich habe mich noch nie getäuscht. Solches Leid ..." Ihr Blick glitt an Fiona vorbei. Plötzlich hellte sich ihre Miene auf, und sie lächelte. „Aber dann finden Sie das Glück doch noch. Möge Gott Ihnen die Kraft geben, so lange durchzuhalten."

Sie ließ Fionas Arm los und tätschelte ihr beruhigend die Hand. „Es wird alles gut. Alles wird vergessen sein, wenn Sie heiraten."

Heiraten. Das ist nicht zu erwarten, dachte Fiona, doch sie hielt es für überflüssig, der Frau ihre Ansicht zu diesem Thema darzulegen. Vielleicht besaß diese wirklich hellseherische Fähigkeiten und hatte etwas aus der Vergangenheit aufgefangen – zum Beispiel die geplante Hochzeit mit Larry. Doch was die Zukunft anging, da irrte sie sich ganz bestimmt.

Fiona war sicher, dass sie eines Tages auch über den Kummer mit Larry hinwegkommen würde. Sie hatte schon so vieles überstanden.

Entschlossen verbannte sie die Prophezeiung aus ihren Gedanken und wandte sich praktischeren Dingen zu. „Geht es Ihnen jetzt wieder gut?"

„Ja, vielen Dank. Sie waren wirklich rührend zu mir. Es freut mich so, dass Sie am Schluss doch noch glücklich werden." Die alte Dame griff nach dem Zugriemen, lächelte Fiona noch einmal dankbar an und ging in das Flughafengebäude.

„Warten Sie", rief Fiona ihr nach. Es kam nicht alle Tage vor, dass man jemandem begegnete, der behauptete, hellsehen zu können. Sie wollte die Frau auf die Probe stellen.

Die alte Dame schaute sich fragend um.

Sie winkte so sanft und gutmütig, dass Fiona sich wegen ihrer Absicht ein wenig schämte. Auf keinen Fall wollte sie die Frau vor den Kopf stoßen. Deshalb lächelte sie auch, als sie fragte: „Ehe Sie fortgehen, sollten Sie mir vielleicht sagen, wen ich heiraten werde."

„Aber das ist doch ganz klar." Überraschung malte sich auf dem Gesicht der alten Dame ab. „Den Mann, der hinter Ihnen ist, natürlich", sagte sie ruhig, nickte Fiona noch einmal zu und ging weiter.

Fiona war so erschüttert, dass sie gar nicht auf den Gedanken kam, ihr nachzulaufen und eine Erklärung zu verlangen. Natürlich glaubte sie kein Wort, das war ja auch zu lächerlich.

Trotzdem lief es ihr kalt über den Rücken, als sie sich umdrehte, um den Mann zu sehen, der ihr angeblich vom Schicksal zugedacht war.

Es war nur ein Mann da, der sich hinter ihr befand. Es war der Fremde aus dem Flughafen. Fiona stieß einen Seufzer der Erleichterung aus, dass er in die andere Richtung schaute. Anscheinend hatte er den Vorfall nicht beobachtet, jedenfalls ließ er sich nichts anmerken, sondern winkte einem Taxi.

Die alte Dame hätte sich keinen ungeeigneteren Kandidaten aussuchen können, dachte Fiona spöttisch. Abgesehen davon, dass wir mutmaßlich nicht in den gleichen Kreisen verkehren, denn er sieht ziemlich wohlhabend aus, würden wir sowieso nicht zusammenpassen. Ich suche mir doch keinen Mann aus, der wildfremde Frauen so ansieht wie er. Außerdem will ich gar nicht heiraten, und er ist bestimmt nicht mehr ungebunden. Wenn doch, dann wird er schon seine Gründe haben, warum er es vorzieht, allein zu bleiben.

Vielleicht hatte die alte Dame sie beobachtet, als sie sich am Gepäckband gegenüberstanden. Dabei war ihr dann sicherlich nicht entgangen, wie intensiv sie sich gegenseitig betrachtet hatten. Ja, so war es sicherlich gewesen. Daraus hatte die alte Dame Schlüsse gezogen, falsche Schlüsse, wie Fiona überzeugt war. Mutmaßlich war die Frau eine sehr romantisch veranlagte Person, die in ihrer Fantasie ständig irgendwelche Liebesgeschichten erfand.

Jetzt hielt ein Taxi an der Stelle, wo der Fremde stand. Der Fahrer stieg aus und lud den Koffer ein. Dabei wirkte er sehr respektvoll. Wahrscheinlich rechnet er sich ein fettes Trinkgeld aus, dachte Fiona spöttisch.

Immerhin erinnerte der Anblick des Taxifahrers sie aber auch daran, dass sie nicht ewig hier herumstehen konnte, sondern sich ebenfalls nach einem Transportmittel zum Hotel umsehen musste. Bestimmt wusste der Taxifahrer, wann und wo der Bus zum Hyatt-Regency-Hotel abfuhr.

Bereits in Australien hatte sie sich über die Preise informiert – sechsunddreißig Dollar für ein Taxi, acht Dollar fünfzig für den Bus. Fiona war zwar entschlossen, sich während ihres Urlaubs zu verwöhnen, aber für sinnlose Extravaganzen wollte sie ihr Geld nicht verschleudern.

„Der Bus ist vor einer halben Stunde weggefahren“, erklärte der Fahrer auf ihre Frage hin. „Je nach Verkehr benötigt er für die Strecke zum Ka'anapali Beach ungefähr fünfundvierzig Minuten. Sie werden sich also noch eine Stunde gedulden müssen.“

„Vielen Dank für die Auskunft.“ Fiona griff nach ihrem Koffer. Wenn sie noch so lange warten musste, konnte sie ins Flughafengebäude zurückgehen und eine Tasse Kaffee trinken. Es wartete ja niemand auf sie.

„Ich will auch ins Hyatt. Sie können gern mit mir fahren.“

Fiona schaute überrascht auf. Nicht nur das Angebot des Fremden kam unerwartet, sie hatte auch nicht damit gerechnet, dass er ebenfalls Australier war. Trotz seiner Reisetasche mit dem Qantas-Aufdruck war sie überzeugt gewesen, er wäre Amerikaner. Während ihres dreitägigen Aufenthalts am Waikiki Beach in Honolulu hatte sie Amerikaner und Japaner getroffen, gelegentlich auch einen Franzosen oder einen Deutschen, aber keine Landsleute.

Er stand an der geöffneten Beifahrertür und sah sie über das Autodach hinweg an. Obwohl er lächelte, hatte Fiona den Eindruck, dass er das Angebot bereits schon wieder bereute.

Fiona wollte es auch gar nicht annehmen. „Das ist sehr nett von Ihnen“, begann sie und überlegte fieberhaft, mit welcher Begründung sie die Einladung ablehnen konnte. Sie hatte keine Lust, sich mit diesem Mann unterhalten zu müssen. Sie wollte ihren Urlaub für sich allein verbringen und nicht schon am ersten Tag Bekanntschaften schließen. „So viel möchte ich nicht ausgeben", sagte sie fest.

„Sie sind selbstverständlich eingeladen", erwiderte er. „Ich habe gesehen, was Sie für die alte Dame getan haben. Gute Taten müssen vergolten werden. Betrachten Sie es einfach als meinen Beitrag."

Offenbar ging er ganz selbstverständlich davon aus, dass sie einwilligen würde, denn er nahm ihr den Koffer aus der Hand und reichte ihn dem Fahrer, damit er ihn verstaute. Ehe Fiona protestieren konnte, schob er sie sanft auf den Rücksitz.

Fiona ärgerte sich, aber sie hatte auch Angst. Er hatte ihr die Initiative einfach aus der Hand genommen. Alles war so schnell gegangen, dass sie überhaupt keine Chance hatte, Widerstand zu leisten. Vom Gefühl her wäre sie am liebsten wieder ausgestiegen, aber die Vernunft sagte ihr, dass es albern war.

Resignierend lehnte sich Fiona in dem Taxisitz zurück. Der Fremde stieg auf der anderen Seite ein und setzte sich neben sie. Kaum hatte er die Tür hinter sich geschlossen, wurde Fiona wieder nervös. Es irritierte sie, dass er ebenfalls auf dem Rücksitz Platz genommen hatte.

Obwohl er keineswegs dicht neben ihr saß, störte sie seine Gegenwart. Irgendwie empfand sie es als Bedrohung. Sie spürte, wie sie eine Gänsehaut bekam.

Bestimmt ist der Wechsel von der Hitze draußen in das klimatisierte Taxi daran schuld, dachte Fiona. Oder ich reagiere überempfindlich wegen der Prophezeiung der alten Dame. Ob er etwas davon mitbekommen hat?

„Haben Sie gehört, was sie gesagt hat?", fragte sie abrupt.

„Wie bitte?" Er hatte grünbraune Augen mit dichten dunklen Wimpern. Außer Müdigkeit und Gleichgültigkeit war nichts darin zu lesen.

„Die alte Dame, der ich geholfen habe", fuhr Fiona fort. Erst wenn ihr Verdacht ausgeräumt war, war sie ganz beruhigt.

„Ich weiß nicht, wovon Sie sprechen. Es tut mir leid, ich dachte gerade an etwas anderes, Miss …?"

„Walker. Fiona Walker." Ihr war ganz schwach vor Erleichterung.

„Julian Lassiter." Er machte keine Anstalten, ihr die Hand zu reichen. Stattdessen lächelte er spöttisch. „Falls Sie befürchten sollten, dass ich mein Angebot mit gewissen Hintergedanken gemacht habe, kann ich Sie beruhigen, Miss Walker. Ich bin über das Stadium hinaus, wo ich jedem Rock hinterherlaufe. Mehr noch – die Bezeichnung Frauenfeind wäre in meinem Fall gar nicht so unzutreffend. Ich bin nämlich sehr wählerisch."

Wenigstens weiß er nicht, dass er mich heiraten soll, dachte Fiona. Ein Mann, der Frauen so ablehnend gegenübersteht, wie er behauptet, ist bestimmt ebenso wenig an einer Ehe interessiert wie ich.

„Ihr Desinteresse ist zwar nicht sehr schmeichelhaft, aber ich freue mich darüber. Als Frau kann man heutzutage gar nicht vorsichtig genug sein. Jetzt wissen wir beide wenigstens, woran wir sind."

„Ich wollte keineswegs unhöflich sein", versicherte er rasch.

Er betrachtete ihr modisch geschnittenes blondes Haar, das ihr Gesicht in weichen Wellen umrahmte. Sie hatte eine gerade Nase, volle Lippen und blaue Augen. Nach drei Tagen in der Sonne von Oahu war ihre Haut golden getönt.

„Sie werden kein Problem haben, einen Mann zu finden", erklärte er, als seine Musterung abgeschlossen war. „Aber mich streichen Sie bitte von der Liste. Ich habe weder Zeit, Neigung noch …"

„Ich suche gar keinen Mann", unterbrach Fiona ihn empört.

„Nein?"

Sein spöttischer Tonfall erinnerte sie daran, dass er sie vor gar nicht langer Zeit dabei ertappt hatte, wie sie ihn sehr eingehend beobachtete.

„Ich dachte, die meisten Frauen, die allein in den Urlaub fahren, halten Ausschau nach jemandem, der … die Ferienfreuden mit ihnen teilt."

„Sie sollten Ihre eigenen Motive nicht auf andere übertragen, Mr. Lassiter", bemerkte Fiona spitz.

Er machte ein überraschtes Gesicht, dann lachte er kurz auf. „Ich bin nicht zum Urlaub hier, Miss Walker." Ein herausforderndes Glitzern war in seine Augen getreten. „Aber wenn überhaupt jemand mich dazu veranlassen könnte, es mir anders zu überlegen, wären das möglicherweise Sie.“

Fiona wusste nicht, wie sie angesichts seiner herablassenden Art ihre Selbstbeherrschung bewahrte, aber es gelang ihr, seinen Blick gleichmütig zu erwidern.

„Soll ich jetzt etwa geschmeichelt sein?“

„Es ist mehr, als die meisten Frauen von mir hören“, antwortete er. „Andererseits gibt es auch nicht viele Frauen mit Ihren körperlichen Vorzügen, die sich selbst in Gefahr begeben, nur um einen anderen davor zu bewahren.“

„Aber das ist doch lächerlich“, protestierte Fiona. „Jeder andere hätte genauso gehandelt.“

„Sie hätten selbst verletzt werden können“, entgegnete er. „Und dann wäre Ihr Urlaub ruiniert gewesen.“

„Daran zu denken, hatte ich gar keine Zeit“, erwiderte sie.

„Nein, natürlich nicht“, sagte er wie zu sich selbst, als hätte sie eine Frage beantwortet, über die er im Stillen nachgedacht hatte. Er wandte sich ab. Anscheinend hatte er kein Interesse mehr, noch länger mit ihr zu reden.

Fiona wunderte sich. Was war denn nun wieder los? War er beleidigt? Sie hatte doch gar nichts gesagt, was er missverstehen konnte.

Ein schwieriger Typ, dachte Fiona. Es ist wahrlich keine Freude, mit einem solchen Menschen zusammen zu sein. Ich bin froh, wenn die Taxifahrt zu Ende ist. Noch hat sie nicht einmal angefangen, und schon herrscht hier miese Stimmung. Schöne Aussichten!

Endlich setzte sich der Taxifahrer, der noch in eine lebhafte Auseinandersetzung mit einem Flughafenbeamten verwickelt gewesen war, hinter das Steuer und grinste sie fröhlich an. „Aloha. Willkommen auf Maui.“

„Was heißt Aloha eigentlich?“, fragte Fiona impulsiv.

„Aloha? Das hat viele verschiedene Bedeutungen. Meistens verwendet man es als Grußformel wie ‚Hallo‘ oder ‚Tschüss‘, aber es kann ebenso Liebe, Gnade oder Mitleid bezeichnen. Unter den alten Hawaianern war das Wort als Gruß für sehr enge Freunde vorbehalten. Die

Übersetzung lautet etwa: ‚Auge an Auge, Gesicht an Gesicht, grüße ich dich und gebe dir meinen Frieden und den Atem meines Lebens.'"

„Das ist wunderschön." Fiona wünschte, dieser Ausdruck wäre nicht durch gedankenlosen Gebrauch entwertet worden. Leise wiederholte sie die Grußformel noch einmal.

Die ganze Fahrt über redete der Fahrer von den Schönheiten dieser Insel, die er stolz als Perle des hawaiischen Archipels bezeichnete.

Fiona versuchte, sich auf das zu konzentrieren, was er sagte, aber es fiel ihr schwer, ihre Gedanken von dem Mann zu lösen, der neben ihr saß. Julian Lassiter hätte es nicht deutlicher ausdrücken können, dass er auf eine Beziehung gleich welcher Art mit ihr keinen Wert legte. Trotzdem gelang es ihr nicht, ihn einfach zu ignorieren, und das beunruhigte sie.

Jedes Mal, wenn der Fahrer auf etwas Interessantes auf Julians Seite hinwies, nahm Fiona die Gelegenheit wahr, Julian heimlich zu betrachten.

Er war blass, als hielte er sich zu oft in geschlossenen Räumen auf. Den vom Fahrer angepriesenen Sehenswürdigkeiten schenkte er keinen Blick. Obwohl seine Hände locker auf den Oberschenkeln lagen, spürte Fiona, dass Julian unter einer ungeheuren Anspannung stand.

Der Fahrer wandte sich um und lächelte freundlich. „Sie können mir ruhig Fragen stellen. Es gibt wenig, was ich über Maui nicht weiß."

Sie fuhren jetzt durch Zuckerrohrfelder, und Fiona überlegte angestrengt, wonach sie sich erkundigen konnte. Es wäre unhöflich gewesen, kein Interesse zu zeigen. „Diese … diese großen Steinhaufen – haben sie eine besondere Bedeutung?"

„Hier gibt's viel Vulkangestein", erklärte der Fahrer. „Irgendwo müssen wir es ja hintun, wenn wir die Felder bestellen wollen."

Fiona, die an einen religiösen Kult gedacht hatte, kam sich ziemlich dumm vor. Sollte Julian Lassiter doch von jetzt an die Fragen stellen. Aber ein verstohlener Seitenblick zeigte ihr, dass er es bestimmt nicht tun würde. Er schien nicht einmal zugehört zu haben.

Plötzlich fiel ihr der Goldreif an seinem linken Ringfinger auf. Diese Entdeckung beschäftigte sie so, dass sie das ununterbrochene Geplauder des Fahrers gar nicht mehr wahrnahm.

Doch weshalb war sie eigentlich so schockiert, dass Julian Lassiter verheiratet war? Schließlich fand sie ihn nicht einmal sympathisch. Er mochte körperlich sehr anziehend sein, aber auf seinen Charakter traf das nicht zu. Mit Ausnahme des Angebots, sie in seinem Taxi mitzunehmen, hatte er nichts getan oder gesagt, was sie positiv beeindruckte.

Verheiratet! Damit war die Prophezeiung der alten Dame endgültig hinfällig. Nicht dass Fiona daran geglaubt hätte, nicht einmal der Wunsch war vorhanden gewesen, dass sie wahr werden möge. Männern kann man einfach nicht vertrauen, dachte sie. Das hatte sie bei Larry herausgefunden.

Sie zwang sich, sich auf die Erzählungen des Taxifahrers zu konzentrieren. Schließlich war nicht zu erwarten, dass sie sich jemals wieder einen solchen Urlaub leisten würde. Flitterwochen waren eine Extravaganz, die man sich nur einmal im Leben gönnte.

„Jetzt sind wir bald da."

Fiona vernahm die Mitteilung mit Erleichterung. Je eher sie sich von Julian Lassiter verabschieden konnte, desto besser. Sie hatte gelernt, allein zu sein, lange ehe Larry in ihr Leben trat und sie mit dem Versprechen einer dauerhaften Partnerschaft lockte. Eigentlich war sie seit ihrem siebenten Lebensjahr auf sich gestellt gewesen.

Sie dachte an die Zeit zurück, als ihr Vater die Familie verlassen hatte, an das erschreckende Gefühl, ausgeliefert zu sein, an die Brutalität ihres ersten Stiefvaters und die Erleichterung, als er plötzlich an einem Herzinfarkt starb. Dann bekam sie einen zweiten Stiefvater, der sie mit begehrlichen Blicken verfolgte.

Ihre Mutter war eine Frau, die unbedingt einen Mann – irgendeinen Mann – in ihrem Leben haben musste. Die Kinder hatten immer eine Nebenrolle gespielt, besonders Fiona, die Jüngste, die zur Welt gekommen war, als niemand mehr mit Nachwuchs rechnete.

Fiona konnte sehen, dass sich das Verhaltensmuster bei ihren Schwestern wiederholte. Und wenn sie Larry geheiratet hätte … Aber an Larry wollte sie nicht mehr denken. Es war dumm gewesen, überhaupt eine Ehe in Betracht zu ziehen. Hatte sie nicht bewiesen, dass sie imstande war, auf eigenen Füßen zu stehen?

2. KAPITEL

Das Hyatt-Regency-Hotel war ein Bau, der Fiona auf Anhieb gefiel. Ob auch das Innere und der Service dem Ruf entsprachen, den das Hotel in der ganzen Welt genoss, konnte sie nun bald selbst feststellen. Das Taxi hielt vor dem Haupteingang, wo ein livrierter Empfangschef die Pagen zu den eintreffenden Gästen dirigierte.

Fiona setzte ein höfliches Lächeln auf und wandte sich Julian Lassiter zu. „Vielen Dank fürs Mitnehmen. Dadurch habe ich viel Zeit gespart."

„Es war mir ein Vergnügen", antwortete er automatisch. Dabei schaute er Fiona jedoch nicht an, sondern blickte suchend zum Hoteleingang.

Der Fahrer kam um den Wagen herum, um Fiona die Tür zu öffnen. Erleichtert stieg sie aus. Sie hatte kaum Gelegenheit gehabt, sich zu strecken, als ein Fremder plötzlich mit ausgestreckten Händen auf sie zukam. Auf seinem Gesicht zeigte sich eine Mischung von Überraschung und Freude.

„Julian! Warum hast du mir denn nichts gesagt? Es ist ja wunderbar, dich wieder mit einer Frau zu sehen." Zu Fiona gewandt fuhr er fort. „Fast hatte er mich schon überzeugt, dass er auf ewig Witwer bleiben wollte."

Der Fremde musterte sie eingehend. Ihm gefiel sichtlich, was er sah. Fiona merkte es kaum, denn sie musste einen neuen Schock verarbeiten. Wenn Julian Lassiter verwitwet war …

„Aloha", fuhr der Mann fort. „Hier trifft das Wort wirklich zu. Ich freue mich unglaublich, meinen Bruder mit einer so hübschen Begleiterin zu sehen."

„David", mischte sich Julian Lassiter leicht gereizt ein, „Miss Walker und ich sind lediglich im gleichen Taxi vom Flughafen gekommen."

David sah enttäuscht aus, hatte sich aber gleich darauf wieder gefangen. „Wie schade. Ich hatte so auf etwas Ablenkung gehofft, und Sie sehen aus wie ein Sonnenstrahl." Wieder betrachtete er Fiona, aber diesmal lag beinahe Berechnung in seinem Blick. „Sie sind … sehr schön."

„Es ist nett, dass Sie das sagen." Fiona lächelte, um ihm über die Peinlichkeit des Augenblicks hinwegzuhelfen. Etwas Sonne konnte ihm bestimmt nicht schaden.

Seine Haut war so blass, dass sie beinahe durchscheinend wirkte. Umso auffallender war der Kontrast zu seinem rotbraunen Haar und den hellgrünen Augen. Man musste kein Arzt sein, um zu erkennen, dass dieser Mann entweder sehr krank war oder eine Erkrankung eben erst überstanden hatte.

Obwohl Davids Gesichtszüge denen von Julian ähnelten, wäre Fiona von sich aus niemals darauf gekommen, dass die beiden Brüder waren.

Die Begrüßung war eigentümlich angespannt. Julian musterte seinen Bruder scharf, und David wirkte trotz des Lächelns, das um seine Lippen spielte, plötzlich angestrengt. Obwohl Fiona taktvoll zurücktrat, ließ es sich nicht verhindern, dass sie hören konnte, was gesagt wurde.

Der Taxifahrer plauderte mit dem Pagen, der einen Wagen herangeschoben hatte. Es blieb Fiona nichts anderes übrig, als zu warten, bis das Gepäck ausgeladen wurde.

„Wie war's denn?", fragte David.

„Nicht besonders angenehm. Deine Mutter will, dass du nach Hause kommst."

David verzog das Gesicht. „Du weißt doch, was sie machen würde, Julian."

„Ja."

„Das könnte ich nicht ertragen."

„Sie liebt dich", sagte Julian leise. „Du bist doch ihr einziges Kind. Sie braucht …"

„Es ist mein Leben." Nach einer Pause fügte er bitter hinzu: „Jedenfalls das, was davon übrig ist."

„Ich habe versprochen, die Nachricht zu übermitteln. Das ist alles. Du weißt, dass ich deine Entscheidung respektiere."

„Danke, Julian." David lächelte jetzt wieder. „Ich konnte immer schon auf dich zählen." Die Art, wie er seinen Bruder umarmte, verriet ein starkes Gefühl. Man merkte, dass die beiden sich sehr nahe standen, obwohl Julians Bemerkung „deine Mutter" darauf hindeutete, dass sie nur Halbbrüder waren.

Fiona beneidete sie um dieses innige Verhältnis. Von ihren Schwestern trennten sie zu viele Jahre. Diese hatten sehr aneinander gehangen, nicht jedoch an ihr.

Fionas Leben wäre vielleicht ganz anders verlaufen, wenn sie einen älteren Bruder gehabt hätte, der hinter ihr stand, einen Menschen, auf den sie sich verlassen konnte.

„Ich habe die Anmeldeformalitäten für dich bereits erledigt, Julian, und deinen Schlüssel geholt", hörte Fiona David sagen. „Komm, dein Gepäck wird aufs Zimmer gebracht."

Jetzt wandte er sich zu ihr um und lächelte sie an. Es war ein strahlendes Lächeln, aber trotzdem beschlich Fiona das Gefühl, dass es nicht ganz echt war. Es wirkte irgendwie gezwungen.

„Du hast mich deiner Begleiterin noch gar nicht richtig vorgestellt, Julian. Ein Instinkt sagt mir, dass diese Begegnung schicksalhaft ist."

Julian kam der Aufforderung sichtlich ungern nach. „Miss Fiona Walker – mein Bruder, David Lassiter."

David reichte ihr die Hand. „Freut mich sehr, Fiona. Ich darf Sie doch so nennen? Wie lange bleiben Sie denn hier?"

„Eine Woche", antwortete sie, ohne auf Julians Stirnrunzeln zu achten.

„Herrlich ist es hier", erklärte David begeistert. „Es wird Ihnen bestimmt gefallen."

„Da bin ich sicher."

Der Page hatte ihren Koffer auf den gleichen Wagen gelegt wie Julians und rollte ihn auf den Hoteleingang zu. „Die Anmeldung ist drinnen", rief er Fiona zu, als er ihren fragenden Blick sah.

„Es tut mir leid, wenn ich Sie vorhin in Verlegenheit gebracht habe", entschuldigte sich David.

„Ich bitte Sie", wehrte Fiona lächelnd ab.

„Ich hätte wissen müssen, dass Julian nicht … Vermutlich hat mich die Hoffnung zu dieser Fehleinschätzung getrieben." Die letzte Bemerkung war an seinen Bruder gerichtet, der mit einem warnenden Blick reagierte.

Ein ewiger Witwer. Fiona fragte sich, ob Julian Kinder hatte, obwohl sie das eigentlich gar nichts anging. Hatte sie nicht beschlossen, dass sie nichts mehr mit Julian Lassiter zu tun haben wollte?

„Ich wünsche Ihnen einen schönen Urlaub, Miss Walker", sagte er höflich, als sie die Hotelhalle betraten. Es war eindeutig eine Verabschiedung.

„Vielen Dank." Fiona lächelte kühl. „Noch einmal vielen Dank fürs Mitnehmen. Ich hoffe, Sie beide werden Ihren Aufenthalt hier ebenfalls genießen." Sie nickte den beiden Brüdern noch einmal zu und wandte sich dann ab, um zur Rezeption zu gehen.

Der Blick, den jemand ihr nachschickte, war so deutlich zu spüren wie eine körperliche Berührung.

Fiona konnte der Versuchung nicht widerstehen, sich kurz umzudrehen, um festzustellen, wer es war.

Es war nicht Julian, sondern David Lassiter, der ihr nachschaute. Er tat es mit solcher Intensität, dass Fiona Schauer über den Rücken liefen. Sein Blick war so abschätzend, so entschlossen und so intim, dass Fiona zum dritten Mal an diesem Tage das Gefühl hatte, in etwas verwickelt zu werden, das weitreichendere Auswirkungen haben sollte als jemals etwas anderes zuvor in ihrem Leben.

Fiona gab sich große Mühe, ihren Urlaub zu genießen. Schwer war es nicht, denn das, was das Hotel zu bieten hatte, war nahezu einmalig. Ein genialer Geist hatte die Schönheiten der Natur und die Ergebnisse menschlicher Schaffenskraft zu einem harmonischen Ganzen zusammengefügt. Nichts von dem, was sie über das Hyatt-Regency-Hotel auf Maui gehört hatte, war übertrieben. Es war ein Meisterwerk der Fantasie.

Der einzige Wermutstropfen war, dass ihr jemand fehlte, mit dem sie ihre Freude teilen konnte. Zumindest in dieser Hinsicht hatte Julian Lassiter recht gehabt.

Fiona hatte die Stunden nach ihrer Ankunft damit verbracht, den Park zu erkunden, der das Hotel umgab. Ein schmaler Pfad führte sie unter den Zweigen exotischer Bäume hindurch, in deren Schatten Farne und exotische Pflanzen wuchsen. Fiona erkannte Buschorchideen und Lilien, aber die anderen Blumen hatte sie noch nie gesehen.

Bei ihrem Streifzug waren ihr einige Hochzeitsreisende begegnet – zumindest sahen sie so aus –, die sich gegenseitig auf besondere Schönheiten hinwiesen und sich dabei verliebt anlächelten. Fiona war schnell an ihnen vorbeigegangen, weil sie nicht an Larry und das, was sie nicht hatte, erinnert werden wollte.

Der künstlich angelegte See, der gleichzeitig als Swimmingpool diente, war so meisterhaft gestaltet, dass man ihn für natürlich halten konnte. Über eine Felswand rauschte ein Wasserfall, eine schwankende Hängebrücke verband die beiden Ufer miteinander, und üppig wuchernde Bougainvillea-Büsche in leuchtenden Farben säumten die Ränder. Hinter einer Grotte fing der eigentliche Teil an, der zum Baden und Sonnen gedacht war. Bequeme Liegen standen auf grünem Rasen oder unter hohen Palmen, die sich im Wind wiegten. Am anderen Ende des Parks hatte man einen wunderschönen japanischen Garten mit Miniaturbüschen und -bäumen angelegt.

Immer wieder stieß Fiona auf scheinbar zufällig aufgestellte Kunstgegenstände aus China, Bali, Neuguinea, Japan und Thailand – Skulpturen primitiver Gottheiten, Buddhas, Elefanten, Hirsche oder Kamele. Außerdem gab es Flamingos und Pfaue, die sich frei auf dem Gelände bewegten.

Julian Lassiter oder seinen Bruder sah Fiona nicht. An und für sich wollte sie nichts mehr mit den beiden zu tun haben, aber sie hätte sich inmitten so vieler Fremder vielleicht weniger einsam gefühlt, wenn sie hin und wieder zwei Landsleute getroffen hätte.

Außerdem ließ die Neugier ihr keine Ruhe. Warum hatte David seinen Bruder einen ewigen Witwer genannt? Weshalb mochte Julian Frauen nicht? War vielleicht seine verstorbene Frau daran schuld oder ein Ereignis wie der Beinahe-Unfall am Flughafen, als eine Frau, die jemanden hätte retten können, es nicht getan hatte?

Was auch immer der Grund dafür war – seiner sinnlichen Ausstrahlung hatte es keinen Abbruch getan. Und die Art, wie er sie über das Gepäckband hinweg angesehen hatte, zeigte deutlich, dass er seine sexuellen Bedürfnisse nicht leugnen konnte. Im Taxi hatte er allerdings behauptet, für solche Dinge weder Zeit noch Lust zu haben.

Fairerweise musste Fiona zugeben, dass vermutlich andere Dinge bei ihm Vorrang einnahmen – zum Beispiel die Sorge um seinen Bruder. David Lassiter war nicht gesund. So viel war Fiona schon klar gewesen, ehe er gesagt hatte: „Es ist mein Leben … beziehungsweise das, was davon übrig ist." Weshalb hatte David sie wohl so abschätzend angesehen?

Fiona versuchte, den Gedanken zu verdrängen. Sie hatte selbst genug Probleme. Und keinesfalls wollte sie sich die Stimmung verderben, indem sie über die Lassiters nachdachte. Schließlich war sie hier, um sich zu amüsieren.

Es wurde schon langsam dämmrig, als Fiona im Innenhof des Hotels stand und die architektonische Gestaltung bewunderte. Er war nach oben offen und wurde von einem riesigen Banyanbaum beherrscht. Inmitten üppiger Blumenbeete wuchsen Palmen. Auf hohen Messingständern waren Tabletts mit Vogelfutter angebracht. Sie lockten Scharen von Papageien an, die mit ihrem farbenprächtigen Gefieder der Szene zusätzlich eine exotische Note verliehen.

Beiläufig musterte Fiona die Gäste, die sich vor dem Abendessen zu einem Drink an der Weeping-Banyan-Bar versammelt hatten. Julian und David Lassiter waren nicht darunter.

Verärgert über sich selbst, dass sie überhaupt nach den beiden Ausschau hielt, ging Fiona rasch weiter in den Lahaina-Flügel. Dort befand sich das Restaurant, in dem sie an ihrem ersten Abend essen wollte. Unterwegs blieb sie stehen, um die fast drei Meter hohe chinesische Vase zu bewundern, die eine Ecke des Atriums schmückte.

Das Restaurant mit dem klangvollen Namen „Swan Court" war sechseckig und hatte in der Mitte einen künstlichen Teich, auf dem Schwäne langsam herumschwammen. Von der Decke hing ein kostbarer Kristalllüster. In einer Ecke spielte ein Pianist. Kerzen auf den geschmackvoll eingedeckten Tischen verbreiteten gedämpftes Licht. Erfreut stellte Fiona fest, dass noch einige Tische frei waren, denn sie hatte vergessen, einen Platz zu reservieren.

Doch ihre Freude erwies sich als verfrüht. Bedauernd teilte ihr der Oberkellner mit, dass die meisten Tische bereits vorbestellt waren. „Warum versuchen Sie es nicht in einem unserer anderen Restaurants?“, schlug er vor. „Ich kann Ihnen die ‚Lahaina Provision Company‘ oder den ‚Pavilion‘ empfehlen.“

„Vielen Dank.“ Fiona war enttäuscht, aber sie hatte es sich selbst zuzuschreiben, dass sie an ihrem ersten Abend nun doch nicht im „Swan Court“ essen konnte. Sie nahm sich vor, beim nächsten Mal rechtzeitig wegen einer Reservierung anzurufen.

Als sie sich umdrehte, stieß sie mit jemandem zusammen, der gerade gekommen war. „Oh! Ich bitte vielmals um …“ Das Wort blieb ihr im Hals stecken. Julian Lassiter.

„Guten Abend, Miss Walker“, begrüßte er sie kühl.

Fiona zuckte zusammen, als hätte sie einen elektrischen Schlag erhalten. „Mr. Lassiter.“ Sie nickte ihm steif zu. Wenn sie schon mit jemandem zusammenstieß, warum musste es ausgerechnet dieser Mann sein? Sie kam sich furchtbar linkisch vor.

Nur mühsam gelang es ihr, sich wieder zu fassen. „Bitte entschuldigen Sie mich …“

„Haben Sie schon gegessen?“ Die Frage wurde von David Lassiter gestellt. Fiona hatte überhaupt nicht gemerkt, dass er neben seinem Bruder stand.

„Nein. Ich habe vergessen, zu reservieren, und jetzt ist kein Tisch mehr frei. Dann werde ich eben mein Glück in einem der anderen Restaurants versuchen“, antwortete sie. Vor Verlegenheit sprach sie viel zu schnell.

Zugegeben – sie hatte zwar aus Neugier den ganzen Nachmittag Ausschau nach den Lassiters gehalten, aber jemanden von Weitem zu sehen war nicht dasselbe, wie ihm direkt gegenüberzustehen.

„An unserem Tisch ist bestimmt auch Platz für drei.“ David winkte dem Oberkellner. „Wären Sie doch so freundlich, noch einen Stuhl zu bringen?“

„Selbstverständlich, Mr. Lassiter.“ Die respektvolle Antwort bewies, dass David ein gern gesehener Gast war.

„Das ist doch nicht nötig“, widersprach Fiona. Die Vorstellung, die nächste Stunde mit den beiden Brüdern zu verbringen, beunruhigte sie. „Ich möchte wirklich nicht stören.“

David lächelte ihr zu. „Aber das ist doch Unsinn. Wir würden uns wirklich freuen, wenn Sie uns Gesellschaft leisten. Zumindest freue ich mich, und ...", er blickte bedeutsam zu seinem Bruder hinüber, „Julian wird sich dreinfügen müssen."

Fiona überlegte verzweifelt, wie sie die Einladung zurückweisen konnte, ohne unhöflich zu erscheinen. „Vielen Dank, aber ..."

„Selbstverständlich werden Sie mit uns essen", erklärte Julian Lassiter in einem Ton, der keinen Widerspruch duldete. Er hatte sich umgezogen und trug jetzt ein helles Seidenhemd und eine sandfarbene Hose.

Trotz seiner Erklärung bezweifelte Fiona, dass Julian Wert auf ihre Gesellschaft legte. Doch während sie noch nach einer Ausrede suchte, kam der Oberkellner auf sie zu.

„Hier entlang, Mr. Lassiter."

David nahm Fionas Arm. „Wir Australier müssen auf fremdem Boden doch zusammenhalten", meinte er schmunzelnd. Seine Freundlichkeit brachte Fiona aus dem Gleichgewicht.

Julian stellte sich an ihre andere Seite, so dass sie gefangen war. „Das Essen hier ist ausgezeichnet", sagte er. „Sie werden bestimmt zufrieden sein."

Fiona saß in der Falle. Wenn sie es nicht auf eine Szene ankommen lassen wollte, blieb ihr keine andere Möglichkeit, als die Einladung anzunehmen.

Warum eigentlich nicht?, dachte sie rebellisch. Dann esse ich wenigstens nicht allein, während alle anderen um mich herum sich gut unterhalten. Außerdem wollte ich meinen ersten Abend unbedingt im „Swan Court" verbringen. Vielleicht ergibt sich dabei auch eine Gelegenheit, meine Neugier bezüglich der Brüder Lassiter zu stillen.

Sie wurden zu einem der besten Tische direkt am Wasser geleitet. Obwohl Fiona es nicht ohne Spott zur Kenntnis nahm, freute sie sich, dass sie nun genau an der Stelle zu Abend aß, die sie als die schönste im Restaurant ausgemacht hatte. Leider setzte sich David neben sie, so dass Julian ihr gegenübersaß. Umgekehrt wäre es ihr lieber gewesen, weil sie ihn dann nicht so oft hätte ansehen müssen.

Ein Kellner im silbergrauen Anzug erkundigte sich, ob sie vor dem Essen einen Aperitif wünschten. Fiona verneinte. Ihr genügte das Eiswasser, das in einer geschmackvollen Kristallkaraffe auf dem Tisch stand. David bat um die Weinkarte. Um die Brüder nicht anschauen zu müssen, ließ Fiona den Blick durch den Raum schweifen. An der Decke waren sechseckige Spiegel angebracht. Darunter befand sich jeweils ein üppig blühendes Blumenbeet in der gleichen Form. In die Fenster waren Schwanenfedern eingraviert. Als Fiona sich nach den Felsen auf der rückwärtigen Seite des künstlichen Teichs umdrehte, sah sie zwei schwarze Schwäne, die langsam über das Wasser glitten.

„Die sind aus Westaustralien importiert worden“, bemerkte David. „Aber fragen Sie mich nicht, wo die weißen herkommen.“

Er reichte ihr die Weinkarte, doch Fiona sah auf einen Blick, dass selbst die billigsten Sorten ihr Urlaubsbudget sprengen würden. Obwohl ihre Firma nach einigen Anfangsschwierigkeiten recht gut vorankam, verdiente sie ihr Geld zu schwer, um es zu vergeuden. Mehr als zwanzig Dollar für eine Flasche Champagner gab sie auch bei besonderen Gelegenheiten nicht aus.

Erstaunt schüttelte sie den Kopf, als sie einen einundsechziger Lafite für fünfzehnhundert Dollar und einen fünfundvierziger Mouton-Rothschild für zweitausendvierhundert Dollar auf der Karte entdeckte. Ob so etwas tatsächlich bestellt wurde?

„Haben Sie nichts gefunden, was Sie verlocken könnte?“, erkundigte sich David, als sie ihm die Karte zurückgab.

Sie lächelte. „Ich habe heute so viel Schönes gesehen, dass ich bereits davon ganz berauscht bin.“

Beim Essen schränkte Fiona sich allerdings nicht ein. Das „Swan Court“ hatte bereits mehrere internationale Preise gewonnen, und Fiona liebte gute Küche. Als Vorspeise bestellte sie geräucherten Lachs und Stör und als Hauptgang Ente mit einer Soße aus Honig und Nüssen.

„... und den einundsechziger Lafite“, hörte sie Julian plötzlich sagen.

Fiona sah ihn entsetzt an. Wie konnte er so viel Geld für eine Flasche Wein ausgeben? Um diese Summe zu verdienen, musste sie drei Wochen arbeiten.

„Es wird auch ein fünfundvierziger Mouton angeboten“, fuhr er zu David gewandt fort, „aber ich fürchte, der hat seinen Höhepunkt bereits überschritten. Und ich möchte, dass du nur das Beste bekommst."

David nickte. „Bei alten Weinen geht man immer ein Risiko ein."

Die beiden diskutierten das Thema mit solcher Selbstverständlichkeit, dass Fiona aus dem Staunen nicht herauskam. Sie hatte geahnt, dass Julian Lassiter stets auf erstklassige Qualität bestand, aber solcher Reichtum war unfassbar für sie. Das war ja beinahe ... unmoralisch.

Julian Lassiter sah sie an, und sie hatte das unbehagliche Gefühl, dass er ihre Missbilligung spürte. Er lächelte spöttisch. „Sie trinken nicht, Sie rauchen nicht – welche Laster haben Sie eigentlich, Miss Walker? David und ich brennen darauf, es zu erfahren."

Fiona zwang sich, seinem Blick standzuhalten. Von ihm würde sie sich nicht einschüchtern lassen. „Manche Leute behaupten, ich wäre arbeitssüchtig", antwortete sie gleichmütig.

„So? Was tun Sie denn?" Die Art, wie er die Frage stellte, zeigte ihr deutlich, dass es seiner Ansicht nach nichts Bemerkenswertes sein konnte.

„Ich möchte Sie nicht damit langweilen, Mr. Lassiter", erwiderte sie freundlich. „Bestimmt ..."

„Aber ich möchte es gern wissen", unterbrach David sie.

Er sah sie so interessiert an, dass Fiona den Eindruck hatte, es stimme wirklich. Zögernd zuerst, dann mit wachsender Begeisterung beschrieb sie die Reisen, die sie zusammenstellte und dann an große Agenturen verkaufte.

Diese Seite des Tourismus war beiden Männern fremd, und Fiona spürte, dass auch Julian ihr aufmerksam lauschte. Allerdings überließ er es seinem Bruder, nach Einzelheiten zu fragen.

„Ich habe zum Beispiel Irland im Programm – das Land der Heiligen und Gelehrten –, die präkolumbianischen Kulturen der Mayas, Inkas und Azteken, das alte Russland, das neue China, das antike Ägypten." Sie lächelte spitzbübisch. „Und für Patrioten die Wunder der Großen Barrier Riffs."

„Dann müssen Sie sich sehr gut in der Geschichte der verschiedenen Kulturen auskennen", meinte David bewundernd.

„Das lernt man", erwiderte sie. Unwillkürlich musste sie an die vielen Stunden denken, die sie in der Staatsbibliothek verbracht hatte, um ihr Wissen zu erweitern.

Obwohl sie sich über Davids Komplimente freute, wurde sie das unbehagliche Gefühl nicht los, dass er sie in irgendeiner Weise taxierte und beurteilte.

„Sie haben gleich nach der Schule angefangen zu arbeiten", überlegte David nach einer Pause laut. „Hat es Sie nicht gereizt, auf die Universität zu gehen?"

„Vielleicht brachte Miss Walker dafür nicht die nötigen Voraussetzungen mit", warf Julian ein.

So eine Unverschämtheit. Fiona funkelte ihn zornig an. „Zufällig habe ich den besten Abschluss unseres Jahrgangs erzielt."

Sie sprach nicht davon, dass es viel angenehmer gewesen war, in ihrem Zimmer über Büchern zu sitzen, als die Gegenwart ihres zweiten Stiefvaters zu ertragen. Das ging niemanden etwas an.

„Mir war es wichtig, so bald wie möglich auf eigenen Füßen zu stehen", fügte sie hinzu.

„Vermutlich hätten Sie sich auch auf der Universität den schönen Künsten zugewandt", meinte David, „und dort hätten Sie auch nichts anderes gelernt als das, was Sie sich selbst angeeignet haben. Es gefällt mir, wie Sie Ihren Verstand einsetzen." Die Feststellung schien ihn zu befriedigen.

Fiona war nicht sicher, ob ihr überhaupt etwas an David Lassiters Lob lag. Irgendwie klang es nach Herablassung, nach dem Motto: Du hast die Prüfung bestanden, nun wird dir auch Zutritt in den geheiligten inneren Kreis gewährt. Aber wenigstens hatte sie den Lassiters gezeigt, dass sie sich vor niemandem zu verstecken brauchte.

3. KAPITEL

Der erste Gang wurde aufgetragen, und mit der angenehmen Vorstellung, dass sie Julian Lassiter ein Stück von seiner Überlegenheit abgenommen hatte, machte Fiona sich mit Appetit über den geräucherten Fisch her.

„Sie sind also eine Karrierefrau", meinte Julian und führte eine Schnecke zum Mund.

„Ja", antwortete Fiona mit Nachdruck.

„Dann beabsichtigen Sie also nicht, zu heiraten?"

Ihre Blicke trafen sich, und Fiona konnte die Spannung förmlich knistern hören. „Auf gar keinen Fall."

„Warum denn nicht?", wollte David wissen.

„Meine Mutter hat bereits drei Ehen hinter sich. Auch meine Schwestern sind beide geschieden. Ich ziehe es vor, weder mein Leben noch das eines anderen Menschen zu verderben. Entscheidungen, die gefühlsbetont getroffen werden, erweisen sich meistens als falsch."

David nickte bestätigend, als hätte sie soeben eine weitere Prüfung bestanden. „Und was ist mit Kindern? Stört es Sie denn nicht, durchs Leben zu gehen, ohne jemals Mutter zu werden?"

„Eine Schwangerschaft würde doch ihre Figur ruinieren", warf Julian sarkastisch ein.

David sah ihn tadelnd an. „Du kannst die Besessenheit deiner Frau von körperlicher Schönheit doch nicht pauschal übertragen. Das ist nicht fair. Wenn Fiona sich dafür entscheidet, kinderlos zu bleiben, dann wird es bestimmt nicht aus diesem Grund sein."

Julians grünbraune Augen funkelten spöttisch. „Warum lässt du sie nicht selbst antworten?"

Seine Frau! Natürlich war sie schön, denn mit Zweitklassigem gab sich ein Julian Lassiter nicht zufrieden. Und doch sprach eine gewisse Wehmut aus seiner Bemerkung. Ganz so perfekt konnte seine Frau nicht gewesen sein, da sie sich offenbar geweigert hatte, ihm Kinder zu schenken. Aus irgendeinem Grund war Fiona froh darüber.

„Eines Tages hätte ich gern ein Kind", antwortete sie wahrheitsgemäß. „Und wenn ich einmal finanziell abgesichert bin, werde ich vielleicht eins bekommen, Mr. Lassiter."

Warum eigentlich nicht? Andere Frauen taten es doch auch. Fiona wünschte sich wirklich ein Kind. Das war einer der Gründe, warum sie Larrys Heiratsantrag überhaupt angenommen hatte.

„Ohne den Schutz der Ehe?", bohrte Julian weiter.

„Ich bin nicht der Ansicht, dass zwei Elternteile unbedingt besser sind als einer. Mein Kind würde die ganze Liebe und Aufmerksamkeit haben, die ich ihm schenken kann. Und es würde wissen, dass es von Herzen erwünscht war."

„Ich weiß nicht, ob diese Einstellung sehr gesund ist", erwiderte Julian skeptisch. „Man kann ein Kind auch mit zu viel Liebe überschütten."

„Jedenfalls ist sie gesünder als viele andere", gab Fiona hitzig zurück. Nur zu gut konnte sie sich noch an die vielen Kränkungen in ihrer Kindheit erinnern. Irgendwie war Julian Lassiter so etwas wie ein Stellvertreter all der Männer, die ihr Böses angetan hatten. Weshalb versuchte er nur immer wieder, sie zu kränken?

„Hatten Sie eine unglückliche Kindheit?", erkundigte sich David.

Über ihre hitzige Diskussion mit Julian hatte Fiona David ganz vergessen. Doch jetzt war es höchste Zeit, die Unterhaltung von ihrer Person abzulenken. „Auch nicht schlimmer als andere", erwiderte sie kurz. „Und wie ist es mit Ihnen?"

David lächelte versonnen. „Ich bin schrecklich verwöhnt worden als das einzige Kind einer Ehe, die meine Eltern im vorgerückten Alter geschlossen haben. Deshalb widmeten sie mir auch mehr Zeit, als normalerweise üblich ist. Außerdem hatte ich einen großen Bruder, der mir alle Hindernisse aus dem Weg räumte, damit ich meine Neigungen verwirklichen konnte."

„Was sind Sie denn von Beruf?"

„Ich bin Wissenschaftler."

Fiona wollte ihn gerade nach Einzelheiten fragen, als Julian sich einmischte. „David ist wegen seiner Forschungen über die viralen Ursachen von Krebs für den Nobelpreis nominiert worden." Es war deutlich zu hören, wie stolz er auf seinen Bruder war.

„Julian tut immer so, als wäre ich ein wichtiger Mann", wehrte David ab.

„Das bist du auch.“ Die Atmosphäre am Tisch schien plötzlich spannungsgeladen. „Wenn ich mit dir tauschen könnte …“

„Sprich nicht weiter“, unterbrach David ihn brüsk. Nach einer Weile fügte er ruhiger hinzu: „Das, was du tust, ist auch wichtig, Julian.“

Offenbar wollte David nicht, dass über seine Arbeit gesprochen wurde. Fiona fragte sich, ob er sich vielleicht aus persönlichen Motiven diesem besonderen Forschungszweig zugewandt hatte. Obwohl er dem Essen mit Appetit zusprach, war er sichtlich nicht gesund.

„Und was tun Sie, Mr. Lassiter?“, erkundigte Fiona sich bei Julian.

„Er verdient das Geld, das meine Forschungen erst möglich macht“, antwortete David an seiner Stelle.

Julian verzog den Mund. „Schön zu wissen, dass man zu etwas nütze ist.“

Diesmal spürte Fiona, dass er sich in Zynismus flüchtete, um ein tiefer gehendes Gefühl zu verbergen. Wollte er sie verletzen, weil er selbst litt? Aber sie konnte doch nichts dafür.

„Es ist Julian nicht klar, wie wichtig er für mich ist. Er leitet den Lassiter-Konzern, der alle Arten von Medikamenten sowie Praxis- und Krankenhauseinrichtungen herstellt. Nachdem unser Vater sich ins Privatleben zurückgezogen hatte, übernahm Julian die Geschäftsführung, und zwar so erfolgreich, dass ich tun konnte, was mich interessierte.“

Der Kellner brachte den Hauptgang, und von da an beschränkte sich die Unterhaltung auf lobende Kommentare über das Essen. David bot Fiona ein Glas von dem Lafite an, aber sie lehnte ab. Das wäre ja, als ob sie pures Gold trinken würde. Die beiden Männer dagegen zeigten sich begeistert von der vorzüglichen Qualität des Weins.

Fionas Ente war herrlich zart und knusprig. Die Soße aus Honig und Nüssen war zwar ein wenig zu süß für ihren Geschmack, aber eine interessante Abwechslung zu der herkömmlichen Garnierung aus Kirschen und Orangen. Sie hatte erst zur Hälfte aufgegessen, als David plötzlich sein Besteck zur Seite legte.

„David?“, fragte Julian besorgt.

„Es tut mir leid, aber ich muss euch allein lassen.“ Sein Gesicht war verzerrt. „Das sind die Nebenwirkungen des Methotrexats. Ich hab Pyridoxin in meinem Zimmer, das die Übelkeit lindert."

Schwankend stand er auf. Sofort war Julian an seiner Seite und stützte ihn.

„Nein, ich schaffe es ohne Hilfe", behauptete David. „Ich möchte, dass du bleibst und in Ruhe aufisst. Und vor allem, verschwende den Wein nicht. Er ist wirklich von seltener Qualität." Er wandte sich Fiona zu. „Bitte entschuldigen Sie meinen überstürzten Aufbruch. Sie haben mich auf eine Idee gebracht, die ich gern mit Ihnen besprechen würde, aber das muss warten."

Julian blieb regungslos stehen, bis sein Bruder außer Sichtweite war. Dann setzte er sich langsam wieder auf seinen Stuhl. Obwohl er nichts sagte, war er sichtlich gereizt, dass er bei Fiona bleiben musste. Jedenfalls musterte er sie, als wäre alles ihre Schuld.

„Bitte fühlen Sie sich nicht verpflichtet, mir Gesellschaft zu leisten", erklärte sie. „Wenn ich Sie nicht zufällig getroffen hätte, hätte ich ohnehin allein gegessen."

„Ganz die selbstständige Frau", sagte er schneidend. „Essen Sie weiter. Es wäre doch schade, ein solches kulinarisches Meisterwerk zu verschwenden." Er nahm sein Weinglas und schüttete den Inhalt hinunter, als handelte es sich um Wasser.

„Danke, aber ich habe keinen Appetit mehr." Sie schob ihren Teller zurück. „Ihr Bruder ist sehr krank, nicht wahr?"

In seinem Blick lag nackte Wut. Wut darüber, dass er trotz seiner Stellung und seines Reichtums machtlos war. „Ja. David hat noch drei, bestenfalls sechs Monate zu leben. Befriedigt das Ihre Neugier?"

„Es tut mir schrecklich leid", flüsterte Fiona.

„Uns auch", sagte er bitter. „Vor allem, weil es so unnötig war."

„Was ist denn geschehen?", fragte sie leise. Es war besser, er ließ seinen Zorn und seine Verzweiflung an ihr aus, als sie in sich zu verschließen. Julian Lassiter mochte zwar wenig von den Menschen im Allgemeinen halten, aber er liebte seinen Bruder auf eine Weise, wie sie selbst nie geliebt worden war. Ihre Mutter und Schwestern hatten viel zu viel mit ihren eigenen Problemen zu tun, und Larry – Larry hatte sie lediglich sexuell begehrt. Nicht einer von ihnen wäre bereit gewesen, mit ihr den Platz zu tauschen, wenn sie eine tödliche Krankheit gehabt hätte. War sie selbst überhaupt fähig, so zu lieben?

Um nicht verletzt zu werden, hatte sie einen Schutzwall um sich herum aufgebaut. Sie hatte wenig erwartet, aber auch wenig gegeben. Ehrlicherweise musste sie eingestehen, dass nicht einmal ihre Liebe zu Larry wirklich tief gewesen war. Nicht so tief wie Julians Liebe zu seinem Bruder.

„Ich würde es wirklich gern wissen", begann Fiona nach einer ganzen Weile erneut, als Julian noch immer nicht auf ihre Frage geantwortet hatte.

Er musterte sie voll Abneigung, aber dann begann er zu sprechen. „David hat mit schweren Kobaltisotopen gearbeitet, um Moleküle in tödlichen Viren zu markieren. Im Labor ereignete sich ein Unfall, und er infizierte sich. Jetzt hat er akute Leukämie." Er lehnte sich zurück. „Nicht unbedingt ein Thema für Ihren ersten Urlaubstag. David wird es mir nicht danken, wenn er erfährt, dass ich Ihnen davon erzählt habe. Ich bitte Sie also, es für sich zu behalten."

„Ein gewisses Einfühlungsvermögen dürfen Sie mir schon zugestehen, Mr. Lassiter. Ich weiß, dass Ihr Bruder kein Mitleid will."

„Nein. In dieser Hinsicht ist er wie Sie, Miss Walker. Er will nicht, dass Gefühle … den kurzen Rest seines Lebens komplizieren. Vielleicht haben Sie beide recht. Wer weiß?" Julian stöhnte. „Er hat sich als menschliches Versuchskaninchen zur Verfügung gestellt, damit man herausfinden kann, ob Viren oder Isotope an der Wucherung der weißen Blutkörperchen schuld sind."

Fiona war erschüttert, als sie daran dachte, wie sehr es Davids Mutter und Julian schmerzen musste, dass er sich unnötigen Leiden aussetzte, aber sie musste ihm Bewunderung dafür zollen, dass er zusätzliche Qualen auf sich nahm, damit anderen vielleicht geholfen werden konnte.

„Ist er verheiratet?"

„Keine Frau, keine Kinder – nur medizinische Forschung. Das ist sein Vermächtnis an die Welt." Er seufzte. „Wenigstens ist das eine gewisse Befriedigung für ihn."

Fiona nickte. „Weshalb sind Sie hier?"

„David wollte noch einmal alles das genießen, was das Leben an Schönem zu bieten hat, ehe sich sein Zustand so verschlechtert, dass er es nicht mehr kann."

Fiona schwieg.

„Sie sehen also, Miss Walker", fuhr Julian kühl fort, „ich werde alles tun, um meinem Bruder jeden Wunsch zu erfüllen – ganz gleich, was ich selbst dabei empfinde."

Sie hatte nichts getan, um seine Grobheit herauszufordern, aber sie schwieg weiter. Jetzt war nicht der richtige Zeitpunkt, um sich dagegen zu wehren.

Obwohl in der Nähe des Ausgangs ein Büfett mit köstlichen Süßspeisen und verschiedenen Käsesorten aufgebaut war, verzichteten sie beide auf einen Nachtisch. Keiner von ihnen wollte das erzwungene Beisammensein unnötig hinausziehen.

Zusammen mit dem Kaffee brachte der Kellner die Rechnung – nur eine Rechnung – und legte sie diskret neben Julians Teller.

„Ich fürchte, hier liegt ein Irrtum vor", sagte Fiona rasch. „Das, was ich verzehrt habe, geht getrennt."

Julian Lassiter zog einen goldenen Kugelschreiber aus der Tasche, um die Rechnung zu unterschreiben. „Sie sind selbstverständlich unser Gast, Miss Walker."

„Ich habe einen Platz an Ihrem Tisch von Ihnen angenommen, aber keine Mahlzeit", erwiderte sie bestimmt. Nach der Art und Weise, wie er sie behandelt hatte, wollte sie sich ihm keinesfalls verpflichtet fühlen. „Auf Ihre Mildtätigkeit bin ich nicht angewiesen." Zu dem Kellner gewandt, fuhr sie fort: „Bitte ändern Sie das ab."

Der Mann sah Julian abwartend an, und als dieser sich schweigend zurücklehnte, nahm er die Rechnung an sich und verschwand mit einer Entschuldigung.

„Mildtätigkeit, Miss Walker?", fragte Julian belustigt.

Fiona hob stolz den Kopf. „Heute Nachmittag haben Sie mich ohne Umstände in Ihr Taxi verfrachtet. Etwas Ähnliches ist vorhin wieder passiert, als Sie und Ihr Bruder darauf bestanden, dass ich mit Ihnen esse. Offenbar gehen Sie davon aus, dass Ihr Wunsch Gesetz ist. Zweimal habe ich es Ihnen durchgehen lassen, aber jetzt ist Schluss. Es hat Sie nichts gekostet, mich in Ihrem Taxi mitzunehmen, doch jetzt ist die Situation eine andere. Ich will Ihr Geld nicht."

Er lachte. „Sie überraschen mich, Miss Walker."

Seine Belustigung brachte sie noch mehr in Zorn. „Wie schön für Sie, Mr. Lassiter. Mich überraschen Sie nämlich keineswegs." Sie überlegte. „Nein, das nehme ich zurück. Ihr Angebot heute Nachmittag kam sehr unerwartet. Es passte gar nicht zu Ihnen."

„Was wissen Sie denn über mich?", erkundigte er sich. Eine Menge, dachte Fiona, aber sie schüttelte den Kopf. „Das ist meine Sache. Dagegen können Sie nichts einwenden." Nach einer kurzen Pause fuhr sie fort: „Aus irgendeinem Grund mögen Sie mich nicht, Mr. Lassiter. Vielleicht ist das der gleiche Grund, warum ich Sie auch nicht mag. An Ihnen ist etwas, das mich aus dem Gleichgewicht bringt. Vermutlich wissen Sie das und verhalten sich dementsprechend."

Schweigend saßen sie sich gegenüber. Keiner von ihnen war bereit, auch nur einen Zentimeter nachzugeben. Und doch schien irgendetwas sie zusammenzuschmieden.

Es war Fiona, die zuerst wieder sprach. „Deshalb halte ich es für das Beste, wenn wir uns in Zukunft aus dem Weg gehen. Ich bin sicher, Sie werden mir zustimmen." Sie wollte um jeden Preis weitere Komplikationen verhindern.

„Ja." Er stieß das Wort zwischen zusammengebissenen Zähnen hervor.

Der Kellner kehrte mit zwei neuen Rechnungen zurück und entschuldigte sich nochmals für das Versehen. Als sei ein Waffenstillstand verkündet worden, lehnten sich Fiona und Julian vor und zeichneten die Rechnungen ab.

Fiona griff nach ihrer Handtasche und stand auf. Obwohl sie sich auf dem Weg durch das Restaurant deutlich bewusst war, dass Julian dicht hinter ihr ging, ignorierte sie seine Gegenwart. Erst als sie den Korridor erreicht hatten, der in den Lahaina-Flügel führte, blieb sie stehen.

„Gute Nacht, Mr. Lassiter", sagte sie kühl und begegnete seinem

Blick mit Gleichmut, obwohl sie so nicht empfand. „Und leben Sie wohl."

„Gute Nacht, Miss Walker." Seine Mundwinkel zuckten. „Darf ich sagen, dass Sie einen herrlichen Gang haben?"

„Ich besitze auch die Fähigkeit, mich einer Herausforderung zu stellen und zu kämpfen. Hoffentlich denken Sie in Zukunft daran, Mr. Lassiter."

„Leben Sie wohl", erwiderte er kurz. Es ärgerte ihn sichtlich, dass er ihr die Gelegenheit gegeben hatte, das letzte Wort zu behalten.

Fiona ging davon, aber diesmal drehte sie sich nicht um. Jetzt wusste sie mehr von ihm, kannte seine Macht, zu bohren und zu verletzen, und hatte erkannt, dass er für ihren Seelenfrieden sehr, sehr gefährlich werden konnte.

Fionas Zimmer war im Erdgeschoss des Napili-Flügels. Die Lassiters bewohnten zweifellos exklusive Suiten in einem der oberen Stockwerke, und sie wusste deshalb, dass Julian ihr nur bis zum Mitteltrakt folgen würde, wo sich die Aufzüge befanden. Trotzdem war sie sich nach seiner Bemerkung, sie habe einen schönen Gang, ihres Körpers beunruhigend bewusst.

Erst als sie den Napili-Flügel erreicht hatte, ließ ihre Anspannung etwas nach. Ihre Schritte verlangsamte sie jedoch nicht, weil sie so schnell wie möglich in ihr Zimmer kommen und den Rest der Welt aussperren wollte. Genauer gesagt, den Teil der Welt, den Julian Lassiter bewohnte.

Und sein Bruder.

Fiona empfand Mitleid für David Lassiter, aber sie wollte nicht über ihn nachdenken. Auch ein Wiedersehen würde sie vermeiden. Sie war auf diese Insel gekommen, um sich zu erholen und die schmerzliche Erfahrung mit Larry zu verarbeiten, nicht aber, um sich in etwas hineinziehen zu lassen, das wehtat.

Sie wusste, dass David Lassiter nicht bedauert werden wollte. Er war ein Mann mit Charakter, der seine Entscheidungen traf und sich dann daran hielt, selbst wenn er damit gegen die Wünsche seiner Familie handelte.

Jetzt verstand sie, warum Julian am Nachmittag im Taxi so angespannt gewesen war. Er hatte sich für das Wiedersehen mit seinem Bruder gestählt, bei dem er nicht zeigen durfte, wie ihm zumute war. Für die wenige kostbare Zeit, die noch verblieb, würde er tun und sein, was auch immer David wollte. Er würde ihm jeden Wunsch erfüllen, ohne auf seine eigenen Gefühle Rücksicht zu nehmen, die Augenblicke der Nähe genießen und Erinnerungen sammeln.

Tränen standen in Fionas Augen, als sie ihre Tür aufschloss. Sie wischte sie ungeduldig weg. Vergiss die Lassiters, befahl sie sich. Du kannst ihnen ja doch nicht helfen.

Ihr Zimmer war ebenso aufwendig eingerichtet wie die teureren Räume des Hotels, bot dafür aber nur eine begrenzte Aussicht über den Park. Das störte Fiona jedoch nicht, da sie ohnehin nur zum Schlafen hier sein würde.

Fiona streifte ihre hochhackigen Sandalen ab und hängte ihr Kleid in den riesigen begehbaren Kleiderschrank. Dann setzte sie sich an den Frisiertisch und schminkte sich ab. Das Hotel stellte seinen Gästen sogenannte Yukatas zur Verfügung, bequeme Baumwollbademäntel, wie sie in Japan getragen wurden. Sie schlüpfte hinein und öffnete die Tür zur Terrasse.

Trotz der leichten Brise, die vom Meer heranwehte, war die Nacht mild. Im schwachen Licht der Laternen wirkte der tropische Park sehr geheimnisvoll. Irgendwo in der Nähe des künstlichen Sees erklang Musik, und Fiona fiel wieder ein, dass auf der Programmtafel im Foyer ein Tanz unter Sternen angekündigt worden war.

Sie lehnte sich an die Brüstung, schloss die Augen und ließ sich von der Musik einlullen.

Bisher hatte sie nur in stickigen Nachtclubs getanzt, wo die neuesten Schlager aus den Lautsprechern plärrten, so dass man Kopfschmerzen bekam, und wo die Bewegungen der Tänzer eher an Aerobic-Übungen erinnerten. Das mochte angehen, um überschüssige Energien loszuwerden, aber der Stoff, aus dem die Träume sind, war es nicht. Und obwohl sich Fiona im Alltag stets vernünftig und praktisch verhielt, träumte sie insgeheim von einer romantischen Liebe, wie sie sie bis jetzt noch nicht erlebt hatte.

Wie wunderbar es sein musste, unter den Sternen zu tanzen, im Hintergrund das Meeresrauschen, zwei Menschen, die sich umschlungen im Rhythmus der Musik bewegten, ihre Finger vergraben in seinem dichten schwarzen Haar …

Fiona zuckte zusammen, als ihr bewusst wurde, dass der Mann in ihrer Fantasie Julian Lassiter war. Sie musste sich ihn so schnell wie möglich aus dem Kopf schlagen, denn es konnte nichts Gutes dabei herauskommen, wenn sie weiterhin an ihn dachte. Und doch, wie würde es wohl sein, in seinen Armen zu liegen und von ihm berührt, geküsst, gestreichelt und geliebt zu werden?

Sie erinnerte sich noch gut daran, wie sie in den ersten Jahren nach ihrem Auszug von zu Hause bei jeder Berührung zu Eis erstarrt war, weil sie ständig ihren zweiten Stiefvater vor sich sah. Danach hatte sie den Männern, mit denen sie ausging, einige Freiheiten gestattet, weil sie herausfinden wollte, ob wirklich so viel daran war, wie alle behaupteten. Doch sie selbst hatte nie viel dabei empfunden, nicht einmal bei Larry.

Er war sehr erstaunt gewesen, dass sie mit sechsundzwanzig Jahren noch Jungfrau war. Mit viel Geduld und Beharrlichkeit hatte er sich darangemacht, sie zu erobern, und weil sie ihn nicht verlieren wollte, hatte sie nachgegeben. Sie mochte ihn, und wenn sie ihn heiraten wollte, musste sie schließlich früher oder später mit ihm ins Bett gehen. Außerdem wollte sie die körperliche Liebe endlich selbst erleben.

Es war nett gewesen – nicht die wilden, wunderbaren Gefühle, die in Büchern beschrieben wurden, aber vielleicht war bei ihr der Sexualtrieb nicht besonders ausgeprägt. Doch nachdem sie miteinander geschlafen hatten, war eine Veränderung in Larry vorgegangen. Sein Verlangen nach ihr ließ immer mehr nach, und schließlich hatte er sie überhaupt nicht mehr haben wollen.

Offenbar bin ich für Larry nicht die richtige Frau gewesen, dachte Fiona bedrückt. Vielleicht war er auch der falsche Mann für mich. Einmal nur möchte ich das Gefühl erleben …

Das Telefon auf ihrem Nachttisch summte.

Wer konnte das sein? Sie sah auf die Uhr. Es war schon kurz vor elf. Natürlich wussten ihre Mutter und ihre Schwestern, wo sie war, aber sie würden nur in einem Notfall aus Sydney anrufen.

Mit klopfendem Herzen ging sie an den Apparat.

„Hallo? Hier ist Fiona Walker."

„Miss Walker, Fiona ..."

Sie traute ihren Ohren nicht. Das war doch Julian Lassiters Stimme. Oder gehörte sie David?

„Wer spricht denn da?", fragte sie brüsk.

„Julian Lassiter. Hoffentlich habe ich Sie nicht aufgeweckt."

Julian Lassiter nannte sie beim Vornamen? Hatte er etwa auf die gleiche Weise an sie gedacht wie sie an ihn und sich ausgemalt, wie es wäre ...? Eine Hitzewelle durchflutete Fiona. Natürlich nicht. Nach seinen eigenen Worten hatte er weder Zeit noch Lust dazu. Und er hatte zugegeben, dass er sie nicht mochte.

„Nein, ich habe noch nicht geschlafen", antwortete sie kühl. „Was wollen Sie von mir?"

„Entschuldigen Sie bitte, dass ich Sie so spät noch störe, aber ich ... ich muss Sie sehen, mit Ihnen reden. Wenn es möglich ist, heute Abend noch."

Es musste ihn große Überwindung kosten, sie um einen Gefallen zu bitten. War das der Grund für die unüberhörbare Anspannung in seiner Stimme? Fionas Neugier war geweckt, aber so leicht wollte sie nicht nachgeben.

„Ich dachte, wir hätten uns darauf geeinigt ..."

„Ja, ich weiß", unterbrach er sie schnell. „Aber hier handelt es sich um ... etwas anderes. Am Telefon möchte ich nicht darüber sprechen. Ist es möglich, dass wir uns irgendwo treffen? Es könnte zu Ihrem Vorteil sein, wenn Sie mich anhören."

Was meinte er wohl damit? Ihren eigenen Interessen war wahrscheinlich am besten gedient, wenn sie ihn mied wie die Pest. Andererseits brannte sie darauf, zu erfahren, was er von ihr wollte.

„Fiona ..." Er schien so aufgeregt zu sein, dass er ganz vergaß, die Form zu wahren.

„Ich bin nicht angezogen, Mr. Lassiter, und ich ..."

„Wenn es Ihnen angenehmer ist, kann ich auch zu Ihnen kommen", sagte er rasch.

Fiona hatte ihn eigentlich bitten wollen, ein wenig zu warten, damit sie sich wieder anziehen konnte, aber vielleicht war es am besten, ihm auf ihrem eigenen Territorium gegenüberzutreten. Der Raum war schließlich groß genug, um Abstand zu halten.

„Na gut, Mr. Lassiter. In zehn Minuten in meinem Zimmer."

„Vielen Dank." Er hängte so rasch auf, als hätte er Angst, sie könnte es sich anders überlegen.

4. KAPITEL

Es ist Wahnsinn, dass ich mich auf weitere Kontakte mit Julian Lassiter einlasse, schalt sich Fiona. Und doch konnte sie ein Gefühl der Vorfreude nicht verdrängen, als sie den Bademantel abstreifte und blaue Leinenhosen und einen weißen Pulli überzog.

Sie hatte sogar schon einen Lippenstift in der Hand, als sie innehielt. Einen Besucher in ordentlicher Kleidung zu empfangen, war eine Sache, sich für Julian Lassiter hübsch zu machen, jedoch eine andere. Die Augen, die ihr aus dem Spiegel entgegenblickten, glänzten verräterisch. Seit Langem hatte sie sich nicht so lebendig gefühlt – eigentlich noch nie, wenn sie ehrlich war.

Bestimmt lag es an dem Bewusstsein der Macht. Julian Lassiter war der letzte Mensch auf Erden, den sie als Bittsteller erwartet hätte, aber genau das schien er zu sein. Wenn man bedachte, wie er sie beim Abendessen behandelt hatte, war das einigermaßen erstaunlich und in gewisser Weise unwiderstehlich.

Fiona zuckte zusammen, als es an der Tür klopfte. Sie nahm sich einen Moment Zeit, um sich zu sammeln, dann ließ sie ihren Besucher herein.

„Danke", sagte er leise, ohne sie dabei anzusehen. Die Anspannung, die von ihm ausging, war beinahe greifbar.

„Bitte sehr." Fiona wies auf die aus einer Couch und zwei Sesseln bestehende Sitzgruppe. „Nehmen Sie Platz."

Doch Julian blieb stehen. Es war ihm deutlich anzumerken, wie unbehaglich er sich fühlte.

„Möchten Sie vielleicht etwas trinken?", fragte Fiona und ging zu dem Wandschrank, der außer dem Fernsehgerät auch eine Kühlbox mit Getränken enthielt.

„Nein. Nein, vielen Dank", verbesserte er sich rasch. „Es ist sehr nett von Ihnen, dass Sie mich noch empfangen."

„Sie haben meine Neugier geweckt", antwortete sie. „Bitte setzen Sie sich doch."

Er machte eine Geste, als wollte er ihr den Vortritt lassen. Fiona entschied sich für die Bettkante. Als er weiterhin schwieg, sagte sie schließlich: „Ich warte, Mr. Lassiter."

Er trug immer noch die gleichen Sachen wie beim Abendessen, und einen unbedachten Moment lang fragte sich Fiona, ob er wohl ein guter Tänzer war. Aber nach Tanzen stand ihm bestimmt nicht der Sinn. Seinem Gesichtsausdruck nach kämpfte er mit widersprüchlichen Empfindungen.

„Vorhin beim Essen ... da haben Sie gesagt, dass Sie gern ein Kind hätten."

„Ja", bestätigte sie. Es überraschte Fiona, dass er das Thema erneut aufgriff.

„Unter der Bedingung, dass Sie zuerst finanziell abgesichert sind", fuhr er fort. Er klang wie ein Rechtsanwalt, der alle Gesichtspunkte eines Falles darlegt.

„Ja", antwortete sie kurz.

„Haben Sie das wirklich ernst gemeint?"

„Mr. Lassiter, Sie haben vorhin keinen Zweifel daran gelassen, was Sie von mir halten. Ich verstehe den Sinn dieser Fragen nicht."

„Was ich denke, spielt hier keine Rolle", wehrte er ungeduldig ab. „Ich möchte wissen, ob Sie nicht nur so dahingeredet haben."

„Das habe ich nicht", fauchte sie.

Er atmete tief ein und dann ganz langsam wieder aus. „In diesem Fall möchte ich Ihnen ein Angebot machen."

Julian redete ganz leise, aber Fiona kam es vor, als wäre jedes seiner Worte von einem Donnerschlag begleitet. Er ließ ihr keine Zeit, etwas darauf zu antworten, sondern sprach schnell weiter. Es schien, als hätte er seinen Text so oft geübt, dass er ihn jetzt heruntersagen konnte, ohne nachzudenken.

„Wir sind eine sehr wohlhabende Familie. Es würde Ihnen bestimmt an nichts mangeln. Wie unsere finanzielle Abmachung aussehen soll, können Sie selbst entscheiden. Jedenfalls werden Sie auch rechtlich völlig abgesichert sein. Wenn Sie nach der Geburt des Kindes weiterarbeiten möchten, werde ich dafür sorgen, dass Sie eine Hilfe bekommen."

Schlägt er etwa vor, dass ich sein Kind austrage? Fiona traute ihren Ohren nicht.

„Sie haben zwar gesagt, dass Sie niemals heiraten wollen“, fuhr er fort, „aber ich kann Ihnen versichern, dass an einen gemeinsamen Haushalt nicht gedacht ist. Die Eheschließung ist nur deshalb erforderlich, damit das Kind den Namen Lassiter führen kann. Selbstverständlich werden Sie das alleinige Sorgerecht haben, obwohl ich hoffe, dass Sie der Familie erlauben werden, das Kind hin und wieder zu sehen.“

Fionas Gedanken überschlugen sich. Eine Ehe, die keine Ehe sein sollte – mit diesem Mann? Der Schmerz, den eine kühl berechnete Vereinigung ohne Liebe bringen würde, aufgewogen gegen das Glück, ein eigenes Kind zu haben. War es das, was die alte Dame am Flughafen vorausgesehen hatte?

Alles in ihr wehrte sich gegen eine solche Beziehung zu Julian Lassiter. Auf keinen Fall würde sie sich darauf einlassen. Er beabsichtigte, ihren Körper zu seinen Zwecken zu benutzen, ohne dabei auf ihre Gefühle Rücksicht zu nehmen. Sie war so aufgebracht, dass sie kaum hörte, wie er weitersprach.

„Auch wenn Sie lange suchen, werden Sie wohl keinen besseren Vater für Ihr Kind finden“, schloss er.

Die Arroganz dieses Mannes war unglaublich. „Das ist Ansichtssache, Mr. Lassiter“, entgegnete Fiona.

Er lief dunkelrot an. „Was wollen Sie denn noch?“

Fiona stand auf. „Das werde ich Ihnen sagen, Mr. Lassiter. Ich will selbst wählen können.“ Sie maß ihn verächtlich. „Sie sind gekommen, weil Sie dachten, Sie könnten mich kaufen. Aber ich bin nicht käuflich. Weder mit dem Namen Lassiter noch mit Geld oder Macht. Und schon gar nicht mit der Person“, schloss sie schneidend.

Schweißperlen standen auf Julians Stirn. Er ballte die Fäuste, als müsste er seine ganze Selbstbeherrschung aufbieten, um ruhig weiterzusprechen. „Die Entscheidung liegt natürlich bei Ihnen. Ich bitte um Verzeihung, wenn ich Sie beleidigt habe. Das war nicht meine Absicht. Aber Sie müssen auch meine Gefühle verstehen. Im Moment zählt nur David.“

David? Sie erinnerte sich daran, dass Julian gesagt hatte, er würde alles für seinen Bruder tun. „Was hat David denn damit zu tun?“, fragte sie verwirrt.

Julians Brust hob und senkte sich, als er um Fassung kämpfte. „Es tut mir leid, wenn Sie mich missverstanden haben. Ich bin sozusagen als Abgesandter hier. Er dachte, Sie würden sich unter Druck gesetzt fühlen, wenn er selbst kommt.“

Es fiel Fiona schwer, das eben Gehörte zu verkraften. „Dann machen Sie mir dieses Angebot also nicht im eigenen Namen?“

„Nein. Einen solchen Vorschlag würde ich einer Frau niemals machen.“ Es gab keinen Zweifel daran, dass er die Wahrheit sagte.

Nicht Julian, sondern David. Er wollte, dass sie David heiratete und dessen Kind austrug. David, der bald sterben musste. Fiona wich das Blut aus dem Gesicht, sie musste sich setzen. Nicht Julian, sondern David.

Die alte Dame hatte hoffnungslos falsch gelegen mit ihrer Prophezeiung. Die Anspannung der letzten Minuten drohte, sich in einem hysterischen Anfall Luft zu machen. Fiona kämpfte dagegen an. Es war dumm gewesen, überhaupt etwas auf diesen Humbug zu geben.

Trotzdem scheute sie davor zurück, über die Wirklichkeit nachzudenken. Die Wirklichkeit, das war David Lassiter, der wollte, dass sie seinen Namen annahm, sein Kind zur Welt brachte und damit ein Stück von ihm weiterleben ließ. So viel Kummer und Leid – war es das, was die alte Dame gemeint hatte? Instinktiv schüttelte Fiona den Kopf.

Julian kam mit ausgestreckten Händen auf sie zu. „Bitte sagen Sie mir, was ich tun kann, um Sie umzustimmen. Er wird bald sterben, und jeder Moment ist kostbar. Ich kann nicht …“ Sein Gesicht war verzerrt vor Schmerz. „Ich kann nicht zu ihm zurückgehen und seine letzte Hoffnung zerstören, dass etwas von ihm bleiben wird, wenn er nicht mehr da ist.“ Er packte Fiona an den Armen und schüttelte sie. „Sie müssen es tun.“ Ebenso unvermittelt ließ er sie wieder los. „Entschuldigen Sie.“

Durch einen Tränenschleier hindurch sah Fiona, dass Julian die Augen zusammengekniffen hatte. „Natürlich haben Sie das Recht, Ihren eigenen Lebensweg zu bestimmen“, fuhr er fort. „Bitte vergeben Sie mir. Ich … ich bin nicht ich selbst. Vielen Dank, dass Sie mich angehört haben."

Er ging langsam zur Tür. Jeder Schritt schien ihn Überwindung zu kosten, denn nun musste er seinem Bruder ihren ablehnenden Bescheid überbringen. Fionas Herz zog sich zusammen vor Mitleid mit dem Mann, der jetzt in seinem Zimmer wartete und auf die letzte Chance hoffte, die Endgültigkeit des Todes zu überwinden.

„Julian." Sie erkannte ihre eigene Stimme kaum wieder. „Warten Sie."

Er drehte sich um und lehnte sich gegen die Wand. „Was ist denn?", fragte er müde. „Wollen Sie, dass ich mich noch weiter erniedrige?"

Sie hielt seinem Blick stand. „Warum ich? Warum hat Ihr Bruder nach so kurzer Bekanntschaft ausgerechnet mich ausgesucht?"

Julian verzog spöttisch den Mund. „Die Antwort wird Ihnen nicht gefallen."

„Das müsste Sie doch freuen", erwiderte sie verächtlich.

„Nein. Im Moment gibt es nichts, worüber ich mich freuen könnte." Er stieß sich von der Wand ab. „Ich bin wirklich nicht in der Stimmung, um Ihr Geltungsbedürfnis zu befriedigen. Leben Sie wohl." Er griff nach der Türklinke.

„Möglicherweise überlege ich es mir anders."

Er erstarrte.

Fiona erging es ebenso, als ihr die Tragweite dessen bewusst wurde, was sie da eben gesagt hatte.

Ganz langsam wandte er sich ihr zu. „Spielen Sie nicht mit mir, Fiona." Er sprach so leise, dass sie ihn kaum verstehen konnte.

Sie wusste selbst nicht, was sie dazu trieb. Mitleid? Erbarmen? „Ich spiele nicht. Das würde ich nie tun, wenn es um etwas geht, das für einen anderen Menschen so ungeheuer wichtig ist. Es tut mir leid, dass ich Sie vorhin missverstanden habe. Ich dachte, Sie sprechen von sich selbst, weil Ihre Ehe kinderlos war. Dass es um David geht, habe ich nicht begriffen."

Er musterte sie forschend. „Und das ändert Ihrer Meinung nach die Sachlage?"

„Vielleicht. Ich weiß es nicht." Fiona verkrampfte die Hände. Wie konnte sie sich zu etwas verpflichten, das ihr Leben unwiderruflich verändern würde? Und doch brachte sie es nicht fertig, Julian Lassiter mit einer Antwort zu seinem Bruder zurückzuschicken, die dessen Hoffnungen zunichtemachte.

„Ich brauche mehr Zeit", bat sie. „Eine solche Entscheidung muss sorgfältig überlegt werden. Vermutlich wird sie negativ ausfallen, aber wenn ich es im Geschäftsleben so weit gebracht habe, dann bestimmt nicht durch plötzliche Entschlüsse, sondern durch sorgfältiges Abwägen aller Faktoren. Ich … ich muss noch viel mehr wissen."

Mit jedem Schritt, den Julian auf sie zu machte, schlug ihr Herz heftiger. Er streckte eine Hand aus und legte sie ihr um Kinn und Wange. Dann hob er ihren Kopf hoch und sah ihr forschend in die Augen.

Fiona konnte kaum atmen. Wo er sie berührte, schien ihre Haut zu glühen.

„Eine solche Entscheidung darf auch nicht aus einem Impuls heraus getroffen werden, Fiona. Hier geht es nämlich nicht um etwas, das im Nu vorüber ist wie die Rettungsaktion für die alte Dame heute Nachmittag. Sie werden bis zu Ihrem Tod mit den Konsequenzen leben müssen. Sind Sie sicher, dass Sie mehr wissen wollen?"

Angst stieg in ihr auf, aber jetzt konnte sie nicht mehr zurück. Nicht nur die zarte Berührung und seine mitfühlenden Worte banden sie an ihn, sondern das Gefühl, etwas mit ihm zu teilen. In ihrer eigenen Familie hatte sie dieses Gefühl nie kennengelernt. Jetzt konnte sie nachempfinden, wie eng die Bindung der Brüder war. Wenn sie Davids Kind zur Welt brachte, würde sie dann an dieser Nähe teilhaben?

„Ja", flüsterte sie. „Erzählen Sie mir alles."

Julians Erleichterung war beinahe fühlbar, aber noch immer betrachtete er Fiona, als könnte er nicht glauben, dass sie es ehrlich meinte. Für einen flüchtigen Moment sah sie etwas anderes in seinen Augen – nicht das sinnliche Begehren, das sie am Nachmittag bemerkt hatte, sondern ein tiefes ungestilltes Verlangen, das sie in der Seele berührte. Gleich darauf hatte er sich jedoch wieder unter Kontrolle.

„Ich habe es vorhin falsch angefangen", sagte er entschuldigend, „weil ich dachte …" Er schüttelte den Kopf. „Aber das ist nicht wichtig. Setzen wir uns hin, beginnen wir von vorn."

Er zog Fiona einen Sessel heran und nahm ihr gegenüber Platz. Zuerst fiel es ihr schwer, sich auf das zu konzentrieren, was Julian sagte, denn ihre Aufmerksamkeit war ganz von ihm in Anspruch genommen. Spott und Zynismus waren von ihm abgefallen, er sprach ernst und eindringlich. Jedes Wort verriet, wie sehr er an seinem Bruder hing.

Julian redete sehr lange. Er erzählte Geschichten über Davids Kindheit, seine Schulzeit, über die außergewöhnliche Begabung in so verschiedenen Fächern wie Sport, Rhetorik, Mathematik und in naturwissenschaftlichen Fächern, und schließlich sprach er auch über die Hingabe, mit der sein Bruder sich der medizinischen Forschung verschrieben hatte. Die Erfolge, die er vorweisen konnte, waren beachtlich.

„Seine Arbeit hat ihn so in Anspruch genommen, dass es nie zu mehr als einer flüchtigen Beziehung zu einer Frau reichte. Er sagte immer, dafür sei noch genug Zeit, wenn er den Durchbruch geschafft hatte. Die meisten Wissenschaftler erzielen ihre besten Leistungen im jugendlichen Alter, und David ist erst dreißig."

Julian schaute Fiona besorgt an, ehe er weitersprach. „David ist Analytiker und betrachtet Fortpflanzung allein als eine Angelegenheit der Gene. Sie dürfen nicht denken, dass er Sie dadurch in irgendeiner Weise abwerten will." Er hielt inne, um seine nächsten Worte sorgfältig abzuwägen. „Sehen Sie, Fiona, Sie sind nicht nur eine gut aussehende Frau, sondern auch sehr intelligent. Damit meint David sowohl die Fähigkeit des geistigen Aufnahmevermögens als auch die Art und Weise, wie Sie Ihr Wissen einsetzen, nämlich einfühlsam und schöpferisch. Darüber hinaus bewundert er Ihre gesunde Lebenseinstellung."

Julian atmete tief ein, ehe er fortfuhr: „Für David bedeutet Sex ein Mittel, die Evolution ihren eigenen Lauf nehmen zu lassen. Als er Sie sah, empfand er instinktiv, dass Sie in dieser Hinsicht seine Gefährtin sein könnten. Und später beim Essen verstärkte sich das Gefühl noch, weil er sehr von dem angetan war, was Sie sagten."

Also hatte ich recht damit, dass er mich die ganze Zeit über taxierte, dachte Fiona. Wenn ich den Grund dafür erraten hätte … Aber das war jetzt nicht mehr wichtig. In Anbetracht seiner eigenen Gene war Davids Einschätzung sehr schmeichelhaft, doch sie hatte nicht daran gedacht, die Wahl eines Vaters für ihr Kind nach rein wissenschaftlichen Gesichtspunkten zu treffen. Schließlich war ihr der Gedanke heute Abend zum ersten Mal gekommen.

„Zu wissen, dass gerade Sie sein Kind austragen, wird die nächsten Monate erträglich für ihn machen. Die Vorstellung, dieses Kind könnte eines Tages seine Arbeit fortführen, wird ihm das Sterben erleichtern." Julian schluckte. „Ihnen Geld anzubieten, war nicht der richtige Weg, um Sie zu überzeugen. Das ist mir jetzt klar geworden, Fiona. Aber Geld kann viele Probleme aus dem Weg räumen, und Sie werden nie unter einem Mangel leiden. Ich werde es Ihnen so leicht machen wie möglich. Wenn Sie sich bereit erklären, Davids Kind zur Welt zu bringen, verspreche ich, dass ich mich nicht nur jetzt, sondern auch in Zukunft um Sie beide kümmern werde."

Für den Rest ihres Lebens behütet zu sein – es war nicht die Verlockung der finanziellen Sicherheit, denn sie konnte für sich selbst sorgen, sondern das Gefühl, dass jemand da sein würde, zu dem sie jederzeit gehen konnte, wenn sie Hilfe für sich oder das Kind brauchte.

Fiona konnte keinen Grund nennen, warum sie Julian Lassiter vertraute, aber sie tat es. Ohne den Schatten eines Zweifels war sie davon überzeugt, dass er sein Versprechen einlösen würde. Die Fürsorge für seinen Bruder würde in Zukunft auch sie mit einschließen. Sie würde zu ihm gehören.

Ein ernüchternder Gedanke riss sie aus ihrem Traum. Sie mochte zwar ein Teil der Familie Lassiter werden, aber nicht von Julian. David war der Mann, dem sie sich hingeben musste. War sie dazu überhaupt fähig?

Sie wollte Nein sagen, aber als sie Julian ansah, brachte sie es nicht fertig. „Geben Sie mir einen Tag Bedenkzeit. Es ist ein schwerwiegender Entschluss."

Julian nickte und drückte ihre Hand. „Ich bin Ihnen sehr dankbar dafür, dass Sie mir so mitfühlend zugehört haben, Fiona. Auch wenn ich hoffe, dass Sie Ja sagen, werde ich es respektieren, wenn Sie sich dagegen entscheiden. Und es tut mir leid, dass ich Sie zuerst so … so völlig falsch eingeschätzt habe."

Er stand auf. Dabei fiel sein Blick auf einige Prospekte, die auf dem

Tisch lagen. „Haben Sie schon feste Pläne für morgen gemacht?"

„Nein, noch nicht. Eigentlich hatte ich vor, mich für den Rundflug mit dem Hubschrauber anzumelden."

„Wie wäre es, wenn wir gemeinsam fliegen würden?"

Sie wusste, dass er ihre Antwort haben wollte. Für David Lassiter lief die Zeit ab. Es war grausam, ihn warten zu lassen, aber hier ging es auch um ihr Leben, um ihren Körper.

„Ich rufe Sie morgen früh an", schlug Julian vor.

Fiona nickte. „Ist gut."

Sie begleitete ihn zur Tür. Ehe er ging, suchte er noch einmal ihren Blick. „Bis morgen."

„Ja", flüsterte sie.

Und dann ließ er sie allein mit ihren Gedanken.

Obwohl Fiona zu früh dran war, wartete Julian bereits in der Hotelhalle auf sie. Er stand am Eingang neben einer der riesigen chinesischen Vasen aus emailliertem Messing, die mit kunstvollen Blumen und Schriftzeichen verziert waren, und studierte die Motive.

Fiona fragte sich, wie er wohl die Nacht verbracht hatte. Er und David. Julian wirkte müde. Als er sie vorhin angerufen und ihr mitgeteilt hatte, dass der Hubschrauberrundflug für zehn Uhr gebucht war, hatte er seinen Vorschlag vom vergangenen Abend nicht erwähnt. Sie war sicher, dass er ihren Wunsch nach Bedenkzeit respektieren und sie nicht drängen würde, aber trotzdem lastete ihr die Entscheidung auf der Seele.

Sich in eine solche Situation hineinziehen zu lassen, widersprach jeder Vernunft. Am Morgen war sie gewillt gewesen, ihm abzusagen, doch dann hatte sie es nicht übers Herz gebracht. Zumindest sollte er es nicht am Telefon erfahren. Sie wusste selbst nicht, warum es ihr so wichtig war, was Julian empfand. Über Davids Gefühle hatte sie kaum nachgedacht. Ihr ging es nur um Julian.

Als hätte er ihre Gegenwart gespürt, hob er den Kopf und schaute sich um. Er lächelte sie liebevoll an, und Fiona ging mit klopfendem Herzen auf ihn zu.

Er trug ein weißes Hemd und graue Hosen, sah sehr sportlich aus und wirkte unbeschwert – wie jemand, der sich auf ein schönes Erlebnis freut, der es genießt, Freizeit zu haben. Er vermittelte den Eindruck, keine Sorgen zu kennen und alles im Griff zu haben.

Bis auf gestern Abend, dachte Fiona. Da hat er seine Gefühle gezeigt – Verzweiflung, Liebe und leidenschaftliches Aufbegehren. Und ich kenne inzwischen auch noch andere Seiten von ihm. Julian Lassiter kann hart und rücksichtslos sein, wenn es um seinen Vorteil geht. Das darf ich nicht vergessen.

Trotzdem war Fiona überzeugt, dass er sein Versprechen, für sie und das Kind zu sorgen, halten würde, wenn sie den Wunsch seines Bruders erfüllte. Sie wusste nicht, warum sie Julian in diesem Punkt vertraute, aber daran hatte sie keinen Zweifel.

„Das Taxi wartet schon“, begrüßte Julian Fiona.

Der Fahrer unterhielt sich mit einem Pagen, doch als er Julian kommen sah, öffnete er eilfertig den Wagenschlag. Während Julian sich neben Fiona setzte, wurde sie unwillkürlich an die Taxifahrt vom Tag zuvor erinnert. Noch immer hatte sie das Gefühl, ihre Privatsphäre sei bedroht, aber inzwischen war noch etwas anderes hinzugekommen – die Versuchung, sich an Julian zu lehnen und ihm die Verantwortung für alles zu überlassen.

Keiner von ihnen sprach auf der zehnminütigen Fahrt zum Hubschrauberlandeplatz. Vor allem Fiona war mit der Frage beschäftigt, weshalb ihr Verstand und ihr Gefühl diesmal in so krassem Gegensatz standen. Die Erzählungen des Chauffeurs hörte sie kaum. Auch Julian schwieg. Den Taxifahrer schien das nicht zu stören. Er redete unaufhörlich weiter.

Jetzt bog der Wagen in eine Ananasplantage ein. Der Fahrer entschuldigte sich wortreich für den schlechten Zustand der Straße und erklärte, dass dies leider die einzige Zufahrt zum Startplatz oben auf dem Hügel sei. Ohne zwischendurch auch nur Atem zu holen, ging er sofort zu einer eingehenden Beschreibung der Geschichte des Ananasanbaus auf der Insel über.

Der Hubschrauberlandeplatz nahm nicht viel Raum ein. Zwei Helikopter standen auf dem Rasen vor einem Bürogebäude, und als das

Taxi hielt, wurde eine Gruppe von fünf Passagieren gerade zu einem Hubschrauber geführt. Julian vereinbarte mit dem Taxifahrer, sie um elf Uhr wieder abzuholen und half Fiona beim Aussteigen.

Es blies ein kräftiger Wind. Fiona war froh, dass sie eine langärmelige Bluse angezogen hatte. Hier oben war die Luft um einiges kühler, und wenn sie über den Haleakala-Krater flogen, würde die Temperatur noch weiter zurückgehen. Dieser nicht mehr aktive Vulkan war mit einer Höhe von über dreitausend Metern einer der größten der Welt.

Julian führte Fiona in das Bürogebäude, wo sie sich anmelden mussten. Ihr fiel auf, dass für den Rundflug um zehn Uhr ihre Namen als einzige auf der Liste standen. Die Angestellte begrüßte Julian respektvoll und rief sofort einen Kollegen, der ihnen erklärte, wie sie sich beim Einsteigen verhalten sollten. Auch den Gebrauch der Sitzgurte und Kopfhörer erläuterte er. Dann führte er sie auf eine Aussichtsterrasse und versprach, sie zu holen, sobald ihr Hubschrauber startklar war.

„Kommt denn sonst niemand mit?“, fragte Fiona, als der Mann gehen wollte.

Er machte ein überraschtes Gesicht, aber Julian enthob ihn der Antwort. „Ich habe einen Helikopter für uns allein gebucht.“

Fiona schaute ihn ungläubig an. Sie wusste aus der Broschüre, wie viel der Rundflug der Luxusklasse pro Person kostete.

„Aber warum?“

Julian blickte sie lange an. „Ich will dieses Erlebnis mit keinem anderen teilen.“

Fiona war über diese Antwort sehr erstaunt. Sie klang ja fast so, als ob Julian wirklich etwas an dem Ausflug mit ihr lag. Das konnte sie nicht glauben. Ihre Reaktion fiel schroffer aus, als sie wollte. „Wenn Sie etwas wollen, können Sie ziemlich rücksichtslos sein, nicht wahr?“

„Ja“, antwortete er sofort. „Vor allem, wenn es um jemanden geht, den ich liebe.“

Jemand, den er liebt. Wie ein Echo hallten seine Worte in ihr nach. Dass Julian Davids Kind lieben würde, bezweifelte sie nicht. Wie jedoch würde ihr selbst zumute sein? Konnte sie sich zu dem durchringen, was vorher unvermeidlich war?

„Dabei mögen Sie mich gar nicht", erinnerte sie ihn ironisch.

Seine Augen verrieten nicht, was er dachte. „Für das, was ich gestern gesagt habe, habe ich mich bereits entschuldigt. Ich hatte mich geirrt. An Ihnen ist sehr vieles, das ich durchaus schätze, Fiona." Es schien, als hätte er jedes Wort sehr sorgfältig gewählt.

„Sie haben gesagt, dass Sie immer da sein werden, wenn ich Hilfe brauche. Aber was wird aus Ihrem eigenen Leben, Julian?" Fiona hatte das Bedürfnis, mehr über ihn zu erfahren.

„Mein Leben …" Julian verzog spöttisch den Mund. „Das ist nicht viel wert, ganz gleich, was David gesagt hat. Ich arbeite. Ich spiele Golf. Gelegentlich treffe ich mich mit Bekannten oder bewirte Geschäftsfreunde. Wenn ich morgen sterben würde, würde das keine große Lücke hinterlassen. Ich wünschte, ich könnte mit David tauschen."

Er meinte es wirklich ernst. „Was ist mit anderen Freundschaften?" Fiona sprach von Frauen, und Julian wusste es.

„Hin und wieder eine flüchtige Beziehung", antwortete er gleichgültig. „Nichts von Bedeutung. Und Sie?" Es gelang ihm nicht, seine Neugier zu verhehlen.

„Ich war verlobt, aber die Beziehung ging zu Ende." Fiona sagte ihm nicht, wie kurz die Trennung von Larry erst zurücklag.

Um Julians Mund spielte ein bitteres Lächeln. „Es ist besser, gar nicht erst zu heiraten, als …" Er brach abrupt ab und drehte ihr den Rücken zu.

Besser als was?, fragte sich Fiona. Jemanden zu lieben und dann zu verlieren? Wie viel hatte ihm seine Frau bedeutet? Hing er möglicherweise immer noch an ihr? Fiona versuchte nicht, ihn auszufragen, denn seine Vergangenheit durfte sie nicht interessieren. Für sie zählte nur die Gegenwart, und das bedeutete, sie musste sich entscheiden, ob sie David heiraten und sein Kind zur Welt bringen wollte.

Fiona lehnte sich an das Geländer der Aussichtsterrasse und beobachtete einen Hubschrauber, der eben landete. Sechs Passagiere stiegen aus, und ein Mitarbeiter der Fluglinie erschien.

„Ihr Hubschrauber ist startklar. Sie können einsteigen."

Julian half Fiona auf den Sitz rechts vom Piloten und setzte sich dann neben sie. Der Mann begrüßte sie mit einem Kopfnicken und deutete auf die Sicherheitsgurte und die Kopfhörer. Vor allem sie waren wichtig, denn bei dem Knattern der Rotorblätter konnte man sein eigenes Wort nicht verstehen. Sobald sie sich angeschnallt hatten, hob der Hubschrauber ab.

Durch die gewölbte Frontscheibe hatte man ein Blickfeld von einhundertachtzig Grad. Dadurch war zwar eine einmalige Sicht gegeben, aber Fionas Magen machte trotzdem einen Purzelbaum, als die Büsche am Rande des Landeplatzes unter ihr immer kleiner wurden. Als hätte Julian ihre Nervosität gespürt, nahm er ihre Hand und drückte sie.

Sie schaute dankbar zu ihm hinüber, und er lächelte – so liebevoll, wie sie es bei ihm noch nicht gesehen hatte. Ihr Herz klopfte schneller. Rasch wandte Fiona sich ab und sah hinaus, aber es dauerte fast eine Minute, bis sie sich auf das konzentrieren konnte, was sie wahrnahm.

Der Pilot stellte sich vor und erklärte ihnen verschiedene Wahrzeichen der Insel. Fiona hörte kaum zu. Sie betrachtete die majestätischen Berge im Westen Mauis mit ihren schroffen Tälern, die Zuckerrohrfelder in der Ebene und die felsige Küste, aber das einzig Wirkliche für sie war Julians Hand, die ihre immer noch festhielt.

Sie hätte den Bann brechen können, doch sie unterließ es. Ob Julian wusste, was er tat? Ob er ihr damit begreiflich machen wollte, dass ihrer beider Leben auf Jahre hinaus miteinander verbunden sein würde, wenn sie seinem Vorschlag zustimmte?

Auf eines musste sie sich gefasst machen – wies sie seinen Bruder ab, würde Julian ebenso plötzlich aus ihrem Leben verschwinden, wie er aufgetaucht war. Woran dachte David wohl gerade? David, dessen brillanter Geist bald ausgelöscht sein würde und der ihr eine schwere Last aufgebürdet hatte. Die Entscheidung, ob sie sie tragen wollte, konnte nur sie allein treffen.

Langsam schraubte sich der Helikopter hinauf bis zum Gipfel des Haleakala. Am schwarzen Kraterrand waren Gebäude und die Glaskuppeln von Observatorien auszumachen. „Das ist Science City", erläuterte der Pilot, als der Hubschrauber in den Vulkan eintauchte.

Es war ein unheimliches Bild. Wolkenfetzen trieben zwischen violetten Felsen. An den Kraterwänden wuchs graugrünes Gras. In der

Mitte jedoch dominierte eine andere Farbe. Dutzende kleinerer Krater, die an zerfressene Staubhügel erinnerten, leuchteten in Orange und Ocker bis hin zu gelblichem Weiß. Fiona fröstelte. So sah es also aus, wenn zerstörerische Kräfte alles Leben ausgelöscht hatten.

Noch während sie das dachte, sprach Julian es aus. Sie konnte seine Worte zwar nicht hören, aber von seinen Lippen ablesen. „Asche zu Asche, Staub zu Staub." Der schmerzliche Ausdruck in seinen Augen verriet ihr, woran er dachte.

David, nur noch drei Monate. Vielleicht auch sechs.

Fiona drückte Julians Hand, und in diesem Augenblick wurde ihr bewusst, dass sie eine Macht besaß, die er niemals haben würde: die Macht, Leben zu gebären. Sollte sie von dieser Macht Gebrauch machen, um seinetwillen, um Davids willen?

Eines Tages würde auch sie sterben. Fiona dachte an ihr bisheriges Leben und fragte sich, ob es etwas wert gewesen war. Vielleicht hatte sie einigen Leuten Freude gemacht. Im Gegensatz zu David, der sich sogar in den letzten Monaten seines Lebens für medizinische Forschungen zur Verfügung stellte, hatte sie nichts zu dem kostbaren Schatz menschlichen Wissens beigetragen, der Kranke retten konnte. Wenn ein solcher Geist verloren ging …

Wäre es nicht ein wichtiger Beitrag, Davids Kind zur Welt zu bringen, ein Kind, das vielleicht seine Fähigkeiten erben würde? Wenn es ihr gelang, den Prozess aus ihren Gedanken zu verdrängen, der nötig war, damit es dazu kam, und sich stattdessen auf das Endziel zu konzentrieren, würde sie es bestimmt schaffen. Julian würde da sein, um ihr Halt zu geben, wenn sie den Mut verlor.

Fiona merkte gar nicht, dass sie wieder aus dem Krater hinausgeflogen waren. Jetzt lagen bewachsene Klippen und Bachläufe unter ihnen, die sich über Terrassen ins Meer ergossen. Der Pilot zeigte ihnen das Dörfchen Hana und andere Ansiedlungen, die Häuser alter und neuer Berühmtheiten, verschiedene Plantagen und den internationalen Flughafen. Gestern schien unendlich weit entfernt zu sein.

Über den Schluchten des Waiehu-Tals, wo Wasserfälle das Geschenk des Lebens über den toten vulkanischen Boden ausgossen, traf Fiona ihre Entscheidung. Sie würde es tun. Sie würde Julians Vorschlag annehmen. Die Gründe waren viel zu kompliziert, um nüchtern analysiert zu werden. Kaum hatte Fiona diesen Entschluss gefasst, fühlte sie sich ruhiger, fast ausgeglichen.

Auch nach der Landung ließ Julian ihre Hand nicht los. Als sie weit genug von dem ohrenbetäubenden Lärm der Rotorblätter entfernt waren, blieb Fiona stehen und wandte sich Julian zu, der versprochen hatte, immer für sie und ihr Kind da zu sein.

Julian ahnte, was sie sagen würde, ehe sie es aussprach. Er streichelte ihr zart über das Gesicht.

„Ich werde es tun", sagte sie. „Für ihn. Vielleicht wird unser Kind wie er werden. Oder das Kind dieses Kindes. Wenigstens wird David nicht ganz verloren sein, nicht wahr?"

„Nein, er wird nicht verloren sein." Julian strich ihr das Haar aus der Stirn. Die Berührung war tröstlich wie die eines großen Bruders. „Erinnerst du dich noch, was der Taxifahrer gestern über die Bedeutung von Aloha gesagt hat?" Ganz selbstverständlich duzte er sie.

„Ja." Fiona konnte kaum sprechen. „Liebe, Mitleid, Erbarmen …"

„Ich dachte eigentlich eher an den alten hawaiianischen Gruß: ‚Auge an Auge, Gesicht an Gesicht, grüße ich dich und gebe dir meinen Frieden und den Atem meines Lebens'", zitierte Julian. Sein Blick war wie eine Liebkosung. „Du bringst ein großes Opfer für uns. Es wird nicht leicht sein, Fiona, aber ich werde dir mit allem helfen, was in meiner Macht steht."

Tränen rollten ihr über die Wangen. Julian breitete die Arme aus und zog Fiona an sich. Bereitwillig ließ sie sich umarmen. Er legte ihren Kopf an seine Schulter und hielt sie fest, bis sie aufhörte zu zittern.

„Ich werde für dich da sein, das verspreche ich dir. Wenn du irgendetwas brauchst, genügt ein Anruf."

Sie schloss die Augen. So gehalten zu werden, zu hören, dass sie immer auf ihn zählen konnte, sich in seiner Umarmung beschützt zu fühlen – Fiona hatte das Gefühl, dass sie sich ihr ganzes Leben lang danach gesehnt hatte. Wenn der Preis dafür war, dass sie die „Aloha-Braut" seines Bruders wurde, wollte sie ihn bezahlen.

5. KAPITEL

Das Taxi wartete bereits. Offensichtlich hatte der Fahrer ihre Umarmung gesehen. Was er daraus schloss, war unmöglich zu erraten, aber auf der Rückfahrt zum Hotel versuchte er nicht mehr, sie mit allen möglichen Geschichten zu unterhalten.

Weder Fiona noch Julian sagte ein Wort. Beide waren mit ihren Gedanken beschäftigt.

Die zehnminütige Fahrt schien überhaupt nicht mehr enden zu wollen.

Habe ich mich richtig entschieden?, grübelte Fiona. Sie war zum Urlaub nach Maui gekommen, um sich zu erholen und ein bisschen Spaß zu haben. Nun hatte sie sich tief in die Probleme anderer Leute verstrickt, ehe noch vierundzwanzig Stunden vergangen waren. Sie hatte das Gefühl, die Kontrolle über ihr eigenes Leben war ihr aus den Händen geglitten.

Endlich hielt das Taxi vor dem Hotel. Julian stieg als Erster aus und half Fiona hinaus. „Fiona, warum denkst du nicht noch einmal in Ruhe über alles nach? Ich gehe inzwischen in mein Zimmer, damit du ungestört bist."

Fiona drehte sich zu ihm um. Ob er ahnte, wie sehr seine Gegenwart ihre Entscheidung beeinflusst hatte? Als ihre Blicke sich trafen, wusste sie, dass sie zu ihrem einmal gegebenen Wort stehen würde. Trotzdem musste sie jetzt für eine Weile allein sein.

„Wenn ich bis drei Uhr nicht von dir gehört habe, dass du es dir anders überlegt hast", fuhr er fort, „werde ich David sagen, dass deine Antwort positiv ist." Wieder wurde sie daran erinnert, wie knapp die Zeit für David war.

„Einverstanden."

„Wenn du bei deinem Ja bleibst, dann halte dir den Nachmittag frei, damit ich mit dir ins Maui-Memorial-Krankenhaus in Wailuku fahren kann. Wenn man hier heiraten will, muss man sich vorher auf Röteln untersuchen lassen. Sobald das Testergebnis vorliegt, werden wir die Heiratslizenz besorgen. Wenn alles glatt geht, kann die Trauung morgen Nachmittag stattfinden."

Wieder einmal bewies Julian, dass er ein Mann war, der die Dinge in die Hand nahm.

„Warst du denn meiner Antwort so sicher, dass du bereits dic notwendigen Informationen eingeholt hast?"

Er lächelte entschuldigend. „Überhaupt nicht. Eigentlich habe ich damit gerechnet, dass du den Vorschlag zurückweist. Aber ich wollte die Möglichkeit nicht ausschließen, und David ..." Er schluckte. „Es ging mir vor allem darum, David jede Verzögerung zu ersparen."

„Natürlich", sagte Fiona leise. Dass alles so schnell gehen würde, hatte sie nicht erwartet.

„Ich rufe dich in jedem Fall vor drei Uhr an", versprach sie und ging rasch davon. Sie durchquerte den Vorhof und schlug dann den erstbesten Pfad in den Park ein. Wohin der Weg sie führte, war ihr gleichgültig. Wichtig war jetzt nur, in Bewegung zu bleiben.

Kummer und Leid, hatte die alte Dame gesagt. Seltsam, wie sich diese Prophezeiung immer wieder in ihr Bewusstsein drängte. Julian war nicht der Mann, den sie heiraten würde. Gestern Abend hatte sie die Vorstellung noch weit von sich gewiesen, aber jetzt wünschte sie, es wäre sein Baby, das sie zur Welt bringen sollte.

Stattdessen hatte sie sich dazu verpflichtet, das Kind eines Mannes zu bekommen, der nur noch wenige Monate zu leben hatte. Darüber hinaus verlangte er jedoch nichts von ihr. An ein Zusammenleben war nicht gedacht. Die Eheschließung war reine Formsache.

Die Frage war nur, wie sie eine gefühlsmäßige Bindung an David vermeiden sollte. Fiona kannte sich selbst gut genug, um zu wissen, dass sie nicht unbeteiligt bleiben konnte, wenn sie mit ansah, wie er litt.

Das würde er also sein, der Schmerz, den die Frau am Flughafen vorhergesagt hatte. Der Schmerz, der sie innerlich zerreißen würde.

Fiona war nicht bereit, diese Qual auf sich zu nehmen. Ein Kind, ja. Das würde sie David geben, weil sie davon überzeugt war, dass ein Mann wie er etwas Bleibendes zurücklassen sollte. Doch wenn sie nicht selbst dabei zugrunde gehen wollte, musste sie von Anfang an Grenzen ziehen. Es würde trotzdem nicht leicht sein.

Wenn eine Schwangerschaft zustande kommen sollte ... Ihr wurde kalt bei dem Gedanken daran, was zuerst geschehen musste. Sie brauchte ihre ganze Willenskraft, um den Gedanken nüchtern weiterzuverfolgen.

Ganz bestimmt würde sie sich verkrampfen. Selbst bei Larry war es ihr nicht leicht gefallen, sich zu entspannen. Aber das war unwichtig. Schließlich brauchte sie kein Vergnügen dabei zu empfinden. David würde nicht mehr erwarten, als dass sie ihn gewähren ließ. Ihre Vereinigung würde nur dazu dienen, neues Leben zu schaffen.

Sie musste sich auf das Ziel konzentrieren – ein eigenes Baby, dem sie ihre ganze Liebe geben konnte. Ein Baby, dem es niemals an etwas mangeln würde, wenn Julian Wort hielt. Sie wusste, dass er das tun würde.

Das, was sie mit David tun musste, wenn sie morgen wirklich heirateten ... Fiona begann zu rechnen und stellte erleichtert fest, dass sie sich beinahe in der Mitte ihres Zyklus befand. Wenn sie Glück hatte, würde der schwierigste Teil der Vereinbarung bald erfüllt sein.

Als Fiona wieder in ihr Zimmer zurückkehrte, hatte sie die Bedingungen formuliert, die sie stellen wollte. Daran, wie die Brüder Lassiter darauf reagieren würden, dachte sie lieber nicht. Sie war jedenfalls entschlossen, darauf zu beharren.

Julian nahm beim ersten Klingeln ab. Seiner Stimme war die ungeheure Anspannung, unter der er stand, deutlich anzuhören.

„Hier ist Fiona. Ich würde gern noch einige Punkte klären, ehe du David zusagst."

„Worum geht es denn?"

„Im Augenblick habe ich keine persönliche Beziehung zu deinem Bruder. Ich möchte, dass das auch weiterhin so bleibt."

„Natürlich, das verstehe ich."

Fiona atmete tief durch. „Wie ich es sehe, brauchen wir uns morgen nur für die Trauungszeremonie zu treffen. Ich werde dich wissen lassen, in welchen Nächten David in mein Zimmer kommen soll."

„Selbstverständlich. Gibt es sonst noch etwas?"

„Nein. Aber das sind meine Bedingungen."

„Sie sind vorbehaltlos akzeptiert. Danke, Fiona. Ich ..." Seine Stimme schwankte. „Ich weiß nicht, was ich dir noch sagen soll. Worte können nicht ausdrücken ..."

„Bitte nicht." Seine gefühlsbetonte Reaktion hatte ein Echo in ihr ausgelöst, und das erschreckte sie. „Wann wollen wir in die Klinik fahren?"

Nach einer kurzen Pause antwortete Julian: „Gib mir eine halbe Stunde Zeit."

„Ist gut. Wir treffen uns in der Halle."

Fionas Hand zitterte, als sie den Telefonhörer auflegte. Plötzlich war sie von Panik erfüllt. Sie wusste selbst nicht, warum, aber ihr Vorhaben kam ihr auf einmal falsch vor. Auch die Gründe, die sie sich immer wieder in Erinnerung rief, gaben ihr keinen Trost mehr.

Doch jetzt konnte sie nicht mehr zurück. Julian hatte ihr die Möglichkeit gegeben, sich alles noch einmal zu überlegen, und sie hatte sie nicht wahrgenommen. Wenn sie jetzt einen Rückzieher machte, würde er ihr nie verzeihen.

Weshalb war ihr seine Meinung eigentlich so wichtig? Sie wusste nur, dass es so war. In diesem Augenblick würde Julian seinem Bruder die Nachricht überbringen, und er verließ sich darauf, dass sie ihre einmal gegebene Zusage einhielt. Für Fiona war es eine Frage der Ehre, zu ihrem Wort zu stehen. Sie wusste, was es für ein Gefühl war, wenn ein Versprechen gebrochen wurde.

Langsam gewann Fiona die Fassung wieder, und als sie sich mit Julian traf, war sie verhältnismäßig ruhig. Er führte sie zu einer lang gestreckten Limousine. In einem solchen Wagen war sie noch nie gefahren. Die Sitze waren mit Leder bezogen. Auch das Armaturenbrett war mit Leder verkleidet – alles sah sehr vornehm aus. Am Steuer saß ein Chauffeur in Uniform.

Zuerst ein Hubschrauber für sie ganz allein, und nun eine Limousine der Luxusklasse: „Deine Bequemlichkeit bedeutet dir offenbar sehr viel", bemerkte Fiona sarkastisch.

„Ich habe diesen Wagen nicht gewählt, um damit anzugeben, sondern weil ich nicht selbst fahren will. Ich möchte meine Aufmerksamkeit nicht teilen müssen. Es gibt noch vieles, worüber wir reden müssen, Fiona. Die finanzielle Regelung, zum Beispiel, verschiedene organisatorische Einzelheiten – und natürlich auch die Zukunft."

Sie blickte zu Boden. „Ich tue es nicht des Geldes wegen."

„Das weiß ich", antwortete er sanft. Er nahm ihre Hand und hielt sie fest. „Ich habe dich völlig falsch eingeschätzt, und dafür bitte ich dich um Verzeihung. In den Jahren seit dem Tod meiner Frau ..." Er schüttelte den Kopf. „David hat recht. Ich habe es zugelassen, dass persönlicher Kummer und Bitterkeit mein Urteilsvermögen beeinflussten. Erst du hast mir eine Bereitschaft zu geben gezeigt, für die ich Frauen bisher nicht fähig hielt. Du besitzt die Gabe, Mitleid zu empfinden, und teilst deine Stärke mit anderen."

Nach einer Pause fügte Julian hinzu: „Glaub mir, Fiona, du wirst nie wieder ein böses Wort von mir hören. Auch vor der Kritik anderer werde ich dich in Schutz nehmen. Was du für David tust, ist außergewöhnlich. Viele werden das nicht verstehen. Wenn irgendetwas dich bedrückt, musst du sofort zu mir kommen. Das meine ich ernst. Die Lassiters kümmern sich immer um die Menschen, die zu ihnen gehören."

Julians Wunsch, sie zu beschützen, die besitzergreifende Art, wie er sie mit seiner Familie in Verbindung brachte – mit einem Mal verspürte Fiona ein Gefühl der Sicherheit, das sie bei ihren Blutsverwandten nicht kennengelernt hatte. Diese Art der Geborgenheit war völlig neu für sie.

„Danke", sagte sie. Im Augenblick war es ihr gleichgültig, was andere von ihr denken mochten.

Ihre Blicke trafen sich, und für einen kurzen Moment blitzte etwas auf, das weder Dankbarkeit noch Bewunderung war – etwas, vor dem sie beide instinktiv zurückschreckten. Fiona senkte die Lider. Julian wandte sich um und schaute aus dem Fenster. Selbstvergessen strich er mit dem Daumen über Fionas Hand.

„David hat für heute Abend einen Rechtsanwalt ins Hotel bestellt", begann Julian nach einer Weile das Gespräch wieder. Fiona nickte. „Sein Nachlass wird in einem Treuhandfonds für das Kind verwaltet", fuhr er fort. „Der Treuhänder bin ich. Euer Lebensunterhalt wird aus dem Fonds bestritten, der auch die Kosten für das Haus, den Wagen, die Ausbildung des Kindes und so weiter abdeckt. Du musst verstehen, dass du als Davids Frau ein Anrecht darauf hast, Fiona. David will es so."

Fiona widersprach nicht. Julian hatte recht. Sie hatte sich bereit erklärt, seinen Bruder zu heiraten und sein Kind zur Welt zu bringen. Julian würde ihr Schwager, Freund und Vertrauter sein. Mehr durfte sie nie in ihm sehen. Bei dem Gedanken tat ihr das Herz weh.

Julian hatte Fionas Hand losgelassen. „Ich werde eine Mitarbeiterin aus der Firma freistellen, die dir bei der Arbeit hilft. Zumindest kann sie dir die Laufereien abnehmen, wenn es zu mühsam für dich wird."

„Das ist nicht notwendig", widersprach Fiona rasch. Die Spannung zwischen ihnen zerrte an ihren Nerven. „Ich bin immer selbst mit allem fertig geworden, und ..."

„Aber damals warst du auch nicht schwanger." Julian runzelte sorgenvoll die Stirn. „Bitte, Fiona. Du musst es mir zugestehen, dass ich mich um euch kümmere."

„Ich kann mir meine Arbeitszeit doch selbst einteilen, Julian." Wider jede Vernunft nahm sie es ihm übel, dass seine Sorge zuerst dem Kind galt, und nicht ihr. „Ehrlich, ich brauche niemanden."

„Wir werden sehen."

Fiona fragte sich, ob Julian jemals lockerließ, wenn er sich etwas in den Kopf gesetzt hatte. Wenigstens war er jetzt auf ihrer Seite. Und machte es wirklich etwas aus, dass es ihm in erster Linie um das Wohl des Kindes ging? Was konnte sie unter den gegebenen Umständen noch mehr erwarten als das, was er ihr bereits versprochen hatte – Loyalität, Sicherheit und Schutz?

Das Ziehen in ihrem Herzen ließ ein wenig nach.

Fiona beneidete die Frau, die mit Julian verheiratet gewesen war. Er musste sie sehr geliebt haben, dass ihr Tod ihn so schwer getroffen hatte. War er deshalb so verbittert, weil er ihn nicht hatte verhindern können? Fiona hätte ihn gern danach gefragt, doch er kam ihr mit etwas anderem zuvor.

„Besteht eventuell die Gefahr, dass du Röteln hast?"

„Kaum. Ich bin als junges Mädchen dagegen geimpft worden."

„Hast du irgendwelche Einwände, dass die Trauung in Davids Zimmer stattfindet?"

„Nein."

„Den genauen Zeitpunkt sage ich dir noch, sobald ich die nötigen Vorkehrungen getroffen habe."

„Danke."

Wenig später hielt der Wagen vor dem Krankenhaus. Fiona hatte nicht erwartet, dass die Labortests so lange dauern würden, und wünschte, sie hätte vorher etwas gegessen. Als Julian sie zum Wagen zurückgeleitete, war ihr beinahe schwindlig vor Hunger.

Sobald sie wieder in ihrem Zimmer war, wollte sie sich eine Mahlzeit vom Zimmerservice schicken lassen. In ihrem gegenwärtigen Gemütszustand war ihr nicht danach, sich schick anzuziehen und in eines der Restaurants zu gehen. War es wirklich erst einen Tag her, seit sie im „Swan Court" gesessen hatte?

Julian missdeutete ihr Schweigen. „Machst du dir Sorgen darüber, wie deine Angehörigen reagieren werden?"

„Sie werden es ziemlich seltsam finden", antwortete Fiona langsam. Sie konnte sich ja nicht einmal selbst erklären, was mit ihr vorging. Ihr kam es so vor, als sei sie auf einmal in ein ganz anderes Leben hineingeraten. „Aber ich bezweifle, dass sie sich große Gedanken machen. Ich bin in meiner Familie so etwas wie ein Außenseiter." Als er die Stirn runzelte, fügte sie erklärend hinzu: „Die anderen haben mit ihren eigenen Angelegenheiten genug zu tun."

„Aber ist deiner Familie denn nichts an dir gelegen?" Es klang bestürzt.

Machen sie sich etwas aus mir?, überlegte Fiona. Aus der lästigen kleinen Schwester, der unerwünschten jüngsten Tochter? „In gewisser Weise schon", räumte sie ein, „schließlich sind wir ja Verwandte. Aber als Person habe ich sie nie wirklich interessiert. Wahrscheinlich werden sie zuerst schockiert sein, aber dann geht jeder zur Tagesordnung über und kümmert sich um sich selbst."

Im Stillen nahm sich Fiona vor, dass es zwischen ihr und ihrem Kind anders sein würde. Julians Stimme riss sie aus ihren Gedanken.

„Ich brauche deine Ringgröße. Wenn wir es schon machen, dann richtig. Es braucht ja niemand zu wissen, dass die Heirat nur eine Formsache ist. Auch deine Familie nicht."

Fiona merkte, dass Julian sie schützen wollte, und widersprach nicht. Sie schaute auf ihre Hände. „Ich weiß nicht, welche Größe ich habe. Einen Ring habe ich noch nie gekauft."

„Im Hotel gibt es einen Juwelier. Warum gehst du nicht morgen Vormittag dort vorbei und lässt Maß nehmen? Ich werde Bescheid sagen, dass du kommst, und anschließend etwas Passendes aussuchen."

„Ist gut", stimmte sie zu und fuhr dann neugierig fort: „Was ist mit eurer Familie, Julian? Was werden sie von Davids plötzlicher Heirat halten?"

„Unser Vater und Davids Mutter Janet sind die einzigen Angehörigen. Ich werde mit ihnen reden."

Für Julian gab es anscheinend keine Probleme, die sich nicht lösen ließen. Er war geschickt, gescheit, aber er hatte auch ein Herz, wie Fiona inzwischen wusste. Deshalb fühlte sie sich bei ihm so geborgen. Und plötzlich wurde ihr klar, dass dies auch der Grund war, weshalb sie zugestimmt hatte, David zu heiraten. Der einzige Grund.

Eines Tages, vielleicht ... Aber zuerst kam David.

Großer Kummer und tiefes Leid, hatte die Frau am Flughafen gesagt. Würde diese Prophezeiung sie für den Rest ihres Lebens verfolgen?

Fiona war erleichtert, als sie sich in der Hotelhalle von Julian verabschieden konnte. Durch ihr Versprechen, David zu heiraten und sein Kind zur Welt zu bringen, mochte sie zwar eine Sonderstellung bei Julian einnehmen, aber nur, weil er sich für sie verantwortlich fühlte. Es wäre töricht, mehr dahinter zu sehen.

Fiona bestellte sich einen Imbiss aufs Zimmer und zwang sich, wenigstens etwas davon zu essen. Dann sah sie fern, bis sie vor Müdigkeit die Augen kaum noch offen halten konnte. Ihre Angst, dass sie die ganze Nacht über wach liegen würde, bewahrheitete sich glücklicherweise nicht. Sie schlief sofort ein und wurde erst vom Klingeln des Telefons am nächsten Morgen geweckt. Es war Julian, der ihr mitteilte, dass die Trauung für vier Uhr nachmittags angesetzt war. Er würde sie abholen und in Davids Zimmer bringen, sobald der Friedensrichter eingetroffen war, der hier – wie in allen amerikanischen Staaten – für Hochzeiten zuständig war.

„Danke“, sagte sie schlaftrunken.

„Ist alles in Ordnung?“

Die Besorgnis, die daraus zu hören war, schmerzte sie. „Ja, natürlich. Dann also bis vier.“

„Fiona ...“ Julian zögerte. „Kann ich noch irgendetwas für dich tun?“

„Nein danke, Julian. Ich werde rechtzeitig fertig sein.“

Als Fiona aufgelegt hatte, spürte sie, wie sie von Panik erfasst wurde. Nur mühsam konnte sie sich beherrschen. Ich werde nicht darüber nachdenken, nahm sie sich vor, sondern es einfach tun. Es sind doch nur einige wenige Male. Und zum Glück ist der Zeitpunkt für eine Empfängnis günstig, so dass ich zumindest nicht auf die Nächte zu warten brauche, die ich irgendwie hinter mich bringen muss.

Sie duschte, zog ein leichtes Baumwollkleid an und ging zum Frühstück in das kleine Restaurant am Swimmingpool.

Trotz der frühen Stunde waren die meisten Liegen schon von Sonnenhungrigen besetzt. Fiona hatte das Gefühl, durch eine unsichtbare Wand von ihnen getrennt zu sein. Ihr stand es zwar frei, sich an den angebotenen Zerstreuungen zu beteiligen, aber sie brachte nicht die Energie auf, irgendetwas zu planen. Morgen, versprach sie sich. Morgen werde ich etwas unternehmen – wenn das Schlimmste vorbei ist.

Als der Kellner einen Teller mit kunstvoll aufgetürmten tropischen Früchten brachte, fiel Fiona der Juwelier wieder ein. Dort wollte sie später hingehen. Es war noch genug Zeit.

Nach dem Frühstück kaufte sie einen Bestseller im Buchladen des Hotels. Vielleicht konnte sie damit die Stunden ausfüllen. Als Nächstes wanderte sie durch die Galerie, wo man Drucke bekannter Gemälde sowie von einheimischen Künstlern gemalte Bilder kaufen konnte. Ob in Julians Haus echte Gemälde hingen? Lebte er allein, oder war er nach dem Tod seiner Frau wieder zu seinen Eltern gezogen?

Fiona dachte an ihr kleines Reihenhaus in Sydney. Es war alles andere als luxuriös und lag inmitten des Geschäftsviertels. Im Erdgeschoss hatte sie ein Büro eingerichtet. Von den beiden Räumen im oberen Stock ließ sich einer leicht in ein Kinderzimmer verwandeln. Ein Lächeln spielte um ihre Lippen. Sie wusste, dass sie dieses Kind lieben würde.

Julian hatte den Juwelier bereits informiert. Sobald Fiona ihren Namen nannte, kam der Inhaber selbst, um Maß zu nehmen. „Ich werde eine passende Auswahl für Mr. Lassiter zusammenstellen", versprach er.

Fiona hätte ihm sagen können, dass ein schlichter Goldring genügte, aber ihr war die ganze Angelegenheit viel zu peinlich, um darüber zu reden. Das überließ sie Julian.

Eines musste sie noch erledigen. Sie überwand ihre Verlegenheit und ging zur Rezeption, um einen zweiten Schlüssel für ihr Zimmer zu erbitten. Den sollte David benutzen, wenn er in der Nacht zu ihr kam. Auf keinen Fall wollte sie ihn selbst hereinlassen und dabei riskieren, dass sich eine Unterhaltung entspann. Es war besser, sie wartete im Bett bei ausgeschaltetem Licht auf ihn. Vielleicht überstand sie so die Nacht, ohne im letzten Moment die Nerven zu verlieren.

Der Tag verging quälend langsam. Als Julian um fünf vor vier an Fionas Tür klopfte, war sie schon lange fertig. Sie hatte ihr Lieblingskleid angezogen – einen Zweiteiler aus kornblumenblauer Seide mit einem blousonartigen Oberteil und einem eng anliegenden Rock. Dazu trug sie Pumps und eine weiße Handtasche, in die sie den zweiten Schlüssel für ihr Zimmer gesteckt hatte. Ein zartes Make-up brachte Farbe in ihr blasses Gesicht. Um sich die Zeit zu vertreiben, hatte sie sich sogar die Nägel lackiert.

Wenigstens sieht man mir nicht an, wie mir zumute ist, dachte sie, und atmete tief durch, ehe sie die Tür öffnete.

Julian trug einen dunkelgrauen Anzug. An seinem Handgelenk hing ein Kranz aus duftenden Jasminblüten. Er lächelte Fiona ermutigend an.

Fiona war unfähig, das Lächeln zu erwidern. Sie sah ihn unverwandt an und versuchte das Ungeheuerliche zu begreifen, das ihr eben bewusst geworden war. Julian war es, den sie haben wollte. Julian. Aber er war im Begriff, sie mit seinem Bruder zu verheiraten. Diese Hochzeit gutzuheißen sollte ihm ebenso falsch erscheinen wie ihr. Verzweifelt forschte sie in seinem Gesicht. Merkte er denn nicht, dass sie beide einen großen Fehler machten?

Er nahm den Blumenkranz von seinem Handgelenk und hängte ihn ihr sorgfältig um. „Aloha, Fiona", sagte er leise. Seine Hände lagen immer noch auf ihren Schultern. Dann beugte er sich vor und küsste sie auf die Stirn. „Du tust etwas wahrhaft Edelmütiges. Vergiss das nie", fügte er mit rauer Stimme hinzu.

Fiona konnte nicht antworten, denn sie kämpfte mit den Tränen.

Julian nahm ein Samtsäckchen aus der Jackentasche, zog einen atemberaubend schönen Diamantring heraus und steckte ihn ihr an den Finger. „Das ist von David. Zum Dank für alles."

„Nein, ich …" Ihre Stimme erstarb. Julian konnte nicht das Gleiche empfinden wie sie, weil er sonst unfähig gewesen wäre, so etwas zu tun. Es war zu spät, das alles noch zu verhindern. Irgendwie war sie unlösbar an ihn gebunden und musste das tun, was er von ihr verlangte.

„Es ist wenig genug, wenn man bedenkt, was du für David aufgibst", beharrte er. „Nimm den Ring an, Fiona."

Sie war so durcheinander, dass sie nur nicken konnte. Julian hakte sie unter und ging mit ihr zum Lift. Keiner von ihnen sprach ein Wort. Ein unheimliches Gefühl der Ergebenheit in ihr Schicksal befiel Fiona. Sie kam sich vor wie die hawaiische Prinzessin, die als Opfer für den Gott des Vulkans ausersehen war und sich mit einem Blumenkranz um den Hals ins Verderben führen ließ.

Der Duft der Jasminblüten in der engen Aufzugkabine nahm ihr fast den Atem. Nie wieder würde sie diese Blume riechen können, ohne an diesen Moment erinnert zu werden.

Davids Suite befand sich im obersten Stockwerk des Hotels und bot einen atemberaubenden Ausblick auf das Meer. Vor der gläsernen Terrassentür war eine Art Pult aufgebaut. Julian machte Fiona mit dem Friedensrichter und zwei Hotelangestellten bekannt, die als Trauzeugen dienten. Dann nahm sie ihren Platz an Davids Seite ein.

Die Trauungszeremonie war kurz. Mechanisch gab Fiona die richtigen Antworten. David hielt ihre Hand. Wie Julian hatte er schlanke Finger. Selbst seine Stimme klang wie die seines Bruders. Er steckte ihr den Ehering an den Finger, den bereits der Diamantring schmückte. Dann mussten sie ein Formular unterschreiben.

„Fiona …" Er sprach ihren Namen leise, beinahe liebevoll aus.

Ängstlich hob sie den Kopf und sah ihn an.

Seine grünen Augen waren so klar – klar und weitblickend. Er legte ihr eine Hand auf die Wange, seltsamerweise die gleiche Geste, die auch Julian gemacht hatte, als sie ihm ihre Antwort gab.

„Danke", sagte er leise.

„Ich wünsche dir alles Gute, David", brachte Fiona mühsam heraus.

Er lächelte. „Ich dir auch. Geh jetzt." Er zog seine Hand zurück und wandte sich an Julian. „Ich vertraue dich meinem Bruder an."

Julian führte Fiona in einen Raum auf der anderen Seite des Gangs. Auf einem Teewagen standen Getränke und Knabbereien.

„Ich dachte, du könntest eine Erfrischung vertragen. Möchtest du Tee oder Kaffee? Oder lieber etwas mit Alkohol?"

Fiona blieb stehen. Sie konnte Julians Gegenwart nicht ertragen. Sie musste immer daran denken, dass sie sich in dieser Nacht David hingeben musste. Entschlossen zog sie den Schlüssel aus ihrer Handtasche.

„Vielen Dank, aber ich möchte lieber gehen." Sie hielt den Blick abgewandt, als sie Julian den Schlüssel reichte. „Bitte, gib ihn David. Sag ihm … sag ihm, dass der Zeitpunkt günstig ist. Er soll um zehn kommen. Das Licht wird ausgeschaltet sein. Mir ist es lieber so."

Julian nahm den Schlüssel und wog ihn in der Hand. „Fiona …"

„Bitte, sag jetzt nichts mehr." Sie wandte sich ab und ging schnell hinaus.

Julian versuchte nicht, sie zurückzuhalten.

Kaum war Fiona in ihrem Zimmer, brach sie in Schluchzen aus. Als sie sich wieder ein wenig beruhigt hatte, wusch sie sich das Gesicht und bestellte ein Sandwich. Ohne wahrzunehmen, was überhaupt gesendet wurde, sah sie fern, bis um halb zehn das Zimmermädchen zum Nachtservice kam.

Fiona duschte und putzte sich gründlich die Zähne. Dann schaltete sie alle Lichter aus und streifte den Bademantel ab. Die Bettlaken fühlten sich eiskalt an, als sie sich hineinlegte.

Aloha, dachte sie, während sie dem Ticken der Uhr lauschte. Die Minuten vergingen unendlich langsam. Ich gebe dir meinen Frieden und den Atem des Lebens.

An diesem Gedanken musste sie sich festhalten. Aloha.

6. KAPITEL

Es war gerade zehn, wie Fiona auf dem Leuchtzifferblatt ihrer Uhr erkennen konnte, als die Tür geöffnet und leise wieder geschlossen wurde. Fiona war unfähig, sich umzudrehen. Verzweifelt heftete sie den Blick auf die Uhr und sagte sich unablässig, dass er um halb elf wieder fort sein würde. Möglicherweise sogar eher.

Er setzte sich aufs Bett und berührte sie sanft an der Schulter. „Ich weiß, wie unangenehm dir das sein muss.“ Seine Stimme klang rau.

Fiona schloss die Augen. Ihr Herz schlug wie rasend. Es klang wie Julians Stimme. Aber das war unmöglich. Sie musste sich irren. Das Verlangen nach Julian verwirrte ihr die Sinne. Natürlich war es David. Alles andere war nur ein Produkt ihrer Fantasie. Aber zumindest konnte sie sich vorstellen, dass Julian derjenige war, der mit ihr schlief. Dann würde das, was nun kam, vielleicht leichter zu ertragen sein.

Jetzt zog er langsam das Laken herunter. Obwohl Fiona wusste, dass er sie im Dunkeln nicht sehen konnte, kam sie sich schrecklich ausgeliefert vor. Im nächsten Augenblick fühlte sie, wie er sich neben ihr ausstreckte und sie umarmte.

Sie war zutiefst dankbar, dass er angezogen war. So war der körperliche Kontakt weniger erschreckend. Mit einer federleichten Liebkosung strich er ihr über den Nacken. Ihre Haut begann zu prickeln, und sie wünschte inständig, sie hätte ein Nachthemd angezogen. Aber dafür war es jetzt zu spät. Fiona nahm ihre ganze Willenskraft zusammen und wollte sich auf den Rücken drehen. Doch sobald sie sich bewegte, verstärkte er seinen Griff.

„Bleib da.“

Der Befehl – mehr hingehaucht als ausgesprochen – ließ sie innehalten. Sie hob den Kopf und versuchte vergeblich, sein Gesicht zu erkennen. Die Arme, die sie so fest umschlungen hielten, konnten unmöglich einem schwer kranken Mann gehören. Und doch musste sie sich irren.

Das Verlangen nach Gewissheit trieb sie dazu, eine Hand auszustrecken und über seine Schulter zu streicheln. Sie war muskulös, ebenso wie der Oberarm und der breite Rücken. Er erzitterte leicht unter der Berührung.

Konnte das wirklich David sein? Fiona versuchte sich die beiden Brüder Seite an Seite vorzustellen. Sie hatten den gleichen Körperbau, nur Augen- und Haarfarbe waren unterschiedlich.

Jetzt ließ er die Fingerspitzen über ihren Rücken wandern. Er nahm sich viel Zeit dafür und gab ihr so das Gefühl, dass sie begehrt und gebraucht wurde.

Widersprüchliche Emotionen erfüllten sie. Einerseits wünschte sie, er würde niemals aufhören, sie so zu streicheln, andererseits war es falsch, dass sie dieses Zusammensein als angenehm empfand. Sie hatte erwartet, dass es schnell vorüber sein würde, nicht jedoch, auf eine Art und Weise liebkost zu werden, wie nur ein Liebender es tun würde.

Vielleicht empfand David wirklich so etwas wie Liebe für sie. Es musste David sein. Er ging rücksichtsvoll vor, um ihr zu helfen, sich zu entspannen. Julian hatte ihn als berechnend und analytisch hingestellt. Was er jetzt mit ihr tat, konnte kaum mit diesen Worten beschrieben werden. Im Gegenteil – es war aufregend und sehr schön.

War es möglich, dass David sich verändert hatte? Schließlich gab es nichts Persönlicheres als den Wunsch nach einem Kind. Es war also nicht außergewöhnlich, dass er aus Dankbarkeit eine gewisse Zärtlichkeit für sie empfand.

Ehe ihre Hemmungen die Oberhand gewinnen konnten, drängte sich Fiona näher an ihn und legte ihm die Arme um den Hals. Ihre Lippen berührten sich. Zuerst hielt er ganz still, dann küsste er sie mit einer zarten Sinnlichkeit, die sie verzauberte.

Instinktiv reagierte sie auf die verführerischen Bewegungen dieses Mundes, als ob es Julian sei, der sie küsste, und mit jeder Berührung wuchs ihre Erregung. Er drückte ihren Kopf sanft aufs Kissen. Die Gefühle, die dieser Kuss in ihr weckte, waren unbeschreiblich. Als sie seinem sanften Drängen nachgab und die Lippen öffnete, wurde sie von einem großen Verlangen erfasst.

Fiona hätte nicht sagen können, wie er eine solche Reaktion in ihr auslöste. Er küsste sie mit einer Leidenschaft, die jeden klaren Gedanken vertrieb. Sie klammerte sich an ihn und erwiderte jede Zärtlichkeit mit der gleichen Intensität, die beinahe an Verzweiflung grenzte.

Wo er sie streichelte, begann ihre Haut zu glühen. Er nestelte an seinem Reißverschluss, und eine wilde Vorfreude erfasste sie. Sie rollte sich auf den Rücken, um ihn in sich aufzunehmen.

Sein Atem ging stoßweise, als er in sie eindrang. Er nahm sie genau so in Besitz, wie er sie geküsst hatte – nicht heftig, sondern so sanft und liebevoll, dass sie bereitwillig darauf reagierte. Sie hatte das Gefühl, an der Schwelle zu etwas Unvorstellbarem zu stehen. So etwas hatte Fiona noch nie empfunden. Es nahm immer mehr an Intensität zu, bis sie schließlich glaubte, es nicht mehr aushalten zu können. Für einen Moment verspürte sie Panik, doch dann wurde sie von einer Welle der Ekstase mitgerissen. Sie hörte auf zu denken und gab sich ganz hin.

Als es vorbei war, schloss er sie in die Arme und hielt sie fest. Fiona weinte, ohne zu wissen, warum. Er drückte ihren Kopf an seine Schulter und streichelte ihr Haar.

Nur langsam begann Fiona wieder klar zu denken, und vor diesen Gedanken scheute sie zurück. Wie konnte sie auf David so reagieren? Wie brachte sie es fertig, so in seinen Armen zu liegen, als wäre er wirklich ihr Geliebter?

Fiona fand sich nicht mehr zurecht. Sie hatte eine so überwältigende Leidenschaft erlebt, wie sie es nie für möglich gehalten hatte. Dabei liebe ich David doch gar nicht, dachte sie. Wie kann körperliche Liebe ohne Gefühl so mitreißend sein? Ich liebe David nicht und kenne ihn auch gar nicht richtig. Wie konnte so etwas nur mit mir geschehen? Ich hätte nie gedacht, dass ich auf einen Mann so reagieren würde. Ich erkenne mich selbst nicht wieder.

Plötzlich wurde Fiona von Entsetzen erfasst. Sie machte sich abrupt los und rollte sich auf die Seite, um Distanz zu schaffen.

Er legte ihr eine Hand auf die Schulter und wollte sie wieder an sich ziehen.

„Du musst jetzt gehen“, bat sie leise. Ihre Gefühle waren in wildem Aufruhr. Bei Julian wäre ihre Reaktion verständlich gewesen, aber bei David …

Er rührte sich nicht, und Fiona fragte sich voll Panik, ob er tun würde, worum sie ihn bat.

„Bitte geh", flüsterte sie und rückte noch ein Stück weg.

Langsam und widerstrebend zog er die Hand zurück. Sie hörte ihn seufzen. Während er sich aufrichtete, versteckte sie das Gesicht im Kopfkissen. Auch sie hatte gewünscht, die ganze Nacht in seinen Armen zu verbringen und so zu tun, als würden sie sich wirklich lieben. Doch selbst wenn eine solche Liebe gegen jede Vernunft möglich war, bestand keine Hoffnung für die Zukunft.

Der Zweck ihres Zusammenseins war für heute erfüllt.

Fiona tat das Herz weh. Sie suchte nach Worten, die der kalten Zurückweisung den Stachel nehmen konnte. „Es tut mir leid", sagte sie dann, „aber ich muss jetzt allein sein."

Er antwortete nicht gleich. „Ist es … ist es zu schwer für dich?", fragte er schließlich. Seine Stimme war ausdruckslos, und doch zeugte sein kurzes Zögern davon, dass auch er nicht unberührt geblieben war von dem, was sich eben ereignet hatte.

Plötzlich schämte sie sich. Er hatte alles getan, damit es schön für sie war. Das Problem war nur, dass es zu schön gewesen war. Dafür durfte sie ihn nicht bestrafen. Und dann gab es noch etwas, woran sie denken musste, er würde wiederkommen. Sie konnte nicht sicher sein, dass eine Empfängnis stattgefunden hatte.

„Ich werde es durchstehen", sagte Fiona mit mehr Selbstvertrauen, als sie empfand. „Irgendwie werde ich es durchstehen." Vielleicht fand sie ihren Frieden wieder, wenn sie Zeit gehabt hatte, sich zu fangen und in Ruhe nachzudenken.

„Warten wir doch erst einmal ab", meinte er nach langem Schweigen. „Es tut mir weh, dass dich das alles so mitnimmt. Vielleicht war dieses eine Mal schon genug."

„Nein." Sie drehte sich zu ihm um. „Du musst wiederkommen. Ich könnte mir nicht mehr ins Gesicht sehen, wenn ich unsere Abmachung brechen würde."

„Kannst du es ertragen, sie zu erfüllen?", fragte er rau.

„Ich will das Kind", antwortete sie so ruhig wie möglich. „Der Rest ist … das geht schnell vorbei."

Er lehnte sich vor und küsste sie auf die Stirn – ebenso, wie Julian es am Nachmittag getan hatte, als er ihr den Blumenkranz umhängte. Offenbar war das eine Angewohnheit in der Familie Lassiter.

Dann richtete er sich wieder auf, und sie hörte gedämpfte Schritte. Kurz darauf wurde die Tür ins Schloss gezogen.

Fiona lag regungslos da. Wie hatte sie die Kontrolle über sich nur so verlieren können? Zufällig fiel ihr Blick auf die Leuchtziffern der Uhr. Viertel vor zwölf. Sie konnte es nicht fassen. Wie lange hatte sie sich ungezügelter Leidenschaft hingegeben, wie lange in seinen Armen gelegen, nachdem der Sturm abgeebbt war?

Plötzlich konnte sie ihre Nacktheit nicht mehr ertragen. Sie schaltete die Nachttischlampe an, stand auf und lief zur Kommode im Ankleideraum. Hastig nahm sie ein Baumwollnachthemd heraus und schlüpfte hinein. Sie brauchte jetzt einen Schutz, etwas, das ihren Körper umhüllte.

Dann ging sie wieder ins Bett, knipste das Licht aus und zog die Decke bis zum Hals hoch. Noch lange bemühte sie sich, das zu begreifen, was eben vorgefallen war, aber es gelang ihr nicht. Sie hatte nicht einmal die Ausrede, von Natur aus eine leidenschaftliche Frau zu sein. Bei Larry hatte sie niemals die Beherrschung verloren. Ihre Reaktion auf David Lassiter war völlig unerklärlich. Und falsch. Sie kannte ihn doch kaum.

Hilflos schüttelte sie den Kopf. Wenn sie weiter darüber nachdachte, verlor sie noch den Verstand. David ... Julian. Was machte das jetzt noch aus? Es war vorbei. Für heute. Sie schloss die Augen und hoffte, alles zu vergessen.

Fiona schlief zwar unruhig, aber wenigstens konnte sie für einige Stunden ihren quälenden Gedanken entfliehen. Als sie am nächsten Morgen erwachte, beschloss sie, den Tag nicht in der Hotelanlage zu verbringen. Auf ein Zusammentreffen mit den Lassiters wollte sie es auf keinen Fall ankommen lassen.

Tief in ihrem Innern war sie davon überzeugt, dass nicht David, sondern Julian sie in den Armen gehalten hatte. Doch sie war sicher, dass beide es abstreiten würden, wenn sie sie deshalb zur Rede stellte. Außerdem ergab es keinen Sinn.

Um sich abzulenken, nahm Fiona ein Taxi nach Lahaina. So nannte sich eine historische Siedlung, die im neunzehnten Jahrhundert einmal ein wichtiger Hafen für die Walfänger in der Südsee gewesen war. Der Taxifahrer setzte sie an der Front Street ab, in dem malerischen Viertel, das erst kürzlich im Stil der Jahrhundertwende restauriert worden war.

Fiona schaffte es nicht, sich darauf zu konzentrieren. Lust- und ziellos wanderte sie herum. Ihr eigenes Leben war so durcheinander, dass sie kein Interesse für etwas anderes aufbringen konnte.

Die Häuser waren alle mit Schindeln verkleidet. Einige waren zur Straße hin offen, andere hatten altmodische Balkons im ersten Stock. Die meisten Geschäfte verkauften Andenken an Touristen: Korallenschmuck und Schnitzereien aus Fischbein.

Fiona aß in einem Restaurant am Hafen zu Mittag und bummelte dann weiter im Ort herum. Es gab einiges zu besichtigen – das Gerichtsgebäude, das Baldwin-Museum, wo ein Missionar, der gleichzeitig Arzt war, mit seiner Familie gelebt hatte, den Old Pioneer Inn, dessen Schankstube noch immer mit Originalen aus der Gründerzeit eingerichtet war. Doch ganz gleich, was sie tat, der Gedanke daran, was ihr erneut bevorstand, ließ sich nicht verdrängen.

Aus einer plötzlichen Eingebung heraus kaufte sie eine Karte für eine Fahrt in den Sonnenuntergang auf einem Dreimaster, der um halb sechs ablegen und zwei Stunden später wieder im Hafen sein würde.

Zu ihrer Überraschung machte der Ausflug ihr Spaß. Vom kräftigen, aber lauen Passatwind ließen sie sich die Westküste von Maui entlangtreiben. Fiona aß Hühnchen „Teriyaki" und trank mehrere exotische Cocktails, während sie den Tanzdarbietungen zuschaute. Der ungewohnte Alkohol half ihr endlich, sich ein wenig zu entspannen. Sie wünschte, sie könnte die ganze Nacht über weitersegeln, aber pünktlich um halb acht legte das Schiff wieder an. Eine halbe Stunde später war Fiona im Hotel.

Das Bett war bereits aufgeschlagen. Wie jeden Abend lag eine Blume auf ihrem Kopfkissen. Nun war Fiona allein, und ihr blieb nichts anderes übrig, als sich den Gedanken zu stellen, denen sie den ganzen Tag über ausgewichen war.

Wenn sie ganz ehrlich war – und das fiel ihr nicht leicht –, musste sie zugeben, dass sie das Gleiche wie letzte Nacht noch einmal empfinden wollte. Es musste einfach Julian gewesen sein.

Sie ging ins Ankleidezimmer und betrachtete ihr Spiegelbild. Diese Fremde bin ich, dachte sie. Die Frau, die einen Mann so begehrt, dass sie alles für ihn tun würde.

War es ihrer Mutter auch so ergangen? Und ihren Schwestern? Jahrelang hatte sie sie verurteilt, weil sie sich von Männern abhängig machten, und dabei hatte sie nicht geahnt, was eine solche Beziehung bedeuten kann. Sie nahm sich vor, in Zukunft verständnisvoller und weniger kritisch zu sein.

Eine Stunde später lag Fiona im Bett und wartete in der Dunkelheit. Die Anspannung, unter der sie in der vergangenen Nacht gestanden hatte, war von ihr abgefallen. Wenn schon nicht mit dem Verstand, so wusste sie doch mit dem Herzen, wie es um sie stand. Sie liebte Julian Lassiter. Und selbst wenn es wirklich David sein sollte, der mit ihr im Bett lag, würde sie sich vorstellen, es wäre Julian.

Ihr war noch deutlich im Gedächtnis, was er ihr am ersten Abend im „Swan Court" erzählt hatte. David war nach Maui gekommen, um das Leben noch einmal in vollen Zügen zu genießen, und Julian war bereit, seinem Bruder jeden Wunsch zu erfüllen.

Die Tür wurde leise aufgeschlossen. Fionas Herz begann wie rasend zu schlagen, aber nicht aus Angst. Sie konnte die Gestalt in der Dunkelheit eher fühlen als sehen. Neben dem Bett blieb er stehen und wartete. Sie streckte eine Hand nach ihm aus, und sofort schlossen sich seine Finger um ihre.

„Ich habe mir den ganzen Tag über Sorgen um dich gemacht", sagte er rau.

„Liebe mich", flüsterte sie. „Wenigstens ein wenig."

Er stöhnte auf und schloss sie in die Arme. Als er sich wieder aufrichtete, zog er sie mit sich, bis sie schließlich eng an ihn gepresst vor dem Bett stand.

Leidenschaftliche Küsse bedeckten ihr Gesicht, unterbrochen von zärtlichen Koseworten, aus denen Liebe, Verlangen und Leidenschaft sprachen.

Instinktiv drängte Fiona sich enger an ihn, um seine Erregung zu spüren und zu steigern. Er bog den Kopf zurück und stöhnte wieder. Sie legte die Arme um seinen Nacken und zog ihn an sich. Wieder küsste er sie mit so grenzenloser Leidenschaft, dass Fiona alles um sich herum vergaß.

Er hielt sie so fest umschlungen, dass Fiona sich nicht mehr bewegen konnte. „Komm", flüsterte er heiser und hob sie hoch, um sie aufs Bett zu legen.

„Nein! Warte!" Unter anderen Umständen hätte sie seinem Wunsch nachgegeben, aber irgendein Gefühl sagte ihr, dass diese Nacht ausgekostet werden musste.

Er hatte innegehalten, aber sie spürte, dass sich seine Brust heftig hob und senkte. Auch ihr Atem ging unregelmäßig. Ihr war schwindlig, und ihre Beine zitterten.

Sie ließ die Hände über den seidigen Stoff seines Hemdes gleiten, um den obersten Knopf zu finden. Noch immer hielt er sie fest umfangen, er ließ sie gewähren.

Obwohl Fiona sonst keineswegs ungeschickt war, brauchte sie unendlich lange, um den ersten Knopf zu öffnen. Auch der nächste widerstand ihren Bemühungen. Sie spürte, wie seine Muskeln unter ihren Fingern zuckten. Mit einem erstickten Ausruf hob er sie hoch und legte sie aufs Bett.

Fiona hörte Stoff zerreißen, als er sich das Hemd vom Körper riss. Dann streifte er die Hose ab und legte sich zu ihr. Er schob die Hände unter ihre Taille, hob sie zu sich hoch und drang in sie ein.

Nachdem der erste Schock vorbei war, wurde Fiona von seinem heftigen Verlangen angesteckt. Nur eines war wichtig – ihm so nah wie möglich zu sein und sich zusammen mit ihm von ihrer Leidenschaft davontragen zu lassen.

Sie spürte, dass er den Höhepunkt erreichte, aber sein Verlangen nach ihr ebbte nicht ab. Es war, als ob auch er diese Nacht für unwiederholbar hielt.

Er zeigte ihr, wie sehr er sie brauchte, überschüttete sie mit Zärtlichkeiten und Liebkosungen und gab Fiona das Gefühl, unendlich geliebt zu werden.

Fiona war unfähig, einen Gedanken zu fassen. Sie überließ sich ganz ihren Empfindungen. Sie hatte keine Ahnung, ob Stunden oder nur Minuten verstrichen waren, und es war ihr auch gleichgültig.

Fiona wünschte, sie könnte die Zeit anhalten. Irgendwann bemerkte sie jedoch die ersten Anzeichen der Dämmerung. Sie brauchte nur noch zehn Minuten oder eine Viertelstunde wach zu bleiben, bis sie den Mann sehen konnte, der ihr die Erfahrungen dieser Nacht geschenkt hatte.

Als hätte er ihre Gedanken erraten, regte er sich und richtete sich auf.

„Geh nicht." Sie versuchte, ihn wieder an sich zu ziehen.

„Aber die Bedingungen ..."

„Die sind jetzt nicht mehr wichtig."

Er küsste sie noch einmal. „Ich fürchte, doch." Dann stand er auf und zog sich rasch an.

Warum geht er?, dachte sie traurig. Sie selbst hatte die Bedingungen gestellt. Also stand es ihr auch zu, sie zu ändern oder aufzuheben. Es schmerzte sie, dass er sich so leicht von ihr lösen konnte, Distanz zu ihr schaffte.

So etwas war Fiona eigentlich nicht unbekannt. Ihr ganzes Leben lang hatte sie sich so zu anderen Menschen verhalten. Es war der beste Schutz, um nicht verletzt zu werden. Aber warum schien er zu befürchten, dass sie ihn verletzen würde? Sie hatte sich ihm doch völlig ausgeliefert. Was war der Grund für sein Verhalten?

Vielleicht passen meine Bedingungen in seine Pläne, dachte sie.

Wer war er? Julian, der ein teuflisches Spiel mit ihr trieb? Oder David, der intellektuell ausgerichtete Wissenschaftler, der es sich nicht leisten konnte, eine gefühlsmäßige Bindung einzugehen, weil er den Rest seines Lebens bereits der medizinischen Forschung geweiht hatte?

Dieses Rätsel musste sie lösen, es ließ ihr keine Ruhe mehr. Es gab eine unfehlbare Methode, die richtige Antwort zu finden. Wenn der Mann heute Nacht wieder in ihr Zimmer kam, wollte sie das Licht einschalten. Dann hatte er keine Chance mehr, seine Identität weiter vor ihr zu verbergen.

Wenn es David war, musste sie sich damit abfinden, dass es Dinge im Leben gab, die man einfach nicht erklären kann.

War es jedoch Julian – und das wünschte sie sich von ganzem Herzen –, würde er vieles erklären müssen.

Obwohl Fiona entschlossen war, das zu tun, hatte sie plötzlich Angst davor. Wie auch immer das Ergebnis ausfiel, sie fürchtete, dass nur Unheil dabei herauskam, wenn sie in der kommenden Nacht ihrer Wissbegier nachgab.

7. KAPITEL

Am nächsten Tag hielt sich Fiona in der Nähe des Hotels auf. Einerseits sehnte sie sich danach, Julian, David oder beiden Brüdern zu begegnen, andererseits hatte sie Angst davor. Obwohl sie unbedingt Gewissheit haben musste, wusste sie nicht, wie sie es verkraften würde, wenn sich herausstellte, dass David ihr Liebhaber war.

Sie liebte David nicht. Ja, sie kannte ihn nicht einmal. Da er bald sterben musste, wollte sie ihn auch nicht kennenlernen. Sie hatte Angst, den Verlust dann nicht ertragen zu können.

Je länger sie darüber nachdachte, desto unwahrscheinlicher erschien es ihr, dass David nachts bei ihr gewesen war. Es war unmöglich, so auf einen Mann zu reagieren, für den sie gar nichts empfand.

Ohne einen wirklichen Anhaltspunkt dafür zu haben, wusste sie, dass es Julian sein musste. Vielleicht hatte David im letzten Moment festgestellt, dass er zu krank war, um seinen Plan auszuführen. Es war doch denkbar, dass Julian an seine Stelle getreten war, weil David wollte, dass ein Kind – irgendein Kind – den Namen Lassiter weiterführte.

Fiona erinnerte sich noch gut, wie sehr David sich gefreut hatte, als sie mit Julian zusammen vor dem Hotel vorgefahren war. „Es gibt also doch noch Hoffnung für die Zukunft", hatte er gesagt. Bei Julians Einstellung zu Frauen und zur Ehe war es unwahrscheinlich, dass er jemals eigene Kinder haben würde. Angenommen, David hatte ihn unter Druck gesetzt, dann war Julian bestimmt bereit, ihm den Wunsch zu erfüllen. Er hatte doch selbst einmal gesagt, dass er alles für denjenigen tun würde, den er liebte.

Er hatte dabei jedoch auch an ihre Gefühle gedacht. Vielleicht liebte er sie inzwischen ebenso, wie sie ihn liebte. Der Gedanke daran machte Fiona überglücklich. Doch nun musste er ihr die Wahrheit sagen. Sie wollte ihm verzeihen, dass er sie getäuscht hatte. Alles würde sie ihm vergeben, wenn er sie nur so liebte wie in den beiden vergangenen Nächten.

Es musste Julian sein. Etwas anderes war gar nicht möglich.

Fiona war versucht, ihn anzurufen und um ein Gespräch zu bitten. Andererseits wollte sie vermeiden, dass er sich darauf vorbereiten konnte. Die Wahrheit konnte sie nur herausfinden, wenn sie ihn überraschte.

Am besten war es, sie wartete bis zum Abend. Doch je näher die Stunde rückte, zu der er kommen würde, desto größer wurden ihre Zweifel. Fast war sie bereit, sich an die Bedingungen zu halten, die sie selbst gestellt hatte, nur um noch einmal in seinen Armen zu liegen. Andererseits wusste sie, dass sie nicht mehr länger mit der Ungewissheit leben konnte.

Um fünf Minuten vor zehn schaltete sie alle Lichter aus und setzte sich auf die Bettkante. Ihre Hand lag auf dem Schalter der Leselampe. Sie hatte den Bademantel um sich gewickelt, um sich nicht ganz so nackt und ausgeliefert vorzukommen.

Vor Nervosität zitterte sie am ganzen Körper. Ganz bestimmt ist es Julian, dachte sie unablässig. Er muss es einfach sein. Und wenn er kommt, werden wir zusammen überlegen, wie es weitergehen soll.

Fiona hörte, wie der Schlüssel im Schloss umgedreht wurde. Mit angehaltenem Atem wartete sie, bis sich die Tür wieder geschlossen hatte, dann drückte sie schnell auf den Lichtschalter.

Der Mann stand mit dem Rücken zu ihr, aber selbst im schwachen Schein der Lampe war es unverkennbar, dass er schwarzes Haar hatte.

Julian! Es war Julian. Eine unbeschreibliche Freude erfasste Fiona, Tränen stiegen ihr in die Augen.

Langsam drehte er sich um. Sein Gesicht lag immer noch im Schatten, aber es war unverwechselbar Julians Gesicht. Er trug ein weißes Hemd. Ein Hemd mit den gleichen Knöpfen wie die, die sie am Morgen vom Boden aufgehoben hatte.

Lange sahen sie sich wortlos an.

Julian stand ganz still. Nur an seinem Hals pochte eine Ader. Obwohl seine Miene nichts verriet, hatte Fiona das Gefühl, dass er seine ganze Kraft aufbieten musste, um die Fassung nicht zu verlieren. Endlich brach er das Schweigen.

„Hoffentlich habe ich dich nicht erschreckt." Er schien weder überrascht noch schockiert zu sein, dass sie ihn ertappt hatte. „David hat mich gebeten, zu dir zu gehen und dir auszurichten, dass er heute nicht kommen kann. Außerdem soll ich dir deinen Schlüssel zurückbringen. Er …"

„Nein!", schrie Fiona. Sie konnte nicht fassen, was sie gehört hatte. Wenn Julian die Wahrheit sagte …

Er breitete entschuldigend die Hände aus. „Es tut mir leid. Vermutlich hätte ich vorher anklopfen sollen, aber ich war nicht sicher, ob du unter den gegebenen Umständen überhaupt aufmachen würdest."

Fiona klammerte sich verzweifelt an die Hoffnung, dass er log, um sich und seinen Bruder zu schützen. Sie lehnte sich vor, um in seinem Gesicht zu lesen. Er war blass und wirkte erschöpft.

„David geht es so schlecht, dass er sich nicht mehr an die Vereinbarung halten kann. Er fliegt morgen früh nach Sydney zurück, um sich einer Behandlung in der Universitätsklinik zu unterziehen."

„Nein", flüsterte Fiona. Alles in ihr sträubte sich, es zu glauben, dass ihr nächtlicher Besucher David gewesen war. Es war unmöglich, dass ihr Instinkt sie so täuschte. Julian log, dessen war sie ganz sicher.

„Ich fürchte, doch", erwiderte er ernst. „David ist am Ende seiner Kräfte. Jetzt müssen wir auf Gott vertrauen, Fiona. Entweder du erwartest ein Kind oder nicht. Er kann jedenfalls nicht noch einmal zu dir kommen."

Das Blut wich ihr aus dem Gesicht. Jetzt erinnerte sie sich daran, wie mühsam und stoßweise der Mann geatmet hatte, der letzte Nacht bei ihr gewesen war.

Mit aller Kraft wehrte sie sich dagegen, das Unvermeidliche zu akzeptieren, aber sie wusste, dass sie einen verlorenen Kampf ausfocht.

Sie hatte das Gefühl, als wäre jede Lebenskraft von ihr gewichen. Und dann überfiel sie der Schmerz mit aller Macht. Blindlings wankte sie zur Couch und ließ sich niedersinken. Ihr Rücken war gekrümmt, als würde sie jeden Augenblick zusammenbrechen. Erst in diesem Moment war ihr voll bewusst geworden, dass Julian soeben ihr Leben zerstört hatte.

„Fiona …"

Es klang flehentlich und verstärkte ihre Qual noch. Julians Stimme, Davids Stimme – so ähnlich, dass man sie miteinander verwechseln konnte. Nichts ergab mehr einen Sinn, gar nichts.

Sie spürte eine Hand auf ihrer Schulter – ebenso wie … Aber daran durfte sie jetzt nicht denken. Abrupt stieß sie Julian zurück, denn sie hasste ihn plötzlich dafür, dass er nicht der Mann war, der er hätte sein sollen.

„Fass mich nie wieder an“, schrie sie heiser. „Du kommst einfach in mein Zimmer und dringst ohne Rücksichtnahme in mein Leben ein. Du benimmst dich, als wäre ich eine bezahlte Magd, deren Gefühle nicht zählen. Und da dein Bruder meine Dienste nicht mehr benötigt …“

„Nein, Fiona.“ Julian war leichenblass. „So ist es nicht.“

„Erzähl du mir nicht, wie es war“, zischte sie. „Ich bin diejenige, die sich … gedemütigt und beschmutzt fühlt.“

„Nein.“ Es klang wie ein Stöhnen. Unruhig lief Julian im Zimmer auf und ab, dann ging er zur Terrassentür, öffnete sie und trat hinaus. Zusammengekrümmt stand er an der Brüstung.

Fiona hasste ihn, hasste sich selbst und wusste doch, dass aus diesem Hass nur weiterer Schmerz entstehen würde. Sie hatte es für ihn getan, hatte sich ihm hingegeben, und er wusste nicht einmal etwas davon. Der Mann, mit dem sie alles geteilt hatte, was Mann und Frau einander geben konnten, war sein Bruder.

Tränen rollten ihr über die Wangen, aber sie merkte nichts davon. Ihretwegen hatte David seine Kräfte überschätzt, und nun hatte sich sein Zustand verschlechtert. Wie konnte es jetzt eine Zukunft mit Julian geben, wenn die letzte Nacht mit David zwischen ihnen stand?

Mein Leben ist vorbei, dachte sie verzweifelt.

Julian hatte sich wieder gefangen und kam ins Zimmer zurück. Fiona schloss die Augen. Sie konnte ihn jetzt nicht ansehen. Außerdem wusste sie nicht, wie sie sonst die Flut von Tränen zurückhalten sollte.

„Es tut mir leid“, flüsterte er. Auch er hatte seine Gefühle nicht völlig unter Kontrolle. „Ich habe nie gedacht, dass es eine solche Tortur für dich werden würde. Aber es war Davids letzter Wunsch, und ich konnte einfach nicht … Ich konnte es ihm nicht abschlagen, Fiona. Jetzt weiß ich, dass ich mich geirrt habe. Es gibt Dinge, die man nicht im Voraus berechnen kann. Und nun ... nun ist es zu spät, um noch etwas zu ändern."

Fiona wollte sein Mitleid nicht. Auch das Bewusstsein, dass er von Schuldgefühlen gepeinigt wurde, tat nichts dazu, um ihre Qual zu lindern. Sie wünschte, dass er ging und sie in Frieden ließ, aber sie konnte nicht sprechen. Unaufhörlich liefen ihr Tränen über die Wangen.

Nach einer Weile setzte Julian sich auf einen Stuhl. „Wie soll es jetzt weitergehen, Fiona?", fragte er. „Gibt es vielleicht irgendetwas, das ich für dich tun kann? Es tut mir weh, dass du so unglücklich bist."

Sie schüttelte nur den Kopf und biss sich auf die Lippen, um nicht in unkontrolliertes Schluchzen auszubrechen.

„Als wir am ersten Abend zusammen gegessen haben, hatte ich den Eindruck, du wärst eine realistisch denkende Frau, eine in jeder Hinsicht welterfahrene Frau. Ich war tief berührt, als du dann eine so offensichtlich gefühlsbetonte Entscheidung trafst. Dann stelltest du jedoch deine Bedingungen – keinerlei persönliche Beziehung –, und ich dachte, du hättest alles nüchtern abgewägt. Du wolltest nach eigenem Eingeständnis ein Kind, die Gelegenheit war günstig – warum sie also nicht wahrnehmen?"

Es dauerte ein paar Minuten, bis Julian weitersprach. „Jetzt sehe ich, dass du sehr verletzt worden bist, weil ich zu blind war, um zu begreifen, was eine solche Entscheidung für dich bedeutet. Das bedaure ich zutiefst." Er seufzte, und seine Stimme wurde weich. „Für das, was du getan hast, was du zu tun versucht hast, Fiona, kannst du alles von mir verlangen."

„Ich möchte, dass du jetzt gehst", schluchzte sie. Sie war am Ende ihrer Kraft.

Unendlich viel Kummer und Leid hatte ihr die alte Dame vorhergesagt. Wie recht sie damit hatte.

Es war nicht Julians Schuld, dass sie sich dazu entschlossen hatte, seiner Bitte nachzukommen. Sie durfte ihm keine Vorwürfe machen oder ihn dafür hassen, dass er die trügerischen Hoffnungen nicht erfüllte, denen sie sich hingegeben hatte. Auch David konnte sie nicht für das verantwortlich machen, was geschehen war. Es war ganz allein ihre Entscheidung gewesen, sich auf das alles einzulassen.

Die Prophezeiung der alten Dame hatte sich zwar in einer Hinsicht erfüllt, aber was Julian anging, war die Weissagung falsch gewesen. Ganz gleich, wie sehr sie sich nach ihm sehnte, sie würden nun niemals heiraten können. Sein Bruder würde immer zwischen ihnen stehen.

Blind vor Tränen sah Fiona den Mann an, den sie über alles liebte und nicht haben konnte, und zwang sich, das zu sagen, was gesagt werden musste. „Ich möchte, dass du fortgehst. Flieg mit David nach Hause. Und ich will keinen von euch jemals wieder sehen. Ich … ich könnte es nicht ertragen."

Er senkte den Kopf und fuhr sich mit einer Hand über die Augen. Dann stand er langsam auf. „Du hast recht", sagte er leise. „Es wäre … unerträglich."

Noch nie hatte sie sein Gesicht so verzerrt gesehen. Der Ausdruck in seinen Augen spiegelte die gleiche Qual wider, die auch sie empfand.

„Ich werde niemals wieder in deine Privatsphäre eindringen", versicherte er ihr. „Es wird dir vielleicht nicht viel bedeuten, aber du hast meine Meinung über Frauen grundlegend verändert. Es war … eine Ehre, mit dir zusammen zu sein, auch wenn es nur für kurze Zeit war. Ich hoffe …" Er schüttelte den Kopf. „Aloha", sagte er leise.

Auf dem Weg zur Tür legte er den Schlüssel zu ihrem Zimmer auf den Couchtisch und ging rasch hinaus.

„Aloha", flüsterte sie erstickt, als die Tür sich hinter ihm geschlossen hatte. Von neuem strömten Tränen über ihr Gesicht. Fiona weinte um das, was hätte sein können. Julian empfand etwas für sie, und nun war es zu spät.

Fiona wusste nicht, wie lange sie regungslos dagesessen hatte, nachdem Julian gegangen war. Irgendwann musste sie ins Bett gegangen und eingeschlafen sein, doch am nächsten Morgen fühlte sie sich kein bisschen besser.

Sie legte sich in die Sonne, aber auch die wärmenden Strahlen konnten die schmerzende Leere in ihr nicht vertreiben. Trotzdem blieb sie am Swimmingpool und ließ sich bräunen. Irgendetwas musste sie schließlich vorzeigen können als Beweis, dass sie ihren Urlaub auf Hawaii verbracht hatte.

Als sie wieder in ihr Zimmer kam, blinkte eine kleine Lampe an ihrem Telefon – ein Zeichen dafür, dass an der Rezeption eine Nachricht für sie lag. Ohne nachzudenken, wer ihr hätte schreiben können, ging sie hin.

Auf einem verschlossenen Umschlag standen ihr Name und ihre Zimmernummer. Es war Julians Handschrift.

Im ersten Moment wollte sie ihn ungeöffnet wegwerfen, aber noch während sie darüber nachdachte, riss sie den Verschluss bereits auf.

Innen lagen ein zusammengefalteter Bogen Papier und eine Visitenkarte der Lassiter Corporation, auf deren Rückseite zwei Telefonnummern mit dem Vermerk „Büro“ und „privat“ standen. Die eigentliche Mitteilung war kurz.

Fiona,
solltest Du jemals Hilfe oder Unterstützung benötigen – ich bin immer für Dich da. Du brauchst mich nur anzurufen. Julian.

Fürsorglich wie ein großer Bruder. Mit bitterer Ironie dachte Fiona daran, dass sie sich einmal gewünscht hatte, er würde ihr die gleichen brüderlichen Gefühle entgegenbringen wie für David. Jetzt wusste sie es jedoch besser. Sie hatte eine Lektion gelernt, die sie niemals vergessen konnte. Ein Wiedersehen mit ihm würde ihr unweigerlich Kummer und Leid bringen, und davon hatte sie bereits mehr als genug erfahren.

Trotzdem steckte Fiona den Umschlag ein. Eine andere Erinnerung an Julian hatte sie nicht. Der Blumenkranz war verwelkt. Er war fort. Es war tröstlich, wenigstens ein kleines Zeichen dafür zu haben, dass sie ihm nicht gleichgültig war.

Die Ringe an ihrem Finger zählten nicht, und sie wollte sie nur behalten, bis feststand, ob sie ein Kind erwartete oder nicht.

Biologisch war es nicht nur möglich, sondern sogar wahrscheinlich, denn sie befand sich genau in der Mitte ihres Zyklus. Allerdings kannte sie auch Frauen, die erst nach monatelangen vergeblichen Versuchen schwanger wurden. Sie wusste nicht, worauf sie eigentlich hoffte. In mancher Hinsicht sehnte sie sich nach einem Baby und wünschte auch, dass Davids letzte Bitte in Erfüllung gehen möge, doch sie war nicht sicher, wie sie damit fertig werden würde, wenn sie wirklich schwanger war. Bis sie Gewissheit hatte, verging noch einige Zeit, und bis dahin musste sie die Tage hinter sich bringen, so gut sie konnte.

Das Inselleben war turbulent und heiter, aber Fiona kam sich wie eine Außenseiterin vor. Sosehr sie sich auch bemühte, es gelang ihr nicht, sich über die Schönheit ihrer Umgebung zu freuen. Am liebsten wäre sie sofort nach Hause geflogen, und nur der Grundsatz, das auszukosten, wofür sie bezahlt hatte, hielt sie davon ab.

Als der Tag der Abreise endlich gekommen war, packte sie mit großer Erleichterung ihren Koffer und fuhr mit dem Bus zum Flughafen. Vor dem Eingang zum Terminal lief ihr ein Schauer über den Rücken. Die alte Dame war natürlich nicht mehr da, aber jedes ihrer Worte hatte sich unauslöschlich in Fionas Gedächtnis eingegraben. Die Erinnerung daran war so lebhaft, dass sie sich unwillkürlich nach der Stelle umschaute, wo Julian Lassiter gestanden hatte.

Am Schalter der Hawaiian Airlines holte sie sich ihre Bordkarte und gab den Koffer bis Sydney auf. Zum Glück brauchte sie nicht mehr lange bis zum Start der Maschine nach Honolulu zu warten. Dort hatte sie zwar mehrere Stunden Aufenthalt bis zum Anschlussflug, aber dieser Flughafen barg wenigstens keine quälenden Erinnerungen für sie.

Der letzte Teil der Reise dauerte zehn Stunden. Ganz gegen ihre Gewohnheit trank Fiona mehrere Gläser Wein und schlief durch, bis sie von der Ansage des Piloten geweckt wurde, dass sie in Kürze auf dem Flughafen von Sydney landen würden. Sie richtete sich auf und schaute aus dem Fenster. Die Seen nördlich der Stadt waren bereits zu erkennen, ebenso der Fjord des Hawksbury River.

Wenig später flogen sie über das Hafenbecken mit den vielen kleinen Buchten und Landzungen. Im Morgendunst war die große Hängebrücke nur undeutlich zu erkennen, aber auf den schneeweißen Dächern der Oper spiegelte sich bereits die Sonne. Es war wunderbar, wieder zu Hause zu sein.

Das Gefühl verstärkte sich noch, als Fiona eine Stunde später die

Tür zu ihrem kleinen Reihenhaus in Paddington hinter sich schloss. Sie packte sofort aus, weil sie das Bedürfnis hatte, sobald wie möglich wieder zur Normalität zurückzukehren. Irgendwie musste sie einen Weg finden, die Fäden ihres früheren Lebens aufzunehmen und daraus ein sinnvolles Muster zu weben, das den Schmerz erträglich machte.

An ihren Entschluss, in Zukunft weniger schnell über ihre Familie zu urteilen, wurde Fiona erinnert, als ihre Mutter einige Tage später anrief, um sich zu erkundigen, wie der Urlaub gewesen war. Außerdem wollte sie ihr die Familienneuigkeiten mitteilen.

Bei Fionas älteren Schwestern gab es ausnahmsweise einmal keine Probleme, und ihre Mutter hatte einen neuen Bridgepartner im Seniorenclub gefunden.

„Es stört ihn überhaupt nicht, dass ich meine Ansagen rein nach Gefühl mache", berichtete sie erfreut. „Ich glaube sogar, es gefällt ihm."

Also ein Mann, dachte Fiona mit gewohntem Zynismus, aber dann schämte sie sich. Warum sollte ihre Mutter das Zusammensein mit einem Gleichgesinnten nicht genießen? Es war jetzt drei Jahre her, seit sie den Mut gefunden hatte, sich von diesem schrecklichen George scheiden zu lassen, und erst jetzt konnte Fiona ihr nachfühlen, wie einsam sie wohl gewesen war.

„Das klingt sehr nett, Mum."

„Das ist er auch." Es war Marjorie Kent anzuhören, wie sehr sie sich über die freundlichen Worte freute. „Ein wirklicher Gentleman." Nach einer Pause erkundigte sie sich beiläufig: „Hast du im Urlaub irgendwelche Bekanntschaften geschlossen?"

Es war eine taktvoll formulierte Erkundigung, ob Fiona einen Nachfolger für Larry gefunden hatte. Aber was sollte sie darauf antworten? Es war unwahrscheinlich, dass Marjorie Kent gutheißen oder auch nur verstehen würde, was ihre jüngste Tochter getan hatte.

Fiona betrachtete die beiden Ringe an ihrer Hand und sagte ausweichend: „Ja, Mum. Falls irgendetwas daraus wird, werde ich es dich wissen lassen."

Ein Kind, zum Beispiel.

Erst wenn sich herausstellte, dass sie tatsächlich schwanger war, würde sie ihrer Mutter von ihrer Heirat mit David Lassiter erzählen.

Wenigstens traf die Nachricht sie dann nicht mehr ganz unvorbereitet.

„Ist er Australier?“, wollte Marjorie Kent wissen.

„Ja. Er stammt sogar aus Sydney.“ Um ihre Mutter von diesem Thema abzubringen, lenkte sie das Gespräch wieder auf den ritterlichen Mann aus dem Bridgeclub.

Fiona überlegte auch, ob sie ihre Schwestern anrufen sollte, aber im Moment war sie weiteren Fragen nach ihrem Urlaub nicht gewachsen. In einigen Wochen, wenn feststand, dass sie nicht schwanger war, wollte sie den Kontakt zu Jodie und Barbara wieder aufnehmen. Es war falsch gewesen, sich so von ihrer Familie abzusondern. Auch wenn sie wenig gemeinsam hatten, verband sie etwas. So wie es bei den Lassiters der Fall war.

Fiona schob den Gedanken ganz schnell weg und machte sich an die Arbeit. Vor ihrem Urlaub hatte sie damit begonnen, ein Konzept für eine archäologische Studienreise durch Spanien und Portugal zu entwickeln, aber sie konnte sich nur schwer konzentrieren. Deshalb schob sie die Unterlagen erleichtert zur Seite, als es klingelte. Es kam häufig vor, dass Vertreter von Reisebüros sie aufsuchten, und deswegen öffnete sie auch ohne irgendwelche Vorahnungen.

8. KAPITEL

Die Frau, die auf der winzigen Veranda stand, wirkte kalt und herrisch. Sie war groß und trug ein elegantes grünes Wollkostüm mit einer beigefarbenen Seidenbluse, darüber eine dreireihige Perlenkette. Das blonde Haar hatte sie sorgfältig aufgesteckt. Fiona schätzte sie auf ungefähr sechzig Jahre.

„Sind Sie Fiona Walker?", fragte sie ohne Gruß.

„Ja." Fiona lächelte höflich. „Kann ich etwas für Sie tun?"

„Ich bin Davids Mutter. Ich möchte mit Ihnen reden."

Fiona spürte die Feindseligkeit, die ihr ihre Schwiegermutter entgegenbrachte, und hätte sie am liebsten abgewiesen. Sie hatte bereits genug Leid durch die Lassiters erfahren. Doch ihr Stolz hielt sie davon ab.

„Bitte kommen Sie herein." Fiona führte sie in das kleine Wohnzimmer neben ihrem Büro. Janet Lassiter sah sich kritisch um und stellte sich dann vor den Kamin.

Fiona konnte sich vorstellen, wie die Einrichtung auf Davids Mutter wirkte. Die Möbel, die sie gebraucht gekauft hatte, waren solide und in gutem Zustand, aber mit Antiquitäten ließen sie sich natürlich nicht vergleichen. Sie hatte bunte Kissen auf dem zweisitzigen Sofa und den Sesseln verteilt, deren Farben sich in den Reiseplakaten an den weiß gestrichenen Wänden wiederholten. Es war ein gemütliches Zimmer, doch es hatte nicht die Klasse, die man erreicht, wenn Geld keine Rolle spielt.

„Möchten Sie sich setzen?"

Janet Lassiter rührte sich nicht. Sie betrachtete Fiona eingehend und presste missbilligend die Lippen zusammen. Offenbar hielt sie Jeans und Pullover für untragbar. Fiona verschränkte die Arme vor der Brust und wartete. Von dieser Frau ließ sie sich nicht einschüchtern. Es gab nichts, dessen sie sich schämen musste.

„Was ich zu sagen habe, wird nicht lange dauern", antwortete Janet Lassiter kühl. „Obwohl mein Sohn seine Entscheidung bewusst getroffen hat, kann ich sie nicht gutheißen. Dass Sie seinen Zustand skrupellos ausgenutzt haben, zeigt, was für ein Mensch Sie sind."

„Ausgenutzt?", wiederholte Fiona ungläubig.

„Männer fallen leicht auf ein hübsches Gesicht herein. Eigentlich hätte ich Julian für so schlau gehalten, denselben Fehler nicht zweimal zu machen. Ihn haben Sie getäuscht, aber glauben Sie ja nicht, dass ich tatenlos zusehe, wie Sie Davids Erbe einstreichen. Ich werde gegen Sie kämpfen, auch wenn Sie ein Kind erwarten sollten." Sie maß Fiona verächtlich. „Wie konnten Sie meinen Sohn nur ..."

„Einen Augenblick", unterbrach Fiona. Die Anspielung, dass sie es nur auf Davids Vermögen abgesehen hatte, ließ sie nicht auf sich sitzen. „Die Initiative ging nicht von mir, sondern von Ihrem Sohn aus. Und eins kann ich Ihnen sagen, wenn ich noch einmal vor die Wahl gestellt würde, würde ich lieber verhungern, als mich Ihrem Sohn als Gebärmaschine zur Verfügung zu stellen."

Auf Janet Lassiters Wangen erschienen rote Flecken. „Davids Urteilsvermögen ist beeinträchtigt. Wäre er gesund gewesen, hätte er sich niemals einer Frau ausgeliefert, die ..."

„Er ist mir nicht ausgeliefert", schrie Fiona. „Sie können Ihren Namen und Ihr Geld behalten. Was ich mir wünsche, ist, dass ihr arroganten Lassiters aus meinem Leben verschwindet."

„Das sagen Sie jetzt, aber ich glaube Ihnen nicht."

„Dann schicken Sie mir eine Verzichtserklärung zur Unterschrift." Fiona kochte vor Zorn. „Damit erlischt auch jeder Anspruch der Familie Lassiter. Falls ich wirklich ein Kind bekommen sollte, dann gehört es mir. Mir allein."

„Ich werde unseren Anwalt noch heute bitten, ein entsprechendes Dokument aufzusetzen", erklärte Janet Lassiter. „Dann werden wir ja sehen, wie weit man Ihnen trauen kann."

Fiona ging zur Haustür und öffnete sie weit. „Ich möchte Sie nie wieder sehen, Mrs. Lassiter. Das gilt auch für die anderen Mitglieder Ihrer Familie. Hier ist keiner von Ihnen willkommen."

Davids Mutter wirkte einen Augenblick lang unsicher, doch sie fing sich sofort wieder und ging wortlos hinaus. Fiona wollte gerade die Tür schließen, als sich Janet Lassiter noch einmal umdrehte.

„Wie konnten Sie das tun? Mein Sohn liegt im Sterben, aber er ist Ihnen gleichgültig, nicht wahr? Sie haben von Anfang an nur an sich selbst gedacht."

„Er ist mir keineswegs gleichgültig“, erwiderte Fiona, und bei der Erinnerung an die beiden berauschenden Nächte tat ihr das Herz weh. „Was ich für ihn empfinde, können Sie niemals ermessen. Alle Reichtümer der Welt reichen nicht aus, um mich für das zu entschädigen, was ich für Ihren Sohn aufgegeben habe. Für den Rest meines Lebens werde ich dafür bezahlen müssen, dass mir ein anderer Mensch wichtiger war als ich selbst.“

Fiona merkte gar nicht, dass sie am ganzen Leib zitterte. Sie schlug die Tür heftig zu und lief ins Haus. Dort brach sie schluchzend zusammen. Wie niederträchtig und ungerecht Janet Lassiters Anschuldigungen waren.

Wie lange sie zusammengekrümmt auf der Couch gesessen hatte, wusste Fiona nicht, aber als es erneut an der Tür klingelte, war es bereits dunkel. Sie rührte sich nicht. Wer auch immer es war, sie wollte ihn nicht sehen.

Doch der Besucher war beharrlich. Obwohl nirgendwo im Haus Licht brannte, klingelte er unentwegt weiter. Das schrille Geräusch zerrte an Fionas Nerven, und schließlich hielt sie es nicht mehr aus. Sie knipste die Schreibtischlampe an, stand auf und ging langsam zur Tür.

Normalerweise schaute sie zuerst durch den Spion, aber heute war sie so durcheinander, dass sie es unterließ. Ohne jede Vorsicht drückte sie die Klinke herunter und machte die Tür auf.

Als sie sah, wer draußen stand, wusste sie, dass sie einen großen Fehler gemacht hatte.

Das Gesicht des Mannes war grau. Seine Wangen wirkten eingefallen, und seine Augen glänzten wie im Fieber. Er schien um zehn Jahre gealtert zu sein, seit sie ihn zuletzt gesehen hatte, aber es bestand nicht der geringste Zweifel daran, wer er war. Einen Mann wie Julian Lassiter gab es nur einmal.

Fiona hatte das Gefühl, als hätte jemand ihr einen Schlag versetzt. Ihr wurde schwindlig, und sie musste sich am Türrahmen festhalten, um nicht umzufallen.

„Fiona.“ Es war Julian anzumerken, wie erleichtert er war. Er musterte sie besorgt. „Ich habe mir solche Sorgen gemacht, weil du nicht öffnetest. Du siehst aus, als wärst du krank."

„Was willst du, Julian?", fragte sie bitter. „Warum könnt ihr euer Versprechen nicht halten und mich in Ruhe lassen?"

„Janet hat meinem Vater gebeichtet, was sie getan hat", erklärte er. „Ich musste kommen und mit dir sprechen. Aus Kummer über David hat sie völlig die Fassung verloren. Du darfst dir das, was sie zu dir gesagt hat, nicht zu Herzen nehmen. Morgen wird sie dich wahrscheinlich um Verzeihung bitten. Ich schwöre dir ..."

„Nein", unterbrach sie ihn. „Ich will keine weiteren Beteuerungen hören. Von eurer Familie habe ich bis jetzt nur Leid und Schmerz erfahren. Nun kann ich nicht mehr. Bitte geh und komm nie wieder."

Als sie die Tür wieder schließen wollte, hob er rasch eine Hand. „Fiona, bitte. Wir sind es dir schuldig ..."

„Nichts seid ihr mir schuldig."

„Und wenn du ein Kind bekommst?"

„Dann gehört es mir. Von euch werde ich nichts annehmen."

„Um Himmels willen ..."

„Nein." Schluchzend stemmte sie sich gegen die Tür.

„Fiona, hör mir zu."

„Ich habe dir zugehört. Du hast versprochen, mich in Ruhe zu lassen."

„Wie kann ich das?", rief er verzweifelt. „Erlaube mir wenigstens, jemanden zu rufen, der sich um dich kümmert. Deine Mutter vielleicht oder ..."

„Ich will niemanden um mich haben. Du hast kein Recht, einfach bei mir einzudringen."

„Na gut", sagte Julian nach einer Pause. „Ich gehe, aber bitte versprich mir, dass du dich schonst, Fiona."

„Ja." Alles hätte sie ihm versprochen, um ihn loszuwerden.

„Ich möchte dir noch versichern, dass eine solche Szene nicht noch einmal vorkommt. Dadurch wird das Unrecht, das Janet dir angetan hat, zwar nicht wieder gut, aber du brauchst wenigstens keine Angst zu haben, dass sich so etwas wiederholt."

Fiona lehnte sich gegen die geschlossene Tür und lauschte, bis das Quietschen des Gartentores anzeigte, dass Julian fort war.

Was hätte sie auch anderes tun sollen? Ihre Liebe zu Julian war hoffnungslos. Durch weitere Begegnungen mit ihm würde sie es sich selbst nur schwerer machen. Selbst wenn sie nicht schwanger war, konnten sie niemals zusammen sein, ohne daran zu denken, was geschehen war. Und sollte tatsächlich ein Baby unterwegs sein …

Fiona betete, dass es nicht so war und sie eines Tages über das Leid, das ihr die Begegnung mit den Lassiters gebracht hatte, hinwegkommen würde, anstatt für den Rest ihres Lebens daran erinnert zu werden. Doch das Ereignis, auf das sie mit wachsender Beklommenheit wartete, blieb aus.

Schließlich ertrug sie die Ungewissheit nicht länger und ging in die Apotheke, um sich einen Schwangerschaftstest zu kaufen. Eine Stunde später bestand kein Zweifel mehr. Sie erwartete David Lassiters Kind, und es galt, Entscheidungen zu treffen.

Fiona nahm die Visitenkarte heraus, die Julian ihr in Maui hinterlassen hatte, und betrachtete sie unschlüssig. Alle Vernunftgründe sprachen dagegen, noch einmal Kontakt mit den Lassiters aufzunehmen. Andererseits hatte David ein Recht zu erfahren, dass ein Baby unterwegs war.

Doch würde Julian sie in Ruhe lassen, wenn er wusste, dass sie Davids Kind und vorläufig den einzigen Nachkommen der Lassiters unter dem Herzen trug?

Sie wusste, dass er kommen würde, um sich um sie zu kümmern. Und sie machte sich nichts vor, noch einmal fand sie nicht die Kraft, ihn fortzuschicken.

Dabei war es ihr Baby. Bestimmt kam sie auch ohne die Unterstützung der Lassiters zurecht. Sie brauchte Julian nur zu beweisen, dass sie keine Hilfe benötigte. Dann musste er gehen, weil es keinen stichhaltigen Grund gab, um zu bleiben. Doch Fiona wusste selbst, dass sie sich etwas vormachte.

Schließlich legte sie die Karte auf den Schreibtisch und nahm den Telefonhörer ab. Sie konnte sich nicht erinnern, wann sie ihre Mutter zum letzten Mal um Hilfe gebeten hatte. Es fiel ihr auch jetzt nicht leicht, aber sie brauchte unbedingt einen Menschen, der ihr gegen die

Lassiters beistand. Zum Glück meldete Marjorie Kent sich sofort.

„Hier ist Fiona, Mum." Ihre Stimme klang matt und zittrig.

„Du hast Glück, dass du mich erreichst. Ich wollte gerade aus dem Haus gehen."

„Mum." Fiona schluckte. „Können wir uns treffen?"

Zu ihrer Überraschung zögerte ihre Mutter keine Sekunde. „Ich komme sofort."

Als Fiona aufgelegt hatte, schwankte sie zwischen Hoffnung und Angst. Sie musste sich einfach bei jemandem aussprechen, aber was sollte werden, wenn ihre Mutter sie wieder einmal im Stich ließ? Solange Fiona zurückdenken konnte, hatte Marjorie Kent die Augen vor den unangenehmen Seiten des Lebens verschlossen. Wenn sie nun mit Verachtung reagierte, wenn sie hörte, was ihre Tochter getan hatte …

Es klingelte an der Tür. Beklommen öffnete Fiona. Ihre Mutter war eine gepflegte Frau von sechzig Jahren, die noch immer sehr anziehend auf Männer wirkte. Sie war aber auch eine Frau, die weder gerüstet noch geneigt war, sich mit unerfreulichen Tatsachen auseinanderzusetzen.

„Es tut mir leid, Mum", begann Fiona zögernd. „Ich hatte nicht die Absicht, dich …"

„Fiona", unterbrach Marjorie Kent ihre Tochter. „Bitte versuche nicht, mir einzureden, dass alles in Ordnung ist. Es ist schon lange her, seit du mich um etwas gebeten hast. Normalerweise lässt du mich nicht an dem teilhaben, was in dir vorgeht. Ich möchte dir wirklich gern helfen."

Jetzt kannst du den auf Maui gefassten Vorsatz in die Tat umsetzen, dachte Fiona nicht ohne Selbstironie. Du wolltest doch deine Familie etwas mehr an deinem Leben teilhaben lassen. Sie atmete tief durch.

„Das, was ich dir zu sagen habe, wird dir vielleicht nicht gefallen, Mum, aber es lässt sich nicht mehr ändern."

Sie bot ihrer Mutter einen Platz an, aber sie selbst konnte einfach nicht sitzen. Während sie ihre Beichte ablegte, lief Fiona unruhig im Zimmer auf und ab und versuchte, sich gegen die Vorwürfe zu wappnen, die unweigerlich kommen mussten.

Marjorie Kent war geschockt über das, was ihre Tochter berichtete, aber statt Empörung empfand sie nur Traurigkeit. Sie wartete, bis Fiona geendet hatte und sich erschöpft in einen Sessel sinken ließ.

„Ich bin nicht wie du, Fiona. Zu dem, was du getan hast, hätte ich mich niemals durchringen können. Mir war es stets am wichtigsten, jemanden zu haben, der mich liebt und den ich ebenfalls lieben kann. Ich weiß, dass ich nicht immer klug entschieden habe. Darunter hattest besonders du zu leiden. Glaub nicht, dass ich die Augen vor der Wahrheit verschließe. Ich habe dich oft im Stich gelassen. Mit den älteren Mädchen war es einfacher, aber du warst so viel jünger. Irgendwie ist mir alles über den Kopf gewachsen."

„Ich bin schon zurechtgekommen", erwiderte Fiona verlegen. Es war nicht nur das erste Mal, dass ihre Mutter sie an ihren Gefühlen teilhaben ließ, Fiona verstand jetzt auch, wie sehr man sich nach der Liebe eines Mannes sehnen kann.

„Nein." Marjorie Kent schüttelte den Kopf. „Ich hätte mir für dich etwas anderes gewünscht, aber wir ernten nur das, was wir säen. Jedenfalls bin ich dankbar, dass du mich jetzt ins Vertrauen gezogen hast. Was auch immer geschieht – ich bin deine Mutter, Fiona, und ich werde dich unterstützen, so gut ich kann."

Der Graben, der sie so lange getrennt hatte, schien sich plötzlich zu schließen. Fiona sah die Anzeichen des Alters im Gesicht ihrer Mutter und wurde daran erinnert, dass eines jeden Menschen Zeit begrenzt ist. Diese Frau hatte ihr das Leben geschenkt, und dieses Geschenk gab sie nun an das Kind in ihrem Leib weiter. Tränen strömten ihr über das Gesicht, als sie ihre Mutter umarmte.

„Ich verstehe deine Gefühle gegenüber den Lassiters", sagte Marjorie Kent schließlich. „Trotzdem finde ich, du solltest deinen Entschluss, sie aus deinem Leben zu verbannen, noch einmal überdenken. Hier geht es nicht mehr nur um dich, Fiona. Eines Tages wirst du deine Entscheidungen vor deinem Kind verantworten müssen. Und wenn die Antwort nicht zufriedenstellend ausfällt …"

„Ich mache dir keine Vorwürfe mehr", warf Fiona hastig ein.

Marjorie Kent wehrte ab. „Fiona, ich weiß, welche Fehler ich gemacht habe. Es ist sehr schwierig, mehreren Leuten gerecht werden zu wollen. Es gelingt nur wenigen. Was ich damit sagen will, Fiona – ein Leben lang allein ist hart. Nach allem, was du von Julian Lassiter erzählt hast, scheint er ein guter Mensch zu sein. Ein fairer Mensch. Ich denke, es wäre von Vorteil für dein Kind, einen Onkel zu haben, der ihm das geben kann, was außerhalb deiner Möglichkeiten liegt. Darüber solltest du nachdenken."

Das tat Fiona auch, und zwar noch lange, nachdem Marjorie Kent gegangen war. Ihre Mutter wusste nichts von ihrer Liebe zu Julian. Davon zu sprechen, war für Fiona unmöglich gewesen, dazu war der Schmerz noch zu groß. Doch bis das Baby da war, war die Qual vielleicht auf ein erträgliches Maß abgesunken. Und dann würde da auch ein kleiner Mensch sein, der all die Liebe abfordern würde, die sie zu geben hatte.

Ihre Mutter hatte recht. Es war nicht fair, ihren Sohn oder ihre Tochter dessen zu berauben, was den Nachkommen von David Lassiter zustand. Wenn Julian dem Kind zu diesem Recht verhelfen wollte, würde sie ihn gewähren lassen.

Nach der Geburt.

Bis dahin wollte sie ihr eigenes Leben führen, so gut es ging, und Julian samt seiner Familie auf Distanz halten.

Etwas gab es jedoch, das keinen Aufschub duldete. David musste erfahren, dass sie schwanger war. Es war falsch, den Anruf bei Julian hinauszuzögern, wenn sie damit ein wenig Freude in Davids Leben bringen konnte. Wenn sie das hinter sich hätte, würde sie ein reines Gewissen haben.

Entschlossen zog Fiona Julians Visitenkarte aus dem Schreibtisch und wählte seine Geschäftsnummer, ehe sie es sich anders überlegen konnte.

„Lassiter Corporation", meldete sich eine Frau mit angenehmer Stimme. „Kann ich Ihnen behilflich sein?"

Fiona brachte kein Wort heraus. Ob Julian ihr den nötigen Freiraum ließ, wenn er erfuhr, dass sie ein Baby erwartete? Und wenn er nun …

„Hallo, sind Sie noch dran?", erkundigte sich die Telefonistin.

Der Drang, einfach aufzulegen, war fast unwiderstehlich, aber Fiona kämpfte ihre Panik nieder und zwang sich zu antworten.

„Ich … möchte bitte Mr. Julian Lassiter sprechen."

„Einen Augenblick, ich verbinde Sie mit seiner Sekretärin."

Fiona wartete ungeduldig, bis sie verbunden wurde, und wiederholte ihre Bitte – diesmal mit etwas mehr Selbstvertrauen. Schließlich konnte Julian sie zu nichts zwingen.

„Mr. Lassiter ist in einer Konferenz", teilte ihr die Dame in seinem Vorzimmer mit. „Möchten Sie vielleicht eine Nachricht hinterlassen, Miss …?"

„Walker", antwortete Fiona. Zwiespältige Gefühle erfüllten sie – Bedauern und Enttäuschung, dass sie seine Stimme nicht hören konnte, aber auch Erleichterung, dass es ihr erspart blieb, mit ihm zu reden. Sie überlegte, wie sie eine Mitteilung formulieren sollte, die gleichzeitig diskret und doch unmissverständlich war.

„Würden Sie ihm bitte ausrichten, dass das Ereignis, auf das er gehofft hat, eingetreten ist", sagte Fiona schließlich.

„Das Ereignis, auf das er gehofft hat, ist eingetreten", wiederholte die Sekretärin. „Ich habe es notiert, Miss … Wie war Ihr Name?"

„Walker. Fiona Walker."

Fiona wollte bereits wieder auflegen, als die Stimme am anderen Ende plötzlich schrill wurde. „Miss Walker. Bitte bleiben Sie am Apparat. Legen Sie auf keinen Fall auf."

„Aber …", begann Fiona verwirrt.

„Warten Sie, Miss Walker. Ich habe strikte Anweisungen, und Mr. Lassiter ist kein Mann, dessen Anordnungen man zuwiderhandelt. Ein Anruf von Ihnen hat absoluten Vorrang, ganz gleich, wo er ist oder was er gerade tut. Es wird nur einen Moment dauern, ihn ans Telefon zu holen. Bitte legen Sie nicht auf."

Fiona war so verblüfft, dass sie tatsächlich wartete.

„Bin jederzeit für Dich da", hatte Julian geschrieben, aber es erstaunte Fiona, dass er es so umfassend gemeint hatte. Dann jedoch erinnerte sie sich an sein Organisationstalent. Er hatte ihre Ehe arrangiert und versucht, Einfluss auf ihr Leben zu nehmen. Ein Mann wie Julian dachte voraus und kalkulierte sämtliche Möglichkeiten ein. Natürlich überließ er einen Anruf von ihr nicht dem Zufall. Nicht, wenn er gute

Nachrichten für David bringen konnte.

Welche Pläne hatte Julian wohl noch gemacht für den Fall, dass sie schwanger war?

Fiona ließ den Hörer auf die Gabel fallen. Sie wollte nicht mit ihm sprechen und gegen ihn kämpfen müssen, wenn sich ein Teil von ihr danach sehnte, ihm nachzugeben. Der Zweck ihres Anrufs war erreicht. Sie hatte eine Nachricht hinterlassen, die er an David weitergeben konnte. Dass Julian ihr Leben in die Hand nahm, konnte sie jedoch nicht zulassen. Nicht, bis sie imstande war, es mit ihm aufzunehmen.

Nun war sie ja nicht mehr allein. Wenn sie Hilfe benötigte, konnte sie zu ihrer Mutter gehen. Julian brauchte sie nicht.

Würde Julian ihren Wunsch respektieren, in Ruhe gelassen zu werden? Offensichtlich hatte er schon längst Pläne gemacht, jedenfalls für den Fall, dass sie tatsächlich ein Kind erwarten sollte. Nun wusste er, dass es so war. Fiona fragte sich, wie lange es dauern würde, bis er sie in die Tat umsetzte, und mit wie viel Nachdruck er dabei vorgehen würde. Sie vermutete, dass es mit jeder Rücksichtnahme auf sie sehr schnell vorbei sein würde, wenn es darum ging, im Interesse von Davids Kind zu handeln.

9. KAPITEL

Julian kam am nächsten Morgen.

Er sah noch schlimmer aus als beim letzten Mal – blass, abgemagert, er hatte dunkle Schatten unter den Augen. Doch sein entschlossener Gesichtsausdruck warnte Fiona, dass er keinen Widerspruch dulden würde. Er vergeudete keine Zeit mit einer Begrüßung.

„Fiona, dieser Unsinn ist jetzt weit genug gegangen. Wir haben eine Abmachung getroffen. Ich kann deine Gefühle mir gegenüber zwar verstehen, aber ich habe eine Verantwortung für das Kind, und das Kind kommt zuerst."

Wenn du wüsstest, was ich wirklich für dich empfinde, dachte Fiona ironisch. Aber es ist besser, du ahnst nichts davon, weil sonst selbst im Interesse des Kindes keine gemeinsame zukünftige Basis möglich ist.

Sie machte eine einladende Handbewegung. „Komm herein und erzähl mir, was du dir vorgestellt hast." Ihre Augen funkelten warnend. „Das heißt jedoch nicht, dass ich mich damit einverstanden erkläre, Julian."

Selbst dieses kleine Entgegenkommen schien ihn zu überraschen. Offenbar hatte er damit gerechnet, wieder abgewiesen zu werden. Er ging ins Wohnzimmer. Dort stellte er sich an die gleiche Stelle, an der seine Stiefmutter gestanden hatte, aber diesmal blieb Fiona nicht stehen.

Sie ließ sich in einen Sessel nieder, um ihre Kräfte zu schonen. Der Aufruhr, den sein Anblick in ihr ausgelöst hatte, war beängstigend. Es kostete sie ihre ganze Selbstbeherrschung, ruhig und gelassen zu bleiben. Sie wollte vernünftig sein – vorausgesetzt, Julian war es auch.

„Du hast es David erzählt?", fragte sie.

Als er nicht gleich antwortete, hob sie den Kopf und ertappte ihn dabei, wie er sie forschend musterte, als wollte er ihre geheimsten Gedanken erraten.

„Natürlich", sagte er schließlich sanft. „David ist dir sehr dankbar. Du kannst dir nicht vorstellen, wie er sich gefreut hat."

Rasch blickte Fiona zu Boden, denn die Erinnerung an das, was geschehen war, damit es zu dieser Schwangerschaft kam, trieb ihr das Blut ins Gesicht.

„Also, Julian“, sagte sie kühl, „was willst du?“

Er zuckte zusammen, doch als er sprach, war seine Stimme ausdruckslos. „Was ich will, ist hier nicht wichtig. Auch unsere Gefühle füreinander zählen nicht. Ich denke nur an dein Wohl, Fiona, und an das des Kindes. Ich habe nämlich jemanden mitgebracht, der dir helfen wird.“

„Was meinst du damit?“, fragte Fiona argwöhnisch.

„Lass es dir erklären“, antwortete er. „Tina Stavlikos gehört zu meinem persönlichen Stab in der Lassiter Corporation. Sie ist eine der besten Assistentinnen, die ich je hatte. Ganz gleich, was von ihr verlangt wird, sie schafft es. Ich bin sicher, dass sie dir bei deiner Arbeit eine große Unterstützung sein wird.“

„Ich brauche aber keine Hilfe bei meiner Arbeit“, wehrte sich Fiona.

„Dann wird sie dir andere Dinge abnehmen“, erwiderte Julian unbeeindruckt. „Außerdem kann sie dir Gesellschaft leisten. Das bedeutet auch, dass du nicht mehr direkt mit mir zu tun zu haben brauchst.“

Er hatte eine Aufpasserin mitgebracht. Dass er so etwas tun würde, hatte Fiona nicht erwartet.

„Fiona“, fuhr er beschwörend fort, „ich weiß, dass du kein besonders enges Verhältnis zu deiner Familie hast. Ebenso ist mir bekannt, dass du mich nicht um dich haben willst. Ich möchte aber nicht, dass du dir wegen irgendetwas Sorgen machen musst. Wenn du dich nicht wohl fühlst oder niedergeschlagen bist, dann kannst du dich jederzeit an Tina wenden. Falls du sie nicht magst, brauchst du es mir nur zu sagen. Dann werde ich jemand anders finden.“

Fionas Anspannung ließ ein wenig nach. Sie sah ein, dass Julian versuchte, Probleme von ihr fernzuhalten, die durchaus auftreten konnten. Er konnte ja nicht wissen, dass sie sich mit ihrer Mutter versöhnt hatte. Wenigstens beabsichtigte er nicht, sich selbst in ihr Leben zu drängen. Für seine Zurückhaltung in diesem Punkt war sie dankbar, selbst wenn er die Motive, warum sie ihn nicht um sich haben wollte, missverstand.

„Wirst du dich zufriedengeben, wenn ich Tina akzeptiere?“, fragte sie vorsichtig. Ehe sie zustimmte, wollte sie sichergehen, dass er nicht noch mit weiteren Überraschungen aufwartete.

Er verzog das Gesicht. „Nein, zufrieden werde ich nicht sein. Aber das Unmögliche versuchen, dürfte wohl kaum der richtige Weg sein, dich zur Zusammenarbeit zu bewegen. Ich habe nicht die Absicht, dich weiter zu bedrängen. Dass du dich mit Tina abfindest, ist im Moment alles, was ich von dir erwarte. Allerdings hoffe ich, dass sich unser Verhältnis bis zur Geburt des Kindes bessert.“

Fiona nickte müde. Es war sehr klug von ihm, sich mit seinen Vorschlägen an die von ihr gezogenen Grenzen zu halten. Doch Julian hatte immer schon gewusst, wie er sie behandeln musste, um das gewünschte Ergebnis zu erzielen. Ein falsches Wort von ihm, und sie hätte David wahrscheinlich nicht geheiratet.

„Da du diese Tina Stavlikos nun schon einmal mitgebracht hast, kannst du sie auch hereinholen. Ich werde es mit ihr versuchen.“

„Eins noch, Fiona.“ Er zögerte. „Du musst verstehen, dass ich gelegentlich vorbeikommen werde, um mich selbst von deinem Wohlergehen zu überzeugen.“

„Nein!“, schrie sie unwillkürlich.

„Bestimmt nicht so oft, dass es zur Qual für dich wird. Ich würde nie etwas tun, was dem Kind schaden könnte.“

„Nein.“ Sie würde es nicht ertragen können, mit ansehen zu müssen, wie er Davids Kind die Liebe zeigte, die sie sich selbst so verzweifelt wünschte. „Ich bin durchaus fähig, auf mich achtzugeben. Um dich zu beruhigen, bin ich trotzdem bereit, deine Aufpasserin zu akzeptieren. Aber das ist alles. Dass du nach Belieben kommst, dulde ich nicht.“

Julian war blass geworden. „Ich kann es nicht zulassen, dass du mich auf diese Weise von dem Kind fernhältst.“

Sie bedeckte die Augen mit den Händen, damit er ihre Tränen nicht sah. „Das war auch nicht meine Absicht, Julian. Aber es ist unnötig, dass du während meiner Schwangerschaft persönlich nach mir siehst. Falls es Probleme geben sollte, werde ich dich anrufen. So weit musst du mir aber vertrauen.“

„Fiona." Er streckte die Hände nach ihr aus. „Kann ich irgendetwas für dich tun?"

Fiona schüttelte den Kopf, weil sie nicht fähig war, noch länger zu sprechen. Von ganzem Herzen wünschte sie, er wäre der Mann, der sie so leidenschaftlich geliebt hatte. Um ihm nicht ins Gesicht sehen zu müssen, senkte sie den Kopf und heftete den Blick auf seine Krawatte. Seine Brust hob und senkte sich heftig.

„Also gut", sagte Julian schließlich, aber es klang mehr wie eine Kampfansage als wie eine Verzichtserklärung. „Ich hole Tina."

Fiona war froh, dass sie einen Moment lang allein sein konnte, um sich zu sammeln. Nicht Julians, sondern Davids Kind wuchs in ihr heran. Im Laufe der Monate musste sie lernen, Julian als Bruder zu betrachten. Sie wünschte, sie könnte die Gedanken auslöschen, die sie gegen jede Vernunft verfolgten. Doch zunächst galt es, der Frau gegenüberzutreten, die Julian mitgebracht hatte. Sie stand auf, ging nach nebenan ins Büro und setzte sich hinter den Schreibtisch.

Als sie Tina Stavlikos erblickte, verspürte sie einen Stich. Die junge Frau war hoch gewachsen und sehr attraktiv, hatte klassische griechische Gesichtszüge, dunkle Augen, leicht gebräunte Haut und glänzendes schwarzes Haar, das ihr in Wellen über die Schultern fiel. Als Julian sie Fiona vorstellte, lächelte sie freundlich.

„Es freut mich sehr, Ihre Bekanntschaft zu machen, Mrs. Lassiter."

„Bitte sagen Sie doch Fiona zu mir." Sie war zwar Davids Frau, aber daran wollte sie nicht unentwegt erinnert werden. „Es macht Ihnen doch nichts aus, wenn ich Sie Tina nenne?"

„Überhaupt nicht", versicherte Tina. „Stavlikos ist ein echter Zungenbrecher."

Fiona nickte. Julians Anwesenheit hinderte sie daran, sich natürlich und ungezwungen zu geben. Sie wandte sich zu ihm um. „Julian, du musst sicher ins Büro."

Er sah sie lange an. „Versprichst du mir, dass du mich anrufst, wenn irgendetwas sein sollte?"

„Das habe ich doch schon getan."

Es war Julian deutlich anzusehen, wie sehr es ihm widerstrebte, jetzt zu gehen. Schließlich nickte er und blickte zu Tina hinüber. Er sagte kein Wort, aber das war auch nicht nötig. Fiona spürte, welches Einverständnis zwischen den beiden herrschte, und nahm es ihnen übel.

„Dann werde ich mich also verabschieden … jedenfalls für heute."

„Vielen Dank für deine Fürsorge", sagte Fiona höflich.

„Du kannst jederzeit auf mich zählen", antwortete er leise.

Am liebsten wäre Fiona ihm nachgelaufen und hätte ihn um Dinge gebeten, die niemals Wirklichkeit werden konnten. Es dauerte einige Sekunden, ehe sie sich wieder so weit unter Kontrolle hatte, dass sie sich um Tina Stavlikos kümmern konnte.

„Setzen Sie sich doch, Tina."

Jetzt erst bemerkte Fiona, dass Julians Assistentin nicht mehr ganz so jung war, wie sie ursprünglich angenommen hatte. Fiona schätzte sie auf Ende dreißig. Doch in diesem Alter war Julian auch, und Tina besaß sein Vertrauen.

Eifersucht ergriff Fiona. War Tina Stavlikos eine der flüchtigen Bekanntschaften, von denen Julian gesprochen hatte? Sie musste es wissen.

„Julian sagte, Sie gehören seinem persönlichen Stab an. Sind Sie gut mit ihm befreundet?"

„Natürlich nicht." Tina war sichtlich überrascht über die Frage. „Wir respektieren einander, aber weder Mr. Lassiter noch ich haben jemals daran gedacht, uns auch außerhalb der Firma zu treffen."

„Sie sind sehr hübsch", bemerkte Fiona. Es gelang ihr einfach nicht, den Gedanken abzuschütteln, dass diese Frau Julian schon länger und besser kannte als sie.

Tina lächelte. „Ich bezweifle, dass Mr. Lassiter das jemals aufgefallen ist. Seit dem Tod seiner Frau habe ich nie erlebt, dass er Interesse an jemandem gezeigt hat, bis …" Sie hielt verlegen inne. „Ich glaube, dass Sie ihm sehr viel bedeuten, aber das geht mich natürlich nichts an."

Bei diesen Worten musste Fiona an ihr erstes Zusammentreffen mit Julian denken. Die gegenseitige Anziehung war nicht zu leugnen gewesen. Sie hatte sich dagegen gewehrt, und Julian hatte sie geleugnet. Davids Glück war ihm wichtiger gewesen. Unwissend hatte sie ihm zugestimmt. Jetzt war es zu spät.

Tinas Bemerkung hatte Fiona einen Vorwand geliefert, sich nach dem Teil von Julians Leben zu erkundigen, über den er nie sprach. „Ich habe Julians Frau nie kennengelernt“, sagte sie betont gleichgültig. „Wie war sie denn?“

Tina überlegte ihre Antwort sehr sorgfältig. „Ich kann nicht behaupten, dass ich Vanessa Lassiter gekannt habe. Gelegentlich bin ich ihr im Büro begegnet oder bei Firmenveranstaltungen. Sie war zweifellos die schönste Frau, die ich je gesehen habe. Man musste sie unentwegt anschauen. Das ging allen so. Aber …“ Sie schwieg einen Moment. „Ich mochte sie nicht“, fügte Tina dann hinzu.

„War sie zu attraktiv?“, wollte Fiona wissen.

„Zu raffiniert“, stellte Tina richtig. „Sie kannte die Macht, die sie durch ihr Aussehen über andere hatte, und übte sie skrupellos aus.“

„Deswegen wollte sie sich also nicht mit einer Schwangerschaft die Figur verderben“, sagte Fiona wie zu sich selbst.

„Es ist auch der Grund, warum sie Selbstmord beging.“

Fiona glaubte, sich verhört zu haben. „Selbstmord?“, wiederholte sie fassungslos.

Tina fühlte sich sichtlich unbehaglich. „Ich dachte, Sie wüssten davon.“

„Nein. Ich weiß nur, dass Julian Witwer ist. Warum hat sie denn Selbstmord begangen?“

Es war Tina klar, dass sie schon zu weit gegangen war, um jetzt noch einen Rückzieher zu machen. „Angeblich waren es Depressionen nach ihrem Unfall. Sie war auf einer Party, als ein Gasgrill explodierte. Dabei erlitt sie Brandverletzungen im Gesicht und an den Schultern. Plastische Chirurgie konnte ihre makellose Schönheit nicht wiederherstellen. Kurz darauf nahm sie eine Überdosis Schlaftabletten.“

„Wie schrecklich“, flüsterte Fiona. Was sie eben gehört hatte, erklärte sehr viel über Julian – seine Bitterkeit und den Zynismus gegenüber Frauen, seine ungläubige Freude, als sie sich bereit erklärt hatte, Davids Kind zur Welt zu bringen. Sie erinnerte sich noch gut an seine Worte auf Maui, dass sich durch sie seine Einstellung zu Frauen grundlegend verändert hätte. Damals verstand sie nicht, was er damit meinte. Doch das war nicht alles gewesen. Er hatte auch davon gesprochen, wie leid es ihm tat, dass er sie dazu überredet hatte, Davids Frau zu werden. Plötzlich war sie von einer wilden Hoffnung erfüllt. Vielleicht empfand er doch mehr für sie, als es den Anschein hatte.

Fiona hatte Tinas Anwesenheit ganz vergessen, bis diese sie mit einer taktvollen Bemerkung wieder in die Gegenwart zurückholte. „Ich würde gern mehr über Ihre Arbeit erfahren, Fiona. Nach allem, was Mr. Lassiter mir erzählt hat, klingt es, als wäre das Entwicklungspotenzial fast unbegrenzt. Ich liebe Herausforderungen." Ihr fröhliches Lächeln war ansteckend.

Fiona überdachte die Lage noch einmal. Sie hatte Julian zwar gesagt, dass sie keine Hilfe brauche, aber vielleicht war es angenehm, Tina an ihrer Seite zu haben, um Ideen mit ihr zu besprechen, die Arbeit mit ihr zu teilen und dabei möglicherweise mehr über Julian zu erfahren.

Außerdem war es ihr in letzter Zeit ziemlich schwer gefallen, sich auf ihr Geschäft zu konzentrieren. Wenn sie nicht bald etwas Sinnvolles tat, brachte das Grübeln sie noch um den Verstand. Impulsiv schlug sie Tina vor, ihren Stuhl ebenfalls an den Schreibtisch zu rücken.

Erst sehr viel später fiel Fiona auf, dass sie zum ersten Mal, seit die Lassiters in ihr Leben getreten waren, stundenlang nicht an sie gedacht hatte.

Als Tina nach Hause gegangen war, wurde Fiona jedoch von tiefer Niedergeschlagenheit erfasst. Überlegungen, was Julian für sie empfand, waren zwecklos. Er hatte ja selbst gesagt, dass es zu spät für eine Umkehr war. Und nun stand Davids Kind zwischen ihnen.

Davids Kind und jene beiden schicksalhaften Nächte. Wie sollte sie die je vergessen? Dennoch gelang es ihr nicht, sie mit David in Verbindung zu bringen. Auch an weitere Zusammentreffen mit den Brüdern war nicht zu denken. Es tat zu weh. Sie würde das Baby bekommen. Mehr konnte die Familie Lassiter nicht von ihr erwarten.

Die Wochen vergingen, und Fiona stellte fest, dass trotz mancher schlafloser Nächte die Tage in Tinas Gesellschaft rasch und angenehm vergingen. Tina hatte nicht nur ein beachtliches Verkaufstalent – sie fand neue Abnehmer für Fionas Pauschalangebote und erzielte erstaunliche

Umsätze –, sondern verfügte auch über eine Begeisterungsfähigkeit, die ansteckend war.

Fionas Leben ging in eine neue Phase über, die nicht nur durch wiedererwachtes Interesse an ihrer Arbeit gekennzeichnet war, sondern auch durch ein engeres Verhältnis zu ihrer Familie. Sie wusste nicht, was ihre Mutter ihren Schwestern erzählt hatte, aber beide besuchten sie jetzt öfter. Barbara und ihr Mann brachten ein Kinderbett und die ersten Spielsachen. Jodie kam mit Babywäsche und drängte Fiona, sich die Muster für Jäckchen und Mützen auszusuchen, die sie für sie stricken wollte. Mit dem Vermögen der Lassiters im Hintergrund hätte Fiona zwar alles selbst kaufen können, aber sie spürte, dass es ihrer Familie Freude machte, etwas für sie zu tun. Vor allem aber war sie dankbar für die menschliche Zuwendung und Fürsorge.

Ihre Schwangerschaft hatte also auch angenehme Seiten. Wäre Julian nicht gewesen, hätte diese Zeit sogar die glücklichste ihres Lebens sein können. Aber Julian existierte und damit auch die schmerzliche Sehnsucht, die sich durch nichts stillen ließ.

Oft drängte es Fiona, ihn anzurufen, aber sie wehrte die Versuchung ab. Sie hatte keinen Grund, mit ihm Verbindung aufzunehmen – bis der Arzt ihr den Abzug der ersten Ultraschallaufnahme schickte. Selbst dann zögerte sie noch einige Tage. Schließlich war mit ihrem Baby alles in Ordnung. Niemand zwang sie, das Foto David zu geben, aber sie wusste, wie viel es ihm bedeuten würde.

Natürlich konnte sie das Bild auch einfach an Julian schicken und ihn bitten, es an David weiterzuleiten. Doch wenn es nun in der Post abhanden kam? Dafür war es zu wertvoll. Ein kurzes Zusammentreffen mit Julian würde ihr bestimmt nicht schaden. Vielleicht gelang es ihr bei dieser Gelegenheit auch, genauer festzustellen, was sie ihm bedeutete.

Trotzdem konnte sie sich nicht dazu überwinden, ihn anzurufen. Schließlich wählte sie den Weg über Tina.

„Übrigens“, sagte sie eines Nachmittags, „wenn Sie wieder einmal mit Julian sprechen, dann richten Sie ihm bitte aus, dass ich ihn gern sehen würde.“ Tina wurde rot, und Fiona fuhr fort: „Es hat doch keinen Sinn, dass wir uns gegenseitig etwas vormachen. Es ist Ihre Aufgabe, ihn über mich auf dem Laufenden zu halten, nicht wahr?"

„Ich arbeite wirklich gern für Sie, Fiona. Aber es stimmt, dass Mr. Lassiter mich jeden Abend anruft, um sich nach Ihnen zu erkundigen."

„Jeden Abend?", wiederholte Fiona ungläubig. Dass Julian so viel an ihrem Wohlergehen lag, hatte sie nicht erwartet. „Wirklich, jeden Abend?"

„Er macht sich Sorgen um Sie", sagte Tina vorsichtig. „Ich versuche, ihn davon zu überzeugen, dass es Ihnen gut geht. Das ist alles, Fiona."

Es erstaunte Fiona, welches Vertrauen Julian in seine Mitarbeiterin setzte. „Wer sind Sie, Tina? Ich meine, welche Stellung hatten Sie bei der Lassiter Corporation, ehe Julian Sie dazu überredete, zu mir zu kommen?"

Mit einem Schulterzucken versuchte Tina, ihre Bedeutung herunterzuspielen. „Man könnte sagen, ich bin die Feuerwehr der Firma. Die Lassiter Corporation hat Niederlassungen in der ganzen Welt. Wenn es irgendwo Probleme gibt, schickt man mich hin, um sie zu lösen."

Fiona verzog das Gesicht. „Jetzt bin ich also Julians Problem. Welch eine Vergeudung Ihres Talents, sich mit einem winzigen Reisebüro zu befassen."

Tina schüttelte den Kopf. „Unterschätzen Sie sich nicht, Fiona. Mir fehlt zum Beispiel Ihre Begabung, kreativ zu denken. Ohne dieses Talent gäbe es nichts, was ich später verkaufen könnte. Ich verfüge über einen gewissen Geschäftssinn, das ist alles. Und dieser Job hat mir mehr Spaß gemacht als je ein anderer zuvor." Sie schmunzelte. „Keinerlei Probleme."

Fiona musste ebenfalls lachen, doch als Tina gegangen war, wuchs ihre innere Anspannung wieder. Wenn es stimmte, was Tina ihr über Julians Sorge um sie erzählt hatte, dann musste sie damit rechnen, dass er noch heute vorbeikam.

Obwohl sie selbst wusste, dass es Wahnsinn war, machte sie sich für ihn schön. Sie duschte, wusch sich das Haar und trug ein leichtes Make-up auf. Ihre Haut war ohnehin schöner denn je – wie ihre Schwester Jodie sagte, eine der angenehmsten Nebenerscheinungen einer Schwangerschaft.

Dafür hatte ihre Figur gelitten. Sie war bereits im fünften Monat, und vor allem um die Taille herum hatte sie ziemlich zugenommen. Da sie Umstandskleider nicht mochte, hatte sie mehrere Hosen mit Gummizug gekauft. Darüber trug sie lose Blusen oder Hemden.

Kurz nach acht klingelte es an der Tür. Fiona brauchte nicht durch den Spion zu schauen, um zu wissen, dass es Julian war. Ihr Herz schlug stürmisch, und das Blut schoss ihr ins Gesicht. Im gleichen Augenblick wurde ihr bewusst, dass sie sich etwas vorgemacht hatte, als sie sich einredete, sie könne ihre Gefühle für ihn unterdrücken. Doch jetzt war es zu spät, um es sich anders zu überlegen. Sie atmete tief durch und öffnete die Tür.

Julians hoffnungsvoller Gesichtsausdruck rührte sie zutiefst. Seine legere Kleidung zeugte davon, dass er versucht hatte, dem Zusammentreffen einen Anstrich von Normalität zu geben. Unglücklicherweise wirkte er in Jeans und dem offenen Hemd nur noch attraktiver.

Als Fiona nichts sagte, ergriff er als Erster das Wort. „Tina hat mir ausgerichtet, dass du mich sprechen möchtest."

„Ja", antwortete sie rasch. „Das stimmt. Bitte komm herein, Julian."

Er folgte ihr ins Wohnzimmer, und als sie ihm einen Platz anbot, kam er der Aufforderung sofort nach. Die Atmosphäre war spannungsgeladen. Julian betrachtete Fiona mit solcher Intensität, als müsste er sich jede Einzelheit genau einprägen.

„Du siehst gut aus, Fiona", sagte er leise.

„Mir geht es auch gut." Sie setzte sich auf eine Sessellehne, weil sie viel zu nervös war, um es sich bequem zu machen. „Tina kümmert sich wunderbar um mich. Ich mag sie gern und bin dir dankbar, dass du sie mir geschickt hast."

„Das war doch das Mindeste, was ich tun konnte. Gibt es vielleicht sonst etwas, das ich …"

„Nein", unterbrach sie ihn rasch. „Ich habe dich nicht kommen lassen, um dich um etwas zu bitten, sondern um dir etwas zu geben."

Er schaute sie fragend an, und sie wurde rot. „Es ist eigentlich nicht für dich, sondern für David. Ist er … Wie geht es ihm?"

„Unter den gegebenen Umständen besser, als man befürchten musste.

Aber du weißt doch, dass er nichts von dir erwartet."

Als sie den Schmerz in Julians Stimme hörte, wünschte Fiona, sie hätte nicht gefragt. „Ich glaube, über das, was ich für ihn habe, wird er sich trotzdem freuen. Es ist im Büro."

Zu ihrer Überraschung folgte Julian ihr nach nebenan. Rasch nahm sie den Umschlag von ihrem Schreibtisch und reichte ihn ihm, um zu vermeiden, dass er noch näher kam. Ihr Herz schlug ohnehin schon viel zu heftig.

„Mein Arzt hat mir eine Ultraschallaufnahme geschickt. Das ist eine Art Fotografie des Kindes. Viel kann man nicht erkennen, aber David als Wissenschaftler kann bestimmt etwas damit anfangen."

Julian griff nach der Verschlusslasche, als wollte er den Umschlag aufmachen, aber dann hielt er inne. „Das ist sehr großzügig von dir, Fiona", sagte er rau.

„Es gibt noch etwas, das er wissen sollte." Fiona zögerte. „Ich weiß nicht, ob es ihn freut, aber …" Sie hob den Kopf, damit sie sehen konnte, wie Julian reagierte. „Das Baby ist ein Mädchen."

Die Anspannung fiel von Julian ab, und er begann zu strahlen. „Eine Tochter."

Fiona war unendlich erleichtert, dass Julian keine Enttäuschung zeigte. Ihr war das Geschlecht des Kindes egal, solange das Baby gesund war, aber sie hatte befürchtet, dass David und Julian vielleicht auf einen Jungen gehofft hatten, auf einen Erben für die Lassiter Corporation.

Bei Julian war es jedenfalls nicht so. Ihm machte es ganz offensichtlich nichts aus. Er wirkte fast wie ein stolzer Vater. Aber das war er nicht. Fiona musste sich diese Tatsache erst wieder ins Gedächtnis rufen. Es war Davids Kind, das einzige Kind, das er je haben würde, und sie hoffte, dass er sich ebenso wie sie darüber freute.

„Wenn du es David erzählst, Julian, dann erinnere ihn daran, dass Madame Curie und ihre Tochter beide einen Nobelpreis in Chemie bekommen haben. Und wenn Davids Tochter seine Fähigkeiten geerbt hat, wird sie das vielleicht auch schaffen."

Julian lachte und schüttelte den Kopf. „Mir ist das völlig egal. Was macht es schon, wenn sie niemals ein naturwissenschaftliches Buch öffnen sollte? Ein Kind! Welch ein Wunder." Sein Lächeln war glücklich, und er sprach das Wort wie eine Liebkosung aus. „Eine Tochter."

Wie er das sagte – Fiona wurde erneut von Zweifeln befallen. Sie war so sicher gewesen, dass Julian der Mann war, der sie in den Armen gehalten hatte, und seine Reaktion eben war nicht die eines Onkels, sondern die eines stolzen Vaters. Er war es, dachte sie. Mit ihm habe ich diese beiden schicksalhaften Nächte erlebt. Deshalb legt er auch solche Fürsorge an den Tag. Sein Kind – nicht Davids – wächst in mir heran.

Doch als ihr bewusst wurde, dass er offenbar beabsichtigte, die Täuschung fortzuführen, wurde sie erneut von Schmerz gepackt. In diesem Augenblick hasste sie ihn. Wie konnte er die Wahrheit weiterhin leugnen?

Fiona hatte lange gewartet, doch Julian sagte nichts. Mit letzter Kraft nahm sie das Gespräch noch einmal auf. „Das war alles, was ich von dir wollte, Julian." Er sollte für das bezahlen, was er ihr angetan hatte, sollte sich ebenso zurückgestoßen fühlen wie sie. Um seines Bruders willen verriet er sie und sein eigenes Kind.

Und doch – David musste wissen, dass das Baby nicht von ihm war. Weshalb hatte er dann seiner Mutter erzählt, dass Fiona ein Kind von ihm erwartete, ein Kind, das sein Vermögen erben würde? Was steckte hinter seinem Verhalten? Inzwischen verstand Fiona überhaupt nichts mehr.

„Fiona ..."

Julians Stimme klang sehr bewegt. Ihr Herz tat weh, als er ihr eine Hand auf die Schulter legte und sie zu sich umdrehte. Panik stieg in ihr auf, denn jetzt strich er ihr zart über die Wange. Diese Berührung ... Julian, Julian, flehte sie stumm und heftete den Blick auf seinen offenen Hemdausschnitt. Die Ader an seinem Hals pulsierte heftig.

Würde er ihr die Wahrheit sagen, die Täuschung zugeben und ihr erzählen, was wirklich geschehen war?

Er räusperte sich. „Ich wollte dir noch ..."

Fiona wartete mit angehaltenem Atem. Mehr als alles in der Welt wünschte sie sich, er würde ihr gestehen, dass er so nicht weitermachen könne und dass er sie liebe.

„Was mich betrifft, reichen sämtliche Nobelpreise nicht aus, um dich zu ehren, Fiona, für deine Menschlichkeit, deinen Mut und deine Großzügigkeit. Du bist einzigartig."

Vor Enttäuschung stiegen ihr Tränen in die Augen. Julian hatte keinen Zweifel daran gelassen, dass seine Gefühle für sie ausschließlich dadurch beeinflusst wurden, was sie für seinen Bruder getan hatte.

Sie schob seine Hand weg und ging langsam zur Tür. „Danke, dass du gekommen bist", sagte sie steif, als Julian ihr nach einigem Zögern folgte.

„Fiona ..."

„Richte David von mir aus, dass ich an ihn denke." Sie hoffte verzweifelt, dass Julian gehen würde, ehe sie ihm die ungeheuerlichsten Anschuldigungen an den Kopf warf. Anschuldigungen, für die sie als Beweis nur ihre aufgewühlten Gefühle hatte.

Er blieb noch eine Weile stehen, aber Fiona weigerte sich, ihn anzuschauen. Vielleicht hatte sie den Verstand verloren. Es musste David gewesen sein, und deshalb war es auch Davids Kind, das sie zur Welt bringen würde, aber sie konnte sich trotzdem nicht dazu überwinden, Julian noch einmal anzusehen.

Er seufzte auf und ging hinaus. „Auf Wiedersehen, Fiona. Schlaf gut."

Sie war nicht fähig, ihm zu antworten. Ihre Kraft reichte gerade noch dazu aus, die Tür zu schließen und den Riegel vorzuschieben. Symbolisch schloss sie damit Julian Lassiter aus ihrem Leben aus. Sie war dem Schmerz einfach nicht gewachsen, den er ihr durch sein Verhalten zufügte.

10. KAPITEL

Die Wochen, die nun folgten, waren nicht einfach für Fiona. Die morgendliche Übelkeit ließ zwar nach, aber dafür litt sie unter Rückenschmerzen und häufiger Erschöpfung. Trotzdem war es eine unbeschreibliche Freude, wenn sie spürte, wie sich das Kind in ihr bewegte. Es linderte sogar den Schmerz, den jeder Gedanke an David und Julian ihr bereitete. Nach Julian schickte sie nicht noch einmal. Auch er unternahm keine weiteren Versuche, sie zu sehen.

Je weiter Fionas Schwangerschaft fortschritt, desto weniger arbeitete sie. Tina bestand darauf, dass Fiona sich auf das Entwickeln neuer Ideen beschränkte und ihr selbst den Rest überließ. Wie sie gesagt hatte, machte ihr die Tätigkeit nicht nur großen Spaß, sondern sie hatte auch viel dazugelernt über andere Länder und Kulturen.

Sechs Wochen waren inzwischen vergangen, Fiona hörte nichts mehr von Julian. Sie wusste auch nicht, wie es David ging. Er tat ihr leid – und schließlich war er der Vater ihres Kindes. Jedenfalls musste sie das annehmen, denn Julian hatte nichts getan, um ihr Gewissheit zu geben. Den Vater ihres Kindes konnte sie aber nicht ständig ignorieren, obwohl sie eigentlich nichts mehr mit den Lassiters zu tun haben wollte.

Nächtelang dachte sie darüber nach, ob sie Julian bitten sollte, sie zu einem Besuch bei David abzuholen. Doch die zwischen ihnen getroffene Vereinbarung sah keine weiteren Kontakte vor. Je länger sie jedoch über David und seine Krankheit nachdachte, desto mehr quälte sie die Ungewissheit über seinen Zustand. Schließlich wählte sie wieder den Weg über Tina.

„Wenn Sie wieder mit Julian sprechen, dann fragen Sie ihn doch bitte, wie es um David steht. Ich würde es gern wissen."

„Warum rufen Sie ihn nicht selbst an, Fiona?", schlug Tina vor. „Ich bin sicher, Mr. Lassiter würde sich freuen, von Ihnen zu hören."

„Nein", antwortete Fiona scharf, doch als sie Tinas besorgten Gesichtsausdruck sah, seufzte sie. „Glauben Sie mir, es ist besser so. Bitte tun Sie mir den Gefallen."

Tina stellte keine weiteren Fragen. Bereits am nächsten Tag berichtete sie Fiona, dass David mit seiner ganzen Willenskraft darum kämpfte, noch so lange zu leben, bis seine Tochter auf der Welt war. Er war entschlossen, erst zu sterben, wenn er sein Kind gesehen hatte.

Tränen stiegen Fiona in die Augen. Sie hatte sich geirrt. David würde sich nicht so ans Leben klammern, um die Geburt eines Kindes abzuwarten, wenn es nicht von ihm wäre. Erneut wurde sie von dem Mitleid erfüllt, das sie dazu veranlasst hatte, Davids Bitte zu erfüllen.

Angesichts dessen, was er durchmachen musste, erschienen ihr ihre eigenen Probleme unwichtig. Sie hoffte inständig, dass es ihm vergönnt sein würde, seine Tochter wenigstens einmal in den Armen zu halten.

Die Versuchung, Julian anzurufen, wurde immer stärker. Oft hielt Fiona den Telefonhörer schon in der Hand, aber dann legte sie wieder auf. Eine Unterhaltung mit ihm konnte nur schmerzlich für sie sein. Für Julian war sie lediglich das Mittel zum Zweck. Seine Fürsorge galt ausschließlich der Frau, die das Kind seines Bruders erwartete. Es war besser, wenn sie versuchte, ihr eigenes Leben weiterzuführen.

Eines Sonntags lud Marjorie Kent alle ihre Töchter zu sich ein und stellte ihnen ihren Bridgepartner aus dem Seniorenclub vor. Henry Brownlow war ein schlanker, mittelgroßer Mann mit heiterem Wesen, der sichtlich in Marjorie verliebt war. Fiona war froh, dass ihre Mutter wieder jemanden gefunden hatte, und sagte ihr das auch.

Wieder vergingen zwei Monate. Gehorsam machte Fiona die Gymnastik- und Atemübungen, die man ihr in einem vom Krankenhaus abgehaltenen Kursus beigebracht hatte. Trotzdem waren die letzten Wochen der Schwangerschaft sehr belastend für sie. Entgegen der Voraussagen seiner Ärzte lebte David immer noch. Er hatte sich in die Klinik verlegen lassen, wo Fiona entbinden wollte, und sie hatte große Angst, dass das Baby nicht rechtzeitig kommen würde. Sie überlegte sogar, ihren Arzt zu bitten, die Geburt einzuleiten.

Doch ehe Fiona zu einem Entschluss gekommen war, nahm ihr das Baby die Entscheidung aus der Hand. Am nächsten Morgen – zehn Tage vor dem errechneten Termin – verspürte sie ein heftiges Ziehen im Bauch. Um keinen Fehlalarm auszulösen, wartete sie noch eine Weile ab, aber als Tina eintraf, bestand kein Zweifel mehr, dass die Wehen eingesetzt hatten.

Tina übernahm sofort das Kommando. Sie benachrichtigte das Krankenhaus, Fionas Arzt und schließlich Julian. Dann prüfte sie noch einmal, ob alles Notwendige zusammengepackt war, und fuhr Fiona in die Klinik.

Julian erwartete sie dort bereits. Er wirkte blass und angespannt. Während Tina die Anmeldeformalitäten erledigte, ergriff er Fionas Hand.

„Wie geht es David?“, fragte sie.

„Er wartet“, antwortete er grimmig.

In diesem Augenblick kam wieder eine Wehe, und Fiona krümmte sich zusammen. Sofort legte Julian beschützend einen Arm um sie.

„Es geht schon wieder“, keuchte sie.

Anstatt sie loszulassen, verstärkte er seinen Griff. „Ich werde das mit dir gemeinsam durchstehen. Du wirst nicht allein sein.“

„Du brauchst dir keine Sorgen um mich zu machen, Julian. Ich bin schon öfter allein gewesen. Außerdem wird es bald vorbei sein. Bestimmt schaffe ich es. Bis jetzt habe ich das immer getan.“ Sie senkte den Kopf. „Und dann werdet ihr das haben, was ihr euch gewünscht habt.“

„David vielleicht, aber ich nicht. Ohne dich bedeutet mir das Leben nichts.“

Julians Worte trafen sie mitten ins Herz. Die verzweifelte Sehnsucht in seinem Blick machte Fiona schwach und wehrlos.

„Was willst du denn noch von mir?“, rief sie.

„Ich möchte, dass du mich heiratest.“

„Nein … nein …“, stöhnte sie. Sie sehnte sich zwar unendlich nach ihm, aber die Gewissheit, dass er sie nur des Kindes wegen bat, seine Frau zu werden, hielt Fiona davon ab. „Das meinst du nicht ernsthaft.“

„Doch.“

Hilflos schüttelte sie den Kopf. „Du brauchst dich nicht zu opfern, Julian. Ich werde dich nicht aussperren. Du kannst Davids Kind so oft sehen, wie du willst. Dazu ist eine Heirat nicht nötig.“

„Für mich schon. Die vergangenen Monate ohne dich waren die Hölle. Nie wieder möchte ich eine solche Zeit durchmachen. Wenn du nicht bei mir bist, dann ist mein Leben nichts wert."

„Sag das nicht." Fiona legte ihm eine Hand auf die Brust und spürte das heftige Schlagen seines Herzens. Sie wusste nicht mehr, was sie denken sollte. Er hatte mit solcher Leidenschaft gesprochen. „Du tust es doch nur wegen des Kindes, wegen David."

„Nein." Er hielt ihre Hand fest und presste sie an sich. „Ich liebe dich, Fiona. Ohne dich ist jeder Tag leer und öde."

„Du kennst mich doch kaum."

„Ich weiß alles über dich – was dich zum Lachen bringt und was dich traurig macht, was du gesagt und getan hast. Jeden Abend hab ich Tinas Anruf entgegengefiebert, weil ich wissen musste, wie es dir geht. Es war eine Qual für mich, dass ich nicht bei dir sein durfte, um dich zu trösten und dir in jeder erdenklichen Weise beizustehen. Ich kenne dich, Fiona, und wenn du es zulässt, dass ich dich liebe, dann schwöre ich, dich glücklich zu machen."

Fiona konnte es nicht glauben. Monatelang hatte sie sich nach Julian verzehrt, und ihm sollte es genauso ergangen sein? Wie war das möglich? Wie hatte er sie unter diesen Umständen mit David verheiraten können? Oder hatte er sie damals noch nicht geliebt?

Die nächste Wehe war so heftig, dass sie aufschrie. Julian half ihr auf einen Stuhl.

„Fiona", bat er, „bitte lass mich wenigstens bei dir bleiben, bis das Baby geboren ist."

„Ist denn das erlaubt?" Sie musste Julian verstehen und herausfinden, welches Motiv hinter seinem überraschenden Heiratsantrag steckte.

„Wenn du zustimmst, ist es unwichtig, was sonst jemand dazu meint. Keine Macht der Welt wird mich jetzt von dir wegholen."

Fiona sah sein entschlossenes Gesicht und nickte. „Dann kannst du bleiben."

Tina kam auf sie zu. Neben ihr ging eine Krankenschwester mit einem Rollstuhl. Während Julian Fiona hineinhalf, verabschiedete sich Tina und versprach, Fionas Mutter zu benachrichtigen.

Die Krankenschwester brachte Fiona in ein Zimmer und bestand darauf, dass Julian draußen wartete, bis es Zeit war, in den Kreißsaal zu gehen. Damit verschaffte sie Fiona unwissentlich die Zeit zum Nachdenken, die sie so dringend benötigte.

Liebte Julian sie wirklich, oder war er besessen von ihr, weil sie Davids Kind erwartete? Sie wollte ihm schrecklich gern glauben, aber sie hatte Angst, ihn zu heiraten und später festzustellen, dass sie wieder einen verhängnisvollen Fehler gemacht hatte. Sie würde es nicht ertragen, in einer Ehe zu leben, die ein Zerrbild dessen war, was sie sich wirklich wünschte.

Wie sollte sie Julians Gefühle beurteilen? Außer auf die Stirn hatte er sie ja noch nicht einmal geküsst. Laut Tinas Aussage war sie ihm als Frau nicht gleichgültig, aber da hatte er schon gewusst, dass sie ein Kind erwartete. Übte dies eine so große Faszination auf ihn aus, dass er sich deshalb in sie verliebte?

Fiona war immer noch ziemlich verwirrt, als die Schwester ihr auf ein fahrbares Bett half, das in den Kreißsaal gerollt werden sollte. Julian wartete im Gang auf sie, und als sie sein Gesicht sah, hätte sie beinahe jede Vorsicht in den Wind geschlagen und seinen Antrag auf der Stelle angenommen. Doch noch waren zu viele Fragen offen.

Im Kreißsaal zeigte die Schwester Fiona, auf welchen Knopf sie drücken musste, wenn sie Hilfe brauchte. Dann ließ sie Fiona mit Julian allein. Er zog sich einen Stuhl heran und nahm ihre Hand.

„Kann ich irgendetwas für dich tun, Fiona?", fragte er besorgt und schaute sie zärtlich dabei an.

„Ja." Doch die nächste Wehe raubte ihr den Atem, und es dauerte einige Zeit, bis sie wieder sprechen konnte. Die Farbe war aus seinem Gesicht gewichen, und sie drückte seine Finger beruhigend. „Im Moment kann ich einfach nicht daran denken, dich zu heiraten, Julian. Ich …"

„Nein, natürlich nicht", unterbrach er sie. „Es tut mir leid, dass ich zu einer Zeit davon angefangen habe, wo du …" Er schluckte. „Jetzt konzentriere dich erst einmal darauf, das Baby zu bekommen. Alles andere kann warten."

Sein Kind sollte es sein, dachte Fiona wie schon so oft in den letzten Monaten. Selbst jetzt, da sie es besser wusste, fiel es ihr schwer zu akzeptieren, dass David der Vater war.

„Willst du dieses Baby wirklich, Fiona?“, fragte er.

„Ja.“

Julian wirkte unendlich erleichtert. „Ich habe mir solche Sorgen gemacht, dass du mir niemals vergeben würdest für die Rolle, die ich dabei gespielt habe.“

Sie klammerte sich an seine Hand, als die nächste Wehe kam. „Du warst nicht allein dafür verantwortlich, Julian“, sagte sie, als sie wieder sprechen konnte. „Ich habe freiwillig mitgemacht.“

Julian war nicht überzeugt. „Du hast so gelitten, ebenso wie du jetzt leiden musst. Und wieder kann ich dir ebenso wenig helfen wie damals.“

„Es genügt schon, dass du bei mir bist. Irgendwie habe ich das Gefühl, dass es so richtig ist. Wir haben dieses Vorhaben – ein Kind für David – schließlich zusammen begonnen.“

„Fiona ...“ Er betrachtete sie forschend. „Macht es dir noch etwas aus?“

„Nein.“ Sie wollte ihn mit einem Lächeln beruhigen, aber es misslang, da eine neue Wehe sie schüttelte.

„Ich werde es wiedergutmachen, das schwöre ich dir.“

Fiona drückte Julians Hand fester. „Bitte, Julian, du darfst dir keine Vorwürfe machen. Das will ich nicht.“ Wie sollte sie je mit ihm glücklich werden, wenn sie wusste, dass er sie nur geheiratet hatte, um sie für das zu entschädigen, was sie für seinen Bruder auf sich genommen hatte?

„Dann sag mir, was du willst.“

„Ich möchte, dass du diese Erfahrung mit mir teilst. Lass uns nicht zurück-, lass uns nach vorn schauen. Diese Geburt soll ein freudiges Ereignis sein. Für dich, für mich ... und für David.“

In den Stunden, die folgten, wich Julian nicht von Fionas Seite. Er sprach ihr Mut zu, beruhigte sie, strich ihr sanft das Haar aus der Stirn und hielt ihre Hand, während eine Wehe in die nächste überging.

Fiona wusste, dass er ihre Schmerzen freudig auf sich genommen hätte. Zusammen erlebten sie ein Ereignis, das noch intimer war als die körperliche Vereinigung, und wieder wünschte sie sich aus vollem Herzen, es wäre Julians Baby.

Doch sie würden auch gemeinsame Kinder haben – wenn sie ihn heiratete. Natürlich würde sie das tun. Warum nicht? Sie liebte ihn viel zu sehr, um ihm irgendetwas abzuschlagen. Und sie wollte ihm die Nachkommen schenken, die seine erste Frau ihm verweigert hatte.

Bei der nächsten Wehe holte die Schwester, die Fiona seit einiger Zeit beobachtete, den Arzt. Obwohl Fiona nun dessen Anweisungen genau befolgte, existierte außer Julian niemand für sie.

Sie verbarg nicht mehr, was sie für ihn empfand. Die Liebe, die sie so lange in ihrem Herzen verschlossen hatte, sprach aus ihren Augen. Wortlos hielten sie sich an den Händen, als das lange erwartete Kind zur Welt kam, und gemeinsam lächelten sie bei seinem ersten Schrei.

„Sie ist da", flüsterte Fiona.

„Ja."

„Bring sie mir."

Er stand auf und ließ Fionas Hand widerwillig los. Die Schwester wusch das Baby, wickelte es in eine warme Decke und legte es in Julians Arme. Es war ein so rührender Anblick, wie Julian das Kind betrachtete, dass Fiona die Tränen kamen. In diesem Moment entstand die Gewissheit, dass er ihre Tochter lieben würde, als wäre sie seine eigene.

„Sie hat rotes Haar", sagte er, als wäre das eine beachtliche Leistung, anstatt ein Erbe von David.

Von David, der wartete.

Fiona und Julian wechselten einen Blick des Einverständnisses. Dieser Augenblick hatte ihnen in gewisser Weise allein gehört, weil sie ihr Ziel erreicht hatten, aber nun war er zu Ende.

„Lass sie mich anschauen", bat Fiona leise.

Julian legte ihr das Baby in die Arme. Sie lächelte auf das verschrumpelte kleine Gesicht hinunter und strich mit einem Finger über den rotgoldenen Flaum, der das Köpfchen bedeckte.

„Ist sie nicht wunderschön?"

„Unglaublich schön", bestätigte Julian.

Fiona drückte das Neugeborene an sich. Es fiel ihr nicht leicht, ihre Tochter wieder herzugeben, nachdem sie sie endlich in den Armen hielt, aber sie wusste, dass sie noch unendlich viel Zeit dafür haben würde.

„Bring sie jetzt zu David, Julian", sagte sie fest. „Wir dürfen ihn nicht länger warten lassen."

Er betrachtete Fiona lange, dann nickte er und verließ mit dem Baby den Raum.

Die Geburt war so anstrengend gewesen, dass Fiona die Augen schloss. Ein tiefer Frieden erfüllte sie. Sie hatte Davids Wunsch nach einem Kind erfüllt und damit ihren eigenen. Vielleicht liebte Julian sie wirklich. Daran, dass er das Baby liebte, bestand kein Zweifel.

Es war schon dunkel, als Fiona erwachte. Sie spürte ein Gewicht, das gegen ihre Seite drückte. Jemand lag mit dem Oberkörper auf dem Bett. Instinktiv wusste sie, dass es Julian war. Er hatte den Kopf in die Hände gebettet, aber er schlief nicht.

Fiona streichelte ihm zärtlich übers Haar. „Er ist tot, nicht wahr?"

„Ja", antwortete Julian erstickt.

„Bist du ... bist du noch rechtzeitig gekommen?"

„Ja."

Julian weinte, weinte mit der gequälten Agonie eines starken Mannes, den die Beherrschung zum ersten Mal verlassen hatte. Fiona zog ihn in die Arme und hielt ihn fest an sich gepresst. Mit zärtlichen Berührungen sagte sie ihm das, was sie mit Worten nicht ausdrücken konnte – dass sie seinen Schmerz fühlte und ihn umso mehr liebte, weil er ihn mit ihr teilte.

Es dauerte lange, ehe Julians Tränen versiegten und er langsamer atmete, aber selbst dann rührte er sich nicht. Fiona drückte seinen Kopf an ihre Brust und streichelte ihn.

„David war überwältigt von seiner Tochter, Fiona", sagte er schließlich. „Du hättest seine Miene sehen sollen, das Lächeln, als ich sie ihm in die Arme legte. Er hat gesagt, dass ihn diese Erfahrung für alles entschädigt, was er durchmachen musste."

„Dann hat es sich gelohnt."

„Hoffentlich." Julian richtete sich auf und griff nach Fionas Hand. „Hoffentlich war es richtig für ihn. Und hoffentlich kann ich etwas dazu beitragen, dass es auch für dich richtig war."

Er küsste ihre Handfläche. „Ich brauche dich, Fiona."

„Ich brauche dich auch."

Das stimmte. Selbst wenn er sie nicht so tief und innig liebte, wie sie es sich ersehnte, war es ihr wichtig, ihn in ihrem Leben zu wissen, sich an ihm festhalten zu können. Er war ein guter Mensch und ein Mann mit tiefen Empfindungen. Sie würde nehmen, was immer er ihr zu geben bereit war.

„Julian, ich werde dich heiraten", sagte sie fest.

Im ersten Moment rührte er sich nicht, dann nahm er ihre Hand und küsste sie. „Fiona, ich schwöre, dass ich dir ein guter Ehemann sein werde. Ich will dein Baby lieben, als wäre es mein eigenes."

Das wusste sie. „Und ich?", fragte sie. „Wirst du mich auch lieben, Julian?"

„Mein Leben lang. Du sollst deinen Entschluss niemals bereuen, Fiona."

Es klang wie ein Schwur, und Fiona fragte sich, ob David ihn wohl darum gebeten hatte. Wie gut erinnerte sie sich noch an seine Worte am Tag der Hochzeit: „Ich vertraue dich meinem Bruder an."

Sie seufzte und streichelte Julians Hand. „Viel ist heute geschehen. Geburt und Tod, ein Heiratsversprechen …"

„Fiona, du wirst es dir doch nicht morgen anders überlegen?"

„Nein, Julian. Ich werde deine Frau sein, in guten und in schlechten Zeiten." Ein Lächeln umspielte ihren Mund, als sie daran dachte, dass die alte Dame mit ihrer Weissagung doch recht gehabt hatte. Viel Leid, gefolgt von unbeschreiblichem Glück.

11. KAPITEL

Fiona nannte ihre Tochter Dominique, eine Wahl, die Julians ungeteilte Zustimmung fand.

Fionas Mutter und Schwestern kamen mit Geschenken und bewunderten das Neugeborene. Besonders das rote Haar erregte ihre Aufmerksamkeit, und Fiona musste erläutern, dass ihre Tochter die auffallende Haarfarbe ihres Vaters geerbt hatte. Mit Bestürzung reagierten sie auf die Nachricht, dass David kurz nach der Geburt des Babys gestorben war, doch Fiona versicherte ihnen, dass es ein leichter und friedlicher Tod gewesen war.

Von der bevorstehenden Hochzeit mit Julian erwähnte sie nichts. Dafür war jetzt nicht der passende Zeitpunkt. Julian hätte am liebsten sobald wie möglich geheiratet, aber schließlich hatten sie sich darauf geeinigt, sechs Monate zu warten. Ein früherer Termin hätte beide Familien vor den Kopf gestoßen.

Außerdem wollte Fiona ganz sicher sein, wie Julian sich ihre Ehe vorstellte, ehe sie ihm ihre innersten Gefühle offenbarte. Sie war bereits einmal überstürzt eine Ehe eingegangen. Beim zweiten Mal wollte sie auf das vorbereitet sein, was ihr bevorstand.

Obwohl Davids Eltern schon lange auf seinen Tod gefasst gewesen waren, traf sie der Verlust schwer. Es blieb Julian überlassen, die Angelegenheiten seines Bruders zu regeln. Jede freie Minute verbrachte er mit Fiona. Zum Glück hatte sie ein Einzelzimmer, so dass er sich nicht an die offiziellen Besuchszeiten zu halten brauchte.

Sie wusste, dass auch er sehr unter Davids Tod litt, und bemühte sich, ihn so wenig wie möglich zu belasten. Ihm schien es zu genügen, so oft wie möglich mit ihr und dem Baby zusammen zu sein.

Meistens küsste er sie zur Begrüßung auf die Wange oder die Stirn, gelegentlich streifte er auch mit den Lippen ihren Mund, aber es waren brüderliche Küsse. Besorgt fragte sich Fiona, wie stark seine Liebe für sie wohl war und ob er sich absichtlich zurückhielt. Sie wusste nicht, ob er sie begehrte.

Fiona lag noch in der Klinik, als David beerdigt wurde. Am nächsten Tag erhielt sie unerwarteten Besuch. Sie hatte Dominique gerade gestillt und wiegte sie noch in den Armen, als es leise klopfte. An der Tür sah sie Janet Lassiter stehen und neben ihr einen hoch gewachsenen weißhaarigen Mann, der so große Ähnlichkeit mit Julian hatte, dass es sich nur um seinen Vater Walter handeln konnte.

„Dürfen wir hereinkommen?“, fragte Walter Lassiter zögernd. Er war sichtlich im Zweifel, wie der Empfang ausfallen würde.

Fiona erholte sich schnell von ihrem Schreck. „Aber gern.“ Wenn sie Julian heiratete, würden Begegnungen mit seiner Familie unvermeidlich sein, und sie wollte keine Feindschaft. Offenbar hatte Janet Lassiter eingesehen, wie ungerechtfertigt ihre Anschuldigungen damals gewesen waren.

Anfangs war die Atmosphäre gespannt, aber bald lieferte das Baby genug Gesprächsstoff, so dass Pausen gar nicht erst eintraten. Fiona fragte Janet Lassiter, ob sie ihre Enkelin gern auf den Arm nehmen würde, und Davids Mutter schaute mit Tränen in den Augen auf das winzige Wesen hinunter.

„Ich hatte solche Angst … Fiona, ich habe schreckliche Dinge zu Ihnen gesagt. Können Sie mir wohl jemals verzeihen?“, fragte sie erstickt.

Trotz der familiären Bindungen brachte es keiner fertig, dem anderen das Du anzubieten. Dazu war man sich noch zu fremd.

Fiona erinnerte sich daran, dass Julian gesagt hatte, seine Stiefmutter sei außer sich vor Kummer und nicht verantwortlich für das, was sie tat. „Ich habe Verständnis dafür, aber Ihre Anschuldigungen waren ungerechtfertigt.“ Wenn eine wirkliche Versöhnung zustande kommen sollte, dann musste in dieser Hinsicht jeder Zweifel ausgeräumt werden.

„Das wissen wir, Fiona“, antwortete Walter Lassiter anstelle seiner Frau. „Niemand hätte sich großmütiger verhalten können als Sie, und wir sind Ihnen von Herzen dankbar, dass Sie unser Enkelkind zur Welt gebracht haben.“

„David hat sich so über seine Tochter gefreut“, sagte Janet weinend. „Nie werde ich das Bild und das Glück in seinen Augen vergessen, als Julian sie ihm brachte.“

Fiona nickte. „Ich bin froh, dass er so lange gelebt hat.“

Janet setzte ein tapferes Lächeln auf. „Ich auch."

„Fiona", ergriff Walter Lassiter von Neuem das Wort, „wir würden gern an Dominiques Leben teilhaben. Wenn Sie einverstanden sind, möchten wir sie hin und wieder besuchen oder zu uns holen."

„Natürlich können Sie das", versicherte Fiona.

Die Erleichterung war ihm deutlich anzusehen. „Wussten Sie, dass meine Frau Kinderärztin ist? Sie hat ihre Praxis zwar schon vor längerer Zeit aufgegeben, aber wenn Sie jemals ein Problem haben sollten, brauchen Sie nur anzurufen."

Fiona lächelte. „Vielen Dank für das Angebot. Ich werde sicher darauf zurückkommen. Schließlich habe ich nicht viel Erfahrung mit Kindern."

„Ich werde Sie jederzeit gern mit Rat und Tat unterstützen", versicherte Janet und betrachtete das kleine Bündel auf ihrem Schoß liebevoll. „Davids Haar hatte die gleiche Farbe, als er geboren wurde."

Walter Lassiter schmunzelte. „Kein Zweifel, die junge Dame gerät ihrem Großvater nach." Und als Fiona ihn überrascht ansah, fuhr er fort: „Ich bin zwar jetzt grau, aber als junger Mann war ich ein richtiger Rotfuchs."

„Dann hat Julian das schwarze Haar also von seiner Mutter geerbt?"

„Richtig." Walter Lassiter ergriff Fionas Hand und drückte sie. „Sie sind genau so, wie Julian gesagt hat – eine prachtvolle Frau. Ich bin sehr stolz darauf, Sie zur Schwiegertochter zu haben."

Seine Worte versöhnten Fiona. „Mir geht es ebenso. Julian hat mich gelehrt, wie wichtig ein gutes Verhältnis zur Familie ist."

Als die Lassiters sich schließlich verabschiedeten, wurde Fiona bewusst, dass sich ihr ein ganz neues Leben eröffnete. Hoffentlich würden Walter und Janet Lassiter ihr die Heirat mit Julian nicht verübeln. Sie war sicher, dass David es so gewollt hätte.

Julian bestand darauf, Fiona und Dominique aus der Klinik nach Hause zu fahren. Dort wartete schon Fionas Mutter, die sich bereit erklärt hatte, ihr die ersten Wochen zur Hand zu gehen. Marjorie Kent kannte Julian bereits aus dem Krankenhaus und war sehr von Dominiques Onkel eingenommen. Er verhält sich auch eher wie ein Onkel, und nicht wie ein verliebter Mann, dachte Fiona beunruhigt. Manchmal ertappte sie ihn dabei, dass er sie verlangend ansah, aber bis jetzt hatte er sie – auch wenn sie allein waren – weder umarmt noch leidenschaftlich geküsst.

Fiona wusste nicht, ob Julian beschlossen hatte, sie nicht zu drängen, oder ob er sich ihrer Reaktion nicht sicher war. Als ihre Mutter nach zwei Wochen wieder in ihre eigene Wohnung zurückkehrte, verschlimmerte sich die Situation noch.

Julian schien unter einer ungeheuren Anspannung zu stehen. Er vermied es peinlich, Fiona zu berühren. Gelegentlich bemerkte sie, wie er sie gequält ansah, und das machte ihr Angst.

Liebte er sie überhaupt? Oder trieben ihn nur Schuldgefühle und ein Versprechen, das er seinem Bruder gegeben hatte, in eine Ehe, die er eigentlich gar nicht wollte?

Eines Abends kam Julian zu früh. Fiona war noch beim Stillen. Dominique nahm die Unterbrechung ausgesprochen übel. Fiona setzte sich an den Küchentisch und legte das Kind erneut an.

Als Fiona aufschaute, überraschte sie Julian dabei, wie er ihre entblößte Brust betrachtete. Der Ausdruck in seinen Augen war gequält.

„Ich habe etwas im Wagen vergessen“, erklärte er und ging rasch hinaus.

Tränen stiegen Fiona in die Augen. Er wollte sie nicht berühren. Nicht einmal ihren Anblick ertrug er. Lag es daran, dass sie Davids Frau gewesen war? Würde das immer zwischen ihnen stehen? War ihre Ehe schon zum Scheitern verurteilt, ehe sie überhaupt begonnen hatte?

Julian kehrte erst zurück, als Fiona Dominique in ihr Zimmer gebracht hatte. Fiona hörte seine Schritte, während sie das Baby gerade in die Wiege legte.

„Fiona?“, rief er hinauf.

„Ich komme gleich“, antwortete sie erstickt. Tränen standen ihr in den Augen. Sie konnte Julian nicht heiraten, wenn er sie nicht begehrte. Rasch ging sie in ihr Schlafzimmer, um sich ein wenig zu beruhigen.

„Fiona?“, wiederholte er besorgt.

„Gleich, Julian.“ Sie hörte seine Schritte auf der Treppe und wischte sich hastig über das Gesicht. Doch es gelang ihr nicht, die Fassung so schnell wiederzuerlangen. Als er in der Tür stand, liefen ihr immer noch Tränen über die Wangen. Schluchzend drehte sie sich zu ihm um.

„Ich kann dich nicht heiraten, Julian. Du willst mich gar nicht.“

Ein Muskel unter seinem Auge zuckte. „Das glaubst du?“

„Was soll ich denn sonst denken? Du kannst es ja nicht einmal ertragen, mich anzufassen oder …“

Er war so schnell bei ihr, dass sie den Satz nicht beenden konnte. Dann riss er sie in die Arme und presste sie so fest an sich, dass sie kaum atmen konnte. Mit heißen, leidenschaftlichen Küssen bedeckte er ihr Gesicht und ihren Hals. „Fühlt sich das so an, als würde ich es nicht mögen, dich zu berühren?“, fragte er heiser. „Ich werde verrückt vor Sehnsucht nach dir, Fiona. Jede Stunde, jede Minute, jede Sekunde, die ich warten muss, ist eine Qual.“

„Ich will nicht, dass du noch wartest“, rief sie.

„Das muss ich aber. Es ist zu wichtig. Wenn wir erst verheiratet sind …“

„Nein.“ Sie legte den Kopf zurück, um ihm in die Augen zu schauen. „Ich brauche dich jetzt, Julian. Wenn du mich liebst …“

„Fiona.“ Er umfasste ihr Gesicht mit beiden Händen. „Wenn ich jetzt anfange, kann ich nicht wieder aufhören.“ Sie spürte, dass er noch immer gegen sein Verlangen ankämpfte, doch als sie ihm die Arme um den Rücken legte und sich an ihn presste, war es um seine Selbstbeherrschung geschehen.

Er stöhnte auf und vergrub die Hände in ihrem Haar. Und dann küsste er sie wie ein Verdurstender.

Bedenkenlos ließ sich Fiona in den Taumel mitreißen. Sie genoss seine wilden Küsse, die Art, wie er ihr die Kleider vom Leib streifte und jeden Zentimeter Haut streichelte, den er freilegte, und das Gewicht seines Körpers, als er sich auf sie legte und in sie eindrang.

Es war die gleiche Ekstase, das gleiche blinde Verlangen nach mehr, bis sie gemeinsam die Erfüllung erreichten. Danach lagen sie eng umschlungen wie damals auf Maui, und der Mann in ihren Armen war der gleiche Mann. Mit Fingern und Lippen hatte Fiona seinen Körper wiedererkannt.

Es war Julian gewesen. Hatte sie das nicht schon die ganze Zeit über gefühlt? Noch immer wusste sie nicht, warum es damals dazu gekommen war, aber nun konnte er es nicht mehr leugnen.

Jetzt verstand sie auch so vieles, was danach geschehen war – Julians gepeinigten Gesichtsausdruck, als er sah, wie sehr sie litt, seine Seelenqualen wegen David, der sich ans Leben geklammert hatte, um ein Kind zu sehen, das nicht von ihm war.

Dominique war Julians Baby.

Ein wildes Glücksgefühl schwemmte allen Schmerz fort. Er war der Vater ihrer Tochter, und jetzt hatte sie nicht mehr den geringsten Zweifel, dass er sie liebte.

Fiona erinnerte sich an Julians ungläubige Freude, als er Dominiques Haarfarbe gesehen hatte. Was hatte er da empfunden? Dass Gott ihm die Täuschung verzieh? Die Erbanlagen waren nicht von David, auch Walter Lassiter hatte rote Haare. Dominique hatte sie von ihrem Großvater geerbt.

Auch Julians Zusammenbruch in der Nacht von Davids Tod konnte Fiona sich jetzt erklären. Es war nicht nur Trauer gewesen, auch Schuldgefühle hatten Julian geplagt, weil sich sein Bruder monatelang gequält hatte – für ein Kind, das nicht seins war.

Jetzt war der Zeitpunkt gekommen, da Julian ihr die Wahrheit sagen musste. Aber sie durfte nicht riskieren, dass er sich von ihr zurückzog. Ganz gleich, was er getan hatte, sie liebte ihn. Doch wenn ihre Ehe nicht scheitern sollte, mussten sie einander vertrauen.

„Julian?“

„Hm?“ Er ließ die Finger über ihren Rücken gleiten, wie er es schon vor langer Zeit getan hatte.

Fiona küsste ihn. Dann sagte sie sanft: „David ist tot, Julian, die Wahrheit kann ihm jetzt nicht mehr wehtun. Ich weiß, dass nicht er auf Maui in meinem Zimmer war. Du warst es. Du bist Dominiques Vater. Bitte leugne es nicht länger.“

Julian lag ganz still. Sie spürte, wie sein Körper sich anspannte.

Dann atmete er langsam aus. „Das ist doch Wahnsinn, Fiona“, entgegnete er. „Wie um alles in der Welt bist du denn auf diesen Gedanken gekommen?“

Er rollte sie auf den Rücken und stützte sich auf die Ellbogen. „Nach allem, was wir durchgemacht haben, kannst du das nicht wirklich glauben.“

Fiona spürte, dass er Angst hatte, und streichelte ihm über die Wange. „Liebst du mich, Julian?“

„Was kann ich noch tun, um es dir zu beweisen?“, fragte er und küsste ihre Handfläche.

„Lass mich an dem teilhaben, was geschehen ist“, beharrte Fiona. „Verschließ es nicht in dir. Dafür ist es zu spät. Wir würden beide darunter leiden, wenn du mich weiterhin belügst. Ich verspreche dir, dass ich das Geheimnis bewahren werde. Niemand wird jemals davon erfahren.“

„Fiona.“ Er beugte sich über sie und küsste sie verzweifelt. „Tu mir das nicht an“, bat er. „Bitte lass die Sache auf sich beruhen.“

„Nein, Julian. Du musst mir vertrauen.“

„Wie kannst du so sicher sein?“, fragte er gequält.

„Das weiß ich selbst nicht, aber ich bin es.“

Sie spürte, wie er zitterte. Dann richtete er sich auf und setzte sich auf die Bettkante. Den Kopf stützte er in die Hände.

„Wie lange weißt du es schon?“, fragte er tonlos.

Fiona legte die Arme um ihn und presste sich gegen seinen Rücken. Sie konnte es nicht ertragen, von ihm getrennt zu sein. „Geahnt habe ich es von Anfang an“, gestand sie, „aber als wir vorhin miteinander schliefen, wurde die Ahnung zur absoluten Gewissheit.“

Niedergeschlagen schüttelte er den Kopf. „Deswegen habe ich ja so lange gewartet. Ich dachte, dass die Erinnerung mit der Zeit verblasst. Verzeih mir, Fiona. Mir ist klar, dass das kaum möglich sein wird, aber damals wusste ich keinen anderen Ausweg. Eins musst du mir jedoch glauben, ich liebe dich über alles.“

„Ich liebe dich auch.“

Er stand auf, als könnte er das nicht glauben. „Wie kannst du mich lieben, nach allem, was ich dir angetan habe?“, rief er und lief im Zimmer auf und ab. „Ich habe dich getäuscht, aber ich schwöre dir, dass ich den Rest meines Lebens darauf verwenden werde, es wieder gutzumachen. Ich kann nicht ohne dich leben, Fiona. Bitte schick mich nicht fort."

„Ich habe nicht die Absicht, dich wegzuschicken, Julian", versicherte Fiona. „Das werde ich niemals tun. Ich möchte nur verstehen können, warum du so gehandelt hast. Mir ist klar, dass du es für David getan hast, aber weshalb?"

Julian atmete tief ein. „Ich habe herausgefunden, dass David unfruchtbar war. Das war nach eurer Heirat." Er machte eine hilflose Geste. „Der Unfall im Labor hat ihn schwerer geschädigt, als er wusste." Um Fiona nicht ansehen zu müssen, ging Julian zum Fenster und zog die Vorhänge zur Seite. „Du erinnerst dich vielleicht, dass er sich der Universität als Versuchsperson zur Verfügung gestellt hat. Irgendein ungutes Gefühl trieb mich dazu, in Sydney anzurufen. Ich weiß selbst nicht, weshalb ich nicht eher darauf gekommen bin. Man teilte mir mit, er sei steril, aber da hattet ihr bereits geheiratet. Als ich von deiner Schwangerschaft erfuhr, habe ich den Mitarbeitern das Versprechen abgenommen, ihn niemals über seine Unfruchtbarkeit zu informieren."

Fiona sah, wie sehr Julian immer noch litt.

„Ich wollte es ihm sagen, dass er dich umsonst geheiratet hatte", fuhr er fort. „Doch als ich zu ihm ging, um es ihm beizubringen, brachte ich es nicht fertig. Er war so glücklich über die Aussicht, Vater zu werden. Dabei erfuhr ich, dass er sich eine künstliche Befruchtung vorstellte."

„Wie bitte?", fragte Fiona ungläubig.

Julian seufzte. „Fiona, du musst mir glauben, dass ich das nicht gewusst habe, als ich mit dir über diese Heirat sprach. Ich war über die Eröffnung ebenso schockiert wie du, aber in diesem Augenblick wurde die Idee geboren. Zuerst verwarf ich sie als wahnwitzig. Aber je länger ich darüber nachdachte, desto einleuchtender erschien sie mir. Ich brauchte nur kaltblütig genug zu sein, um David weiszumachen, dass ich alle notwendigen Schritte für die künstliche Befruchtung in die Wege leiten würde, und …"

„Und dann bist du in mein Zimmer gekommen, weil du wusstest, dass ich absolute Dunkelheit zur Bedingung gemacht hatte“, beendete Fiona den Satz für ihn. Jetzt verstand sie, dass sie unwissentlich seine Komplizin gewesen war.

„Ich wusste keinen anderen Ausweg. Ich wollte David seinen sehnlichsten Wunsch erfüllen. Für den Fall, dass du schwanger werden solltest, hatte ich mir vorgenommen, ihn glauben zu lassen, das Baby wäre von ihm. David sollte glücklich sein.“

Er senkte den Blick. „Deshalb habe ich dir dieses Schreckliche angetan. Du musst mich für ein Ungeheuer halten, für verachtenswert und ...“

„Nein, Julian. Ich weiß, dass dich allein die Liebe dazu getrieben hat.“

„Aber ich habe dir unendlichen Schmerz zugefügt. Wie kann ich das je wiedergutmachen?“

„Indem du mich ein Leben lang liebst“, antwortete Fiona.

Er betrachtete sie ungläubig. „Obwohl du weißt, welche Schuld ich auf mich geladen habe, kannst du mich noch lieben?“

„Julian, ich weiß, dass du aus Zuneigung zu David gehandelt hast. Und ich habe nicht den geringsten Zweifel an deiner Liebe zu mir und zu unserer Tochter. Glaubst du, ich würde so etwas Kostbares wegwerfen? Bitte komm her, Julian. Ich möchte, dass du mich in die Arme nimmst.“

Julian blickte Fiona lange voller Liebe an.

„Fiona, meine Fiona, ich liebe dich unendlich. Ich liebe dich so sehr, dass ich nicht mehr ohne dich leben kann. Und ich hatte Angst, du würdest mich für immer hassen, wenn ich dir gestehe, was wirklich auf Maui geschehen ist. Ich hätte es nicht anders verdient, genau wie damals, als du mich fortschicktest und mir sagtest, du wolltest mich nie wieder sehen. In jener Nacht erfuhr ich zum ersten Mal, was Verzweiflung ist.“

„Hast du mich denn damals schon geliebt?“

„Meine Liebste, um mich war es bereits in dem Moment geschehen, als ich dich zum ersten Mal sah, nur wusste ich es noch nicht. Als du mir dann sagtest, dass du bereit seist, dieses Opfer für David zu bringen, begriff ich, dass die Erfahrungen in meiner Ehe mich nicht dazu berechtigten, meinen Zorn und meine Bitterkeit auf andere Frauen zu übertragen. Vanessa ..."

„Ich weiß über sie Bescheid", fiel Fiona ihm ins Wort. „Tina hat es mir erzählt."

„Sie versprach alles und gab nichts. Vanessa dachte nur an sich. Ich hoffte, dass Kinder ihr helfen würden, über den Unfall hinwegzukommen, denn ich wusste, dass meine Liebe ihr nicht genügte. Aber sie zog es vor, sich selbst zu vernichten, anstatt sich mit einem Leben abzufinden, das sie nicht wollte. Wie eine Frau wirklich ist, erfuhr ich erst, als ich dich kennenlernte. Du warst so großzügig, so warmherzig, und als ich als David zu dir kam, wurde mir klar, dass ich vorher keine Ahnung gehabt hatte, wie es zwischen Mann und Frau sein kann."

Er umarmte sie ganz fest. „Aber die Abrechnung ließ nicht auf sich warten. Die Freude darüber, endlich die Liebe kennengelernt zu haben, wurde durch die Befürchtung überschattet, du hättest dich in David verliebt. Als ich in jener dritten Nacht zu dir kam, war ich dem Wahnsinn nahe. Ich war zerrissen von Schuldgefühlen, Eifersucht und Verlangen. Du warst völlig im Recht, als du mich für das bezahlen ließest, was ich dir angetan hatte. Die ganze Zeit über habe ich gebetet, dass in diesen beiden wunderbaren Nächten ein Kind entstanden sein möge, weil ich dann weiterhin einen Grund hatte, mit dir Verbindung zu halten."

Erleichterung erfasste Fiona. „Ich bin froh, dass du es nicht nur für David getan hast. Siehst du, ich habe mir schon gewünscht, es wäre dein Baby, ehe ich mich bereit erklärte, David zu heiraten. Ich habe es getan, weil du mich darum gebeten hast. Und in der Nacht, da habe ich mir die ganze Zeit über vorgestellt, dass du es bist, der mich in den Armen hält. Als ich dann glauben musste, ich hätte mich getäuscht, starb ich innerlich. Ich konnte es einfach nicht ertragen, dich weiterhin zu sehen."

„Auch für mich war es die Hölle. Ich hatte uns beide in eine ausweglose Situation gebracht, und mein schlechtes Gewissen gegenüber David erdrückte mich fast."

Fiona streichelte Julian. „David hat dich geliebt", sagte sie leise. „Bestimmt hätte er verstanden, warum du es getan hast."

„Wenn ich das nur glauben könnte."

Sie legte beide Hände an seine Wangen und sah ihn beschwörend an. „Meinst du nicht, dass er jetzt lächelnd auf uns herunterschaut? Er hat mich dir anvertraut, Julian, und er wollte, dass du dich um das Baby kümmerst." Plötzlich kam ihr ein Gedanke. „Du hast doch immer gesagt, dass er einen ungewöhnlichen, analytischen Verstand hatte. Könnte er das alles nicht um deinetwillen geplant haben, Julian? Ich möchte nicht behaupten, dass er sich nicht selbst ein Kind gewünscht hat, aber er hat das Baby dir hinterlassen – ein Wesen, das du lieben kannst und das einen Platz in deinem Leben einnimmt. Er wusste bestimmt, dass dein Dasein damals sinnlos für dich war, und wollte dir helfen."

Julian hatte nachdenklich zugehört. Fiona sprach rasch weiter. „David hat immer betont, wie viel du für ihn getan hast. Wenn er sich dafür erkenntlich zeigen wollte, hätte er nichts Besseres tun können, als deinem Leben einen Sinn zu geben und dich glücklich zu machen. Dominique und ich sind sein Vermächtnis an dich. Erscheint dir das nicht denkbar?"

Die Schatten des Zweifels wichen aus Julians Miene, seine Augen begannen zu leuchten. Fast ehrfürchtig streichelte er Fionas Gesicht. „Wenn David wirklich für mich gewählt hat, hätte er keine bessere Frau aussuchen können. Fiona Lassiter, du bist wunderbar."

Diesmal klang der Name, als sei es tatsächlich ihrer. „Ich finde, unsere Tochter ist mit einem wunderbaren Vater gesegnet. In gewisser Weise ist sie auch Davids Kind. Sie wurde empfangen, weil er sich einen Nachkommen wünschte, weil er mich als Mutter auswählte und weil du ihn liebtest. Ohne David wäre sie nie geboren worden." Sie lächelte. „Und er hat sie ebenso geliebt wie wir."

Julian lächelte zurück. „Ja. Eins muss ich dir allerdings gestehen, Liebste. Ich glaube nicht, dass Dominique ein wissenschaftliches Genie wird. Dieses Talent stammt nämlich von Janets Familie. Auf einen Nobelpreis dürfen wir also nicht hoffen."

„Was macht das schon?" Fiona lehnte sich zufrieden zurück. „Wenn sie deine Fähigkeit zur Liebe hat, dann wird die Welt reicher sein. Das ist wichtiger als alles andere, Julian."

Es stimmte. Was war ein Leben ohne Liebe wert? Ohne Davids Liebe zu seinem Bruder, Julians Liebe zu ihm und zu ihr hätten sie sich nie gefunden, und Dominique wäre nicht geboren worden.

Die Weissagung hatte sich erfüllt.

Unendlich viel Kummer, und am Ende das große Glück.

– ENDE –

Miranda Lee
Liebesreise nach Australien
Band-Nr. 15009
8,95 € (D)
ISBN: 978-3-89941-371-7
432 Seiten

Armstrong / Bianchin / Badger
Liebesreise nach Australien (2)
Band-Nr. 15027
8,95 € (D)
ISBN: 978-3-89941-515-5
400 Seiten

Braun / Mather / Morgan
Liebesreise nach Mexiko
Band-Nr. 15026
8,95 € (D)
ISBN: 978-3-89941-514-8
384 Seiten

Carter / Gregor / Proctor
Liebesreise nach Afrika
Band-Nr. 15022
8,95 € (D)
ISBN: 978-3-89941-510-0
432 Seiten

Spencer / McMahon / Darcy
Liebesreise in die Karibik
Band-Nr. 15010
8,95 € (D)
ISBN: 978-3-89941-374-8
448 Seiten

Howard / Green / Kemp
Liebesreise nach Schottland
Band-Nr. 15024
8,95 € (D)
ISBN: 978-3-89941-512-4
432 Seiten

Devine / Lamb / Fraser
Liebesreise nach Cornwall
Band-Nr. 15007
8,95 € (D)
ISBN: 978-3-89941-367-0
448 Seiten

Gordon / Hamilton / George
Liebesreise in die Toskana
Band-Nr. 15023
8,95 € (D)
ISBN: 978-3-89941-511-7
448 Seiten

Goodman / Stephens / McCallum
Liebesreise auf die Balearen
Band-Nr. 15025
8,95 € (D)
ISBN: 978-3-89941-513-1
416 Seiten

Mortimer / Ker / Peters
Liebesreise nach Mallorca
Band-Nr. 15008
8,95 € (D)
ISBN: 978-3-89941-368-7
400 Seiten

Wentworth / Field / Mayo
Liebesreise auf die
Kanarischen Inseln
Band-Nr. 15019
8,95 € (D)
ISBN: 978-3-89941-509-4
416 Seiten

Mather / Reid / Graham
Liebesreise nach Griechenland
Band-Nr. 15012
8,95 € (D)
ISBN: 978-3-89941-376-2
416 Seiten